李攀龍全集校注

下

李攀龍 著
李伯齊 校注

人民文學出版社

卷之二十

傳

總督薊遼右都御史兼兵部左侍郎王公傳

王公忬者，蘇州太倉人也。其先，始興文獻公導遷江東〔一〕；至宋，左司諫縉徙分水〔二〕；至元，夢聲爲崑山學正〔三〕，因家焉。故崑山改太倉。夢聲之孫琳生輅。

武宗時，王倬以進士顯名，爲南京兵部右侍郎，卽輅子也。倬生忬，舉進士，選御史，屬皇太子當出閣，疏上重師道、檢宫僚、戒淫戲者三事，世宗納焉。又中貴人宋興行萬金求領東廠〔四〕，公論罷之。出監河東鹽法，歲餘以疾歸。間復爲御史，按湖廣。至輒劾方岳郡守貪不職者一人，不及代也。時中貴人廖斌填承天〔五〕，公謂曰：『貴人所不魚肉吾百姓者，吾請事貴人；貴人所不知而舍人子魚肉吾百姓者，吾請爲百姓治之。不以及貴人，凡吾有所裁，終始全貴人耳。』還，復按順天。

八月，虜數萬犯古北口。公具聞上，請屯京城，而身往守通州。已而虜果大入至通，竟不能渡河而西。上諜諸輔，通獨完，乃超爲僉都御史，經略通州以東諸軍。會虜退，衆議欲補京軍，公又獨請汰之，歲可減漕粟數十萬，得沿邊數萬壯士；及請築京城外郭，設薊遼總督，置通、涿、昌、密爲四鎮〔六〕。奏上，各次第覆如指。何公棟既總督遼薊〔七〕，與大將軍仇鸞調諸邊兵數十萬衛京師〔八〕，而公兼治餉。鸞挾上愓公以軍興法，公若爲不悟，而身歷諸要害，爲伏芻粟，即鸞所遣騎異道至，咸取給焉。乃上請：『得三千騎與臣，因糧車爲戰守，可以無乏軍興。』頃之，歸治餉戶部，召還京，鸞竟詘，而公得無以賄免。

壬子，巡撫山東，凡三月，巡視浙、閩，提督軍務。亡何，改巡視爲巡撫，請誅賞便宜行事。南會二廣，北會江左諸鎮，掎角應援也。屬倭賊王直、徐學、毛勳輩襲我，公夜縱狼土兵括蒼少年〔九〕，以俞大猷、湯克寬擊之，鹵獲倭生口百四十三，首百五十級，焚而溺殺者數百人，軍大振。以尹鳳將閩兵徼於表頭、北茭諸洋〔一〇〕，又鹵斬百餘級，奪生口二百餘，後先以捷聞。是時，賊黨蕭顯率勁倭四百餘屠吳郡、南沙，還逼淞江。淞江守告急，公曰：『吾嚮所請掎角者，非此乎？』以別將盧鏜掩擊，大破之，斬蕭顯，餘衆潰入浙中；大猷諸將徼殺無孑遺。是役也，越境而殲虜，且陸勝賊矣。因行部凡二十餘縣，計倭所由道，次第畢城之，獨慈溪謝不可；公去一歲而慈溪破，始就城，相誚『不蚤聽王公言』。公在浙、閩可二歲，凡一十餘捷，功次三千餘。所得沿海大猾，爲倭內主者繫之，覆其家數十人，賊自是無與鄉導，往往食盡遁矣。

甲寅，移巡撫大同。先是虜入大同，沒大將，覆其師，撫臣坐失律下獄，議置代，未決。上諭相嵩：『中外臣誰真忠者？』嵩惶恐不知所對。上曰：『吾嚮所自拔者王忬耳。』遂手勅吏部：『朕念大同，須得人，其以忬往。』故事〔一一〕，唯置相用手勅，蓋異數也〔一二〕。比至鎮，上書具言歲侵乏軍興狀，請大司農金錢十餘萬賑之，活者萬計。會虜復入寇，與總督許公某合兵徼破之，捕首虜百餘，鹵馬牛羊稱是。捷聞，進兵部右侍郎，兼右僉都御史。

明年，薊遼總督楊公博入爲兵部尚書〔一三〕，議置代。上度次用公，進兵部左侍郎，兼右副都御史。既代，而虜酋把都兒、黄台吉、打來孫等數萬騎入犯古北、喜峯、冷口諸隘〔一四〕，公悉發兵拒走之。條上八事，報可，乃分遣諸大將趙卿輩，以馬步兵十餘萬守諸隘，游兵佐之。與宣大督臣約：諸地在宣大而險在内者，移宣大兵爲内守；地在薊、保而險在外者，移薊、保兵爲外守。九月，虜悉衆屯懷來川，攻南塘黑衝峪，已又攻大石溝，公各發兵拒走之。捷聞，進右都御史，兼兵部左侍郎如故。奏減諸路防秋騎兵馬六千餘匹，曰：『守利步不利騎，奈何以二戰士食供一馬？非筴也。』虜先後寇遼陽所，發兵敗之，首虜數百，又招徠夷漢一千五百戶。丙辰，上欲用爲兵部尚書，輒不果。時大舉討倭，發兵五千人，以裨帥尹秉衡往，有功。九月，打來孫等又犯喜峯、一片石諸處〔一五〕，公督兵拒走之。明年，虜闌入灤河，頗有所殺掠，復督兵力戰走之。詔切責奪一官爲右侍郎兼僉都御史，餘如故。會兵部員外郎繼盛疏嵩父子〔一六〕，爲所陷抵罪，公寃之；公子世貞又爲護繼盛喪，嵩父子益銜之矣。明年，把都兒、辛愛、打來孫、俺眼他皮各以十餘萬欲分犯馬蘭、義院諸口〔一七〕，謀有備不敢發，詔復所奪官。明年戊午，虜犯遼左我師，一歲凡三捷。九月，虜王文、土蠻黑石炭諸部十餘萬騎，駐大鹻場，以精騎七千犯界領、箭桿領，以大將歐陽安、馬芳等拒走之；數萬騎入黑谷領，以摽中軍張倫等破走之；而練兵之議起矣。

是時，兵歲益壯，可省調發十之六七，大司農省軍興芻粟稱是，見以爲名美而戍卒多選耎不習戰〔一八〕，所勾募取充數而已。諸將計不敢任，而調發如故。公乃爲疏，具列十三事，請以三歲舉之。明年，虜又犯遼陽，以楊照大破之，獲首虜八百有奇，鹵馬牛羊夷器以千計。故事，獲首虜至二百，即以捷聞，至四百以大捷聞。今至八百，以嵩故，顧無有爲上言之者。故事，春防所調發兵，視秋省十之五，至是以練兵故，復汰其二，而虜辛愛數萬騎挾朵顏酋影克哈孩爲嚮導，謀入寇我；我所遣諜多被殺，公乃請援兵，不聽，虜竟入潘家口。我以輕騎繞出賊前，凡三日引去，尾擊之，捕首虜百。事聞上，乃知前所請援兵非謬。第錄諸將歐陽安輩下獄，而御史以嵩風旨〔一九〕，且論殺安。會御史方輅受草，都御史鄢懋卿言公病悸不任事，負上恩當罷狀，遂逮制獄，論殺公。

隆慶改元，世貞守闕下，白父冤狀，以詔復原職。公好稱說經術，而長於史事，凡三爲巡按、一經略、一提督、三巡撫、一總督，所推轂賢士大夫偏天下也。

贊曰：大臣之處成功難言哉！庚戌虜犯京師〔二〇〕，中外洶洶，公先策必至以聞。而身守通州，使不得西渡河，嚴邑翼翼，輔以無恐。肅皇帝張皇備胡，左顧右眄，念無可與，所立一總督、一大將軍，而公以督餉參間，並見倚重。尋視閩、浙，旋移大同，虜遄已則奉而南，倭遄已則奉而北，非不欲任久之以聽厥成，而天子厲精〔二一〕，方稱緩急圖輒效。喜自拔士，號爲大同得人；異數寵之，以逼帷幄之臣。度次薊遼，而公拒走大虜者六，至有一歲三捷者，奈何不免嵩父子文致之也〔二二〕？自練兵之議起，而間以生，奈何比年治師不中調發自期三歲也？所疏十三事具是矣。天子方喜自拔士，號得人，度次以薊遼，乃有上言不任事負國恩當罷，則誰爲之者？激極而反，大臣之處成功難言哉！余觀世貞上疏，追訟父前功曰：『虜犯遼左，臣父忬以總督督總兵楊照輩便宜發兵擊破之，斬首八百餘級，策定城池，功施邊境，嵩父子嗾削臣父功狀，並薄照賞而壅先帝拊髀之明。成化間，總督王越潛師出塞，至威寧海殺首虜四百餘級，封爲列侯。臣愚以爲比罪則遼陽爲肘掖之寇，於我爲必應；量敵則掠出榆林塞，於虜爲惰歸；用師則楊照一部將，計勝則首功過當威寧者多，而懲其深入者悛；慮敗則潛師出塞刦虜取捷者危；越封而臣父不錄，令當先帝之世，無以春秋耀軍士而示天下以非常功。不知遼左之役，見以爲狎戰而嵩得持之；威寧以汪直與俱出塞，氣奮人主，同功一體者乎〔二〕。』將相不調和，自古患之矣。

【校記】

〔一〕厲，宋本作『勵』。

〔二〕者乎，宋本無。

【題解】

總督薊遼右都御史兼兵部左侍郎王公，指王忬。詳前《送大中丞王丈赴山東》題解。王忬爲世貞之父，居官嚴正，戍邊衛國，屢建奇功，而卻被奸相嚴嵩羅織罪名，構陷致死。李攀龍傳述王忬家世、生平，詳述其軍功、官品及人品，及其遭受權奸陷害的經過，字裏行間充滿敬意。文中提到世貞上疏爲父鳴冤，則此文應作於隆慶改元（一五六七）之後。王忬於隆慶元年八月詔復原官，見《明穆宗實錄》。

【注釋】

〔一〕始興文獻公導：指王導（二七六—三三九），字茂弘，琅邪臨沂（今屬山東）人。西晉末年，奉琅邪王司馬睿移鎮建康（今江蘇南京）。司馬睿稱帝，任丞相，執掌軍政大權。繼輔佐明帝、成帝，爲三代元老，封始興郡公，卒謚文獻。詳《晉書》本傳。王忬爲琅邪王氏後裔，王導爲其先祖。

〔二〕左司諫：官名。宋置左右司諫，爲諫諍政事闕失之官。分水：縣名。今屬浙江桐廬縣。

〔三〕崑山：縣名。今屬江蘇。學正：官名。元代路、州、縣學及書院設學正，掌教育所屬生員。

〔四〕中貴人：皇帝所寵信的宦官。東廠：明成祖永樂十八年（一四二〇）設立，用宦官提督，監視官員人等，爲皇帝耳目，構陷、彈壓異見官員、欺壓百姓，横行朝野。

〔五〕承天：府名。明興獻王朱祐杬封於安陸，其子朱厚熜入繼帝位，遂改安陸州爲承天府，治所在今湖北鍾祥市。

〔六〕通、涿、昌、密：通州、涿州、昌平、密雲。除涿州屬河北，餘皆屬今北京市。

〔七〕何公棟：即何棟。陝西長安（今西安）人，正德十六年（一五二一）進士。據《明督撫年表》載，何棟於嘉靖二十九年至三十二年（一五五〇—一五五三）以右副都御史提督薊遼軍務。

〔八〕大將軍仇鸞：仇鸞（？—一五五二），字伯翔，陝西鎮原（今屬甘肅）人。總兵甘肅，以貪虐革職，後勾結嚴嵩父子，纔得重用，官至大將軍。但貪冒無能，出戰即潰，後遭彈劾革職，憂懼而死。詳《明史》本傳。

〔九〕狼土兵：狼族土司之兵。狼，古代蠻族名。《峒谿纖志》：『狼人，多在南丹三州，鷙悍天下稱最。』南丹，明代爲南丹土州，即今廣西壯族自治區南丹縣。括蒼：縣名。即今浙江麗水市。

〔一〇〕表頭、北茭諸洋：指今福建連江沿海一帶。表頭、北茭，鎮名。

〔一一〕故事：舊例。

〔一二〕異數：異於平常的優遇。

〔一三〕楊公博：即楊博，山西蒲州人。嘉靖八年（一五二九）進士。據《明督撫年表》載，楊博於嘉靖三十二年十二月，以兵部左侍郎兼右副都御史，總督薊遼、保定，至嘉靖三十四年十一月離任，由王忬接替。

〔一四〕古北：古北口。在今北京市密雲東北，長城隘口之一。喜峯：喜峯口。明永樂後，稱喜峯。在今河北遷安縣西北。明代爲薊遼守邊重地。冷口：冷口關。長城隘口之一，在今河北遷安縣北。

〔一五〕一片石：地名。在今河北撫寧縣。

〔一六〕兵部員外郎繼盛：即楊繼盛（一五一六—一五五五），字仲芳，號椒山。保定容城（今屬河北）人。嘉靖二十六年進士。在任兵部武選司員外郎期間，劾權相嚴嵩十大罪狀，繫獄被殺。王忬對其遭遇深表同情，世貞與吳國倫、徐中行、宗臣等「倡諸搢紳經紀其後事……由是諸君相繼獲罪，而藩參（王世貞）家禍尤酷」（《楊忠愍集》附徐階《墓誌銘》）。

〔一七〕馬蘭：馬蘭峪。在今河北遵化縣西北，爲長城要塞，明置馬蘭峪營。

〔一八〕選耎（ruǎn）不習戰：選拔怯弱不熟悉戰事的人。耎，軟弱，怯懦。

〔一九〕風旨：微言示意。旨，旨意。

〔二〇〕庚戌：嘉靖二十九年（一五五〇）。韃靼俺答部大舉入侵，襲擾京畿地區。

〔二一〕文致：羅織罪名，致人於罪。

王中丞廷小傳

中丞初以大司徒主事分曹太倉〔一〕，與宦者奉稊米相持也〔二〕。既聲聞朝廷，改監察御史而領度支〔三〕。宦者奉尋罷。亡何，疏尚書鋐治大冢宰不奉職狀，忤旨，謫亳州，稍徙崑山令〔四〕。崑山故相某，視縣令家監爾〔五〕，即所欲令爲之，不欲屬之；雖屬之，公弗與爲之。故給事中某者，公不與爲之矣； 雖欲屬焉，不能也。及兩人皆聞知，各自失也。相，巨室大臣〔六〕，給事中雖廢，然揣上意，從私家祠有所祈，不領於天子之祝官〔七〕，歲時聞上，覬復收我者爲之，乃相與持一令短長，何不至也〔八〕！

而公卽又來守吳郡〔九〕，則吳人欲之矣。郡別駕某〔一〇〕，所治逋租者獄〔一一〕，纔一牘爾〔一二〕，坐在戍籍當遣者六十人〔一三〕，捕夫得者又三百人。公趣謂御史君曰：『異哉！如以檄，大司馬府中豈無令主伍吏望見籍而走乎〔一四〕？ 戍者一人，主送至戍所者二人，捕未得者妻子一人，捕者一人，是千人之獄也。』御史君勃然寢之矣。

徐某者旣以其貲爲太學生〔一五〕，而復持其兄某陰事，署而揭之途〔一六〕。御史君又以其署按其兄，使在遣中。公廉知其爲署某陰事者某也〔一七〕，曰：『兄不義而穢於家，弟不諱而播諸國，其兄已髡鉗對主伍吏〔一八〕，某安得儼然因以爲利，大冠若箕〔一九〕，日沾沾父老前也？』乃奪其太學生〔二〇〕。

郡歲以籍錢九千緡市尚方物〔二一〕，輸少府〔二二〕，而司寇某者，其子欲之，公不與也； 往求毘陵郡錢六千緡〔二三〕，與之。已而給事中舉奏，司寇免之，並奪毘陵郡與者官。吳郡尚方物，至今有司者市之，遂爲令，自公始也。可謂不畏彊禦哉！

【題解】

王中丞廷，卽王廷（？—一五八九），字子正，四川南充人。嘉靖十一年（一五三二）進士，授戶部主事，改御史。疏劾吏部尚書汪鋐，謫亳州判官。歷蘇州知府，有政聲。累遷右副都御史，總理河道。嘉靖三十九年，轉南京戶部右侍郎，總督糧儲。改戶部右侍郎，兼左僉都御史，總督漕運，巡撫鳳陽諸府。嘉靖四十五年，遷南京禮部尚書、左副都御史。再遷都察院右都御史。高拱入閣，唆使御史彈劾，隆慶四年（一四七〇）削職爲民。萬曆十六年（一五八八）復官，以原官致仕，卒謚恭節。廷剛正有氣節，不畏權貴，守蘇州，人比之宋代名臣趙抃。詳《明史》本傳。本文選取幾個具有代表性的事例，突出表現王廷直言敢諫、不畏權貴和正直無私的品格，可謂深得《史記》筆法，而語言之詰屈聱牙，則一如他文。

【注釋】

〔一〕大司徒：周代地官大司徒主管戶口、財賦，與隋唐後的戶部職掌相同，因以大司徒作爲戶部的別稱。主事：官名。明代在中央六部設主事，爲司官，位次員外郎。各司分曹治事，分曹太倉，即分管太倉。太倉，京城儲糧的大倉。

〔二〕『與宦者』句：謂發給宦官的俸祿，一點也不多給。奉，通『俸』，俸祿。稊米相持，一粒米也要爭。稊，草名。結實如小米。《莊子·秋水》：『計中國之在海內，不似稊米之在太倉者乎？』

〔三〕領度支：兼任度支。度支，官名。掌全國財賦的統計和支調，故名。明代事權歸戶部。

〔四〕『亡何』五句：謂不久就因彈劾尚書汪鋐，不符合皇帝的心意，而被貶謫亳州，漸升昆山令。亡，通『無』。尚書鋐，指吏部尚書汪鋐。大冢宰，周官，爲六卿之首。又稱冢宰、大宰。其職掌略同於後世的吏部，因以爲吏部的別稱。忤旨，與皇帝的旨意相抵觸。此謂所言不符合皇帝的心意。謫，貶謫。據《明史》本傳，王廷被貶爲亳州判官。亳州，今屬安徽。崑山，縣名。今屬江蘇。

〔五〕故相某：賦閑家居的大學士某人。故，原來的。相，宰相，丞相。明自洪武後不設宰相，實行內閣制，設內閣大學士若干，主持內閣者稱『首輔』，其職權有類以往的宰相。當時對所有大學士習稱『相』。

〔六〕巨室：語出《孟子·離婁上》，謂爲有世襲特權的豪門貴族。

〔七〕『從私家』二句：謂『故相某』與『故給事中某』投合皇帝的喜好，在本家祠堂爲皇帝祈求福壽，而又不爲祝官所領管。嘉靖皇帝迷信方士，祈求長生不老。大臣希旨獻瑞祈福。見《明史·世宗紀》。祝官，天子宗廟中司祭禮之官。《史記·封禪書》：『始名山大川在諸侯，諸侯祝各自奉祠，天子官不領。』

〔八〕『覬復』三句：謂故相、故給事中雖賦閑在家卻與皇帝保持著密切聯繫，每年都向皇帝報告當地情況。如果他們想要陷你於罪，是無所不用其極的。覬，希圖。收，拘捕。持，抓。令，縣令。短長，謂過失。

〔九〕吳郡：東漢置，郡治在今江蘇蘇州市。明代爲蘇州府。

〔一〇〕別駕：官名。明代指各府所置通判，分掌糧運及農田水利等事務。

〔一一〕治逋租者：治理逃租者。

〔一二〕一牘：一紙狀詞。

〔一三〕坐在戍籍：受牽連列在遣發戍卒名單者。坐，株連，受牽連。

〔一四〕大司馬：古官名。明代爲兵部尚書的別稱。主伍吏：主管士兵的官吏。籍：名冊。

〔一五〕以其貲爲太學生：謂出資報捐而取得太學生的資格。明從景帝始，生員可捐納監生，即捐監。太學生，此指監生，即國子監生員。

〔一六〕署而揭之途：題上其兄的名字，揭示於道路之上。揭，揭示。列舉事由，佈告於衆。

〔一七〕廉知：察知。廉，察訪。

〔一八〕髡鉗：剃光頭，帶鐐銬。

〔一九〕大冠若箕：戴著前寬後窄的大帽子。大冠，文臣之冠。見明劉基《賣柑者言》。

〔二〇〕奪：褫奪。剝去太學生的衣領，取消其太學生的資格。

〔二一〕尚方物：皇帝所需之物。尚方，官名。掌供應、製造帝王所需的器物。

〔一二〕少府：官名。秦漢爲九卿之一，皇室倉庫主管。明初曾設有少府，不久將其職掌歸入工部。
〔一三〕毘陵：古郡名。此指常州府，治所在今江蘇常州市。

霍長公傳

霍長公者，西河人也〔一〕。既少孤，而母太淑人李年二十餘歲，以故失不爲儒，太淑人常恨之。公曰：『往而不可還者〔一〕，親乎？縣而不可知者〔二〕，祿乎？昔在襁抱，以有今日，卽使不肖孤列鼎而祭先君子，孰與竭力耕田之逮太淑人存也？且爲儒不成，必難中棄而妨遷業，孤豈敢薄諸生獨以白首鄉校，猶日呻佔如病嫗之就蓐〔三〕，使其父母匏瓜畜之，而進退維谷坐自朽腐；是爲從吾所好耳。』公由是稍治產，所致太淑人甘毳之餘〔四〕。亡何施予偏族黨矣，無何橋梁之役偏四境矣，而產猶治也。蓋公自計其力足以供甘毳，則推及施予，不使有一日之積云。

公素坦率，媕濡與羣處，然恥誇毘〔二〕〔五〕，雖狎必以義，無大小無敢忿爭；卽忿爭曲直，一聽公，無後言者；人以此益附公。公既貴，有輿馬，且年七十餘不以乘也。每出入安步里閈中，無異布衣時。曰：『吾幸未憊，庶幾與里閈故舊遇諸塗，何可使其引避，而轍迹畏人？將無挾兒輩尊寵於車上儚哉〔六〕！』有司鄉飲酒，公嘗一當大賓，後輒謝不往。曰：『吾始不圖得從父母之邦，見唐虞養老以燕饗甚盛典也，一之爲冒，而復抗禮邑長吏，以煩官府僕僕起居乎？』公是時已封御史，進中丞、少司馬，凡三命，故自謂將無『於車上儚』云。

郭太淑人亦年七十，以公之家而猶不輟粗糲之食，曰：『吾與君子同事李太淑人，糟糠不饜，若將終身，雖今暴貴，七十餘矣，何能異爲婦時也？豈以吾兒爲不能事我者乎？』其夫婦同德如此！

贊曰：史謂孔子數稱介山子然者，豈之推之後邪〔七〕？晉之多賢，由來遠矣！子夏既居西河之上，序《詩》教授，所與友田子方、段干木其人也〔八〕。霍長公家食不輟粗糲，安步里閈不以輿馬，非故讓也。方其布衣時，晨出夜入，自以性之恆，啜菽茹藿，自以味之極。一旦使之俟駕而後行，式閭而後過〔九〕，苦矣；品列而後御，味備而後舉，厭矣。不然，則一以抑損，豈謂坦率乎？西河之俗，蓋猶有《蟋蟀》、《伐檀》之風焉〔一〇〕。其論爲儒，非獨疾夫不成也。之推之母固曰：『身既隱矣，焉用文之！』然以有激將來，使假儒之名以自好者，非效於世不得藉口耳。公之意，蓋因以爲訓也。既已三命，乃鄉飲酒則謝不往。其出處大義，迫斯可見，雖曰未學，謂之學矣。其斯以謂質行君子哉，得其子而益顯也。

【校記】

〔一〕還，隆慶本、宋本同，張校本、佚名本作『返』。

〔二〕毘，底本作『昆』，誤，據宋本、四庫本改。

【題解】

霍長公，名字不詳。

【注釋】

〔一〕西河：古縣名。漢置。唐改隰城縣，明初廢入汾州（今山西汾陽）。

〔二〕縣：『懸』的本字。

〔三〕呻佔如病嫗之就蓐：吟誦詩文如同患病的老太躺在牀上呻吟。

〔四〕甘毳（cuì）：美味食品。毳，同「脆」。

〔五〕毘：同「毗」，附。

〔六〕儛：同「舞」。《莊子·在宥》：「鼓歌以儛之。」

〔七〕介山子然：指介之推。《史記·孔子弟子列傳》載，孔子所敬慕的晉人中有介山子然，所指即介子推。《史記·晉世家》載，晉文公重耳出亡從者，在其歸國即公位後均受到封賞，而未及介之推。「推亦不言祿，祿亦不及」，遂奉母隱於介山。有同情子推者，懸書宮門，文公得知派人召之，子推躲避不見。聽說進入綿山，「文公環綿山而封之，以爲介推田，號曰介山」。或謂文公爲逼子推出來，放火燒山，子推堅持不出，遂被焚而死。見《左傳·僖公二十四年》。後世爲紀念介之推，將其被焚之日定爲寒食節。

〔八〕子夏：姓卜，名商，字子夏。春期末衛國人。一說晉國溫人。孔子弟子。據《史記·仲尼弟子列傳》載，曾到魏國西河講學。據《史記·儒林列傳》載，田子方、段干木都是他的學生，以致西河人把他當作孔子。於是，魏文侯拜其爲師。田子方，一說學於子貢，與子夏、段干木同爲魏文侯所優禮。段干木，姓段干，名木。

〔九〕式閭而後過：過門表示禮敬。式閭，車至里門，人起立，俯憑車前横木，用以表示敬意。式，車前横木，通「軾」。閭，里門。

〔一〇〕《蟋蟀》：《詩·唐風》中篇名。《伐檀》：《詩·魏風》中篇名。唐、魏，均屬春秋晉地。

長興徐公敬之傳

公名東，始居約時游邑諸生間〔一〕，莫能厚遇。久之，授弟子室里中，非其好也。則曰：「嗟乎！

大丈夫生不能游大人以成名，卽當效魯仲連布衣而排患解紛〔二〕，令千里誦義爾，終安能嘔嘔爲章句師，坐帷中日夜呻其佔畢，從羣兒取糈自食乎？』會邑富人許公女年二十不嫁，欲求賢夫如公者。公是時年三十矣，乃脱身游女家。女家素長者，里中少年多侮之，卽妻公，又皆來侮以嘗公。公問許公：『豈負是屬而欲報之？然此易耳。今我在也，而彼皆籍吾家。令我不維是子壻行，皆魚肉之矣。』亡何，微知少年家陰事，以令里中。里中皆謂少年：『彼不上書告君，卽利劍刺君矣。』少年家顧且因許翁奉百金，願交驩公。公乃以所奉百金益市牛酒，更召外家宗人及里中父老，日高會，數問其金餘尚有幾所〔三〕，趣買共具〔一〕。曰：『里中少年豈不多豪，然無奈此牛酒共具我何？』公旣已脱遼陽大賈某氏之阸，而某氏日操百金將進公，及見公，侍酒至暮，口不忍獻百金。

邑有豪亭父朱某者，好衆辱人。公一日從旁數之曰：『朱君太横哉！』朱乃瞋目視公，曰：『客何爲者，居邑屋至不見敬於若乎？』乃大挫公。公佯不問。一日袖四十斤鐵椎，謂朱曰：『不聞信陵客椎殺晉鄙事乎〔四〕？』朱跪曰：『吾始以先生爲庸人，乃今知之。』遂相舉飲，謝而去。

時江南大饑，斗米千錢，而公門下多蒯緱之士〔五〕，然歲入實不足以奉賓客，至鬻宅子錢家，不令知也。公始與諸兄同居，及往許翁家，諸兄皆聽公去，不收。十年之中，公蓋再致千金，卽諸兄匍匐來稱貸，公又未嘗以無爲解焉。公嘗謂：『何知積著好行其德者爲亨利？吾予人若棄之，假人若忘之，卽有償者是自實其義，吾不忍爲也。』公蓋慕吳監門卒之爲人〔六〕，而游於酒哉。朋友相覯，歡然道故，飲可五六斗而醉，二三客前奏琴，未嘗不爲鼓，一再行，而據地歌矣。卽長興令召公，公又謝病不能往。

公雖布衣，然見邑中長老，好問民所疾苦。嘗謂：『長興西從方山來可百里所，故不多爲陂，誠得瀦水，高下更相受溉〔二〕，可令畝一鍾，何憂暵哉〔七〕？城南諸田即患苕水暴至，然以隄善潰爾，築令廣一二丈所，何慮不障？又可樹桑千畝。因掘土爲池，可養千石魚，即雖汙邪且不失茭牧其中，獨奈何棄百世之利不爲乎？』公既口畫縣中事，縣長吏愈益重公，門外時時以干旄來。然其時民治渠少，煩苦不欲也。

今年公七十有九矣，尚善飯，遇客無所敢失。即有從季子中行來者，與許夫人爲夜灑埽，早帳具，至旦不倦。蓋中行未游京師，所交已多大父行知名之士矣。

余爲郎署中時，中行嘗語余曰：『吾嘗諫家大人至篤行，即所言邑長吏治渠事，煩苦不爲也。以大人之義，與邑中長老共數百頃，曰何不成也〔三〕？家大人謝曰：「吾聞興百世之利以親附百姓者，邑長吏之事也。且吾邑長老居閒者終不語；今長吏幸而聽我，我又奈何從邑中奪賢長吏權乎？」』其爲長者如此。

【校記】

〔一〕買，底本作『賣』，誤，據宋本改。

〔二〕受，宋本作『爲』。

〔三〕曰，四庫本作『田』。

【題解】

長興徐公敬之，指徐東（一四七五—一五五八），字敬之，自號東皋。徐中行之父。據《天目先生集》附李炤《徐公行狀》載，東『少貧，喜讀古人書，教授諸生，下帷恆數十百人。必以力行爲先，多長厚之德，邑令爲之虛禮』。文稱徐公年七十九，則此文作於嘉靖三十二年（一五五三）。

【注釋】

〔一〕居約時：處於困苦時期。約，窮困。《論語·里仁》：『不仁者不可以久處約。』

〔二〕魯仲連：戰國齊人。《史記·魯仲連列傳》載，魯仲連『好奇偉俶儻之畫策，而不肯仕宦任職，好持高節』，曾射書解聊城之圍，說服魏將新垣衍解趙之圍，拒絕平原君酬謝，說：『所謂貴於天下之士者，爲人排患解難紛亂而無取也。』

〔三〕幾所：幾許，多少。

〔四〕信陵君椎殺晉鄙事：《史記·魏公子列傳》載，魏公子信陵君爲救趙，盜得調兵的虎符，起用隱於狗屠中的朱亥，至軍中椎殺不服調的晉鄙，使趙圍得解。

〔五〕蒯緱（kuǎi gōu）之士：謂貧困之士。蒯緱，用草繩纏繞劍把。《史記·孟嘗君列傳》：『馮先生貧甚，猶有一劍耳，又蒯緱。』

〔六〕吳監門卒：指漢梅福，字子真，九江壽春（今屬安徽）人。以明經爲郡文學，補南昌尉。後去官歸里，及王莽專政，乃攜妻子離家出走。後有人在會稽見到他，時已變姓名爲吳市門卒。詳《漢書》本傳。

〔七〕暵：同『旱』。

杜長公傳

杜長公常者，鄞人也，以文無害試補奉化縣功曹〔一〕。在家人時嘗稱《詩》『貽厥孫謀，以燕翼子』〔二〕，曰：『信斯言也。予幸逮事王父母，又以勤父母，予奚賴焉？』其爲王父母供具，一視父鎬供具。曰：『王父母固安大人供具矣。』所執王父母喪，父鎬無不如己自盡者，而不知其所由辦也。長公既收弟仲於維揚，而爲季有室以託姊子，然後嫁從女者三，如其女；葬不能喪者，如其弟仲，筐篚賻賵〔三〕，至無暇日，不爲厭焉。長公出入邑屋，少年輒自避，過而與之言則趨；婦姑勃谿不出梱閾〔四〕，亦自曰：『將謂杜長公何？』同曹掾某患疫，諸曹掾舉以其妾故引去，且止長公。長公曰：『廢朋友疾病相扶持大義，而借小嫌以自解，何以稱同舍兄弟？人孰無急難，而坐棄之也？』每往必有所與俱，執火竟夕，身傅匕劑，其妾顧以此無間處，衆始服長公達節云。

再補蘭谿縣功曹〔五〕。蘭谿令謂奉化令曰：『大邑多君子，今安得有杜掾其人哉？』奉化令曰：『其人故奉化功曹也。』其取重如此。先是，長公值橐中裝於蘭谿之塗，舉以微亡者。亡者至，謂長公曰：『橐中裝，都料也，將輸縣而先門假寐道左，屬縣官出辟客，倉卒遺之，蓋五十金。舉者遠矣，然此其地也。』長公曰：『此其地固在，索之豈遠乎？』卽舉以畀亡者。亡者捐十金謝長公，長公曰：『十金孰與五十金爾？豈以我無所置之也？』遽辭而往。章公居仁嘗謂：『長公雖在功曹中，質行不可及矣〔一〕。』

尋授廣西龍江驛丞〔六〕。有以藤自毒殺者，其家誣怨家殺之；郡太守謂怨家實殺之也，以具獄。憲司則移長公，長公覆而輒見其冤狀。太守惡其反也，而笞之。長公曰：『憲司豈少廉武吏而移之驛，而乃撓於成案重辱命也？笞之不猶愈於殺人以免乎？』屬征蠻之役，幕府檄從軍，疾作而卒於邸。後五十年而孫思舉進士，遷青州太守，方爲良二千石云。

贊曰：越之俗機〔七〕，賢者惑焉。同曹掾疫，長公不憚。躬調護之，可與立哉！及觀所畀亡者橐中，語其調笑，疏於叱詈，舉五十金，若亡者自取之。望望然惟恐德我〔二〕，又何可啗以利也？有是驛吏，不難於不阿郡太守意；有是憲臣，不難以殺人。大獄屬驛吏者，今無矣夫，今無矣夫！

【校記】

〔一〕矣，宋本作『也』。

〔二〕德，明刻諸本並作『得』。得，通『德』。

【題解】

杜長公，名常，鄞（今浙江寧波市鄞州區）人。杜思的祖父。杜思，時任青州知府。詳前《奉贈杜使君寄上太翁八十壽》題解。

【注釋】

〔一〕奉化：縣名。今屬浙江。功曹：官名。漢於郡縣下置，掌郡或縣事務。此指明代縣中基層官員。

〔二〕《詩》：指《詩·大雅·文王有聲》『貽厥孫謀，以燕翼子』，《集傳》謂『謀及其孫，則子可以無事矣』。

〔三〕筐篚賻賵（fù fèng）：謂裝載助葬財物。筐篚，竹編器物。方者曰筐，圓者曰篚。賻，以布帛助喪。賵，助人送葬贈死者之物。

〔四〕婦姑：兒媳與公婆。勃磎：爭鬭。也作『勃谿』。《莊子·外物》：『室無空虛，則婦姑勃谿。』

〔五〕蘭谿：縣名。今屬浙江。

〔六〕龍江：即今廣西麗江。驛丞：官名。明代於各州縣設驛站，置驛丞，掌郵遞、迎送。

〔七〕機（jī）：機祥。祈求鬼神以求福去災。《列子·說符》：『楚人鬼而越人機。』

晉陽王次翁傳

次翁子使君名道行，弱冠擢進士，給事尚書大司寇省中。余時爲郎。亡何，使君補鄧州，余尋出爲鉅鹿郡。明年，使君遷魏郡〔一〕，比二千石，往來二御史臺若部刺史必直使君，與使君相勞也。雅已聞次翁爲人。

翁名尚智，字哲夫，陽曲人。嘗補郡弟子員，不就，以貲假幹掾省中十餘年，除薊之義豐驛焉〔二〕。驛於京師東北諸邊爲孔道，次翁乃簿正廚傳，箠使諸走，約客至嘗禦者往〔三〕。蓋三年所，車馬捷於羽檄，使者應乎烽火，未嘗一日詣對幕府矣〔四〕。再遷北地之北峽關北漢障塞尉，譏客出入〔五〕。明年，棄官歸太原。屬使君已舉於鄉，視笥中俸纔二金，笑曰：『腆矣！一抱關吏何功於上也？』尋從使君鄧州。使君問政，未嘗爲質焉，旁引成事而已。及使君遷大名，乃輒不敢復問政。曰：『吾何能從兒子輩，數數操郡長吏事乎？』

翁魁梧美髯長者，少不視產，而長翁乃善賈〔六〕。乃翁撫長翁子，則無不若己出。語人曰：『兄子某病，吾則終夜不能寐，然有過又未嘗不譙讓之。豈爲第五氏哉〔七〕？』卽晉陽長老亦言翁俶儻狀，視仇家若不可解者，卒如初不著於睚眦〔八〕。里中緩急，翁輒與居間，然計畫之耳，不必人人嘗施焉，以故里中曲聽翁，請言事不願金矣。

余猶記使君在鄧，嘗使人於諸郡微當候太嶽祠官者狀。時祠官方貴幸，余所爲候，輒不與諸郡同。

人以報使君，則使君從鉅鹿之所爲，次翁屬在鄧也。後使君從大名遷鳳翔太守，移蘇州太守，禦倭於城下，寇竟失利去，稱治行第一云。

次翁雖不視產，即在驛塾諸驛〔九〕，在關塾諸關。一日，越人裘生者傳過之，罷矣〔一○〕，翁輒奇焉，延使使君卒業，爲之有室，蓋三年以裝去。次翁所爲使君亡慮十數師，類如此。以故弱冠舉進士，不十年三爲大郡。視囊俸笥中二金實腆矣，廉吏何不可爲哉？

余惟世之君子，重與人爲善也。誠日莫途窮，奪然後罷，逐然後去，斯笑之矣。至無所爲而棄官，則又從而極之〔一一〕，曰是先奪而圖罷，先逐而圖去，計之狡者也。是計畫無復用之，而竊輕富貴爲名高者也。是恐卒不可測，姑以自避以緩人之跡我，而將以復進者也。不知計即狡，亦徒爲罷去耳。身已隱矣，安用名高？愈避跡愈著，夫又遑恤我後乎？是三者故皆不出於患失，何世之君子重與人爲善也？余觀次翁棄官歸時年未五十，一抱關吏耳，此三者何以稱焉？

【題解】

晉陽，古地名。此指陽曲縣，時屬太原府。王次翁，王道行之父。王道行，字明甫，嘉靖二十九年（一五五○）進士。歷任鄧州知州、大名府同知、蘇州知府、河南按察使、四川布政使職。著有《桂子園集》。《雍正山西通誌》卷一百三十六有傳。據文知，道行在刑部與攀龍同事；道行爲給事中，攀龍爲郎中。攀龍出爲順德知府之第二年，道行又遷大名知府，彼此過往密切。底本目錄篇題中『翁』作『公』，今依底本正文標題，對目錄予以更正。

【注釋】

〔一〕魏郡：漢置郡。此指大名府，在今河北。

〔二〕以貲假幹掾：謂捐資爲掾屬。假，攝，代理。薊之義豐驛：在今河北安國市。

〔三〕『次翁』三句：謂次翁先爲簿而書之，正其庖廚與傳舍之設施，然後派馬使令小吏，約請能騎馬者傳達文書。簿正，本謂祭祀時，簿正祭器。《孟子・萬章下》：『孔子先簿正祭器。』廚傳，庖廚與傳舍。庖廚，供過客飲食；傳，傳舍，驛站，備有車馬以助出差的官員。箠，馬鞭。走，走使之人。此指驛卒。當禦者，能乘馬傳達公文者。

〔四〕詣對幕府：到將軍幕府質對得失。

〔五〕北地：此謂北方之地，猶北邑、北州。《史記・燕世家》：『齊宣王令章子將五都之兵，以北地之衆，以伐燕。』尉，武官之稱。軍尉。譏：稽察，查問。《孟子・公孫丑上》：『關譏而不征，則天下之旅皆悅，而願出於其路矣。』

〔六〕第五氏：指第五倫。第五倫，字伯魚，京兆長陵（今陝西西安市）人。東漢初年歷官至司空（宰相）。《後漢書》本傳載，倫『奉公盡節，言事無所依違。諸子或時諫止，輒斥遣之，吏人奏記及便宜者，亦並封上，其無私若此』。有人問他是否有私，他說：『吾兄子常病，一夜十往，退而安寢；吾子有疾，雖不省視而竟夕不眠。若是者，豈可謂無私乎？』

〔七〕長翁：次翁之兄。

〔八〕睚眦：睚眦之怨。謂小怨小憤。

〔九〕在驛塾諸驛：謂在驛就在驛設私塾，令其子就學。

〔一〇〕罷：通『疲』。

〔一一〕極：極口，極力詆毀、抨擊。

何季公傳

何季公者，名積，字良慶。故姓徐，系偃王後〔一〕，子孫稍遷歙之傳谿。元末有萬億者，始易姓何。

再遷休寧，凡五世爲兆義。兆義生政，景皇帝時〔二〕，用鹽筴起，應詔輸粟塞下〔三〕。值虜大入，猝獲良馬以免。顧橐中裝百金耳，乃卽歸而廢著以復，是瓦解之術也〔四〕。何以稱少有鬬智，卽百金不猶當奇勝邪？遂返塞下。居數歲，果再致萬金。政生耀，耀生季公。

公生逮壯，而伯若仲長已各倍公。乃兄弟與俱，徧游江、淮、吳、楚間。所至雍容，爲閭里率，相矜以賈，咸謂季公有家約也。先是，公父舉明經，授長河丞〔五〕，公勸之往，蓋三年以循吏稱，載在邑乘矣。二兄之亡也，公慨然曰：『曩吾以愛弟奉二兄江、淮、吳、楚間，舉橐中裝託我，我今乃令諸孤無息業哉〔六〕？』蓋終其身無私藏。亡何，御史君受寧遠令〔七〕，又勸之往，曰：『無念爾祖使我得稱長河循吏子，更能得稱寧遠循吏父乎？』自是寧遠君卒以『卓異』聞，召拜南臺御史也〔八〕。公因就南臺覘御史君所爲治狀，獨持大體矣，乃趣還休寧，營萬安里而老焉。

縣大夫舉賓射必迎公〔九〕，公彊爲出，竟不再；然閭里期功待公舉火者十數家〔一〇〕，未嘗以居常謝客爲解也。公以季子，金孺人以季子婦，得當父母驩，公自折節伯仲間，事如長河丞所，何得孺人亦以身下二姒事如姑汪如孺人所也〔一一〕〔一二〕？其夫婦孝友如此。御史君上績書，公與孺人同封，年各八十有一歲，已孫五人，曾孫四人矣。御史名其賢，今爲南京某部郎中云。

于鱗氏曰：季公之賢也，身治生而父若子，皆以仕顯。長河丞，官薄耳，其邑紀列焉。御史，貴倨矣，輒謝，雖賓射不再出。彼竊借寵靈以炫閭里者何限〔一三〕？乃季公所以先後父若子以仕顯者，有道哉！豈所謂得勢而益彰者乎？惟孝友于兄弟，子孫修業而息之，所謂施于有政者也。

【校記】

〔一〕如，宋本無。

【題解】

何季公，名積，字良慶。自歙（今安徽歙縣）遷居休寧（今屬安徽）。爲何其賢之父。因在兄弟排行老三，稱『季公』。何其賢，嘉靖十年（一五三一）進士，曾任寧遠縣知縣、江西道御史等官職。時爲南京某部郎中，生平未詳。

【注釋】

〔一〕偃王：指徐偃王，相傳爲周穆王時徐國國君。有關徐偃王的記載，散見於《荀子·非相》、《韓非子》、《史記·秦本紀》等處。

〔二〕景皇帝：即景泰皇帝朱祁鈺（一四五〇—一四五六在位）。

〔三〕鹽筴：食鹽者的户口薄。此謂爲鹽販。筴，策。輸粟：輸送穀物。此謂因爲鹽商而應詔輸粟助邊。

〔四〕瓦解：謂財貨消解之易如瓦之破碎。《史記·貨殖列傳》：『富無經業，則貨無常主，能者輻湊，不肖者瓦解。』

〔五〕長河：古縣名。在今河北故城縣地。

〔六〕息業：生息之業，即維持生計的産業。

〔七〕寧遠：縣名。今屬湖南。

〔八〕南臺：此指南京御史臺，即南京都察院。御史：此謂監察御史。

〔九〕賓射：賓射之禮。本謂天子以諸侯爲賓而行射禮於朝（見《周禮·春官·大宗伯》），此謂縣令行射禮時以其爲賓。

〔一〇〕期功：謂期服與功服，均爲喪服名。此謂在服喪期間。

〔一一〕娰：兄妻爲娰。兄弟之妻亦互相稱娰。

〔一二〕寵靈：獲恩寵而貴顯。

汪從龍傳

汪從龍者，歙人也，名雲。其先汪華者〔一〕，隋末以豪起，據六州，稱號吴王。唐興，授總管六州軍事、歙州刺史，封越國公。至宋，贈金紫光禄大夫叔敖者，始自績溪徙邑之潛川。叔敖生若虚，於江南經制使若海爲從兄〔二〕。若虚十二世生道壽。道壽生十有八歲，而其父士誠卒於客。訃至輒往，僦而輓以行，盡僦乃焚櫬襮諸櫝，錫相襲也〔三〕。橐而負渡江，乃中流有光屬於舟，龍輒夾繞舟，舟且覆者數矣。衆計無所出，則徧索舟中諸非常物爲解，有鬃几澤可以鑒者十具以沈〔四〕，猶是也；有丹沙熌如熛火者一斛以沈，猶是也。而衆愈益恐。時道壽偎伏莫敢動，卽再索舟中，念與櫝俱沈耳。尋失光所在，汔濟衆弗察其所負者枯骨矣。道壽生庚應，庚應生政和令賢，賢生文暵，文暵生從龍。

從龍家自道壽以來，四世同居。從龍嘗爲叔文晫行質子錢家治其婚〔五〕，既已責，遂并舉其母所遺篋中裝授焉，緘識如故也。蓋晫七歲而孤，其父以篋中裝二千金屬文暵，比授之日已十有八歲，晫不知之也。再從叔晒議且異產〔六〕，而疑文暵私焉，乃索四世所遺者四千金於從龍。從龍視其遺實無金，而衆愈益譟，乃徐發其橐中書數劑以示衆：某之產若干所，某所之值若干金，凡八千五百餘金，人人倍其遺也。衆復恐從龍卻取其倍者，輒舉抵於從龍，然惡又不能二千金。從龍曰：『先君子業已領家政，而產幸人人倍，今舉抵以難我，不爲先君子受此抵，卽公等何以明不私？』

初，道壽與其兄同產，而兄輒自鬻於程氏，擅不與值，吳孺人請則引缶而斷孺人鼻，終不與值。後程氏復以售諸其祖賢，今所舉抵，故斷鼻之情，豈論其不能二千金乎？乃受抵而衆遂異產。蓋百有五十歲而後備四世之業，以報斷鼻之怨，成孝子慈孫之志云。

嘗於京口夜夢僧而旦得鐘，百金易之，歸而置諸邑。時爲郡諸生卽守若令無不長者遇之矣。頃之，以太學生爲山東布政司理問，嘗榷稅泰山供客問〔七〕。太山館人各以其客自占至不敢匿一筭，由是不踰月而稅萬金。上宮之役，並計諸祠，時以監者覆視計簿，簿構具諸祠，凡數十所，計杉竹數千，值萬金，乃盡削之，止計上宮構具，署纔數十金而已。屬有司行祠事嚴，諸工嘖嘖〔八〕，謂分作便也。從龍固不許，輒構上宮而撤其構。構諸祠凡數十所，轉相爲用，卽諸祠次第舉矣。與其分作而觀望，孰若合力之致期？是役也，有程材無淫物，有稱事無譎工，埏人爲火齊瓦而鋈焉〔九〕，諸家所不習，執齊上下，漫無可稽；從龍一日而得其技，則相與謝，不敢爲奸。雖察察務得情，然實無它腸。歙俗儉，視公費如出諸囊中耳。凡四年，徙爲益王府審理〔一〇〕。有五子，各以一經爲諸生云。

李于鱗曰：觀從龍自少與其父俱見苦爲生，雖家累萬金，知財所從來。及起爲吏，榷稅太山，行諸祠監者，重有所棄，計其幹裁不下鉅萬，誠有所不能忍者也，以是得意耳。雖欲學吾術，豈告之哉？能試有所長，非苟而已也。

【題解】

汪從龍，名雲，歙（今安徽歙縣）人。據文稱曾『以太學生爲山東布政司理問』，蓋在其任職山東期間與攀龍有過往，因爲之傳。

【注釋】

〔一〕汪華：唐績溪（今安徽歙縣）人，隋末據本郡及宣、杭、陸、婺、饒五州，自稱吴王。唐高祖武德中降唐，爲歙、宣、杭、陸、婺、饒六州總管、歙州刺史，封越國公。詳見新、舊《唐書》本傳。

〔二〕江南經制使：宋代官名。掌東南財賦。若海：字東叟。靖康年間（一一二六），金人入侵，應詔上書，請立康王爲大元帥，鎮撫河北。及徽、欽二帝北行，謁見康王獻平寇之策，致湖湘地區安定。累官值秘閣，知江州。著有《若海集》、《麟書》。見《宋史》本傳。

〔三〕『訃至』四句：謂聽到父親死訊即前往，租賃車輛而行，租金用盡就焚燒棺木將骨殖暴露放在木匣中。僦（jiù），租賃。輓，牽引葬車。櫬（chèn），棺木。爆（bó），通『暴』。表露。櫝，木匣。

〔四〕髹（xiū）几澤可以鑒者：油漆几案光澤照人者。髹，上漆。

〔五〕質子錢：抵押出借取息之錢。子錢，利息。

〔六〕異產：分家。

〔七〕理問：官名。爲布政司直屬官員之一。掌勘核刑名訴訟。其中包括税務。榷税：徵税。

〔八〕嘖晴（qíng）：大呼小叫。嘖，大呼。晴，細語。

〔九〕埏（shān）人：製作陶器的人。埏，以水和土。火齊瓦：即琉璃瓦。鋈（wù）：白銅。此謂以銅鍍之。

〔一〇〕益王：明憲宗朱見深之子朱祐檳，建藩建昌（今四川西昌市）。

張隱君傳略

隱君張沖者，其先鍾離人，徙金陵，再徙吳門，家世服賈云〔一〕。隱君卽嘗挾筴里中，學一先生之言，然略大體，終不欲數數佔畢間〔二〕。弱冠往試視業，則息錢恆什倍，喜曰：『萬貨之情可得而觀已，然我則不暇。』頃之，乃如京師，與燕趙游閒公子爲富貴容，從諸佳麗人鼓瑟跕屣〔三〕，蹹鞠六博〔四〕，翩翩未厭也。及觀宮闕之盛、官儀之美，與所交賢豪閒長者之游〔一〕，私且慕之，曰：『所謂隱居巖穴之士，設爲名高者安歸乎？非深謀廊廟，論議朝廷，何以稱焉？而胡爲失當年之至樂，不自肆於一時？』

蓋期年，屬父元平公病，則隱君心動，趨歸家。抵毘陵，遇盜，請橐中裝。隱君懸橐覆諸地，顧主記〔五〕，記諸故人所齎問遺其家者某若干，並委之無吝色。盜以君雍容俾倪，故久立微察君。君亦恐有它，謂之曰：『吾既已裝單橐舉矣，無已迹將在眉睫焉。不腆千金，由將不足以免之，卽逢蒙視，詘要撓膕〔六〕，身質以謝追吏，小禮何所用而斫我，爲客則一何暴乎？』賊乃引去。

君抵家，元平公亦愈，所記故人齎問遺者，其家往視，君被創不敢問也。君則自謂橐中亡恙矣，然實已請去。創起，視記償之，爲損千金焉。乃益治產，折節爲儉，與用事僮僕同苦樂，不翅若自其手指出。三十年間，三致千金。嘗曰：『不時散失，無所藏之。』以故身所嘗施，若所已責，不可勝數，然終不爲德，而少年附之，輒爭爲用。屬有天幸，鬬智智勝，爭時時會，繇是兄滂、弟津以儒術起，而隱君用俠聞矣。

居閒田池之樂，歲時祭祀進醵〔七〕，飲食被服自通也。起塾於家，日洒掃治具，度可供十人者，使三子侍酒於前，庶幾賢豪長者適我哉。晚尤好山水，往往在虎丘、石湖間爲廚傳〔八〕，廢一於舟，廢一於車，至卽其方，返卽其期，蓋繇是不窺市井矣。

李于鱗氏曰：王生往爲余談隱君家〔九〕，仲子獻翼兄弟，故奇士也。久之，仲子以諸君所爲隱君者列傳言屬余。余觀所論次隱君者，梅子真、皋伯通之倫與〔一〇〕？亡論刲股薦母，稱篤行君子，卽弱冠游京師自肆於一時，斯亦誠理所取焉。烏氏倮一鄙牧長〔一一〕，今安得抗禮萬乘？事及稱倭夷犯郡時，隱君傾身佐縣官之急，以比於任氏之義〔一二〕，公事不畢不得飲酒食肉，以爲閭里率，大體如此。吾必謂之學矣！日治具，庶幾賢豪長者適我。仲子故奇士，其所由來遠哉！

【校記】

（一）之，宋本無。

【題解】

張隱君，爲張獻翼之父。據傳稱，張氏祖籍鍾離（今安徽鳳陽），徙居金陵（今江蘇南京），再徙吳門（蘇州）。所謂『仲子獻翼兄弟，故奇士也』，指鳳翼、獻翼與燕翼。鳳翼，字伯起，嘉靖間舉人。善詞，曾著《紅拂記》等傳奇，有名於時。著有《處實堂集》等。獻翼，字幼于，後更名敉，鳳翼弟。嘉靖中國子監生，爲人放蕩不羈，言行詭異，似有狂易之疾，而說《易》乃平正通達，篤實不支。有《讀〈易〉記聞》、《讀〈易〉韻考》、《舞志》、《文起堂集》、《紈綺集》。生平略見《弇州山人續稿·文起堂續集序》。燕翼，字叔貽，嘉靖四十三年（一五六四）與兄鳳翼同領鄉薦。善畫，能書善詩。生平略見《明史·文苑·皇甫涍傳》、《明詩綜》卷四五等處。

【注釋】

〔一〕服賈(gǔ)：謂經商。

〔二〕數數佔畢間：謂汲汲於讀書作文人。佔畢，語出《禮·學記》，謂讀書吟誦。

〔三〕跕(diǎn)屣：腳尖輕著地而行，謂舞步。《史記·貨殖列傳》：『女子則鼓鳴瑟，跕屣，游媚貴富。』

〔四〕蹹鞠：卽蹋鞠，類今之踢足球。蹹，同『蹋』。踢。六博：古代一種博戲。共十二棋，六黑六白，每人六棋，故名。《戰國策·齊策一》：『臨淄甚富而實，其民無不吹竽鼓瑟，擊筑彈琴，鬬雞走犬，六博蹹鞠者。』

〔五〕顧主記：只有錢所屬主人的記錄。顧，但。主，物之所有者。

〔六〕『卽逢蒙』二句：謂不敢正視，匍匐畏懼之甚。《荀子·富國》：『負戴黄金，而遇中山之盜也，雖爲之逢蒙視，詘要撓膕，君盧屋妾，由將不足以免也。』逢蒙，古代善射者。逢蒙視，微視，謂不敢正視。詘，同『屈』。要，音義爲『腰』。撓，曲。膕(guó)，曲腳。盧，通『廬』，屋舍。

〔七〕進醵(jù)：謂進酒。《史記·貨殖列傳》：『若至家貧親老，妻子軟弱，歲時無以祭祀進醵，飲食被服不足以自通。』醵，湊錢飲酒。

〔八〕虎丘：山名。在今江蘇蘇州市。石湖：湖名。在江蘇蘇州市西南，與太湖相通。

〔九〕王生：指王世貞。世貞與獻翼爲同鄉，亦爲好友。

〔一〇〕梅子真：卽梅福，西漢末年曾隱居於吳門。詳前《答元美〈吳門邂逅于鱗有贈〉》注〔一四〕。皋伯通：漢代吳人，爲郡中富豪。梁鴻與其妻孟光隱於吳，依附伯通，做傭人。伯通見其夫婦舉案齊眉，知爲非常人，使居內室，以禮相待。見《後漢書·梁鴻傳》。

〔一一〕烏氏倮：烏氏縣名倮者。《史記·貨殖列傳》：『烏氏倮畜牧，及衆，斥賣，求奇繒物，間獻遺戎王。戎王什倍其償，與之畜，畜至用谷量馬牛。秦始皇帝令倮比封君，以時與列臣朝請。』

〔一二〕任氏：據《史記·貨殖列傳》載，督道倉吏任氏，秦末人爭金玉，而他獨窖藏粟。楚漢相爭，民失耕種，米價騰貴，任氏因以致富。『富人爭奢侈，而任氏折節爲儉，力田畜。田畜牧人爭取賤賈，任氏獨取貴善。富者數世。然任公家約，非田畜所出弗衣食，公事不畢則身不得飲酒食肉。以此爲閭里率，故富而主上重之』。

武母太恭人傳

武母井陘人〔一〕，姓畢氏，處士宗伊季女也。其先莒州學正〔二〕，忘其名，以直言顯；湖廣參議鸞孝行表里門〔三〕；臨漳訓導居仁，稱經師也〔四〕。母自以世家女通《內則》、《孝經》大義〔五〕，歸邑處士用之；遺腹三月而用之亡，年纔二十有四。既彌月生子礪甫，凡三十二年而礪甫舉進士，除長清縣令，入爲吏部主事。凡十二年，而母封太安人。又三年，遷郎中，而母封太宜人。又一年，擢太常少卿，而母封太恭人。是時母年七十有一。五年而王用三錫〔六〕，蓋殊遇也。先是，礪甫在諸生中，母年五十，有司上言節婦狀，先帝命表母里門矣。

攀龍曰：『余觀程嬰、杵臼之烈〔七〕，殺身相勸也，託孤爲難焉！一寡婦人而提六尺之孤，義不辱則毀髮膚以杜求者〔一〕，無已，感慨經溝瀆〔八〕，自謂永訖計畫無復之耳。無論行虧而行立之爲無以自全〔二〕，卽身亡而孤存，亦爲無以自免也。受其孤而使有所不可知，猶爲重遺之矣。既阻薦饑，匍匐拮据，更依父兄輒貽不淑，天所不能奪也。衆方用暴，以孤爲辭，是非示之以有累之形而誨圖之哉？將何所不至也？乃武母故自有母才云。礪甫又爲余言母家代自有節婦，蓋其天性也。

【校記】

〔一〕毀，宋本作『設』，誤。

〔二〕行，宋本作『形』。

【題解】

武母，指武勵甫之母。據文稱勵甫進士及第後授長清縣令，歷郎中，擢太常少卿。長清時屬濟南府，或在勵甫任職長清時與攀龍有過往。恭人，明代四品以上官員之母與妻封恭人。

【注釋】

〔一〕井陘：縣名。今屬河北。

〔二〕莒州：漢置莒縣，明廢縣入州。即今山東莒縣。學正：州學學官。

〔三〕湖廣參議：湖廣布政司參議。明沿襲元設湖廣行省，而所轄區域略有變化。明置湖廣布政使司、湖廣巡撫。

〔四〕臨漳：縣名。今屬河北。訓導：學官名。明代州縣置訓導，協助同級學官教育生員。

〔五〕《內則》：《禮記》篇名。《疏》引鄭玄《目錄》：『名曰內則者，以其記男女居室事父母舅姑之法，以閨門之內，軌儀可則，故曰內則。』《孝經》：儒家經典之一。講述其所主張的孝道與孝治思想。今有十三經注疏本。

〔六〕錫：通『賜』。

〔七〕程嬰、杵臼：春秋時期晉臣。據《史記·趙世家》載，晉景公三年（前五四五），寵臣屠岸賈欲滅趙氏。趙朔門客公孫杵臼與友人程嬰議定保護其遺腹子。二人謀取他人嬰兒，詐言爲趙氏孤兒；杵臼抱此兒匿伏山中，程嬰則假裝揭發並引兵追殺。杵臼死難，程嬰攜趙氏孤兒藏匿山中。後孤兒長大得復位，殺屠岸賈，滅其族。杵臼爲救孤兒而死，程嬰爲養大孤兒而活；孤兒得立，程嬰遂自殺以報杵臼。二人義烈事蹟，後人編爲《趙氏孤兒》，影響及於中外。

〔八〕感慨：感動憤激。《史記・季布欒布傳贊》：『夫婢妾賤人，感慨而自殺者，非能勇也，其計畫無復之耳。』

錢唐節婦淩太安人傳贊

以余觀於淩太安人，何世之論節者之固哉，可相勸而成也。可相勸而成，亦可相靡而敗，烏在其爲天性哉？方太安人撫遺孤纔五月，一老姑相依〔一〕。至戚也姑，而姑諷更嫁之。諷更嫁之矣，乃歲凶復不能具饘粥，共養如姑意（一），罵詈日滿室，曰：『婦何家不可居，而自苦若是？如就嫁之者不嫁也。』日所恃族長者，而族長者諷更嫁之，作使豪奴益肆侵侮，惟產之睥睨而藐諸是圖〔二〕，危矣，不以扶助德美爲華寵也。曰：『婦何家不可居，而自苦若是？如就嫁之者不嫁也。』孰不愛女？太安人尚亦有父在，父而父諷更嫁之。至令踰年廢歸寧禮以自絕〔三〕，而猶未置焉。往曰：『女何藏之深也？』則操梃劫之，至令頭搶地，觸几案，血流被衰絰〔四〕，而猶未置焉，至令斷髮毀形以相示，有父而悖如此者乎？曰：『女何家不可居，而自苦若是？如就嫁之者不嫁也。』

人情，爲其子以婦，爲其子之孤以婦，自爲以婦，而姑不然矣；人情，族有孤收之以其母，有婦庇之以其身，而族長者不然矣；人情，欲其女有令名，亦欲己有令名於其女，而父不然矣。是三者所遇，皆非人情。太安人可以影響自解：何家不可居，何家之無姑？何家不可居，何家之無子？舉產而授族長者，屬姑焉，委之以不可知之子，而且令父自絕於所適，何負夫也！難者曰：『姑且老，可誒。

藐諸之謂何？則季子業以孤寄之矣。』曰：『是猶相勸而成也。』三者所遇，皆非人情，而太安人卒能事姑立子〔二〕。今聖天子下明詔，厥高行見褒，朱幡而守建昌者孤邪〔五〕？是靡之而勿敗，則非可相勸而成，明矣。今謂太安人自存以存其子，太安人假無子將爲一訖計乎？勸之勢緩，靡之勢急，緩急非所論，此余所以謂天性矣。故語節而待子，無以處夫無子者也。

【校記】

〔一〕共，宋本作『供』。共，通『供』。

〔二〕立子，底本作『立立』，非，據明刻諸本改。

【題解】

錢唐，即錢塘，縣名。明代爲杭州府治所。節婦，守節之婦。夫死不嫁，謂之守節。安人，明代六品官之妻與母封安人。此文蓋爲其任職浙江按察副使時所作。

【注釋】

〔一〕姑：公婆。

〔二〕產：家產。睥睨：斜視。此謂覬覦。藐：藐孤，弱小的孤兒。《左傳・僖公九年》：晉獻公起初令荀息傅幼子奚齊，病重時召見荀息，說：『以是藐諸孤，辱在大夫，其若之何？』《注》：『言其幼賤，與諸子縣藐。』

〔三〕歸寧：出嫁女子回娘家探親。《詩・周南・葛覃》：『害澣害否，歸寧父母。』

〔四〕衰絰（cuī dié）：古代居喪之服。

〔五〕朱幡：紅旗。建昌：縣、府名。孤：指凌太安人之子。父死曰孤。

卷之二十一

墓誌

明故中憲大夫陜西按察司副使江君配恭人郭氏合葬墓誌銘

君諱濬，字子泉，蓋梁散騎淹之裔〔一〕。有諱湖者，自棗强徙濟南西門外負郭巷，方水而居焉，至今稱江氏之池云。湖生秀，復徙城東四十里許杏園，因占籍歷城。秀生太學生得辛，得辛生洽，洽生璘，璘生燦，燦娶任氏，生君。

君生十八歲，爲邑諸生。正德己卯，舉于鄉。嘉靖乙未，授直隸真定縣知縣。縣有黠少年，裹石槖中而假宿館人，旦發其裝，佯驚，謂曰：『是安得竊吾金而易之石乎？』獄且成，館人笞掠無所得。君至輒鞫其金所從來，曰：『舉諸其子錢家〔二〕。』備引子錢家無應者，少年遂伏罪，而君稱神明矣。凡四年，以薦疏十有三，徵爲四川道監察御史。從幸承天〔三〕，除道滹沱河，檄有司造舟爲梁，覆土其上，列檻屬之，而大駕以渡。蓋自知縣時腹晝如此。明年，巡按隆慶，劾奏大同總兵江桓下吏。虜再入寇，遂皆以捷聞。賜俸一級，衣四襲，銀若干兩。明年，巡按應天〔四〕，奏罷府尹洪某，及奏池州知府柯某與撫臣異狀，奪俸二月〔五〕。以南臺御史奏解〔一〕，遷太原府知府者三年，以奏最，贈父如其官，母太恭人。

先是，晉宗人其祿以萬數，將軍、中尉而下，躬自簿計郡庭，紛不可問。君爲之約曰：『使我戔焉〔六〕，一宿有藴藏，詰朝相見也。』自後宗室干謁是懲，而仰給自遂，至今便焉。有聘女而其子甲卒者，欲以妻其子乙。其女既已改適，則誣以爲聘者乙也而訟之。君微得其情，命以後壻之聘三十金，償前壻家，協矣。及逮按察使，則奪以與乙其女，而致令夜縊。衆蓋益直君。有其子不孝，以屬君，欲殺之，則箠而示之，病不一也；乞原則又謬爲不可者，以數苦其慈，而重貽之德。久之乃釋，其子卒爲善士。又謂君有仁術，類不可測如此云。

又三年，遷陝西按察司副使，整飭洮、岷邊備〔七〕，凡一年，歸濟南；凡十有五年而卒，蓋嘉靖甲子七月二十有四日也。距生弘治丁未十二月二十五日，得年七十八歲。恭人郭氏，泗州同知夔之女，年二十二歲歸君，贈太恭人之年封恭人。封恭人之明年，卒於官。實嘉靖戊申九月二十九日，距生弘治辛亥八月十七日，得年五十有九。君常語人曰：『恭人歸我蓋三十八年，盥櫛未嘗千日也。』子男，邑諸生如錦一人；孫女適郭維藩者一人，適鄭伸者一人〔二〕。

先是，恭人自太原藁葬郡城東七里舖南〔八〕，某年月日葬君於杏園祖兆東南五十步，恭人就祔焉〔九〕。蓋用君所自卜兆云。志曰：

今之君子患自視太淺矣。君蓋起家縣令，入拜御史，再按畿內，以軍功受賞。上書言事，唯所論罷。仕宦至二千石，出守大郡，遮留踰代，分臬西檄，秉憲一方，不可不稱得志焉。鄉令實無所長，徒芥蔕一第，沮於自效，謂不可覬非常之遇於繩墨之外〔一〇〕，而概人以不廣，何以自見如是哉？是爲銘。

銘曰：

莫致之，其孰槖之〔一一〕？莫畀之，其孰寘之〔一二〕？是器是容，是幟是從。寧躇焉是託，勿適焉是獲。約不劑能，格不制才，庶有開於將來。

【校記】

〔一〕解，底本作『鮮』，非，據明刻諸本、宋本、四庫本改。

〔二〕伸，隆慶本同。明刻諸本、四庫本作『申』。

【題解】

江君，指江濬（一四八七—一五六四），字子泉，先人自棗强遷居濟南城西門外。居處有泉，人稱『江家池』。嘉靖十四年（一五三五）進士，授正定縣知縣。嘉靖十八年，擢四川道監察御史；十九年，巡按應天。後歷大同知府，遷陝西按察副使。致仕，卒於家。據李攀龍《墓誌銘》、《歷城縣誌·列傳》略述其生平。

【注釋】

〔一〕梁散騎淹：即江淹（四四四—五〇五），字文通，濟陽考城（今河南蘭考）人。歷宋、齊、梁三朝，梁初授散騎常侍。

〔二〕子錢：利息。

〔三〕承天：府名。治所在今湖北鍾祥市。

〔四〕應天：府名。治所在上元、江寧（今江蘇南京）。

〔五〕奪俸：官吏瀆職或犯法，罰扣薪俸。

〔六〕戔：微細之意。此謂細查。

〔七〕洮、岷：洮州、岷縣。洮州，古爲羌族地，明初置洮州衛，立茶馬司。故城在今甘肅臨潭縣西南。岷縣在甘肅南部，與臨潭縣相鄰。

〔八〕藁葬：謂初葬。

〔九〕祔(fù)：合葬。

〔一〇〕繩墨：喻規則、法規。

〔一一〕疐(zhì)之：跌倒。疐，同『躓』。

〔一二〕畀之：給予。

明故中憲大夫陝西按察司副使范君暨配宜人楊氏合葬墓誌銘

按崔子元吉氏狀〔一〕，君諱瑟，字孔和。其先晉士會之後〔二〕，蓋武、文、宣、獻以來〔三〕，子孫蕃衍於齊、衛間矣。元末有名思溫者，自東平避亂於郡之天馬山，因家焉，是爲濟南始祖云。思溫生常，常生整，整生勝，勝生福。贈君福娶馬氏，實生君。

君生十餘歲，讀書於芙蓉山，嘗有二龍窺頭於牖，拖尾於堂者，諸生咸辟易走，君不動，但曰〔一〕：『我獨何覩焉？』頃失二龍所在，諸生繇是咸奇君。亡何，復聞天樂作雲中，聲殷於庭，諸生不聞也。君乃竊喜，益自負。年二十二，舉于鄉。壬辰〔四〕，登進士第，選庶吉士。明年，以贈君喪歸。乙未，起家授翰林院國史編修，修《宋史》，校皇祖御製文，進經筵講官。明年，上昭聖慈皇太后尊號，得贈贈君編修。戊戌，分校天下士。明年，謫開州判官，身剿巨寇安自强之亂，量移大名。大名有段生者，報笥，發焉金也，輒斥使去門下，而郡中廩廩矣。尋擢南京戶部主事，歷員外郎、郎中。

乙巳，入賀，遷四川布政使司參議，護上川南道，治雅江上游，並大度河、古流沙之域。先是，都蠻之叛，守臣檄兵討焉，輒爲所抗，君至乃罷討都蠻兵，身以朝廷威信往諭之。都蠻皆稽首謝，請內屬如故。庚戌，再入賀，遂拜陝西按察司副使，分巡西寧道〔五〕。明年，屬征羌，兵既出道，遇暴風起於車東，入於其西，謂諸將曰：『是何祥也？羌豈舍掌吉而就紅厓乎？』乃趨紅厓，羌果至，迎擊之，大破其衆。二月晦，復戰於紅厓，斬其酋長九人。八月，又與戰，戮其酋長寫爾定數輩，而羌平。屬北虜旁塞，君欲乘餘威驅之，乃遣百戶李堂齎牛酒往風其王俺答不亥曰：『君移部乃直武威；直武威，厭人邪？將遂欲與諸羌豪合也？使者乘障出，士卒候望，寒苦久勞，君無益。天子神靈，諸羌豪先後既授首，幸不屯備南山，即所請朔方騎士亡慮三萬人尚在此，張掖、武威驍卒萬人，羌降兵萬人，不合將焉置之？量君所部不滿四萬耳，孰與漢卒彊也？即諸羌願合，陿中豈得入？豈得從枕席度虜乎？』虜無以應，明日獻馬十四謝。頃之，君輒出莊浪，則虜在焉。然業已疑君有伏兵，則走黃羊。抵黃羊，則君在焉，虜乃引去。壬子，虜更寇三川，君將兵三千人往禦之，復破其衆於紅厓。是役也，斬首數十級，並斬肯騰狼台吉，諸將益服君多筭云。事聞，尚書上其功，未報。明年，以他奏報，免其官。家居十餘年而卒。

宜人者，處士瑑之女，贈贈君之歲封孺人。君爲郎時，贈宜人。宜人生十九年歸君，歸之日君舉於鄉已兩月矣。自以不得裘褐事君子，蓋終其身無間言。君自爲宜人誌，今不具列焉。君卒嘉靖壬戌七月十二日，生於弘治甲子十月一日；宜人生正德丁卯四月二十一日，卒於嘉靖丙午二月十七日。子一人時棟，郡諸生。先娶金氏，蘇州知府城女，繼娶王氏，某州判官寵孫女。女四人，一適應州知府馬應奎子班，亦郡弟子員，與時棟俱宜人出。其許聘舉人耿尚文子熠、某縣學訓導袁霑子夢庚、廣東道御史薛樟子燿者，封宜人李出也。孫女一人，王氏出，未聘。卜某年月日，合葬於紫青山之陽。

余往在關中，聞邊長老言，君所起湟中塞百四十里〔六〕，稱累世功。紅厓之役，先利致敵，再策羌虜，一何雄也！向令以一儒臣卒謫去，何以自見乎？猶復制於脣舌〔七〕，尚書報罷，竟免官去，是鞅鞅耳。贈君善堪輿家言〔八〕，實荒芙蓉山徙焉，豈法故當叶龍祥哉〔九〕？是爲銘。銘曰：

孰是倚而伏之，孰是踦而復之？與其絓於口也，寧絓於虜〔一〇〕。絓於虜猶可禦也，絓於口不可詛也。

【校記】

〔一〕但曰：重刻本無『但』字。

【題解】

范君，指范瑟（一五〇四—一五六二）。《歷城縣誌·列傳》據李攀龍《墓誌銘》載其傳記，並附《陝西通志》所載守邊事蹟。范瑟在任陝西副使、分巡西寧道期間，守邊、破敵，屢建奇功，卻不得上報，而因『他報』免官。對此，李攀龍深表不平。

【注釋】

〔一〕崔子元吉：生平未詳。狀：行狀。

〔二〕晉士會：春秋時期晉大夫士會，字季，食采邑於隨及范，因亦稱隨季、隨會或范季。輔佐文、襄、成、景四公，任中軍元帥，執掌國政。卒稱范武子、隨武子。生平事蹟見《左傳》僖公、文公、宣公年間的有關記載。

〔三〕武、文、宣、獻：指范武子、范文子、范宣子、范獻子，均爲晉世卿。

〔四〕壬辰：嘉靖十一年（一五三二）。下文戊戌爲嘉靖十七年、乙巳爲嘉靖二十四年、庚戌爲嘉靖二十九年、壬子爲嘉靖三十一年。范瑟生於弘治甲子即弘治十七年（一五〇四），卒於壬戌即嘉靖四十一年（一五六二）。其妻生於正德丁卯即正德二年（一五〇七），卒於嘉靖丙午即嘉靖二十五年（一五四五）。

〔五〕西寧道：在今青海西寧市。道，明代在省、府之間設置的監察區，有分守、分巡的區別，長官稱道員。

〔六〕湟中：地區名。指今青海省湟水兩岸一帶地區。

〔七〕制於脣舌：謂受制於讒言。

〔八〕堪輿家：《史記·日者列傳》有堪輿家。此謂相地看風水者。

〔九〕叶龍祥：謂協和龍脈的吉祥。叶（xié），古『協』字，和，合。龍，龍脈。堪輿家語。謂山之起伏有似龍脈。

〔一〇〕『與其』二句：謂與其被讒言所阻，寧可受敵人的攻擊。絓，阻礙，絆住。

明故奉政大夫涇王府左長史張公合葬墓誌銘

是誌也，公蓋已葬者四十五年於兹矣。隆慶庚午〔一〕，太學生子含以父教授君卒，屬誌于郡人殷大宗伯〔二〕。得請，而謂余曰：『先大父之謂何？而不肖何敢不以先父望暐者爲先父望君，幸追誌之也。』余若以爲世德大誼遠而不置，猶之難已，誌焉。誌曰：

公諱齊，字宗魯。其先定州人〔三〕，元末有高祖敬中者徙歷城。敬中生獻，舉永樂辛卯鄉試，仕南京後府經歷〔四〕。獻生諒，郡正術，贈僉都御史。諒生鼐〔五〕，舉成化乙未進士，仕右都御史，娶翟氏，封恭人，成化辛卯十月四日是生公云。

年十六，爲弘治丙午〔六〕，屬都御史謫，從之郴州，歸補郡弟子員，舉乙卯鄉試。己未，卒業太學。正德改元，都御史爲逆瑾所構，又從之獄，橐饘愈益謹。戊辰，遂不就試大宗伯。明年，恭人卒。又明年，都御史卒。癸酉，乃謁選〔七〕，授金華府同知矣。俗故健訟，公先繩其枉者，片言伏之，株逮立遣。苟得其情，代贖頌繫，虛圜實贖。餘姚李江者，與其叔虎殺父之妾而無毒迹，公佯言曰：『聞此妾尚少，安得白髮乎？』及檢，鬢然〔八〕，視之，髢也〔九〕。蓋掘它屍以命所毒者，衆遂稱神明。凡再攝衢州，嘗一日傳爰書十三事，記委旁午，舟車之跡交于兩浙。嘗督兩浙會計，卽會計兩浙自當。臺省愈益賢之。丁丑，上績，進階奉政大夫。己卯，攝行覲事。辛巳，宸濠之叛〔一〇〕，公屯于境上草萍塞禦焉。嘉靖改元，滿九載，且行，過濳，見築甬道長竟縣者，公爲白臺省，罷其役。亡何，遷涇府左長史。涇府實始封王，相以下尉卒數千人，給廩無常時。公至，白臺省，一旦爲給廩者三年，尉卒乃復有固志。乙酉十月二十二日，公以脾泄卒邸署，教授君奉柩歸葬於郡城西四里山祖兆云〔一一〕。

公娶贈宜人蘇氏，陝西按察僉事泰之女。弘治庚申，年三十二歲，先公二十六年卒，公誌其壙。繼娶封宜人秦氏，嘉靖乙巳年六十五歲，後公二十年卒，祔於公焉。皆以公丁丑上績，得稱宜人也。公生三男子：汝椿卽教授君，自泰安王府改寧海王府，娶壽張郡主女沈氏；汝桂，太學生，娶聽選官洪漢女；汝楠，郡諸生，娶某州吏目周洪女。二女子：長適李時雍，次適都指揮彭烈，皆蘇宜人出。曰暐，卽子含；曰晥，麟游縣教諭；曰普，郡諸生；曰曉、曰著、曰曾、曰昰、曰旦、曰章，孫男凡九人矣。秦宜人無出。曾孫多，不次云。乃系之銘。銘曰：

孰是子而父罹而不可捄也，孰是守而民罷而不可揉也？不宜其親，胡宜其民？三禩用彰〔一二〕，于焉以藏。

【題解】

張公，指張齊。《歷城縣誌·列傳》據李攀龍《墓誌銘》載有傳記。攀龍與張齊之子暐（子含）爲友，對其家族知之甚詳。涇王，明憲宗之子朱祐橓（？—一五三七），弘治十五年（一五〇二）就藩沂州。左長史，官名。明代王府設左右長史，總理府內事物。

【注釋】

〔一〕隆慶庚午：即隆慶四年（一五七〇）。下文成化辛卯，即成化七年（一四七一）。己未，爲弘治十二年（一四九九）。戊辰，爲正德三年（一五〇八）；癸酉，爲正德八年；丁丑，爲正德十二年；己卯，爲正德十四年；辛巳，爲正德十六年。乙酉，爲嘉靖四年（一五二五）；乙巳，爲嘉靖二十四年。

〔二〕殷大宗伯：指殷士儋。宗伯，周官名。明爲禮部尚書的別稱。殷士儋於隆慶二年（一五六八）拜禮部尚書。

〔三〕定州：州名。治所在今河北定縣。

〔四〕經歷：官名。掌出納文書。

〔五〕鼐：張鼐，官至南京右都御史。受權閹劉瑾迫害，貶家爲民。生平詳《明史》本傳、《山西通志》、《歷城縣誌》。

〔六〕弘治丙午：弘治帝於戊申（一四八八）即位，丙午爲成化二十二年（一四八六），此誤。

〔七〕謁選：謂官吏赴吏部等候選派。

〔八〕鬒(zhěn)：稠美的黑髮。

〔九〕髢(dì)：假髮。

〔一〇〕宸濠之叛：宸濠，朱宸濠，朱元璋第十七子寧王權的玄孫，封於南昌。正德十四年起兵造反，王守仁率兵鎮壓，被俘，伏誅。

〔一一〕四里山：今名英雄山，爲烈士公墓。

〔一二〕禩：『祀』古字。年。

明開封府同知進階朝列大夫王公墓誌銘

公諱詔，字孟宣，其先棗强人。洪武初，五代祖士賢徙爲歷城人。曾大父恕，大父驥，父福。

公生頎秀，美顔辭。正德庚午，偕計游京師，凡八上〔一〕。嘉靖壬辰，領牧定州。州畿內都會地雜夷，守無良去者。公至更約法，示誠信，及旬而善者安，蠹弊幾盡；及月而獷悍息。蜀生卓某者，道定遺百金之裝，索之塗。公曰：『第往，當有守者至。』則守者一人至。生謂曰：『百金雖微，不可攜而去乎？』曰：『人有棄子，公嘗不忍，爲泣活之，我卽忍爾莩轉於公之境哉〔二〕？』梁御史來按部，猝入獄，惟二囚繫焉。登上考去。

先是，州田多汙萊，人不能市牛耕，公乃爲孔明木牛法〔三〕，力得半牛。在定三歲，以狀公最者疏二十有二，擢開封府同知。會朱僊鎮盜起，陷尉氏〔四〕。公卽日往擊賊，設伏扶溝下，約舉幟，翼攻之，賊果嚮扶溝，冒伏中，遂鼓而捕首虜，執訊以還。公蓋微知賊家在扶溝，必重質妻子也。戊戌，河決金相寺口，水出地上一丈所，石橋、歸德間方殫爲河，二洪賓雍，漕粟不得從河上。議者謂自孫繼口至清河口百餘里，大興卒塞之，非十四萬人不可，使領吏且六百人；雜作治河卒，受平賈與伐買薪石之費，期六月，計十七萬餘緡。是時公實注治河，往行河曰：『是在我。』卽湛祭〔五〕，令水工表，獨以徒四萬搴茭，而自蹈橇理楗事，徒四萬亦勸赴臿。百餘里雲舉，各自以爲常見公。凡三月，河隄成，纔佐吏數十，筭九千七百餘緡而已。績上，賜爵一級，視從四品，時行郡得金紫乘五馬輜焉〔六〕。而母夫人李且卒，歸治喪。比禫，亦懸車，日弦誦吟嘯，檢古書文帖，泊如若忘其嘗仕也〔七〕。

公初工五言詩，與劉選部天民名相及〔八〕，同郡邊公貢稱『兩生俱俊傑』〔九〕。其在京師，而信陽何景明亦善公〔一〕〔一〇〕。卽『雨雪逢人日，江湖問客星』，搢紳至今傳誦之，因知孟宣名也。余惟吾郡非不代有顯仕，乃推與後進，薦寵下輩，以是稱厚君子。郡中士亦相與愛附公，可謂『與斯人徒』者矣。卽使徒致卿相，以尊大取棄絕，卒老何足以易此哉？銘曰：

孰與游者當世士，牧則仁人儒君子。六十樂天今已矣，公安此丘貽後祉！

【校記】

（一）信陽，底本作『陽信』，據張校本、宋本、四庫本改。

【題解】

王公，指王詔。《歷城縣誌·文苑》載有據李攀龍《墓誌銘》所寫傳記。開封府，治所在今河南開封市。同知，官名。明代爲知府、知州的佐官，分掌督糧、緝捕、海防、水利等，分駐指定地點。

【注釋】

〔一〕上：上等。秦、漢年終考核官員稱上計。明代考核官吏亦分等評定。

〔二〕莩（piǎo）轉：餓著周游。莩，餓死。此謂飢餓。

〔三〕孔明木牛法：傳説諸葛亮曾製作木牛流馬，用於運輸。清褚人獲《堅瓠九集》卷二：『武侯居隆中，客至，命妻黄氏具麵。頃之，麵至。武侯怪其速。後潛窺之，見數木人斫麥運磨。拜求其術，變其制爲木牛流馬云。』

〔四〕朱僊鎮：鎮名。在今河南開封市與尉氏縣之間。

〔五〕湛（chén）祭：即湛祠。沉祭具於水中，以祀水神。『湛』，同『沉』。

〔六〕行郡：巡行郡中。金紫：金印紫綬。漢代丞相金印紫綬，魏晉後光禄大夫得假金章紫綬，因稱金紫光禄大夫。此蓋指進階朝列大夫。幡（fān）：擋避塵泥的簟席。《漢書·景帝紀》：『令長吏二千石車朱兩幡，千石至六百石朱左幡。』

〔七〕『比禫（dàn）』五句：比禫，比及除服。禫，喪家除服祭禮。懸車，謂退休賦閑。詳前《劉太保文安公輓章》注〔七〕。檢，翻閱。泊如，淡泊，淡然。

〔八〕劉選部天民：即劉天民，字希尹，號函山，歷城（今山東濟南）人。正德九年（一五一四）進士，授户部福建司主事，不久，調吏部文選司主事。因諫巡幸，廷笞三十。嘉靖年間，官至按察司副使。爲官清正，所歷均受到吏民擁戴。致仕後嘯傲山水間，詩多關時事，詞曲爲名家所稱。著有《函山集》。詳《明史》本傳。

〔九〕邊公貢：即邊貢（一四七六—一五三二），字庭實，號華泉，歷城（今山東濟南）人。弘治九年（一四九六）進士，授太常博士。歷官至南京户部尚書。以詩著稱，爲『前七子』之一。弘治、正德間，與李夢陽、何景明、徐禎卿齊名，世稱『四傑』。著有《華泉集》。詳《明史》本傳。

〔一〇〕何景明（一四八三—一五二一）：字仲默，號大復，信陽（今屬河南）人。弘治十五年（一五〇二）進士，官至陝西提學副使。以詩著稱，爲『前七子』領袖之一。著有《大復集》。詳《明史》本傳。

明封文林郎開封府推官汪公墓誌銘

公諱文顯，字存道，新安潛川人也。其先曰汪華，家績溪，爲唐歙州刺史，封越國公。至宋，贈金紫光祿大夫叔敖者始徙潛川。叔敖子若容、若思，從子若海，皆舉進士；若海卽嘗爲江南經制使，勸進康王者也。十三世生彥仁，彥仁生汝珍，汝珍生公。

公家世世服賈，往來吳、越間。卽衰老，復聽子孫修業而息之。屬公早孤，鮮兄弟，彥仁公乃不復欲公行；則請行，歸視息什倍。彥仁公又欲公行也，則顧不爲行，曰：『計不下席，奇勝者不當如是乎？』及視其所使，則無不人訾相得，轉轂殆百數，賈郡國無不各如其身往矣。嘗貸故人胡輔三百金，至試無所長，欲其術，不告也。胡且卒，公亟置酒，故人子令彊飲食，謝不收責，且五年矣。鬻地於汪循宗人所，汝錫宗人則心欲之，若有怏怏移德於公者。公謂汝錫：『今若是迮而與叔父地〔一〕，叔父猶無受也，願以異日請治垣舍。』亡何，汝錫持循陰事以告公，公爲致前地也，卒解免。公齎用既饒，恥溝壑有期功之親〔二〕。宗族貧來售田卽使田，售宅卽使居，飲食必自祝曰：『天苟有汪氏，尚及無悔於予身。』公身自爲葬者凡四世，嘗曰：『吾何能效邑屋中豪，越紼從他縣爭地以訟〔三〕，令殯者纍纍在堂寢，而我衰絰就繫逮〔四〕？吾生平不讀相家一字書也〔五〕。』吳甲者嘗自鬻吳元家，故冒姓吳氏；後與其主埒富乎，吴元將殺之，不解千金。客曰：『以存道之義，爾何不令居間？』公既脱吴之阨，固奴畜之，乃暮夜持金來，卻之曰：『吾往卽嘗爲商賈之事，何至於爾哉？』此何異比部君在大梁爲理時所聽杜給事事〔六〕。杜給事殺人大梁中，使裝玉帶明珠行公所，公心知比部君廉吏，問遺不得至前，則謂客曰：『卽吾兒受賕，不當致之大梁邸中乎？不去，今且以爾往對簿，論殺杜矣〔七〕。』是時使公藉令楊比部君名，何不可哉？乃大梁人愈益稱説公。

初，公年六十時會病，以句曲山人楊君來，居數月大愈，體復堅彊如昔時，然一切不關家事矣。乃謂楊君：『治生者之於養生殊塗哉？無論愚者多財爲害，卽賢者稱明積著之理，始亦莫不走利如鶩。乃所樂觀萬貨之情，一人操息，繦至輻輳，此有知盡能索耳，終不餘力而讓財。精神不欲敝，血氣不欲衰乎？吾幸於前人得脩業而息之，卽擇人任時至，道家所忌，未嘗敢一日處。』知言哉！

公以嘉靖戊申十二月十二日卒〔八〕，年七十有一歲。配太孺人方氏，如孺人者一人張氏。三子：一貫，郡庠生，先公卒。一中，卽比部君，余同年進士；一誠，國子生：二人皆太孺人出也。銘曰：

彊於宗，家彌蓄兮；恬於生，身彌存兮。尚亦有利于子孫兮。

【題解】

汪公，汪一中之父。汪一中，字正叔。詳前《別汪正叔員外》題解。文中列汪氏世系，與前《汪從龍傳》同，不再注明。封，贈封。

【注釋】

〔一〕迮（zé）而：謂倉促之間。

〔二〕恥溝壑有期功之親：謂以宗親抛屍野外爲恥。期功，謂期服與功服。俗謂五服之内。

〔三〕越紼：越躐紼索。《禮・王制》『越紼而行事』《疏》：『天地社稷，故有越紼之禮。』越，猶躐，逾越。紼，牽引棺木的繩索。

〔四〕衰絰(cuī dié)：謂居喪之服。

〔五〕相冢：相勘墳地風水。

〔六〕比部君：指汪一中，曾任刑部郎中。大梁：指開封。汪一中曾任開封府推官。杜給事：未詳。

〔七〕論殺：判決斬首。

〔八〕嘉靖戊申：即嘉靖二十七年（一五四八）。

明文林郎四川灌縣知縣周公叔夫墓碑銘

公諱奕，字叔夫。本姓劉氏，其先寧國人；六世祖達一者生政卿，始冒今姓。政卿生德，始以從戍金齒家焉〔一〕。德生晟，晟生玉，是爲公父，至老不識衡量，嘗夢白象而詰旦生公。

公生，少不弄，長不謔也〔二〕，通《五經》，尤長《春秋》。弱冠爲郡弟子員，比有司大張樂送之學宫，公獨乃先往，郡太守異焉。嘉靖戊子〔三〕，與計偕。乙未，以親老不赴大宗伯。頃之，而公父果卒。戊戌，除灌縣令。縣瘠土，又當威、茂二邊餉道。公攜二蒼頭之任〔四〕，曳革履一兩耳。食無兼味〔五〕；有饋之餌，云可化爲黄金者，公舉以投諸江。灌大夫以公無家，客甚久，飾美女遺之，不納也。臺檄歲報贖金，視多寡上下其考，公曰：『是使我剝民以稱最〔六〕，何不至哉？』即有事它邑，單騎從之，見者以爲簿尉矣。其天性儉素類如此。

灌既治，改雲南府學教授〔七〕。蓋公以母唐老不能就養，得請也。歸之日，有以十贏爲公裝者〔八〕，目之乃前所理大辟囚某也。公遽曰：『申冤，令職也。以若所爲，是市之矣。改官改行邪？且吾二蒼頭鼓篋自喜，十贏安所用之？』然唐孺人猶未欲詣雲南，公時時取急便省矣。凡九年，門下士嚴公清、郭公斗輩，彬彬起矣。屬當報績京師，公曰：『吾遠灌，爲母也。遠者歸矣，歸者更出乎？』遂拂衣去。

先是，學官使者、太宰吳公簡諸生而授公，公之子紹稷與焉。屬以雋且既廩，而吳公輒遷，代者有欲於公，而公意不與之，紹稷辭既廩矣。喬生既廩，既用脩於公，而生亡，公則反之也。諸生某延公而見其妻，公怒，罷酒。皆謂公古師儒云。

余惟古語有之『唯色毀廉』，公無家於灌而卻美女，與拒諸生之見其妻也，物莫有能動者矣。今之師儒不稱腐而稱暨〔九〕，其事監司之臨學官者，何不至也？且人孰不欲其愛子之成功名，至令不得隨牒既廩也？戚矣。寧中廢業而意不爲少假以傷不阿之誼，豈不謂古師儒哉！母氏之故，九年不衰，屬當上績，拂衣而去，茲與其父老爲不赴大宗伯一也。功名之會難語，天性其然哉！汝寧徐使君嘗爲余言周真陽賢，余視海浙中，見真陽在學宮中，得爲公具列之如此。

公生弘治己酉，卒嘉靖丙辰，配陳氏。子一，即紹稷，故真陽令、寧波府學教授，娶王氏。女二，適張轅、馬必昌，郡諸生。孫男二，思兼娶潘氏，思永娶胡氏。孫女二，適莊柬、王廓。曾孫男一，曰歷。是爲銘。銘曰：

懿厥弟子，張樂學宮。嗜音之戒，養正於蒙。爰及令灌，革履跫然。孰其在御，二奴比肩。投江之餌，可爲黃金；與彼美女，無貳爾心。徭無異色，匹馬是將；行無改官，始節是裝。師儒之求，匪修乃承。譽髦斯士，接跡同升。監司孔臨，抗言用違。維母之故，已而遄歸。真陽世德，永以爲儀。克咸厥家，有繹其辭。

【題解】

灌縣知縣周公，爲周紹稷之父。據文知生於弘治己酉（一四八九），卒於嘉靖丙辰（一五五六），終官府學教授。周紹稷，字象賢。詳前《爲周明府太霞洞卷題》題解。叔夫，隆慶本同。重刻本、張校本、佚名本、四庫本並作『大』。文謂『視海浙中，見真陽在學宮中，得爲公具列之如此』，則此文作於其任職浙江按察副使期間。

【注釋】

〔一〕金齒：明代衛名。在今雲南保山市。

〔二〕少不弄，長不謔：少不好玩樂，長大亦不好談笑。

〔三〕嘉靖戊子：即嘉靖七年（一五二八）。下文乙未，爲嘉靖十四年；戊戌，爲嘉靖十七年。

〔四〕蒼頭：僕人。

〔五〕食無兼味：謂每頓飯只吃一味菜。

〔六〕剝民以稱最：謂剝奪民之財物賄賂上官而換取考核『最』的評語。當時官員考核等級，『最』爲最上等。

〔七〕府學教授：明代府學學官名。傳授學業，掌學校課試等事。

〔八〕羸：同『騾』。

〔九〕腐：迂腐。豎：豎儒，學識淺薄的儒生。

明將仕郎趙君墓誌銘

君諱應奎，字子徵。其先棗强人，國初有十四者始徙歷城。十四生七，七生榮，榮生通，通生樂，樂生强，强生四子，君其長云。

始君之以長史功曹掾除壩上倉大使也〔一〕，客有過而勞焉者，君則謂客：『豈以倉令則已卑邪？吾猶爲之，凡以可因分自致耳。』是役也，實單車之壩，會計惟謹，束稾較於輿薪，執概不爽釜鼓〔二〕，然奉已薄輒取給家廩，用諸弟轉轂歲餉之矣。

居一歲，改小真村巡檢〔三〕，屬有劇賊阻聚松、徐間，諸二千石不能禽制，則檄君捕之。君乃率卒往，遇賊輒格鬭，俘乃十數輩，賊益悉衆拒我；君卒不及賊三之一，遂爲所獲。坐君於中，直兵在胷〔四〕，句兵在頸，環而視之不動也。已乃從容爲陳説利害，曰：『固欲其安之也。』賊亦尋解。事聞，諸二千石無不壯君之爲人者。績書交最，不次遷矣。亡何，輒棄官歸濟南，則長君世卿舉于鄉之歲也。君纔年四十八。客有過而止之，君又謂客：『吾已試爲吏，無卑者；去不爲吏，無少者。今何能忘除壩上倉時相勞語邪？』

歸三歲，隆慶改元，四月九日終於正寢。以生於正德丁丑十二月二十二日，得年五十一歲。配姚氏。子一人，曰世卿，娶孟氏。女二人，一許聘王閎元，一許聘王侍講。孫男一人，曰勉學，女一人，未字。卜某年月日葬郡城東祖兆次。誌曰：

信乎吏之無卑也。壩上之役，束稾釜鼓，皆朝廷一倉令。執概軍國，持平分可自致效卑成尊。坐于賊中，環視不動。苟可安諸郡，見危授命。生而有所不用，而後能用其生也，孰與陳說利害，使之自解之爲從容？君子曰：『解官之難於解寇也。』不能坐于賊中，而能一朝長往邪？奚自致有二也？按《狀》，君蓋既棄官，歸之日，宅不更鄰，田不更畔，身與太公恬焉。顧所爲諸弟奔走徭賦者，不以疲于棄官自諉，可謂孝友爲政克明大誼者哉！結髮諸掾，積歲試爲吏，一朝棄之，無論其年，可以爲難矣。余聞之殷少宰〔五〕，從游之士以長君，則吾門唐子高焉，蓋稱舉德性。今觀將仕君之爲人，所繇來遠矣。是爲銘。銘曰：

孰尊是須，而卑可踰？孰安是蘄，而危可罹？行之既舒，止斯有餘。分不常在天，自致則然，曰：君子之阡。

【題解】

將仕郎，文散官名。從九品。趙君，即趙應奎，世卿之父，與殷士儋有過往。據文知生於正德丁丑（一五一七），卒於隆慶元年（一五六七）。趙世卿，於攀龍爲晚輩。隆慶五年（一五七一）進士，萬曆年間官至戶部右侍郎，卒贈太子少保。詳《明史》本傳。

【注釋】

〔一〕長史功曹掾：明代各藩王府置長史，總理府內事務。功曹掾，蓋爲長史屬下辦事人員。另，明代通判亦別稱長史。

〔二〕『束稾』二句：謂度量公平。即把一束秸稈看作一車柴草；執掌量器不差升斗。束稾，指農作物的秸稈。輿，車；薪，柴草。概，量器。爽，差錯。釜，古量器名。《左傳·昭公三年》『豆區釜鐘』注：『四區（甌）爲釜』；釜，六斗四升。』

〔三〕巡檢：官名。巡迴州縣，緝捕盜賊。所轄一般爲沿邊、沿海等要害之地。明代凡市鎮關隘，距縣城較遠之地多設巡檢分治。

〔四〕直兵在胷：刀劍指向胷膛。直兵，刀劍之類兵器。下文『句兵』，爲戟矛一類彎曲的兵器。句，同『勾』。

〔五〕殷少宰：指殷士儋。隆慶元年（一五六七），殷士儋由禮部轉爲吏部右侍郎。少宰，吏部侍郎的別稱。

明太學生聶君以茹墓誌銘

君名鑑，以茹字，其先長子人也〔一〕〔二〕。蓋曾大父士诚始遷曲周焉。大父文以高年起民間，賜爵一級。父景岩爲郡功曹，時則生君。

君爲兒時嘗問母郭氏：『卽兒年及母，母奚若哉？』曰：『是時爾且以虆梩掩我地下矣〔二〕。』君遂號泣終日，不嬉戲。弱冠以訾入爲太學生，蓋兄事唐山馬健、弟畜渭南李文進之屬，相與抵掌，言天下事矣。識者以謂卽以茹彊仕，何國家不可爲？及被徵詣京師，則又見今所謂賢者，卑疵孅趨以得人情〔三〕，惴惴焉猶日懼以冒於罪罟，無不包藏機心，狙伺事會〔四〕，此非夫色厲而內荏者邪？吾卽何異於鹿豕，又安能效騏驥局促轅下乎？將伏尺箠以範我馳驅也，是豈其意哉？初豈願以其訾賈患也？輒歸，不復語仕進矣。

君性好施予，卽母外孫趙氏者，母襁褓之功也。嘗以謂君，君曰：『此其田二百畝，趙氏何憂孤乎？』以余觀於以茹，山居耕田而得食，不賁羽儀矣〔五〕。起而爲吏，身諛佞者寵利，行不恤鄙夫，身雖污辱哉！用居上爲右試官，又恐比周賓正爲姦〔六〕，觸大罪怨及朋友，諛佞安可爲也？念爲婞直，奉法不阿，動忤眾枉，行危而毀成，婞直安可爲也？是則以茹哉！銘曰：

君子之屯，以保其身，有孚於哲人兮。

【校記】

〔一〕子，萬曆本、張校本、佚名本並同。隆慶本、重刻本作『干』，誤。

【題解】

太學生，明國子監生員。聶君以茹，即聶以茹，生平未詳。

【注釋】

〔一〕長子：縣名。今屬山西。下文曲周，縣名。今屬河北。

〔二〕虆梩（léi lí）：謂以土埋葬。《孟子·滕文公上》『虆梩而掩之』《注》：『虆梩，籠臿之屬，可以取土者也。』

〔三〕卑疵孅（qiān）趨：卑微自謙，見人徐行。疵，毛病。孅趨，巧佞諂媚。

〔四〕狙伺事會：謂暗中窺伺從政的時機。狙伺，暗中窺伺。狙，伏而狙之。事，政事。會，機會，時機。

〔五〕不賁（bì）羽儀：謂不做官。賁，飾。羽儀，官員出行時的儀仗。

〔六〕比周賓正：與小人親近而擯棄正人。賓正，擯棄正人。《史記·日者列傳》：『相引以勢，相導以利，比周賓正，以求尊譽，以受公奉。』

明處士龔公慕誌銘

處士諱彪，字仲威。少時嘗爲縣官輸租廣川〔一〕，主計吏以輸者填委〔二〕，謬署處士牒以捐之，遣令去矣。處士竊念生平義不逋賦稅，卽一旦出門輸租縣官，何可輒令有離上抵負名〔一〕，乃竟自請輸租也。久之，又爲縣官輸租，詣京師，見遺錢百緡於道中，繦相屬也，稍稍致之車中，而逆旅人意且私之矣，乃謂處士：『持錢百緡，猶爲暴藏，孰與易之金而橐中裝焉便也？』逆旅人固進，處士固謝。乃馳及前遺錢百緡者，視錢百緡亡其車中。處士下自致之，曰：『貫得無朽哉？』輒超乘不顧而去〔三〕。

豪長者馮甲嘗假處士宗人粟三十斛矣，處士不知也。而宗人自馮所來，言收債事，處士曰：『吾卽不能贍其族，雖有粟降之天，猶之露食也。且馮君不難指困授爾，何可使失要期乎〔四〕？』乃爲具三十斛粟償之〔二〕，馮亦不知爲處士粟也。

嘗謂諸子：『非其命，求無益於得；卽當饜糠核，奈何欲啖麥飯？亦卒然喪，喪著覆地上爾。不然，蔌蔌佌佌〔五〕，口約腹裁，雖一錢捫之汗出不能去手〔三〕，老至操財愈急，其不才子亦已視產稱貸，恣紈麗游飲〔六〕，詬笑乃翁纖嗇作苦〔七〕；宛其逝矣，卽倒囊入息於子錢家。甚者，卒失業市，乞轉溝壑，令里閈咄然相戒：「寧極慾於生前耳。」吾豈嘗不慮及是乎？』

處士侃侃，性尤不喜巫祝，嘗謂：『不盡此輩焚之，天終不雨，已則惰不力穡，而徒以禳田哉，不已疏乎？是爲傴嫗跛媼疾廢之婦〔八〕，以馮身狐祥厲鬼，而頻行爲祟者。彪安能以八尺軀磬折於前，甘令其恐喝數切，不敢仰視，已而操吾豚蹄斗酒以往哉？』由是普濟之東巫祝女子，凡以其土偶若桃梗人遷者數十家矣。

處士其先棗强人，六世祖諱全者始徙章丘焉，而成，而士達，而彥祥，而子整，而昇，昇即處士父也。處士生於成化四年三月十二日，歿於嘉靖三十四年六月二十七日。妻五人，子四人，孫男九人。蕭氏生曇一人，曇之子光燦。史氏生昆與勖二人，昆之子光燿、光熠、光炤，勖之子光炳，光煥。其冕一人，生子曰光炫、光煌，則又一蕭氏出也。其次魏氏、賀氏及女二人，曾孫男若女十二人，不具其所自出焉。勖實處士家季子哉，所爲文章稱博辯君子，余弱冠與游甚驩，即猶與光炳、光燿處諸生中也。其年十月十二日，葬處士於蟠虬澗之陽。以許邦才所狀〔九〕，示攀龍爲之銘。銘曰：

不啗於人，寧聽於神。宜爾子孫振振兮。

【校記】

〔一〕『何可』句，隆慶本『負名』下有『乎』字。

〔二〕粟，宋本作『賈』，蓋形近而訛。儻，隆慶本、重刻本、萬曆本、張校本並同；佚名本作『儐』，誤。

〔三〕捫，底本作『們』，據重刻本、四庫本改。手，佚名本作『于』，誤。

【題解】

處士襲彪，爲襲勖之父。章丘（今屬山東濟南）人。據文載，彪生於成化四年（一四六八），卒於嘉靖三十四年（一五五五）。襲勖，攀龍詩友，二人過從密切。詳前《寄襲勖》題解。

【注釋】

〔一〕縣官：語本《史記·絳侯世家》，謂天子。此謂國家。廣川：縣名。治所在今河北景縣西南廣川鎮。

〔二〕填委：諸事紛集。《文選》劉公幹（楨）《雜詩》：「職事相填委，文墨紛消散。」

〔三〕超乘：跳上車。超，跳，跳躍。

〔四〕要期：約定的日期。要，通「約」。

〔五〕蔌蔌茈（cǐ）茈：醜陋小人。《詩·小雅·正月》：「茈茈彼有屋，蔌蔌方有穀。」《集傳》：「茈茈，小貌。蔌蔌，窶陋貌。指王用之小人也。」

〔六〕恣紈麗游飲：身著華麗衣服，肆意冶游飲宴。紈麗，意同「紈綺」，華麗。

〔七〕纖嗇：極爲吝嗇。

〔八〕傴嫗跛媼：駝背婦女與跛足老婦。傴，曲背。

〔九〕許邦才所狀：許邦才撰寫的行狀。

明故許處士配張孺人合葬墓誌銘

許氏其先棗強人也，有諱伯成者始徙歷城云。伯成生本，本生敏，敏生瑍，是爲處士父。處士既總角受《大戴禮》〔一〕，補郡諸生矣。則寢疾數歲，瘳而母陳更寢疾，則更受《素問》、《難經》諸方書〔二〕，而母陳疾亦旋已。處士雖好數，然慕張子和之爲人，自言時時以其「三法」者視人無失也〔三〕。每爲長史君稱黃老家言〔四〕：「慈儉不敢爲天下先，吾用之且四十年，而匿跡自隱，不敢以其伎成名矣。」

初，處士弟鎰家有巫視病者，處士實懷利錐往會之。至則屬其從弟子女數輩曰：「何纍纍者腓乎〔五〕？有鎰在此！」蓋踰日竟無降者，相與辟睨處士也〔一〕。處士乃出其錐，謂曰：「神固當患苦此哉？不腆魚菽在此〔六〕，其以歸矣，不然徒敝鼓也。』蓋自是諸許氏無復謁巫者，處士之力也。

張孺人，宣之女也，生十六年歸處士。處士兄弟七人，婦皆名家子，人人無不自以爲視具工。乃姑陳則數過處士食，徒以爲所進必所欲也。陳故時時寢疾，卽加一飯脫然愈，卽損一飯脫然愈。孺人視處士之視母，功常居半焉。長史君既調永寧，孺人謂曰：『男子之建功名，周旋惟四方，何可欲更得如趙州者在爾宇下爲善地？又何得以我老爲解？卽不行，所爲嘗爾者，豈更憐爾，而遂以一蹶己使甘心我乎？』及遷今官，孺人卽又謂長史君：『在永寧時，孰與今官？親者親責之，故者故望之，宗族鄉黨遠於萬里，又安得以我之故稱便也？』蓋自是長史君益莊而官屬益畏矣。至今諸許氏皆謂孺人相夫不於處士，或以其母，或以其子云。

余惟處士懷錐事，大類西門豹〔七〕，故談笑足以移風俗。雖長者爲之，又使當之。永寧時非孺人數語引大體，長史君安能慷慨萬里也？處士字待時，鎡卽其名。生於成化八年正月二十九日，以嘉靖七年六月十一日卒。孺人少處士三歲，六月二十三日生，卒以嘉靖三十八年十一月十九日。子一，卽長史君邦才也。孫復，郡諸生。卜三十九年三月六日城南某村之祖塋。改兆葬處士，而孺人與合，請余銘。銘曰：

胡既以慈儉不敢爲天下先？又胡欲託於四方以周旋？弗匿弗章，弗蹶弗行，子孫振振，有懷二人哉！

【校記】

（一）辟，四库本作『睥』。辟，視。与『睥』同。

【題解】

許處士，名鎡，字待時，祖籍棗强（今屬河北），徙居歷城（今山東濟南）。據文載，鎡生於成化八年（一四七二），卒於嘉靖三十八年（一五五九）。許邦才之父。許邦才，字殿卿。詳前《寄許殿卿》。李攀龍與邦才自幼爲友，終生不渝。

【注釋】

〔一〕《大戴禮》：亦稱《大戴禮記》、《大戴記》，相傳由西漢戴德編纂，爲秦漢以前各種禮儀論著的選集，爲儒家經典之一。

〔二〕《素問》：古代醫書。書内記錄託名黃帝與歧伯的問答，涉及解剖、生理、病理、診斷、衛生等諸多方面，爲我國最早的中醫理論著述。《難經》：亦爲醫書。秦越人撰。越人即扁鵲。其書闡發《黃帝内經》本旨。二書在《四庫全書·醫家類》均有著錄。醫、卜、星、曆，古代都稱方技，因稱醫書爲『方書』。

〔三〕張子和（一一四五—一二二八）：即張從正，字子和，以字行，號戴人。金代著名醫學家，睢州考城（今河南蘭考）人。精於醫術，與劉完素、朱震亨、李杲並稱金代四大名醫。行醫治病，法宗劉完素，用藥多寒涼，提倡汗（發汗）、下（瀉下）、吐（催吐）『三法』治病，往往有奇效。生平詳《金史》卷一三一、《歸潛志》卷六。

〔四〕黃老家言：即道家學說。道家假託黃帝與老子爲祖，因謂道家爲黃老。

〔五〕何纍纍者腓：謂跳神者爲什麼讓腿那麼疲勞。纍纍，疲憊貌。腓，脛骨後的肌肉。

〔六〕不腆：不豐厚。自謙之詞。魚菽：謂以魚豆之物爲祭品。《公羊傳·哀公六年》『母有魚菽之祭』《注》：『齊俗，婦人首祭事言魚豆者，示薄陋無所有。』

〔七〕大類西門豹：十分像西門豹。西門豹，戰國魏文侯時鄴令，不信鬼神，曾破除祝巫祭祀河神的騙人把戲。詳《史記·滑稽列傳》。說許父類西門豹，實爲諛辭。

卷之二十二

墓誌

明處士李公宗滿配黎氏墓誌銘

公諱科，宗滿其字。其先南雄之保昌人〔一〕。宋建炎中〔二〕，有祖二十八宣義者，始徙家番禺焉。高祖諱明廣，曾大父諱緣富，大父諱秀紅。嘗屬歲大饑，盡輸其家粟數千石與番禺令，以給貧民。廣州上富人助貧民者，欲爲請賜爵一級，不聽，曰：『奈何以溝壑之身，從父母之邦奪長吏振民之權？』秀紅生父政，娶唐氏，實生公。繼室以梁氏，生弟舉。

公生十九歲失父，卽事梁無異舉。舉卽事公不聞有唐。弟既壯，則從公言田宅。公卽聽所欲爲田宅者，而獨取其所不欲。凡數年，弟所爲田宅者輒稱不便，公又未嘗不輒聽易之。

司勳君既舉進士〔三〕，邑長吏時時往存公，公輒稱下堂之疾，謂諸孫：『勿言若翁足不良行。』卽平生未嘗至城府，昔賢所以加故人腹者直此爾〔四〕。至城府，義不可無趨走，孰與下堂之傷？』邑長吏使使問。公年七十，爵一級。公曰：『自垂髫至今日，一廛之氓終不能束帶見長吏矣〔五〕。』使又言：

『邑長吏既重公，豈欲言事乎？』曰：『一廛之氓何知事，何所欲言？』其長者如此。性尤不喜靡麗。司勳君嘗爲市一褐，自京師遺公，不服也。以示諸孫曰：『吾老乃見西土之人，衣禽獸之毛以生，若奈何休其蠶織矣？』

公生成化丙申十二月初十日，以嘉靖壬子十月十六日卒。配黎氏，先公生四年三月二十四日也，後公二十六日卒。男子四人：長仕鸞，封吏部考功司主事；次仕鵬、仕鴻、仕碩，俱廣州諸生。女子一人，適邑人龔怡。孫十一人：長曰价，卽司勳君，先官如其父所封；次曰材、柄、樞、楹、機、模、楨、杜、植、楷。女四人。曾孫男三人：曰燿、曰煒、曰熾。於某年月日，合葬於某山之陽。余惟人情少而自見苦，爲生難者必重棄財，何公不擇與弟田宅，又聽易之？卽令公之弟盡沃饒，不能勞以嚮義，微有廢著之刑〔六〕，兼併家逐逐日月取之，則祖若父之產將在他人，公何以稱孝友于兄弟？以爲雖數易之，亦猶是在吾兄弟爾，聽之誠是也。昔者梁公實嘗言司勳家如此〔七〕，因爲銘。銘曰：

我履我卽，爲儀不忒，是以有友德。

【題解】

李公宗滿，卽李科，字宗滿，番禺（今廣州）人。吏部考功司主事李仕鸞之父。李攀龍聽梁公實介紹，爲其撰寫墓誌銘。

【注釋】

〔一〕南雄之保昌：南雄府保昌縣，今屬廣東。

〔二〕宋建炎中：宋高宗趙構建炎年間（一一二七—一一三〇）。

〔三〕司勳：官名。《周禮・夏官》有司勳，掌功賞。明代改爲稽勳司。

〔四〕昔賢：指嚴光，字子陵，東漢會稽餘姚（今屬浙江）人。少與光武帝同游學。及光武即位，隱身不見。後與光武相見，共偃臥，光以足加其腹上。翌日，太史奏客星犯御座甚急。光武笑曰：『朕故人嚴子陵共臥耳。』詳《後漢書・嚴光傳》。

〔五〕一廛之氓：謂一居之民。《孟子・滕文公上》：『遠方之人聞君行仁政，願受一廛而爲氓。』一廛，謂一居。氓，民。

〔六〕廢著：謂買賤賣貴以贏利。《史記・貨殖列傳》：『子贛廢著鬻財於曹魯之間。』

〔七〕梁公實：即梁有譽。詳前《五子詩》題解。有譽爲番禺人，與李氏爲同鄉。

明處士劉公暨配蕭孺人繼配陳孺人葬墓誌銘

公諱傑，字漢卿，歷城人，世居邑之西郭。高祖諱子賢，生二子，並逸其名；其長子實公曾祖，生祖泰，泰生源，源生公。

公生失學，即行舉天性而已，然孝弟顧無異於儒者。公以仲子而父養於其家，至不能如約更過伯子養，且月朔必治具往候伯子于庭，以爲常。嘗值其怒，誤撾而仆諸塗，不加衰焉。公喜飲酒，一醉輒十餘日。終其身不知欺人，人欺之亦不知也。

初娶蕭孺人，生欽。欽生四歲而瞽，五歲而蕭卒，乃娶陳孺人。孺人生十有八歲而歸公。公時爲襁褓，匿蕭遺瞽子於它所，孺人輒索母之，無以異己出。自歸公未嘗施朱粉，事翁若姑未嘗假澣浣〔一〕，而躬兼治產，不憚皸瘃〔二〕。嘗行園見葵楮於束薪，孺人以葵辟纑〔三〕，以楮苦絮也，而傭保咸手指自效矣。有鬻飴於公，質以其耜，曰：『是首山之銅也〔四〕。』計飴過當，則慨然足以白金。孺人曰：『豈古所謂以鐵耕者妄乎？』以嘗諸礪鐵矣，謂白金曰：『此獨得不贋邪？』以嘗諸火，又鑠然錫也，遂不售。公一日亡其盥器，求之弗得，孺人曰：『此必某持去。』求之，果得自其屋間。某懼而謝，孺人亦謝曰：『誤以薦飴，寧盜哉？』公問，孺人曰：『彼每鬻飴必早出，昨獨後爾。』傭保某晨作而醉，孺人曰：『是安從飲，安所責乎？』對曰：『從某媪貰酒，宿之責也。』孺人使之媪則已讐，孺人以視其篋中錢，果半亡。乃遣某。遣之日，遽謂公曰：『彼即遣豈能須臾忘我篋中？戒之勿輒醉也。』無何，遣者果與數少年夜縋垣而下，以爲公醉無疑，一婦人何能爲。公時實大醉，孺人遽起，服公衣而冠，操刃以出，命二婢子抵關衛公，諸傭保見以爲公出，乃大呼曰：『家丈人至矣！』遂鼓擒二少年，餘賊悉遁去，公猶未之覺也。其精捷有才類如此。

公生於成化癸卯十二月十四日，卒於嘉靖癸卯十二月十六日。蕭孺人生卒皆逸，不次。陳孺人生於弘治丙辰六月十六日，卒於嘉靖癸亥，月日與公同。公凡三子：曰欽，即蕭所遺，娶王氏；曰鈛，辛酉舉人，娶賈氏；曰鎔，邑諸掾。一女，適錢世賞，與鎔皆早卒，則陳孺人出也。孫男三人：崇德，邑諸生，娶德府奉祀胡士恕女；崇禮、崇志，欽出，皆未聘。孫女三人：一適訓導袁霑子夢斗，邑諸生；一許聘御史趙繼本孫克塾；一許聘舉人陳九疇子夢芝，與崇德皆鈛出。嘉靖甲子二月十有七日，將以陳孺人合葬於公之壙五里溝之源，而請余爲銘。余聞孝弟至行，學所不能爲，以是謂公行舉天性而已。《狀》又謂公終其身不復知有人間機械之巧；不復知人間有機械之巧矣，雖有巧於機械，安能用諸其所不知者哉？孺人既慮遺者而倉卒圖其便，即竊器而往，又以爲誤而謝非其盜，是安得獨言學也？撫蕭遺瞽子，而復撫瞽子所遺，爲激於匿諸襁褓時邪？是爲銘。銘曰：

不駭於機械，其神乃全；不躓於顛沛，其知乃便。以性行者合天，以德慧者合權。孰不近道而學無方，孰不達變而應無常。濬茲發祥，永茲偕藏。

【題解】

劉公，即劉傑，歷城人。據文載，劉傑生於成化癸卯（一四八三），卒於嘉靖癸卯（一五四三）；陳孺人生於弘治丙辰（一四九六），卒於嘉靖癸亥（一五六三）。《濟南府志》有傳。

【注釋】

〔一〕翁若姑：公爹與婆母。

〔二〕皸瘃（jūn zhú）：皸裂、凍傷。

〔三〕辟纑：《孟子·滕文公下》『妻辟纑』《注》：『緝績其麻曰辟，練其麻曰纑。』

〔四〕首山：即雷首山。在今山西永濟市南。

明汪次公暨吳孺人合葬墓誌銘

次公生十四，而無寵於父也。有奴睚眦〔一〕，父怒而不言，公輒奮白梃詬曰：『奴無禮於家大人，罪當誅！』奴蒲伏受杖，乃白罷之，而里中壯之矣。比居庭，惡聲不及犬馬。父疾，爲侍臥起，浹旬輒瘳〔二〕，父乃大驩。驩之日，乃自燕代請鹽筴，客東海諸郡中。而昆弟子姓十餘輩，亦因受賈從公。

公既饒，弟姓亦各數倍，然後報成於父也。時東海諸郡部使者視鹽筴，必召公畫便宜〔三〕，有司乃藉公爲鹽筴祭酒，而浙東、西皆知汪次公。中貴人景之守浙也〔四〕，欲賂於賈而誣之法，賈皆亡至括，則獨疏次公名，謂吏：『此節俠〔五〕，得之勿問其餘。』吏顧得守信，公曰：『奈何以我殺季？』乃自詣吏。景目而誰之，公曰：『歙賈豎汪元儀也〔六〕〔一〕。旦夕且千金爲壽，不忍須臾貴人耳。』景曰：『吾聞守義，不聞元儀。』公曰：『字也，此中善視賈豎，故不名。』公出則實無千金，念紿之重其禍，卽持券貸郡帑千金。太守梁公許諾。會劉瑾敗而景收〔七〕，公得完。諸賈勞公，公謝曰：『干支家言，我生之辰，適有天赦，果然。』蓋戊子六月六日也。

公年六十，歸自東海老焉。曰：『安能白首刀錐，爲二子虜也〔八〕？吾所爲脩業而息之，在此兒矣。』蓋中丞公已生者三年，及舉進士，除黃巖令，乃大喜曰：『孺子試爲吏矣！服駒以轅，齒壯則良，發軔鴈行，吾懼其泛駕已〔九〕。』嘉靖戊申八月二日卒，年八十歲云。

吳孺人者，歙之長林人，以大父吳公予公而歸公。而吳公故客歐、括間〔一〇〕，孺人則勸公受賈吳公也。公行，孺人爲治室中。則室之南，宗人疏屬之產十餘家，家質於孺人。孺人無弗應，而又不責其子錢。居數年，諸宗人皆德之。會有故，轉徙則十餘家，家屬孺人矣。公由是不問室中；至家大政積著之理，顧未嘗不取裁孺人，而往往片言定也。初孺人與媵黃氏俱未有子〔一一〕，有爲使物之術者，謂公父曰：『何公之先府君有客乎吳公也？其謂府君曰：「我之帝所，乞丈夫子畀吾孫，既得請，渡河而爲執輿眇夫吳某所覆，丈夫子仆輿下，左乳中石傷，吾因以石識之。異日洗兒，懸疣乃去。」又謂府君謝矣，曰：「吾亦得請於汪氏之宗祏矣〔一二〕。」又爲客答曰：「雖然，必以吾所請者畀吾孫，使先一月舉之。」公所請者，畀媵黃氏也。』弘治甲子正月，封君良彬生，左乳懸疣，悉與語合。踰月，黃氏乃生良植。初吳公予次公孺人，而諸母譏焉。謂孺人曰：『田家兒乃大而門，又安用持葳蕤鑰如諸母爲也〔一三〕？』蓋吳公見次公，冠田家冠，無苛禮，謂大而門矣。言鑰者，示諸父之有深藏託扃鐍，諸母佩組自愛，雍容而已，而次公將不良於賈也。後吳氏中廢，孺人偏存諸母而置其事云。

生七十有八年而卒，爲嘉靖甲辰五月五日也。中丞公名道昆，督部閩粵，有平倭功。仲曰道某，邑諸生。封君卜下佛堂，兆吉，以某歲月日葬公而孺人祔。中丞公請余志焉。

余曰：新安俗矜賈，即同列財力相君，乃所至爲鹽筴祭酒，畫便宜，至令中貴人疏名求之，稱汪元儀，自詣吏，玩孰甚焉？太守捄之不恡千金，有所試其長，非苟而已也。大哉，脩業而息之賢人！深謀於廊廟，論議朝廷，其在中丞乎？是何能白首刀錐，爲二子虜也？孺人不責子錢，以規室南之產，廉賈五之，俗之相靡，雖女子亦奇勝邪！至其與家大政，決筴片言，亦其天性然也。懸疣之祥，其應二世，來之以德矣，是爲銘。銘曰：

莫燬於勢而身是嘗之，莫美於利而身是颺之。見取於予業乃成，謀得於失政乃行。維道則偕，其人孔懷。言作之逑〔二〕，以伉茲丘。

【校記】

〔一〕元，明刊諸本作『玄』。

〔二〕逑，隆慶本、萬曆本、張校本、佚名本並同，宋本、重刻本、四庫本作『述』。

【題解】

汪次公，汪道昆之父。據文載，卒於嘉靖甲辰（一五四四）。汪道崑，字伯玉，號南明，歙縣（今屬安徽）人。嘉靖二十六年（一五四七）進士，翌年授義烏知縣，入爲南郡工部主事，歷官至兵部侍郎。文稱其爲『中丞』，且云『督部閩越』，則在其以福建按察使擢右僉都御史，巡撫福建之時。

【注釋】

〔一〕睚眦：瞋目怒視。

〔二〕浹旬輒瘳：謂經一旬病就痊癒了。浹旬，十天，一旬。瘳，病癒。

〔三〕畫便宜：籌畫如何按照實際情況行事。便宜，謂不拘法規而得專權行事。《史記·蕭相國世家》：『即不及奏事輒以便宜行事。』

〔四〕中貴人：指宫中宦官。景：宦官之姓。

〔五〕節俠：有節概的俠義人。

〔六〕賈（gǔ）豎：經商小子。自卑之稱。

〔七〕劉瑾：宦官，正德初曾掌司禮監，横行朝野。正德五年（一五一〇），以謀反罪被處死。收：收監繫獄。

〔八〕刀錐：喻微末之利。唐陳子昂《感遇》：『務光讓天下，商賈競刀錐。』虜：役使。

〔九〕泛駕：翻車。喻不受控禦。

〔一〇〕歐、括間：猶言浙江、福建之間。歐，通『甌』。括，州名。在今浙江麗水市東南，括蒼山麓。

〔一一〕媵（yìng）：陪嫁女。

〔一二〕宗祏（shí）：宗主。祏，宗廟收藏神主的石匣，因謂宗廟主。

〔一三〕葳蕤鑰：與衆不同的鎖鑰。《録異傳》載，建安中，河間鬼婦人遁葳蕤（草木叢）之中，鎖與人不同，以金縷相屈伸製作。

明故任處士墓碑

嗚呼！此明任處士之墓。處士者，家本平陰〔一〕，大父讓以上墓，皆在平陰。徙家濟南，自大母趙氏始。讓生鸞，爲處士父，時方在襁抱，長遂娶於歷城張氏，生處士。

處士生毀齒〔二〕，而張卒。事父與繼母翟氏，躬自負薪米。比弱冠，父又卒，孑如也。稍試爲功曹掾，而文無害〔三〕，然非其所好，尋罷去。隱于酒人，人不可得而識已。然時時爲里中少年論事，動厭其意，少年率伏處士有大略〔四〕。凡再葬父母、繼母如初葬儀，而賓客之會葬者，視初葬什倍矣。性嚴潔無所狎侮，所服御未嘗受纖汙。生四十又四年而卒，嘉靖乙未十二月二十四日也〔五〕。配姜氏，校尉琳次女，隆慶己巳二月四日卒〔六〕，年七十又五歲。姜孺人生有遠度，一乳不育，輒爲處士置邱氏〔一〕。邱氏一不乳，更爲公置邱氏，則竟乳二子，曰登瀛、登洲。登瀛乙卯舉鄉進士〔七〕，翩翩美文辭，亟從余誦處士也，而請題其墓。

不佞則惟齊雅多處士，伯夷居北海之濱〔八〕，不能以衣冠坐塗炭，而顔斶曰『清淨貞正以自虞』〔九〕。任君雖隱于賣漿家，卽里中少年狎侮如匪澣衣〔一〇〕，功曹無害，如將浼焉，不辱其身耳，奚必人得而識之，而率伏之也？人莫大乎父母，生則躬負薪米，葬則賓客觀禮，是爲國勸孝情者也。姜孺人雖有遠度，非公刑于〔一一〕，安能一姬不乳，又一姬進哉？處士卒後，二子乃竟以姜孺人立，處士使之如在耳，何乃謂豈其娶妻必齊之姜？是又爲國勸慈情者也。嗚呼！身致大誼，此明任處士之爲墓，而西北走邯鄲道也〔一二〕。鍾離、業陽無恙邪〔一三〕？趙使者必且致任君大誼而高其否業〔二〕。於齊愈益重矣。

處士諱爵，字天祿，一邱氏先姜孺人卒。隆慶庚午三月十七日舉祔焉。登瀛娶張禮仲女，卒，聘薛天祐季女。登洲娶齊承芳長女。而孫男五人：震亨、謙亨、萃亨、豐亨、節亨。孫女二人，一適邑諸生黄存性，一未聘。墓在郡城西五里溝之南，公以再葬其父母與繼母者之兆云。

軒轅大姓，孰齒諸任〔一四〕？昔在中葉，越播平陰。孑嫠窮孤，遵彼濟南。即壯有室，生民是覃。卓茲處士，匪夷所思。功曹無害，棄而違之。隱于酒人，無巨弗微。狎侮辟世，如匪澣衣。不降其志，不辱其身。涅而不緇，磨而不磷〔一五〕。由也負粟，參也鷄豚〔一六〕。四方觀禮，不逮親存。永言勸孝，永言勸慈。兼女是進，二子惟期。御于家邦，刑于寡妻。鍾離業陽，專美於齊。歸彼樂石，植言孔安。欲報之德，託諸不刊。翩翩長君，克光厥前。敬竢褒書，藉用斯篇。

【校記】

（一）邱，明刻诸本作『丘』。

（二）否，隆慶本同。萬曆本、四库本作『丕』。

【題解】

任處士，即任爵（一四九一—一五三五），字天祿，歷城（今濟南）人。李攀龍應其子登瀛之請，爲其題墓。

【注釋】

〔一〕平陰： 縣名。今屬山東濟南市。

〔二〕毀齒： 小兒換牙，小兒七八歲換掉乳牙，因指七八歲時。

〔三〕文無害： 謂有文而無所枉害。《史記·蕭相國世家》：『蕭相國何者……以文無害爲沛主吏掾。』

〔四〕伏： 借作『服』。

〔五〕嘉靖乙未： 即嘉靖十四年（一五三五）。

〔六〕隆慶己巳： 即隆慶三年（一五六八）。

〔七〕乙卯： 即嘉靖三十四年（一五五五）。

〔八〕伯夷： 商末孤竹君長子，與弟叔齊推讓君位，後二人投奔西伯昌。因反對周武王討伐商而隱避首陽山，不食周粟而死。詳《史記·伯夷列傳》。此言居北海之濱，蓋謂居孤竹國。其地在今河北盧龍縣南，渤海之濱。

〔九〕顏斶（chù）： 戰國齊隱士。曾勸說齊宣王禮賢下士，宣王心悅誠服，請受爲弟子而尊禮之，他說願『晚食以當肉，安步以當車，無罪以當貴，清靜貞正以自虞』。見《戰國策·齊策四》。

〔一〇〕如匪澣衣： 謂如同洗去衣服上的污垢。《詩·周南·葛覃》：『薄汙我私，薄澣我衣。』

〔一一〕刑于： 『刑于寡妻』的省語。《詩·大雅·思齊》：『刑于寡妻，至于兄弟，以御于家邦。』刑，儀法，禮法。寡妻，嫡妻。

〔一二〕邯鄲道： 《戰國策·齊策四》載趙威后接見齊使，詢問齊處士業陽無恙，以見齊處士受到趙國的尊重。邯鄲爲趙國都城，走邯鄲道，謂任爵亦如當年齊處士鍾離、業陽一樣會受到趙的尊重。

〔一三〕鍾離、業陽： 均爲戰國齊處士。見《戰國策·齊策四》。詳前《青州府誌序》注〔一一〕。

〔一四〕軒轅大姓：任姓源於黄帝。《史記·五帝本紀》「黄帝二十五子，其得姓者十四人」《索隱》：「《國語》胥臣云『黄帝之子二十五宗，其得姓者十四人，爲十二姓，姬、酉、祁、己、滕、葴、任、荀、僖、姞、儇、衣是也。』」

〔一五〕涅而不緇，磨而不磷：語出《論語·陽貨》。謂最白者染也染不黑，堅固者磨也磨不薄。

〔一六〕由：指仲由，字子路，春秋末年魯國（今山東泗水）人。孔子弟子。出身微賤，少年時期曾從事各種勞作。《説苑·建本》：「昔者由事二親之時，常食藜藿之實，而爲親負米百里之外。」參：指曾參，字輿，春秋末年魯國武城（今山東嘉祥）人。《韓非子·外儲説左》上載，曾子之妻到集市去，爲不使其子哭鬧，説回來爲其殺豬。曾妻從集市回來，曾參即要殺豬，其妻説是「與嬰兒戲」，曾參説：「嬰兒非與戲也。嬰兒非有知也，待父母而學者也，聽父母之教。今子欺之，是教子欺也。母欺子，子而不信其母，非以成教也。」於是殺豬而烹之。

明德王府承奉正張君碑

君諱喜，字悦君，保定之深澤人〔一〕。弘治某年，籍在掖庭〔二〕。正德某年出，給事於府中。久之，莊王使行守藏也。至嘉靖己丑〔三〕，懿王以積勞，奏擢爲門官副。癸巳，遷典服正。丙申，超遷承奉副。辛丑，改承奉正，給事今王，凡四年。甲辰致仕，凡十有三年。丙辰四月朔卒，年六十四。今王行守藏使者藁城田君鑾汝金，自以出君門下，追惟君得與今王錫命之典爲盛，且悼君之中廢也，刊石記焉。銘曰：

今王立國，維初在昔，嗣祚稱藩。庶官率從，永茲利建，以翰元元。君以髫齡，籍在宦者，觀禮掖庭。王簡左右，受詔于東，寺人之令〔四〕。給事莊王，乃領錢穀，出納允明；屬惟十載，不沒於貨，政是用成。懿王念舊〔五〕，乃上其績，擢而于門。再遷典服，峩峩袞冕，則有司存。進貳宮尹，寔崇夾輔，愈益和衷。不愆不忘，式於太憲〔一〕，蹇蹇匪躬。今王幼沖，遭家不造，流言以興。君曰仁親，得失匪計，是翼是馮。世及之義，《春秋》所嚴，維嫡是求；帝曰冊止，昭哉錫命，以荷天休。王修前功，以正宮尹，惟君無它。雖已著庸，名位則極，遘閔遂多〔六〕。翔而後集，言從所好，乃致爲臣。偃息優游，十有三載，歸潔其身。程騰遠矣，君其《小雅》，《巷伯》之倫〔七〕。

【校記】

〔一〕太，明刻諸本並作『大』。大、太同。

【題解】

德王，指明英宗之子德莊王朱見潾，天順元年（一四五七）封，封國初在德州，改濟南。成化二年（一四六六）就國。德王府故址在今濟南珍珠泉大院內。承奉正，官名。隋文帝置承奉，屬吏部，爲文散官。此爲王府承奉之正職。

【注釋】

〔一〕保定之深澤：保定府深澤縣，治所在今河北安平西。

〔二〕掖庭：皇宮中妃嬪所居之處。亦爲宮中官署名。掌宮人事。有令、丞，由宦官充任。

〔三〕嘉靖己丑：即嘉靖八年（一五二九）。下文癸巳，爲嘉靖十二年（一五三三）；丙申，嘉靖十五年；辛丑，嘉靖二十年；甲辰，嘉靖二十三年；丙辰，嘉靖三十五年。

〔四〕寺人之令：謂爲宦官令長。寺人，太監。

〔五〕懿王：德莊王之子朱祐榕，嘉靖十二年（一五三三）嗣位。

〔六〕遘閔：謂見害於人。《詩·邶風·柏舟》：『遘閔既多，受侮不少。』

〔七〕《巷伯》：《詩·小雅》中的一篇。《集傳》：『時有遭讒而被宫刑爲巷伯者作此詩。』

明贈徵仕郎翰林院檢討殷公配封太孺人郭氏合葬墓誌銘

公諱汝麟，字致瑞，其先成湯子姓之裔，後以國氏焉〔一〕。其在武定者，有廢碑於鄧莊之壟，或稱將軍若千戶〔二〕，則金、元以來，已爲武定人也。有曰從善者，於公爲高祖矣，嘗避亂蜀、漢之間。高皇帝之興也〔三〕，歸而處於今之永利鎮云。生六子，長曰旺，贈德府審理正〔四〕，配閻，贈安人，生五子，少曰衡，以永平訓導入爲德莊王教授。既之國濟南，參與藩體〔五〕，王上其績，天子璽書勞焉。尋進審理正，且四十載。既致仕，王自以師傅舊恩，爲畫像製贊，使就其家存問。比卒，而永平弟子員已請祠之學宫矣。配李，封安人，亦生六子，第四子曰畯，其所爲《禮》〔六〕，家世傳業。既舉于鄉，則靈寶許氏大司徒莊敏公誥，大學士文簡公讚〔七〕；于大學則襄垣劉氏大司馬龍、大中丞夔兄弟〔八〕，出其門也。生公八歲而卒。亡何，母亦捐館舍。公蓋不能就學，而一聽伯兄所爲。則脱身出，獨取敝惡具數事，財物盡與兄。數年而兄盡破其產，公輒復分與兄，更造者數矣。後兄在德州逆旅中病疫且革〔九〕，主人問：『卽不諱〔一〇〕，孰收子者，則曷不謂之也？』曰：『有弟愛我，旦夕且至，徒以素遇之少恩，難於謂之耳。』會太孺人亦病疫且革，或以止公。公曰：『《棠棣》之二章奈何〔一一〕，何可令伯兄赫然在原隰，而以內爲解？』蓋舍而後裝及焉，宿而後圉及焉，且啄且訣〔一二〕，以輿櫬而返，太孺人尋亦愈也。

初，公與章丘翟君洪者友，雖已聘孺人，然檢討君纔六歲耳。屬翟君客濟南病，倉卒無所歸，公卽舁于家，視粥藥四十餘日，卒矣，公更爲具以殯諸客位，而受弔者如兄弟之喪，以致諸其子，已於葬而竣。檢討君七歲，遣就外傅，必擇名士，不憚一歲五更。至今檢討君言學必及師友，言事必及家世，蓋誦公之教不衰。公既博涉羣書，旁及老、莊諸家，言而尤精於《易》數〔一三〕，往往奇中。嘉靖庚子〔一四〕，屬且省試，先期謂檢討君：『始吾以兒幸得偕計吏中，如大父成化庚子時足矣。顧安得遂至如曾大父爲第五人也？然吾亦以十月二十日逝矣。』援筆而識之壁，已果如所言。平居持論，排難解紛，量所能爲，各厭人望，諸所嘗施，惟恐見之。卽至相負，置而不校。卒之日，以書一帙屬檢討君曰：『此我所見聞諸陰德行事也，爾惟勿負朝廷而虐百姓，以竊比於此哉！』凡七年，檢討君第進士，以庶吉士除今官，尋推恩贈公，封太孺人云。

太孺人者，亦武定人。父巽，四川保寧府通判〔一五〕，母曰郝氏。初，太孺人適公時，咸謂貴家女豈任椎布操作爲新婦乎？乃孺人事嫂如嚴姑，每鷄鳴起視具，嫂不知也。公既與孺人脫身出，則愈益服勞節約，以佐公更造，卽公意所欲問遺贈恤，必慫臾力贊，務出其厚，曰：『吾安得愛簪珥篋笥，俾君子困於義也！』檢討公出諸懷抱之中，生不令持一錢，曰，『玩好在耳目之前，而患在有識之後，何以尺箠禁乎？』及就養京師，則謂檢討君：『今祿孰與既廩學官時？若更修小禮，曲意貴人左右之助，何以稱通經術不失家世也？寧課僮僕掘野以蔬，而滌厩以爨，不願爾有此矣！』癸丑，檢討君奉使河南，孺人歸家暫詣武定，既再如京師，則孺人輒病。丁巳，檢討君復以假請奉孺人歸。踰年，又病，則謂檢討君：『卽吾不起，勿徼福於釋氏〔一六〕。』謂翟孺人：『我所爲負牀之望，無亦新婦緩帶之慮乎？』已乃卒，蓋戊午二月十有四日也。

公生弘治庚戌十有二月八日〔一七〕，卒於識壁之日，壽五十有一；孺人生弘治辛亥五月十有六日，壽六十有八。子一人，曰士儋，卽檢討君。婦卽翟孺人。孫一人，曰居，聘舉人劉宗禹女；太孺人既卒，妾高所生也。孫女三人，長許聘陝西布政司參議張嵐子志，次許聘廣東道御史薛樟子炤，次許聘舉人潘子雨子鳳翎，則皆出翟孺人。居與所許聘薛氏、潘氏者二女，不幸夭，所置宗人子爲後者一人，曰聯。爲娶婦趙氏，亦武定人。贈君以上皆葬武定，不遠有廢碑於壟者。審理公以下葬歷城東閔子騫塚傍〔一八〕，而公在焉。戊午，葬孺人，乃啓壙，則更爲塗泥，不得已以祔矣。辛酉十有二月十有八日，改葬於長清縣之鳳凰山，在歷城縣西南三十里。

余惟師學廢則《六經》無顓門〔一九〕，東海孟卿家世爲《禮》〔二〇〕，乃更使其子喜從田王孫受《易》〔二一〕，孰若公家四世守曲臺之訓〔二二〕，釋褐而傅入說王者稱贊命之儒〔二三〕？四大臣一時出門下，而儼然論石渠之署也〔二四〕。向使輒分更造，怏怏有德色，斯德州逆旅中恝然絕憐而收我之望，以自分於溝壑；恝然絕憐而收我之望，以自分於溝壑，則豈獨其兄近若哉？及觀翟君之事，蓋其天性信義，篤於信數如此矣。人亦孰不欲節約，而卒以侈敗，則所嘗施不當也與？不期衆，期於當厄，不然豈其一聽所欲問遺贈恤而務出其厚？必不能矣。公既收伯兄，而孺人撫其孤，及公與孺人之喪，宗人喪焉，緦者以功，功者以期〔二五〕，豈爲人人悅之哉？至其教檢討君通經術，不失家世，爽然富貴之際矣。好老、莊諸家言，而不惑於釋氏〔二六〕，又何較然於晝夜之說也！斯古稱同德者乎？乃爲銘。銘曰：

神明之胄家是承，既竄乃復以儒興。藩禮肇修崇舊恩，于時大臣駢出門。爰在中葉潛德敷，因心則友窺諸孤。太史駿發世厥經，取諸襁抱乎王廷。鶉火式靈開氣先〔二七〕，宜爾子孫萬斯年！

【題解】

徵仕郎，官名。明代爲文職從七品封階。翰林院檢討，官名，掌修國史。明代以三甲進士之留館者充任。此爲贈官。殷公，指殷汝麟，殷士儋之父。

【注釋】

〔一〕以國氏：成湯，商代開國君主，子姓。商遷都殷，稱殷商，其後裔或以殷爲姓。

〔二〕千戶：官名。金初設置，爲世襲軍職，隸屬於萬戶。元代相沿，明代衛所兵制亦置千戶所。

〔三〕高皇帝：此指明太祖朱元璋。

〔四〕德府：德王府。詳前《明德王府承奉正張君碑》題解。

〔五〕參與藩體：謂參與藩國體制的建立。體，體制。

〔六〕《禮》：指《禮經》，即《儀禮》。

〔七〕許氏大司徒莊敏公誥：即許誥，字廷綸，號函谷山人。靈寶（今屬河南）人。弘治進士，官翰林檢討，因忤宦官劉瑾削籍，謫全州判官。父卒歸，家居教授。嘉靖初遷侍講學士，官至南京戶部尚書。卒謚莊敏。著有《通鑑綱目前編》。詳《明史》本傳。大司徒，戶部尚書的別稱。文簡公讚：即許讚，字廷美。許誥之弟。弘治進士。嘉靖中累官吏部尚書，隨順奸相嚴嵩，被其引之入閣，以本官兼文淵閣大學士，後加少傅。因忤帝意，落職閑住，卒謚文簡。詳《明史》本傳。

〔八〕襄垣劉氏大司馬龍：即劉龍。詳前《劉太保文安公輓章》題解。大中丞夔，即劉夔，劉龍之弟。

〔九〕病疢且革（jí）：謂病得厲害。革，通「亟」，急。

〔一〇〕不諱：言死而不可復諱，謂死亡。

〔一一〕《棠棣》：即《詩·小雅·常棣》，第一、二章云：『常棣之華，鄂不韡韡。凡今之人，莫如兄弟。死喪之威，兄弟孔懷。原隰裒矣，兄弟求矣。』

〔一二〕且啄且訣：一邊叩棺，一邊念著牽引的口訣。啄，叩。

〔一三〕《易》數：即卜數，筮法。數，筮。《宋書·陳瓘傳》：『通於易數，言國家大事，後多驗。』

〔一四〕嘉靖庚子：即嘉靖十九年（一五四〇）。下文癸丑，爲嘉靖三十二年；丁巳，嘉靖三十六年；戊午，嘉靖三十七年。

〔一五〕保寧府：治所在今四川閬中。通判：官名。明代府置通判，分掌糧運、水利等事務。

〔一六〕勿徼福於釋氏：謂不要向佛門求福佑。徼，求。釋氏，即釋迦，謂佛。

〔一七〕弘治庚戌：即弘治三年（一四九〇）。下文弘治辛亥，爲弘治四年。

〔一八〕閔子騫（前五三六—？）：名損，字子騫，春秋末魯國（今山東曲阜一帶）人。以孝著聞，《史記·仲尼弟子列傳》載，孔子將他與顔淵、冉伯牛歸於『德行』科，其事蹟散見於《太平御覽》、《韓詩外傳》等。死葬歷城（今屬濟南市），墓今存。

〔一九〕師學：有師承之學。漢代經學各有師承，講求師法，所謂『不入師門，無經傳之教』（漢王充《論衡·量知》）。《六經》分別立爲博士，代代相傳。顓：通『專』。

〔二〇〕東海孟卿：漢東海蘭陵（今屬山東）人。《漢書·儒林傳》載，孟卿『善爲《禮》、《春秋》，授后蒼、疏廣。世所傳《后氏禮》、《疏氏春秋》，皆出孟卿。孟卿以《禮經》多、《春秋》煩雜，乃使喜從田王孫受《易》。』

〔二一〕喜：指孟喜，孟卿之子。田王孫：碭（今安徽碭山）人，受《易》於丁寬。其所傳施讎、孟喜、梁丘賀，皆立爲博士。詳見《漢書・儒林傳》。

〔二二〕曲臺之訓：指唐王彥威《曲臺新禮》。《舊唐書・王彥威傳》載，王彥威，太原（今屬山西）人。「世儒家，少孤貧，苦學，尤通「三禮」。無由自達，元和中游京師，求爲太常散吏。卿知其書生，補充檢討官。彥威於禮閣掇拾自隋已來朝廷沿革、吉凶五禮，以類區分成三十卷獻之，號曰「元和新禮」，繇是知名，特授太常博士」。

〔二三〕釋褐：脱去布衣而服官服，謂始仕爲官。

〔二四〕論石渠之署：西漢宣帝甘露三年（前五一），在未央宮石渠閣，「詔諸儒講五經異同」。見《漢書・施讎傳》。

〔二五〕「緦者」二句：緦麻小功，喪服一年。緦，絲，績麻細如絲。緦服，爲期三月的喪服。《儀禮・喪服》：「外親之服皆緦也。」功，喪服名。功服，輕於齊衰，重於緦麻，有大功、小功之分。《釋名・釋喪制》：「九月曰大功，其布加麤大之功，不善治練之也。五月曰小功，精細之功，小有飾也。」

〔二六〕釋氏：謂佛。佛祖釋迦牟尼，略稱釋氏。

〔二七〕鶉火：星次名。與黃道十二宮之獅子宮相當。此謂殷汝麟卒年歲在鶉火。

明誥贈奉政大夫刑部浙江清吏司郎中方公暨配贈太宜人姚氏合葬墓誌銘

方公既歿之八年，爲隆慶己巳〔一〕，乃仲子子賓卜得篁墩上阜，將以某年月日葬焉，而太宜人祔之也。則謂余曰：「邑之瑞林，故祖兆也。先是族人鬻之，先君子贖之，而率族人營葬其側，以次當陵元故祖塚上爲非順也。乃受塚前隙地，而先太宜人之偏在焉。且十餘年，危受水患。然既以杜鬻者，猶則先君子之志也。』乃今所請爲誌，誌諸篁墩上阜者矣。誌曰：

方公諱祥慶，字德徵，其先出漢大司馬長史紘〔二〕。至隋，有惠誠者，爲歙令，子叔滸因家焉。歷宋居環山，四傳曰十七者，遷忠堂。又四傳，則元大都路使慶孫也。慶孫生全，全生繼祖，繼祖生仲榮，仲榮生貴質，貴質生永寧，永寧生富清，娶朱氏，是生公。

公生恂恂長者，於鄉黨出不具車馬，所居纔蔽風雨，布衣蔬食，晏如也。甫弱冠，會父當送戍于邊，則請行，不許，請之行往役里中，蓋二十餘年。又不以任二弟，視二弟生產不知其不及也。里中而賦，必先輸以代匱者。畢計，而匱者舉子錢，辭曰：『以余在里中不能振諸君之急，而因以爲利乎？』後有賦，里中競勸，惟恐公先輸之矣。卒爲置義倉里中，召父老以社，伏臘有事焉〔三〕。常慕大父之爲人，身布衣，而邑令朱君使攝彈室命，里中是稱平也。豈予敢望哉？然結林有訟者，以公居間解之，全其家矣，而里中父老若子弟蓋由是無復身逮于有司。公生八十年，以子賓奏最，封工部營繕司署員外郎、主事〔四〕。明年，辛酉正月九日卒，父老奉主於社矣。隆慶改元，子賓遷刑部浙江司郎中，今上覃恩加贈公奉政大夫如子賓，姚自太安人加贈太宜人云。

太宜人者，諱壯真，父曰道轉，母謝氏。二十而歸公，逮事祖姑。舅姑既有二子，祖姑時已九十餘，每飯必爲太宜人祝曰：『吾願而年若余，而子若孫若余，而子若孫之婦事而亦若而之事余也。』一浣衣經十餘年不易，見里中紈綺子弟輒舉以誡諸子，曰：『丈夫生不能自食，竊父兄餘焰，夸毗鄉黨，此斷緇被文繡者耳〔五〕。吾不願汝曹有此行也。』今觀少保、大學士江陵張公所爲誌〔六〕，賢母具是矣。生成化戊戌，以子賓舉進士之明年嘉靖甲寅卒，爲七十有七歲。公生二男子，長良明，娶汪氏，次卽子賓良曙也，今爲河南按察司副使，娶葉氏，封宜人。二女子，適程鑌、張元安。孫男十人，一夔、一鵬、一鸞、一麟、一鶚，良明出；一元、一德、一貫、一樂、一敬，副使君出也。女不次。曾孫男十二人矣。

余惟歙俗，什七服賈，而葬者率治堪輿家言。瑞林之偏，贖諸旣鬻，族舉德之。卽嫌於陵故祖塚上，而嚙河受水，不難數千里，送戍于邊，而難厝於抔土，安在其爲堪輿家言哉？斯足有子賓矣。佐賦公家，而里中勸輸，結林之訟者私焉。君子曰：『借令里中類如公長者，邑令拱手受成不以重乎？』生自本業，沒秩於社中。太宜人自以祖姑之祝之也，誡諸子自食，可謂無德不報者哉！余往奉太恭人亡狀，卒於大梁署中〔七〕，子賓臨輒隕涕，以不逮二親之永訣也。少保公又云：『余往江陵過繕部時，視榷且滿，不持一物去。』其清如此。今觀子賓大梁署中，何以異江陵視榷時也？永訣大矣！是爲銘。銘曰：

社是饗而兆以食，祝是昉而誡以息，仲氏克諧以慰其永懷。維篁之敦然，猗上阜之丸然，豈曰無瑞林之干兮？不如於焉卽安兮！

【題解】

方公，方子賓之父。據文載，子賓於隆慶元年（一五六七）遷刑部浙江司郎中，而方公卒於辛酉卽嘉靖四十年（一五六一），則此爲其卒後贈官。李攀龍於隆慶三年（一五六九）遷河南按察使，隆慶四年四月母卒歸濟南，而子賓時爲河南按察司副使，則墓誌銘作於隆慶三至四年四月之間。

【注釋】

〔一〕隆慶己巳：即隆慶三年（一五六九）。

〔二〕漢大司馬長史紘：大司馬，漢武帝罷太尉置大司馬，爲掌軍政和軍賦的最高長官，下置長史，爲大司馬之佐。方紘，生平未詳。

〔三〕伏臘：伏祠臘祭。夏祭曰伏，冬祭曰臘。六月伏日爲伏，冬至後三戌日爲臘。《史記·留侯世家》：「每上冢伏臘，祠黄石。」

〔四〕員外郎、主事：明代各部以郎中、員外郎、主事爲司官三級，員外郎可遞升主事。

〔五〕斷椔被文繡者：不能直立而又披錦繡的人。椔，通「菑」，直立貌。斷椔，謂不能直立。

〔六〕少保、大學士：少保，此爲大學士的加銜，無實職。大學士，官名。明代廢丞相，政歸六部，置大學士五人，贊助機務，表率百僚，職權遂同宰相。江陵張公，生平未詳。

〔七〕大梁：古城名。即今河南開封市。

翟淑人墓誌銘

按《狀》，翟淑人者，章丘西錦川里人，翟公洪季女也。母劉氏，祖景華，太學生，山西太原府檢校〔一〕。始翟公游郡中，諸長者與贈侍郎公交甚驩，時淑人及侍郎公生六齡耳，乃翟公輒約以爲婚姻。既三年，翟公有歷城逮而疾作〔二〕。贈公果爲率父老十數輩謁縣，請任出就醫，遂舁家視粥藥；四十餘日唯謹，竟卒。又爲含斂〔三〕，厝諸客位，受弔若兄弟之喪。召其子廷相，已於葬而竣。繇是諸長者皆謂翟公繫援贈公而自令白冤狀，殯有所歸，知人哉！孰無緩急也？居五年，淑人來歸。蓋贈公與太淑人女畜之〔四〕，而使兄事侍郎公。又三年，稱冢婦矣。三年，公舉於鄉，與爲贈公喪三年。五年，公第進士，選庶吉士，隨侍太淑人京邸。五年，以公檢討考績封孺人。明年，公奉使周藩〔五〕，隨侍太淑人歸濟南；其冬從入京師。又四年，以公取急，復隨侍太淑人歸濟南。明年，又與爲太淑人喪，三年服闋。又三年，復從公入京師。事今上裕邸〔六〕，超爲春坊右贊善〔七〕。三年，擢洗馬〔八〕。踰月，隆慶改元，徙侍讀學士〔九〕。尋拜禮部右侍郎〔一〇〕，兼翰林院學士〔一一〕；計一歲而三遷焉。天子覃恩，乃淑人有今封；命下三日，卒于京邸，三月四日也，距生嘉靖改元壬午七月二十七日〔一二〕，得年四十有六。踰月，公改今官，兼如故云。令甲三品妻喪無恤典〔一三〕，公以積勞論帷幄，上特降文諭祭〔一四〕，禮部移遣山東布政司左布政使致焉；工部下有司營壙兆，起祠堂各如儀式矣。公方日在經筵，又充副總裁〔一五〕，纂修《世宗皇帝實錄》。聖慈憫惻，乃復聽暫解所署，馳驛護淑人歸，更賜金錢，道路過喪，兼期供職。乃六月晦抵家，厝於正寢。卜是年八月十九日，葬長清之鳳凰山太淑人墓側云。

余曰：淑人之榮寵，所得於上，何曲以備乎？信乎濟南父老皆謂尹恭簡夫人以來未之有此也〔一六〕。方淑人兄事公者三年而稱冢婦，刑于友于，無相瀆焉。而太淑人身女畜之，念奉質共修之義，恩結於心，卽不能輒爲公置妾，鬱鬱令失志，乃淑人勸日益力。蓋自奉使歸濟南，時年三十二，而輒爲公置妾矣。既生子，又輒爲乳哺，不知其非所出也；人亦不知其所出。嗚呼！公自以太淑人遺孤，所夙夜慮者，後爲大耳〔一七〕。淑人既貴，正不難於《樛木》之風〔一八〕，斯公所繇委蛇於《羔羊》之節〔一九〕，而精意啓沃，無貳命也。不然，入則鄉唐、虞之閎道，王法納乎聖聽；出則參冢宰之重職，功烈施乎政事，乃退食自公，不忘夙夜，所爲慮於太淑人者，以奪於黽勉自效，淑人與有譏矣，《狀》安得謂內有益友焉？惟是上所降諭，祭文固曰：『胡良臣眷懷方切，而女士哀訃忽聞！』君之於臣，分其大哉！惟是淑人，國猶賴之。豈爲幸乎！而榮寵得諸上者，不一而足也。淑人少食貧，粱肉粗糲，而綺縞疏布；既貴安焉，至周困窮，見唯爲惠，即傾篋笥無厭色。必先宗人，次太淑人外家，次諸翟以爲差。自稱冢婦，至有母道，一視太淑人家法，動則曰『吾聞之先姑』，蓋四十年相承唯一德；太淑人片帛寸縷必組紃就業，淑人躬秉刀尺，稱御之量。太淑人比歲寢疾，恭人夙夜祝北斗自代，啖茹衣單，三歷寒暑，朝夕上執饋，數進必鮮，下至廁牏浣濯，不以委諸婢。制有曰：『茂昭孝敬，存於勤儉。』茲其概已。余既已爲贈公太淑人志銘，不忘先役，今重得以具列如此。

贈侍郎公諱某，太淑人姓郭氏，侍郎公名某。淑人生四子八女，今惟一女存，適陝西布政司參議張嵐次子郡學生志；庶子二，女三人，今存者子一，曰誥，未聘；女一，許聘戶部郎中劉宗岱子某。先是，所立宗人子聯以其父母無別子求去，厚遺之。逾年，而誥生，公自以淑人若將不更置繼室者。又所營壙兆本上特典，非旨不得擅啓，非封三品不得入也。即百歲後，葬其所出者，異壙同兆矣。是又何自榮寵淑人篤以遠也？寧能知百歲而後誥輩所封其自出乎？且何遽自三品之凡以淑人乎？乃爲銘。

銘曰：

于以其偶，相夫則友。于以其婦，齊姑則母。堂上兼女，以觀人能。產無常乳，厥宗嗣興。壼政孔從〔二〇〕，帷幄斯藉。聖聽孔容，啓沃斯迓。特頒恤典，躋禮充恩。寧渝令甲，大誼是存。帝眷良臣，錫稱曰士。以承諭祭，既多受祉。司空致役，有壙睪如。天子命我，於焉令居〔一〕。

事太安人，蓋五十年。歲己未，以户部君封太安人。壬辰，邯鄲君迎養邑中。明年，户部君左遷汝州〔五〕，走邯鄲道，謁太安人，而太安人某月日卒矣。汝州君復走邯鄲道，與邯鄲君執紼束也〔六〕。

余惟太安人爲婦時，十有五歲耳，又暫詣留，猝不及奉無違之訓；承德君又季子，乃使李無夙夜行役之感，是爲倚其子於堂下，豈不難哉！蓋五十年，三子者無不以事承德君者併事母，是兼理夫道也。人情，嚴父而怙愛於母，非其道。承德君出率半歲，何以使三子有今日？又不然，豈其備百行，集衆美，而夫是不宜，子是不令，以爲太安人願乎？必不能矣。據邯鄲君《狀》，太安人性喜施，好聞善言，叱詈不出於梱。正寢之夕〔七〕，大風仆屏匽。先是，安人見二紫衣女子侍焉，意獨奇之矣。嘗謁壠，值負芻於道，莽然荄也〔八〕。田者復用銍於巖間，及釐額稱曰：『語固有之，墾田及青天，斸薪及黄泉。』其好聞善言如此。卽漆室之憂國奚擇哉〔九〕？承德君名相，封户部主事，先四年卒。檢討殷君有《誌》〔一〇〕。太安人生於成化某年三月六日〔一一〕，凡七十四歲。癸亥八月二十有六日與承德君合葬平山之麓。是爲銘。銘曰：

以其夫子於姑，以其子父於夫，維茲壙之永圖。

【校記】

（一）李，隆慶本、重刻本、張校本、宋本、萬曆本、四庫本並同，佚名本作『季』。

【題解】

安人，命婦封號。明代六品官婦封安人，母爲太安人。潘母趙氏，潘子雨之母。潘子雨，字潤夫，嘉靖二十二年（一五四三）舉人。由知縣仕至行太僕少卿，有政聲。善詩，爲歷下詩人之一。王世貞説：『歷下詩人，各騁於康莊之途，而無犯轍。讀潤夫詩者，知爲潤夫詩也。』（《弇州山人四部稿》）認爲其詩頗有特色。《歷城縣誌》有傳。

【注釋】

〔一〕承德君：潘子雨之父，名相。贈戶部主事。

〔二〕中使：宮廷之使。此指爲德王之使。

〔三〕東阿、陽穀：均縣名。今屬山東。

〔四〕行人：官名。明代設行人司，置行人之官，掌傳旨、冊封等事。

〔五〕汝州：明成化時爲直隸州，在今河南臨汝縣。

〔六〕執紼：送葬。紼，牽引靈車的繩索。送葬的人牽著靈車的繩索以助行進，因稱送葬爲執紼。

〔七〕正寢之夕：謂壽終之時，即所謂『壽終正寢』。正寢，居室之正室。

〔八〕荄（gāi）：草根。

〔九〕漆室：魯漆室女。《後漢書·盧植傳》『漆室有倚楹之戚』《注》引《琴操》：『魯漆室女倚柱悲吟而嘯，鄰人見其心之不樂，進而問之……。漆室女曰：「嗟乎！嗟乎！……吾憂國傷人，心悲而嘯，豈欲嫁哉！」』

〔一〇〕檢討殷君：即殷士儋。詳前《送殷正甫》題解。

〔一一〕成化：明憲宗朱見深年號（一四六五—一四八七）。下文癸亥爲嘉靖四十二年（一五六三）。

卷之二十三

墓誌

明故封太安人許氏墓誌銘

太安人者，許公瓊之長女也。其先鳳陽人，徙長興，四世而母方氏生太安人。太安人生十歲，受劉向《列女傳》〔一〕，觀古圖畫，問知大義，遂善繪事，其工無二，見者謂吳興管夫人以來所未有也〔二〕。嘗曰：『刺繡制形，圖畫制意；形致欲實，意致欲虛，並伎相發，若輟若起。』父益奇之。年二十，得承德君焉，蓋贅壻也〔三〕。猶若不欲，遂適之。

承德君故儒俠好客，日推解〔一〕〔四〕，不視生產。太安人又爲父言：『大人幸以兒承事徐君，即里中豪不敢藉我家，雖日推解好客，即所授室弟子，與里中豪獻牛酒爲旦夕費，未嘗假許氏一錢。徐君，丈夫也。』久之，承德君游日益盛，生產日益微。太安人乃日操作供具以爲常，至鬻所圖畫佐緩急，而承德君不知其所繇置矣。

汝寧君於承德君爲季子〔五〕，昵不令就外傅，稍長猶自授章句，即惰弗忍問也。太安人顧譙讓不少貸，汝寧君亦父事太安人，每夜呻佔〔六〕，則太安人以機杼相劑膏稱寢〔七〕。汝寧君嘗言：『比呻佔時，聲常若從機杼中出者。』

汝寧君既舉進士，除刑部主事，以甲寅封承德君及太安人。尋行論淮上。丙辰，遷郎中，充江南治獄使者，出便道，兩詣太安人，問所平反活幾何人，必論誦其爰書狀如目前〔八〕，俯聽仰思，各務有一二語，自當而後已，以自快也。汝寧君既再補郡，太安人乃從長興來。亡何，謂曰：『我先不至汀州，今至汝寧矣。誠以郡太守古二千石祿甚厚，自吾爲汝家婦，魚菽纔自給，恐居非命所當託，卽不任饗，徒以疾爲爾憂。若猶是齋廚蕭然，在官與在家同也。』由是爲汝寧者數月，而太安人必聞其政，以莫不曰循吏云。屬内考〔九〕，汝寧君有所中，當左遷〔一〇〕，解郡歸，逡循不欲行者二年。太安人乃曰：『吾老，啖粥耳。汝家故有田一壥苕水上〔一一〕，何至使王長君兄弟遺百金裝〔一二〕，署曰「太安人甘膬之費」乎？受之何辭也？凡以痛若輩落拓不偶，忤俗蒙謗，無以洒之，若將浼焉，傾身爲之也。范孟博何人哉〔一三〕？方今天子聖明，正臣當國，不乘時白見冤狀〔二〕，而勉圖功名以自效，何以間執慝口〔一四〕，令謂無所復之？』汝寧君乃行。至京師六日，改長蘆轉運判官。居三月，移瑞州府同知。且以補郡，而太安人訃至矣，嘉靖四十四年九月二十有一日也。距生弘治元年十月五日，年七十有八歲。某年月日，汝寧君以祔承德君之壙顧渚山下。

承德君，名東，有大節，能持論，與其家世戚屬並見宗考功臣《誌》中。汝寧君，名中行，考功《誌》稱汀州君。誌曰：

古賢母性自有之乎？抑因其子以立名迹矣。汝寧君再出治獄，多所平反，然其大者已不得如雋曼倩之用《春秋》斷詔獄〔一五〕，兩至二千石皆數月罷去，其次者又不得非期自表，效崔子真之在五原〔一六〕，是可曰『吾有經術，家世儒者』哉！太安人誠以二母自視而計是乎？范母教子，屬方捕逮，乃曰：『吾兒得與李杜齊名〔一七〕，亦復何恨！』語雖怨而不怒，然一何決也？太安人所云『乘時自見冤狀，勉圖功名』，若曰『善惡在我，何與於彼』云爾，又何辭氣繾綣，不忘以望子者望之君父？慈而知禮，性自有之矣。是爲銘。銘曰：

豈維夫是躬，亦維夫是相；豈維子是荷，亦維子是儀；豈維勞斯厚生困斯令名，亦維逸斯敗營捷斯蹟成。何有何亡義乃服，屢進屢退道乃復。卓彼明淑，於焉貽穀〔一八〕。

【校記】

〔一〕推，明刻諸本並作『椎』。下文『雖日推解好客』中之『推』，並同。

〔二〕白，明刻諸本同。後文有云『太安人所云「乘時自見冤狀，勉圖功名」』，則『白』或爲『自』之誤。

【題解】

太安人許氏，爲徐中行之母。據《天目先生集》附李炤《徐公行狀》，嘉靖三十三年（一五五四），以考功得封父母，父封刑部廣東司主事，母封太安人。徐中行，詳前《五子詩》注。文稱其汝寧君，且言解郡歸，改長蘆判官，移瑞州府同知，則在嘉靖四十四年（一五六五）。

【注釋】

〔一〕劉向《列女傳》：劉向（前七七？—前六？），字子政，漢宗室。著有《新序》、《說苑》、《列女傳》等。《列女傳》列載古代婦女事蹟一百零四則，分母儀、賢明、仁智、貞順、節義、辯通、孽嬖七類，敘事贊評，成爲封建時代有關婦女教育的範本。

〔二〕吴興管夫人：指宋元之際趙孟頫的夫人管道升，字仲姬，一字瑤姬。吴興（今屬浙江）人。書畫名家。雅善詞章，兼工行楷，所畫墨竹、蘭梅及山水均超塵脱俗。元末，趙孟頫封魏國公，道升亦封爲魏國夫人，因世稱管夫人。見《書史會要》及《松雪齋集》。

〔三〕贅壻：入贅於女家，北方俗謂『倒插門』。

〔四〕推解：推衣解食，謂施恩於人。

〔五〕汝寧君：指徐中行。中行進士及第，除刑部主事，後出任汀州知府、汝寧知府。下文甲寅，即嘉靖三十三年（一五五四）。淮上，指汝寧。丙辰，爲嘉靖三十五年。

〔六〕呻佔：吟誦詩文。

〔七〕以機杼相劑膏稱寢：謂以紡織資其燈火費用，並與其相伴至睡下。機杼，紡織用具。相劑，相助。劑，借作『濟』，助。膏，燈油。稱，配合。紡織與讀書各當其宜。

〔八〕爰書：傳囚徒口供而録之文書。

〔九〕内考：指吏部内部考核。

〔一〇〕左遷：貶降職位。《天目先生集》附李炤《徐公行狀》：『癸亥，屬内考，公爲飛語所中，當左遷，解郡歸，日奉太安人以自娱。』

〔一一〕苕水：水名。即苕溪。源於天目山，入太湖。

〔一二〕王長君兄弟：指王世貞、王世懋兄弟。

〔一三〕范孟博：指東漢范滂，字孟博，汝南人。少厲清節，爲州里所服，舉孝廉、光禄四行。歷光禄勳主事、太尉府掾屬，太守宗資聞其名，請署功曹，委任政事。滂嚴整疾惡，被誣結黨營私，繫黄門北寺獄，後辯解獲釋，南歸，『始發京師，汝南、南陽士大夫迎之者數千兩（輛）』。後遭黨錮之禍，被殺。詳《後漢書・范滂傳》。

〔一四〕慝（tè）口：邪惡之口。

〔一五〕雋曼倩：即雋不疑，字曼倩，渤海（今河北滄州）人。治《春秋》，有文名。武帝末年，爲青州刺史，昭帝時擢京兆尹。始元五年（前八二），有一男子詐稱衛太子，人們難以辨識。不疑以《春秋》衛太子蒯聵違命出奔，輒拒不納爲據，説衛太子得罪先帝，亡不即死，今來自詣，是爲罪人，遂繫獄送廷尉審判，果爲詐騙。詳《漢書》本傳。

〔一六〕崔子真：即崔寔，字子真，涿郡安平（今屬河北）人。爲漢末大儒。曾任五原太守，使『民得以免寒苦』，爲防邊患，整厲士馬，『虜不敢犯，常爲邊最』。詳《後漢書》本傳。

〔一七〕李杜：指李膺和杜密。李膺（一一〇—一六九），字元禮，潁川襄城（今屬河南）人。東漢末年名士。歷官河南尹、司隸校尉。《後漢書》本傳載，當時朝政腐敗，膺獨持風裁，以聲名自高，被其容接者，稱爲登龍門。後遭『黨錮之禍』，禁錮而死。杜密，字周甫，潁川陽城（今河南登封）人。與李膺同時，曾官太僕，『黨事既起，免歸本郡，與李膺俱坐，而名行相次，故時人亦稱「李杜」焉』（《後漢書・黨錮列傳》）。

〔一八〕於焉貽穀：於此留善良於後人。貽，遺留。穀，善，善良。

明故封孺人賈母魏氏墓誌銘

余爲郎蓋與孺人仲子衡同舍，故得聞孺人。孺人生十歲，處士君於御史君有貺命矣〔一〕。逾年而孺人不幸瞽，處士君且將篚采返焉〔二〕。御史君爲父封君言，彼初固願有家也。封君諱瓚。孺人卒歸御史君。日從容請御史君置妾，御史君又固不可。時戶部君爲御史君兄，方置妾京師，孺人則復力請，御史君復固不可也。御史君在武皇帝時〔三〕，九江盜起，身攬轡往破之；乾清宮災，奉詔言退小人數事；守北地又忤武皇帝中貴人〔四〕，而車駕遂不幸北地。語在呂太史柟《誌》中〔五〕。

孺人一處士女，又瞽，卒使固不置妾，是自孺人賢矣。太子少保工部尚書俊，孺人王舅也〔六〕，謂御史君古人所難，復嘆魏家兒稱爲御史君婦也。知言哉！孺人雖自瞶瞶病乎，御史君攜家人宦游數千里外，垂上十載，非孺人安得無梱內顧也〔七〕？

守準言孺人自鍾美御史君，使慮攝一家事，諸僕若婢日獻功孺人前，如孺人指嚮往，無不當御史君意。卽僕若婢或不告孺人，行不當御史君意，孺人復爲譙責是非如見也。御史君疾且革，屬衡孺人曰：『是兒弱冠成名矣。』索筆臥中，書『進士』字簡上，授守準。守準二十歲果偕計游京師，凡五上，卒爲進士，除主事比部舍中。

先是，孺人夢受金鑪置笥中也，寤而生守準，蓋夙昔私奇之矣。守準每下第來，孺人爲曰：『卽金鑪事不兆，可忘而父所授簡上書乎？』嘉靖丁未〔八〕，就養京師。又謂守準：『今而後，汝母可持而所授而父簡上書，往地下無憾也。』日數爲守準道御史君進士時，一蒼頭挾鹿盧牀前〔九〕，持騎過故人官長，身出刺褏中俸錢〔一〇〕，嗛嗛不飲酒肉，客來僦舍內，共持一案飲食，朝退卽讀書終日坐，何至如今出入列騶從，大箑翳道〔一一〕，來呵胠篋〔一二〕，吏次且顯者門，無歲時賀謁，轉相主進，爲姓名尺籍上，使者持之，無不如左券家索醵金高會，無詘贏稱貸，與之如攜取，日交錯戶外，爲闥者病也。銘曰：

嗚呼孺人！匪德爾娛，而家愉愉哉；匪嗣爾須，而宗訏訏哉！

【題解】

賈母魏氏，賈守準之母。賈守準，名衡，字守準，嘉靖進士，授刑部主事。文中稱其爲郎中時，與衡同舍，即爲刑部同僚。

【注釋】

〔一〕貺命：謂贈封之詔命。貺，賜予。

〔二〕篚采：用筐盛著彩禮。采，聘禮。

〔三〕武皇帝：指明武宗朱厚照（一五〇六—一五二一在位）。

〔四〕北地：郡名。戰國秦置。自漢至隋沿置，而所轄區域及治所屢有改變，大致在今甘肅東南部、寧夏南部。中貴人：皇帝親幸的宦官。

〔五〕呂太史柟：即呂柟。高陵（今屬陝西）人。字仲木，號涇野。正德進士。累官禮部侍郎。爲明代儒學大師。著有《涇野子內篇》、《涇野詩文集》等。詳《明史》本傳。

〔六〕王舅：俗稱舅爺。魏俊，生平未詳。

〔七〕梱內：即『閫內』，門內，指室家之中。《漢書·王衡傳》：『福之興，莫不本乎室家；道之衰，莫不始乎梱內。』

〔八〕嘉靖丁未：即嘉靖二十六年（一五四七）。

〔九〕蒼頭：奴僕。鹿盧牀：飾有轆轤圖案的牀。鹿盧，即轆轤。舊時汲水用具。

〔一〇〕刺：名片。褎（xiù）：衣袖。

〔一一〕箑（shà）：扇子。此指儀仗所執之扇。

〔一二〕胠篋（qū qiè）：開箱，謂盜竊。

明孟宜人墓誌銘

余蓋自弱冠與許殿卿游狎，知孟宜人賢。宜人適殿卿七日，而封君亡矣。比殿卿在郡諸生中，又數不第，乃宜人力貧支僀，甘荼習蓼〔一〕，備所不堪，一無難色退言也。殿卿嘗卒業城南山中，太宜人念之泣不能寐。宜人勞之曰：『太宜人幸就寢矣，夜如何其，無乃孟母據機時邪〔二〕？』彼方念子自苦也，屬長君復啼於襁間，索殿卿甚急，宜人詒之曰：『而父且至，爲而懷果飴啖汝，何啼也？』且勞且詒，達旦矣。一日大匱，太宜人中昃不能飯，宜人乃捐一空篚出，易粟上食太宜人如常。食間宜人嘗在蓐，太宜人躬爲糜，至蓐所哺之，未竟而淚下，出語人曰：『安有在蓐而日徒糜者？』宜人聞之愴然，爲翦中襦結，託市數卵〔一〕，以爲鄰媼遺也。其所曲事太宜人者，類如此。殿卿爲諸生不能具衿韠〔三〕，率宜人染緝疏繶成之〔四〕，不辯其非衣帛而曳革也。

殿卿守趙州，有裝橐將寘而去者。宜人問焉，曰：『某家金，用爲壽耳。』因叱之曰：『奴速負去，斷頭矣。』其御僕從，素謹嚴，犯無不笞掠於庭者。蓋憚於殿卿焉。後裝橐家伏辠，余實在邢州，屬郡推官郟李君聽其獄，廩廩於宜人矣。無何，殿卿調貴州，之永寧萬里，太宜人、宜人爲若朝夕殿卿在側者。

殿卿得以遷德王府右長史，歸凡三歲，太宜人乃卒。母子相存，宜人力也。殿卿長史德王府，勘中官某氏子弟，又有裝橐將寘而勿遺者，珠珥直千金矣，宜人遽曰：『安用此糞土加諸首，豈以爲有廉吏未必有廉婦乎？德王府雖里閈，萬里矣。』後殿卿市一珥示宜人，宜人曰：『此大類某氏物，何從致之哉？』然治家人生產，其稍入皆手自簿計緡筴衡量焉。太宜人每取卮酒餉，令立盡之矣。

癸亥，殿卿補周王府長史，以宜人從。明年，宜人還濟南，尚猶時時傳敕諸婢妾不絕。即諸婢妾，無不人人若宜人在邸中也。還濟南者三年，封宜人，封宜人若干月而卒，隆慶戊辰七月三十日也。距生正德某年月日，凡五十有八歲云。子男一人，即復，郡諸生，娶德府儀衛副薛來女。女二人，一適進士于鯨，一適邑諸生李應聘。孫男二人，宗周娶保定府知府陳輖孫女，朝周未聘。女五人，一適太學生史本子史某，一適前進士、宜興縣知縣谷繼宗孫谷某，餘未聘。殿卿名邦才，周府左長史，階朝列大夫。宜人郡之德平人，父名某，母某氏，卜某年月日葬於某山祖兆云。誌曰：

余蓋自弱冠與殿卿游狎，知孟宜人賢矣。奈何宜人之於里閈，見謂自健也？夫『自健』之譽，實近於『悍』，奈何里閈之於宜人見謂『自健』也？夫力貧支傯，甘荼習蓼，備所不堪，一無難色退言，宜人信自健。困於捐篚翦結，而不變於裝橐千金；即不變於裝橐千金，而家人稍入簿計緡筴百不失一，宜人信自健。憚於殿卿，諸婢妾人人如在其邸中者，宜人信自健。然而太宜人臨新婦亦已莊矣，至哺縻蓐所，而卮酒餉之，殿卿禮宜人如賓。及其館于甥，於髫髦而脫然無疑於愛子〔五〕，又何可謂自健也？大誼章章，而譽近於悍，又奈里閈何？殿卿自狀宜人，扼腕於蘇季子、朱買臣之取絕於其妻也〔六〕，德宜人深矣。然自二子之妻無似耳。安有匍匐乞憐，後車命載，而能糞土千金，叱裝橐，唯恐其汙己哉？何以有功於廉吏也，不知其婦視其夫矣。何里閈之未有以概於殿卿哉？語曰：『弓彊於彌，衣韌於裏〔七〕。』此殿卿之所由腹悲也。是爲銘。銘曰：

欲婦是圖，視其夫。欲妻是乎，視其夫。大誼用章，此焉攸藏。

【校記】

（一）卵，底本作『卯』，據隆慶本、重刻本、萬曆本、宋本、四庫本改。

【題解】

孟宜人，許邦才之妻。濟南德平（今山東陵縣）人。宜人，明五品官夫人的封號。墓誌銘詳述自邦才爲諸生至出守趙州（今趙縣，屬河北）、調貴州永寧知州、擢德王府長史、補周王府長史之時，孟氏操持家務，侍奉婆母，以及拒賄持廉等，吃苦耐勞，克盡婦道，爲邦才的賢内助。許邦才，歷下詩人，官至周王府左長史。詳前《寄許殿卿》題解。

【注釋】

（一）甘荼習蓼：謂甘願吃苦。荼，苦菜。蓼，辛苦之菜。

（二）孟母據機：《列女傳》載孟子的母親『斷織勸學』的故事：孟軻『稍長就學而歸，母方織，問曰：「學何所至矣？」對曰：「自若也。」母以刀斷織。軻懼，問其故。母曰：「子之廢學，若我斷其織矣。君子學以立名，問以廣知，是以居則安寧，動則遠害。今而廢之，是不免於廝役而無以離於禍患也。何以異於織績而食，中道廢而不爲，寧能衣其夫子而長不乏食哉？」軻懼，旦夕勤學不息。』

（三）衿鞾：衿佩、靴子。衿，衿佩，諸生的衣飾。《詩·鄭風·子衿》：『青青子衿，悠悠我心。』鞾，同『靴』。

（四）染緝疏⿰糸無（fú）：染織、疏治破棉絮。緝，織。⿰糸無，同『綍』，治敝絮。

（五）髧髦（dàn máo）：語出《詩·鄘風·柏舟》，謂幼童。髧，髮垂貌。髦，垂髮至眉。

（六）蘇季子：指蘇秦。據《戰國策·秦策一》載，蘇秦初說秦無果，歸家『妻不下紝，嫂不爲炊，父母不與言』，及說趙王，『封武安君，受相印，革車百乘』，路過洛陽，父母、妻、嫂出迎，『妻側目而視，傾耳而聽』，蘇秦不理而去。朱買臣：漢吳（今浙江紹興）人，官至會稽太守、丞相長史。初，家貧，砍柴换米，沿路吟誦詩書，其妻以爲羞，求離婚，買臣即讓其離去。詳《漢書》本傳。

〔七〕彌：遠。韌：堅韌，結實。裏：衣服裏子。

墓表

徐給事中墓表

公諱易，字希文，舉嘉靖甲辰進士〔一〕，明年授鄞縣令。先是，縣以饑饉，餓莩載道，公至輒大發賑，起者萬計。夏大旱，用璧天井山〔二〕，龍見於雩，雨踵公至，邑遂以有秋。乙巳，復大旱，乃再雩而雨。邑每火，公不憚鬱攸〔三〕，出必直風，風以反其氣相感動，類如此。蓋治賦則具有參伍，無産厚薄，無不如手劑其槖中，民至今無不均之患。開萬金湖若干頃，築堰東西鄉凡三十二所，瀦洩唯時，邑至今賴之。嘗乘城見胔骼赫然在隍下〔四〕，輒屬吏某所樹所爲棺葬焉而後去，詰朝冢纍纍數十出其地上矣，不必盡見其胔骼赫然也。繇是旁邑之民來歸者蓋數千戶。居則募兵教水戰，大儲餉以養。其年或以淵藪逋逃諫阻之，弗聽也。亡何而海寇作矣，人始服其前識云。日聽獄常數十牒，獄無留繫，庭無暴卒。歲厲疫則出囚，尅期入逮，若固在焉。性敏捷，一經目即更數年不忘，以故人不能欺，然亦不以欺人。

其視百姓之害，去之如仇讐，視敝政如匪澣衣之於體〔五〕。蓋三年，人無能犯其守者。屬歲歉，邑中豪家競相勸輸矣。莫不曰：『庶幾有事效公上乎？』郡報檄下，則自取其償。又若謂『不敢以小民微勞之〔一〕，使神明令有宿義』。公卒聽之，亦謂『不敢以其守，妨賙恤之美俗』云。久之，徵爲戶科給事中，凡三月而卒于官。父某，子克敬。世廣信之永豐人。鄞人薛晨時爲郡諸生，嘗館於其署，所次《狀》如此。

余曰：萬家之邑，精物亦大矣。凡以令身自出之也，雩而雨，火而反風者，天邪？歲一歉，家相勸效急公上而後食，人不自知其使之。開萬金湖，貽數百年之利，流澤無已時。卽後之君子，不以其居常募兵教水戰爲迂，而益爲斥守，倭安能輒傅城下也？鄞之政備矣，以給事中何加焉？三月而卒于官，美先盡矣乎！然未有爲今臣而遺力讓賢者也，才不持數者哉！

【校記】

〔一〕小，宋本作『下』。

【題解】

徐給事中，據文載知爲徐易，字希文，廣信府永豐（今屬江西）人。給事中，官名。李攀龍據薛晨行狀寫此墓表。薛晨，字子熙，鄞（今屬浙江寧波）人。詳前《薛子熙以青州使君聘修郡誌見枉林園，尋示贈章，作此答寄》題解。

【注釋】

〔一〕嘉靖甲辰：卽嘉靖二十三年（一五四四）。

〔二〕用璧天井山：謂在天井山祭天。璧，祭天地四方六器之一。《周禮・春官・大宗伯》：『以璧作六器，以禮天地四方，以蒼璧禮天。』

〔三〕鬱攸：語見《左傳・哀公三年》，謂火氣。
〔四〕胔（zì）骼：骸骨。
〔五〕如匪澣衣：語出《詩・邶風・柏舟》，謂如同垢汙未洗之衣。

劉處士墓表

處士名紹箕〔一〕，其先崇陽之南谷人。五世祖曰榮四者〔二〕，始亡命宜春。榮四生祖才，復如崇陽居。祖才生仲文，仲文生宜黃主吉〔三〕，吉生鐸，處士其第五子也。

處士諸兄皆用訾爲縣功曹〔一〕，處士日趨縣，諸兄裝齎之矣。嘗爲伯護家，宦游蜀中，乃歸不持蜀中一錢。而謂伯：『彼且謂紹箕廉吏弟，誦義豈有窮時？何更爲治裝中金，令越境盡也？卽令不與伯俱而往他所，緩急又誰恃乎？』處士嘗侍疾父鐸所，父鐸所非處士侍不說也。父患苦嗌〔二〕，不能喘息，飲食下輒出不留，其在診籍中諸醫藥試多不驗者，處士則從人受禁方裁玄猨啖之〔三〕，病旋已也。崇陽故無猨，乃處士走索猨，自禱：『三日不得猨，封膚進矣。』卽三日得猨。南谷去縣中可十里所，處士嘗夜爲父往謁醫，道遇雨，河漲卽馮河，水且滅頂，至乃大木從上流來，處士卒用濟河矣。母李且衰，恃鬻耳〔四〕。一歲中往來諸子家，率不再三過，獨謂處士：『乃數見，愈益鮮，使母嗜食，不爲愛兒所不恤，久慁兒爲也。』

處士爲人在儒俠之間，里中少年多時時竊藉其名以行。某欲攘其鄰善田，卽詳爲鄰人券而行錢處士家，願得季布一諾〔四〕。處士佛然曰：『汝不亦豪，乃以我爲？即令我署名其間，我遂直汝哉？其先胼胝闢草萊，且溉且糞，沾沾日甌窶，拓之不餘穡力，積勞至膏沃，旅亞庤錢鎛〔五〕，計候出俶載〔六〕，如趨仕宦。所翹首望納稼期，不啻欲揠苗起。婦子時時行饁田畔，往來見土壤，愉悦無不視若綺錦，惜若肌膂，俛有拾，仰有取，自禳世世勿離農畝也。一旦挾僞券數其齒責收之，當令彼負其耒耜，安從適乎？』先是，嫗某亦有田十畝所，屬豪亦欲辟睨有之，及知處士所急者此嫗也，無取也。乃嫗則持券來遺處士，又謝不受矣。處士夙昔好堪輿家，向從蜀中來，唯一相冢書肘後爾〔七〕。蓋自食伎術行道間，千里傳糈，實不持一錢。

處士取胡母，生子縉，女爲程伯驥妻。縉子景韶與余同進士。余爲郎，復與同舍比部中，自言已三男子矣。余謂處士無論與里閭浮沈，即能趣人之急，而脱於阨，若排難解紛，各厭其意，使邑中豪相高矣。匹婦賂遺，不忍以其身爲溝壑，恐彼以我爲非人也。得父母而事，與不得於父母，孰踰快哉？

【校記】

〔一〕箕，宋本作『基』，誤。

〔二〕『五世』句： 宋本無『祖』字。

〔三〕主，隆慶本、重刻本、張校本並同。宋本作『生』。萬曆本作『主簿』。

〔四〕鬻，宋本作『粥』。鬻、粥，義同。

【題解】

劉處士，劉景韶之父。劉景韶，字子成，崇陽（今屬湖北）人。詳前《十六夜集劉子成宅》題解。景韶與攀龍爲同年進士，亦爲刑部同僚。

【注釋】

〔一〕用訾（zì）：謂用錢財捐官。訾，通『貲』。

〔二〕嗌（yì）：喉病。此謂喉塞。

〔三〕胾（zì）玄猨啖之：謂切黑猨之肉吃。胾，切肉。

〔四〕季布一諾：漢河東守季布，任俠重諾，楚人曹丘説：『楚人諺曰：「得黄金百斤，不如得季布一諾。」』見《史記·季布列傳》。

〔五〕旅亞庤（zhì）錢鎛：謂野生者即依次準備農具耕作。旅，野生。《史記·天官書》《集解》：『野生曰旅。』亞，次。庤，農具。《詩·周頌·臣工》『庤乃錢鎛』《集傳》：『庤，具也。錢，銚；鎛，鉏。皆田器也。』

〔六〕俶載：始其事。《詩·小雅·大田》『俶載南畝』《集傳》：『俶，始。載，事……取其利耜而始事於南畝。』

〔七〕相冢書：相看墓地風水之書。

神道碑

明封文林郎山東道監察御史馬公神道碑

公諱瓏，字聲甫，其先真定人。元有浙江行省平章政事者〔一〕，家錢唐〔二〕，今葛領相傳馬平章遺址者，其故第也。平章生庸，守泉州路，卒葬西湖，即智果寺東墓也。庸生林，紹興路通判〔三〕；成，浙江行省斷事。國初改理問〔三〕，始徙湖州之德清。成生震，震生禎，禎生恆，恆生六子，最少景暹配姚氏，生二子，次卽公。公復徙仁和籍焉。蓋馬氏中衰矣。

先是，公在德清困於徭賦，而千金殆盡，乃鄉里少年益侮之。公謂：『吾寧雄於都會自見耳，德清豪易與也。』暨公兄以臬曹掾滿歸邑〔四〕，公則屬產於兄，脫身徙仁和。太孺人外家雖仁和，然公自以大丈夫能廢千金之產，能致千金之產者也。使籍先業而息之，豈其雍容哉？手足之謂何，而又孅兄以爲利？卽依外家，何必去德清？無何，通政君學乃大起，公輒不復厚治生，顧聘享經師，內交諸友，行脩將幣，一聽通政君所爲，羔鴈玄纁無不腆焉〔五〕，其自奉苟無匱而已。嘉靖丁未〔六〕，通政君舉進士，選庶吉士，則迎公、太孺人京師。己酉，授御史，出按山東，則以公歸。癸丑，公封御史。甲寅，通政君復迎公、太孺人京師。戊午，遷太僕少卿，尋改今官。庚申，復迎公、太孺人南都。秋八月，太孺人卒，復以公歸。公歸之日，不復有心於世矣。謂通政君曰：『吾再詣京師，望宮闕陵寢如在天上〔二〕，以爾韋布之微〔七〕，褎然子大夫後，爲王吉士，讀書玉堂之署，著作館閣，既而冠柱後立西臺〔八〕，持天下風裁，攬轡海岱〔九〕，以臨真定，得以案章言百姓疾苦，激揚部刺史以下郡邑吏，命曰正色抗疏之臣。三輔之役，譽髦如林〔一〇〕，俎豆邦畿，稱文校藝，以慰樂育之心，思服自近始，一何離也〔三〕？以吾擁乎爾，而再詣京師，躬饗其盛，何必自其身致之？始爾爲我約四方諸長者，朝夕與游，及再詣京師，其子各以出補若罷去，一時諸長者視昔不能十之三〔四〕，又何論未若爾之有顯庸？尋以卿二待年南都〔五〕〔一一〕，用儲大體，國家之寵靈爾者，吾所欲豈但金陵之勝哉？始吾爲爾行脩將幣，羔鴈玄纁唯腆，里閈少年方姍笑我，實謂爾於今日有不可知者耳。自爾有今日，吾豈忘之哉？』凡七年，而公卒，丁卯三月二十七日也，年七十有八歲。

公配卽張太孺人，二子，長卽通政君三才，娶賈氏，封孺人；　次三綱，太學生，娶陳氏，繼娶張氏。女一，早卒。孫男三：　曰應華，亦太學生，娶禮部尚書高公儀女；　曰應策，殤，通政君出；　曰耆孫，三綱出也。孫女四，通政君出者，適諸生許三經，官生高循學；　三綱出者，適諸生沈渭、徐守圭。曾孫女一，曰鳳娥。

公事兄旣謹，女兄胡少恤公孤，公尤德之。及通政君貴，命之曰：『願爾事伯猶父，事姑猶母也。』初，公之伯景昌者，以進士爲大理評事〔一二〕，謂公曰：『是當後我。』評事公沒，而族人訟焉，公不爲後也。族人爭分其財，公獨載其主而時祀之，以爲常。公爲次壻于張，其長女贅者，輒背去。公代爲養，而卒葬之。其厚倫理篤恩義出於天性，類如此。至其足不蹈公府，口不譚貨利，負悼俗之懷，抱拯物之具，而有不必施焉，君子難之矣。表曰：

今之君子不階先業，動廢千金，焦勞中興，自奉菲劣，腆於脩幣，課子起家。歷厥華要，以守卿貳，此方其三命而於車上僻時也。不挾郡邑大夫謬恭以爲尊重，而間執少年姍笑者，卽計田宅，明積著，作爲焦勞菲劣，得志而爲之，何所不至矣？　又不然，悼俗之懷，與拯物之具，爲郡邑大夫上便宜言行事如蓋公輩〔一三〕，郡邑大夫將請燕閒而不可得；　躬致千金，子孫息之，孰大卿貳？　乘此不權〔六〕，坐失觀變之術，今之君子，吾見亦罕矣。而足不蹈公府，口不譚貨利乎？　三游兩都，躬饗其盛，爲名高耳。今之君子，其矯者以小嫌爲解而辭不就，不謂可以肺腑相示，卒令其子不得承驩顏，安其職於外，如此又安能不復有心於世哉？　有子而有心於世，有子而不復有心於世，出處之大誼乎！　銘曰：

平章之胄，聞人代興；　臬曹避役，而公是膺。　脱身更造，載遷武林；　不階先業，積著千金。　有子納言，兆光潛德；　踐華據要，激揚淑慝〔一四〕。　三游二京，締延長者；　杖屨衣冠，遙集闕下。　寵靈王國，諸父攸同；　行脩將幣，伊孰之功？　旋息里閈，世相與忘；　疏曠自引，曰恬是常。　遏饗賜命，絕跡偃室；　蹈則倫理，譚則經術。　悼俗斯深，拯物孔備；　燕翼用成，奚其躬致？　以貽有穀，亦庶敦仁；于焉起家，卿貳之臣。　昔在屬吏，忝茲大藩；　采風故老，樹慈九原。

【校記】

〔一〕唐，宋本作『塘』。

〔二〕如，宋本作『知』。

〔三〕離，宋本作『雄』。

〔四〕十，宋本作『什』。

〔五〕二，宋本作『貳』。

〔六〕不，宋本作『大』。

【題解】

馬公，即馬瓏，祖籍真定（今河北正定），家錢塘（今浙江杭州），徙湖州之德清（今屬浙江），再徙仁和（今屬浙江杭州）。馬三才之父。馬三才任山東道監察御史時，馬瓏受到贈封。文稱『通政』，則馬三才時任職通政司。明置通政司，有副使等官，掌內外章奏、臣民密封申訴等事。神道碑，墓道前所立碑，記死者生平。馬瓏卒於隆慶元年（一五六七）三月，則此文作於李攀龍赴浙江按察副使任之後。

【注釋】

〔一〕行省平章政事：　即行中書省平章政事，爲元代行省最高行政長官。

〔二〕紹興路：　治所在今浙江紹興市。路爲元代的行政建制，上隸屬行中書省，下領州縣，猶明之府。

〔三〕理問：　官名。明爲布政使司直屬官員之一。掌勘核刑獄。

〔四〕臬曹掾：　提刑按察司屬官。掾，掾屬，屬官之通稱。滿：　履任到期。

〔五〕『羔鴈』句：　謂送給經師的禮品無不十分豐厚。羔鴈，《禮記·曲禮上》『執禽者左首，飾羔鴈以繢』《疏》：『羔，小羊，取其羣不先類也；　鴈，取其候時而行也。』玄纁，黑色、赤色之幣帛。腆，厚。

〔六〕嘉靖丁未：　即嘉靖二十六年（一五四七）。下文己酉，即嘉靖二十八年（一五四九）；　戊午，嘉靖三十七年；　庚申，嘉靖三十九年；　丁卯，隆慶元年（一五六七）。

〔七〕韋布：　韋帶布衣，爲寒素者之服。

〔八〕冠柱後立西臺：　謂在刑部任職。冠柱後，即柱後文惠冠，法官所戴之冠。見《漢書·張敞傳》『冠柱後文惠』《注》引應劭説。西臺，刑部的別稱。

〔九〕攬轡海岱：　謂巡視山東。攬轡，語出《後漢書·范滂傳》，謂赴任。范滂爲清詔使，奉命按察冀州，『登車攬轡，慨然有澄清天下之志』。

〔一〇〕譽髦：　語出《詩·大雅·思齊》，謂有名譽之俊士。

〔一一〕卿二：　即卿貳，卿相之佐。

〔一二〕大理評事：　官名。大理寺屬官。大理寺，掌刑獄的官署。明代於大理寺卿下設評事四人。見《明史·職官志》。

〔一三〕蓋公：漢膠西(治所在今山東高密)人。漢惠帝時曹參爲齊丞相，聽説膠西蓋公『善治黄老言』，即請見，『蓋公爲言治道貴清静而民自定。』曹參用黄老清静無爲思想相齊九年，齊國安集(《漢書·曹參傳》)。

〔一四〕淑慝(tè)：善惡。

行狀

亡妻徐恭人狀

亡妻恭人，徐公宣之仲女。徐公家本藩國列校〔一〕，微也。嘉靖歲庚寅〔二〕，以適余，衿縭不具〔三〕。明年，余補郡諸生。有宅一區，太恭人遞遷，而翦其餘以糊口者三，盡則杯棬、瓿合、細靡、錠柎鬻諸市，朝售焉饔，夕售焉餐，無常飽矣〔四〕。恭人佐太恭人賃縫，井臼宴然〔五〕，箕帚不滿隅，蔭一壁，煬一竈〔六〕，歷寒暑者數年無躁容。丁酉，余既廩諸生間，恭人嗛嗛猶若不能適晦朔。所授弟子束脩以上，上太恭人，雖徹必劑以復進〔七〕。始余與廬州别駕郭君爲諸生〔八〕，同筆研，嘗過余，而止之飯。恭人莝簾以爨也。前蕭惟謹〔九〕。郭君察之，假擔薪。

庚子，余舉于鄉。明年，置妾蔡。甲辰，第進士，恭人隨侍太恭人京邸。明年，疾，予告〔一〇〕，隨侍太恭人歸濟南。丙午，起家，復隨侍太恭人京邸。丁未，授刑部主事；三年，封安人。尋陞員外郎。

明年，遷郎中。明年，復隨侍太恭人歸濟南。癸丑，出爲順德府知府，恭人自濟南隨侍太恭人之郡。余丙辰上績，得封恭人。尋擢陝西按察司提學副使。戊午，復疾，投劾歸濟南〔一一〕，則恭人再擁新婦侍太恭人矣。

越在田間，凡十年。隆慶改元，聖天子覃恩遺佚〔一二〕，諫議之臣交章大薦，海内二十有二人與焉。而余以一執臬吏〔一三〕，自惟不佞，方願與恭人終俱隱之誼，乃七月二十四日卒于正寢。

嗚呼，敢狀之長者哉！恭人生五十四年乎，人樸耳。太恭人雖莊臨之，然年已七十有二，恭人猶尚踧踖若失太恭人意，葸葸然自訟〔一四〕，本辟之而反及之，命邪？性溺愛，必躬視子之飯，必飯子而後食；卽食必祝艾家姑舉火乎〔一五〕。蓋白首呴哺，不恤其子之近苦，饜而益勸，不知其不敢爲饕〔一六〕。乃五十輒自老，雖狎必闔門與余語〔一七〕；妾輩言事，必直致其辭，不敢以諷，然後應；一與之嫌，終身督遇不少假云〔一八〕。

嗚呼，妻欲惠乎，惠斯惠御之，孰與置人樸於室之相忘也〔一九〕？孟德曜綺縞粉墨〔二〇〕，嘗試梁鴻，以觀其志，七日不答，乃出椎布於懷中，何其惠也？然作使伯鸞偃蹇已甚，鴻何能相忘於此？卽舉案莫敢仰視，猶之儀耳，恭人豈獨爲勝邪？無乃默默低頭就之乎？蓋德曜有憂患之心矣。

恭人子二人，曰駒，郡諸生，先娶曹氏女，繼娶山西應州知州馬應奎氏女；曰采。女一人，適歲貢生艾濟氏子芹。又子一人，曰馴，妾盧氏出也。駒生子二，一曰鳳翔，聘鄉進士于鯨氏女，一曰鹿齡，未聘。女一，許邑諸生王見賓子衡。外孫一人，曰維高。采與鳳翔，先後殤。卜是年十月四日，葬郡城西北馬鞍山之東陽祖兆南若干步。

【題解】

狀，行狀。記述死者生平行事，也稱行述。明代四品以上官之母及妻封恭人。李攀龍與妻徐氏，共過患難，感情十分深厚。文章追憶徐氏在處窮、侍母、待子等方面表現出的美德，充滿悼念與敬愛之情。

【注釋】

〔一〕藩國：指分封各地的王侯。列校：謂將校。

〔二〕嘉靖歲庚寅：即嘉靖九年（一五三〇）。下文，丁酉，爲嘉靖十六年；庚子，嘉靖十九年；甲辰，嘉靖二十三年；丙午，嘉靖二十五年；丁未，嘉靖二十六年；癸丑，嘉靖三十二年；戊午，嘉靖三十七年。

〔三〕衿縭（lí）不具：嫁衣都不具備。衿，衣小帶。縭，女子出嫁時所繫佩巾，女嫁時，母戒女，親爲之施巾結縭。見《詩·豳風·東山》「親結其縭」《集傳》。

〔四〕「有宅」六句：據李攀龍《爲太恭人乞言文》，李母曾分得一處宅院，而因「所分資，僅支朝夕」，夫死子幼，李母只得將分得的土地，「貸息沒入富農，遷廬學宫旁」。遰遷，改遷。遰，同「遞」。糊口，維持基本生活。盡，糧盡。杯棬，謂製作未加雕飾的木質食器。《孟子》焦循《正義》引《大戴禮》注謂杯爲杯、盤、盎、盆之總名。其未雕飾之前，名其質爲棬，故杯器之未雕飾者，通名之曰棬。瓿合，也是一種器皿。細靡，細軟。錠柎，燈座。錠，通「燈」。鬻諸市，到集市上去賣。朝售焉饔（yōng），早晨賣了吃早餐。饔，早餐。餐，晚餐。

〔五〕井臼宴然：操持家務，井井有條。井臼，汲水、舂米，喻操持家務。

〔六〕「蔭一」二句：謂夏日只靠牆壁遮陰，冬日只有一竈烘烤。

〔七〕「所授」三句：據《爲太恭人乞言文》，李攀龍十七歲與徐氏結婚後，即「下帷授《毛詩》」，「稍稍致糈養」。束脩，一束乾肉。此謂教授學生之學費。《論語·述而》：「自行束脩以上，吾未嘗無誨焉。」徹，通「撤」。劑，票據。此謂所收束脩，卽便不問也一定記賬奉上。

〔八〕廬州別駕郭君：指郭子坤。詳前《送郭子坤下第還濟南》題解。

〔九〕前蕭惟謹：謂恭敬地對待客人。蕭，通『肅』，肅敬。謹，敬。

〔一〇〕予告：許告假歸。漢代官吏退休致仕有賜告、予告之別：有功退休曰予告。予，許。明代凡官吏病休或因故離職，經特許可再起復曰予告。

〔一一〕投劾：投書自劾，此指辭職。

〔一二〕覃恩遺佚：大恩及於隱逸。遺佚，卽遺逸，指隱士。

〔一三〕執臬吏：明代提刑按察司別稱臬司、臬臺。李攀龍曾任陝西按察司副使，故云。

〔一四〕踧踖（cuò jí）若失：恭敬而猶若不足。葸葸然自訟：內心不安而自我責備。

〔一五〕艾家姑：指女兒的公婆。舉火：燒火做飯。

〔一六〕訾（cí）：嫌食。不敢爲訾，卽不敢挑揀飯食。

〔一七〕闖（wěi）門：開門。闖，開、辟。

〔一八〕督過：責備，問罪。

〔一九〕『惠斯』二句：謂賢惠者就好好待承，那如家中有樸厚的妻子使夫妻各得其所。置人樸於室，將樸厚的人放置家中。相忘，彼此遺忘，自得其樂。《莊子·大宗師》：『泉涸，魚相處於陸，相呴以濕，相濡以沫，不如相忘於江湖。』

〔二〇〕孟德曜：東漢梁鴻之妻。《後漢書·梁鴻傳》載，孟德曜，名光，字德曜，『狀肥醜而黑，力舉石臼，擇對不嫁，至年三十。父母問其故。女曰：「欲得賢如梁伯鸞者。」鴻聞而聘之。女求作布衣、麻屨，織作筐緝績之具。及嫁，始以裝飾入門。』梁鴻見其傅粉施墨，衣飾華麗，七日不與其交談。問之，『鴻曰：「吾欲裘褐之人，可與俱隱深山爾。今乃衣綺縞，傅粉墨，豈鴻所願哉？」妻曰：「以觀夫子之志耳。妾自有隱居之服。」乃更爲椎髻，著布衣，操作而前，鴻大喜曰：「此真梁鴻妻也。能奉我矣！」』梁鴻，字伯鸞，扶風平陵（今陝西西安）人。東漢末，避世隱居，終身未仕。初隱霸陵山中，後居齊魯之間。去吳，依大家皋伯通，『居廡下，爲人賃舂。每歸，妻爲具食，不敢於鴻前仰視，舉案齊眉』。此謂孟德曜舉案齊眉猶如禮儀，而徐氏只默默地去做，事事順從而已，不像德曜深恐丈夫嫌惡。

祭文

祭三原王公文

嗚呼！不天下以仁而孰與爲大臣？不天下以度而孰與爲大人？方公之守維揚也，饑饉薦臻，溝壑斯民，爰發廩庾，不竣報章，恫瘝者身，蓋已汲長孺之倫〔一〕。以及拊循東南，大水凶歲，衆望翕然，庶蠲賦税；公乃獨持其義，而軍國是計，陰以免者十數郡，而不億其麗。乃闢三塘，勺陂與繼，川不爲沴。是乃仁術，遵周之制矣。又公之起襄陽也，大盜未夷，荊棘王師，爰獲渠魁，搗其巢穴〔一〕，脅從罔治，實維龔渤海是儀〔二〕。以至開府滇中〔二〕，獞獠興亂，閹豎作鎮，誅求珍玩，公乃匪敵是求，而貪婪是按，他莫敢問，而持憲斯憚。乃沒郭英，王敬用竄；奸不至蔓，是稱肅僚，維周之翰矣。林俊下獄於永昌寺也，則自以其身之去就而廷爭乎極言敢諫之士；　秦紘罷斥於安遠侯也〔二〕，則身以其國之是非而力挽其甄淑別慝之風。　社稷之士〔三〕，知無不言，直聲動天下，何未免於好名之議也？　君子之心，爲而不有，用舍隨物化，亦唯恃乎大道之爲公。　秉銓孝宗之朝，大注明良之眷，志在拔奇，舉而能先。　耿鉅鹿、李襄城、張莊簡、彭惠安、何盱江、周太原〔四〕，清節宏猷，惟時之彦，豐芑數世之所培植，海內善類之所推薦；　同陞要地，頽俗丕變，庶元凱之可逢〔五〕，雖異官而同撰。　懼瓦石之相含，精題才而不援。

帝曰尚書，元氣北斗〔六〕，實維阿衡，冢茲羣后。　何必密勿？　陟降左右。　奏爾訏謨，無不自牖。　其知遇以隆，其業爲以久。　何二三執政，而莠言自口？　豈不仁者之未遠，而孤立之難乎後哉！　亦惟止競，雖人主之近戚，而恩有所不能私；　亦惟黨正，雖宰相之仇讐，而權有所不能施。　及至藩郡，奉職無狀，又未嘗不引咎以爲辭。　某邦士是式，高山則仰；　詢諸故舊，百蠻是長。　凡九閲月，而疏二十上。鬱鬱重臣不可爲象。　祗役天官，心折前修；　簿考中正，管彼九流。　尚論天造，而此其好逑。　番番元老，誰適與謀？　是故先臣李獻吉有言〔七〕：　『居則岳屹，動則雷擊。』三原輩出，忠良外植，大事斧斷，小細海畜，帷幄佞幸，請劍必殛，斯其存亡禍福臨乎其前，而已凜然有不可犯之色矣。　蔡介夫亦謂〔八〕：　『公本治《易》，涉獵羣籍。　學問益人，垂老不寘。　侍講經筵，體履特異。　先未有事，安生忿懥？』斯其性與天道，觀乎其深，而已淵然立時出之地矣，而況歷侍五朝，天下跂足而望元老！　燕翼八座〔九〕，後進扼腕而言世家。　美周、召於當代〔一〇〕，謂唐、虞其未遐也〔一一〕。

【校記】

〔一〕搗，底本作『高』，據宋本改。

〔二〕至，宋本作『及』。

〔三〕士，宋本作『事』。

【題解】

王公，指王恕（一四一六—一五〇八），三原（今屬陝西）人。正統十三年（一四四八）進士。由庶吉士授大理左評事，進左寺副，遷知揚州，屢辯疑獄，歲饑發廩，不俟報章。天順四年（一四六〇），以治行最超遷江西布政使，平贛州寇。憲宗卽位，改河南布政使。成化元年（一四六五），巡撫南陽、荆襄流民之亂，擢右副都御史。以討平劉通復之亂，進左副都御史，稍遷刑部右侍郎。父憂服除，以原官總督河道，浚湖導河，減免災區賦稅，改南京戶部侍郎。成化十二年，巡撫雲南，威行中外。改掌南京都察院，參贊守備機務，遷兵部尚書。屢遭錢能譭謗，帝亦惡其直言，遂命兼右副都御史巡撫南畿。據《明督撫年表》載，自成化九年至二十年巡撫應天。中曾致仕。弘治元年（一四八八）復起，爲吏部尚書，加太子少保。卒謚端毅。恕歷仕四朝，爲官正直，多有善政，人比爲漢之汲黯，有足稱者。詳《明史》本傳。祭文多列其經歷，不加詳注。

【注釋】

〔一〕汲長孺：卽汲黯（？—前一一二），字長孺，西漢濮陽（今山東鄄城）人。武帝時大臣，以直言敢諫著稱。詳《漢書》本傳。

〔二〕龔渤海：指龔遂，字少卿，漢山陽南平陽（今山東鄒城）人。曾任渤海太守，賑濟窮困，獎勵農桑，頗有政績，與黃霸並稱『龔黃』，爲漢循吏之代表人物。詳《漢書》本傳。

〔三〕秦紘：字世纓，單（今山東單縣）人。景泰二年（一四五一）進士，授南京御史，以直言遭忌，貶謫湖廣驛丞。後歷知縣、知州、知府，弘治元年（一四八八），以王恕薦，擢左副都御史，進右副都御史，總督兩廣軍務，莅鎮卽劾總兵官、安遠侯柳景貪暴，逮下獄。而景連姻周太后，訴紘不已，詔並逮入獄；景死奪爵，紘亦罷歸。詳《明史》本傳。

〔四〕『耿鉅鹿』句：指耿裕、李裕、張悅、彭韶、何橋新。見明宋光廷《補注李滄溟先生文選》注。

〔五〕元凱：《左傳·文公十八年》載，黄帝之孫高陽氏有才子八人，『天下之民謂之八愷』，黄帝曾孫高辛氏有才子八人，『天下之民謂之八元』，『世濟其美，不隕其名』。『舜臣堯，舉八愷，使主后土……舉八元，使布教四方，父義、母慈、兄友、弟恭、子孝，内平外成』。愷，通『凱』。

〔六〕元氣：謂人之精氣，俗謂精氣神。北斗：《後漢書·李固傳》載李固上書，有云：『陛下之有尚書，猶天下之有北斗也。』

〔七〕李獻吉：即李夢陽，字獻吉，號空同子，祖籍慶陽（今屬甘肅），徙居大梁（今河南開封）。弘治六年（一四九三）進士，官至江西提學副使。明代弘治、正德間文學復古運動的發起者，『前七子』領袖。詳《明史》本傳。

〔八〕蔡介夫：即蔡清，字介夫，晉江（今屬福建）人。成化二十年（一四八四）進士，初任禮部祠祭主事，受到吏部尚書王恕的賞識，調稽勳司主事，官至江西提學副使。《易》學學者，著有《四書索引》、《易經索引》。萬曆中追謚文莊。詳《明史》本傳。

〔九〕燕翼：喻輔佐之意。《詩·大雅·文王有聲》『以燕翼子』《正義》：『翼，助也。謂以王業保安翼助其子孫。』八座：隋唐以六部尚書及左右僕射爲八座。

〔一〇〕周、召：周公、召公，周初輔佐大臣。

〔一一〕唐、虞：唐堯、虞舜，上古時期的聖王。

祭韓公邦奇

維公既持丰采，亦崇經術。大節屹然，高名茂實。蚤除銓曹，讒殄是塈〔一〕。陟明於朝，黜幽于室。

地震陳言〔二〕，極時得失。乃謫平陽，才浮于秩。大獄既訊〔一〕，藩王迪吉。擢僉大臬，愈多異政。鉏彊洗冤〔三〕，浙風用競。奏罷四府，宦豎斂手。亡何詔繫，不理者口。顛沛必仁，皇孚盈缶。既歸杜門，彌興孝友。大同之變，畔者什九。公參冀北，叱馭而走。談笑賊庭，元兇授首。反側以安，驅此羣醜。是時冀北，便宜可否。萬夫一身，彼其何有？雖才應猝，氣亦足徵。帝嘉武功，再陟中丞。總憲上谷，戎狄是膺。利用禦虜，則莫敢承。改督三晉，愈嚴備邊。圖上要害，于深于堅。兩移亞卿〔四〕，執德罔愆。惟允勑法，惟明薦賢。尋以高第，召主南臺〔五〕。掌大司馬，軍國是材。屢建大議，稱是良哉。既乞骸骨，著述益精。胡天不弔，失此老成！某仰止匪今，懿厥前修。撫填西郊，文獻是求。徒論出處之大較，而景餘烈以爲休。何斯人殄瘁，逝者如流也！

【校記】

〔一〕既，宋本作『讞』。

【題解】

韓公邦奇，即韓邦奇，字汝節，朝邑（今屬陝西）人。正德三年（一五〇八）進士，除吏部主事，歷官至兵部尚書，參贊軍務，致仕歸。卒贈太子少保，謚恭簡。《明史》本傳云：『邦奇性嗜學，自諸經子史及天文、地理、樂律、術數、兵法之書，無不通究。著述甚富，所撰《志樂》尤爲世所稱。』祭文歷述其從政經歷，悼念之情痛切真摯。韓邦奇在嘉靖年間曾任山東提學副使。宋本題作《祭尚書韓公》。

【注釋】

〔一〕蚤除銓曹：指進士及第除吏部主事。蚤，通『早』。銓曹，指吏部。讒殄（tiǎn）是堲（jí）：語本《書·堯典》『堲讒說殄行』，謂憎惡讒言殄行。殄，絕。堲，憎惡。

〔二〕地震陳言：正德六年（一五一一）『冬，京師地震，韓邦奇上書陳時政得失，忤旨，不報。會給事中孫禎等劾臣僚不職者，並及邦奇。吏部已議留，帝竟以前疏故，黜爲平陽通判，遷浙江僉事。……時中官在浙者凡四人……爪牙四出，民不聊生。邦奇疏請禁止，又數裁抑堂（王堂，中官）。……堂遂奏邦奇沮格上供，作歌怨謗。帝怒，逮至京，下詔獄。羣臣論救，皆不聽，斥爲民』（《明史·韓邦奇傳》）。

〔三〕鉏彊洗冤：鋤灭豪强，洗雪冤枉。鉏，同『鋤』。

〔四〕亞卿：正卿之副。明六部以尚書爲正，左右侍郎爲副。邦奇曾任刑部右侍郎，改吏部。

〔五〕南臺：指南京御史臺，卽南京都察院。邦奇曾拜南京右都御史，進兵部尚書。

祭監察御史陶公

克承家學，師友孔懷。蚤以二《戴》〔一〕，往與計偕。射策甲科，官屬司寇〔二〕。乃遷臺中〔三〕，淑問愈茂。出視牧政〔四〕，無邪者思。君子之馬，既閑且馳。有此冀方，邦畿千里。帝曰都哉，于按斯止。大惠乃心，達聰闢明。耳目是寄，國紀用清。夫何惟躬用瘁，殁厥王事？匪諫靡行，天奪之植〔五〕。豈湮蜚聲？錫仲之光。持憲于庭，譽髦于鄉矣！其在某等，永惟不恌〔六〕，愈貞百度。才養下吏，伊教匪怒。莫不俟其嘉猷入告，膏澤薦臻也〔七〕。今能不於邑求言之朝〔八〕，與望治者之人邪？

【題解】

監察御史，官名。明代都察院設都御史、副都御史、監察御史。監察御史分道巡察，前往往冠以某道地名。陶公，指陶欽皋。詳前《哭陶侍御》題解。

【注釋】

〔一〕二《戴》：此指大、小戴《禮記》。西漢戴德所著稱《大戴禮記》，戴聖所著稱《小戴禮記》。

〔二〕官屬司寇：謂爲刑部屬官。司寇，明代刑部的别稱。

〔三〕臺中：指都察院。

〔四〕出視牧政：出爲監察御史，巡視地方政事。

〔五〕植：通「直」。此謂正直之臣。

〔六〕恌（tiāo）：憂而無告。

〔七〕薦臻：重至。《詩·大雅·雲漢》：「天降喪亂，饑饉薦臻。」

〔八〕於邑：同「於悒」，涕泣貌，感歎貌。

祭王侍御文

維公法家自至，憲體是宜〔一〕。識爰高朗，度亦委蛇〔二〕。曷激易揚，具依具違〔三〕。誼之道著，時之道微〔四〕。某昔領督學，课藝慶陽〔五〕。公實爲理，載錫之光。施於陳臬，式刑用成。我躬不閱，自貽令名。帝既徵止，入補西臺〔六〕。持重者德，應猝者才〔七〕。于浙之役，海邦孔懷。西蕩巨寇，三郡以偕。猥予不敏，起諸田間。載託屬吏，臨之則閑。及期而代，惠我好音。乃竢來賀，遂慰遐心。前修豈匹〔八〕，大儒是參。爲王誦之，云胡則堪。豈不篤舊？庶新是圖。凡霑疏列，敢蹈非夫〔九〕！目爲卓越，誰適可居？不恤有眾，厥遇何如？曷私于室，而寘于朝。宛其逝矣，示民不恌。大校于館，大錄于曹。食少事煩，自罔告勞。某言恭朝夕，傾注良殷。載色載語，倏見倏聞。其知不二，其人則存。庶膺遺奠，國士之恩！

【題解】

王侍御，生平未詳。侍御，官名。此指監察御史。

【注釋】

〔一〕憲體：猶言憲制，法制。

〔二〕度：風度，儀表。委蛇：委屈自得之貌。《詩·召南·羔羊》：「退食自公，委蛇委蛇。」

〔三〕具依具違：謂不專斷。依違，猶徘徊。《文選》曹子建（植）《七啓》：「飛聲激塵，依違厲響。」此謂婉轉得體。

〔四〕時之道微：謂所處的時代正道衰微。

〔五〕課藝：考課制藝，即考核生員學業。慶陽：府名。今屬甘肅。

〔六〕西臺：御史臺。此指都察院。

〔七〕應猝：應對猝然臨之的事變。

〔八〕前修：前賢。

〔九〕敢蹈非夫：謂不敢踏入非法之地。夫，語助，無義。

與殷正夫祭張先生潭文

蓋先生齗齗自將〔一〕，『經禮三百〔二〕，曲禮三千〔三〕』，曰古是常。循循自推，成人有德。小子有造，吾黨與裁。嗚呼！世方昌披，誰者章甫〔四〕？衆乃恣睢，我焉執矩〔五〕？不知繪事後素〔六〕，赤子大人。蒙正於聖功，覺先於天民。如有用者，《周官》以往〔七〕；惟可語也，性命而上〔八〕。龍也少孤且貧，未嘗無誨。機憤自動，困不復廢。故今猶夢寐其側，誦習敬業，如楚在背〔九〕。儋也通家舊好〔一〇〕，道尊情愛，毀齒就外〔一一〕，洒掃應對，故今猶務求厥初，模範是因，壯行未艾。嗚呼！先生遂使接跡朝廷之間，以縱觀百官之富，而追思乎比肩函丈之地〔一二〕，巋然宗廟之美獨存，愈嘆一時身親受業之人，未嘗非齊魯之彥，而顧瞻乎合志同方之士，靡然江河之趨莫援。龍惟憲之司，儋惟詞之垣〔一三〕。民生於三，均茲爲義。師勞功半，益著其恩。雖搢紳布列，海内之才未量，而逕庭自愛，天下之事可論。信乎問爲邦焉，入乎其室；其名世者，出乎其門矣。嗚呼！哲人既萎，來者之悲！又安能無喟然於君子不匱，而逝者如斯哉！

【題解】

殷正夫，即殷士儋，字正甫。詳前《送殷正甫》題解。張先生潭，即張潭（一四七八—一五五一），字德深，歷城（今山東濟南市）人。學者稱三山先生。諸生，有學行，設館授徒，聲名著於諸生間。四方從游者，先後有七百餘人。提學道陳鎬修撰《闕里志》，選爲分纂者。攀龍、士儋曾從受學；攀龍祭文推尊備至，士儋表其墓，彰顯其德。士儋墓表謂潭『絕意科舉之學，日與門人究古禮，冠、婚、喪、祭、飲、射諸儀，士大夫家皆質之而後行，故濟南漸習《禮》俗』（《歷城縣誌·列傳》）。

【注釋】

〔一〕齗（yín）齗：笑。與『齦』同。《集韻》：『齦，博雅，笑也。或作「齗」。』自將：以智自衛護。《漢書·兒寬傳》：『寬爲人溫良，有廉知自將，善屬文。』師古注：『將，衛也，以智自衛護也。』

〔二〕經禮：常禮。《孔子家語・弟子行》：『子曰：「經禮三百，可勉能也。」』

〔三〕曲禮：事禮。《儀禮・士冠禮疏》：『且儀禮亦名曲禮，故《禮器》云「經禮三百，曲禮三千」。鄭玄注云：「曲，猶事也。禮，謂今禮也。」』

〔四〕昌披：猖狂妄行。《楚辭・離騷》：『何桀紂之昌披兮，夫唯捷徑以窘步。』章甫：殷商之禮冠。見《釋名・釋首飾》。

〔五〕執矩：堅守規矩。

〔六〕繪事後素：語出《論語・八佾》，謂先有白色的底子，然後畫上花卉。此喻指對嬰幼兒的啓蒙教育。

〔七〕《周官》：書名。即《周禮》。

〔八〕性命：性與命。《易・乾》：『乾道變化，各正性命。』《疏》：『性者天生之質，若剛柔遲速之別；命者人所稟受，若貴賤夭壽是也。』《禮・中庸》、《孟子》，以及後來的程朱理學，都曾談論性與命的關係，並成爲宋明理學的重要命題。

〔九〕如楚在背：謂如有人鞭打、催促。楚，荊條。

〔一〇〕儋：殷士儋。通家：此謂世代有交誼之家。

〔一一〕毀齒：謂小兒七八歲更換乳齒之時。就外：就外傅，即入塾讀書。

〔一二〕比肩：謂並肩而坐。函丈：容丈之地。後對師稱函丈，謂講席。

〔一三〕『龍惟』二句：謂自己在刑部，士儋在翰林院。憲之司，即憲司，指刑部。詞之垣，即詞垣，指翰林院。

祭外兄郭大器文

於惟茂祖，蚤譽孔彰。舉橐中路，千金者裝；守以待客，不取其償。是用高誼，作賓于鄉。齒惟三十，庶老鴈行〔一〕。在昔先君，締好不忘；實爲館甥〔二〕，克開厥祥。矯矯諸父，駢跡宫牆。大器迪訓，亦既升堂。任俠耿介，豪聞一方。博奕是賢，修業而息。爭道滋恭，既饒用德。中歲肯構，恢復愈力。比鄰宧豎〔三〕，並兼蠶食。雖速我訟，百折莫抑〔四〕；其徒造佞，詭以爲期。躬詣其庭，輒抗其儀；彼乃挾眾，窘辱見持。惡聲必反，危坐不疑；羣小吐剛，益穢其辭。務挑厥怒，甘心面夷；乃嗾交捽，體無完肌。左右慮變，相顧詾詾；計罔所出，或誘或恐。覬我引謝，釋愧買重；罵詈益奮，神色益聳。思挫一毫，等之弗勇；曰爾遺孳，禍不旋踵。氣盡語絶，舁尸而出〔五〕；其眥尚裂〔六〕，其身未屈。名動藩王，治獄私室；既殛仇讐，脇從罔逸。我則不眥〔七〕，彼亦是暱；可以不冤，勿謂非質。小懲大誡，餘黨自失；古齊烈士，崇聲略實。維賓卑聚，千載同匹。嗚呼哀哉，靈其與悉矣！

【題解】

外兄，姑之子，表兄。郭大器，生平未詳。詳祭文，似死於一場官司。

【注釋】

〔一〕鴈行：謂兄弟之相次排列。《禮・王制》：「兄之齒鴈行。」

〔二〕館甥：女婿。

〔三〕宧豎：宦官。

〔四〕雖速我訟：語本《詩・召南・行露》，謂雖能致我於訟。訟，訴訟。俗謂官司。百折莫抑：即使經受各種挫折，也制服不了我。

〔五〕舁(yú)尸：抬著尸體。舁，舉，抬。

〔六〕眥：通「眦」。眼眶。

〔七〕不訾：不譭謗。訾，口毀，謂毀謗人。

祭尹商衡文

曰世之論人者，無亦僻哉〔一〕。臧否何常？顯晦徒跡〔二〕。眩華狃習，有實匪覈〔三〕。爾其情隱可原，事微足繹。豈無恃良友之殊知，而遂使遺德之蚤數〔四〕？彼乃轂擊負入，充棟券積（一）。佐賄使氣（二），揮金廢籍〔五〕。損賢溺愚，脫然若釋。營一意而務就，傾千緡以勿惜。苟睚眦之與值，雖多怨而放獲。締好閥閱〔六〕，聯姻郡伯；邦族稱鉅，邑豪避席。交不和衷，漠焉楚貊〔七〕。勢重臨而益厲，驕微施而廣隙。故謔眾以倨辭，呶羣俠而取懌。獨義屈於國士，而色動乎偉策。雖褐博而抗言，亦振衣而引謫〔八〕。此夫亦馭富玩貴，取順辟逆；才有所不挫，性有所不迫者邪？余見其奉身宴安，鴆毒匪阨，疾剝及膚，蹙不至額，置心冥曠，瓠落自斥〔九〕，垂成遽棄，中道女畫，則已視紛俗如污己，以生寄爲旅客矣。雖稟資之或偏，已默合君子之至適（三），則豈不與彼身爲物累，心爲形役，戚然若不終日，徨然若不得所索者懸隔乎？

【校記】

（一）券積，宋本無。

（二）佐，重刻本作『左』。

（三）至，重刻本作『志』。

【題解】

尹商衡，即尹桐，字商衡，號介石，湖廣嘉魚（今屬湖北）人。嘉靖十一年（一五三二）進士，授行人，擢南京刑部給事中，升遷不久爲緝訪事罷爲民。隆慶元年（一五六七）起用，以年老不能用事，進太常寺少卿致仕。生平詳《掖垣人鑒》等處。

【注釋】

〔一〕無亦僻哉：不是太偏了嗎？僻，偏，片面。

〔二〕顯晦徒跡：謂對人的評價只看表面。

〔三〕「眩華」二句：謂炫耀什麼依據習慣，其實績卻沒人去核實。眩，通「炫」。狃，習，習慣。匪，非。覈，審核，核實。

〔四〕遺德之早斁（dù）：使先人所遺之軀體早壞，即早死。《莊子·盜跖》：「今長大美好，人見而悦之者，吾父母遺德也。」斁，通「殬」，壞，腐敗。

〔五〕廢籍：謂削籍爲民。籍，此指載錄官員的名冊。

〔六〕閥閱：謂名門貴族。《史記·高祖功臣侯者年表》：「太史公曰：古者人臣功有五品，以德立宗廟定社稷曰勳，以言曰勞，用力曰功，明其等曰伐，積日曰閱。」

〔七〕漠焉楚貊（mò）：漠然如同路人。貊，借作「陌」，路。

〔八〕「褐博」二句：謂地位低而直言，因高尚脱俗而招致貶謫。褐博，即褐寬博，黄黑色寬大之衣，賤者所服。《孟子·公孫丑上》：「不受於褐寬博，亦不受於萬乘之君。」振衣，除去衣服之塵穢，謂高潔脱俗。《文選》左太沖（思）《詠史詩》：「振衣千仞崗，濯足萬里流。」

〔九〕瓠落自斥：謂以無用自責。瓠落，謂廓落無用。《莊子·逍遥游》：『魏王貽我大瓠之種，我樹之成而實五石，以盛水漿，其堅不能自舉也；剖之以爲瓢，則瓠落無所容。』

卷之二十四

祭文

祭西安洪太守伯時文

在僕弱冠，受業諸生；握手一堂，譽髦用成〔一〕。始偕計吏，入對大庭；及爾如貫，我心載寧。尹彼吳興〔二〕，才非百里；己則神明，民斯赤子。孰銘厥功？今之冢宰；片石巋然，德音未改。既遷地官〔三〕，北虜侮予；飛芻輓粟，捷於羽書。王師燕喜，莫敢告勞；歸主章奏，紀綱列曹。懿厥度支，乃見經國；轉餉朔方，不稼不穡。士愉馬閑，疆埸以晏；所謂伊人，戎有良翰。皇嘉厥績，名邦簡臨；襜帷戾止，克覃其心。震蕩之餘，家無完堵；揮涕下車，問其疾苦。省刑薄斂，剖滯若流；可安者公，匪地是謀。厚載維人，坤儀靡常〔四〕；我室翹翹，俟茲降祥。杌隉之危〔五〕，孰不累卵？政未及期，履道坦坦。居有積倉，亦以禦災；倬彼雲漢〔六〕，百姓于摧。躬自斷罰，郡務遂繁；旦夕熙明，乃蹈斯言。病不遑息，愈殷臥理；浹旬在告，倏焉不起。聞當屬纊〔七〕，男啼女乳；不及後事，興而問雨〔八〕。嗚呼伯時，何用爲哉？而身不閲，百姓恃將其誰哉？某昔也分符，且之鉅鹿；祖席諄諄，勿淪于黷〔九〕。素尚泊淡，侈將自覆。持憲關中，于焉邂逅；依依他鄉，歡然道舊。首倡士風，以光俎豆；誼正自尊，師嚴不疚。是其語猶盈耳，不居者形。苟爲衷未和，而求之杳冥乎？嗚呼，伯時之靈！

【題解】

西安洪太守伯時，即洪遇，字伯時，歷城（今山東濟南）人。嘉靖二十三年（一五四四）進士，授秀水（今屬浙江）知縣，官至西安知府。見《歷城縣誌・列傳》。伯時與攀龍爲諸生時即相識，後爲同年進士，二人在嘉靖三十五年又在西安相遇。

【注釋】

〔一〕譽髦：語出《詩・大雅・思齊》。名士，俊傑之士。

〔二〕尹彼吳興：謂做秀水知縣。秀水，明代屬嘉興府，此前屬吳興。吳興，郡名。治所在今浙江吳興南。《浙江通志》載洪遇治秀水，歲大饑，自鬻者眾，不待上聞，亟發廪賑濟，全活者不可數計。

〔三〕地官：地方官。

〔四〕坤儀：即坤輿。大地。《舊唐書・音樂志》：「大矣坤儀，至哉神縣。」

〔五〕杌隉（niè）：不安。《書・秦誓》「邦之杌隉」《傳》：「杌隉，不安，言危也。」

〔六〕倬彼雲漢：語出《詩・大雅・雲漢》，《集傳》謂周宣王有撥亂之志，「遇烖（災）而懼，側身脩行，欲銷去之。天下喜於王化復行，百姓見憂，故仍叔作此詩以美之。言雲漢者，夜晴則天河明，故述王仰訴於天之詞如此也。」

〔七〕屬纊：古時在人瀕死時，著綿於口鼻，察看有無氣息。《禮・喪大記》：「疾病，男女改服，屬纊以俟絕氣。」

〔八〕「不及」二句：謂當時天旱，於瀕死之際，不談後事，起而問是否下雨。

〔九〕勿淪于黷：不要玷污名節。黷，污垢。《南史·蕭思話傳》：『歷十二州，所至雖無皎皎清節，亦無穢黷之累。』

祭鄒明府文

順德逆命，正乃裕如。豐才嗇施，自得則餘。若夫欣戚係於用舍，是親世而身疏〔一〕，能取愜於適意，可流動而不居矣。維先生英姿秀發，幼齡崇志。浩浩鬱鬱，凰翔虎視。振俗障流，宗盟士類。井掘簣覆〔二〕，高山深泉。周作孔述〔三〕，聖熄明愆。學以辭達，奇能取忌。即空言之徒競，爰慨然於小試。召、杜新鄉〔四〕，卓、魯陽城〔五〕，絲綸散於理絲，變調寓於解爭〔六〕。期月二邑，風雷千里。懸蒲在庭〔七〕，臥轍當軌〔八〕。恫瘝爾民，優游吾心，既觴且咏，言弦宓琴〔九〕。昔十俊參名，三齊騫、羽〔一〇〕。談詩避階，乞文環堵。及飭治於遐方，覬功立而脫組〔一一〕。卑官匆羞，頹乎就愚。事興義便，躍以往趨；執一於是，守關萬夫。樞要肆侮，蜾蛉斯藐〔一二〕；依彼古常，毒甘羣小。我違我歸，匪祿伊貞。故嫉誅者必忤衆〔一〕，雖阨困而能亨。顧康濟之罔謀，胡委詭於尼止〔一三〕？既韜己以密藏，何美服之誨指？進以冠紳，退而韋布；非軒冕之避榮，恥袞職之未晤。彼名辱而華躬，顧簪裳以載路。仰茲令操，立懦廉頑〔二〕〔一四〕。奚其爲政，敦朴以還？孰云矯異，愈堅末節？克家嗣徽，迪訓承烈。有翼垂雲〔一五〕，伏林未起。邦閭卓稱，喜難於子。

【校記】

（一）詄，重刻本、萬曆本、張校本、佚名本並同，隆慶本作『詇』。

（二）懦，底本作『糯』，據明刻諸本改。

【題解】

鄒明府，生平未詳。宋本題作《祭縣令鄒君》。

【注釋】

〔一〕『若夫』二句：謂如若悲喜係於用舍，則是重視世俗的看法而輕忽自己的身體。用舍，謂出仕與隱居。

〔二〕井掘簣覆：掘井得水而爲一簣之土所覆蓋，喻指所學高深而爲世俗所掩。

〔三〕周：周公。孔：孔子。

〔四〕召、杜：指召信臣、杜詩。召信臣，字翁卿，漢九江壽春（今屬安徽）人。以明經甲科爲郎。任上蔡長，『其治視民如子』，遷南陽太守，『爲民興利，務在富之』，『吏民親愛信臣，號之曰召父』，遷河南太守，漢元帝竟寧年間，『征爲少府，列於九卿』。詳《漢書》本傳。杜詩，字君公，河内汲（今河南汲縣）人。光武帝建武七年（三一），遷南陽太守，『性節儉而政治清平』，興修水利，擴大耕地，『郡内比室殷足』，『時人方於召信臣』，南陽傳語『前有召父，後有杜母』。詳《後漢書》本傳。

〔五〕卓、魯：卓茂、魯恭。卓茂（？—二八），字子康，南陽宛（今河南南陽）人。曾任密令，寬仁愛民。東漢初，拜太傅，封褒德侯。詳《後漢書》本傳。魯恭（三二—一一二），字仲康，扶風平陵（今陝西咸陽）人。曾任中牟令，『以德化爲理，不任刑罰』，政績卓異。詳《後漢書》本傳。

〔六〕燮調：協調。

〔七〕懸蒲：懸挂蒲鞭，薄罰示恥，謂寬厚之政。《後漢書·劉寬傳》：「吏人有過，但用蒲鞭罰之，示辱而已。」

〔八〕臥轍當軌：謂受到吏民愛戴。東漢侯霸在王莽時曾任隨縣宰，後爲淮平大尹，「政理有能名」。王莽敗，更始元年（二三），遣使征霸，「百姓老弱相攜號哭，遮使者車，或當道而臥」，加以挽留。詳《後漢書·侯霸傳》。

〔九〕言弦宓琴：言，言偃，字子游。孔子弟子。仕魯，爲武城宰，「子之武城，聞弦歌之聲」（《論語·陽貨》）。宓，宓不齊，字子賤。孔子弟子。曾爲單父宰，「彈鳴琴，身不下堂而單父治」（《呂氏春秋·察賢》）。

〔一〇〕三齊：區域名。指今山東省。騫、羽：閔子騫、澹臺子羽。皆孔子弟子。閔，名損，字子騫，以孝著聞。孔子將其歸入「德行」一類的弟子。據《論語·雍也》、《韓詩外傳》卷二等處記載，閔子騫淡泊名利，清心寡欲。澹臺子羽，名滅明，字子羽，爲人正派，學有所成，南游楚，從弟子三百人，「設取予去就，名施乎諸侯」（《史記·仲尼弟子列傳》）。

〔一一〕脱組：謂辭官。

〔一二〕蜾蛉：蜾蠃、蜻蛉，均蟲名。藐：小。

〔一三〕委訧（yóu）：委罪，推諉罪過。

〔一四〕立懦廉頑：使懦怯者堅强，使冥頑者廉潔。

〔一五〕有翼垂雲：謂有高遠的志向。《莊子·逍遥游》説魚化而爲大鵬，「其翼若垂天之雲」，要乘海風飛往南海，「水擊三千里，摶扶摇而上者九萬里」。

祭良醖署丞馬君

在昔世家由《禮》，爰彰貽穀〔一〕。士不化於豐芑，國何賴於喬木也〔二〕？開業者艱，承考者逸；

心危而得，志損則失。此夫武有不繩之憂，統或作之無述；君子欲爲可繼，而奚樂無疆之恤哉！唯君有祖，早振文囿；翕然儒宗，德音是茂；聲聞四夷，身朋三壽〔三〕。唯君則孫，毓茲仁厚。聿服清僚，宗廟用酹；既醇既裕，如揖如授。其在同朝之士，見其容履之婉順，勿問名氏而已皆知其爲大賢之冑矣。孰不曰吾得以識青雲之良，白眉之秀邪？是雖鵠鶩之訓聿嚴，而騏驥之驟不後。昔游太學，無敢謂秦無其人，而今在仕籍〔四〕，益以信殷實由舊也。茲何可使不久於代，而嗟斯疾之不偶乎！

【題解】

良醞署，官署名。掌酒之政令。馬君，生平未詳。

【注釋】

〔一〕『在昔』二句：謂以往賴以《禮》傳家，因而彰顯所貽良善。《禮》，指《禮記》。穀，善。

〔二〕國何賴於喬木：謂所賴並非喬木，而是您這樣的世臣。《孟子·梁惠王下》：『所謂故國者，非謂有喬木之謂也，有世臣之謂也。』喬木，高大的樹木。

〔三〕三壽：謂三卿。《詩·魯頌·閟宮》：『三壽作朋，如岡如陵。』《集傳》引鄭氏（鄭玄）說，謂爲『三卿』。『或曰：「願公壽與岡陵等而爲三」』。

〔四〕仕籍：官員名錄。

祭張隱君文

公至性近道，不困於學；質直好義，不掩於樸。行華身斯文章，德動物爲禮樂；視帝力所獨有〔一〕，揖天民於先覺矣。方其幼而失怙，靡依匪母；一簞者粟，百里則負。髫齡纖儉，煢煢在疚。不振于宗，遑恤我後。宜無忘於愈疏，而不睦以有咎也。暇日修孝，不宿不藏；諸父昆弟，思輯用光。婚姻孔嘉，匍匐有喪。貨財可私，本支未昌。敦薄寬鄙，徽猷是襄〔二〕。此圮族所以爲凶〔三〕，而公自履者祥也。又其少而治產，適我御窮；俛拾仰取，力嗇務豐。若貨殖於受命，謂奇勝之自躬。能者輻輳，不肖瓦解；彼居息幣，唯吾與通。若宜無忘於嘗艱，而放利以興戎也。未衰戒得〔四〕，積而思施。館有遺裝，偕旅罔知；緘誌以還，歸慰其嫠〔五〕。非能讓財，肯饒爭時；激貪勸廉，末俗以移。此姦富所以爲下，而公自居者奇也。又若外示怯而重爲邪，中賈勇而羞使氣；里有少年謂我易與，閭之長者式復以畏。獲金珥於隕蘀〔六〕，而女泣不生；止以待夫求者，取諸懷而予之以行。鄰婦就汲，窺我篋笥；慮貽之慚，趨以引避。晚卽廢著，纂經遷儒〔七〕；厥季蜚聲，用賓王衢。父飲於鄉，子薦於藩；詔賜爵以優老，齒及耋而彌尊。奚其爲政，家惟化原。何足以臧？善斯類蕃。某等視必達於此邦，而與裁於吾黨久矣。痛君子云亡，豈私淑猶存邪〔八〕？公其尚鑒於斯言哉！

【題解】

張隱君，生平未詳。隱君，隱而未仕者。

【注釋】

〔一〕帝力：帝王的作用。晉皇甫謐《帝王世紀》載《擊壤歌》：『日出而作，日入而息。鑿井而飲，耕田而食。帝力於我何有哉！』

〔二〕徽猷：美好的謀略。《詩·小雅·角弓》：『君子有徽猷，小人與屬。』《集傳》：『徽，美；猷，道。』

《箋》：『君子有美道以得聲譽。』

〔三〕圮族：謂毀壞人與物者。《書·堯典》『方命圮族』《注》：『圮，毀；族，類。』

〔四〕戒得：戒之在得。

〔五〕嫠(lí)：寡婦。

〔六〕隕蘀(tuò)：語出《詩·豳風·七月》。凋落，墜落。

〔七〕籯(yíng)經：一籯之經。經，經書。《漢書·韋賢傳》：『遺子黃金滿籯，不如教子一經。』籯，同『籝』，籠。

〔八〕私淑：私下取得，私下向人學習。《孟子·離婁下》：『予未得爲孔子徒也，予私淑諸人也。』淑，通『叔』，取。

祭璜山趙隱君文

先生代有厚產，業乃鉅族。幼安於倉箱之積〔一〕，而無遷技好；壯修於忠信之義，而無怠穡服〔二〕。于里則美〔一〕，處不愆仁；于宗則和，室不去祿。盧城諸豪負勢任利〔三〕，父老有『三害』之恥〔四〕，一至其門，靡弗左右相視，逡巡言事；璜山衆弟雄才偉智，閭巷有『二難』之謠〔五〕，每親於身，靡弗徐行肅侍，協恭飭志。旱乾水溢，指囷而授長吏〔六〕，卽郡庭徵辟，亦跡所罕至。歲時伏臘，秩筵而聯羣季，逮妣祖祠祀，尤躬於自致；是孝友篤之天性，而淳懿概乎人情。聘魯貴公，入境而問俗，若獲麥丘之隱〔七〕；瞻岱高士，及麓而仰風，悼茲蘭谷之英。日用之常，則樂衣食之遂爲榮。我田既臧，千耦其耘。言就爾居，百堵皆作。臿如雲興，悅懌有穫。築不日成，塈茨是恪。素封比湯沐〔八〕，黃髮詢廟堂〔九〕。庶祜用篤，多男且良。八慈爲龍〔一〇〕，今過其歷；　九雛皆鳳，世謂之祥。俶載南畝，侯旅克諧。儐於東序，寔殷孔懷。厥仲承家，紹儒衍澤。昔從吾游，崇心略迹；　嚴君與依，來朋莫逆。觀直諒於分體，遡洪深於濬源。常慕斯無懷氏之民〔一一〕，而誦其有道者之言。今其逝矣，何以謂大德必壽？　未之思也，豈或有不忘者存邪！

【校記】

〔一〕于，隆慶本作『千』，誤。

【題解】

璜山趙隱君，生平未詳。璜山，即黄山。璜，通『黄』。在今濟南舊城西南。《讀史方輿紀要·山東·濟南府·歷城縣》：『黄山，府西南六十里。山周如城，岱陰諸谷之水，奔流至山西，滙爲池，周數畝，不溢而伏流至城西，出爲趵突泉。』宋本題《祭趙隱君》。

【注釋】

〔一〕倉箱之積：　豐收積累下的糧食。倉箱，喻豐收。《詩·小雅·甫田》：『乃求千斯倉，乃求萬斯箱。』

〔二〕穡服：　謂農事。

〔三〕盧城：　指長清縣城。盧爲春秋齊地，在今濟南長清區西南。

〔四〕三害：　晉代義興陽羨人周處，膂力絶人，縱情肆欲，州曲以爲禍害。後周處知父老視自己與南山之虎、水中之蛟爲『三害』，決心改過自新，成爲名臣，官至御史中丞。詳《晉書·周處傳》。

〔五〕二難：　即難兄難弟，兄弟皆賢。《世説新語·德行》載，陳元方子長文，與季方子孝先，各論其父功德，爭之不能決，去問祖父陳寔。陳寔説：　元方難爲兄，季方難爲弟。謂兄弟二人皆好，難分高下。

〔六〕指困而授長吏：謂將積儲的糧食交給縣令。困，糧倉。長吏，指縣令。

〔七〕麥丘：地名。戰國齊邑。在今濟南市商河縣西北。隱：隱士。指麥丘老人。據《韓詩外傳》、《新序》載，齊桓公逐兔至麥丘，遇一老人，自言八十三，並祝桓公長壽，祝其『賢者在側，諫者得人』，祝其君臣與百姓不要相互得罪。

〔八〕素封比湯沐：謂隱士比王侯。素封，此謂不做官而有田園之利，其富厚可比封君的人。湯沐，湯沐邑，即王侯封邑。

〔九〕黄髮：謂老人。老人髮白，日久則黄，因以黄髮爲高壽之象。《詩·魯頌·閟宫》：『黄髮台背，壽胥與試。』

〔一〇〕八慈：東漢荀淑八子皆以『慈』字爲名，稱爲『八慈』。見《小學紺珠·氏族類》。《世説新語·品藻》『荀靖』注引《逸士傳》：『靖（荀淑之子）字叔慈，潁川人。有儁才，以孝著名。兄弟八人，號「八龍」。』

〔一一〕無懷氏：傳説中上古帝王稱號。據傳無懷氏在太昊之前，其時爲太平盛世，人甘其食，而樂其俗，安其居而重其生，雞犬之聲相聞，而民至老死不相往來。見《路史·禪通紀》。

祭王給事中封君文

蓋公初效計然之策〔一〕，卽負向平之識〔二〕；有志四方，廢著而息。千金自衛，連騎鼎食。觀貨淮揚，浮游南國；不訾者身，奇勝者德。洗腆用歸〔三〕，肇牽車牛；處士之義，退而彌修。以亢厥宗，無急不周；何有何亡，黽勉是求。獨切有穀之思〔四〕，而裕後以貽謀也。侃侃給事，實厥令子。在昔朝鮮，世崇臣紀；曰明是常，以享以祀。帝曰行人〔五〕，辭命是美；往立之君，錫我繁祉〔六〕。服以上公〔七〕，使者宴喜；外夷望風，高山仰止。徼福朝廷，永言東鄙；海爲不波，自今以始。四牡載旋，報成我后〔八〕；詔書相勞，俾省章奏。何以柔遠？政惟由舊；尋長六曹，直聲益茂。歲當述職，諸侯率從；黜陟幽明，有來雍雍。乃抗大疏，爲國建策；岳牧刺史，臨下有赫。誰其共理？良二千石；令尤近民，無自立僻。百里之宰〔九〕，父母是獲；仁卽衽席，暴亦肘掖。考績無微，官邪無卑；甄別淑慝，孰其可私？巧文相謾，法有不施；臣于其時，鷹鸇擊之〔一〇〕。帝曰俞哉，納言惟允〔一一〕；乃絓吞舟，以厲庶尹〔一二〕。小邑知創，去惡斯盡矣。天下莫不謂趨庭之訓〔一三〕，惟肖克敏也。某等謬以夙誼，莅陝以西；邦有典刑，俾政不迷。何天下不憖遺一老〔一四〕，而物有所不可齊邪！

【題解】

王給事中封君，卽王給事中之父。王給事中，生平未詳。與下《祭王給事封君文》所指蓋爲一人，文言其『莅陝以西』，言『某三秦爲憲』，則祭文蓋在其陝西任時所作。

【注釋】

〔一〕計然：傳爲春秋越國蔡丘濮上人，姓辛氏，字子文，爲越相國范蠡之師。在越王句踐困於會稽時，曾爲謀劃，『修之十年，國富』。詳《史記·貨殖列傳》及『用范蠡、計然』《集解》。

〔二〕向平之識：謂不願出仕爲官。向平，卽向子平，東漢朝歌（今河南淇縣）人。光武帝建武中，子女婚嫁已畢，遂不問家事，出游名山大川，不知所終。詳《後漢書·逸民傳》。

〔三〕洗腆：謂孝敬父母，自己洗滌器皿，擺設豐厚的膳食。《書·酒誥》：『肇牽牛車，遠服賈，用孝養厥父母。

厥父母慶，自洗腆，致用酒。』

〔四〕有穀之思：謂思謀食祿，即令其子出而爲官。有穀，謂有食祿，即做官。《詩·小雅·正月》：『佌佌彼有屋，蔌蔌方有穀。民今之無祿，天夭是椓。』穀，祿。

〔五〕行人：官名。明屬行人司，掌傳旨、冊封等事。詳下文，知王給事中曾奉命出使朝鮮。據《明史·外國傳一》載，朝鮮王世代襲位均需明帝認可，或下詔，或派使節冊封。

〔六〕繁祉：謂多福祉。《詩·周頌·雝》：『綏我眉壽，介以繁祉。』

〔七〕上公：周制，三公（太師、太傅、太保）八命，出封時，加一命，稱上公。見《周禮·春官·典命》『上公』《注》。此謂出使朝鮮時，在朝鮮享受上公待遇。

〔八〕報成我后：將出使收穫向皇帝報告。后，君主，帝王。

〔九〕百里之宰：謂知縣。

〔一〇〕鷹鸇（zhān）擊之：以威猛之志治之。鷹鸇，猛禽，喻威猛。《後漢書·循吏傳》載仇覽對於犯有不孝之罪的陳元加以感化，政尚嚴猛的考城令王渙聽說後，問仇覽對陳元不責其過而以德感化他，是否因少鷹鸇那樣的精神，覽說：『以爲鷹鸇，不若鸞鳳。』擊，治，《易·蒙》『擊蒙』《釋文》：『擊，治也。』

〔一一〕『帝曰』二句：謂所做得到帝的肯定，居官惟忠誠老實。俞，表示肯定的語詞。

〔一二〕『乃絓』二句：謂執法寬厚，用以激勵眾官。絓，持。呑舟，呑舟之魚，喻執法寬厚。《史記·酷吏列傳》：『網漏於呑舟之魚而吏治烝烝，不至於姦。』厲，同『勵』，激勵。庶，眾。尹，令長。

〔一三〕趨庭之訓：謂兒子接受父親的教訓。趨庭，小步走過庭院。《論語·季氏》載，孔子站在那裏，他的兒子鯉『趨而過庭』，孔子問：『學詩乎？』孔鯉說還沒有。孔子說：『不學詩，無以言。』『鯉退而學詩』。後遂稱兒子接受父親的教訓爲趨庭之訓。

〔一四〕憖（yìn）遺：且遺，暫且留下。《左傳·哀公十六年》載，孔子卒，哀公誄之曰：『旻天不弔，不憖遺一老，俾余一人以在位，煢煢余在疚。』憖，且。

祭王給事封君文

視業以息，志於四方；千金自衛，觀貨淮揚。浮游七策〔一〕，不訾是將；處士之義，退而彌彰。何以亢宗？燕貽則良；式穀者才，奇勝者子。朝鮮稱藩，往錫繁祉。帝曰行人，辭命之美；外夷望風，徼福東鄙。報成我后，懷柔遠臣。俾省章奏，密勿經綸；尋牽六曹，直聲愈振。既集岳牧，幽明黜陟；勿輕令長，爲虐爲德。既已近民，百里寄命；遂乃抗疏，一新大政。績微必錄，尤嚴苛競；孰其敢欺，具曰予聖。臣當其時，糾察官邪；庶無遺姦，以害國家。帝曰俞哉，其惟共理；郡邑既熙，父母孔邇。侃侃給事，論思以和；有此黄髮，庭訓則多。某三秦爲憲，移風向淳；典刑云亡，于何其臻！

【題解】

王給事，即前文『王給事中』。祭文内容多重複，涉事與前文亦相同。

【註釋】

〔一〕七策：七策貢物。指礝碈、白金、文皮、黄金、珠、曾青、玉。見《管子·揆度》。策，奉貢的書劄。

祭少司寇楊公封君文

唯公所謂隱君子而逸民者哉！幽燕古稱多慷慨悲歌之士〔一〕，即少年使氣，容有肆而淩人。惟公其儀不忒〔二〕，是亦爲政。悼哉司寇，克紹其慶。庭尉、司空〔三〕，二茲民命；三丞柏臺〔四〕，著聲諫諍。休有烈光，用基式敬；屬毛離裏，繼善成性。當其還所遺於嫠婦者盈貫，至今漁陽誦不疑爲長者〔五〕。加之投所選於父老者一錢，愈使山陰謂劉寵爲廉吏〔六〕。不言而教，可承者志；父子同心，窮達一致。九十四齡，日閲諸編；伏勝授《書》〔七〕，異代稱賢。四子六孫，星聚百里；荀淑爲樂〔八〕，媲美前史。不獨浚明有家者仰先民而漸世澤，亦使觀俗於野者歎王畿之多耆舊〔九〕。皞皞以徵帝力，煦煦而近天覆。某等方覩維橋之向榮〔一〇〕，佇觀邦禁以有成；乃與化俱逝，詒斯令名！則誰不撫燕翼未終而遡源自生，以無堪於情哉！

【題解】

少司寇，官名。明代刑部尚書別稱司寇，侍郎則別稱少司寇。楊公，生平未詳。封君，楊侍郎之父。宋本題作《祭楊少司寇封君》。

【注釋】

〔一〕幽燕：區域名。古代幽州與燕國都指今河北一帶。

〔二〕其儀不忒：其心志不變。儀，向，心之所向。

〔三〕庭尉、司空：官名。明代指刑部、工部。庭，通『廷』。

〔四〕柏臺：指御史臺。詳前《輓王中丞》注〔三〕。

〔五〕不疑：指直不疑，漢南陽（今屬河南）人。爲郎，事文帝。景帝時，不疑官至御史大夫，封塞侯。武帝即位，與丞相卫綰俱以過免。『不疑學《老子》言，其所臨，爲官如故，唯恐人知其爲吏之跡。不好立名，稱爲長者』（《漢書·萬石直周張傳》）。此以不疑喻指楊公。

〔六〕劉寵：字祖榮，東漢東萊牟平（今屬山東）人。曾任會稽太守，至郡，劉寵簡除煩苛，禁察非法，得到吏民擁戴。征爲將作大匠，山陰縣有五六老叟，人帶百錢送寵，贊其政績。劉寵難卻盛情，『爲人選一大錢受之』（《後漢書·循吏列傳》劉寵本傳）。山陰，即今浙江紹興市。

〔七〕伏勝：即伏生，濟南（今山東鄒平）人。秦博士。漢初傳授《書》，爲今文尚書學的創始人。詳《史記》、《漢書·儒林傳》。

〔八〕荀淑：東漢荀淑（七七—一四九），字季和，潁川潁陰（今河南臨潁）人。安帝時，征拜郎中，遷當塗長，去職還鄉里。當時名士李固、李膺皆師宗之。有子八人，並有名，時人謂之『八龍』。詳《後漢書》本傳。

〔九〕耆舊：耆老故舊。耆，長老，師傅。

〔一〇〕橋：橋、梓，二木名。喬木高而仰，梓木低而俯，喻指父子。見《世說新語·排調》『伯禽之貴，尚不免撻』《注》。

祭畢封君文

嘗聞陵陽而南〔一〕，浸江之邑，其境清曠，靡流尚輯；作苦無凶歲，服嗇無富人〔二〕。家稱隱君，士稱逸民；先生於其間也，不位而以德尊，不名而以義揚。排難解紛，慕魯仲連〔三〕；息爭化俗，慕王彥方〔四〕。族相附，如行葦之於本；羣相恃，如候鳥之於長。無論君子之至是邦，善者之入吾黨，莫不見閭而式〔五〕，執饋而饗；將以觀淳朴於式微，得耆舊於草莽也。爰有譽髦，實生膝下；早承嚴訓，聿追時雅。謂余志在《春秋》，用謀貽於弓冶〔六〕。乃登宗伯，載離司寇；其文則史，藝成而上。既明惟允，法處其厚。某等分曹而治，麗澤以居；每取斷於引經，各獲益於啓書。片言父教自出，五聽帝心所屬〔七〕；鯉也過庭〔八〕，由也折獄〔九〕。道同者友，寀同者官。或遡之源，或漸之磐。朝錫命而夕考終，木欲靜而風不寧。是徒遺後以不報之情，而示物以不厭之形矣！

【題解】

畢封君，生平未詳。

【注釋】

〔一〕陵陽：古縣名。故城在今安徽青陽縣南。

〔二〕服嗇：謂務農。嗇，通『穡』。

〔三〕魯仲連：戰國齊人，以排難解紛、不慕榮利著聞。詳《史記》本傳。

〔四〕王彥方：卽王烈，字彥方，太原（今屬山西）人。少以義行稱，『諸有爭訟曲直，將質之烈，或至塗而反，或望廬而還。以其德化感人如此』（《後漢書·王烈傳》）。

〔五〕見閭而式：乘車者望見門閭卽立起表示恭敬。式，車前横木。《書·武成》：『釋箕子之囚，封比干之墓，式商容閭。』

〔六〕弓冶：謂父子相承之事業。《禮·學記》：『良冶之子，必學爲裘；良弓之子，必學爲箕。』

〔七〕五聽：聽訟五法，即所謂辭聽、色聽、氣聽、耳聽、目聽。見《周禮・秋官・小司寇》。

〔八〕鯉也過庭：謂孔鯉過庭接受孔子的訓誡。詳前《祭王給事中封君文》注〔一三〕。

〔九〕由也折獄：謂如同子路判決案件一樣決斷。由，仲由，字子路。孔子弟子。《論語・顏淵》：『片言可以折獄者，其由也與？』

祭德王妃劉氏文，同許右史

維靈淑姿聿茂，厥祥不遲。翩翩吏部，於誕之奇。赫赫大藩，實維我儀。亦既嘉止，陰事咸熙。居則命史，動輒稱《詩》。《雞鳴》致戒〔一〕，《樛木》致慈〔二〕。克配令德，君子攸宜。有來雍雍，被之僮僮。于沼于沚〔三〕，在廟在宮。爲絺爲綌〔四〕，罔怨罔恫。思媚厥姑，徽音日崇〔五〕。壼職靡忒〔六〕，國乃始風。某既西觀采，人倫是常。歷彼二南〔七〕，彤管惟光。邦才委質而右，夙忝惟良。無詖私謁，以二周行。胡茲不造，溘然其逢。原達者流，表植者從。貴不自身，伐不自庸。主器以長，維城以宗。茅土百世，厥萌在初。休戚是同，山川舍諸。日月之際，此維有家。屏翰之功，豈其緒餘？載罹寒暑，言即于幽。維王內顧，曷其有瘳？爲樂以善，隕哲惟憂。琴瑟不御，寤寐是求。某等悼逝則深，敦誼綢繆，生芻是將〔八〕，以慰阻修！

【題解】

德王，指朱載墱。詳前《德王冊國記》題解。許邦才爲德王府右長史，或應邦才之請，爲寫祭文，與之同祭。

【注釋】

〔一〕《雞鳴》：《詩・齊風》中篇名。《集傳》謂古之賢妃於淩晨勸其早起視朝。

〔二〕《樛木》：《詩・周南》中篇名。《集傳》謂『后妃能逮下而無嫉妒之心，故衆妾樂其德而稱願之』。

〔三〕于沼于沚：語出《詩・召南・采蘩》。池水曰沼，小渚曰沚。《集傳》謂此詩頌『諸侯夫人能盡誠敬以奉祭祀，而其家人敘其事以美之也』。

〔四〕爲絺（chī）爲綌（xì）：語出《詩・周南・葛覃》。此詩《集傳》謂『蓋后妃既成絺綌而賦其事』。葛之精者曰絺，麤者曰綌。

〔五〕徽音：猶德音。《詩・大雅・思齊》：『大姒嗣徽音，則百斯男。』大姒，周文王之妃。

〔六〕壼（kǔn）職：宮中之職。壼，宮中之道。《爾雅・釋宮》：『宮中衖，謂之壼。』

〔七〕二南：指《詩》之『周南』、『召南』。

〔八〕生芻：謂賻贈。

祭樂平令羅君文

維靈早歲明經，百行是常。阨于多士，闇而愈章。卒業太學，尚友四方。覿德問藝，中心翺翔。既除茂宰，皋落之墟〔一〕。三晉遺風，肅如穆如。戴星而治，鳴琴以居〔二〕。績用是成，曰父母且；曰父母且，靡民匪子。孰克厥家，選曹嗣美。銓管九流，檢裁維理。出納王言，喉舌之紀。帝眷巴蜀，中丞用遷。趨省於庭，朝夕是虔。奚其爲政，維茲象賢。中丞自邑，御車而旋。進維良吏，退亦敦仁。以勸頽俗，言復于豳。胡此不淑，殄瘁駢臻〔三〕？不朽者澤，垂裕後人！

【題解】

樂平令羅君，生平未詳。樂平，縣名。即今江西樂平市。

【注釋】

〔一〕皋落之墟：謂皋落城的故址。皋落，城名，爲古代翟人聚居地。故址在今山西垣曲縣西北。

〔二〕鳴琴以居：此以孔子弟子宓子賤治單父稱譽羅公。宓子賤治單父，『彈鳴琴，身不下堂而單父治』（《呂氏春秋·察賢》）。

〔三〕駢臻：接連而至。

祭殷太孺人文

孺人名族世家，降淑自天；别駕覃澤，有開必先。亦既既止〔一〕，思輯用光；乃遭中葉，伯嫂是將。裘褐在笥，糟糠在堂；鷄鳴視具，蠶織曰常。井臼操作，不徒爲養；琴瑟静好，既翕友于。人逸我勞，孰終晏如？人侈我儉，孰終有餘？蓋已自失其貴倨，而不忿於厥初。唯是君子，夙夜敬忌；未嘗片言，以相加遺。婚喪疾苦，是問是饋；何有何亡，務成其事。簪珥糞土，可捐非義；使不困於急難，以永錫乎爾類。孌彼檢討，孩提自奇；孺人自謂，不肖恆斯。豈其必盛？于以轉衰；弱不好弄，而壯有爲。德輶如毛，一錢勿持；既就外傅，歲五更師。在昔三遷，異代同慈；既宦詞林，愈嚴教思。人以烜赫，我以委蛇；始誰先容，寵至不疑。順取逆守，工拙半之。祿卽非贏，饔飧不遲。買馬得薪，買奴得蔬；物將棄而適用，事可已而競時。蓋自乳哺勝衣，通塞顯微；仁人所見，無非母儀。靖共在位，性分自定；文章華國，志意之榮。坐而論道，其則不遠〔一〕；必聞其政，無忝所生。氣所相屬，誘以其衷；愛之能誨，正以其蒙。不儼然爲大儒，必隱然爲重臣〔二〕；尺箠不施，孺人聖功。攀龍之於檢討，處則同門，出則偕計；自公退食，靡曰不詣。交相定省，如兄如弟；手足一身，壎篪六藝。孺人蓋嘗視猶膝下，而將不億其麗也。大化一遷，云胡不瘳？桑梓殄瘁，非夷所謀。其在攀龍，與此靡依。世德是求，逝者弗居。徽音是遒，無疆維恤，無疆維休！

【校記】

〔一〕亦既既止，宋本作『亦既覯止』。此化用《詩·大雅·公劉》語，疑作『覯』是。

〔二〕遠，宋本作『違』。

〔三〕重臣，宋本作『名公』。

【題解】

殷太孺人，卽殷士儋之母。前有《明贈徵仕郎翰林院檢討殷公配封太孺人郭氏合葬墓誌銘》，其經歷及事迹已約略涉及，此不重注。

祭何考功太孺人文

某等聞諸母儀，訊之女史〔一〕，則有若漆室之於君臣〔二〕，緹縈之於父子〔三〕。而其雖值離亂，稱義則身全；雖在負汲，稱考而貌祀。與夫杞梁、華周勇下五乘之賓〔四〕，鍾離、宿瘤治裨二王之美〔五〕，又莫不嗣徽音於齊魯之墟〔一〕，比懿德於海岱之里。蓋家傳而閭誦，或異世而同軌也。孰若孺人質之耳目，可徵其實；遡之子孫，可識其始哉！相夫於儒，婦道乃成；撫孤而仁，卒貽令名。考功之所以茂品藻之譽，擅題才之術，則誰與豫導其神發之智，不失其孩提之明？故清通簡要，欲養於總角之初，而立訓示慈，愈深於屬毛之愛。蓋士有披雲霧以覩之，莫不卽音容而如在也。方其奉親入蜀，悼茲王陽〔六〕，長阪九折，白首是將。於時孺人不以道惡爲解，而以忠臣相期；叱馭使前，安顧身爲！三年理官，巴人去思。所得賢智，莫大於斯。今其逝矣，雖章服朝委，而令聞天終，使待銓衡者，懷俎豆之教〔七〕；見經綸者，思機杼之功〔八〕。復以讚孟母開聖之烈〔九〕，而益彰我鄒魯君子之風矣〔一〇〕。某等能不悼淑德之云亡，而俟世類於無窮哉！

【校記】

〔一〕音，底本作『奇』，據宋本改。

【題解】

何考功太孺人，何考功之母。何考功，生平未詳。考功，官名。屬吏部。

【注釋】

〔一〕女史：周官名。屬天官，掌王后之禮職，由通曉文字的良家婦女充任。見《周禮·天官·女史》。

〔二〕漆室：春秋魯邑名。此指漆室之女，未適時而嫁，倚柱而嘯，說『魯君老，太子幼』。鄰婦笑多事，她說：魯國有患難，君臣父子皆受其辱，婦人也逃避不了。詳見《列女傳》，亦見《後漢書·盧植傳》『漆室有倚楹之戚』《注》。

〔三〕緹縈：卽淳于緹縈，漢臨淄（今屬山東）人。其父倉公（齊太倉長）淳于意獲罪，當解往長安。臨行，五女相過自新。文帝爲其感動，並廢除肉刑。詳《史記·扁鵲倉公列傳》。

〔四〕杞梁、華周：二人爲春秋齊大夫。漢劉向《説苑·立節》載，齊莊公伐莒，爲車五乘之賓，而無杞梁、華周。二人『歸而不食。其母曰：「汝生而無義，死而無名，則雖非五乘，誰不汝笑也？汝生而有義，死而有名，則五乘之賓盡汝下也。」趣食乃行』。杞梁、華周同車侍莊公。至莒，二人勇敢殺敵，戰鬭而死。其妻哭臨，城爲之崩塌。亦見《左傳·襄公二十四年》、《列女傳》，事蹟記述有異。

〔五〕鍾離：指鍾離春，齊無鹽（今山東東平）女，貌極醜，年四十未嫁，自詣齊宣王，陳述治國方略，齊宣王納之立爲后，拜爲無鹽君。於是，宣王罷女樂，退諂諛，進直言，選兵馬，實府庫，齊國大治。見《列女傳》。宿瘤：戰國齊閔王后。本爲東郭采桑女，項有大瘤，故號宿瘤。閔王出游遇之，見其表現不同常人，因其有瘤而惜之。宿瘤説：婢妾之職，慎德勤事，苟稱任使，宿瘤何傷？閔王悦而要載之還宫，宿瘤以禮拒絶，遂派使節聘爲后，屢進諫辭，『期月，化行鄰國』。見《列女傳》。

〔六〕王陽：即王吉，字子陽，琅邪皋虞（今山東青島市即墨）人。漢宣帝時，出爲益州刺史，行至邛崍九折阪，嘆曰：『奉先人遺體，奈何數乘此險！』後以病去官。及王尊爲刺史，至其阪，問是否爲王陽畏懼的道路？隨從説是。『尊叱其馭曰：「驅之！王陽爲孝子，王尊爲忠臣」』。詳《漢書·王尊傳》。漢益州，即古蜀地，今四川。

〔七〕俎豆之教：謂禮儀之教。俎豆，古代宴客、朝聘、祭祀用的禮器。

〔八〕機杼之功：謂紡織給予的啓發。機杼，紡織用具：機以轉軸，杼以持緯。後喻文辭之結構。

〔九〕孟母：孟子之母。孟母教子的事蹟，見《列女傳》。烈，業。

〔一〇〕鄒魯：區域名。指今山東曲阜、鄒城一帶。孔子爲曲阜人，孟子爲鄒城人。鄒魯之風，謂以仁爲本、禮讓尚德的風氣。

祭梁武選太孺人文

以某等所觀於母者，漢平陵孟氏爲得其概哉。始也女貞不字，偃蹇擇對，及得賢如梁伯鸞者奉之〔一〕，乃能更綺縞而椎布操作以自代。蓋見其儐豕之義，雞豚不察，是以賃舂之賤而井臼匪憨。彼所欲者，裘褐之人〔二〕，吾何有於雜佩？由是而夫爲大儒，受業太學，仕隱一邑，民稱遺愛。是亦居於齊魯之間，而風澤猶在也。三子毓秀，最良季者。早擢進士，官屬司馬。又嘗觀所恪共邦政，慈訓攸從，則不必伺諸皐伯通之廡下，而可識其具食舉案肅穆之容矣。起於緝績而加茲象服，則益榮昌於後裔，而名以德曜則稱情。今其逝矣，見君子於地下，豈徒重要離之烈〔三〕，而成其高清哉！

【題解】

梁武選太孺人，卽梁武選之母。梁武選，生平未詳。武選，武選司官員，屬兵部。祭文以東漢梁鴻妻孟德曜譽稱武母，其詳不可知。文稱居於齊魯之間，則梁武選爲山東人。梁鴻與孟德曜事，詳前《亡妻徐恭人狀》注〔二〇〕。

【注釋】

〔一〕梁伯鸞：卽梁鴻。詳前《亡妻徐恭人狀》注〔二〇〕。

〔二〕裘褐：儉素禦寒之衣服。裘褐之人，謂隱居之人。《後漢書·梁鴻傳》：『吾欲裘褐之人，俱隱深山者爾。』

〔三〕要離：春秋吴人。吴公子光弑吴王僚而自立爲王，命要離往殺僚之子慶忌。慶忌被刺，傷勢很重，卻重其忠義，放其返吴。要離返吴復命，拒絶重賞，亦伏劍自殺。詳《吕氏春秋·忠廉》。

祭郭子坤太孺人文

曰：淑德近質，苞實則蕃；敬德若葸〔一〕，令儀則敦。允秀於閨，式宜厥家。勿愆爾婦，母用孔嘉。誰願之室，匪賤賃舂。三十始字〔二〕，梁鴻是從〔三〕。懿彼景純，文絕地紀。相茲肆術，贈珮脱珥。恭其諍夫，愛而誨子。謂彼致遠，易轍正軌。舍焉可遷，徙業則是。無泥舊學，有律有禮。季以鶚興〔四〕，卓哉脩士。囊書在篋，一經則珍。遼矣俯察，法邇在人。豈伊慈闈，趨庭有嚴。虔所代終，以依以瞻。有曄其裔，天祉方錫。何以罔極，報之貽戚。某擇交齠齡〔五〕，睠焉諸嗣。親以異膝，友以同氣。窺所與游，無棄童穉。時已知興，託息委器。長而績儒，聯編爼林。入受訓言，出敷義箴。澤麗有源，與茲隱悲。悼我良朋，其胡有夷！

【題解】

郭子坤太孺人，卽郭子坤之母。郭子坤，攀龍同學、好友。詳前《許殿卿、郭子坤見枉林園》題解。

【注釋】

〔一〕葸（xǐ）：畏懼貌。

〔二〕字：女子出嫁。

〔三〕梁鴻：東漢隱士。詳前《亡妻徐恭人狀》注〔二一〇〕。

〔四〕鶚興：猛然興起。鶚，猛禽，似鷹。

〔五〕齠（tiáo）齡：卽髫齡，垂髮之年，童年。齠，通「髫」。

代祭裴御史太孺人文

惟靈克嗣徽音，有淑其慈。裕我後昆，是良母儀。適而宜家，衍以充閭。御史迪訓，穆如肅如。梱範既嚴〔一〕，邦人錫嘏〔二〕。不踰戶庭，澄清天下。出貞庶度，入憲一臺。激之揚之，秉心不回。既擢陳臬，視學于東。齊魯狂簡〔三〕，斐然嚮風。載色載笑，澤斯用溥。爲遷者三，敬敷者五。卓彼大儒，式宏譽髦。一經則傳，孰哉劬勞？既成厥績，載藩中州。參佐旬宣，淠彼承流。夫何遽爾靡依，天喪懿德？殄于其闈，瘁于其國。某匪良奉職，牧此冀方。早辱汲薦〔四〕，錫我寵章。其在望丰裁而擬所自始，沐甄陶而本所爲親，則已百寮服義，而多士懷仁矣。矧知遇之殷而夙誼莫愆者，又能不戚于爾類以嘆息於開先也！

【題解】

裴御史太孺人，裴御史之母。裴御史，未詳。據文「既擢陳臬，視學于東。齊魯狂簡，斐然嚮風」，應指裴紳。裴紳，字子書，山西蒲州人。嘉靖二十二年（一五四三）由提學升任巡鹽監察御史。見《濟南府志・秩官》。文云「某匪良奉職，牧此冀方」，則此文作於其任職順德期間。

【注釋】

〔一〕梱範：謂爲婦人之楷模。梱，通「壼」。

〔二〕錫嘏（gǔ）：賜福。錫，通「賜」。

〔三〕狂簡：志向高大貌。《論語・公冶長》：「歸與！歸與！吾黨小子狂簡，斐然成章，不知所以裁之。」

〔四〕汲薦：提拔推薦。

祭何考功太夫人文

夫人少膺懿粹〔一〕，誕兹淑貞。婦德既備，母儀以成。方作嬪於鴻碩，遂媲美乎漆室。恥獨爲君子，而覬魯之多賢，由是《尚書》授業，生徒景從，而《典》、《謨》、《誥》、《命》，學是有傳。時則邑有大儒，家無治産，佐以機杼，簪珥自捐〔二〕。可謂有相之道，伉儷弗愆矣。乃育考功，屬矣所賓。尺孤是託，罔極於仁。慈以養智，穎發所因。有經者筍，有泮者鄰。及其對揚于大庭，無非正始於内訓，而平反之爲孝子，卽其叱馭之爲忠臣。故三年於巴蜀，稱其爲理，九流之銓管所賴以振也。識者以考功清通如裴楷〔二〕，謂馴致於俎豆之教；恬正如李毅〔三〕，爲不失其孩提之真。則是帝所難於知人之哲，而我玩之膝下；壯所聖於養蒙之功者，而我通乎一身矣。是宜象服食報〔四〕，錫類無垠也。逝者如斯，得於披覯者益歔欷乎哀毁之色，矧某等有兄弟之義，又安能無痛於殄瘁薦臻哉！乃虔楮柏〔五〕，載列明禋〔六〕。

【校記】

〔一〕自，隆慶本同，重刻本作「是」。

【題解】

此文與前《祭何考功太孺人文》同爲祭何考功之母，内容亦大致相同，重複者不再注釋。

【注釋】

〔一〕懿粹：美德。

〔二〕裴楷：字叔則，晉河東聞喜（今屬山西）人。楷明悟有識量，弱冠知名，尤精《老》、《易》，與王戎齊名。辟相國掾，遷尚書郎。吏部郎缺，文帝問其人於鍾會，會說：『裴楷清通，王戎簡要，皆其選也。』詳《晉書》本傳。

〔三〕李毅：字允剛，晉郪（今四川三臺）人。初爲王濬參軍，後官益州刺史，封關內侯。

〔四〕象服：《詩·鄘風·君子偕老》『象服是宜』《集傳》：『象服，法度之服也。』

〔五〕楮柏：紙幣、柏酒。柏，酒名。柏葉所浸之酒。

〔六〕明禋：潔淨。《書·洛誥》：『明禋，拜手稽首休享。』《蔡傳》：『明，潔；禋，敬也。以事神之禮事公也。』

祭胡評事繼母袁太孺人

於猗孺人〔一〕，三原令族〔二〕。昔在于歸〔三〕，遭家集蓼〔四〕。方封君失燕婉之好，而徽音之嗣難也。時則閥閱於邵公之黨，眾卽擬知其貞淑矣。載及廟見，克謹婦箴。乃賓饋饁〔五〕，如鼓瑟琴。視美舊特，異形同心。其於梱儀〔六〕，猶易室而相授，遂使君子若未嘗或亡耦。事咸定於委裘〔七〕，跡不駭於發笥〔八〕，是坤道所厚也。以至嫁未學養，卒貽之子；愛非己出，遽怙之母。唯吾不愧於復生，斯彼罔恤於厥後。哀此四人，孩提何知？其季始育，不絕如綦。則令屬我毛裏，離我衷曲，躬澣襁褓，身需攜隨哉！非見夫戲嬉啼號之皆爲慕己，而以長茂成立爲足以示慈者，又烏能內外無間辭乎〔九〕！今既以咸樂有室，諸孫日蕃，篤我世祜，其澤愈敦矣。獨異夫兆微於廢興之端，察先於童齠之智。仲而英才，卓彼國瑞。開篇經以勸學，捐佩珥而修贄。使就大儒，推先士類，庭中稱平，天下受賜，尚亦有利哉。是爲孺人，誥言所崇，璽書則備。宜錫祚於無疆，忽造物者多忌。豈粹德易匱，而福善之語猶僞邪？

【題解】

胡評事，生平未詳。評事，官名。明大理寺設左、右評事，掌決斷疑獄。

【注釋】

〔一〕於猗：歎美之詞。

〔二〕三原：縣名。今屬陝西。

〔三〕于歸：女子出嫁。

〔四〕集蓼：集於蓼，喻辛苦。《詩·周頌·小毖》：『未堪家多難，予又集於蓼。』《集傳》：『蓼，辛苦之物。』

〔五〕饋饁(yè)：猶言饋食，古代吉禮之一。祭祀而奉獻熟食。此謂作祭祀胡評事生母之賓。

〔六〕梱儀：婦人儀範。梱，通『壼』。

〔七〕定於委裘：謂定於夫人亡故之後。委裘，亡故者之靈衣。《漢書·賈誼傳》：『植遺腹朝委裘，而天下不亂。』

〔八〕跡不駭於發笱：謂行跡不用事先警告。《詩·小雅·小弁》：『無逝我梁，無發我笱。我躬不閲，遑恤我後。』《集傳》謂爲幽王卒以褒姒爲后，而所發警告之語。發，開而取之。笱，竹笱，盛魚。

〔九〕間辭：背後閑言。

祭饒侍御太夫人文代作

蓋聞夫人令德惟貞，淑慎爾止；以憲梱内，外傅伊始。家以慈母，國乃拂士〔一〕。襁褓之功，謂哉君子。設俎秩秩，攬轡瀰瀰。蓋屬之毛裏，聰明自出；寄之耳目，謀哲其諧也。信蹇節不可謂非性〔二〕，而氣質之用孔皆矣。某等論思一臺，伯夔仲龍〔三〕；澄清四方，協恭奮庸，其將以知興之所從。嗚呼，已矣！徒悲烏鳥之私未遂〔四〕，而列柏之蔭無逢矣〔五〕！

【題解】

饒侍御，生平未詳。侍御，官名。明代指監察御史。

【注釋】

〔一〕拂（bì）士：正直敢諫，能矯正君主過失之人。拂，通「弼」。

〔二〕蹇節：正直的節操。

〔三〕伯夔仲龍：夔、龍，爲舜的二臣名；夔爲樂官，龍爲諫官。見《書·舜典》。此以喻指饒侍御與自己。

〔四〕烏鳥之私：反哺之心。此謂孝順母親之心。烏鴉反哺，被稱爲孝鳥。

〔五〕列柏之蔭：謂侍御府第。列柏，指御史臺。詳前《輓王中丞》注〔三〕。

祭恭人文

嗚呼！恭人惟性之樸，維德之基；方其御窮，豈達是期？貴有今日，寧爾所知？援而止之，不譟不疑。中含辯慧，自夫則狂；無非無儀，得以相忘。嚴於寡姑，俛焉下堂。懿斯象服，允矣糟糠。見一鍾於乳哺，殆匪子而靡親。尸饔勸學，孰百其身。謂壺政莫大主器，而承家實在後人。巾櫛委媵，託息茲倫。亦既抱孫，受福不那。于以效我，爲勞孔多。代終有慶，遑恤其他。撫遺孤而對泣，奈藴結之云何！

【題解】

恭人，指李攀龍之妻徐氏，詳前《徐恭人狀》。宋本題《祭徐恭人文》。所涉内容，在《徐恭人狀》已注，此處不再重複。

自河南告太恭人文

隆慶三年閏六月十二日，兒攀龍告母曰：三十寡母，九齡之孤，既卽外傅，擢第王都。京臺郡邸，無弗與俱。匪朝匪夕，是敷是愉。自西振鐸，爲孫孔旋〔一〕。起家于浙，爲婦告捐〔二〕。誰謂河廣？力疾以遷。誰謂天遠？喘息判然。十年自廢，菽水庭游〔三〕。尺書斗祿，胡適與謀？豈母之溺，狥孤則瘳。未畢正伏，溘焉首丘〔四〕！暴不及訣，危不及持。母豈自意，孤常是期。母今安往？藐孤在茲。出則不返，返唯其輀〔五〕！亦云就養，孤則不良。詰旦東發，視彼故鄉。我父迓之，歸于其藏。母也有孤，是護是將。謹告。

【題解】

太恭人，攀龍之母，卒於河南任所。此爲攀龍扶柩歸里時，祭告其母之文。李母早年守寡，撫孤成立，備歷艱辛。攀龍進士及第，除在陝西、浙江因路途較遠外，無論在京，還是出守順德，或任職河南，都接其母於任所供養。據文『暴不及訣』，其母暴病而逝，母子未及訣別，其情尤爲痛切。

【注釋】

〔一〕『自西』二句：謂從陝西提學副使任，爲您生孫而急速回鄉。振鐸，語出《周禮·夏官·大司馬》。此謂從事教職，即任提學副使。孔，甚，很。旋，回歸。

〔二〕爲婦告捐：指其夫人徐氏於其赴浙前夕去世。捐，捐生，捨棄生命。

〔三〕『十年』二句：謂十年自我廢棄，在母親身旁，粗茶淡飯，閒適游樂。十年自廢，指自陝西辭官歸里，隱居十年。

〔四〕『未畢』二句：謂未過伏天，忽然去世。正伏，謂伏日。伏，舊曆六月節候名。俗稱『三伏』。正，通『整』。閏六月十二尚在伏日。

〔五〕輀（ér）：喪車。

辭太恭人

兒則無良，曰母是怙。自柩之東，旅焉是主。魂魄所依，亦唯環堵〔一〕。既啓父壙，叶吉載祖。三孤具列，永言爲憮。爰致大誼，以孚振古。厥初生民，兒則孔辰。實始立慈，終焉允仁。未存者子，未亡者身。扼我者天，競我者人。于時九齡，母倍者再。季誕逾月，仲癖且廢〔二〕。左提右攜，乳哺自愛。中外嘖嘖，幸母之貸。于時母危，如旒欲潰〔三〕。母今在兹，往將安在？成説維何，躬之不逮。乃奉祖母，鬻宅以遷。舍館未定，祖母載捐。展轉五就，是粥是饘。非不拮据，溝壑朶焉。季乃間出，十載不旋。仲惰以戆，如寄食然。兒雅好游，搦筆自賢。母豈知兒，可策而前。知匪所託，大信以全。藐焉諸生，技僻而堅。辟之行暍〔四〕，挹彼流泉。母豈不知？置之自便。筮仕就養，視歷艱難。是甘菲惡，奉有餘歡。曰兒不第，終飢且寒。兒歸自西，三遘奇疾。母亦寖衰，勞之卽逸。駒也喪母〔五〕，造駒之室。百爾孫謀，不如所質。兒既起家，就養有日。其不命車，顧孫多恤。顧己念兒，間以有孫。豈無二弟，不及其門。兒歸自浙，亦閲涼溫。寧加至性，而老彌敦。兒方自慶，所樂與存。家有我母，國則至尊。亦既入賀，陟憲中州。板輿載駕，色不可留。無幾見汝，亦又何求？自春徂暑，朝夕北堂〔六〕。弄孫之暇，語必故鄉。母卽暴注〔七〕，恬以爲常。兒愚非意，豈母所量！相視一訣，洞惟肺腸！蓋云累汝，千里是將。詰旦之役，將者告襄〔八〕。母所未亡，母今則亡！

【題解】

此爲李攀龍在葬母入土，於靈前所作。歷數其母一生遭際，以及母子相處的歡樂，如泣如訴，痛徹肝腸。

【注釋】

〔一〕環堵：圍以矮牆。

〔二〕仲癖且廢：指其弟病廢，或患嬰兒癱。

〔三〕旒：古人冠冕上的玉珠串。

〔四〕行暍（hè）：謂中暑。暍，傷暑。

〔五〕駒：指其子李駒。

〔六〕朝夕北堂：謂早晚向母親問安。北堂，萱堂。本《詩·衛風·伯兮》『焉得萱草，言樹之背』。俗稱母曰萱堂、北堂。

〔七〕暴注：急病。注，同『疰』，病。

〔八〕襄：葬。

卷之二十五

雜文

都御史朱公居東遺愛卷引

稱『遺愛』何爲也？爲都御史朱公也。其稱『居東』何也？昔者周公居東，東人私焉，不系之周也〔一〕。公既入爲大司空，山東之人猶私焉，不系之司空，得稱『居東』也。始公之居山東，則濟南之搢紳先生若郡邑弟子莫不曰：『我未見按察如公者，今安得久居此也？』既而，莫不曰：『我未見布政如公者，今安得久居此也？』既而，莫不曰：『吾未見都御史如公者，今安得久居此也？』凡五年，是稱『遺愛』也。

周公之詩有之〔二〕：『是以有衮衣兮，無以我公歸兮，無使我心悲兮！』周公，東人之遺愛也。又曰：『伐柯伐柯，其則不遠。我遘之子，籩豆有踐。』周公遺愛東人者也。何言乎遺愛東人也？《書》曰〔三〕：『汝陳時臬』，『勿庸以次』。又曰〔四〕：『以藩王室』，『綏乃厥位』。是周公所命也。而必以丕惟耉成〔五〕，而必以率由典常〔六〕，何也？所以遺愛東人者也。之子不遘，籩豆斯遠，非周公之材之美已，奈何佑乃辟巡侯甸撫萬邦永康惟無斁也〔七〕？『無斁』爲言『遺愛』也。公爲按察務棐彝而不必於用訖〔八〕，公爲布政務正供而不必於用惠，猶日存諸搢紳先生，而進郡邑弟子與論焉。曰：『得無失迪知之士，然後舉郡邑而顓治之。』靡保匪蕃，靡鼇匪臬，猶曰：『今爲得若在昔無斁乎？』是都御史朱公也。

濟南諸先生弟子，故齗齗自信自勸以急公家之誼，而後朝食也。雖無耇成，尚有典常，是爲習公〔九〕。公以習諸先生弟子者，亦具是矣，何患乎不得久居此也？不然，於搢紳先生望而拒之，視郡邑弟子不可使不遜，斯未能有先以爲百姓望者，雖今貌祀亦於是有未致也，豈獨以衮衣哉？古之大臣，官無間地，澤無間時，施無間人，其爲遺愛備矣。濟南搢紳先生若郡邑弟子得朝夕公而事焉，跡《詩》、《書》以周公，跡公以《詩》、《書》，得稱『居東』也。然不系之司空而系之都御史者，以嘗不以末，以遘不以歸，以習不以異，勿諱乎其私之也。不然，咏歌之無從，公奚取焉？

【題解】

都御史朱公，指朱衡。嘉靖年間，朱衡由山東按察使升任山東布政使。嘉靖三十九年（一五六〇），進右副都御史，召爲工部右侍郎。嘉靖四十四年，改工部尚書（司空）兼右副都御史。詳前《上朱大司空》題解。朱衡在山東任職時間較長，爲官清正，受到當地吏民的擁戴。李攀龍辭官歸里期間，二人時有過從；朱對李攀龍也十分賞識，並曾多次推薦。居東遺愛卷，指居官山東時期所作詩文。東，東方。指今山東。遺愛，謂朱衡被濟南人愛戴，有古人之遺風。《左傳·昭公二十年》載，孔子聽説鄭國子產卒的消息，很痛心地説：『古之遺愛也。』

【注釋】

〔一〕周公：指周公姬旦，武王之弟，周初封於曲阜，爲魯公。武王崩，成王年幼，周公攝政。時管、蔡、霍三叔嫉妒其權位，製作流言，以動搖成王對周公的信任。周公遂避嫌居東，作《鴟鴞》之詩。私，愛。

〔二〕周公之詩：指《詩・豳風・九罭》、《詩・豳風・伐柯》。袞衣，繡有龍形花紋的衣裳。《集傳》：『天子之龍一升一降，上公但有降龍，以龍首卷然，故謂之「袞」也。』《伐柯》，《集傳》謂『東人言此，以比今日得見周公之易，深喜之詞也』。

〔三〕《書》曰：出自《書・康誥》。

〔四〕又曰：出自《書・微子之命》。《史記・周本紀》載，周公平定管叔、蔡叔之亂，『作《大誥》，次作《微子之命》，次《歸禾》，次《嘉禾》，次《康誥》、《酒誥》、《梓材》』。

〔五〕耇（gǒu）成：語出《書・康誥》。耇成，老成人，年老而有德之人。

〔六〕率由典常：語出《書・微子之命》，謂全都遵循常法。

〔七〕無斁（yì）：語出《詩・周南・葛覃》，謂無厭。

〔八〕棐彝：語出《書・呂刑》，謂輔其常性。棐，輔。彝，常。

〔九〕是爲習公：此爲尊重朱公。習，重。

青州杜公家邦迓慶卷引

蓋公爲青州四年於今矣，所臨諸令長時時各舉所爲縣者狀，人職相得也。所移牒若條爲記，惻然奉宣恩澤，使百姓咸知有明詔。諸令長亦既傳相勸課，惟恐詣曹對簿，負太守共理效者。而百姓恥逋租稅，遜于徭役，誼相屬，分相親，若家人父子一堂之上；四年如一日，而治行稱長者。四境之內，雞犬相聞，鳴加和吠加應也。而謂無以致家大人之教，惴焉不欲以治行自引。諸令長愈益勸課，百姓愈益彊於租役，監司御史、中丞臺交相勞也。而薦書攟至〔一〕，且以遷行〔二〕，猶之謂無以致家大人之教也。是年，太公年蓋八十云。

公且計以遷行，將便道謁太公，稱壽一堂之上，而無以致其教，奈何爲治行矣？然公不言也。先是，迎太公青州，而太公問爲青州，公亦不言也。然太公已見公御無長物〔三〕，事無長時，私自喜之，謂公曰：『吾往見爾大父爲龍江驛至爲按察使覆大獄，而不難於反郡太守。征蠻之役，幕府交檄，從軍自蘭谿，功曹舉五十金裝畀諸亡者，御豈欲有長物、事豈欲有長時乎？吾不謂乃得見爾大父於子也！』信斯言也。公蓋四年不忘家大人之教於此。諸令長勸課百姓勿失其租役，太公不知也。然而察廉諸令長，其自潔以不取，如將不啻亡者裝。交錯就檄，獨賢載路，不遑暇食，猶爲守臣，四年於此。且以遷行，更念諸爲縣，新故無常，令長者人職或不相得；吾所移牒若條爲記，法度具是；相緣爲姦，動必廢格，吾豈敢知之哉！

問閭丘先生有後乎〔一〕〔四〕？何爲至今不祀也？閭丘先生者，嘗見齊宣王，而稱『選良吏，平法度，臣得壽矣』者。其人也，賜無租役，不謝焉。租稅者，所以自存其業；徭役者，所以自存其身，而命縣於吏，幸而賜之，復以非法度，不可爲久也。選良吏以平法度，斯租稅正而徭役均，百姓享數百年之利無窮時，此不二千石所恃，以爲聖天子圖共理，而致家大人之教者哉？

始龍江公爲太守覆獄，而畀亡者金以貽太公；而公更欲以良吏法度貽青州數百年之利，以致家大人，其計可以爲久，卽紀以八十不與焉。意在諸令長不言也。乃諸令長以有言，而余識之如此。

【校記】

〔一〕問，宋本無。

【題解】

青州杜公，指青州知府杜思，詳前《奉贈杜使君寄上太翁八十壽》題解。文中涉其父、祖事，詳前《杜長公傳》。家邦，家鄉。迓，迎。引，引言，序文。

【注釋】

〔一〕薦書攟至：推薦的上書麇集而至。攟，同「攈」，通「麇」。成羣。

〔二〕以遷行：因升遷而出行。

〔三〕無長物：除所用，沒有多餘的東西。

〔四〕間丘先生：春秋齊人，復姓間丘。漢劉向《說苑・善說》載，齊宣王出獵，讓左右賜父老田，不納租，父老皆拜，間丘先生不拜；復賜父老無繇役，間丘亦不拜。宣王問故，間丘先生說：「願大王選良富家子有行者爲吏，平其法度。如此，臣少可以得壽焉。」

答濟南父老報殷太史文

正夫既授檢討者八年矣，歲丁巳乃疏以郭太孺人歸濟南。濟南父老相與以弟子請曰：「檢討家自曾大父衡爲永平郡文學，徵授德莊王經誼〔一〕，永平後進皆從文學德邸中。及王之國，蓋天子賜璽書勞焉。大父晙既省試，則河南許襄毅公以莊敏、文簡二公從其在太學，又如劉大司馬龍、大中丞夔兄弟徒衆尤盛知名者也。至今諸齊言《禮》者，無不自出殷氏矣。檢討家世傳業，稱山東大師。今幸詣家，願以相累，豈無意乎吾黨小子哉？』正夫常稱學廢，推讓未遑，乃不得已於父老而許之，爲受徒數人。屬太孺人捐館舍〔二〕，積至數十人；攝衰臨藝。是歲省試得中鵠繼宗禹者三人，次年傑一謨者二人。顧濟南諸生則業謂《禮經》多不受，受它經，正夫各爲持論如其家，家不能難，然亦咸得以舉大誼。如是者五年。余晚以騶事正夫，問《詩》數篇，所受經卽嘗聞之張先所者〔三〕。蓋正夫結髮與余事同郡張先數年，以家世故卽更它受《禮》云。

明年，正夫起家，以其官入說經學裕王府中矣〔四〕。父老則相與請余曰：『二三弟子安從卒業乎？卽中廢，何以報檢討也？』余曰：『父老安從知檢討之相爲二三弟子者，不愈益亡已時？國家設科射策，二三弟子視以爲祿利之路則然矣，莫不以朝受學弟子員，卽夕效高第取右試官耳。吾業既與恬然爲此，而又勸使勿亟，其孰信焉？故使二三弟子受學身自致當世，吾猶人也；效高第取右試官，予安能知之！卽因以長躁進之心，傷揖遜之美，有寧中廢報我而已。一以躁進，使自致當世，何不至也？畔師孰甚焉？吾所願其大者，受經學如漢諸大師家，次者卽若許氏、劉氏諸兄弟，以不忝家世，吾豈願此於二三弟子哉？檢討且八年，亦旦夕遷耳。又方今文章之臣，歛然在奥窔之間、簟席之上〔五〕，不次當御，以儒宗居宰相位，一何醞藉？此豈不夙夜在公之義？而五年於家，猶曰：「今朝廷大儒，骨鯁白首、耆艾魁疊之士〔六〕，論議通古今，喟然動衆心，憂國如飢渴者何限？吾幸得請歸，與二三弟子相訓故，說經誼，以增益不能，游息卒業，庶有用我往以是矣。」此自父老所見。二三弟子雖亟自致以效父老，然有不可知。則以檢討身爲揖遜，猶未失爲是也。身爲揖遜，而後乃今嚴然總《五經》

之眇論〔一〕〔七〕，鄉唐虞之閎道〔八〕，以陳於王前，以爲聖天子主器者，重以感動。二三弟子若難而懸之，而實使自得之，其相爲豈有已時？用意至深，父老安從知之也？」

在昔有漢，既以玄成爲淮陽中尉〔九〕，而孔次孺尋以詹事遷〔二〕〔一〇〕。霸世大儒，忌爵太過，懼德不堪，又何推讓？君子猶之可以受而致，安之無得，不得由是矣。聖天子方日隆敬承之緒，以有事燕貽。天下自主器所有，宰相自儒臣所爲，正夫奚敢見焉？而可無用推讓。即朝廷用檢討，意初不出此。然正夫幸已備侍從，守師傅，猶且推讓，不敢自見，二三弟子身將愈益勸，豈爲中廢無報乎？父老幸歸報二三弟子也。

【校記】

〔一〕嚴，宋本作「儼」。

〔二〕孔次孺，《漢書·孔霸傳》：「孔霸，字次儒。」據此「孺」，當作「儒」。

【題解】

殷太史，指殷士儋。詳前《送殷正甫》題解。殷士儋於嘉靖二十六年（一五四七）進士及第，選庶吉士，授檢討。嘉靖丁巳，即嘉靖三十六年，因母病請假歸濟南。翌年，母病逝，在家鄉守孝，前後凡五年。其間，士儋應鄉人之請，設館授徒；始數人，守孝其間，即所謂「攝衰臨藝」，「積至數十人」。攀龍之子駒，亦從受教。在其赴京之後，濟南父老將曾從受教子弟的情況，向士儋報告，此爲攀龍代爲答報之文。文中涉及殷氏先人有關情況，詳見前《明徵仕郎翰林院檢討殷公配封孺人郭氏合葬墓誌銘》有關注釋，不再重注。

【注釋】

〔一〕經誼：即經義。誼，通「義」。

〔二〕捐館舍：謂去世。死後所居卽捐棄，故云。

〔三〕張先：卽張先生。指張潭。詳前《與殷正夫祭張先生潭文》。

〔四〕裕王：隆慶帝繼位前的封號。

〔五〕奧窔(yào)：謂堂室之內。奧爲室之西南隅，窔爲東南隅。簟席：竹制坐席。《荀子·非十二子》：『奧窔之間，簟席之上，斂然聖王之文章具焉。』

〔六〕骨鯁：鯁直，剛正不屈。耆艾：老人。魁壘：卽魁纍，壯貌。《漢書·鮑宣傳》：『朝臣有白首耆艾、魁纍之士。』

〔七〕眇論：謂妙論。眇，通『妙』。

〔八〕鄉：通『向』。唐虞：唐堯、虞舜。閎：宏，宏大。

〔九〕玄成：韋玄成，字少翁，魯國鄒（今山東鄒城）人。詳《漢書》本傳。

〔一〇〕孔次孺：卽孔霸，字次儒，扶風茂陵（今陝西西安）人。治《尚書》，昭帝時爲博士，宣帝時遷詹事。詳《漢書》本傳。孺，應作『儒』。

爲太恭人乞言文

不肖年九歲爲迪功君遺孤〔一〕。太恭人年二十有八歲，襁抱二弱弟，稱未亡人。祖母楊暱於前子，憂不肖暨二弱弟長則當薄其產，數不予太恭人志也。太恭人卽傾簏中，一勿問之，唯朝夕糊饘粥是命。曰：『彼豈謂未亡人重捐生？卽不忍此二三子貿貿食嗟來食〔二〕，相與僕蕫轉溝壑也。地下有言：

「此二三子安在哉？」未亡人其尚有辭？矢靡慝〔三〕，唯二三子焉依。』祖母楊持太恭人愈益亟，顧若新婦，太恭人亦愈益肅。祖母楊病癰且潰〔四〕，太恭人溽暑身自浣滌傅藥，底革而豫，宗黨無不難者。蓋八年，不肖知敬業，事諸君子，然恆以戛羹失諸君子〔五〕。太恭人嘆曰：『爾何與仲多哉，卽鬢髪如何異也〔一〕〔六〕？』

先是，有譖不肖不能力穡服賈者〔七〕，兄嫂意難久居矣，遂廢箸出〔八〕，各僦別舍。太恭人所分貲，僅支朝夕，母子姁姁相哺也。取濟西田自濼水，用易岱畝，元年三什租，季年乃什租。太恭人泣曰：『吾寡且不有秋，何賴哉？』因貸息沒入富農，遷廬學宮傍，屬不肖壹讀迪功君書，伏臘行經師脩〔九〕，脫簪珥取給焉。不肖奇蹇，罔所掄錄〔一〇〕，又家徒四壁立。太恭人困於女紅，最辱洴澼勿恤，爲之指手至胝皸〔一一〕；率日一飯，卽再飧，必鮮飽。二弱弟在窮閻〔一二〕，與傭保雜作，自賣奉菽水。蓋七年，不肖乃下帷授《毛氏詩》〔一三〕，稍稍致糈養。比旣禀〔一四〕，有儋石儲。太恭人已戒令從游士貧者覿，勿用篚矣。二弱弟固猶曠不有室，里婦約結縭者，竊鄰窺之，莫不中輟采謝絕，謂：『何可棄女於是也！』

庚子，不肖始應郡舉，甲辰，詣對策以第次，晚得補司寇諸郎〔一五〕。時與二弱弟撫諸孫，稱觴堂上，太恭人言夙昔事，未嘗不輒泣下罷酒也。無以二三子不易至今日哉！則唯大君子有賜言〔一六〕。

【校記】

（一）如，宋本作『奴』。

【題解】

太恭人，李攀龍之母。乞，求。乞言，求從受教。《禮·內則》『三王有乞言』《注》：『有，讀爲又，又從之求善言可實行也。』

【注釋】

〔一〕迪功君：李攀龍父李寶，字迪功。無父曰孤。

〔二〕嗟來食：可憐其飢困，呼來使食。《禮·檀弓下》：『齊大饑，黔敖爲食於路，以待餓者而食之。有餓者，蒙袂輯屨，貿貿然來。黔敖左奉食，右執飲，曰：「嗟來食！」揚其目而視之，曰：「予唯不食嗟來之食，以至於斯也！」從而謝焉，終不食而死。』此謂帶有輕蔑性的施捨。

〔三〕矢靡慝(tè)：語出《詩·鄘風·柏舟》，謂誓言不會再愛別人。此謂至死不再嫁人。矢，誓。靡，無。慝，同『忒』，過錯。

〔四〕病癰且潰：患有毒瘡並已潰爛。

〔五〕戛羹：謂嫂。語出《史記·楚元王世家》，此謂太夫人之嫂。

〔六〕卽饜髡如何異：謂與滿足牲畜般的生活有什麼不同。髡，髡屯，醜牛。《淮南子·說山訓》『髡屯犂牛』《注》：『髡屯，醜牛貌。』

〔七〕力穡服賈：謂種田經商。

〔八〕廢箸：謂變賣積儲。

〔九〕脩：束脩。今謂學費。

〔一〇〕罔所掄錄：無所選錄。罔，無。掄，選取。此指入選生員。

〔一一〕胝(zhī)龜：長繭、龜裂。

〔一二〕窮閻：窮巷。閻，巷，俗謂胡同。

〔一三〕《毛氏詩》：即《毛詩》。漢代毛亨、毛萇所傳《詩經》，稱《毛詩》。

〔一四〕稟：通『廩』。既稟，即爲廩生。

〔一五〕司寇諸郎：謂爲刑部郎中。李攀龍二十七歲，即嘉靖庚子（一五四〇）中鄉試第二名；嘉靖甲辰（一五四四），賜同進士出身；三十七歲，由刑部廣東司主事遷刑部山西司郎中。

〔一六〕大君子：大德之君子。

戲爲絶謝茂秦書

昔逮爾在趙王邸中，王帷婦人而笑之，爾猶能涉漳河也。則之長安，在大長公主家，又不負一蒯緱劍〔一〕。令主家王先亟斷席，與爾別坐，家監乃置惡芻馬爾邸中〔二〕，輒怒馬使踶於庭，踐溺沃爾冠。亡何，又遷爾於傳舍，使與騎奴同食；傳舍長三投爾屨於戶外，豈其愛士而執襪躄足以游〔三〕？居期年，傳舍長遷爾於僦舍，舍人責爾償僦也。若使爾在我之他境，我何知焉？告者曰：『有君子眇而躁，視事左右必得志，然吾憚其爲人也。』則爾既已謁我門下三日矣。我躬授爾簡，坐爾上客，寵靈爾以薦紳先生，出爾否心，蕩爾穢疾。元美偃蹇，我實屬爾，時爾實有豕心。不詢于我，非其族類，未同而言。延頸貴人，傾蓋爲故，自言多顯者交，平生足矣。二三兄弟將疏間之，我用恐懼，貽爾盧生〔四〕，游爾義問，不以所惡廢，鄉綏靜二三兄弟。爾乃克還無害，是我有大造於爾也。

不佞守臣，以敝邑在爾之宇下，不治執訊。爾爲不弔，跋履敝邑，不入見長者。我先匹夫，爾實要我，辱我臺人，殄置我不腆之幣於塗，張脈僨興，訾翳俱裂，曰：『昔在長安邸中，殊厭貴人，曾爾一守臣也！』爾何乃去趙王邸中？既已釋憾於我，我以二三兄弟之故，猶願不忘舊勳于爾。爾且以敝邑之頑民行，而卽長安貴人謀我。天誘其衷，元美弗二，爾是以不克逞志於我。敝邑褊小，我用疲於奔命，屬且夜逸。爾利我失國，徼福於二三兄弟，曰：「若不得請，猶有令名。」與其及也，我其敢必有功。願以間執讒慝之口。』我從事獨賢，則是爾之詒我肆也。

我與元美狎主二三兄弟之盟久矣，爾猶是櫜鞬鞭弭在左右〔五〕，與吳生、徐生周旋中原，不能一矢相加遺我，是以大不列爾於二三兄弟。爾亦悔過之，延使以命我，曰：『同好棄惡，復修舊德。』我尚猶未懌，是以不報。爾又不祥，惡聲滋至。我衹役大行，稱詩二三兄弟。其在二三兄弟，則同心之賦，而亦爾所不能爲妒口者。爾有二心于吳生，曰：『稱詩如此，他何用糞土爲！』吳生固甚憎爾，是用告我。元美惡爾之二三其德，亦來告我，曰：『眇君子不得志於稱詩，女則使然。今日之事，我爲政。昊天上帝，虞《九歌》、周《二雅》〔六〕，余雖與于鱗出入，余惟利是視。不佞惡其無成德，是用宣之，以懲不一。』二三兄弟備聞此言，是用痛心疾首。二憾往矣，不腆敝賦，一聽客之所爲，唯好是求。爾若惠顧，二三兄弟無敢徼亂，則我之願也。爾若不施大惠，于鱗不佞，二三兄弟愛才久矣，豈其使一眇君子肆於二三兄弟之上，以從其淫，而散離昵好，棄天地之性？必不然矣。敢盡布之執事，俾執事實圖利之。

【題解】

謝茂秦，卽謝榛。詳前《二子詩》題解。文稱『不佞守臣』，知此文作於順德任內，時謝榛仍在趙王幕中。絕，絕交。絕交而言『戲』，似謂不當真。清錢謙益《列朝詩集小傳·謝山人榛》說，嘉靖間，謝榛游京師，『是時濟南李于鱗、吳郡王元美結社燕市，茂秦以布衣執牛耳。諸人作五子詩，咸首茂秦，而于鱗次之。已而于鱗名益盛，茂秦與論文，頗相鐫責，于鱗遺書絕交。元美諸人咸右于鱗，交口排茂秦，削其名於七子、五子之列』。王世貞在與宗子相等的書信以及《藝苑卮言》中，都有攻訐謝榛的言論，且言辭犀利，較攀龍爲甚。據有關詩文，謝榛與李攀龍、王世貞交惡，在嘉靖三十二年攀龍出守順德之後。其實在其任順德知府期間及此後，謝榛與王、李的交往並未中斷。對於李、王排斥謝榛的原因，以及他們之間的爭論，論者有不同看法。

【注釋】

〔一〕蒯緱劍：謂以草繩裹劍。《史記·孟嘗君列傳》：『馮先生甚貧，猶有一劍耳，又蒯緱。』

〔二〕置惡：置辦粗劣的食物。

〔三〕執襪躄（qīng）足：此爲戲言。愛士而執鞭，而傳舍長將其鞋襪扔到門外；出游本爲樂事，而一只足光著，只能跳行。躄，一足跳行。

〔四〕盧生：指盧柟。詳前《二子詩》題解。

〔五〕櫜（gāo）鞬鞭弭：謂在左右周旋。《左傳·僖公二十三年》：『其左執鞭弭，右屬櫜鞬，以與君周旋。』櫜，箭囊。鞬，弓袋。

〔六〕虞《九歌》：虞舜時的樂歌。《書·大禹謨》：『戒之用休，董之用威，勸之以《九歌》，俾勿壞。』周《二雅》：指《詩經》中的『大雅』、『小雅』。

擬秦昭王遺齊湣王書謀伐宋

秦昭王使人於齊湣王曰：『宋王無道，爲木人以象寡人，射其面。寡人地絕兵遠，不能攻也。王苟能破宋有之，寡人如自得之。蓋寡人使使者間宋所爲，曰：「有之。宋可伐矣。」見祥不爲祥〔一〕，乃爲禍。

『先是，有雀生鸇於城之陬，偃使史占之曰：「小而生巨，必霸天下。」則偃喜。滅滕，伐薛；東敗王，取五城；南敗楚，取淮北之地三百里；西敗魏軍，乃愈自信，欲霸之速成。築⿰車獻臺於宮中〔一〕，鴟夷血縣之〔二〕，自著甲冑，從下射之，血墜流地，命曰「射天」。其佞臣田不禋賀之曰：「王之賢過湯、武矣。湯、武勝人，今王勝天，賢不可加矣！」偃大說，既作千鍾之縣，遂鑄諸侯之象，使侍屏偃。屬寡人象且成，曹商自敝邑來，言寡人方召醫破癰潰痤也〔三〕。偃乃更命工加寡人癰痤於面。既成，謂之曰：「既微且尰，爾居徒幾何？吾爲其象人而用之也。」指大王之象，以示其臣唐鞅，曰：「此冠側注者負海，過頤豕視，其象不仁也。不知彼何所食，乃帶益三副如此。」於是展魏哀王之臂，以彈其鼻，曰：「爾赫之子哉？望之不似人君也。」哀王之臂急而汰於韓襄王之肘，曰：「倉也何乃爲人所搏，不愛顰笑乎？」乃移時去韓王咫〔二〕，曰：「此豈若等用肘足之時？」復展其臂彈之，曰：「今視子之鼻間栩栩然矣，何得更挈狗馬西走？王豈猶以秦爲王交，乃今且不得躍吾治中〔三〕。」展韓王左臂，曰，「汝欲有天下，右手攫之，則廢此左手。」又展右臂，曰：「左手攫之，則廢此右手，君將攫之乎？」所爲趙武靈王之象黑〔四〕，龍面而鳥噣〔四〕，鬌麋髭頰，大膺大胷，冠術氏冠〔五〕，差池迤邐，五采四重，具帶翎翻黄金師〔六〕，比綬不著紱，綴以絲襚，命曰「伉王惟肖」。揜鼻而過楚懷王，曰：「此柱後惠文冠者，始亦爲從長〔七〕，至函谷關，然無奈其以淮北之地三百里效我也！寡人亦惡聞王之臭也。昔者歧陽之遇，爾爲荊蠻，置茅蕝，設望表，與鮮牟守燎，故不與盟〔八〕；今其坐之堂下。」次至燕昭王，曰：「是危欲爲朱均者。偃聞相人於師：敦面而土色者忍醜。爾其忘齊之虜爾父乎？」其玩寡人、大王與五諸侯無異蕘鼓〔九〕。

『一日，倪侯請曰：「魯、衛、中山雖則鞭箠可使，然亦泗上諸侯也。卽折鉤之啄，足以爲之，何可不使備下執事？」乃復爲魯平公，工不得其象以請。倪侯曰：「亦果解其冠，令王可溺耳。」爲衛嗣君，命曰：「小侯，何爲籧篨至今不殄也〔一〇〕？日者，趙氏襲衛，爾跣足求救於魏，今其勿令加舄。」至中山君，曰：「此其准頞權衡，犀角偃月，不若其姬陰簡美也。」又爲西周武公、東周惠公，而金不足。宋人夜拍東冢，出文公之鼎彝，椎而輸偃，偃不知也。

『亡何，惠盎見偃曰：「有道於此，使人雖勇刺之不入，雖有力擊之不中。」偃乃釋章甫而冠無顔之冠以示勇〔一一〕，盡置寡人、大王、十二諸侯之象於庭，懸鴟夷血於其上而射之，血下漸大王象盡殷，則笑曰：「吾聞博昌、千乘之間雨血沾衣〔一二〕，豈天有意乎王之爲人也？」大王象僵於臺下，偃曰：「捽之！」曰：「尚佯僵邪？昔蘇代言齊王長主也，有二毛矣。先王不禽二毛，豈謂爾哉？」血亦漸主父，偃亦巇其口，曰：「視爾相，法當餓死，今姑血食哉，此孰與雀鷇美〔五〕〔一三〕？」關弓以向楚懷王，指其股，曰：「吾將射此，以報于泓之役，不能如呂錡集矢爾目也。」遂召倪侯，命羣臣以矢，曰：

「此十二諸侯者，各令面夷矣。」羣臣乃各射，偃之所鄉三發，寡人不中，王自往面樹之。寡人象仆於臺下，則轉巨石以撞其足，曰：「西垂大夫，吾當復絕爾臏矣。」趣使出木人，射其面，飲羽。木人者，即前所爲寡人也。

『已而，唐鞅進謂偃曰：「昭襄無道，命齊構我，皆其臣樗里疾之謀。臣已命工爲樗里疾，血鴟夷加於其頸，以象其癭。鞅請以一矢踣之，無敢辱命。」偃大喜，至則自射之，中其頸，鴟夷血出如霤。

『大宰戴驩、國老薛居州〔一四〕，諫臣也，以諫偃曰：「王欲行王政，即身屬櫜鞬，遇茲十二諸侯者於中原之上而主盟之可矣，安用終日與桃梗偶人鬭，而曰我必勝之乎？」偃大怒，罵之曰：「子罕之後有睅其目皤其腹者〔一五〕，如爾於此哉？一薛居州其如宋王何！」關弓嚮之，二子趣走。

『唐鞅既自及，偃淫於酒、婦人愈甚，室中有呼萬歲者，堂上盡應；堂上已應，堂下盡應，門外庭中聞之，莫敢不應。一日，登蒙澤之臺〔一六〕，見朝涉者鍥其脛矣。而傴者至，使人止傴者曰：「是其脰肩，肩何爲者哉？」置之轆臺之下，使以鼻承血，失之，怒而剖其背矣。宋人大駭，而墨子所設守宋之備盡廢〔一七〕。王速出令，是于泓之事也。』

齊王於是率魏與楚往伐之。進兵宋城下，民散，城不守，偃自投車上，馳而走。至溫，逃倪侯之館而死，三國盡分其地矣。

【校記】

〔一〕見祥不爲祥，宋本作『見祥而不爲祥』。

〔二〕時，宋本作『使』。

（三）乃，宋本無。

（四）王，宋本無。

（五）縠，底本作『轂』，據宋本、四庫本改。

【題解】

秦昭王，公元前三一一—前二五一年在位。齊湣王，公元前三〇〇—前二八四年在位。此文擬秦昭王致齊湣王書，謀劃伐宋。宋王偃，即宋康王，昏庸無道。據《史記·宋微子世家》載，宋王偃『東敗齊，取五城；南敗楚，取地三百里；西敗魏軍，乃與齊、魏爲敵國。盛血以韋囊，縣（懸）而射之，命曰「射天」。淫於酒、婦人。羣臣諫者輒射之。於是諸侯皆曰「桀宋」。「宋其復爲紂所爲，不可不誅。」告齊伐宋。王偃立四十七年，齊湣王與魏、楚伐宋，殺王偃，遂滅宋而三分其地』。

【注釋】

（一）⿰車獻（niè）臺：高臺。《呂氏春秋·過理》『宋王築爲蘗帝』漢高誘注曰：『《詩》云「庶姜⿰車獻⿰車獻」，高長貌也。』

（二）鴟夷：革囊。縣：『懸』本字。

（三）破癰潰痤：謂治療瘡癤和痔瘡。

（四）烏噣（zhòu）：鳥嘴。噣，喙。

（五）術氏冠：冠名。《後漢書·輿服志》：『術氏冠，前圓，吳制，差池邐阤四重。趙武靈王好服之。』

（六）具帶翗翿（dào）黃金師：全帶著舞師羽舞著黃金獅。翗，疑通『狻』，獅子。翿，舞者所執之物。《詩·王風·君子陽陽》：『君子陶陶，左執翿。』《集傳》：『翿，舞者所執羽毛之屬。』師，通『獅』。

（七）柱後惠文冠：冠名。即法冠。《後漢書·輿服志》：『法冠，一曰柱後。……執法者服之。……或謂獬豸冠。獬豸神羊，能別曲直，楚王嘗獲之，故以爲冠。」從長：合縱之長。從，通「縱」。

〔八〕故不與盟：《國語·晉語》載，諸侯之大夫盟於宋時，楚人堅持要先歃血，晉人叔向反對，說：「昔成王盟諸侯於岐陽，楚爲荊蠻，置茅蕝，設望表，與鮮牟守燎，故不與盟。」

〔九〕鼗（táo）鼓：語出《書·益稷》，謂有柄的小鼓。鼗，本作「鼗」。

〔一〇〕籧篨（qú chú）：《詩·邶風·新臺》「籧篨不鮮」《集傳》：「籧篨，不能俯，疾之醜者也。」不殄：不死。

〔一一〕章甫：殷代禮冠名。宋爲殷後，故服之。

〔一二〕博昌、千乘：二縣名。博昌，即今博興。今屬山東。千乘，故址在今山東高青縣境內。

〔一三〕雀觳（hú）：雀形酒杯。

〔一四〕太宰：宰相。此謂宋之國相。戴驩：見《韓非子·內儲說左上》。國老：春秋時期謂國之卿大夫致仕者。薛居州：宋國道德高尚的人。孟子曾向宋臣戴不勝推薦他。見《孟子·滕文公下》。

〔一五〕子罕：春秋宋大夫，姓樂，名喜，以廉潔著稱。睅（hàn）其目：謂眼球突出。《左傳·宣公二年》：「宋城，華元爲植，巡功。城者謳曰：『睅其目，皤其腹，棄甲而復。』」

〔一六〕蒙澤：地名。春秋宋邑，莊周故里，故地在今山東東明。

〔一七〕墨子：即墨翟，春秋魯國人。《墨子·公輸》載，公輸盤爲楚造雲梯，將以攻宋，墨子前往阻止。墨子未能說服楚王，遂以守城之備戰勝公輸攻城之雲梯。

乞歸公移

切照〔一〕。本職猥以草茅，叨蒙聖恩，擢爲進士，歷官郎中、知府，以及今職，未嘗不誓以犬馬之勞，答稱萬分之一，卽沒齒不敢自棄於明時者矣。奈何瞻依盛世，固臣子戀主之至情，而諱疾曠官，尤臣子不忠之大罪。本職不幸，賦質羸弱，調理失宜。到任以來，所歷西、延、平、慶等處〔一〕，往還四千餘里，考過府、衛、州、縣生童六十餘處〔二〕。自夏徂秋，忽成泄痢，以至瘻瘡頓發，肛門突腫，坐臥俱防〔二〕，下血卽多，元氣日損。醫生任某等，投藥將至百帖，迄無一效。再念本職校閱微能，非心力無以自效，而頭目眩暈，卽臨卷必至失常。況開科孔邇，求賢大事，一有謬誤，人材所關。命在旦夕，實爲狼狽，合無憐察本職迫切至情？萬不得已，乞爲轉奏，俯賜休致，使本職得以殘喘生還。仰承聖恩之高厚，卽雖終無圖報，而感激難忘矣！

【校記】

〔一〕切照，宋本無。

〔二〕防，宋本作『妨』。

【題解】

此爲李攀龍上書吏部乞求辭官歸里的公文。移，移書言病。見《漢書·公孫弘傳》『移病免歸』顏師古注。移病，謂作文移而稱病。李攀龍於嘉靖三十五年（一五五六）秋赴陝西提學副使任，三十七年秋上《乞歸公移》，不答，遂拂衣東歸。據王世貞《李于鱗傳》及殷士儋《墓誌銘》所載，攀龍因不滿陝西督撫殷學的頤指氣使，與念老母家居而歸。而從其歸後的詩歌看，似有未能明言的原因在。文惟言病，爲辭官借辭，卽所謂稱病辭官。

【注釋】

〔一〕西、延、平、慶：指西安、延安、平涼、慶陽四府。

〔二〕生童：生員，童生。明代科舉制度，凡應考生員，不論年齡大小，統稱儒童，習稱童生。

問西安三學諸生策

問：九則安錯，大氣焉舉〔一〕？幹維焉繫，隅隈安處〔二〕？谿谷丘陵，山川多有，何所刑德〔三〕？何所牝牡〔四〕？厥上左旋〔五〕，下焉取夫右轉？清濁攸判〔六〕？夫何墳何衍〔七〕，何得以寧？今孰發焉，何致以位？今孰搰焉，何四極之相屬〔八〕？卒其異方，雍何傾覆〔九〕？豫何逢長〔一〇〕？南北順隮〔一一〕，孰知其里？胡遵迹既化，而厥壤爰止？廣厚何坼，儵忽焉合？重夫華嶽，匪載匪沓，陽伏不出〔一二〕，厥出安居？陰遁不烝〔一三〕，厥烝何如？穀洛何鬬〔一四〕？何神爭明？梁山何朽〔一五〕？何帝不饗？子胥何諫〔一六〕？后何庸？伯宗何告〔一七〕，后何從？氣何以復，何所搖政？胡臣事是修，而代終以慶？

【題解】

明提學官歲試諸生，萬曆之前『諸生應試之文，通謂之舉業。「四書」義一道，二百字以上；經義一道，三百字以上。取書旨明晰而已，不尚華采也』（《明史·選舉志》）。策，即策問。漢代以來試士，以政事、經義設問，寫在簡策上，使其條對，也稱對策。此爲策試諸生的題目。從試題內容看，他不循常規，此文雜取經傳詩文。明宋光廷謂此文全學屈原《天問》（見《李滄溟集選》），就行文而言，不無道理。

【注釋】

〔一〕九：陽數之變。《易·乾》：『乾元「用九，天下治也。」』大氣：此謂純陰、純陽之氣。焉舉：誰舉而造之。

〔二〕幹維焉繫：語出《楚辭·天問》。幹，本作『斡』，通『管』，轉，樞紐。維，綱。謂天晝夜旋轉，難道有綱維繫其間嗎？隅隈：隅角隩隈。《楚辭·天問》：『隅隈多有，誰知其數？』

〔三〕刑德：刑罰與德化。

〔四〕牝牡：雌雄。亦指男女、陰陽。《史記·太史公自序》：『《詩》記山川谿谷禽獸草木牝牡雌雄，故長於風。』

〔五〕左旋：向左方旋轉。《白虎通·三正》：『天道左旋。』

〔六〕清濁：謂清氣與濁氣。引申以喻天地陰陽二氣。《大戴禮·小聞》：『先清而後濁者，天地也。』

〔七〕墳：水崖。衍：下平。《周禮·地官·大司徒》『山川丘陵墳衍』《注》：『水崖曰墳，下平曰衍。』

〔八〕搰(hú)：發。四極：謂四方極遠之地。相屬：相連接。

〔九〕異方：猶言異國、異地。雍：雍州。古九州之一。即今陝西、甘肅等地。此指秦。漢賈誼《過秦論》：『秦孝公據崤函之固，擁雍州之地。』

〔一〇〕豫：豫州。古九州之一。《爾雅·釋地》『河南曰豫州』《疏》：『李巡曰：「河南其氣著密，厥性安舒，故曰豫。豫，舒也。」』

〔一一〕南北順橢：語出《天問》，謂南北狹長。橢，同『橢』。狹長。

〔一二〕陽：太陽。

〔一三〕陰：太陰，月亮。

〔一四〕穀洛：謂穀水與洛水。《國語·周語下》：『靈王二十二年，穀洛鬬，將毀王宮。』

〔一五〕梁山：山名。在今陝西韓城市。《左傳·成公五年》載，梁山崩裂，晉侯認爲是異兆，傳召伯宗，『問將若之何。曰：「山有朽壤而崩，可若何？國主山川，故山崩川竭，君爲之不舉、降服、乘縵、出次，祝幣，史辭以禮焉」』。

〔一六〕子晉：周靈王太子，名晉，以直諫，廢爲庶人。

〔一七〕伯宗：春秋晉大夫。見注〔一五〕。

問華渭諸生策

問：潼關於殽函，其猶重楗也〔一〕。在昔彊秦，建瓴山東，注如決霤，每一出兵，割地效賂，有若俯拾〔二〕。山東諸侯，合從而來，止於一夫；成列而進，道惡爲解，則俯仰之勢異也〔三〕。今天下爲家，聖天子封域，殽函不異宇下，山以東何患焉？獨以北虜憑陵〔四〕，數入寇上谷、北地間，而先零諸羌，往往窺西河、玉門塞〔五〕。一旦交困，秦人之卒空國出乘障矣〔六〕。卽有若往時大盜嘯聚商洛者〔七〕，竊發其中鼓采金、鬻鹽亡命之徒，以爲有司者難，扼潼關而據黄河之津，則山東之援不至，守武關以分掠漢中諸邑〔八〕，則鄖陽之師不入〔九〕，西北出藍田以犯長安〔一〇〕，而稱屯灞上〔一一〕，雖欲不棄華渭不得也。此非王公自失其險，而制於人之道乎？二三子華渭之間人也，其明發念亂久矣，何以告我？

【題解】

此爲策試諸生題目。華渭，指華山、渭水，明代蓋指華州（今陝南）一帶。李攀龍針對華渭形勢，引導諸生議論邊防，以啓發學子憂時念亂、關心國家安危之心，在當時可謂難能可貴。

【注釋】

〔一〕潼關：關塞名。東漢末年設置。其地在今陝西華陰市東南。潼關當陝西、山西、河南三省要衝，歷爲兵家必爭之地。殽函：殽山、函谷關的合稱。當今陝西潼關以東至河南新安縣地，高山絕谷，盤曲紆回，形勢險要，自古以來爲關中門戶。重楗：堅牢的套鎖。楗，木鎖。

〔二〕『在昔』六句：謂昔日强大的秦國具有殽函的險固，居高臨下，揮兵而東，如傾瀉之水，各地割地賠款，如同俯拾草芥。建瓴，高屋建瓴的省語。喻居高臨下，勢不可遏。注，傾瀉。霤，通『溜』。屋簷水。此泛指下注之水。

〔三〕『山東』六句：謂當年山東諸侯聯合進攻秦國，只有個別諸侯向前，而其他則以道路險惡爲藉口，就因爲上下所處地勢不同。合從，卽合縱，聯合六國共同抗秦。漢賈誼《過秦論》：『當此之時……嘗以十倍之地，百萬之師，叩關而攻秦。秦人開關延敵，九國之師，逡巡而不敢進。秦無亡矢遺鏃，而天下諸侯已困矣。』

〔四〕北虜：對經常侵擾邊地的蒙古部落的蔑稱。蒙古韃靼、瓦剌諸部爲明朝北部主要邊患。正統十四年（一四四九），明英宗朱祁鎮在土木堡爲蒙古瓦剌部所俘，史稱『土木之變』。嘉靖二十九年（一五五〇），韃靼俺答部侵入古北口，襲擾京畿地區。而明朝廷由權奸嚴嵩專權，戰備廢弛，由其劫掠後自行撤退。史稱『庚戌之變』。其所襲擾地區，大致爲漢上谷郡，卽今河北易縣以北地區。憑陵，侵淩。

〔五〕北地：秦漢郡名。轄地、郡置屢有變遷，大致在今甘肅東南部和寧夏回族自治區南部。先零諸羌：卽先零羌，漢代羌族的一支。原據今甘肅、青海的湟水流域，漢武帝時置護羌校尉。後遷西海鹽池一帶，漸與西北各族融合。西河：古指我國西部南北流向的黃河，漢代大致指今寧夏、內蒙古間自南而北的河段。此指西河地區。玉門塞：卽玉門關。漢武帝時置。故址在今甘肅敦煌西北，與其西南方的陽關同爲當時通往西域各國的門戶。

〔六〕乘障：登上營壘。障，屏障。此指關塞。

〔七〕商洛：縣名。隋置。境內有商山，也稱商洛山，在今陝西商縣東。

〔八〕武關：關塞名。戰國秦置。在今陝西丹鳳東南。

〔九〕鄖陽：府名。明置。治所在今河北鄖縣。

〔一〇〕藍田：關塞名。又稱嶢關、青泥關。在今陝西商縣西北、藍田縣東南。長安：即今陝西西安市。

〔一一〕灞上：一作『霸上』。古地名。又名霸頭。在灞水西高原上。故址在今陝西西安市東。古時爲咸陽、長安附近的軍事要地。

李淑人大節解

中丞霍公大母李，年二十餘撫遺孤焉。既贈太淑人，掩於帝恩，其大節無以自達於上，乃中丞狀之曰：『勤瘁幽苦，精白貞純，是先大母之德也。』

余惟八者備矣，屹屹乎大節也哉！方其夫以永絕，弱子在抱，亟低徊於一往，而藐諸之謂何？跂予望之〔一〕，中廢不可知。若將置焉，而旋復是顧。業以黽勉，孰與效以大畢之爲成仁也？量力訂期，此伏彼起，蓋有日月可處而我未之即安者，匍匐拮据不與焉，勤矣！惟茲孑遺，煢煢在疚，疢疾用勩〔二〕，忉怛惟勞，即庶幾將來，瘏痡甚矣〔三〕。而逝者不返，終身病之，奚必殘形相拒，毀體自絕，始爲慘哉？瘁矣！壅閼閟侐〔四〕，鼠憂不陽，如在晦冥。視聽玄黝，雖猶託於世，未亡人耳。百爾紛紜，藏之地下，獨其所爲喘息相屬者，細若氣微若聲不可以已，是重蓄也。幽矣！可以已則舍生以之，不可以已斯生而有所不得舍也。難乎其爲心矣！預防以自困，致慮以自危，既秀方實，植微壯長，有不在我者，而志每窮焉。以徼惠逝者，拂亂煩冤，甘此荼毒，苦矣！立孤難於殉葬，善後優於捐軀，二倫是經〔五〕，大義以辨。非託於難以竊便，非假於優以苟存，夫婦母子無遺憾焉，精矣！蓋亦其質固有之。

既自不飾，亦自不渝。不然，捐軀殉葬，本以爲潔，而益示其華，猶可物采非素以爲行也。光昭有家，泯於無迹，猶曰『倫足以竊便，義足以苟存』云爾，恬淡是常，不以作色，白矣！據其所不得於舍生之心，與其每窮焉之志，如天地定分之不可易，如山河定位之不可移。殉葬自奇，立孤自正，溝瀆之諒匹夫，一朝舉之矣。又不然，非其性也。勤瘁不將以損之，幽苦不將以撓之乎？貞矣！激於始絕，而衰於已事，與操具而身亡，均之失其半也。此夫各成其信，非以爲名，而意自愜；不解於慈，非以爲功，而理自全，故至於今無間然矣。豈其習而便，豈其守而存？率之自是自致，厥美不遺，純矣！

屹屹乎大節也哉！喘息相屬，命脈以文，神明之胄，後世必復。余猶及見中丞爲御史時，主課天下郡國上計吏，風裁卓然。自廷尉、中丞、少司馬、司寇，徧歷三臺，大績益著，於太淑人有餘烈矣。勤瘁幽苦，精白貞純，具大臣之道焉。有味乎其言之也。

【題解】

李淑人，中丞霍公之大母（祖母）。霍公，生平未詳。全文以對霍公『勤瘁幽苦』和『精白貞純』八字作解，贊李淑人的『大節』。

【注釋】

〔一〕跂予望之：語出《詩·衛風·河廣》，謂一踮腳即可望見。

〔二〕疢疾用勩：謂久病操勞。疢疾，久病。《孟子·盡心上》：『人之有德慧術知者，恆存乎疢疾。』勩（yì），勞苦。

〔三〕瘏痡（tú pū）：疲勞。《詩·周南·卷耳》：『陟彼砠矣，我馬瘏矣，我僕痡矣。』

〔四〕壅閼：阻遏。《列女傳·楚處莊姪傳》：『姪對曰：「辛縣邑之女也。欲言隱事於王，恐壅閼不得見。」』閼侐（xù）：《詩・魯頌・閟宮》『閟宮有侐』《集傳》：『閟，深閉也。侐，清靜也。』

〔五〕二倫：古謂君臣、父子、兄弟、夫婦、朋友爲五倫。倫，人倫。《孟子・滕文公上》：『使契爲司徒，教以人倫。父子有親，君臣有義，夫婦有別，長幼有序，朋友有信。』二倫，此謂母子、夫婦。

題太恭人圖

攀龍家有太恭人四圖，先後出示家人。其一則相視謂曰：『豈爲太恭人？』其一則競謂曰：『當爲太恭人。』其一則不時謂曰：『是爲太恭人也。』其一則杜氏愷所爲圖。杜初爲圖，家人各言所以狀，無不曰有所似太恭人者。旦而移之第二圖，家人又言無不似太恭人者，今稱杜氏第二圖，而前三圖廢矣。乃余以杜初圖似矣，及第二圖成，卽初圖輒復若無所似者。由是而知有所似不若無不似者之爲工，然必相形而後真得焉。可以無似無不似，而術神矣。

古賢母所具列《列女傳》〔一〕，無不善畫者莫能圖，何哉？漢圖休屠王閼氏於甘泉宮〔二〕，其子金日磾每見之涕泣然後去。史稱秺侯篤敬。非其似必涕泣之無從，非其似必漸衰於每見，非其似必不難於去之，何以潸然不能自已，輒不得以禁中爲解乎？

余見太恭人初圖，蓋儼如也；見今圖，蓋依如也。太恭人稱未亡人四十年，孰與秺侯侍閼氏爲羈虜痛哉！乃逮今天子賜命服，稱太恭人二十年，歲七十猶尚良食，撫三世膝下，其日且未艾〔三〕，彼卽七葉之貴〔四〕，何以易余哉？是故以余從其依如者，而後知杜氏不可以一技論也。

【題解】

太恭人，指李攀龍之母。

【注釋】

〔一〕《列女傳》： 漢劉向撰。記述古代婦女事蹟一百零四則。

〔二〕休屠王閼氏： 匈奴休屠王的妻子。《漢書·金日磾傳》載，金日磾爲匈奴休屠王太子，在漢官侍中、駙馬都尉，封秺侯。武帝元狩中，驃騎將軍霍去病擊敗匈奴，休屠王與昆邪王商議降漢，後休屠王反悔，昆邪王將其殺掉，並率其衆歸漢。日磾與其母、弟俱没入官，輸黄門養馬。後受武帝賞識，對其母教子有方十分嘉許。日磾母死，『詔圖畫於甘泉宫……日磾每見畫常拜，鄉之涕泣，然後乃去』。

〔三〕未艾： 未老。

〔四〕七葉： 卽七世。《漢書·金日磾傳贊》：『金日磾……傳國後嗣，世名忠孝，七世內侍，何其盛也！』

王氏存笥稿跋

余觀大宗伯孫公所稱〔一〕，祭酒文章法司馬子長氏〔二〕，其然哉？今之不能子長文章者，曰法自己立矣，安在引於繩墨？卽所用心非不濯濯唯新是圖，不知其言終日，卒未嘗一語不出於古人，而誠無他自異也。徒以子長所逡巡不爲者，彼方且得意爲之。若是其自異爾，奈何欲自掩於博物君子也？

關中故多文章家，卽祭酒在著作之庭，且三十年爲文章，其用心寧屬辭比事未成，而不敢不引於繩墨也。且三十年爲文章，其用心寧屬辭比事未成而不敢不引於繩墨，原夫法有所必至，天且弗違者乎？巧者有餘，拙者不足。假令祭酒爲文章，其微辭美事一不得其所置，豈揚雄、劉向所稱『實録』者也〔二〕？大宗伯又言，祭酒與北地李獻吉氏接跡而起〔三〕，以爲祭酒重。則是稿也，海内學士大夫受而讀之者，將益重子長之爲文章，而引於繩墨，宗伯有力矣。

乃御史鄭公按陜以西諸郡，稱采風使者，還且奏之〔四〕。則又謂攀龍在左輔有祭酒〔五〕，於文章往往紙列國家大典，而抵掌談四方疾苦，九邊要害奉胡言胡〔六〕，奉倭言倭，即欲聞時政，不亦輶軒所載者哉〔七〕？乃若其詩，則大宗伯所稱李獻吉得其具體矣。吾重傷著作者之志，因并録焉。攀龍得以具論二公所取祭酒者如此也。

【校記】

〔一〕稱，萬曆本、張校本、佚名本並同，隆慶本、重刻本作『論』。

【題解】

王氏存笥稿，即王氏存稿。笥，竹箱。王氏，未詳。據文『祭酒與北地李獻吉接跡而起』，又稱『攀龍在左輔有祭酒』，似指前七子之一的王九思。九思，鄠縣（今屬陜西）人。只是九思曾官翰林院檢討，未聞做國子監祭酒。

【注釋】

〔一〕司馬子長：即漢司馬遷，字子長。

〔二〕揚雄、劉向所稱『實録』者：《三國志·魏書·王肅傳》載，明帝問司馬遷著《史記》事，王肅説：『司馬遷記事，不虚美，不隱惡，劉向、揚雄服其善敍事，有良史才，謂之實録。』

〔三〕北地李獻吉：即李夢陽，前七子領袖。

〔四〕鄭公：指鄭陽。《明督撫年表》引《一統志》：『鄭陽，安肅人，弘治進士，巡按河南。劉瑾奪民田，陽執法拒之，遂繫獄。瑾誅，累遷陝西巡撫。』《列卿表》謂其『正德十二年以右副都任，十六年致仕』。

〔五〕左輔：漢馮翊郡，在今陝西大荔縣南。

〔六〕九邊：明代北部邊防分九區，即遼東、薊州、宣府、大同、山西、延綏、寧夏、固原、甘肅，令大將分別統兵鎮守，號九邊。

〔七〕輶軒：輕車。使者所乘之車。

卷之二十六

書

答董學士用均

某不佞始偕計來京師，卽海内諸搢紳君子言文章，必言館閣〔一〕；言館閣，必言執事，未嘗不私竊慕之，安得附青雲觀當代之盛也？久之，乃辱執事三顧某於逆旅之中，而不得亟見，坐令從游之願沮於出守，至今恨之，未有以報。此自執事能持節下士，而士益以此重執事，誦義無窮時。顧某何人，又至辱所推與，謂某文章司馬子長西漢諸名家之流〔二〕，又謂某志行俊偉也？某何人，而敢處一於此哉！徒以在比部時，多拓落杜門，稍類彊直，自遂者爾，它實無以自見。卽不自量，有所著述，亦復下里自好者爲之，終未敢齒諸作者之列。今不知何以當執事之心？且執事以文學親幸之臣，而不忘郡縣共理之治，是豈獨爲愛某也？

頃當淫潦爲沴〔三〕，自京畿千里，莩骼蔽野，而禦人白日，雖有溝壑孑遺，又無以佐公家之急。而山東道塞，使者冠蓋相屬於敝邑，率不能飭廚傳稱其意，安見方六七十如五六十而非邦也者？君子之至於斯也，吾未嘗不得見也。其在某，上之既無莊助、吾丘壽王嘗爲侍從之望〔四〕，次之順德又不可施以會稽、東郡之政〔五〕，卽某摛藻如春華，何益於殿最哉〔六〕！誠自知不免於奉職無狀矣。莫不捄荒，而某拮据爲甚，官無蓋藏，仰給鄰國。方且奉中丞、御史臺德意惟謹，而何以策功名之會？大水之後，壤土膏麗，錫我來牟〔七〕，將受厥明，此非所以慰執事隱惻斯人者乎？過此一往〔一〕，庶幾藉以喘息云爾。某何人，至辱執事也！

【校記】

〔一〕一，宋本作『以』。

【題解】

董學士，卽董份，字用均，烏程（今浙江吳興南）人。嘉靖二十年（一五四一）進士，累官禮部尚書，兼翰林院學士。著有《泌園集》。詳《明史》本傳。宋本題作《報董學士》。此文作於出守順德之初。

【注釋】

〔一〕館閣：指翰林院。北宋沿襲唐制，設昭文館、史館、集賢院三館，另增設秘閣、龍圖閣、天章閣，分掌經籍和國史編修等事務，通稱館閣。明代將其職掌移歸翰林院，故翰林院亦稱館閣。

〔二〕司馬子長：卽司馬遷，字子長。

〔三〕淫潦爲沴（lì）：謂雨澇成災。沴，水塞不通。

〔四〕莊助：漢武帝時人，官中大夫。《漢書·藝文志》『儒家類』著錄《莊助》四篇。吾丘壽王：字子贛，趙（今河北南部）人。漢武帝時，官至光祿大夫侍中。以辭賦著稱。《漢書·藝文志》著錄有『吾丘壽王賦十五篇』，今佚。詳《漢書》本傳。

〔五〕會稽、東郡： 漢置郡名。會稽，治所在今浙江紹興市。東郡，治所在今河南濮陽。莊助曾官會稽，吾丘壽王曾爲東郡都尉。

〔六〕殿最： 此謂對政績的考核。古代考核軍功與政績，上等爲最，下等爲殿。

〔七〕錫我來牟： 賜給我麥子的豐收。錫，同『賜』。來牟，麥的别名。《詩·周頌·思文》：『貽我來牟，帝命率育。』《集傳》：『來，小麥； 牟，大麥也。』

再與董學士份

日某入計，執事吐握延之〔一〕； 則之邑，執事屬且有校士之命〔二〕，而重辱貺。某一郡國吏，奈何有此於執事焉？ 大者不得一日私竊出門下，次者又輒去不得謝，無以明執事所禮遇某者。然而猶且不亟奉候，則某積慂自畏耳。不佞誠自分一邑足矣，乃月朔得除目，則以某辱今命。某何人，而有此於阿衡大臣也〔三〕？ 既以私竊念之，其唯執事夙昔薦寵某者，無乎不至，則伯樂一顧之力爾〔一〕〔四〕。不然，豈其不佞如某，而天幸至是乎？

【校記】

〔一〕爾，隆慶本、萬曆本、張校本、佚名本並同，重刻本作『耳』。

【注釋】

〔一〕吐握延之： 謂熱情接待。吐握，吐哺、握髮。《史記·魯周公世家》載，周公説：『我一沐三握髮，一飯三吐哺，起以待士，猶恐失天下之賢人。』此以周公喻董之接待，譽而近諛。

〔二〕校士：考校府學生童。

〔三〕阿衡大臣：謂輔助帝王、主持國政的大臣。阿衡，商代官名。見《書·太甲》。

〔四〕伯樂：春秋秦穆公時人，以善相馬著稱。見《莊子·馬蹄》、《列子·說符》等處。後喻指善於辨識人才的人。

報吳丈道卿

不佞日與諸生竊論執事命世無疑〔一〕，莫不私心若就見之。而鬱鬱至此，不理眾口〔二〕，俾有淪沮之嘆，命邪？不佞領郡，趨役爲疲，饑饉荐臻，因之師旅，何奉職無狀也！盧廣平嘗扼腕爲某語〔三〕，使執事節鉞開府〔四〕，天子何憂胡也。知己者〔一〕。敝邑雖所謂一州如斗大，即今無貴客往來〔二〕，猶可閉閣臥，則又奈惰氣何哉！此其計有以解綬去久矣。不然，夙夜用勤，顧復碌碌，不中所期，豈成其爲報執事？

【校記】

〔一〕者，重刻本、萬曆本、張校本、佚名本並同，隆慶本作「哉」。

〔二〕今，重刻本、萬曆本、張校本、佚名本並同，隆慶本作「令」。

【題解】

吳丈道卿，即吳道卿。生平未詳。下有《報吳道卿先生》、《報吳濟南》，均爲一人，則吳道卿爲濟南知府。《濟南府志·秩官志》載嘉靖年間，吳姓濟南知府，只有吳至一人，浙江餘姚人，進士。疑道卿爲吳至之字。丈，丈人，長者。此爲在順德任內作。

【注釋】

〔一〕命世：謂命世之才。語出漢趙岐《孟子題辭》。

〔二〕衆口：衆人之口，謂流言蜚語，輿論。《國語・周語下》：『衆心成城，衆口鑠金。』

〔三〕盧廣平：廣平知府盧某。廣平，府名。治所在今河北永平縣南。扼腕：手握其腕，表示惋惜不平。

〔四〕節鉞開府：謂受命禦敵的大將軍。節鉞，符節與斧鉞。明初拜大將軍，先授節，再授鉞。

答汪正叔虞部

契闊不奉嗣音，今豈胼胝爲勞也〔一〕？改歲聞足下在桑乾河時〔二〕，幾不免魚腹之厄，巋然以梁上獨存也。審是將無令僕病悸乎？風塵下走有人乎繆公之側〔三〕，明年上計京師，爲十日之飲，與足下大攄肝膽，解綬去矣。其在骨相〔四〕，足下視其惰氣淩人，豈爲暴貴者乎？時者易失，卽足下雖有同室之鬬，不可三日不見元美也。子相名卿（一），亦諧夙好。足下素稱折節〔五〕，何難於游是酒人哉！弟辱有兄弟之好，敢重及之。郡邸蕭條，其於高枕唯日不足，主恩不可不知矣，餘悠悠無可稱述足下前。

【校記】

（一）名，隆慶本作『明』。

【題解】

汪正叔，即汪一中。詳前《别汪正叔員外》題解。虞部，指工部。正叔由刑部主事改工部，遷員外郎、郎中。

【注釋】

〔一〕胼胝爲勞：此爲戲語。胼胝，胼手胝足，手掌、腳底生厚繭。因正叔在虞部，故以戲語及之。

〔二〕桑乾河：水名。源出山西馬邑縣桑乾山，流經河北北部，入今永定河。

〔三〕風塵下走：猶言地方僕人。自我謙稱。風塵，謂地方官。繆公：指魯穆公。《孟子·公孫丑下》：『昔者魯繆公無人乎子思之側，則不能安子思；泄柳、申詳無人乎繆公之側，則不能安其身。』此攀龍以繆公自喻。『繆』，通『穆』。

〔四〕骨相：指人的骨骼、形體、相貌。古人以骨相推論人的性格和命運。

〔五〕折節：降低身份，屈己下人。

與李比部伯承

某雖薄劣，然念足下久要〔一〕，即甚不忘；日以元美輩褎然爲文章家稱首，某則自不欲伯承出乎其後，有以激故人爾，苦無他也。每與元美言，何嘗不伯承在口？今復慮伯承不安西署，急將生議及，又不欲伯承暗投〔二〕，以是爲切切偲偲；其意也，尚不以厚哉？里閈狂士，固不朽爲期〔三〕。所不合執事者如此，不敢隱矣。

【題解】

李比部伯承，即李伯承。詳前《送新喻李明府伯承》題解。比部，刑部。李伯承自新喻知縣，征授刑部主事，歷郎中，改尚寶司承，進少卿。詳于慎行《北山李公先芳墓誌銘》。

【注釋】

〔一〕久要：舊日要約。謂期約雖久，不忘往日之言。《論語·憲問》：『子曰：「久要不忘平生之言，亦可以爲成人矣。」』

〔二〕暗投：明珠暗投之省。此謂投向暗處。唐高適《送魏八》：『此路無知己，明珠莫暗投。』

〔三〕里閈(hàn)狂士：鄉里狂人。此爲自謂。不朽爲期：即期以不朽，謂約定以創作詩文爲職志。不朽，語本三國魏曹丕《典論·論文》『文章，經國之大業，不朽之盛事』。

與李考功价

某不佞，蓋自與梁公實爲同舍郎，即聞南海有執事也。日以入計，宗子相又亟謂署中有君子愛某者，某知其必執事也。乃某僻夫，雖郡國下吏乎，其在執事矯矯一不麗於世，固私竊慕焉。幸以辱謁者，而復儼然臨之，乃某屬駿奔走〔一〕，不得旦夕出左右，則安敢不唯其意氣爲恃也？

【題解】

李考功价(jiè)，即李价。詳前《明處士李公滿配黎氏墓誌銘》題解。考功，官名。屬吏部。掌官吏考課之事。據文知其爲南海人，與梁公實爲同鄉，與宗臣爲同事。

【注釋】

〔一〕駿奔：疾奔。《詩·周頌·清廟》：「對越在天，駿奔走在廟。」《集傳》：「駿奔，大而疾也。」

答王寧波崇義

某不佞，曩與執事分符而出者〔一〕，今且四載矣。栖栖風塵中，爲五斗米罄折道傍〔二〕，孰與執事浩然而歸，高卧淄、澠之上也〔三〕？

【題解】

王寧波崇義，卽王崇義，字子由，淄川（今屬山東）人。嘉靖十七年（一五三八）進士，授刑部主事。嘉靖二十一年「壬寅宮變」，宮女楊金花謀刺嘉靖不成，而將受族誅，崇義抗論，使僅誅其家長，全活七十餘人。累官至寧波知府，月餘自劾歸里。著有《見一山人集》等。生平詳《（雍正）山東通志》。從「分符而出，今且四載」，知答書寫於嘉靖三十五年（一五五六）。時王崇義已「浩然而歸」，隱居故里。

【注釋】

〔一〕分符而出：謂出爲地方官。符，符信。漢代分銅虎符與諸侯。李攀龍爲順德知府，常以知府比之諸侯。

〔二〕罄折：喻指彎腰施禮，拜迎官長。罄，通「磬」。

〔三〕淄、澠：二水名。淄，淄水、淄河，源出山東萊蕪和博山魯山北麓。小清河最大支流，流貫山東中部。澠，澠水，源出山東臨淄西北，注入時水。今已淤塞。

與馬侍御

駑劣二載于兹，奉職無狀，卽幸免紀列其罪已足矣。不然，置而勿論，猶爲不屑之誨。今何至登之薦章，而重以奬命，使某慚不敢有終於自棄之心乎？亡論爲九邑爭承一疏〔一〕，貽千百年不報之利，使自某以往坐紓拮据之勞，爲甚盛惠也。卽所與屬吏，未嘗不以禮相假，含弘而竢其改過〔二〕，豈爲易及哉？則某不爲不遇矣！則某不爲不遇矣！

【題解】

馬侍御，指馬紀，詳前《靈隱寺同吳馬二公作》題解。

【注釋】

〔一〕九邑：據《明史·地理志》載，順德府轄有邢臺、沙河、南和、任、鉅鹿、唐山、平鄉、内丘、廣宗九縣。

〔二〕含弘：包含萬物，謂廣大寬容之德。《易·坤》：「含弘光大，品物咸亨。」

報鈞陽馬侍御

某不佞，爲郡無狀，而復以遷去，則免於疏列，亦已足矣。乃執事顧追而奬之，以寵於父母之邦，其所采稱又皆某片長自信者，何至辱知遇如此也？亦惟我執事，激揚百寮，不佞有某，亦在不遺，則凡以剪拂稱佳士者〔一〕，不將以不出其門下爲不幸哉！

【題解】

鈞陽馬侍御，指馬紀。馬紀鈞州人。鈞陽，地名。今河南禹州市。

【注釋】

〔一〕翦拂：比喻對人的讚許、推薦。《文選》劉孝標（峻）《廣絕交論》：「顧盼增其倍價，翦拂使其長鳴。」

與樊侍御

某狂愚，爲郡無狀，值將上計〔一〕，持者甚急，執事數語，羣心沮服。既已入覲，頑民後言，執事大畏其志，而反側宴然矣，顧猶某所及知者也。它如含宏竢其改過，包荒勸其自成〔二〕，凡使某得以遷，而不肖之迹得以掩者，豈能萬一盡哉？不然，擯斥矣；又不然，不理眾口爲累多矣。豈其不安其位於前，而有今日也？某固有不報之德於執事者如此。犬馬私情，蚤夜戀戀，而執事竢役，復以某疏之剡中，何愛人無已時！誰令某追懷往咎，抱不測之懼，而惴惴幸免以善將來者，非執事乎？

【題解】

樊侍御，指樊獻科（一五一七—一五七八），字文叔，縉雲（今屬浙江）人。嘉靖二十五年（一五四六）進士，授行人，擢南臺御史，曾任監察御史。巡按福建，官至參政。居官廉正，使貪墨官員望風而逃。著有《讀史》、《旅游吟稿》、《山居吟稿》等。生平詳《縉雲縣誌·人物志》。宋本題作《與樊獻科書》，文字歧異甚多，不知何據。

【注釋】

〔一〕上計：到吏部述職並接受考核。

〔二〕含宏：包含宏大，謂有寬仁廣大之德。包荒：包含荒穢，謂度量寬大。唐李白《雪讒詩贈友人》：『包荒匿瑕，蓄此頑醜。』

報賈守準

風雪之夕，孟津邸中〔一〕，綈袍戀戀故人者〔二〕，兄耶？某數年辱同舍之好，察守準者備矣（一）。雖德氣素甚高，卽一言不相應，未嘗假顏色也。不佞如某，狂恣四出，顧無異視骨肉，此其知遇，豈時俗見乎？某有心卽一值守準哉，未嘗不縷縷所爲，我聞有命者無隱也。宦迹不居，動輒如新，守準寧能捫舌不念某乎？以大庇入關校士且三月，惟地之杌隉〔三〕，亦惟某其尚有戒；覃懷安堵〔四〕，亦惟某有守準賴焉。

【校記】

（一）備，宋本作『伺』。

【題解】

賈守準，賈衡，攀龍在刑部的同僚，詳前《明故封儒人賈母魏氏墓誌銘》。據所云『入關校士三月』，知此信寫於嘉靖三十六年（一五五七）。

【注釋】

〔一〕孟津：古黄河津渡名。在今河南孟縣東北。

〔二〕綈袍戀戀故人：語出《史記·范雎列傳》，謂不忘故友之情。

〔三〕地之杌隉：指地震。杌隉，不安。

〔四〕覃懷：古地名。《書·禹貢》：『覃懷底績，至於衡漳。』其地在今河南境内、黄河北岸沁陽市一帶。

報靳子愚

某不佞，既已辱此役於大賢之後矣，爲德不類，以貽前人羞，將奚賴焉？然而執事畫一示我者，昭然在也。某豈敢謂終能躬行君子，亦惟是識其小者，以庶乎寡過爲幸爾。既蜡〔一〕，則一吏者以執事手書至。某方且日夜東望，晤言爲期，以竊寵光，百惟面命。今豈其不屑而車駕出涇陽〔二〕？屬有它，不得輒候道左，謹遣一舊豎往御於蜀〔三〕，以當下悃〔四〕，幸叱之矣。

【題解】

靳子愚，卽靳學顔（一五一四—一五七一），字子愚，濟寧（今屬山東）人。嘉靖十四年（一五三五）進士，授南陽推官，歷吉安知府、左布政使。隆慶初，入爲太僕卿，官至吏部左侍郎。著有《問存集》。生平詳《明史》本傳。

【注釋】

〔一〕既蜡（zhà）：蜡祭過後。蜡，蜡祭。農曆十二月合祭萬物之神。見《禮·郊特牲》。

〔二〕涇陽：古邑名。在今陝西涇陽縣境。

〔三〕舊豎：昔日小吏。

〔四〕以當下悃（kǔn）：謂權當表示在下至誠情誼。下，在下，自謙之辭。悃，至誠。

寄宋按察

某不佞，辱惟夙誼，心竊嚮焉，以自淑艾久矣〔一〕。而執事者屬領周大識方〔二〕，於時胡越匪茹，簡書可畏，而不出帷幄之中，談笑以禦外侮，天下固想見執事爲人也。卽不取卿貳廟堂之上〔三〕，使四夷惴惴汲長孺之在朝廷〔四〕，而造士蜀中爲壯游邪（一）？不佞亦既祇役三秦，接壤大邦，咫尺德音，愈覺形穢矣。不知駑惰何以自致，惟執事者有以教焉。

【校記】

（一）士，宋本作『事』。

【題解】

宋按察，生平未詳。按察，按察使，官名。明爲各省主管刑獄的長官。宋本題作《與宋按察》。自云『祇役三秦』，則爲陝西任內作。

【注釋】

〔一〕淑艾：此謂淑諸長者。淑，取。

〔二〕識方：職方之訛。漢樊毅《修西嶽廟碑》：『《周禮·職方氏》，華謂之西嶽。』

〔三〕廟堂：謂朝廷。

〔四〕汲長孺：即汲黯，漢武帝時大臣，以直言敢諫著聞。詳《漢書》本傳。

寄邦孝廉

某不佞，即雖栖栖不自止，然窺於去就之間〔一〕，得足下焉，可謂狷介不變塞之士〔二〕。世之君子居則曰：『吾有未遇耳。彼何爲逐逐爲富貴容也？』非必膴仕〔三〕，即旦與計偕，見有富貴之形，已先泊於拮据，而執事獨自堅也。間有不自制，則名爲求仙以澹其心。如執事者，豈不善學原思邪〔四〕！

【題解】

邦孝廉，生平未詳。孝廉，明代指舉人。

【注釋】

〔一〕去就之間：猶言進退、取予之间。

〔二〕狷介：耿介自守，不苟合。

〔三〕膴（wǔ）仕：高位厚祿。

〔四〕原思：即原憲（前五一五—前？），字子思，也稱原思、原思仲。春秋末魯國人。孔子弟子。據《論語·雍也》載，原憲爲孔子家的主管，『與之粟九百，辭』。明其不貪財。《史記·仲尼弟子列傳》說『孔子卒，原憲遂亡在草澤中』，謂其隱居，不追求官祿。

答南宮楊侍御

曩過覃懷〔一〕，屬攬轡境上〔二〕，以存問腆渥，寵光載道，抵今懸謝，爲感可知。不佞杜門伏枕五年於此矣，乃見有以才取忌，高足如公，而沮於無妄之毀者。生又安能自謂昔之拂衣非計也〔三〕？

【題解】

南宮楊侍御，生平未詳。南宮，縣名。今屬河北。侍御，明代指監察御史。文稱『伏枕五年』，知答書作於里居五年的嘉靖四十二年（一五六三）。

【注釋】

〔一〕覃懷：古地名。在今河南沁陽一帶。

〔二〕攬轡：停車。此謂巡視。

〔三〕拂衣：謂辭官。詳前《拂衣行》題解。

與王中丞廷

某不佞，再辱使者下存〔一〕，有致歷焉。唯是天道既變，日月遷矣，而孤陋未已。昔人云：『門一以杜〔二〕，其可開乎？』則某之謂哉！藥餌自將，舊業爲廢〔三〕，發春綜理，當有以請，不復敢以拙爲解也。恭聞公子先生偕計北上，屬目大敷治安之略以報明主，取甲第，人將無不曰：『是中丞之子也。』以昭濟美，而紀世家，不已爲寵耶？某乃有以陳踴躍之心者，亦唯是矣。

【題解】

王中丞，指王廷。詳前《王中丞廷小傳》。

【注釋】

〔一〕下存：對下存問。

〔二〕門一以杜：謂門一旦關閉。此謂隱居。

〔三〕舊業：指詩文創作。

與俞大參

不佞讀公所貽《遼海集》者，今且三年矣。每至《登臨》、《大閱》諸篇，未嘗不爽然自失也。遼海與醫無閭越在塞上〔一〕，而公以守臣開幕府其間，時時治軍吏張旗鼓，耳目所習，卽安得無令神氣悲壯乎？『千峯當鏡出，萬壑入杯平』，斯已五言之佳境；至如『五路雲霞連海氣，千家砧杵奪邊聲』，『孤劍長懸萬里心，陰風一望盡湖天』，今之作者，安得多見此句哉！卽『漢省春風知視草，庾家明月想登樓』，其俊逸亦與韋、柳非伯仲〔二〕。王允寧所論〔三〕，豈或於《遼西曲》、《巡方》諸絕句有指邪？若然，固自有縹緲《竹枝》之響〔四〕，正無害乎總統之才、龍蛇之德矣〔五〕。

【題解】

俞大參，指俞大猷（一五〇三—一五八〇），字志輔，晉江（今屬福建）人。嘉靖十四年（一五三五）武會試進士，除千戶，守禦金門；二十八年，朱紈巡視福建，薦爲備倭都指揮，後遷福建總兵官，與戚繼光等抗倭，屢立戰功，爲抗倭名將。著有《正氣堂集》。生平詳《明史》本傳。李攀龍出任浙江按察司副使，與其一見如故，頗多交游。

【注釋】

〔一〕遼海：渤海。醫無閭：山名。又稱廣寧山。今稱醫巫閭山，在今遼寧省西部阜新與錦州之間。當時爲薊遼總督轄區，爲邊塞重地。

〔二〕韋、柳：指唐代詩人韋應物與柳宗元，以寫山水詩著稱。

〔三〕王允寧：即王維楨，字允寧，華州（今陝西華縣）人。嘉靖十四年（一五三五）進士，授檢討，歷修撰、諭德，升南京國子監祭酒。論詩評文，對時人頗多評論。詳清錢謙益《列朝詩集小傳·王祭酒維楨》。

〔四〕《竹枝》：指竹枝詞。樂府近代曲名。原爲巴渝（今四川、重慶）一帶民歌，唐代詩人劉禹錫據以創作新詞，均爲七言絕句。後世作者甚衆，大多寫當地風情和男女情戀，語言通俗，音調輕快。後亦用作詞調名。

〔五〕龍蛇之德：謂非常之品德。龍蛇，喻指非常之人。《易·繫辭下》：『尺蠖之屈，以求信也；龍蛇之蟄，以存身也。』

報亢方伯

不佞之居是邦也，大夫之賢者不勝可事也。而失計杜門，竄伏草莽，妄附不入城府之義，遂至使海內一人如我公者，亦阻於道左，而無以慰干旄之私〔一〕。不佞亦復不獲望見顔色，受學清燕〔二〕，徒日就於孤陋，奈何免自棄之誚於長者！惟是必聞其政，竊自淑艾〔三〕，以安堵餘澤〔四〕，而高枕田野，此所爲賜，不可使知之矣。

不佞日爲郎時，嘗過殷正甫〔五〕，即相與誦足下，以至今日，幾二十年，嚮往何如！不佞業已廢惰，輒辱不鄙，重所委命，不及面謝不敏，率爾屬辭，極無以揄揚大夫人萬一，亦恃有嚮往我公者三數語其內，可藉以起居而已。然才已止此，幸笑而置焉。

【題解】

亢方伯，指亢思謙（一五一五—一五八〇），字子益，號水陽，臨汾（今屬山西）人。嘉靖二十六年（一五四七）進士，選庶吉士，授編修，擢河南提學副使，歷山東、四川布政使，嘉靖四十三年乞歸。生平詳《條麓堂集·亢公墓誌銘》。

【注釋】

〔一〕干旄：注旄於干首，旌旗的一種。《詩·鄘風·干旄》「孑孑干旄」《傳》：「孑孑，干旄之貌。注旄於干首。大夫之旃也。」此代指方伯。

〔二〕清燕：即清宴。《漢書·劉向傳》：「願賜清燕之閒，指圖陳狀。」

〔三〕淑艾：謂受教於長者。

〔四〕安堵：猶安居。

〔五〕殷正甫：即殷士儋，字正甫。甫，或作「夫」。

與謝九式書

僕也惰夫，何足與言詩？而辱足下誼甚高。卽未能一和已，又亡一介之使稱至意，而猶見屬不置，重之錦篇，經緯繁密，直奪「七襄」之妙者〔一〕，絢然盈目，何以得此於執事乎？然不佞聞之襄君〔二〕，足下才力可以無遠不造，而尤不棄芻蕘之見〔三〕，斯不佞之所有效於左右者也。文有所必不可至，語有所必不可强，與其奇也寧拙，漸近自然，斯公輸當巧而不用者也〔四〕。此或有當於足下哉？郵無正以輕車良馬〔五〕，上下九折坂，無不極材盡技矣。假令改轍乎康衢之間，何有於一日千里也？然後乃今芻蕘於足下，雖謬不恤焉。

【題解】

謝九式，號龍磐，章丘（今屬山東濟南）人。貢生。著有《迴文詩四百首》。見《章丘縣誌》。據文稱，謝九式由襄勛推薦，與李攀龍相識。李與其論詩文創作，所提出「漸近自然」的觀點，頗有可取之處。

【注釋】

〔一〕「七襄」之妙：謂撰寫文章之妙。七襄，織女織文至七襄。《詩·小雅·大東》：「跂彼織女，終日七襄。」襄，織文。七襄，織文之數。詳《名義考》。

〔二〕襄君：指襄勛。詳前《寄襄勛》題解。

〔三〕芻蕘之見：謂粗淺的見解。芻蕘，采薪者。

〔四〕公輸：公輸般，或作公輸班、公輸盤。春秋時期魯國人，俗稱魯班，被尊爲建築工匠的祖師。

〔五〕郵無正：即郵良，字無恤，《國語·晉語九》作『無正』。春秋時期晉人，善御者。

報楊孝廉

曩不佞叨守貴郡，奉職無狀，屢構讒口，幾於中傷，極賴腹心，幸獲無咎，至有今役，曷維其忘？蚤夜以思，所爲報稱我足下美意者，已成率爾〔一〕，悔何及焉！徒有能知足下於形跡之外，而不奪於衆論，卒相與久要爲無失人之誚，以遺恨於今日，此所不負足下者耳。向令郡中無賢不肖，皆謂某愛我，而國士如足下者，無以自見，雖崇虛譽何益哉，？今日而觀足下，睠焉東顧，儼然以臨敝廬未已也；聞謗若自膚受，而愬之恐不能家置一喙未已也；有可以託不佞者，無所不用其極未已也；越在數千里之外，遣使而問未已也。厚矣，厚矣！此某所愈自慶爲無失人之誚，而因以益悔率爾無及者矣。

僕辱今役，足下所察。於時秉銓大夫〔一〕〔二〕，甚不相能於宗子〔三〕，宗子不安其位之勢久矣，豈暇爲我謀乎？然某自省菲劣，殊爲負乘，乃冒進不止，延累舊好耳。近信老母寢疾，乃某復去膝下數千里之外乎而苟祿爲也？

【校記】

〔一〕於，底本作『干』，疑爲『于』之訛，據隆慶本、重刻本改。

【題解】

楊孝廉，生平未詳。孝廉，舉人。據文，知楊某爲順德人。

【注釋】

〔一〕率爾：輕遽，輕率。

〔二〕秉銓大夫：指吏部官員。秉銓，執掌銓衡官員。

〔三〕宗子：指宗臣，時任吏部考功。

與楊二守

不佞待罪貴郡，數得聞過，足下相爲之力唯宏，未能圖效，至今銜焉（一）。十年自廢，復再慢游，輒作故態，深恐長者薄之，姑信所自止耳。入賀事竣，東還視母，計當馳候，而足下翰諭臨寵矣。向令壻太學遺寄誥命時得起居，五年于茲，不知足下之懸車也〔一〕。幸無恙！

大才終自有奇遇如譚公者〔二〕，則足下用其所未盡有日矣。此不佞且愕且喜，所扼腕於譚公延攬俊傑之士，不忌其多取者也。此公神清性恬，動符妙理，傾朝注意，仰止勳勞，旁及玄旨，用助精心，裨補深矣。足下念之！不佞淺夫道聽，合契此公。足下因以迭相授受，乃所大願。不吝土苴〔三〕，以示舊好，跂竢之至！

【校記】

（一）焉，底本作『馬』，據隆慶本、重刻本、四庫本改。

【題解】

楊二守，生平未詳。二守，語出《後漢書·任延傳》。任延任交趾太守，教民禮儀、稼穡，百姓充給。後錫光繼任，政聲侔於延，人稱『二守』。楊氏蓋爲繼李攀龍爲順德知府者。文稱『入賀事竣，東還視母』，知文作於隆慶二年（一五六八）。

【注釋】

〔一〕懸車：謂致仕家居。詳前《劉太保文安公輓章》注〔七〕。

〔二〕譚公：未詳所指。

〔三〕土苴：糟粕。《莊子·讓王》：『道之真以持身，其緒餘以爲國家，其土苴以治天下。』

報宋侍御

昔在不佞，謬惟附驥，兼始視事同舍之雅，重辱高誼，輩鮮儷焉〔一〕。蓋猶及見冢宰許公所試足下奏疏，扼腕時事，侃侃骨鯁之風。以今觀之，登臺攬轡〔二〕，澄清西蜀，稱名御史，惟其有之矣。雖不佞自棄，越在田間，日爲壯之，與有寵光，何可極也？

【題解】

宋侍御，未詳。侍御，官名。監察御史。據文稱曾爲『同舍』，則曾爲攀龍刑部同僚。自云『自棄』，知時辭官家居。

【題解】

〔一〕輩鮮儷焉：謂二人友誼同僚中很少能與比並的。輩，同列。鮮，少。儷，並。

〔二〕登臺攬轡：謂一被任命爲御史卽有澄清天下之志。登臺，榮登御史臺。攬轡，謂初出任。《後漢書·范滂傳》載，時冀州饑荒，盜賊蜂起，因范滂清廉，詔使前往按察，「滂登車攬轡，慨然有澄清天下之志」。

與青州杜使君書

孔邇大政，殊切瞻依。自棄以來，日違長者。頃惟干旄之寵〔一〕，儼然辱而臨焉，所謂從天而下矣。其惟鄙陋，仰挹風裁，竊幸何如！聞公秉筆郡志，不佞四境之民也，方且庶幾望見制作之盛，何乃過聽，詢於芻蕘〔二〕，無亦以王公則嘗謬交某〔三〕，而屬非其任所不恤邪？然公命之矣，謹輯數語，以示某雅所願以頌此公於不朽者，無由而因以冒僭踰之罪，苟堅制作君子之意，笑而置之，無恨矣。若所謂序，則亡論某不敢。以不佞從它郡中奪諸賢大夫君子權，卽諸賢大夫君子所爲創議興修者，志將有在，而世家相沿蓄之耳目，亦復待此而後發，又所謂其事體則然哉。愛人以德，是所懇於長者，其憐察焉。王公雄古，所著述可收之藝文者，似不但所寄二碑矣。

【題解】

青州杜使君，指杜思。詳前《薛子熙以青州使君聘修郡誌見枉林園，尋示贈章，作此答寄》題解。杜思委託薛晨聘請李攀龍爲其主持修撰的《青州府誌》作序，並曾親自過訪，此蓋爲回信。

【注釋】

〔一〕干旄之寵：謂郡守親臨之榮。干旄，旌旗的一種。詳前《報亢方伯》注〔一〕。

〔二〕芻蕘：采薪者。此謂草野之人。攀龍隱居，故以自稱。

〔三〕王公：　指王世貞，時爲青州兵備副使。

報青州杜使君

再辱下存，寵光巖穴。伏讀郡志，厥績卓然。一方文獻，實公肇造，可謂不朽之業，千載一時。每與聞大政，仰止彌殷。郡士大夫家傳人誦，何以躬逢其盛也！不佞如某，苟以塞委命已矣，而以厠之方冊，重惟《顔神城記》、《廣齊謳行》，並蒙謬采，以私所好，卽累全書有所不恤。既已形穢，然以附青雲之士〔一〕，喜愧交集矣。狃於售醜〔二〕，更述爲序，庶幾圖報雅意，不知其笑而置之也。

【題解】

杜思將所修《青州府誌》送達，李攀龍閲後加以肯定，並答應作序。所作的《青州兵備副使王君城顔神碑記》（卽《顔神城記》）和《廣齊謳行》，收入《青州府誌》，令其十分高興。

【注釋】

〔一〕青云之士：　此稱譽杜思。謂學問道德俱很高尚的人。

〔二〕狃於售醜：　習常於獻醜。自謙語。狃，習，習以爲常。醜，謙辭，謂鄙陋。

報顧給事

不佞某在諸生時，已知大廷之上有以直言動天下如執事者一人也。私竊壯之。何爲至今不錄乎？奉睹疏草〔一〕，首言曠蕩，以承天休，何大賢愛君之度；卒抑邪佞，指斥壬巧〔一〕，又何謇謇國士之風！然不知執事論學狀，知爲廬陵、毘陵二君子所自友也〔二〕。出則王臣，居則聖修；大政方新，昭茲求舊。安得復謂無得而稱焉，而願少須臾爲解乎？不佞自棄，越在田中，念無以承大君子聲氣久矣，安得諭及千里之外，而寵以紀述，以重不習？豈謂言公北學所嘗與多齊魯之間之士邪？不佞之與論學，實不敢知。然而論學美名，肇禋盛典，均之不可不具列，而借以答貺命云〔三〕。嫌以孤陋自請，寧笑而置之矣。執事幸憐察焉。

【校記】

〔一〕草，隆慶本、萬曆本、張校本、佚名本並同，重刻本作『章』。

【題解】

顧給事，指顧存仁，字伯剛，太倉（今屬江蘇）人。嘉靖十一年（一五三二）進士，除餘姚知縣，擢禮科給事中。疏請『廣曠蕩恩』赦戍臣楊慎、馬錄等，並斥嘉靖崇信的道士葉凝秀。嘉靖正信奉道家，認爲是諷刺自己，遂將其杖責，並編氓口外，近三十年。隆慶改元，召爲南京通政參議，歷太僕卿，不久致仕歸家。詳《明史·楊最傳》附《顧存仁傳》。此稱給事，又云『大政方新』，並云『越在田中』，知答信作於隆慶改元之初，召還而未任新職之時。

【注釋】

〔一〕壬巧：佞巧，奸佞。《書·皋陶謨》：『何畏乎巧言令色孔壬？』壬，奸佞。

〔二〕廬陵、毘陵二君子：未詳。

〔三〕貺命：稱人賜惠的敬辭。貺，賜予，惠顧。

報劉子威

曩於張仲子帖中〔一〕，睹所摹足下者之跋數語也。文翰雖吳人固有乎，而此獨不常矣。重玩佳集，則足下以才自雄，潔而彌豐，計且欲立埃壒之表〔二〕，坐覽千里不遏之勢，有裕如焉。其於不朽，乃稱盛事，然體裁各率所自至，而風尚不可不一諭。蓋曰：『漢魏以逮六朝，皆不可廢，惟唐中葉不堪復入耳。』見誠是也。於不佞奚疑哉？佳集取材班、馬〔三〕，氣骨卓然。《古樂府》等書〔四〕，興寄不淺，固誼一洒凡近。動盈尺牘，乃旁及章籙〔五〕，靈異自賞，不能輒止，豈由質之華易，而由華之質難邪？未聞罄控九折之坂〔六〕，而失馳康莊者也。安之，才患不自雄耳。以余觀於佳集，官知神欲亦在乎熟之而已。季朗壯麗相敵〔七〕，唯帝作對，必能懸解。字爲句將，句爲篇宗，古詩樂府，小而辨物；唐之律絕，瑜瑕較然。務工所明，無渝其似，斯藝苑之致矣。惟是大方，以先固陋，敢僭意焉。庶因駁示，得所適從，不勝大願於足下也。

以弟婦不淑〔八〕，匍匐竣役，浹旬病憊，殊稽報使，不次。所言序文，殊穢佳集，幸笑而置之矣。

【題解】

劉子威，名鳳，字子威。著有《澹思》、《太霞》二集。見《明詩綜》卷四八。詳前《答寄子威》題解。此爲李攀龍論文篇章之一。文謂『以弟婦不淑，匍匐竣役』，知此文作於隆慶元年（一五六七）接到起復詔命而其妻病逝之時。

【注釋】

〔一〕張仲子：指張獻翼，字幼于，後更名敉，鳳翼弟，長洲（今江蘇蘇州）人。嘉靖中國子監生，爲人放蕩不羈，言行詭異，似有狂易之疾，而說《易》乃平正通達，篤實不支。有《讀〈易〉記聞》、《讀〈易〉韻考》、《舞志》、《文起堂集》、《紈綺集》。生平詳《弇州山人續稿·〈文起堂續集〉序》。

〔二〕埃壒：埃塵，即塵埃。喻指俗世。立於埃壒之表，獨立世俗之外。

〔三〕班、馬：指班固、司馬遷。

〔四〕《古樂府》：元左克明編，錄自漢魏至隋樂府詩，凡十卷。

〔五〕章簶：文簶，謂史籍。

〔六〕罄：盡，盡全力。控：赴。九折之坂：坂名，在四川滎經縣西、邛崍山岩。爲絕險之途。《漢書·王尊傳》載，王陽爲益州刺史，行部至邛崍九折阪，爲珍惜父母遺體而以病爲由辭職，王尊爲益州刺史，行至此處，『叱其馭曰：「驅之！王陽爲孝子，王尊爲忠臣。」』

〔七〕季朗：即魏學禮，字季朗。詳前《比玉集序》題解。

〔八〕不淑：不善。此謂妻子去世。《詩·鄘風·君子偕老》：『子之不淑，云如之何？』夫婦本應偕老，而中道分離，是謂不淑。

報襲懋卿

先別計已甘此寂寥，獨奈何朝燕笑於一堂，而夕塊若於各天〔一〕？一有欲言，誰其爲郢人質邪〔二〕？勿謂夙昔之驩呼罵局非數也〔三〕。

入夏，內屬備所爲疾〔四〕，呻吟發屋，久之乃定。不佞不能一日于城，又奈何今歲爲田，强作解事，顧有獲倍諸老農？家黍畝七石，酒本是足〔五〕。琴書靜好，杯勺之餘，攬持小豚犬於膝上〔六〕，唾籍溺簡〔七〕，不知其不可也。克懋視余，豈不聖世一逸民之放達者乎！

八月，聞幸太學，克懋觀光，值兹曠典，勉之，必捷秋闈〔八〕。南海之羽，出疆而後珍〔九〕，勿謂猶吾鄉舉里選也〔一〇〕。殷少宰亦謂克懋廷試〔一一〕，褎然爲不盡一等者之首〔一二〕，以付天官藻鏡〔一三〕，愈精矣。

【題解】

襲懋卿，即襲勖。詳前《寄襲勖》題解。襲氏與李攀龍志趣相投，過從密切，所以信筆寫來，自然親切。

【注釋】

〔一〕夕塊：晚間塊然獨處。

〔二〕郢人質：謂知己。《莊子·徐無鬼》：『郢人堊漫其鼻者蠅翼，使匠石斲之。匠石運斤成風，聽而斲之，盡堊而鼻不傷，郢人立不失容。』質，目標，對象。

〔三〕驩呼罵局：猶言恣意笑罵。驩，同『歡』。數：運數，命運。猶言命中注定。

〔四〕內屬：猶言內人，謂妻室。

〔五〕酒本是足：釀酒用糧足夠了。

〔六〕小豚犬：猶言犬子，對人謙稱其子。

〔七〕唾籍溺簡：謂任由小兒子吐溺在書籍之上。

〔八〕必捷秋闈：謂秋試必然高中。秋闈，秋試。科舉時代，鄉試例於八月舉行，故稱秋闈。

〔九〕『南海』二句：謂凡物離開原産地纔受到珍視。南海之羽，南海所産羽翮。《荀子·王制》：『北海則有走馬吠犬焉，然而中國得而畜使之。南海則有羽翮齒革曾青丹干焉，然而中國得而財之。』

〔一〇〕鄉舉里選：漢代取士所採取的辦法。鄉、里，古代基層行政單位。士人入仕，須經鄉里推薦、選拔。此謂此去是考試你的才能，不像鄉舉里選那樣只注重個人品質。

〔一一〕殷少宰：指殷士儋。少宰，吏部尚書的別稱。其任吏部尚書在隆慶元年（一五六七）。

〔一二〕褎然：褎然舉首，超出同輩。《漢書·董仲舒傳》載，漢武帝策試賢良後說：『今子大夫褎然舉首，朕甚嘉之。』

〔一三〕天官藻鏡：謂吏部品評。天官，天官冢宰。吏部的別稱。藻鏡，品藻鑑察，品評鑒別。

答顧天臣書

不佞得望見季狂，而披所著述，豈不一儼然吳中名家也？而生平推重，卽惟元美一人。如所云立言經世，力挽文體，不一而置，未嘗不纚纚若自誦也〔一〕。卽何至如茂秦生遇不佞不仁之甚也。謝之見遇於不佞者，季狂所覩。不佞何負生而見譽於諸公，乃至事已既白而薄生者，遂以不佞藉口，不亦左哉！幸而季狂承辱敝邑，至今不佞得籍以居間而自明。乃來諭，輒恐不佞猶尚以前過終棄生。季狂此其誼豈不甚高？然奉使三秦時〔二〕，已許見諸新鄉，從末減矣。近復閔其老而愈悖，三判其詩，筆削不定，何肯更念舊惡也？獨以既得茂秦之謗，而不佞之厚益顯，季狂居間之力益不可忘矣。

【題解】

顧天臣，即顧聖少，字季狂，吴郡南宫里人。詳前《送顧天臣還姑蘇》題解。

【注釋】

〔一〕纚（xǐ）纚：有編次。

〔二〕奉使三秦：指其赴陝西提學副使任。謝榛曾在途中與李攀龍相會，有《新鄉城西昔送李學憲于鱗至此感懷六首》。

答李伯承書

日聞解郡，良久自失，奈何伯承亦復坐及也〔一〕？以足下重名，無終困理。即杜門卒業，效不朽一大事，因緣又奈何乎伯承？辱惠新集，洋洋雅音，是盈病耳。暮春者，維我二人，握手天門、日觀之上〔二〕，信宿道故；東望吴門，品目中原諸子，沾沾自快無已；南謁孔林，振衣金奏，可論昭曠之致。伯承能無意哉？昨謝叟報詩〔三〕，能邀令從游否？

【題解】

李伯承，即李先芳。詳前《送新喻李明府伯承》題解。

【注釋】

〔一〕坐及：連坐而及。坐，因某事相關而致罪罰。

〔二〕天門、日觀：指泰山南天門、日觀峯。

〔三〕謝叟：指謝榛。

上朱大司空

公既保釐東土〔一〕，有甘棠遺蔭焉〔二〕，而又急於愛養人才。不佞如某，自廢之餘，人難倡始，公蓋謬以葑菲〔三〕，疏之薦章，爲羣公望，使某有終不敢自棄之心，以有今命。一顧之力，豈其微也！不然一大中丞所臨，豈少諸賢且達焉者？而某乃褎然在列，此其寵遇，何能忘之！某甚幸，不徒今命而獲出我公門下，以耀多士，長鳴乎翦袚之德者〔四〕，蓋自歸誠於其所由來非誣矣。晚謁復不能繼見，重賜使導跬步鈞慈，乃知公之愛養人才，既已薦之而又勸之，令樂於行以終前誼，必效之國，豈但吐握之節哉〔五〕！亦惟平成丕績，既建百世之利，胼胝自慰〔六〕。天下人才幸甚！某不勝私願矣。

【題解】

朱大司空，指朱衡。詳前《上朱大司空》詩題解。隆慶改元，朱衡是力主起用李攀龍者之一。因其曾任山東布政使，其推薦書亦最有說服力。以狂傲著稱的李攀龍，自稱爲其『門下』，亦可見感激情深。

宋本與此文有異。『一大中丞』作『中丞大夫』，『此其寵遇，何能忘之』作『此何能忘之』，無從『某幸甚』至『乃知公之愛養人才』一段文字，不知何據。

【注釋】

〔一〕保釐東土：謂安定治理山東。《書·畢命》：『命畢公，保釐東郊。』

〔二〕甘棠遺蔭：謂繼承召公輔助文王之德。《詩·召南》中的一篇。《集傳》：『召伯循行南國，以布文王之政，或舍甘棠之下。其後人思其德，故愛其樹而不忍傷也。』

〔三〕葑菲：蔓菁與蘿菔一類的菜。《詩・邶風・谷風》：『采葑采菲，無以下體。』下體，指根莖。原謂不要因其根莖不良而連葉子也拋棄，後用爲有一德可取的謙辭。

〔四〕翦祓：同『剪拂』、『湔祓』。比喻對人的讚許、推薦。詳前《報鈞陽馬侍御》注〔一〕。

〔五〕吐握之節：謂禮賢下士的節操。吐握，吐哺、握髮，本周公接待賓客一飯三吐哺、一沐三握髮，詳《史記・魯周公世家》。

〔六〕胼胝自慰：謂以勤苦自慰。胼胝，手足起繭。

報劉少司馬

某不佞，汙不至阿所好。惟是朝廷大計，其在于今，獨倭與虜耳〔一〕。自公一人，左顧右眄，身掃平而填禦之，南北倚重，功蓋半天下焉，豈其微哉！寵光門下之士，而某誦義無窮時也。賜示諸疏，扼腕狀之，三復其文，閎廓深遠，老成謀國，務出萬全，所以動輒取效，報可相聞，其力由是也。創舉三章，蓋慮或有異見，則公之心可易言邪？然已辭詳法具，足服衆論，加以夙望翕然就盛，則雖某愛莫助之，而識者固豫卜公泰山之安，與國偕休矣。

不佞自廢，越在田野，孔邇干城〔二〕，幸蒙餘庇，又奈何不忍一日擁篲之役〔三〕，吹噓及之，不恤自累其明於公卿間，何以仰答萬一於是也？承命爲序，拙陋無以奉大典籍，候起居云爾，唯左右笑而置焉。邊政方殷，多祉自慰。

【題解】

劉少司馬，生平未詳。少司馬，官名。明代爲兵部侍郎的別稱。

【注釋】

〔一〕倭與虜：倭寇與胡虜。倭，倭寇，指日本海盜。明代中葉，日本海盜侵擾東南沿海，成爲當時主要邊患之一。虜，胡虜。此指蒙古韃靼諸部，屢次侵擾明的北疆，爲明主要邊患。

〔二〕孔邇干城：謂離衛國大將甚近。干城，干城之將，謂衛國大將。干城，謂扞蔽如盾，防守如城。《詩·周南·兔罝》：「赳赳武夫，公侯干城。」

〔三〕擁篲：古人迎候貴客，常擁篲行，表示敬意。《史記·孟子荀卿列傳》載，騶子赴燕，「昭王擁彗先驅，請列弟子之座而受業」。此謂爲之推介、推許。彗，同「篲」、「彗」。

報姜中丞

某備員三秦時，嘗校王大司成文集〔一〕，睹所致我公浙中書，揄揚平倭之役，渢渢如也。既已扼腕壯之，以託於大誼自喜。尋乃儼臨東土，屬不佞越在田間，守其硜硜之好〔二〕，不亟請見長者，自處鄙薄，至今恨焉。然業已自廢，殊愧鴻儀之美〔三〕。仰唯不校，邇者辱庇，起家浙中，則我公分臬之地也〔四〕。成法遺愛，榮施後賢，方具是矣。父母之邦，莫尊於大中丞，而鄙薄如某，敢望顏色？然大臣之度，浩蕩撫我，不可不知也。無亦託於大誼，且三十載，寥寥可念乎。至若某之鄙薄，斯置之而已。

【題解】

姜中丞，蓋指姜廷頤，湖廣巴陵（今屬湖北）人。嘉靖二十三年（一五四四）進士。隆慶元年（一五六七）八月，以南光祿卿、右副都御史巡撫山東。文稱『起家浙中』，知此文作於隆慶元年。

【注釋】

〔一〕司成：官名。古代教貴族子弟之官。明爲國子祭酒的別稱。

〔二〕硜（kēng）硜：語出《論語》之《子路》與《憲問》，堅實難移之貌。此謂秉性孤傲，堅持杜門謝客。

〔三〕鴻儀：稱美人的風采。《易・漸》：『鴻漸於陸，其羽可用爲儀。』

〔四〕分臬之地：謂任提刑按察使之地。臬，臬司，明稱提刑按察使司。

報羅侍御

某不佞十年自廢，人斯置之；猥以薦疏，齒錄清朝〔一〕。維時我公望重臺中，秉持士論，乃某獲與翦祓之末〔二〕，而有今命。出按東土，儼然辱覞，腆惠稠疊，遂使不佞挹承風采，用慰嚮往之私，不勝大願。竊以自出門下爲幸矣。

【題解】

羅侍御，生平未詳。侍御，官名。監察御史。據《濟南府志・秩官志》載，嘉靖、隆慶間羅姓巡按監察御史，只有隆慶初年的羅鳳翶，蒲州（今屬山西）人。羅某爲使李攀龍重出的推薦人之一，致信表示感謝。

【注釋】

〔一〕齒錄清朝：謂收錄清明之朝。齒，收錄。《北史·齊文襄帝紀》：『舊勳灼然，未蒙齒錄者，悉求班賞。』

〔二〕剪祓之末：謂在其讚許推薦人員之中。剪祓，同『煎拂』。比喻對人的培育、讚揚。此處謂讚許、推薦。

報鄒督學

不佞越在田間，業已自廢，十年于茲，未嘗敢見長者。曩以妻氏之變〔一〕，則執事儼然辱而臨焉。乃某獲承顏色，賻惠繼之〔二〕，愍念至矣。尋以尊庇，起家浙中，猥賜燕閒，祖席相命，何以有一於執事乎？不佞菲劣，徒益相形耳。執事乃復誼超汎愛廣眾之中，未嘗不過意私與，雖公不言，而眄睞可識也。裒然文宗，世傳道學，不佞竊伏淑艾久矣，今何幸瞻言自致也！

【題解】

鄒督學，指山東提學道鄒善，安福（今屬江西）人。進士。由刑部員外郎以副使任。官至廣東右布政使。《濟南府志》有傳。文曰：『尋以尊庇，起家浙中』，知此文作於隆慶元年（一五六七）。

【注釋】

〔一〕妻氏之變：指其妻徐氏病故。

〔二〕賻惠：即賻贈，喪儀。

報龔克懋

許殿卿不可謂不知我，至其知我而信我，懋卿一人耳。不佞十年田間如一日，懋卿蓋嘗窺我，豈有妄意於世也〔一〕？起而應運數之會，輒不自量，以犬馬未填溝壑，欲復作秦中故態以報舊好。倏去倏就，三仕三已，如調世然〔一〕；不爲造物所羈，而行藏天游〔二〕，終焉高引，以身寄之，即不佞不恤矣。所卽命駕之浙，蓋爲當路所以處我者之地小，觀後命徵夢卜云爾。除目如雨〔三〕，不佞乃在積薪〔四〕，則又不但尋常視之，甚以爲陽喬〔五〕，所謂無因至前，且然且疑，將收將棄，久斯玩，玩斯置矣〔二〕。而後不佞得以絕類離羣，竢諸來者，又奈我何？不佞難於處，以是爲豫待也。此唯下悃〔六〕，非懋卿知我而信我者，不使概聞。不佞乃今一以安焉，興盡而返耳。

【校記】

〔一〕妄，宋本作『望』，誤。

〔二〕置，宋本作『至』，誤。

【題解】

龔克懋，卽龔勖。詳前《寄龔勖》題解。李攀龍重出，朝野有不少議論。此爲赴浙之初，向好友龔勖作的解釋。

【注釋】

〔一〕調世：欺世。調，欺。

〔二〕行藏天游：謂出處進退任其自然。行藏，行跡，謂行道與隱退。天游，以自然之道暢游其中。《莊子·外物》：『胞有重閬，心有天游。』

〔三〕除目如雨：謂授官文書紛紛而下。除目，授官文書。

〔四〕積薪：堆積的柴草。

〔五〕陽喬：即陽橋，魚名。漢劉向《說苑·政理》：『夫極綸錯餌，迎而吸之者，陽橋也。其爲魚，薄而不美。』

〔六〕下悃（kǔn）：猶言下懷，在下內心所想。

報吳道卿先生

某輩自以狂簡，睹今之俗，郡守不復致士，而士亦不復附焉。每嘆在昔及門之寵，曠古一遇矣。聞廣平盧公拊髀當朝，又未嘗不稱述先生命世之才，節鉞一方，國家何憂胡也？此自時輩所雅推重先生者，不啻其常耳。乃前以法家超異，取忌羣流，不盡所長，萬夫失望何也？不佞某十年自廢，業已削迹，乃忽有此，小草渡江，日不忘作秦中故態，歸返田廬，不自知其不可者。獻歲走謁諸院〔一〕，且圖起居丈下〔二〕，而使者儼然臨況矣。惟是長者之請，猶限於舍館之私，而寵諭之頒，顧早慰乎摳承之願〔三〕，爲其幸乎！伏讀冤錄，有如天日。彼已飛塵，笑而置之耳。

【題解】

吳道卿，生平未詳，與下《報吳濟南》應爲一人，則道卿爲濟南知府。

【注釋】

〔一〕獻歲：歲首。《楚辭》宋玉《招魂》『獻歲』《注》：『獻，進也。歲始來進，春氣奮揚，萬物皆感氣而生。』

〔二〕丈下：函丈之下。丈，函丈，語出《禮·曲禮上》。容丈之地。後對師稱函丈，猶言講席。
〔三〕摳承：摳衣承教。摳，摳衣。提起衣襟以示敬意。

報吴濟南

念公不報之德，未嘗不欲千里負擔，一謁門下也。顧以薄羈畏人，兩過函丈而不敢入，則官之爲俗物可知矣。雖翁愛我，意已及此，而示衆以譾劣之形，不肖亦不能自逭其罪也。然旋役復以疾作，未堪摳承，不獨薄羈之畏人者。抵省百冗，愈增惰氣，視昔十載，偷安不能奮飛矣。向見三長兄，英才雅質，均之大器，鳳穴之毛〔一〕，無弗五采；桂林之幹〔二〕，動以干霄。翁撫之膝下，經學相難，異聞互發，家庭之美，堂構之樂〔三〕，快何如也！孫輩留神推步〔一〕，餉以珍果，使預含餳之慈〔四〕，加于骨肉，曷敢忘焉！

【校記】

〔一〕步，宋作『哺』。

【題解】

吴濟南，即吴道卿。此爲李攀龍赴任浙江，見其家人之後所寫之信。

【注釋】

〔一〕鳳穴之毛：即鳳毛，喻指人子有文采。
〔二〕桂林之幹：喻秀出衆美的幹材。桂林，桂樹之林。

〔三〕堂構之樂：子承父業之樂。堂構，子承父業。《書·大誥》：『若考作室，既底法，厥子乃弗肯堂，矧肯構？』《傳》：『以作室喻治政也。父已致法，子乃不肯爲堂基，況肯構立屋乎？』

〔四〕含錫（xíng）之慈：謂對孫輩的慈愛。含錫，同『含飴』。飴，《方言》曰『錫』。含飴以自甘，謂自娛晚年。

報孫金吾

不佞蓋猶及見尊翁伯仲之盛，則私竊念之：大賢疊興，當自難乎其爲後也。乃足下高才，復與羣從兄弟嚶鳴聯翩〔一〕，益光來胄，則三朝一世家矣。直暇詠言，輒蒙不鄙，洋洋大雅之音乎！不佞何幸使聞之。今安得其人焉，而晤語一堂之上？以是尚友焉，未能也。

【題解】

孫金吾，生平未詳。金吾，秦漢官名。巡察京畿地區治安的長官。

【注釋】

〔一〕『復與』句：謂與兄弟們相繼榮顯。從兄弟，叔伯兄弟。嚶鳴，鳥聲相同。《詩·小雅·伐木》：『伐木丁丁，鳥鳴嚶嚶。出自幽谷，遷于喬木。嚶其鳴矣，求其友聲。』

上劉中丞

曩以天不誘衷，深獲無禱之罪於大父母〔一〕，至今十年杜門，怨艾每一及之，汗背無已。旋臨東土，用秉大憲，不即髡箝，重遺腆惠〔二〕，不勝處厚，領之赧然。承乏于官，道滕之野〔三〕，始知鈞臺以大中丞入覲；遜館自避，恐觸斧鉞之威，徘徊未即伏謁。然自視以薄，受責不勇，尋亦悔之矣。茲者車駕之便，正其肉袒負荊之時，而亦爲公前驅之地，復以海檄事嚴〔四〕，自失其會，有終不得請之恨。惟是不勝大願，少垂夷齊不念之德〔五〕，相與自新，而棄前過，非敢曰附驥之私且三十載，寥寥可愍也。不校者安於釋然，自訟者苦於不置，即包荒之雅重愈著，而不肖之謬迹常存矣。無任惶悚，馳戀之至！

【題解】

劉中丞，生平未詳。中丞，官名。詳文應指山東巡撫或布政使。據《濟南府志·秩官志》載，嘉靖間，劉姓無任山東巡撫都御史者，任布政使者有劉漳、劉士奇、劉斯潔，其中只有劉漳仕至巡撫。劉漳，湖廣黄岡（今屬湖北）人，進士。據文知此爲李攀龍隆慶元年（一五六七）起復之後，赴京返途，與聞劉入覲而未見，寫信致意。

【注釋】

〔一〕無禱之罪：謂獲罪於天。《論語·八佾》：「獲罪於天，無所禱也。」大父母：大父母官。指劉中丞。

〔二〕「不即」二句：謂不加治罪，反加豐厚的施與。髡鉗，古代刑罰。髡，剃頭。鉗，鐐銬。

〔三〕道滕之野：途徑滕縣郊外。

〔四〕海檄事嚴：沿海警訊緊急。檄，檄文。此謂告急文書。

〔五〕夷齊不念之德：謂不念舊惡。《史記·伯夷列傳》：「孔子曰：『伯夷、叔齊，不念舊惡，怨是用希。』」

與劉憲使

奉委浹旬（一）〔一〕，不勝卻戀長者之甚。不佞猥以同寀之誼〔二〕，託鄰庇德，用紓內顧，所愧菲劣，日出視牘，動輒滿百，安能免戾？耘人之田〔三〕，殊畏鹵莽。蔡公近報何似，肯爲守促之否？

【校記】

〔一〕委，明刻諸本作『違』。

【題解】

劉憲使，指劉顯（？—一五八一），南昌（今屬江西）人。抗倭名將。官至都督同知。隆慶初年，任副總兵，協守浙江三沙。其間與李攀龍相識，頗有過從。

【注釋】

〔一〕浹旬：十天，一旬。

〔二〕同寀：同僚。

〔三〕耘人之田：耕種別人的土地。此喻指接任別人的官職。下文『蔡公』，爲浙江按察使。

報王給事

足下出自著作之署，諫議金馬門，既已聲動朝廷，用是文雅高誼，懷我同好，斯天下願識其風裁矣。攝海之役，畀予方殷，尋以及代，下情不盡。請益辱示佳篇，把玩忘別，輒有和章，少見嚮往，幸卒教之。元美起憲河南，具疏力辭，吳明卿今補高州，五年一郡，復爾投荒，是爲兩公出處也。

【題解】

王給事，生平未詳。文稱『出自著作之署，諫議金馬門』，又談及元美、明卿仕歷，知其由翰林院升任吏科給事中。

給事，給事中，官名。明代設六科給事中，掌侍從規諫、補闕拾遺、稽察六部百司之職。文稱『攝海之役』，及『元美起憲河南』、『吳明卿今補高州』，知此文寫於隆慶二年（一五六八）。

與胡大參安

蓋足下既以岳牧於衡之陽，而不佞亦領郡畿輔。以吾從計吏之後，朝夕繼見也。乃今十有三載矣！攝海之役，則長君柱史儼然辱而臨焉，候諸道上，持禮甚固；通家承之，殊爲異聞。不佞奈何敢於外夙誼而愛薄劣，令無以著象賢之大也〔一〕？適按甬東〔二〕，耀我軍士，行間是求，使者有命；顧前已補其人矣。尋當它請，仰副至意。

【題解】

胡大參安，即胡安。生平未詳。文稱在其爲衡陽知府時，攀龍『亦領郡畿輔』，在上計之後，二人相識。大參，官名。布政使參議。

【注釋】

〔一〕著象賢之大：顯得兒子那麼像您。象賢，本謂子孫象先代聖王之賢者，引申爲人子之稱。《書·微子之命》『象賢』《集傳》：『象賢，謂其後嗣子孫有象先王之賢者，則命之以主祀也。』

〔二〕甬東：地名。一作甬句東。即今浙江舟山羣島。

報鄧令

蓋既按餘姚，夾江而城，崇墉言言〔一〕，以爲壯哉縣也，令非其人不可焉。乃賢奉謁郵亭〔二〕，則不佞察其氣，已足以勝之矣。舟中數語，更與所圖上方略相脗合，俊傑之識非爽也。八章條達〔三〕，老成謀國，異日足下撫填一臺〔四〕，以柔遐邇，大體具是矣。其優主將以重事權，有非新進左武自尊之淺見〔五〕，而存召募以固士志，尤當今預防未然之遠慮。所以懸絕乎潛奪行伍，以苟目前節用之微名者，自知未叶羣議，而不以嫌爲解，諸子所不及也。古人登常山而得符於代者〔六〕，則凡以躬閱視，而大勢在我耳。賢不由是哉？錄致諸編，畫列明楷，裝輯整麗，甚盛心矣。外音韻六書數種，仍希終惠，不任望蜀之意云〔七〕。

【題解】

鄧令，生平未詳。據文知鄧氏爲餘姚縣令。餘姚縣，即今浙江餘姚市。

【注釋】

〔一〕崇墉言言：語出《詩・大雅・皇矣》，謂城牆高大。

〔二〕奉謁郵亭：謂至郵亭謁見。郵亭，古時傳送文書之所。《漢舊儀》卷下：『設十里一亭，亭長、亭侯，五里一郵，郵間相去二里半，司姦盜。』

〔三〕八章條達：謂八條之教順暢。八章，指《大學》之中的八條目。《大學》：『古之欲明明德於天下者，先治其國；欲治其國者，先齊其家；欲齊其家者，先修其身；欲修其身者，先正其心；欲正其心者，先誠其意；欲誠其意者，先致其知；致知在格物。物格而後知至，知至而後意誠，意誠而後心正，心正而後身修，身修而後家齊，家齊而後國治，國治而後天下平。』

〔四〕撫填一臺：鎮撫一部，謂可爲一部尚書。填，通『鎮』。臺，臺官，尚書。此爲恭維話。

〔五〕新進左武：剛提拔的、惟武是尊的人。

〔六〕常山：山名。卽恒山。五嶽中的北嶽。在今山西北部。代，古國名。卽今山西代縣。

〔七〕望蜀：卽得隴望蜀，懷非分之想。

與徐少府

凡人之情，莫不愛其子之能官。比其失志，斯衰矣。加之一旦棄養，而卽不禄〔一〕，又誰不愈甚其積憾之心？此一時也。能官者之諱言詩，亦愈甚矣。唯公盛德，不以副使君之言詩而疑其不能官，以失志棄養而卽不禄以爲憾焉。而顧爲裝槖，乞元美序列〔二〕，而更以聞諸不佞，拳拳將若寧不能官，而此不可無傳者。唯公盛德，迥異凡人之情，而所樂有賢父兄者也。不佞不任感羨奉命。唯公盛德，益敦天性，爲孤孫嫠婦之庇是懇矣。向過蘇州，元美序列已具集首，亦復拳拳孤孫嫠婦之託，而況唯公盛德乎！

【題解】

徐少府，生平未詳。少府，官名。秦、漢爲九卿之一。明代其職掌併於工部。

【注釋】

〔一〕不祿：不終其祿，士（此指官員）死亡的委婉說法。見《禮·曲禮下》。

〔二〕元美：即王世貞。序列：謂作序言。

與郭方伯

不佞奉委，趨役惟謹，八月二十五日抵京，九月三日以臬司入見帝。十四日則章畢達，十八日陛辭，已於事而竣矣。是役也，日惟辱命是恐，黽勉自效，非福德之遙庇，而指授之素閑，何以免大戾而貽主者羞也？此無他，大宗伯自以一時大典，禮儀不與，簿領是承〔一〕，日夜伺吾二人者至，則三晉已稱方面之使，而陝以西繼之。江左簿領，因而懸笥不進，遣紹歸請〔二〕，觀望中途，乃知公識大體。不佞咫尺天威，屏營爲勩，所不恤矣。唯公私厚，發篋用覿，始知中有深藏迥出，常愧用心之密，若躬自急，且愧且感。曷維其志，盛譽傾朝，節鉞孔邇。不佞暫詣濟南一視老母，先此起居，用報竣事，慰長者之永懷，並陳謝悃。新春于役，面布，不宣。

【題解】

郭方伯，生平未詳。文云『以臬司入見帝』，即以按察司副使的身份謁見皇帝，知此信作於奉詔起復抵京受命之時。

【注釋】

〔一〕簿領：文書。

〔二〕遣紹：派遣手下。紹，紹介。《史記·魯仲連列傳》『紹介』《集解》：『紹介，指佑助者也。』

與張大參

不佞甚陋，自以奉長者之寵，計欲處知德之列也。乃足下誼甚高，不佞詣吳而吳人士請焉，詣都而都人士請焉，以莫不三致意於公者，謂不佞同寀之慶易事而可久要〔一〕，以信乎朋友，道在是耳。不佞則申之以『劍旁星彩，天表日華』之句，則又以莫不咄然三嘆而作，謂不佞有臭味之好矣〔二〕。公所以造不佞，而爲之重，豈淺哉！

【題解】

張大參，生平未詳。稱『同寀』，則曾爲同僚。

【注釋】

〔一〕久要：往日之要約。《論語·憲問》：『子曰：「久要不忘平生之言，亦可以爲成人矣。」』

〔二〕臭味之好：即臭味相投，有相同的愛好。

與崔少參

不佞茲于役三月而竣事，東還視老母，則公之大賜矣。無論渡江，而祖之武林〔一〕，餽賮惟腆〔二〕，款曲若不能輒已者之爲厚也。於越跨有江海〔三〕，足下節鎮一方，雄矣。新政濯然爲創業名，開府稱世寵焉，不佞何幸睹之！天朝澄朗，今且以入賀行，公豈無意乎？

【題解】

崔少參，生平未詳。文稱『今且以入賀行』，即入賀皇太子冊立，在隆慶二年（一五六八）。

【注釋】

〔一〕祖之武林：在武林餞別。祖，祭路神。此謂餞別。武林，地名。即今杭州。

〔二〕饋贐（jìn）惟腆：饋贈豐盛。

〔三〕於越：古地名。即春秋時期的越國。指今浙江。

與殷憲長

先是，不佞之越在田間者十載矣。自陋以不奉長者于浙之役，趦且甚焉〔一〕。則公實在此，不佞可以故人自恃，而得免於後之君子，使少年輩勿疑焉。稱甚大惠，姑勿論已。即辟衆而言時事，動見千里，至今一如所料，不以疏而諱之，出腹心相示，令某得辱意氣之雅，以是不鄙，何以報之？公蓋自給事禁中，望日傾朝，其於出參外藩，緒餘乃爾。雖按院首剡〔二〕，破格待之，何以盡公？而至以不佞廁諸長者之側，使謬附驥尾，以爲某重，顧以累公坐損，所不恤矣。平生長者而天從之願，形穢自忘，則不佞雖僭，亦不失爲知所嚮往之效，敢不益勵，以求比迹萬一也？

入賀捐餽，既以方命不恭，兼復小嫌，仰違矜念，使大愛不遂，所施淺哉！賴庇竣委，東還視老母，計春之任，以謝諸惠，然公已江右秉憲矣〔三〕。是舉也，先三日而謁相公，則相公起居公者甚備，而他無所及，蓋其缺方新。有心哉，相公也。卽公雖非求之，然使當路者一切置而不問，豈不獲乎上之道乎？不佞蓋述所由以相聞，而非以爲公耀也。舊知政之政，何以告新知政乎？然不佞似更中廢者，田間戀戀，奈何！惟長者憐之。

【校記】

『是舉』至『而非以爲公耀也』，宋本無。

【題解】

殷憲長，生平未詳。憲長，上官。指浙江按察使。宋本題作《與殷按察》。

【注釋】

〔一〕趑且：卽趑趄，且行且卻，徘徊不前。

〔二〕首剡：首薦。剡，剡薦，削牘舉薦。

〔三〕江右：江西的別稱。秉憲：執法。此謂爲按察使。

卷之二十七

書

上御史大夫王公書

唯是我公遘今上改元之會，總持風裁綱紀維新之政，著尊國體，養一代作肅之氣[一]，以中正大觀爲當朝重，天下翕然壯之也。某外藩掾屬，日嚴入賀，上謁西臺[一]，聽公臨飭，憲度耽耽，職用儀庭，爽然思戾，至今念焉。起居燕閒[二]，吐餔延納[三]，一卽溫厲，故舊不遺。亟承枉幸，未及繼見，已於事而竣矣。某旣以不待，失辭長者，未謝不敏，而公之手教且及[二]，其所爲欲私之者，意蓋闕如[四]，有不能盡，德音可誦也。某何以有此於公，而薦寵下輩若是乎？勿亦延譽海內，得士自喜，若所謂王大參兄弟者，其人感非常之遇，而效一藝，承藉光靈，亦自某始乎？長君世胄，高才異聞，揚、馬後賢[三]，麗澤交映，擁之膝下足矣，猶尚接引旁求，以共永譽，可不稱休休之臣哉[四]！仲月抵任，謹茲報至，奉牒以聞。再附起居，垂炤，不備。

【校記】

〔一〕氣，宋本作『體』。

〔二〕燕閒，隆慶本、重刻本、萬曆本並同，張校本奪。

〔三〕吐餔，隆慶本、重刻本、萬曆本並同，張校本奪。

〔四〕闕，宋本作『閟』，誤。

【題解】

御史大夫王公，生平未詳。御史大夫，官名。明代指都察院都御史和副都御史。宋本題作《與王中丞》，闕『仲月抵任』以下六句。文中『王大參兄弟』，蓋指王世貞兄弟。世貞於隆慶二年（一五六八）除夕得報遷浙江左參政，翌年正月赴任，年底即升任山西按察使，則此文作於隆慶三年。

【注釋】

〔一〕西臺：官署名。即御史臺。明改爲都察院。

〔二〕手教：謂親筆信。

〔三〕揚、馬：漢代揚雄和司馬相如。

〔四〕休休之臣：寬容、樂道之臣。《書·秦誓》『其心休休焉』《鄭注》：『休休，寬容貌。』《傳》：『其心休休焉樂善。』

上王侍御啓

伏惟天使備嚴凝之氣，業乃敦仁；王臣秉綜覈之權，德惟持重。皇斯執法，儼臨吳越之交〔一〕；

列彼流風，丕振東南之美。既竣省方之役，江海澄清；再逢覲聖之期，雲霄傾注。操冰霜而自昔〔二〕，受命先朝；瞻日月之維新，告虔當宁〔三〕。久虛侍從，匪紓趨闕之懷；並辱激揚，言俟還臺之駕。封章之暇，飛隼既已成威〔四〕；盡境而留，行驄庶其且止。望高獨座，暫依烏府之光〔五〕；寵絕羣寮，遂遠龍門之御〔六〕。某等不任祇請延佇之至！

【題解】

王侍御，生平未詳。侍御，官名。明代指監察御史。啓，官方書信，呈文。

【注釋】

〔一〕吳越之交：謂今江浙地區。

〔二〕操冰霜：操持冰霜之節概。冰霜，喻人操守堅貞清白凜然不可侵犯。

〔三〕日月之維新：指隆慶帝即位之初。日月，以喻君后。《詩·邶風·日月》：『日居月諸。』《箋》：『日月喻國君與夫人也。』告虔當宁（zhù）：謂其當立於朝堂之上。告，通『誥』。上敕下曰告。虔，敬，恭敬。宁，門屏之間。《爾雅·釋宮》『門屏之間謂之宁』《注》：『人君視朝，所宁立處。』

〔四〕飛隼：鷙鳥名。即鶻。此喻指急報的奏章。

〔五〕烏府：御史府。詳前《送王侍御》注〔一〕。

〔六〕遠龍門之御：謂遠離受其接待之榮。龍門之御，謂受到名士的接待。東漢李膺爲漢末名士首領，受其接待謂登龍門。詳《後漢書·李膺傳》。

與殷宗伯

恭惟大宗伯之命，未幾而特恩儼然改玉矣〔一〕。周、召之業〔二〕，不下帶而存焉，豈獨里閈爲光哉？先慈之役，仰成長者，實當大事，所爲附布謝悃，計且垂察。而奠章再報，則舉東省縉紳而列焉，以榮寡母，寵不肖，無乎不致。即藩臬小吏，分不得與于此典，勿庸恤矣。揭之北堂，褎然大老銜諸首簡，使觀者謂某有徽惠〔三〕，而式靈所逮〔四〕，坐袚沴德〔五〕，當令某何以圖稱於公？方晝日清燕，乃不忘里閈，其在深州夙雖矯矯〔六〕，然何能不伏此誼？里閈亦無不僉謂非大庇斡旋〔一〕，恐不免其有它，公何患乎？不亮公是不自亮也。始見吳師於浙中，福氣索然，而持論以左，所覬誠不訾，今豈竟并其身且委之也？幸而長者如公，託言冀本〔七〕，則三十年以國士視公者，亦已足有今日耳。

子含感大誌〔八〕，次骨如某。左史抵舍彌日矣〔九〕，時時念長者，似欲望秋旋任，今腰股稍覺颯颯耳。譜例二書領悉，前諸拙稾序能一留神否？恐論道無遑暇，而瑣屑非所以干尊嚴矣，然亦笑而置焉。駒姪文如諭錄上〔一〇〕，萬唯痛賜批擲，不勝延佇請也就正者。春服綏祉，不備。

【校記】

〔一〕斡，底本作『幹』，隆慶本同，據重刻本及諸本改。

【題解】

殷宗伯，指殷士儋。宗伯，官名。明代指禮部尚書。據文，李攀龍喪母，殷士儋以文致祭，地方大老亦隨同致祭，使李母死備哀榮，攀龍致信表示感謝。李母卒於隆慶四年（一五七〇）四月，李攀龍於是年八月去世。知此文作於李母去世不久。

【注釋】

〔一〕改玉：語本《左傳·定公五年》「改步改玉」，謂改行。殷士儋於隆慶元年，擢侍講學士，掌翰林院事。不久，由禮部尚書改吏部。

〔二〕周、召：周公、召公，周初輔佐大臣。此以喻士儋。

〔三〕徼惠：要惠，求得分外惠顧。

〔四〕式靈：對死者表示敬意。

〔五〕坐祓沴(lì)德：因而祓除災害之氣。沴，氣不和而致害。《漢書·五行志》：「氣相傷謂之沴。」

〔六〕深州：州名。即今河北深縣。

〔七〕託言糞本：謂託言性賤。糞，糞土。喻惡賤。本，性，本性。

〔八〕子含：即張子含。詳前《答張秀才問疾》題解。

〔九〕左史：指許邦才。時邦才出爲周府左長史。

〔一〇〕駒姪：指其子李駒。

又

子含生寓候既付，而公札遂至。一介行李，謂得一諾，將嗣領之足矣。不意儼然衰服之中〔一〕，乃見垂愍，如恐不得以襄大事者；力疾筆研，慨惠雄文，寵靈家世，爲子孫重，浹旬而舉之也。再使臨祭，申命用章，益愧菲薄，無以仰副，即先慈不朽矣。涓吉而安厝之者凡三〔二〕，爲兆既備乃豫〔三〕，即某所自盡猶不能若此者，非獨情厚，仁術所自適耳，何能萬一圖報乎！

貴體就和，珍餌自輔，綏履〔四〕，不盡。武選謝啓，煩以轉致。内別幅并録覽裁，統乞批示，不任哀懇跂予之甚！

【注釋】

〔一〕衰服之中：謂守孝期間。

〔二〕涓吉：選擇吉日。

〔三〕兆：墓地的界域。

〔四〕綏履：祝福語，謂福履安綏。綏，安。履，禄。《詩·周南·樛木》：『樂只君子，福履綏之。』

又

承愍積釁〔一〕，而福庇之以大誌，使得袚夙愆而襄此役也。兼之奠章黷吉若在紼次〔二〕，老母可忘，斯公盛德可忘矣！苫塊槁鬱〔三〕，入城復以餘冗，心跡俱勞，至今毁倦，始知先慈有棄孤而生人之爲苦，貿貿然若不終日，奈何哉！便使用附鄙私，凡以告感且慰下存之誼，冀爲惻然耳。春和自珍，綏膺帝眷〔四〕，無任仰祝！垂炤，不宣。

【注釋】

〔一〕積釁：猶言大的罪過。積，多。釁，過錯。李母之逝，攀龍認爲是自己的罪過。所以下文説『祓夙愆』，祓除以往的過錯。

〔二〕若在紼（fú）次：若在送喪人之中。紼，牽引棺木的繩索。

〔三〕苫塊槁鬱：言其守喪之狀：舖苫枕塊，形容枯槁，精神抑鬱。

〔四〕綏膺帝眷：祝福語。綏，安。膺，受。帝眷，皇帝的眷顧。

又

日所請拙稾，當已塗竄。即朽糞下材，極知不堪杇畫〔一〕〔一〕，而待罪門下者四十年于兹，雖至愚陋，然不可使聞者，謂門下於某一無所私也。亦惟與進，而令有所踴躍者由是；亦惟棄之，而令無所嚮往者由是矣。謹兹專泗上領〔二〕，不悋檢發。至於謬賜片言，以冠首簡爲不佞重，尤所敢望於長者云。

【校記】

〔一〕杇畫，底本作『朽畫』，重刻本作『杇畫』，據改。隆慶本、張校本訛『畫』作『書』。

【注釋】

〔一〕不堪杇畫：謂庸才不堪造就。杇畫，塗飾。《論語·公冶長》：『宰予晝寢。子曰：「朽木不可雕也，糞土之牆不可杇也。」』

〔二〕專泗上領：謂專一研治孔子之學。泗上，謂孔子之學。《晉書·桓彝傳》：『首陽高節，求仁而得仁；泗上微言，朝聞而夕死。』領，治理，統領。

又

是日也，已附起居襲生所〔一〕，而左史重以劉將軍託焉〔二〕。凡可聞問長者，不厭旦夕嗣音也。其人上下之交方淺，輒欲言事以自表樹，適以中疑，亦其勢耳。新政不效，閫士惜之〔三〕，庶公憐察之矣，敢代布焉，不知其干嚴如此〔四〕。

適誦我公所示左史書，致意某而勉之慎重。不肖孤摧隕餘息，惰僻不檢，憮然命之矣。何可里閈從游之士，乃獨拳拳不肖孤，傀焉惟恐須臾之去禮。君子哉，其愛人乎！惟是不忘一日原壤之誼〔五〕，而時使聞之，以無辱故舊。不肖孤雖老，四脛猶可叩也。小祥奄至〔六〕，音容漸邈，念昔遘變日依然〔一〕，公實憐焉，爲戚戚于此矣。屬克懋有篚視之役〔七〕，附言起居，袗絺調飲，以承對越之寵。下情不備。

【校記】

〔一〕日，底本作『目』，隆慶本、重刻本、張校本並同。據萬曆本、四庫本改。

【注釋】

〔一〕附起居襲生所：附問起居於襲勖的信中。襲生，指襲勖。

〔二〕左史：指許邦才。劉將軍：未詳。

〔三〕閫士：謂門下士。閫，門限，俗謂門檻。

〔四〕干嚴：冒犯尊嚴。干，犯，冒犯。

〔五〕原壤之誼：謂故舊之情誼。原壤，春秋時魯人，孔子故人。《禮・檀弓下》：「孔子之故人曰原壤，其母死，夫子助之沐椁。原壤登木曰：『久矣，予之不托於音也。』」

〔六〕小祥：父母喪祭名。《儀禮・士虞禮》「期而小祥」《疏》：「自祔以後，至十三月小祥。」《釋名・釋喪制》：「期而小祥，亦祭名也。孝子除首服，服練冠也。祥，善也。加小善之飾也。」

〔七〕篚視之役：謂前往探望。篚，圓形竹器。《孟子・滕文公下》：「其君子實玄黃於篚，以迎其君子。」

又

前真陽令周紹稷者〔一〕，以某辱公閭里，雅所指示其諸鄙稾，蓋嘗與裁舉而刊焉，徑冒不明之罪。是時也，豈知今日爲哀憐之交？其在于浙，不佞臨學宮，采察行業，科術沖雅，門牆高潔，趙中丞三嘆於其功令，而剡以稱首〔二〕。谷中丞不以既遷爲解〔三〕，竭力挽之。卽知無及於事，人亦所甘心焉。師儒長物耳〔四〕，恐近歲遇合未嘗有此也。由二公觀之，其人可識矣。

饘粥是計，襄邸自不惡。然其待次，馬角㲉乳〔五〕，方何爲期？故鄉萬里，仰哺者一十七口，俾違苟祿之心，兼負馮生之想〔六〕。今上維新爲治，小善勿遺。我公體國旁求，拔茅風勸，其有一物失置，片技自違，固公所以夜繼日而思其未合者也。其何以命之？

茲入賀，當聽于大宗伯，不揣先容焉。賜之閒燕，非所敢望于門下矣。頓首干嚴，願垂財幸。

【注釋】

〔一〕真陽令周紹稷：字象賢，由河南真陽（今正陽）縣令，遷寧波府教授。詳前《爲周明府太霞洞天卷題》題解。此爲向殷士儋推薦。

〔二〕剡：剡縣。故城在今浙江嵊州市西南。

〔三〕谷中丞：指谷中虛，山東海豐（今山東無棣）人。嘉靖二十三年（一五四四）進士。據《明督撫年表》載，隆慶元年（一五六七）七月，以右副都御史巡撫浙江。

〔四〕師儒長物：謂周氏在學宮教授道義本其餘事。師儒，本謂鄉里教以道義者，見《周禮・地官・大司徒》。此指府學教授。長物，猶言餘物。

〔五〕馬角羖（gǔ）乳：謂思歸無日。馬角，《史記・刺客列傳贊》『世言荊軻，其稱太子之命，「天雨粟，馬生角」也』《索隱》：『《燕丹子》：「丹求歸，秦王曰烏頭白，馬生角，乃許耳。」丹乃仰天嘆，烏頭卽白，馬亦生角。』羖乳，公羊產乳，喻不可能之事。

〔六〕馮（píng）生之想：謂保持個人尊嚴的意念。馮生，恃矜其生。《史記・伯夷列傳》：『賈生曰：「貪夫徇財，烈士徇名，夸者死權，衆庶馮生。」』

上少宰王公

某自廢一紀于茲。日者仗庇，謬蒙廷薦，于浙之役，忽爾起家。不佞聞之殷大宗伯曰〔一〕：『始大冢宰楊公有意於某，而立決於王公之一言，則詰朝命下矣。』此爲知遇，某銜之而未敢稱報也。由是大中丞趙公亦爲仰體我公故舊不遺之意，疏而薦之，均以昔嘗待罪貴郡，遂有蒲鞭之語〔二〕，凡以成公一言立決之誼也。某無良于貴郡，而顧辱二公庇護如此，感愧交集，何能自已！

曩以入賀，亟承臨貺，延敘夙雅，折節優異，俯循菲劣，逾厚覯德。旋未及任，而中州之牒至矣，激切何如？恭睹我公爲國銓衡，著績一考，清朝重望，傾注題才，乃若下情，尤其踴躍。謹茲一介，敬上起居，兼聞謝悃。垂炤，不宣。

【題解】

少宰王公，生平未詳。少宰，官名。吏部侍郎的別稱。文稱『旋未及任，而中州之牒至』，知此文作於隆慶三年（一五六九）。

【注釋】

〔一〕殷大宗伯：指殷士儋。

〔二〕蒲鞭：以蒲草爲鞭，薄罰示恥，謂寬厚之政。見《後漢書·劉寬傳》。

與殷少宰書

某父子所爲辱骨肉之愛，非常哉！老嫂淑人之卽兆也〔一〕，則弟婦卒以其時，其所不報，乃至如誌銘告章生色交映，千載不朽。卽一玉銜，天光發新，可使復起，而況弔祭謬恭以勸，諸貴客儼然臨焉。

不佞父子得以襄役，持甪畐而成之禮，大恩可知已！然則我公歸兮，凡以老嫂淑人卽兆耳，而榮寵之餘，并及弟婦，若爲之者，卒以其時之遇乎？屬公顧隴初情〔二〕，重以望闕取道，不忘構致佳篇，以慰愚父子旦夕跂予之私〔三〕，體悉款備，捧讀感泣，何以有此！所與豚犬騗夙夜北祝綏履祚胤〔四〕，錫福天下耳。

【題解】

殷少宰，指殷士儋。少宰，官名。吏部侍郎的别稱。士儋任職吏部在隆慶元年（一五六七）。是年三月，其妻翟氏卒於京邸（見《翟淑人墓誌銘》）；七月，攀龍妻徐氏卒於濟南。翟氏諭祭，榮及徐氏，令攀龍感激莫名。

【注釋】

〔一〕卽兆：葬於墓地。兆，墓地的界域，卽墓地。

〔二〕顧隴初情：顧念家鄉之本心。隴，通『壟』，田畝，借指家鄉。初情，本初之心。

〔三〕跂予之私：謂殷切盼望之情。跂予，踮起腳跟，翹盼之狀。私，私心。

〔四〕綏履祚胤：祝福語。綏履，語出《詩·周南·樛木》，謂福履安綏。綏，安。履，祿。祚，福。胤，胤嗣。謂福及於後代。

報姚方伯

甚矣，我公之爲長者乎！某不佞，越在田間，而誰以憶之？唯是我公，曩以謁補，道出境上，不遠數百里，翰貺相存〔一〕。昔則然矣，今豈有爲也？以庇起家，適叨浙省，念當竣賀，詣候貴郡，尋有此役，圖效未能，坐陷菲劣。公猶推敬梓之愛〔二〕，繾綣非常，蓋一月而三饗之。餞賮踰涯，教言在耳，上及荒隴，下寵豚犬。三十年於此，三百人通家，未有若公之知遇也。愚父子何以報之哉！僕旋告至，奉慰拳拳，附聞候謝，諸容嗣音。垂炤，不盡。

【題解】

姚方伯，疑指姚一元。一元，長興（今屬浙江）人。進士。隆慶初年爲浙江巡撫。見《明督撫年表》。

【注釋】

〔一〕翰貺相存：以書信、饋贈相存問。

〔二〕敬梓：尊敬鄉梓。攀龍爲浙江地方官，故云「推敬鄉梓之愛」。

上趙中丞

于浙之役，唯公屬吏；夙承有造，孰不任職？某中廢輒就新命，亦唯公屬吏，而獨委以闔鑰〔一〕，寄之海防，用寵異之，庶幾因事自見，爲顯庸之地，而藉眄睞，其於陶成〔二〕，可謂曲盡矣。不佞何以得此於長者？無亦以某嘗附大誼，必免大戾，然後無忝諸君子乎？然公之庇護某久矣，待罪貴郡，疵繆實多，指摘是懼，而紀列於疏。其曰蒲鞭遺愛〔三〕，某自考寧不汗顏！公豈忘之乃爾。故舊不遺，爲德歸厚，過與不恤也。不然，我公風裁滿朝廷，顰笑自愛，方竢銓衡，以宰天下，而私一不佞如某者乎？聞者必且謂公所不棄，其人尚可強爲善也，則是莫大焉。我公片語，而使中廢之材唯新是圖，以效知遇於萬一，而勿敢淪于匪彝〔四〕，庶幾爲報，且激且勸之道，而況莫不任職者哉？

謹茲一介，稱謝左右，并上起居，統祈垂炤。

【題解】

趙中丞，指趙孔昭，直隸邢臺（今屬河北）人。嘉靖二十三年（一五四四）進士。隆慶元年至二年（一五六七—一五六八），以右僉都御史巡撫浙江。見《明督撫年表》。

【注釋】

〔一〕閫鑰：謂統兵之權。閫，此指國門。

〔二〕陶成：陶冶而成，謂培育成器。

〔三〕蒲鞭遺愛：謂深得先輩治理寬厚之旨。蒲鞭，以蒲草爲鞭，薄罰示恥，謂寬厚之政。見《漢書·劉寬傳》。

〔四〕匪彝：非道，違反常道。《書·湯誥》：『凡我造邦，無從匪彝，無卽慆淫，各守爾典，以承天休。』

上李公中丞

原任河南按察司、今丁憂、按察使李某謹稟〔一〕：本職遘變先慈，仰違臺候，教思無斁〔二〕，憲恃維均，弔賻奠章〔三〕，動出常格，厚德禮下，匪獨鄉私矣。親也罔極，公也罔極！

某十三日奉柩由考城，十五日渡河出境，二十五日抵家。權厝訖〔四〕，理合報謝，須至稟者。

【題解】

李公中丞，指李邦珍，生平詳前《肥城縣修城碑記銘》注〔五〕。李母卒於河南任所，李攀龍扶柩歸里，至家呈報。

對這位老鄉『厚德禮下』表示感謝。

【注釋】

〔一〕丁憂：亦曰丁艱，謂遭父母之喪。

〔二〕無斁(yì)：無厭。

〔三〕弔賻(fù)奠章：謂弔喪、贈喪儀，並致祭文。賻，贈送助喪財物。

〔四〕權厝(cuò)訖：暫時安置妥當。厝，通『措』，置。此謂暫時將靈柩安置妥當。

報姜中丞書

某不佞忝承此役，圖效無狀，至則重接諸宗人，致莊莅而已。私之者曰是爲持大體，蓋始自姜大中丞，而若得其似者矣。公以臺中風裁，儼然秉憲，不言而大觀作肅焉，某何修而敢謂比迹長者？顧紀法具在，掾屬輩猶能言之，卽雖未知嚮往，無以爲仰成之地。然矩矱夙就由之〔一〕，則是某不佞黽勉從事矣。日者數賜清燕，造膝而面命之者，豈獨愛某哉？而託後賢以善爲可繼，使相因持久，則自公之盛心也。輒遠摳承〔二〕，懼罹大戾，其斯有請於德音。小僕東還，敬疏報候，伏惟綏履，膺寵不宣。

【題解】

姜中丞，指姜廷頤。詳前《報姜中丞》題解。

【注釋】

〔一〕矩矱：規則法度。

〔二〕摳承：摳衣承教，客氣話。摳衣，提起衣襬，表示敬意。

與殷檢討正甫書

大庇以能保我孑遺黎民哉〔一〕？順德雖稱無歲，即亦不流離，他盜來刼爲亂耳，然已岌岌於多暴子弟也。不才而守一郡於凶歲，爲勞何如？向殊有意解綬去，又奈何中讒慝之口〔二〕！不才不能事人局促轅下，又不欲示不相知者以有可督過處，正使他日解綬濟南，當猶是饘粥餬口，始足爲正甫憐。不類分定，今安敢望正甫青雲之上？惟是磬折路傍〔三〕，以俯仰人顔色於風塵中，則某事矣。

【題解】

殷檢討正甫，即殷士儋，字正甫。檢討，官名。翰林院屬官。殷士儋進士及第，授檢討。據文所稱，知爲任職順德時致正甫之信，內中有求其推薦之意。底本目錄作《與殷檢討正甫二首》，而底本正文則分列出下篇《與正夫書》，今據底本正文標題分爲兩首序列。

【注釋】

〔一〕孑遺黎民：殘存的百姓。孑遺，殘存，剩餘。《詩·大雅·雲漢》：「周餘黎民，靡有孑遺。」

〔二〕讒慝(tè)之口：讒佞奸邪之口。慝，邪惡。《書·大禹謨》「負罪引慝」《注》：「慝，惡也。」

〔三〕磬折路傍：在路邊拜迎官長。磬折，彎腰如磬。

與正夫書

正夫無恙。豈聞洪使君事乎〔一〕？昨見吴子所爲伯時答書，謂使君家皆不得生荷恩，不謂伯時亦不及見勅章也〔一〕，可恨哉！『我躬不閲，遑恤我後』〔二〕，當謂伯時矣。食少政繁，黽勉自愛；叢脞之餘〔三〕，旦夕竢舉，雖今既已祠之諸名宦間，而秦人有五羖大夫之痛〔四〕，何爲也哉？又正夫書所爲言經紀二勅者甚備，豈亦輒謂伯時不及見也？

人苦不知足。某在鉅鹿下，初豈謂有今命？欲一遷官，不爲苟去足矣。栖栖至此，日抱巖牆之懼〔五〕，與一二孺子妾緝蘆而處〔六〕，不如幕燕；一行校閲，鄙倍盈牘，精神自疲，披咏漸廢，猶尚憐伯時邪？正夫將何以教故人？故人零落如此，即某視正夫愈益親，正夫寧忍督過某，不令在平生狂客間乎？

【校記】

（一）章，底本作『年』，據隆慶本改。

【注釋】

〔一〕洪使君：即西安太守洪遇，字伯時。詳前《祭西安洪太守伯時文》題解。

〔二〕『我躬』二句：《詩·邶風·谷風》的詩句。《集傳》：『自思我身且不見容，何暇恤我已去之後哉。』

〔三〕叢脞（cuǒ）之餘：煩雜政事之餘。叢脞，煩瑣，細碎。《書·益稷》：『元首叢脞哉！』

〔四〕五羖大夫：即春秋時秦國大夫百里奚。五羖，五張黑羊皮。關於百里奚與五羖的關係，《孟子·萬章上》與《史記·秦本紀》説法不同。

〔五〕巖牆之懼：謂身處危境，戰戰兢兢。巖牆，高牆。高牆易倒塌。

〔六〕緝蘆而處：冬日編織蘆葦以擋寒。極言窮困。緝，編織。

與按察使蔡公

凡我有浙之諸君子者，遴矣。日數於諸臺之門〔一〕，中昃報謁〔二〕，然後視署，未遑暇食，交罷勸憊，已思睡矣。公方常度自將，一儀一德，不佞自棄之餘，鄙陋自分，而相與必禮，相適必情，豈不褎然一大臬之長乎？紀羣從而主之，斯欲其熙然相安焉，斯樂也。不佞既以末僚奉約法，尋往于藩，戀戀不能就舍，祖用入賀，徘徊久之，感人深矣！何怪乎傾朝聞問，如出一口乎！不佞既素得之，亦躬值之矣。

三月而竣一役，乃東旋視老母，將以獻春之任〔三〕，計當報謝長者，遂具如此。

【題解】

按察使蔡公，生平未詳。蔡氏當爲浙江按察使，爲李攀龍上司。下《答蔡按察》、《與蔡按察》之『蔡按察』，亦爲其人。

【注釋】

〔一〕諸臺：指浙江省巡撫（撫臺）、布政司（藩臺）、按察使（臬臺）。

〔二〕中昃報謁：謂午後報到謁見。中昃，午後。

〔三〕獻春之任：謂在孟春赴任。獻春，孟春。

又

不佞爲公守文書，樂觀成功於海上者浹旬矣。明爝火於白日之後〔一〕，不已難乎？幸賴衆心積格，西風效便，而執事方叶雲霓之望〔二〕，令不佞得致于役之勞，力疾以歸，如釋重負，甚盛賜也。中途數語，所謂『舍門戶而守堂奥』云云，備達此公歎賞。執事入境，留心者久之，今不可不疏，以驗斯言矣。

【注釋】

〔一〕爝火：炬火。《莊子·逍遥游》：『堯讓天下於許由曰：「日月出矣，而爝火不息，其於光也，不亦難乎！」』

〔二〕方叶（xié）雲霓之望：爲正在懷有升遷的希望。叶，協的古字。

答蔡按察

不佞非劣，然一傾蓋卽知嚮往我公〔一〕。不但如舉浙諸君子雖皆被德，而三年淹也，斯意氣取之耳。天下之士，可偶合哉！昨辱肝膽吳山之上〔二〕，不以某爲疏，而使與聞秘論，兼優奬借，當道陰庇不佞；不以某爲嫌而使俛焉自勸，曉然恩之，自出骨肉之誼。於斯二者，豈其微乎？吳山之上，千秋仰止。於斯二者，豈其微乎！

【注釋】

〔一〕一傾蓋：謂一見面。傾蓋，語出《漢書·鄒陽傳》載《獄中上書》。途中相遇，停車交談，車蓋相接，謂初交相得，一見如故。

〔二〕肝膽：喻謂傾心暢談。吳山：山名。在今浙江杭州市西湖東南。

與蔡按察

士有初若涼涼〔一〕，而馴至不厭，不合則已，合則久要焉者，由是相與以成同心之誼焉者；由是而見所謂善交也。足下其人矣。某不佞起家自廢陋，無以信乎朋友，唯公謬相推與，一再晤言，遂示肺腑。舉觀所指，果多戒心，使不佞免於取戾也。足下愛我哉！于越萬里〔二〕，自開府作鎮三年，無揚波之警〔三〕，得周公於海上，何必中國聖人矣！公其有意乎？不佞之分藩而守也，不任大願，公其有意乎？

【注釋】

〔一〕涼涼：對人不親厚。《孟子·盡心下》：「行何爲踽踽涼涼？生斯世也，爲斯世也，善斯可矣。」

〔二〕于越：地區名。即今浙江。于，或作「於」。

〔三〕揚波之警：海水揚波，謂海警。

與毛按察

公之爲杭，蓋天下第一郡，而稱治行第一矣。又聯三大省而開府其間，以坐制之，使皆歸心焉，而無敢推彼以避此，然後三大省之政一。三大省之政一，卽東南夫復何不虞之患乎？凡此皆不佞輩借以安枕焉，而不知所由者大也。卒然有役，一朝德之，淺哉！不佞自廢之餘，未閑時事，而識長者以傾蓋如此。

【題解】

毛按察，生平未詳。文稱「公爲之杭」，知其由杭州知府升任。所謂「聯三大省」，卽指浙江、福建、江蘇。

與劉按察

不佞起家田間，得足下不以爲鄙，數千里託僚友焉；得足下不以爲疏，則官聯事、居聯舍也；朝夕繼見，興寢相聞〔一〕，在跡已然，而意獨嚮之。此無他，創合易德，新知易恩，此不佞所感於足下者，不啻平生之誼矣。出攝于海時也，日相存問，使不佞置內顧而安焉。入賀之役，選舟命之，俾良于行，均勿論已。辱賜雄文，張誦中堂〔二〕，日爲三復〔三〕，獎與過情，見者儼然因爲不佞此行所借以爲重，不在一參政而在大篇矣，則何幸而有是於公乎？

【題解】

劉按察，生平未詳。文稱『入賀之役』，又云『不在一參政』，知文作於李攀龍升任浙江布政使司左參政之時，即隆慶三年（一五六九）。

【注釋】

〔一〕興寢：猶言起卧。

〔二〕張誦中堂：懸挂而誦之。中堂，懸挂在堂上的書畫。

〔三〕三復：謂反復誦讀。《梁書·何遜傳》：『沈約亦愛其文，嘗謂遜曰：「吾每讀卿詩，一日三復，猶不能已。」』

報徐按察

不佞無補明時久矣。是役也，既廢之餘，於某爲異常之遇，謂不可不一出以志感云爾。亦知鹵莽如昔，中當自困，有何未竟之蘊？而素位高賢如我公者，固巍然就列也，乃謬及不佞至此乎！

【題解】

徐按察，生平未詳。此爲奉詔起復之時所作。

與林提學

不佞之於是役也，見蓋多長者以莫不及公矣，豈敢私焉。而賢人之於天下，衆莫不求識之；求識之而不得，必求知其所在，以致嚮往，而卜其出處，以慰其比德之願〔一〕，而況日以寮寀相觀法大誼如貫者乎〔二〕？各用簡書，動相伊阻，所恃是心而已。朝政方澄，講業未輟，大省多士，是宗是主，公其勉之。

【題解】

林提學，生平未詳。

【注釋】

〔一〕比德：比擬其善德。《禮·玉藻》：『君子與玉比德焉。』

〔二〕寮寀：同僚。

答王憲使

不佞孤於中州秉憲之役，卽雖不敏，而所願大賢相承以蓋積愆者，未敢以哀毀忘焉〔一〕。顧何幸乃辱故人如門下者乎？喜愧交并，不知其所自託矣。

兩奉雄篇，泱泱大風〔二〕，唯公高才，視此末技，搦筆過之。所願嗣音惠示，時借顏色，必不負讎言之報也。

謬承查公推藉，加以門下蔽愛，卽鄙拙見以爲可耳。其在某蓋嘗內省，豈堪一言入梓，而累二長者哉！查公豐標清粹不逃賞鑒，儻再卒業門下，所就豈但此也？時念不佞，嚮往同之，其爲友誼，篤施高致。君子之情，尤爲銜遇；其傾倒門下，從可識矣。許史詿於疑口〔三〕，而心跡未雪，得無不遺憐察否？吏旋附候，不恤纚縷〔四〕。

【題解】

王憲使，生平未詳。憲使，按察使。宋本題作《報王按察》。文稱「中州秉憲之役」，並言「哀毀」，知此答書作於其母病逝、扶柩歸里之後，即隆慶四年（一六七〇）四月之後。

【注釋】

〔一〕哀毀：謂居喪期間因悲哀而毀頓。毀，毀頓，瘦損骨立。

〔二〕泱泱大風：本爲春秋時延陵季子讚美《齊風》之語，見《左傳・襄公二十九年》。此用以讚王憲使之詩。泱泱，深廣貌。大風，宏偉的風格和氣派。

〔三〕許史：指許邦才。時任周府左長史，在河南。詿（guà）：同「罣」，罣誤，延誤。

〔四〕纚縷：同「覼縷」，喻細說。謙謂絮叨。

與邵少參

自不佞有浙之役，見莫不誦足下高誼者。及睹其盛，不啻過之。傾蓋而故，豈偶然也！行省未遑，輒分贐惠〔一〕，乃視居者，爲尤腆乎？

【題解】

邵少參，生平未詳。少參，官名。即參議。文稱「行省未遑」，蓋爲其初至浙江時所作。

【注釋】

〔一〕贐惠：贈予財物。贐，會禮。

與雲少參

不佞越在田間，三值奇疾，不獲左右長者十年矣。猥承是役，實維高誼推與所及，而某由之以著，無得而稱之讓者，圖所無辱命於諸老未已也。黽勉扺任，尋念中林，野心時作，重以貽笑，俛而竢之。置七十老母與初失母之兒，以從宦數千里外，人情哉？所恃我兄通家鄰德，百爾託寄，稍以自解耳。

【題解】

雲少參，生平未詳。詳文意，此爲初至浙江時作。據『所恃我兄通家鄰德』，雲少參或任職山東，並爲歷城人。『黽勉扺任，尋念中林』，反映其復出之時的矛盾心情。

報張少參

不佞某辱公寵異久矣。歸自竢賀〔一〕，蓋一月而三饗之。觀魚之樂，自有北園〔二〕，從不佞始，則它可知。老嫂推愛，下及婢妾，尤爲殊遇，何以報焉？唯公長者，小物不遺，然則豚犬之託，尚竢丁寧，爲視兄者猶淺也。次君熊羆之喜〔三〕，想已就館。兄嫂福德，其可量乎？老母時作痰悶，仗庇稍安。

任後出謁，僕旋附謝，并上起居。炤諒，不備。

【校記】

〔一〕竢，萬曆本、張校本同，隆慶本、重刻本作『竣』。

【題解】

張少參，生平未詳。據文應爲山東布政使司參議。文稱『歸自竢賀』，知在隆慶三年（一五六九）。

【注釋】

〔一〕北園：地名。在今山東濟南北郊，原爲沼澤濕地，稻田蓮蕩，風景秀麗。今已填平，建爲工業區。

〔二〕熊羆之喜：謂生男之喜。熊羆，熊和羆，均爲猛獸。《詩·小雅·斯干》：『吉夢維何，維熊維羆。……大人占之，維熊維羆，男子之祥。』古人認爲熊羆入夢，爲生男之兆。

報沈少參

不佞歸自關中，道出貴治，屬足下有登封之役〔一〕，蓋辱臺餽焉。至今耿耿！久不聞問，披牘戚焉。足下自雄才，兼當路多能文之士，豈少寧武一記〔二〕，而不遠千里，腆焉用幣，以重不習哉？毋亦欲加遺焉，而名爲云爾，以開受者意也，是何至高誼如此乎？不然，一日之雅，二十年於此，亦已久矣。又不然，廢棄之餘，緩急非所及也，何至高誼如此乎？

不佞在告，杜門山居，三值奇疾，皆天幸自免。卷帙自娱，他無復過望。足下重名，飂歷中外，二十年於此。纔少方伯，殊覺留滯，而徵自守。然而方且節鉞一鎮，養元戎之體，尋亦有知遇如萬公者〔三〕，爲之藉甚。少司馬代一間耳，不淺爲慰。稠疊附謝，並致起居。拙藁塞命，惟笑而置之。邊候迎和，膺祉，不盡。

【題解】

沈少參，生平未詳。據前《沈封君七十壽序》，知沈少參爲山西參議，守寧武關。文稱『杜門山居』，知作於歸隱期間。

【注釋】

〔一〕登封：縣名。今屬河南。

〔二〕寧武：明置關塞名。與雁門、偏頭稱外三關。在今山西寧武縣。李攀龍曾應約爲沈某撰《新設寧武兵備道題名記》。

〔三〕萬公：指萬衣。詳前《送萬郎中章甫讞獄湖廣序》題解。

答方憲副

辱使者追送河上，今踰卒哭矣〔一〕。寒暑坐易，摧隕不忘。初誌銘之委某，以謂門下非不知不佞未堪秉筆之役，顧在寮寀之末，而欲有所致，以締交誼，名爲此請耳。能文之士豈少一某，而嗣音懇懇，又若終託不佞而匪謾爲之者，乃不佞不恤鄙拙，答稱成命如此矣，幸笑而置焉。其曰臨輒隕涕，長者之情，久愈耿耿。用藉識感，并塵覽裁〔二〕。仲月襄事，容效下忱。謹附聞慰，垂炤，不宣。

【題解】

方憲副，生平未詳。憲副，提刑按察司副使。文稱『使者追送河上』，應是其扶柩歸里，則答信作於隆慶四年（一五七〇）。仲月，應指仲夏，即農曆五月。此下數篇，都是在其母病逝之後，對同僚賻贈表示感謝。下《與方憲副》之『方憲副』，蓋爲一人。

【注釋】

〔一〕卒哭：喪事祭名。《儀禮·既夕禮》『卒哭』《注》：『卒哭，三虞之後祭名。始朝夕之間，哀至則哭，至此祭止也，朝夕哭而已。』《疏》：『云始朝夕之間，哀至則哭，至此祭止也。始死，主人哭不絕聲，小斂之後，以親代哭，亦不絕聲。至殯後，主人在廬，廬中思憶則哭。又有朝夕於阼階下哭。至此爲卒哭祭，唯有朝夕哭而已。』

〔二〕并塵覽裁：並辱閱過裁奪。塵覽，猶言辱賜披覽。塵，塵忝，酬應語。《文選》任昉《到大司馬記室牋》：『顧已循涯，寔知塵忝。』

與方憲副

某不佞自筮仕以至起家〔一〕，所辱諸僚友未嘗不睠然嚮往，願締四海之好也。久之跡定，必間得一長者如公焉而事之，託不佞於大誼。于浙之役，如殷中丞一人；入汴，更公一人耳，不已難乎而忘之！顧不佞所嘗誦公德，雖未出口，而翁中丞近疏，實獲我心。則某向所事而託焉，固知千載一日也。杪冬先慈大襄〔二〕，深惟遙庇；改歲病勦，方圖聞問，而使貺儼然下存，既追祭河上，又申賻里中，以爲荒隴寵榮。先慈可忘，斯公之厚可忘也！不佞薄劣，無以揄揚爲報，乃勤稠疊如此，自惟有以成公初意而已矣。曲士之懷〔三〕，不敢以遂其硜硜，奈何？然汗赧殊甚，愈難稱答，統祈憐炤。春和自愛，不宣。

【注釋】

〔一〕筮仕：謂入仕爲官。古人出仕前，先占吉凶，謂之筮仕。

〔二〕大襄：大葬。

〔三〕曲士之懷：鄉曲之士的情懷。下言『硜硜』，即鄙賤愚固之意。

又

不肖孤向見陳公，語公之所爲厚也。而孤復繼陳公以行，則公若不能爲某者，戚然于心矣。某不佞以孤，覿於公由衷君子，誼已陰有所致之矣，而荐致無已時。匍匐之餘，瘁形于色，匪骨匪肉，而有此於公乎？唯親之忘，斯公是忘矣！

報楊憲副

不肖孤乃於茲值先母之變也，何睹而非其慘然者乎！猶幸朝廷之寵，某得以階葬先母〔一〕，概大事而尊親之至，人子由以自解。孰使孤起家秉憲，以長我臬中，非少傅公乎？大德久不報，而老母以一夕之疾，溘焉見背，豈其自意？竟不能一日待履任之吉，而須臾供役，以效積悃也！乃辱慰勞，追及賻惠，戚然動兄弟之誼。天之不吊，而公實愍之，至爲廢禮徹樂，以隆不歌之寵。某何足有此！即士風之所歸厚，自隗始也〔二〕，重難圖稱矣！

十五日渡河出境，二十五日抵家。權厝訖〔三〕，謹茲上聞，以副永懷。哽咽不次。

【題解】

楊憲副，生平未詳。憲副，提刑按察司副使。

【注釋】

〔一〕階葬：謂以其官階安排其母葬儀。

〔二〕隗：指郭隗，戰國燕人。燕昭王求賢，郭隗說：『王必欲致士，先從隗始。況賢於隗者，豈遠千里哉！』詳《史記·燕世家》。此謂改變士風，自某始。

〔三〕權厝：臨時安置靈柩。權，權且，暫時。厝，此謂暫時將靈柩安置妥當。

答楊憲副

中州之役，計當效周旋於門下者深矣。瞻言之私，輒阻家難。哀臨祖餞，顧備愍恤。不佞積忱，未獲一語，愴慕可知。念倏卒哭〔一〕，倚次摧隕〔二〕；再辱存問，生色勃然。今卜十一月二十八日襄事矣。唯公永懷，謹茲附慰。

孤聞鑒不畢簡而徹，才不終篇而具，乃所大願。校藝方殷，儲神自愛矣，無任狂僭莫助云爾〔三〕。惠扇祇領，並謝，惟垂炤焉。

【題解】

楊憲副，詳前《報楊憲副》。攀龍扶柩歸里，楊又致書慰問，此爲答函。文稱『卜十一月二十八日襄事』，謂已選定其母葬日。惜乎母未及葬，而攀龍於八月十四日暴病而亡。

【注釋】

〔一〕卒哭：喪事祭名。詳前《答方憲副》注〔一〕。

〔二〕摧隕：傷心落淚。《詩·小雅·小弁》：『心之憂矣，涕既隕之。』

〔三〕狂僭：狂妄自大。僭，僭越，超越自己名分地位之作爲。

答查憲副

某不佞以庇於長者，老母旅次，櫬具斯行，得遂首丘之願〔一〕，爲德大矣。方其湍歸，援而止之，誼非不至，乃不佞固違雅誼，一日而汔濟於河也。詰朝大雨，從者載塗，然後知唯公愛我。昔之彊直不留，正所以不詒長者暴露之慮耳〔二〕。公以謂幸，不以謂惠乎？前謝由衷，復承撝愍〔三〕，某辱憲伯故人者二十年矣。其以嚮仰，蓋自有之。轉致所諭，益羨謙光之盛〔四〕，不敢當于斯言矣。顧公何俟焉，而厚以爲容乎？憲伯工詩爲文章，往即酬倡，與公無不魚水者〔五〕，間不識肯更念某否耳？

【題解】

查憲副，生平未詳。憲副，提刑按察司副使。

【注釋】

〔一〕首丘之願：謂死後回歸鄉里之願。首丘，狐死首丘。《楚辭·離騷》：「鳥飛反故鄉兮，狐死必首丘。」

〔二〕暴露：此謂讓靈柩處於露天之下。

〔三〕撝愍：離别的哀傷。

〔四〕謙光：雖謙退而更光明。《易·系辭下》「謙，尊而光」《疏》：「謂尊者有謙而更光明。」

〔五〕魚水：喻關係親密無間。

報查憲副

一夕之疾，孤不意有母之變。既以已矣，時也，亦豈意有公之誼哉？母不可爲，而公所以爲某爲之者，乃無不各如某爲母之心；其禍慘烈，而由公以解，所以爲某母也者，獨喘息之不可爲耳。親也罔極，公也罔極！然則士之不可以無友也，如此其亟矣。苟非其人，誼不能動，動矣而由之匪仁術。匍匐之謂何？則知公才美，利一援手，得以當大事者，不常所遇也。竣役餘年，終天誦德，唯是跧伏〔一〕，私竊大願，中丞東土，用霑寵庇，是祝是報云爾。

十五日渡河出境，二十五日抵家權厝訖，竣役當在冬月。然公之大惠，什已舉其七八矣。使旋附聞，以慰永懷。清風在心，庶釐愍念，諸力勸役，無不仰體公意者，幸勞遺焉。哽咽不次。

【注釋】

〔一〕跧伏：蜷伏。

又

霜露倏深，僚友之誼，公所施不佞以及先慈者未報也，而諭慤復至矣。即雖哀隕無次，非常銜感，動倍慘切。乃憲伯公書云，查公豐標清粹。可愛哉，其人乎！是惟公德明格，士均嚮往，而宜于長吏，假樂由之。兄弟朝夕協恭勸役，不佞之所夙昔蘄焉，而爲公求必得之者則如此。憲伯公神肅致遠，足爲法器〔一〕。公在許與，可謂大哉！中州一臺二妙〔二〕，某薄劣恨無以參佐其間，跂慕盛事，遙爲踴躍而已。熊羆之祥，當已彌月，遂失報賀。賢郎大兄，穎發日勝，仰慰拳拳。

擬葬先慈仲月二十八日，奉具戚然。大恩在目，茲不重述，一惟垂炤。

【注釋】

〔一〕法器：猶言法度。

〔二〕一臺二妙：謂兩位善書者（或善詩者）同在按察使司。《晉書·衛瓘傳》：「瓘爲尚書令，與尚書郎索靖俱善草書，時人號爲『一臺二妙』。」

答梁僉憲

不佞孤傾蓋而託於長者，一日晤語耳，心已竊異之。分憲一臺，中州動色，可謂侃侃斷國之臣〔一〕，某自以得所嚮往。輒蒙不鄙，重示雄篇，纔一載和，方冀卒業，而匍匐自沮矣。今之作者，長公負褒、粲之才〔二〕，而文宗矯矯奇氣，里閈三晉，更相唱酬，致足爲樂。乃勤慇勞，不忘一日之雅，寒暑懸易，一何厚也！

【題解】

梁僉憲，生平未詳。僉憲，僉都御史。官名。明代都察院置左右僉都御史，位次于左右副都御史。

【注釋】

〔一〕斷國之臣：治國之臣。斷，治。

〔二〕褒、粲：指王褒、王粲，均以詩文著稱。王褒，漢代辭賦家。王粲，建安詩人，被譽爲建安『七子之冠冕』。

答徐僉憲

不佞孤之不託於長者也，念屬是時出則奉僚友之驩，入則稱慶于堂上爲樂，不遑而諭相勞也。蓋謂有人焉，儼然在衰服之中，一日之雅，枯塊依依〔一〕。視彼祖臨載道，寒暑懸易矣。而下存不置，何以得公于此乎？性自厚德，不敢不知已。

【題解】

徐僉憲，生平未詳。僉憲，僉都御史。答函對其送行、賻贈表示感謝。

【注釋】

〔一〕枯塊：枯槁塊處，謂形容枯槁，鋪苦枕塊，守孝之狀。枯，枯槁。《楚辭·漁父》：『顔色憔悴，形容枯槁。』《注》：『臞瘦瘠也。』塊，土塊。舊時居父母喪，須鋪苦枕塊，以示孝心。

又

不肖孤積惡斯極，無論不得朝夕君子以勸終役也。即公所迎養伯父母大梁邸中者，下車纔數日耳，而先慈乃以一夕之疾，溘焉見背，竟以不返！悲驩懸絕，能不重某隕越之悲〔一〕？猶幸推愛，百爾賻贈，慭然勞之，得大事自效，爲如貫之誼也，何以敢忘！

【注釋】

〔一〕隕越：顛墜，跌倒。此謂遭遇母親溘然去世而心力交瘁，如從高處墜下。

答傅僉憲

孤不佞中州之役，乃得託夙夜之誼於長者也。在陳之遇〔一〕，驩言平生，三接之寵，瓶罍用罄，珍殽間出，湎于款洽，從者忘興矣，至今未報，而先慈變作，奈之何哉！荒迷失計〔一〕，乃辱愍恤。不遠千里，遣使臨祭，重之腆儀〔二〕，彤弓大帛，不一而足。某薄劣，何敢有一於長者乎！念以庀二十五日抵厝，方圖告至，以慰永懷，茲者旋便，敬附謝聞。哽咽不次。

【校記】

〔一〕計，萬曆本、張校本、佚名本並同。隆慶本、重刻本作『訃』。

【題解】

傅僉憲，生平未詳。僉憲，僉都御史。

【注釋】

〔一〕陳：古縣名。春秋陳國。治所在今河南淮陽。

〔二〕腆儀：豐厚的祭儀。

又

不佞屬叨茲役，深懼不勝方圓所請，乃公翰示，猥以僚友之誼下存，知將爲教未艾，而不佞恃以無過也。雖缺躬候，爲已命之矣。敢不銜遇於斯言！

與李僉憲

公既按河南，百度就舉，而法不借權要，精明之氣達以風生，古之真御史矣。乃輒遷去，使不獲竟其所施。國家求賢，唯是其才，奈何卓有成效如公者，乃輒報罷，而覃及遺逸〔一〕，以竢未試之虚名！即世之見，或以軒輊，而秉憲一方，大監羣辟〔二〕，亦自隱然一重臣，又奈公何！然上之諸臺使者，次之藩臬僚友，交委而互議，不能徑遂其所欲致者有之，則公之心良苦矣。不佞私竊窺之，公不言也。公固不言，而識不佞私竊窺之，是知己者益深，公蓋嘗不得於意，而相示以色，蓋謂與余爲同心，何必言矣。古蓋貴浮沉，即使精明之氣蓄，而爲渾涵之度，公豈不願之乎？雖西蜀在萬里外，含飴而弄幼子於掌上，亦復甚慰宦情。尚記不佞叨轉，時惟公以謂廢十年而起家，五月以參藩〔三〕，奚云遲也？愛我哉！即有冒進，適重余過，亦弗願之矣。

是役也，已於事而竣，東還視母，恐夙昔自棄之念復萌，將遠高誼，不無望於賜示者。謹先候謝如此。

【題解】

李僉憲，指李邦珍。詳前《肥城縣修城碑記銘》注〔五〕。邦珍歷官至都察院右副都御史，巡撫浙江。而據《肥城縣誌》卷二載徐階《勅贈文林郎河南道監察御史李公墓表》，則其終官爲河南監察御史。因何故「報罷」、「遷去」，且去西蜀（今四川），不詳。

【注釋】

〔一〕覃及遺逸：覃恩及於隱者。覃，覃恩。

〔二〕大監羣辟：謂監督地方長官。辟，長官。《詩·大雅·假樂》：『之綱之紀，燕及朋友。百辟卿士，媚於天子。』

〔三〕參藩：參政，官名。此指攀龍升任浙江左參政。

與宋僉憲

自山以東稱閭閈〔一〕，渡江而宦游者有人哉。遵海而南，開府甌越以陳臬一面者〔二〕，公邪？乃崔公分藩而守，境土相接，互以犬牙，屏翰萬里。郭公坐而爲保釐主〔三〕。不佞勉承大邦之命，使得藉公與二君子重，庶幾無大戾乎？然卓績異政，既以疏聞，甌越當不能久借長者。吳興劇地〔四〕，何以教不佞，使無隳是職，而貽閭閈之累也？

【題解】

宋僉憲，疑即前《寄宋按察》之宋按察，文中『郭公』，即《與郭方伯》之郭方伯，均詳二文題解。

【注釋】

〔一〕自山以東：謂自崤山以東。閭閈：里門。

〔二〕甌越：古族名、地區名。亦稱東甌。爲浙江溫州及浙南的別稱。

〔三〕保釐主：語出《書·畢命》。謂保安之主。

〔四〕吳興：縣名。今屬浙江。劇地：繁重之地。

答李戶曹

曩讀足下封事，未嘗不扼捥壯之〔一〕。時雖訪落而宮闈燕狎，衆蓋相視難焉〔二〕。輒以侃侃〔三〕，開今上納言之路，爲之倡首，一何風裁也！即再抗疏，以李御史庭辯，奇氣不與焉。不佞孤何幸得附一日之雅，寵光自愛乎？

十年分棄，足下所知。起家于浙，實惟母命。乃太恭人繇以至此，積愆何辭？適辱存愍，束帛臨之，大徵不忘，佳篇泱泱，重銜獎勞，無堪圖稱矣。倚次摧隕，略附候謝，垂炤不宣。

【題解】

此蓋爲李攀龍在其母病逝之後，受到存問的答謝函。李戶曹，生平未詳。戶曹，官名。主掌戶籍之屬官。戶部司員，也稱戶曹。

【注釋】

〔一〕「曩讀」二句：謂讀到李戶曹向皇帝的上書，深爲其壯舉而激動。封事，上書言事。捥，同「腕」。

〔二〕「時雖」二句：謂雖在京城恰值天子訪求羣臣之時，但大家對諫諍仍十分畏難。訪落，《詩·周頌》篇名。《集傳》：「成王既朝於廟，因作此詩，以道延訪羣臣之意。」

〔三〕侃侃：剛直貌。《論語·鄉黨》「朝與下大夫言，侃侃如也」《集注》：「侃侃，剛直也。」

與劉戶曹

日以菲劣，亟辱不鄙，獲奉顔色，復見延款。投轄之夕〔一〕，接膝徐君〔二〕，遂成嘉會，重識足下尚友之美誼，而游多士以光先德者，不敢不承也。

【題解】

劉戶曹，生平未詳。

【注釋】

〔一〕投轄之夕：停車入宴的晚上。投轄，將車轄投於井中。本謂殷勤留客，見《後漢書·陳遵傳》，此謂停車入宴。

〔二〕接膝：親密接觸，親近。

報羅武選

不佞孤日辱中州之役，惟是足下所嘗儼然而臨之地也。蓋聞諸郡長者所稱瀍澗之支餘〔一〕，以抵大河内外，從者之往來，物色多矣。孤不佞得於口畫〔二〕，則已羡當今之世有景純焉〔三〕。乃先慈卜葬，不意有殷大宗伯紹介某，而足下慨然躬爲指示，三吉並列，愍孝子之愚，而備所裁成。今襄大事，是侑是妥也。奉札踴躍，安得從天而下，有此於公？先慈寵靈，徼惠後人，貽穀孫謀，德則遠矣，何以萬一圖報乎！

伏讀新刊，重茲請益，具見別紙，亦惟是憐察而命之。某無任哀感佇竢之至。

【題解】

羅武選，生平未詳。武選，明自憲宗成化十四年（一四七八）詔設武科鄉會試，悉視同文科例。愍帝崇禎之後始舉行殿試。詳《續文獻通考·選舉考·武舉》。此指武舉人。

【注釋】

〔一〕瀍澗：即瀍水。源出河南孟津縣西北任家嶺，入洛水。《書·洛誥》：『我乃卜澗水東，瀍水西，惟洛食。』

〔二〕口畫：語出《史記·朱建列傳》，謂口述計畫。

〔三〕景純：即郭璞，字景純，河東聞喜（今屬山西）人。晉代游仙詩人。生平詳《晉書》本傳。《晉書·王廙傳》載王廙上疏，說『璞之爻筮，雖京房、管輅不過』。羅武選或善卜筮，故以稱之。

卷之二十八

書

報戚都督

維齊在昔蓋多名將云〔一〕。士之談境土之盛者，至我尼父〔二〕，莫敢抵齒固矣，猶之稱師旅焉，亦無敢抵齒於我穰苴、孫子者也〔三〕。然兩家區區在二國時〔四〕，獨以解燕、罷晉、西破楚耳，非若今之彊倭轉寇東南數省殆遍〔五〕。唯公建大旗鼓，掃清海上，大小百戰，無不奇捷，遂壯皇朝之氣，而遙制江、廣〔六〕，使諸偏裨得賈餘勇，填蕩潢池〔七〕，功不且半天下乎！不佞實爲偉之，想見其爲人也。

辱示新刻，觀公行事所施設者，閎廓深遠，不佞雖未能竟其義，恐卽《司馬法》、《十三篇》不能過也〔八〕。足下起閭伍之中，而弱冠登壇，海上之役，籌策明矣。是書也，政自論其行事所既施設者，尤非懸度，此何以讓穰苴、孫子哉！

竊聞綏履蓋在吉甫宴喜之秋〔九〕，與汪中丞雅歌相和〔一〇〕，而王元美雄才，篇章交映，是爲質有文武焉。如不佞越在田間，惟公重望，錫我桑梓〔一一〕，既已竊幸，何乃亦復下存，用頒篚瑱〔一二〕，而注屬如此！

【題解】

戚都督，即戚繼光（一五二八—一五八七），字元敬，號南塘，晚號孟諸。其籍貫說法不一。自稱定遠（今屬安徽）人，生於山東濟寧魯橋，東平有其祖墓，而世襲武職在蓬萊，後代亦落籍蓬萊。初襲父職，任登州衛指揮僉事。嘉靖三十四年（一五五五）調任浙江抗倭，次年遷參將，組建新軍，整肅軍紀，號令嚴明，時稱『戚家軍』。以抗倭屢建奇功，擢總兵官。隆慶元年（一五六七），李攀龍赴京受職，將赴浙江按察副使任；戚繼光亦由浙江返京述職，將調鎮薊州、昌平、保定。二人京邸相見，『驩如平生』（李攀龍《報戚總戎》）。在其來往的信件中，李攀龍對戚備致崇敬之意。大約在這次見面時，戚繼光將其所著《練兵紀實》贈予李攀龍，攀龍答函致謝，並加贊評。戚生平見《明史》本傳與汪道昆《太函集·戚公墓誌銘》。

【注釋】

〔一〕齊：古齊國。著名軍事家，如姜太公、兵聖孫武、司馬穰苴，皆爲齊人；戚繼光世職所居蓬萊，亦屬齊地，故云『在昔多名將』。

〔二〕尼父：對孔子的尊稱。孔子名丘，字仲尼。父，同『甫』。古代男子的美稱。《禮·檀弓上》：『魯哀公誄孔丘曰：「天不遺耆老，莫相予位焉，嗚呼哀哉，尼父！」』

〔三〕抵齒：談論，置評。穰苴：即司馬穰苴，春秋時齊國大將，本姓田氏。齊景公任以爲將軍，抵禦燕、晉的侵略。據載，燕聞其善治軍，『度水而解』，晉亦爲『罷去』。詳《史記》本傳。孫子：即孫武，春秋時齊人。也稱孫武子。著名軍事家，被譽稱『兵聖』。據《史記》本傳載，孫子南行，以兵法授吳王闔閭，被任爲將，西破强楚，北威齊、晉。著有《孫子兵法》十三篇。今傳十家注本，並譯爲多國文字。

〔四〕二國：指孫武在吳，穰苴在齊。

〔五〕彊倭：指日本海盜，時稱倭寇。自明初以來，倭寇騷擾江蘇、浙江、福建等沿海諸省，成爲嚴重邊患。至明中葉，倭寇更加猖獗，時侵擾廣東、山東等沿海地區。由於朝廷腐敗，用非其人，平倭戰事屢遭失敗。經戚繼光、俞大猷等抗倭名將多年奮戰，至嘉靖末年始漸平復。

〔六〕江、廣：江蘇、廣東。

〔七〕潢池：池塘。此謂濱海地區。《漢書・龔遂傳》載，龔遂爲渤海太守，宣帝問如何治理渤海，遂對曰：『海濱遐遠，不沾聖化，其民困於飢寒而吏不恤，故使陛下赤子盜弄陛下之兵於潢池中耳。』

〔八〕《司馬法》：即《司馬穰苴兵法》。《十三篇》：即《孫子兵法》。

〔九〕綏履：猶言車駕莅臨。綏，挽以登車的繩索。吉甫：指況叔祺，字吉甫。詳前《寄題況吉甫藥湖別業，在荷山下》題解。

〔一〇〕汪中丞：指汪道昆。詳前《汪中丞臺火，救者獨以劍出，彈鋏而歌，和以相弔》題解。

〔一一〕錫我桑梓：與我爲同鄉。錫，與。桑梓，故鄉。《詩・小雅・小弁》：『惟桑與梓，必恭敬止。』

〔一二〕篚瑱（tiàn）：此喻文章。篚，竹器。瑱，玉器。

報戚總戎

不佞有浙之役，則我公聲洽於海上，古方叔之壯猷無過焉〔一〕，未嘗不翹然願一望見顔色矣。詎意假道還朝，披覩長者，驩如平生。不常款接，謬辱清裁，愈益瞻注。不佞至自拜表，則公之美譽盈庭，英實四達。秋雲高矣，漠南宴然。近年以來，其在于今，羽檄交馳之時也。獨非大將邪？何公之先聲乃如此！《詩》云：「征伐玁狁，蠻荊來威。」公威蠻荊，而玁狁來威〔二〕。聖天子在上，簡書非常之遇〔三〕。乃公輒試輒效，以釋聖天子北顧之憂，而使邊陲被安堵之慶〔四〕，厥功茂矣。

不佞與里閈之榮施，獲再望見顏色，不勝大願。無已則有聞問起居焉。唯是珍攝膺寵，以副凱旋燕喜之祉。

【題解】

戚總戎，指戚繼光。總戎，統帥。此指總兵官。

【注釋】

〔一〕方叔：周宣王時的賢臣，平定荊蠻。《詩·小雅·采芑》：「方叔元老，克壯其猷……征伐玁狁，蠻荊來威。」《集傳》：「宣王之時，蠻荊背叛，王命方叔南征。」

〔二〕玁狁：古部族名。也作「獫狁」、「葷粥」、「獯鬻」等。殷周之際，主要分布在今陝西、甘肅北部、內蒙古自治區西部。後部分向東南遷徙至黃河流域，與華族雜居，部分留居北方。春秋時，稱作「戎」、「狄」。此喻指蒙古韃靼俺答部。

〔三〕簡書：謂戒命，皇帝詔命。《詩·小雅·出車》：「豈不懷歸，畏此簡書。」《傳》：「簡書，戒命也。鄰國有急，以簡書相告，則奔命救之。」

〔四〕安堵：猶安居。

與戚元戎

有味乎公之言：『兵雖稍增而計日可罷者過之，財雖暫益而他日所省者倍焉。』其猷一何壯哉！至謂『將官廢習技而教流黃鉸造之巧〔一〕，以爲奇貨，中動貴人，遠事漠北』，又何痛時弊如此其切也！然則天下注意我公，而聖天子倚重之者當奈何？無已則所謂『寧置其身於鑠金銷骨之鄉〔二〕，不枉其道以求悅，以求事立』云爾，斯大忠之定誼矣。

我公既在，久之將習服則自求練卒，卒習善則自求利器，況志存報主者多，其人之爲可恃也。防秋別議，已有成命，是又我公之揚韜敷略之時也。邊陲甚幸，里閈寵光，在此舉矣！

【題解】

戚元戎，指戚繼光。元戎，主帥。

【注釋】

〔一〕流黃：黃繭之絲，即絹。鉸造：剪貼爲飾。

〔二〕鑠金銷骨：謂反對者衆，傷害及於骨髓。鑠金，銷金。《國語·周語》下：『諺曰：「衆心成城，衆口鑠金。」』《注》：『鑠，銷也。衆口所毀，雖金石猶可銷之也。』銷骨，銷蝕及於其骨，謂傷害之深。《史記·張儀列傳》：『衆口鑠金，積毀銷骨。』

報劉都督

始劉將軍之名滿天下，不佞願見其人者十年於此矣，未嘗不私竊念之。挾百戰百勝之功者，不免自暴其才，而中一朝無辜之謗者，不免輒挫其志。賢者猶難之也。乃不佞以攝海之役，執事者儼然辱而臨焉。獲承顔色，傾蓋如故〔一〕； 先施自致〔二〕，不鄙下交，由衷之誼，披瀝唯謹〔三〕，有孔明集思廣益之風〔四〕，而慷慨以之。即過意延款，使不佞繾綣重別，緬縷舟中〔五〕，不自知其盡境，恍然自失如目前者勿論也。

不佞既東，陌落恬然，秋毫不犯； 登場大閲，復覩紀律森嚴，士氣距躍〔六〕，技藝精真，可蹈水火。艨艟便捷〔七〕，投枚記里〔八〕，槳舵之利，折旋如活，礮石四興，波濤響應，削柹樹檄〔九〕，示疑設伏。所徵敘、瀘弁旄之步〔一〇〕，閩、粤善游之徒〔一一〕； 三河挽彊之騎輩相扼捥〔一二〕，唯敵是求。乃日椎牛行犒，而帷幄自愛也。可暴豈其才，可挫豈其志乎？ 天既以虎臣託執事久矣，然猶且有激乎宦成之後者，動其所必奮，堅其所必立云爾。

大忠完節，愈困愈厲，而劉將軍之名愈振矣。不佞何能贊一辭！ 即有問焉，攝海之役，不佞所以身覿其美者如此，庶取信狂夫，以備稱述耳，於甚盛德，則奚補焉？ 乃既奉違，恍然自失，有如目前，至今不置，非敢爲誕也〔一三〕。

【題解】

劉都督，指劉顯（？—一五八一），南昌（今屬江西）人。抗倭名將。隆慶初年，任副總兵，協守浙江三沙。官至都督同知。生平詳見《明史》本傳。李攀龍任職浙江，二人頗有過從，關係密切。信中憶述與劉顯的交往，表達傾慕之情，並對其治下軍威軍紀倍加讚揚。

【注釋】

〔一〕『獲承』二句：謂受到親切接待，一見如故。傾蓋，道路相遇，停車交談，車蓋相接。

〔二〕先施自致：謂首先自我介紹。

〔三〕披瀝唯謹：盡所欲言，態度恭謹。披瀝，披肝瀝膽的省語。

〔四〕孔明：指諸葛亮，字孔明。其所寫《前出師表》有『裨補闕漏，有所廣益』的話。

〔五〕緬縷舟中：謂在舟中對細微方面都加以追想。緬，緬懷。

〔六〕士氣距躍：士氣高漲。距躍，語出《左傳·僖公二十八年》。超越。

〔七〕艨艟：戰艦。

〔八〕投枚記里：投擲木條，以記行程。枚，木條。

〔九〕削柹（fèi）樹檄：削下木片，寫上聲討文書。柹，俗作『柿』。木片。

〔一〇〕敘、瀘：敘州、瀘州。敘州，明置，治所在今四川宜賓市。瀘州，明爲直隸布政使司，仍名瀘州。治所在今四川瀘州市。弁旄：同『弁髦』。此指步卒。

〔一一〕閩、粵：福建、廣東的簡稱。

〔一二〕三河：《史記·貨殖列傳》謂『河南、河東、河內』爲三河。

〔一三〕非敢爲誕：不敢隨意妄説。

劉總兵

始以前汎視海，奉接顔色，乃茲畢役矣，契闊何如？唯是威望素崇，振及萬里，不遺一矢，海波晏然，厥功大哉！東道之便，不佞敬勞將軍，即雖冗僚，安枕是賴，用感述焉。向再辱諭，欲以二鹿見餉，已知麾下士驩馬騰，暇而校獵，豫卜畢役，無形之勝，用賈餘勇。今幸割鮮以犒從者〔一〕，即若不佞謹致單醪云爾〔二〕。新茶一觔，上充雅歌之清賞，以效别忱。凱旋俟有嗣請，不次。

【題解】

劉總兵，指劉顯。

【注釋】

〔一〕割鮮以犒從者：謂以鮮鹿肉犒勞其屬下。

〔二〕單醪（láo）：謂一樽酒。《呂氏春秋·察微》「凡戰必悉熟徧備」《注》：「古之良將，人遺之單醪，輸之於川，與士卒從下飲之，示不自獨享其味也。」

與劉總戎

日過朱大司空〔一〕，抵掌談足下，聲實俱茂，今之大將也。使委兩廣而制之，曾之氏已挂長纓伏闕下矣〔二〕。惜乎置之海濱，而令勇無所施，徒以距踴超騰，日饗士爲樂耳。此公平生愛才，首薦不佞；一時知名，無不延納。今已入補，當爲我公游揚推轂無疑〔三〕。猶曰某知人，益可徵也。向得戚將軍書，言邊事掣肘，足下寧願之乎？長君諸郎，日玩膝下，二夫人與諸佳麗歌舞飲帳中，何如不佞罄折貴人門也！

【題解】

劉總戎，指劉顯。總戎，主帥。宋本無『使委』二句及『首薦不佞』三句。

【注釋】

〔一〕朱大司空：指朱衡。詳前《上朱大司空》題解。

〔二〕曾之氏：未詳。挂長纓伏闕下：謂被拴繫至朝廷聽候處理。

〔三〕游揚：宣揚，傳揚。推轂：助人推車轂，使之前進。喻助人成事。此謂推薦。

報李參戎

《詩》有之『剛亦不吐』〔一〕，則公之拒伊庶人也，仲山甫之爲德焉。不肖孤扼腕言天下士，願交驩公久矣。在陳傾蓋，雅意一時，至今未忘。念不可報，先慈見背矣！方愧大梁署中猶尚淺乎其爲《緇衣》之愛也〔二〕。未敢訃聞，而使者追及于曹〔三〕，致賻惠焉。何以有此於長者乎？以庇二十六日抵家訖，便附謝悃，以慰永懷。哽咽不次。

【題解】

李參戎，生平未詳。參戎，參將。官名。位次總兵、副總兵，分守各路。宋本無『以庇』以下四句。

【注釋】

〔一〕《詩》有之：指《詩·大雅·烝民》。詩第四章云：『人亦有言，柔則茹之，剛則吐之。維仲山甫，柔亦不茹，剛亦不吐，不侮矜寡，不畏彊禦。』仲山甫，春秋時魯獻公仲子，仕周爲卿士，佐宣王中興，食采於樊，侯爵，卒謚穆。尹吉甫作《烝民》之詩讚美其功績。詳《史記·周本紀》、《左傳·宣公二年》。

〔二〕《淄衣》之愛：謂剛剛到任，尚未對當地盡力。《淄衣》，《詩·王風》篇名。《集傳》：『舊說鄭桓公、武公相繼爲周司徒，善於其職，周人愛之，故作是詩。』

〔三〕曹：曹縣。今屬山東。

報鄭參戎

不佞以庇凡叨二省〔一〕，咸我永侯開閫之地〔二〕，流風具存，不佞里閈借餘用光，並殷懷止，安得握手尚茲一堂也？竣賀周旋，游於北園，飛雪之夜，言歌且奕者誰邪？戀戀可知已。謹啓告至，以慰高情。憐察，不盡。

【題解】

鄭參戎，生平未詳。永侯，蓋爲鄭氏之名。下有《報鄭永侯》。參戎，參將。

【注釋】

〔一〕凡叨二省：謂所歷浙江、河南二省。叨，忝，忝居。謙遜之辭。

〔二〕開閫：謂設置府署，統兵治事。閫，謂統兵在外的將帥。

與黎都使

貽我來牟〔一〕，公蓋自淮徐千里而近矣。酌言嘗之，乃沾汗如身在故鄉者，非投醪之惠耶〔二〕？至今念之。與其矜南之奇也，寧北而狎處，斯又不佞託於長者哉！

【題解】

黎都使，生平未詳。都使，官名。即都指揮使。都指揮使司，明代爲一省掌兵的最高機構，簡稱都司。

【注釋】

〔一〕貽我來牟：《詩·周頌·思文》的詩句。貽，贈送。來，小麥。牟，大麥。原頌后稷關懷下民之德，此謂彼此無遠近之殊，而得以共同撫治河南。

〔二〕投醪：投酒於江，與士卒共飲。謂與士卒同甘苦。詳前《劉總兵》注〔二〕。

報施都閫

日承使致大藥，小椷當已覽裁矣〔一〕。某不佞一奉顏色，私竊念之。安有用意如此其篤信，而大道不至者乎？極知公嘗試某可援，而入之不可耳。雖甚愚陋，稍知禁秘〔二〕。後轉勿吝傾示，必不辱一門下也，何如？人便附謝〔三〕，起居不宣。

【題解】

施都閫，生平未詳。都閫，官名。朝中在外統兵的將帥。

【注釋】

〔一〕小械：謙言所發之信。械，通『緘』。信件。

〔二〕禁秘：謂不得宣露的秘密。此或謂施都閫因軍職不得隨便與地方官來往，讓手下送去藥物。

〔三〕人便：有人前去致函方便。

報聶都閫

唯是我公大制閫，貽茲陳臬者，相勸與朝夕乎中州之役也。奈何以太淑人違養〔一〕，遽奪此誼也？天實不弔，而公辱愍恤賙匄，旌賻覃及〔二〕，不淺矣。

【題解】

聶都閫，生平未詳。都閫，官名。朝中在外統兵的將帥。

【注釋】

〔一〕違養：婉言去世。

〔二〕旌賻覃及：謂惠及撫恤、賻贈。旌，旌恤，撫恤。覃，延。

報韓都閫

不肖孤得以鄉曲之誼，從事中州也，自謂朝夕乎平生之驩，相勸于役矣。先慈之變，曾是不意〔一〕，而公實日臨焉。以佐匍匐，舉大禮，賻贈覃及，遠勤導使，百爾爲愛。荒迷之中，倀倀之謂何〔二〕，而敢忘指示之德也！

【題解】

韩都閫，生平未詳。

【注釋】

〔一〕曾是不意：謂竟未想到。曾，竟。不意，未曾料到。

〔二〕倀倀：無所適貌，謂不知所措。《荀子·脩身》：「人無法則倀倀然。」

答蘇州王使君

西時過大名署中〔一〕，至今念故人高誼無已。即亦爲一飯不忘鉅鹿邪？春秋實六易矣。海邦盤錯，不佞知必借使君，而績滿以遷，又非以待國士。雖蘇既乂〔二〕，生息以之。即使君亦惟是顧復〔三〕，奈何謂以三年淹也？不佞杜門伏枕，業爲僻情之夫，五載於此，安得札貺從天而下〔四〕？則戮餘之氓〔五〕，屬使君車下如元美者，感遇可知也！

【題解】

蘇州王使君，卽蘇州知府王某。生平未詳。文稱『杜門伏枕』，又云『五載於此』，則答函爲嘉靖四十二年（一五六三）。

【注釋】

〔一〕西時：向西行時。大名：府名。今屬河北。下文『鉅鹿』，時屬順德府。

〔二〕蘇既乂：蘇州既治。乂，治。

〔三〕顧復：語本《詩·小雅·蓼莪》『顧我復我』，喻父母恩厚。此謂恩顧情厚。

〔四〕札貺：書札之賜。貺，賜，賜與。

〔五〕戮餘之氓：逃亡而倖免於戮殺之民。戮餘，語出《左傳·襄公二十一年》。罪戮之餘。李攀龍拂衣歸田，逃離官場，因以自稱。

報金蘇州

某不佞，亦唯我公宿學特行，建標吾黨，人自取裁，不求聞達。其在不佞，尤謬薦寵。雖悄然稠廣〔一〕，心固已默識之矣，卽形迹之疏數曷計焉。日辱延召，再承出餞，不勝感戀！僕旋報至，附上起居。嗣音不盡。

【題解】

金蘇州，指金城，號雙渠。歷城人。嘉靖十七年（一五三八）進士。時任蘇州知府。李攀龍起復赴任途經蘇州，曾受到金某的款待、餞行，此蓋爲函致答謝。

【注釋】

〔一〕稠廣：稠人廣衆之中。

報陳保定

其在濟南，則唯我公儼然大老也〔一〕。吾黨小子，無不知公之抗節三輔〔二〕；爲守臣者，卽無不知公之爲隱君子，誼甚高矣。或出或處，誦德豈有窮時？此不佞某與有寵光於公者，不報也。日承延召，祖餞稠疊，僕旋告至，用附起居。炤諒，不備。

【題解】

陳保定，生平未詳。文稱『抗節三輔』，知其曾任保定知府。時或在蘇州。

【注釋】

〔一〕大老：年高德劭、受人景仰者之稱。

〔二〕三輔：漢京都長安周邊地區，武帝太初元年（前一〇四），改内史爲京兆尹，與左馮翊、右扶風，謂之三輔。詳《三輔黃圖》。明代保定府爲京畿地區。

報張開封

不佞之所得託乎陳臬者，凡以取絜乎郡也〔一〕。薄祿之孤，匍匐用勩〔二〕，而能坐享二千石之政平訟理者乎？曾是不意，先母以一夕之疾，溘焉見背！倉卒暑伏，計出虆梩〔三〕，孰爲敦事盈尺之槨木，若以美然者，非公乎？思母而及槨，思槨而及公；惟忘其母，斯公是忘！孤何不幸，大變如此！何幸公以長者收視如此也！使不肖孤當大事，什舉其八九矣，不可不知也。

【題解】

張開封，開封知府。生平未詳。張某在其母卒後，爲備棺槨，函致謝意。

【注釋】

〔一〕取絜：取清絜之黍稷，爲供祭祀用的穀類。《左傳·桓公六年》：『絜粢豐盛。』絜，同『潔』。

〔二〕匍匐用勩(yì)：謂守喪勞苦。匍匐，伏地而行。此謂守喪。《詩·邶風·谷風》：『凡民有喪，匍匐救之。』

〔三〕虆梩：運土的農具。《孟子·滕文公上》，孟子談治喪，說世上有不葬其親者，後悔『蓋歸反虆梩而掩之』。『掩之誠是也，則孝子仁人之掩其親，亦必有道矣』。

報李二守

不肖孤所得扶柩東旋者，郡大夫之力也。公匍匐多矣，乃益推鄉曲，申之賻贈，爲愛無已時。孤何以有此於長者乎？

【題解】

李二守，生平未詳。文稱『鄉曲』，應爲山東人。

報周推府

不佞何幸，公之臨是邦而理之也。謂父母孔邇，顔色斯日承之耳，奈何不夙戒焉，而適館則車駕出謁矣，至今怏怏。唯《緇衣》之愛未致〔一〕，而其無能爲役，所恃以匡不逮，用錫貴省者，未請也。戀戀可知已。僕旋報至，並附起居。炤察不盡。

【題解】

周推府，生平未詳。推府，對推官的敬稱。明代各府置推官，掌刑獄。

【注釋】

〔一〕《緇衣》之愛未致：謂對當地尚未盡力。詳前《報李參戎》注〔二〕。

報魏推府

曩唯辱領公寵，而延款門下。視昔關中之役，驩焉一堂者時也，則十年於此矣。菲劣乃叨今命，用刀筆吏，案牘自苦。安得若我公據九鼎演《丹經》〔一〕，服食爲樂乎？僕旋附謝，並致起居。炤察不盡。

【題解】

魏推府，生平未詳。據文知魏某與李攀龍在任職陜西時相識，爲一煉丹服藥之徒。

【注釋】

〔一〕《丹經》：煉丹之經。《神仙傳》載，漢淮南王劉安好道術之士，八公爲其授《丹經》。此言據九鼎演《丹經》，卽煉丹服食。

報歸德潘通府

不佞孤業已違慈，所由以扶柩汔濟者，其大節也。天實不弔，而公匍匐於河上，執紼用勤，致兄弟之誼者，故人乎！覃賻臨奠，惻然此心。

【題解】

歸德，府名。治所在今河南商丘市。潘通府，生平未詳。通府，對通判的敬稱。明代各府置通判，分掌糧運、督捕、水利等事務。潘某趕赴河上致祭，且『執紼（牽引棺木的繩索）用勤（勞苦）』，『致兄弟之誼』，令攀龍感動。

答馮通府

文，大業也。校文，大役也。秦漢以後，無文矣。今目古今文十卷有之乎？明興，一二君子，天啓其衷，輒窺此契，然而一經傳誦，動駭耳目，未嘗不以爲不近人情者。不知千有餘歲，精氣旋復，遂跨遷、固〔一〕，勢必至爾。滔滔者天下皆是也，而誰以易之哉！

不佞憂居，百凡荒廢，篋中集四冊，奉塞葑菲之命〔二〕，雖不敢當作者，然其締致亦苦矣。足下秉鑒藝林，持衡詞苑，固某所長鳴於伯樂，而一顏自喜之時也。儻辱財幸〔三〕，斯竢百世無疑焉。唯是塗揭卻示，以匡不逮，而勸嗣請，是同筆研之誼也〔四〕。近代諸公，無非哲匠，足下當已采錄，過此恐難言矣。據所見而次之，何害乎綳縷〔五〕？不吝寄貺，與聞其政，婾快何如！

【題解】

馮通府，生平未詳。通府，通判。

【注釋】

〔一〕遷、固：司馬遷、班固。

〔二〕葑菲：二菜名。蔓菁與葍類，上下可食，而其根有美有惡，採摘者不可因其根惡而並棄其葉。此喻『篋中集四冊』。《詩·邶風·谷風》：『采葑采菲，無以下體。』

〔三〕財幸：即裁幸。裁擇。財，通『裁』。

〔四〕同筆研：謂同學。

〔五〕纚縷：謂細說。

答殷鈞州

孤不佞蓋承乏中州焉，唯公之共理而勸茲于臯之役也。通許之遇〔一〕，從容片語，蔚雅風流。尋接省中注存郡乘所圖典籍，其紀遠矣。大政日新，而先慈見背，不獲遂繻止之初心，以效揄揚於萬一，快快自失耳。乃辱使者儼然臨祭，寵以奠章。其曰『念此兩河，民瘠土确』〔二〕，仁哉父母之言乎！哀愍之私，不替既往，厚自性德，非獨腆貺也。龍何以有事於長者哉〔一〕！旋便附謝，摧隕不次，統惟憐察。

【校記】

〔一〕事，明刻諸本並作『是』。

【題解】

殷鈞州，生平未詳。鈞州，州名。金置。明改爲禹州，治即今河南禹州市。

【注釋】

〔一〕通許：縣名。今屬河南。

〔二〕土确：土地瘠薄。

報陶睢州

魯先生同列薦章，以母老辭銓曹之命〔一〕，非足下郡中士乎？孤以母就祿〔二〕，而遘禍如此，則足下儼然臨況焉〔一〕，孤何顔以立天地間也！祭不遠百里已矣，而重之以賻，則長者之誼甚深，不可不知也。

【校記】

〔一〕況，隆慶本同，重刻本、萬曆本並作『貺』。

【題解】

陶睢州，生平未詳。睢州，州名。金置。明代屬歸德府。

【註釋】

〔一〕銓曹：也稱銓部，指吏部。銓，選官，量才授官曰銓。

〔二〕就祿：謂出仕任職。就，從，任職。祿，俸祿。

報謝祥符

先母之變倉卒，暑伏藁梩之外〔一〕，計無所出，乃謝長者誼爲棺槨，遠莫致之，則足下會車以載，式遄其行〔二〕，俾不肖孤得以當大事於什九。匍匐爲勸，賻賵稠疊，儼然臨焉，爲我心惻。維親不忘，敢忘足下乎！

【題解】

謝祥符，生平未詳。祥符，縣名。今屬河南。

【注釋】

〔一〕虆梩：運土工具。此謂掩埋。詳前《報張開封》注〔三〕。

〔二〕式遄(chuán)其行：謂急速而行。式，語助詞，以，用。遄，急速。

報内黄王令

天縱之才，辟之飛黄結緑〔一〕，其步驟符采，人盡奇之，不必卞、樂矣〔二〕。不佞承乏關中，得足下於髫齡〔三〕，蓋適遇之耳。自我不見，誰其舍諸，而敢貪天功爲己力乎？況復不數年而舉進士，出宰百里〔四〕，由是以躋崇揚烈，載錫之光〔五〕，爲不佞重，使得以藉多賢，蒙鑒裁之稱者哉！輒辱存問，是明不鄙。雖足下性自篤誼，然卽所不遺故舊，而加意百姓，以爲百里父母者，可因識其循良之績矣。既以緒餘成政，而游息於藝文，以嗣家學，奚但仕優而然也（一）？近會王元美，備述足下爲屬吏之最者狀，云三郡一令矣。此公少推與，而獨極口足下矣。

【校記】

〔一〕而，萬曆本、張校本、佚名本並同，隆慶本、重刻本作『則』。

【題解】

內黃，縣名。今屬河南。王令，生平未詳。據文稱『承乏關中，得足下於髫齡』，知王某爲其在陝西提學副使任內曾考試過的生員。

【注釋】

〔一〕飛黃結綠：良馬、美玉。飛黃，馬名。《文選》張協《七命》『駿飛黃』《注》：『飛黃，神馬也。』結綠，美玉。《戰國策・秦策三》：『臣聞周有砥厄，宋有結綠，梁有懸黎，楚有和璞。此四寶者，工之所失也，而爲天下名器。』

〔二〕卞、樂：卞和與伯樂。卞和，春秋楚人。相傳他發現一塊玉石，先後獻給楚厲王和武王，而被誣枉刖其雙腳。楚文王即位，使人刨石得玉纔被認可。後常以喻指受盡磨難纔爲人知的事例。樂，伯樂。春秋秦國人，以善相馬著稱。後喻指有知人之明。

〔三〕髫齡：謂幼年。髫，童子下垂之髮。

〔四〕出宰百里：謂做知縣。

〔五〕載錫之光：語出《詩・大雅・皇矣》，《集傳》謂爲『讓德之光』。

報易亭中尉

足下好士如不勝，所交多君子也。不肖孤蓋信陵高之〔一〕，相勸以成大美矣。老母之變，不意奪焉。人才之難，豈獨其天乎！

【題解】

易亭中尉，生平未詳。中尉，官名。武職。文稱以『信陵高之』，把他譽爲戰國禮賢下士的信陵君，實爲諛辭。

【注釋】

〔一〕信陵高之：以信陵君尊崇之。信陵，信陵君，戰國魏國公子無忌的封號，以尊賢重士著聞。詳《史記·魏公子列傳》。此謂易某尊賢重士，有如信陵君。

報松泉

以孤觀於公之福德，蓋沖雅而恥以才自見，質行君子也。多男而多賢者，《詩》、《書》之聲皦於絲竹〔一〕，揖遜之容泰於富貴〔二〕。孤不佞辱茲秉憲，扼捥大國之風矣。老母之變，臨祭儼然，敢忘答稱？使旋附報，庶慰永懷。哽咽不次，二君子幸爲道及。

【題解】

松泉，姓名、生平均未詳。

【注釋】

〔一〕皦於絲竹：謂誦讀明於音節。皦，明。《論語·八佾》：『樂其可知也……始作，翕如也；從之，純如也，皦如也，繹如也，以成。』

〔二〕揖遜之容：禮讓賢者的表現。

報一樓

孤游大梁中〔一〕，所睹翩翩佳公子也。烏有如足下秀美而文者乎？信乎才自天出之，異乎人也。屬方抵掌談古昔藻雅之士，論世尚友〔二〕，而老母變作矣。儼然臨祭，蓋戚戚然其爲心有餘悲者，何以得此於足下哉！

【題解】

一樓，姓名、生平均未詳。

【注釋】

〔一〕大梁：地名。即今河南開封市。

〔二〕論世尚友：議論時世，以古人爲友。《孟子·萬章下》：『是以論其世也，是尚友也。』

報于子長

日承不鄙，卽儼然衰服之中三致意焉〔一〕。其盛秩席而召延之也，乃不佞既不逮執紼之役於太夫人〔二〕，而奠賻無狀，奈何復辱推餞，益形菲劣乎？唯是銜德負罪，並以爲謝。僕旋起居。垂炤，不備。

【題解】

于子長，生平未詳。

【注釋】

〔一〕衰服之中：謂服喪期間。衰服，居喪之服。衰，同『縗』，縗絰。見《禮記·表記》。

〔二〕執紼：謂送葬。紼，牽引靈車的繩索，人拉之以助行進。《曲禮·禮上》：『助葬必執紼。』太夫人：指于母。

報王子利

不佞所辱足下延款者三，而未能趨領也。可以置之矣，則攜珍而饗之〔一〕，以致臨幸出餞於郊，遂睽仰止。然所恃兄弟之好，而爲豚犬駒觀法焉〔二〕，以庶幾無大笑者，不佞未嘗一日忘也。僕旋告至，謹附謝聞。炤諒，不備。

【題解】

王子利，生平未詳。

【注釋】

〔一〕攜珍而饗之：攜帶美味而讓我享用。

〔二〕爲豚犬駒觀法：令小兒李駒看到交友的原則。豚犬，謙稱己子。駒，李駒，攀龍之子。

報鄭永侯

黎公至浙，乃得足下起居，不任大願，永侯勉爲一出也。以足下宿將，開府兩越，大名矯矯，而抱未盡之藴，人其舍諸？不佞悠悠〔一〕，雖在欲棄欲取之間〔二〕，不敢謂援足下以自重矣。此中世情，一符面命，而新政操切，尤非昔時。圖歸之心，夙夜不置矣。

【題解】

鄭永侯，即前《報鄭參戎》之鄭參戎。作者赴任河南，官升而心沉，與友人信中時時表露仕與隱的矛盾心情。

【注釋】

〔一〕悠悠：憂思貌。《詩·小雅·十月之交》：『悠悠我里，亦孔之痗。』

〔二〕欲棄欲取之間：謂在居官歸隱之間猶豫不決。

與劉希皋

十年家居，稱貸瑣屑，不計子錢〔一〕，用濟屢空。瞻及病友，方欲立逸老之會〔二〕，以樂餘年，而高臥不堅，復此婆娑，甚愧夙心矣。

【題解】

劉希皋，生平未詳。據《保德州志》，劉希皋爲陝西保安（今陝西志丹縣）舉人，萬曆初曾任保德知州。據『十年家居』、『復此婆娑』，知此文作於隆慶元年起復浙江按察副使之時。

【注釋】

〔一〕子錢：利息。

〔二〕逸老：此謂老年隱逸者。

與張少坤

人言不佞不難於不出，而難於出，其然乎？聖天子過意病臣，無以答稱寵命，此其出；而自嘗所由以充乎不出之類者，備是矣。初尚以邴曼容薄游自喜〔一〕，乃復渡江，興盡力勉遁思。抵浙奔謁無暇，起居失次，深愧高臥之不堅。丁躬自瘁，夫何尤焉。郊别馳戀，不任長者十年跫然之愛〔二〕，圖報無時耳！

【題解】

張少坤，生平未詳。據文意，此文作於起復浙江按察副使之時。

【注釋】

〔一〕邴曼容：漢琅邪人。太中大夫邴漢之姪。養志自修，爲官不肯過二百石，其名高於邴漢。詳《漢書·兩龔傳》。

〔二〕跫然之愛：謂經常過訪、關心。跫然，腳步聲。

與趙仲鳴

不佞雖今薄游乎，計唯中返，使諸君子謂不佞初自三秦拂衣者，非敢爲矯也〔一〕。盧城一別〔二〕，遂遠聞問。抵浙趨冗爲勞，辟之柙鹿〔三〕，豈能一日而忘在野？自知此態是關福德，然而性定之矣，可奈何歸思之方永也？

【題解】

趙仲鳴，生平未詳。

【注釋】

〔一〕非敢爲矯：不是矯情。

〔二〕盧城：地名。指盧龍縣城，明代屬永平府。趙仲鳴蓋曾在彼處爲官。

〔三〕辟之柙鹿：就像關在籠子裏的鹿。柙，關獸的木籠。

與吴思睿

思睿知我四十年矣，嬾不能事，何可復羈風塵之中？念久高臥，聊試一出，至則興盡，不獲遽返，何見之不蚤也！非敢爲僞，以予視思睿，老鉛槧之役〔一〕，息業未效，常令玉函之廬契闊城市（一）〔二〕，何異白首隨牒，自貽伊阻？王舍城二頃田〔三〕，種秫自樂也。

【校記】

（一）城，底本作『成』，據隆慶本、重刻本改。

【題解】

吴思睿，隱者，歷城（今山東濟南）人。前有李攀龍《過吴子玉函山草堂》一詩。

【注釋】

〔一〕鉛槧之役：謂著作和校記。鉛，鉛筆粉。槧，木板。

〔二〕玉函之廬：即前《過吴子玉函山草堂》之『草堂』。玉函，山名。在濟南市南郊，景色秀麗。

〔三〕王舍城：地名。即今濟南歷城區王舍人莊，與李攀龍故里韓倉相鄰。

與金蘇州、劉延安、陳保定、公谷宜興

不佞，吾黨小子也。越在田間，三值奇疾，用是不獲執御于長者之側十年矣〔一〕。濡德先達〔二〕，私淑孔邇〔三〕，致有是役。實惟長者之教所及，而由某以著。我濟南多賢，薦寵下輩之誼，不能忘者；南發復辱祖餞，嘉與至渥。承庇履任，出謁無暇，尋念山林，輒圖中廢，將恐舊態不久更作，以貽諸老笑，奈何！幸終始成愛，以示不鄙矣。

【題解】

金、劉、陳、谷，均以其任職稱之。蘇州、延安、保定、宜興，皆府名。金，即金城，詳前《金蘇州》題解。谷宜興前『公』字疑爲衍文。谷宜興，指谷繼宗，字嗣興，號少岱，濟南衛（今濟南市）人。嘉靖五年（一五二六）進士，終官宜興知縣。文稱『我濟南多賢』，劉、陳亦應爲濟南人，仕歷未詳。

【注釋】

〔一〕執御：猶言執鞭。執鞭隨蹬，謂追隨左右。

〔二〕濡德：潤澤品德。

〔三〕私淑孔邇：在近處仰慕其人而以之爲師。私淑，謂不直接受業，而仰慕其人，私下以之爲師。《孟子·離婁下》：『予未得爲孔子徒也，予私淑諸人也。』

報李伯承

辱庇先慈，乃襄大事，方念濮陽遮祭〔一〕，寵光道路，未能報謝，而慇諭至矣。是日也，實維小祥之期〔二〕。視公所云『雨中銜淚爲别』者，又一寒暑。會晤可圖，先慈不可見矣，悲哉！追言夙昔，未嘗不戚戚於長者之誼。奉讀哀咏，《蓼莪》之響〔三〕，摧隕自失，賴業服膺，稍陶沉痛耳。

公以雄才，詩名重當世，而晚得主器〔四〕，精健岐嶷〔五〕。即宦游蹭蹬，正唯含飴之樂〔六〕，日殷膝下，不以彼易此者，而況出自丘嫂貴嫡方處家政〔七〕，定如九鼎矣。而今而後，是公高枕之秋也。不識讓畔之俗可以□美後宮之盛〔八〕，遺所不及御乎？此固公所能也，又何以堪輿家言爲哉？

【題解】

李伯承，即李先芳，字伯承。詳前《送新喻李明府伯承》題解。李伯承爲濮陽（今山東鄄城）人，攀龍扶柩歸里路經濮陽，伯承曾設路祭祭奠。時爲李母小祥。文云『宦途蹭蹬』，知伯承時賦閑在家。

【注釋】

〔一〕遮祭：遮道而祭，即所謂路祭。

〔二〕小祥：父母喪祭名。《釋名·釋喪制》：『期而小祥，亦祭名也。孝子除首服，服練冠也。祥，善也。加小善之飾也。』

〔三〕《蓼莪》：《詩·小雅》篇名。《集傳》說『孝子不得終養而作此詩』。

〔四〕主器：謂長子。因其主宗廟祭器，故云。《易·序卦》：『主器者，莫若長子。』

〔五〕岐嶷：峻茂之狀。此謂漸能成立，聰慧異常。《詩·大雅·生民》：『誕實匍匐，克岐克嶷。』

〔六〕含飴之樂：含著飴糖逗孫之樂。此謂罷官歸田之後閒適自得的樂趣。李伯承因奴視僚屬罷官家居。詳明邢侗《奉訓大夫尚寶寺少卿北山先生濮陽李公行狀》。

〔七〕丘嫂：長嫂，大嫂。

〔八〕讓畔：相傳大舜耕於歷山之陽，歷山之人皆讓畔。詳《史記·五帝本紀》。畔，田界。

報張肖甫

改元之歲，先妻襄事矣〔一〕。帝命尋下，乃先太恭人捐簪珥而犒邸走也〔二〕。于浙之役，蓋捧檄之情〔三〕。渡江周旋元美、子與二君子，鼓足抵掌，未嘗不忘。逖矣西士之人〔四〕，非滇則粤，安得厚集禹會壇〔五〕，玉帛旗鼓，以快平生？成說不朽。某亡論□凡六月，自藩入賀，再晤二君子，雄飲海岱之間，相視飛動。卽舉酒逢酹，亦惟二三兄弟，遙髣髴生色，如從楚蜀起者。元美得足下代固奇，而所代復不佞，豈不益奇！正以不與黨乃二三兄弟，翩翩維新之會，恥且彙征，因以自兆，俾免間耳。過此則雖元美乞骸之疏行〔六〕，豈爲遺憾哉？

在昔學士大夫，掇拾聽說，掩其不技，如元美所謂『跳而匿諸理』者。不自知病瘝矣〔七〕，卽輒據顯貴，終豈謂此輩效也？足下自負才氣，不欲居吳、徐二君子後〔八〕，是天之未喪斯文，又何患乎心神不自致也？引示《恆嶽》諸篇合轍跡元美，此相爲代之效甚明矣。

先慈所棄不佞孤於汴中垂踰年者，兄弟之誼不忘使奠，且先吳、徐二君子慰勞備至，寵錫大享，某何以圖稱萬一於此！昔所出宰，而按轡臨之。樂哉，其尚良食！

【題解】

張肖甫，卽張佳胤。詳前《郡齋送張肖甫》題解。文稱『元美得足下代固奇，而所代復不佞，豈不益奇』。元美所代爲浙江左參政，隆慶三年（一五六九）十二月，轉任山西提刑按察使，則肖甫所代卽浙江左參政。又稱『元美乞骸疏行』，以及肖甫派人祭奠，知此文作於隆慶四年。

【注釋】

〔一〕襄事：喪葬之事。

〔二〕捐簪珥：捐棄首飾。簪，俗稱簪子，用以挽髮。珥，耳飾。犒邸走：犒勞報信的人。邸，邸報。走，走卒。

〔三〕捧檄：謂奉詔起復。

〔四〕西土之人：指肖甫。肖甫爲四川銅梁人。

〔五〕禹會壇：未詳。河南開封有吹臺，明代爲紀念夏禹治水功績，於臺上建禹廟，改稱禹王臺。另，安徽蚌埠市西郊有禹會村，一名禹墟，相傳爲禹會諸侯的遺跡。浙江紹興有禹王陵。詳文，似指浙江紹興之禹王陵。相傳禹周游天下，還歸越地，登茅山以朝諸侯。詳《吳越春秋》。

〔六〕乞骸之疏：乞求辭官家居的奏疏。乞骸，古時官吏因年老請求退職的委婉說法。

〔七〕病寱(yì)：患囈語之病。寱，同『囈』。

〔八〕吳、徐二君子：指吳國倫、徐中行。

報周象賢

公乃坎壈失志〔一〕，所不日夜圖之者，有如漢水。然二中丞交章薦列，不以既去爲解。亹焉惟恐賢者謂不知己〔二〕，公之名重天下矣。則元美有心哉，不佞何效焉？

曩以入賀，辱公遺餞，計爲報而先慈之變作矣。再沫承弔，兼之腆賻，不遠千里，爲誼過厚也。不佞爲致啓大宗伯者，力竭於此，唯公財幸。使旋附謝，並布候悃。摧隕不次。

【題解】

周象賢，卽周紹稷，字象賢。詳前《爲周明府太霞洞天卷題》題解。

【注釋】

〔一〕坎壈失志：謂宦途失意。戰國宋玉《九辯》：『坎廩兮，貧士失職而志不平。』廩，通『壈』。

〔二〕亹（wěi）焉：誠然。

答灌甫

日辱慰藉，惻然未報也。乃所有則夙夜倚次〔一〕，服念高誼勿忘云爾，敢復望嗣音久而益存乎？曩爲匍匐，豈猶未至？而蠲吉馳示〔二〕，使在萬全，恐墮俗術，爲失仁人孝子之至意，此其大德，何能萬一答稱也！念唯贊國興文，日勤執事，而意遥及此，某益不知其所由矣。左史役便，附候陳謝。統乞垂炤，摧隕不宣。

【題解】

灌甫，即朱睦㮮，字灌甫。詳前《灌甫東陂宴》題解。

【注釋】

〔一〕倚次：謂臨祭。倚，憑依。《禮·祭器》「有司跛倚以臨祭」《注》：「依物爲倚。」次，倚廬，喪寢。《儀禮·既夕禮》「乃就次」《注》：「次，倚廬也。」

〔二〕蠲（juān）吉：選擇吉日。《詩·小雅·天保》：「吉蠲爲饎，是用孝享。」《箋》：「謂將祭祀也。」

報灌甫

凡客之游梁者，蓋莫不問《禮》足下，稱博物君子也。秉憲之役，多聞是依，未盡所請，而奪以大事，老母逝矣。猶若有遺焉，而顧之不可致，則維足下之故哉。儼臨賻祭，用識不忘。跂予奠章〔一〕，幸終爲示。

【題解】

灌甫，即朱睦㮮，字灌甫。詳前《灌甫東坡宴》題解。

【注釋】

〔一〕跂予奠章：謂盼望祭文。跂予，跂足而望。《詩·衛風·河廣》：「誰謂宋遠，跂予望之。」

五月六日灌甫中尉誕辰啓

茲審赤德覃宗〔一〕，朱明戒仲。臺流玉吹，清聞子晉之笙〔二〕；壺寫金漿，美薦鄱陽之酒〔三〕。大河演裔，永言接于天潢〔四〕；維嶽降神，久視偕諸少室〔五〕。期一日而長，彌高靖郭之門〔六〕；境千里而遙，懸映小山之賦〔七〕。某游孝王東苑，自惟枚叟斯朋〔八〕；仰公子信陵，深愧侯生虚左〔九〕。謹篚二瑱，擬續五絲〔一〇〕。幸值浴蘭之晨〔一一〕，尚存氣味；益熾然藜之火，不棄芻蕘〔一二〕。

【題解】

灌甫爲明太祖朱元璋第五子橚之六世孫，封鎮國中尉。值其生日，致函，並贈禮品。啓，書函。

【注釋】

〔一〕赤德：火德。古代方士有陰陽五行之説，以明帝受命正值火運，稱爲火德。覃宗：大宗。

〔二〕子晉：王子晉，周靈王太子。見《逸周書·太子晉》。相傳子晉善吹笙，在伊、洛成仙而去。唐李白《感遇》

之一：『吾愛王子晉，得道伊洛濱。』

〔三〕鄒陽：西漢初齊（今山東臨淄）人。有智謀，慷慨不苟合。以文辯稱。初事吳王劉濞，濞欲謀反，陽上書諫，不聽，去而之梁，事孝王。不久爲羊勝等誣陷入獄，將被殺，於獄中上書自陳辯冤。孝王立出之，復爲上客。詳《漢書》本傳。

〔四〕天潢：天池。古稱帝室爲天家，因以天潢稱皇族。

〔五〕少室：山名。嵩山西少室峯，在今河南登封市。

〔六〕靖郭：戰國齊威王少子田嬰封於薛，號靖郭君。詳《史記·孟嘗君列傳》。

〔七〕小山：淮南小山。漢淮南王劉安門客。生平不詳。今存《招隱士》或謂小山之作。

〔八〕孝王：漢梁孝王劉武。東苑：即梁園。枚叟：即枚乘。時爲梁孝王門客。詳前《賦得雁池送許右史游梁分奈字》注〔二〕。

〔九〕信陵：信陵君。戰國魏公子無忌的封號。無忌禮賢下士，禮敬大梁守門人侯生。虛左，空出左邊的座位去迎侯。詳《史記·魏公子列傳》。

〔一〇〕瑱（tiàn）：塞耳之玉。唐李商隱《祭姑文》：『冕紘瑱紞，山蕨澗蘋。』五絲：五色絲。明何景明《壽母賦》：『薦五色之文履兮，舉九醞之芬觴。』

〔一一〕浴蘭：節日名。蘭，蘭湯，以蘭草爲浴湯。見《大戴記·夏小正》。唐宋稱端午節爲浴蘭節。

〔一二〕然藜之火：勤奮向學的典故。《三輔黄圖》卷六載，劉向於成帝末年校書天祿閣，夜有老人拄著青藜杖，叩閣而進。見其暗中獨坐誦書，就吹氣點燃杖端，看清楚劉向後，授五行《洪範》之文。後遂以燃藜爲勤學的典故。然，同『燃』。芻蕘：割草曰芻，打柴曰蕘，謂割草打柴的人，即草野之人。此爲攀龍謙稱。

報朱用晦

今天下二三君子者，不佞之所習也。其於取友，明卿徂喜〔一〕，中必其獲，德甫鵠立〔二〕，偶斯不乖，咸惟足下一人焉以之，則足下可知矣。此不佞之以習明卿、德甫者，知足下也，而握手無論焉。足下若猶是脱穎大藩，日數諸公之門，所握手者何限。將明卿、德甫無論，又何爲千里慕義，以謬託不佞，而介之寵靈〔三〕？以彼易此，必不然矣。然後由諭而觀，所扼捥於同聲，執鞭於大雅者〔四〕，如就中原而周旋焉，始爲婾快。重爲風寒易水〔五〕，赤幟當時，尺牘生色，片辭入致，慷慨自雄，翩翩俠氣，可想見矣。將由足下益習明卿、德甫，則二三君子者取友安有極也？

不佞十年自棄，巖穴不深，歲辱三遷，不遑將母（一），無補清朝，而又未敢遽乞病免，坐恐此道尋荒〔六〕。仰孤足下相存美意，奈之何？不佞七言律成篇而已，樂府落落，似合似離，今何以當足下之心，而曰『千古天授』也？將由足下益知不佞則何以哉？然不佞之所徼惠於足下者，以爲非今嘗試則不復也。業已白首效藝〔七〕，惟以無累二三君子者是圖，則足下固無有同舟之役矣。無亦以二三君子爲累者圖之，不佞不勝大願於嗣音如此。

【校記】

（一）不，底本作『老』，據隆慶本改。

【題解】

朱用晦，卽朱多煃，字用晦。詳前《答寄用晦王孫》題解。用晦爲朱元璋之子權六世孫，封奉國將軍。通過余曰德（德甫），入七子詩社，爲『續五子』之一。文稱『歲辱三遷』，時當在河南按察使任。

【注釋】

〔一〕明卿：卽吳國倫，字明卿。徂喜：前往祝福。徂，往。喜，祝福。《國語·晉語下》：『固慶其喜，而弔其憂。』

〔二〕德甫：卽余曰德，字德甫。鵠立：語見《後漢書·袁譚傳》，謂延頸跂望如鵠。

〔三〕寵靈：猶言寵命，恩命，恩顧之命。

〔四〕執鞭：執鞭隨鐙，謂追隨其後。

〔五〕風寒易水：謂壯烈非常。荊軻應燕太子丹之請，赴秦謀刺秦王，衆人送至易水岸邊，場面壯烈。荊軻歌曰：『風蕭蕭兮易水寒，壯士一去兮不復還！』詳《史記·刺客列傳》。

〔六〕坐恐此道尋荒：因怕辭官歸隱之路就沒有了。坐，因。此道，歸隱之路。尋，不久。荒，通『亡』。無。

〔七〕白首效藝：老來致力於詩文創作。

與華從龍書

從龍足下：不佞某，僻夫也，杜門謝客，三年於此矣。卽未見好士如足下其人也。足下不遠千里，再致書於僕，而再不得報於僕，可以已也，而三致書於僕！足下卽自昭曠無校，其在某何以得此於左右？亡亦恬愉之誼，有概乎足下之心，千里而一知己，所猶謂比肩者與？梁伯鸞有言〔一〕，將遙集乎東南，豈所望於君之廡下哉，不但來諭所云，渡江而弔元美也〔二〕。

【題解】

華從龍，即華雲，字從龍。詳前《寄華從龍以魚橘見致》題解。

【注釋】

〔一〕梁伯鸞：即梁鴻，字伯鸞。東漢隱士。晚年隱居吳門，即今江蘇蘇州。詳《後漢書·梁鴻傳》。

〔二〕弔：慰問。

報聶儀部

向伏西曹，爰竊夙裁，意獨偉焉。垂及宮牆，而公拂衣出矣〔一〕。不佞拘除郡省，不任貽肆〔二〕，自棄明時。杜門七載，僻疾已錮，久無聞問於長者。適奉手教，從天而下，謬許神交〔三〕。某何人，敢辱此誼？然公尚論之傍情也，以視握臂一堂，相得驩甚。在昔有言『不可當吾之世而失諸侯』，非所欲不朽一大事者乎？《明妃》六曲，可以怨矣。輒取附和，見同調之雅，並代起居云。

【題解】

聶儀部，指聶靜。詳前《和聶儀部〈明妃曲〉》題解。文稱『杜門七載』，則時爲嘉靖四十二年（一五六三）。

【注釋】

〔一〕拂衣：謂辭官。詳前《拂衣行》題解。

〔二〕不任貽肄：謂不勝辛勞。《詩·邶風·谷風》：『有洸有潰，既貽我肄。』《集傳》：『肄，勞也。』

〔三〕神交：以精神交往。此謂慕名而未謀面。

報盧陵劉夫

陳憲使至致公書，而公復致以聶公書至。生，僻人耳，其於長者，徒以一時游譽，謬承薦寵，久斯置之矣，今安得十年之後猶辱記憶，不以竊伏蓬蒿之賤，數千里外而勤執事者乎？不愛以其師身爲介〔一〕，而并得所致以爲故人重者乎？此計無他，豈其蚤歲自棄，有概於足下歸潔之微旨乎？無亦足下取友不遺之量所自至也〔二〕？

【題解】

盧陵劉夫，生平未詳。

【注釋】

〔一〕愛：惜。介：中介。

〔二〕取友不遺之量：謂有什麼人都交往的度量。此或爲攀龍拒絕交往的婉辭。

報周真陽二首

維夏得問未報，斯置之耳，何至不遠千里，重使相勞乎？三復尺牘，深惟尚論不盡友天下士不已也，乃知無斁於不佞者有是哉！　前論屬某著述自見，顧非其人，而足下愛我以德，夫復不淺。　博南既開〔一〕，千載得足下，豈爲非旦莫遇之也〔二〕？　徐、吳二君子，海內大家，並茲命世，足下從游其間，其在臭味，則足下可知矣。　乃今而後，於與有寵光。

【題解】

周真陽，卽周象賢。詳前《爲周明府太霞洞天卷題》題解。

【注釋】

〔一〕博南：　漢置縣名。故址在今雲南永平縣東。

〔二〕旦莫之遇：　謂在短促之間相遇。《莊子·齊物論》：「萬世之後，而一遇大聖，知其解者，是旦暮遇之也。」莫，通「暮」。

又

頃辱使者附藁□上。　誠以海內之數君子，足下身爲屬吏，而出諸門下，有其二焉，不佞不可不知也。　將斤削是求〔一〕，而重以布列，不佞何所聞過乎？　版卽竣，尋爲置之矣。　然斯其誼非不甚高，乃卽不無由是以藉妒口者，不佞杜門八年於此；　卽杜門八年於此也，一爲足下嘗焉，而莫我肯力，豈獨其才不能私一令長哉？　仕固莫難於久之不厭〔一〕，而患乎其始易合也。　足下勉之矣！　不佞方奇疾，經今百日，盛吏入視〔二〕，邸事又迫，湌粥氣稍充，當圖所爲灌縣公碑以報稱足下委命不淺耳〔三〕。

【校記】

〔一〕仕，底本缺，據明刻諸本補。

【注釋】

〔一〕斤削：猶言斧正，以文字就正於人。

〔二〕盛吏：長吏。

〔三〕灌縣公碑：即本書卷二一所載《明文林郎四川灌縣知縣周公叔夫墓碑銘》。

報歐楨伯

以余致觀楨伯，則必裦然一國士也。黎惟敬於不佞〔一〕，蓋嘗爲信宿之好，落落爾十年不遺一字書，彼一時也。量無以與進，斯至今置之，未爲不厚也。乃足下崛起嶺南，論交海內，不佞未嘗傾蓋望見顔色，何以概於心而三勤存問，務得報而後已？此其尚友自信不回，豈彼悻悻干牘之微，可以計不朽一大事哉？奚啻千里！但足下已游子與、明卿間，則不佞夙昔與二三兄弟周旋中原者，惟此氣類，足下何患不佞之終無以效左右乎？諭引『請謁江湖』之語，誠不佞僻性不可遽移。然謂門牆太高，則吾豈敢！又使少年盡夫倒屣〔二〕，楨伯何貴焉？不佞所爲不同郭有道〔三〕，而同一宏奬風流如此。

足下總角事黃君（一），即青冰自許〔四〕，誰能易之？乃今所謂楨伯（二），必裦然一國士也。諸詩有格，微辭兼到，其《白雪樓》、《黃河》、《中岳》、《長陵》、《陽翠》、《師子》、《南內》等篇，尤爲雄麗（三）。

蓋恥爲輕便，專求興象，正盛唐諸公擅美當年，而足下所繇以羽翼二三兄弟者。兩生有言，不可使于鱗不知南海有歐生，是矣。惜也公實遄化〔五〕，不見楨伯於今日，則又不佞河山之感，而願足下自愛不淺。二詩寄答，其一則前屬許右史失附者，並上裁覽。伏枕草草，不備。

【校記】

〔一〕君，隆慶本、萬曆本、張校本、佚名本並同，重刻本作『公』。

〔二〕今，萬曆本、張校本、佚名本並同，隆慶本、重刻本作『余』。

〔三〕雄，隆慶本、萬曆本、張校本、佚名本並同，重刻本作『佳』。

【題解】

歐楨伯，即歐大任，字楨伯。詳前《江上贈郭第、歐大任》題解。

【注釋】

〔一〕黎惟敬：　即黎民表，字惟敬，號瑤石山人。從化（今屬廣東）人。嘉靖十三年（一五三四）舉人，授翰林院孔目，遷吏部司務，歷中書舍人、南京兵部車駕員外，官至河南布政使司參議。詳《明史》本傳。

〔二〕倒屣：　倒屣出迎。謂熱誠相迎。倒屣，來不及穿正鞋，趿拉著鞋。《三國志・魏書・王粲傳》載，蔡邕『聞粲在門，倒屣迎之』。

〔三〕郭有道：　即郭太，東漢名士，太原界休（今屬山西）人。因受名士首領李膺賞識而名震京師。司徒黃瓊辟，太常趙典舉有道，皆不就。卒後，蔡邕爲撰碑文稱『郭有道』。詳《後漢書》本傳。

〔四〕青冰：　即冰清。謂德行如冰之清潔純美。青，通『清』。

〔五〕遄化：　急速死去。

報茂秦書

不佞在告，杜門伏枕，三年于此矣。足下高誼，乃能一介存故人。所辱新刻，輒以檢列，卽不必致；致之凡以爲足下者，意則至矣，豈敢謂足下已老，勿厚望之！卽示小詞，取韻亦不妥。能坐甘薄俗〔一〕，過我論詩不？

【題解】

茂秦，卽謝榛，字茂秦。文稱『杜門伏枕，三年於此』，則知此信寫於嘉靖三十九年（一五六〇）。據文知謝榛曾致函攀龍，並寄新作請教，而復信口氣冷峻，無改善跡象。

【注釋】

〔一〕坐甘薄俗：謂自甘薄陋。

與俞允文

曩辱仲蔚風期千里，睠焉爲平生之好，云自元美得之，不知不佞之有仲蔚得知元美爲多也。豈徒邴生薄游〔一〕，有以當足下之心爲知己，卽知足下於元美可矣。佳章沖雅，直有應、徐之韻〔二〕。『遺榮棄鄙議，一往不復疑。美人雖云遠，詎令歡愛攜？』渢渢乎其言之也！中心藏之，何日忘之？然則嗣音契闊，旦暮遇之矣。惟足下憐察焉！

【題解】

俞允文，字仲蔚。詳前《答寄俞仲蔚》題解。

【注釋】

〔一〕邴生：指邴曼容，漢琅邪人。以養志自修，名高當時。詳前《與張少坤》注〔一〕。此以自喻。

〔二〕應、徐之韻：謂其詩有建安詩人應瑒、徐幹的韻致。應、徐，應瑒、徐幹，建安詩人。詳前《代建安從軍公讌詩》有關注釋。

報張幼于

不佞知幼于以元美哉，自幼于可知耳。再辱諭，豈敢忘之？顧翁行實，諸君揄揚具是矣，無弗得雋者，而使不佞攘臂其間，豈不難乎其爲後乎？然幼于與元美命也，雖復蕪穢，以藉諸君矣。

【題解】

張幼于，卽張獻翼，字幼于。詳前《寄張幼于》題解。此信爲『顧翁行實』，徵求李攀龍的意見。顧翁，應指顧應祥。顧應祥，字惟賢，長興（今屬浙江）人。徐中行夫人爲其外甥女。弘治十八年（一五〇五）進士。歷官至刑部尚書。著有《崇雅堂全集》。嘉靖二十九年（一五五〇）顧應祥任刑部尚書，對李攀龍、王世貞的文才十分欣賞。卒後，王世貞爲撰墓碑。

與張幼于

久不聞問，日以耿耿。曩讀計書，見君家伯季交蕚同輝爲踴躍焉〔一〕，即知足下潛推大美，將獨步千里也，其惟《二鳴編》乎？明珠在旁，已慚形穢，冠玉其上，重使心勞。不佞何以自免，將無令觀者披華首簡而顏色自假邪？即足下一顧力也。先聲致人，足下爲我田僧起不淺〔二〕，況崔延伯並驅中原〔三〕，借長君爲勝乎！不佞蓋甚壯之。

【題解】

此篇原書目録缺載，據原書標題載録。

【注釋】

〔一〕君家伯季：指幼于與其兄鳳翼、燕翼，並稱『三張』。鳳翼，嘉靖舉人。好填詞。著有《紅拂記》等傳奇、《處時堂集》、《占夢類考》、《文選纂注》等。燕翼工詩、書、畫。

〔二〕田僧：李攀龍自謂，居家如同苦行僧。

〔三〕崔延伯：生平未詳。

報俞仲蔚

仲蔚足下：幸無恙。閉關日勝。自梁伯龍稱足下所以爲隱君子，壯心未嘗一日不在五湖之間。

乃不佞朝野混迹耳，孰與足下結髪山林之爲獨行也〔一〕？元美兄弟得請，計當大快。敢聞左右，庶知集蓼辛苦〔二〕，非一士之節矣。其過而勞焉，如不佞起居足下者。

【題解】

俞仲蔚，即俞允文，字仲蔚。稱其『隱君子』的梁伯龍，即吳人梁辰魚，字伯龍。詳前《贈吳人梁辰魚》題解。底本目錄本篇題下有『四首』字樣，正文則實爲三篇分別列題載入。

【注釋】

〔一〕結髪：束髪。

〔二〕集蓼辛苦：謂辛苦非常。蓼，草本植物，葉味辛苦。《詩·周頌·小毖》：『未堪家多難，予又集於蓼。』

報俞允文

不佞承風執事，蓋前高之。重以梁君備狀起居〔一〕，比躅禽、尚〔二〕，盛世逸民，願執鞭矣。私懷偃蹇，敢謂氣類，亦自一老諸生在田間耳，即梁君豈無復焉？《華山圖》生韻古淡，展帙如夢，斯王安道可知〔三〕，豈獨先輩多賢？新題悲壯，雅與爭奇，二幅已充庭矣。謹附謝章，取和諸以唯梁君。

【題解】

俞允文，曾繪《華山圖》並題詩，贈李攀龍。前有《寄謝俞仲蔚寫〈華山圖〉》，讚美其畫其詩。

【注釋】

〔一〕梁君：指梁有譽。

〔二〕比躅禽、尚：謂與禽敖、尚平相媲美。比躅，比跡。禽，指禽敖，即黔敖。春秋齊國隱者。《漢書・古今人表》作『禽敖』。詳《禮・檀弓下》。今濟南千佛山上有黔敖洞，傳爲其隱居之處。尚，指尚平，即向長，字子平。東漢朝歌（今河南淇縣）人，隱士。詳《後漢書・逸民傳》。

〔三〕王安道：即王履（一三三二—？），字安道，號奮翁，崑山（今屬江蘇）人。明初詩文家、畫家、醫學家。

寄俞仲蔚

仲蔚，海內此人耳。屬乃天弢攣如〔一〕，牽復罔極，埋抓自帝〔二〕。吾道距沮，所由聲氣相與，倡和交應，令之懸解，非足下輩乎？聞子與云，足下故高隱，即雖還往，亦惟伏臘〔三〕。誠有意乎此人，奚以其跡疏數哉？

【題解】

俞仲蔚與元美、子與交往在前，而後與攀龍相識。此爲未謀面前，從子與處聽聞仲蔚爲人而寄函致意。

【注釋】

〔一〕天弢攣如：謂由王世貞引薦。天弢，語出《莊子・知北游》。此指王世貞。世貞一號天弢。攣如，引，相牽繫。《易・中孚》『攣如』《疏》：『攣如者，相牽繫不絕之名。』

〔二〕埋抓（guā）自帝：謂隱藏引薦而自大。抓，引，引薦。帝，大。《詩・大雅・皇矣》『既受帝祉』《箋》：『帝，大也。』

〔三〕伏臘：伏祠臘祭。夏祭曰伏，冬祭曰臘；六月伏日爲伏，冬至後三戌爲臘。

寄周公瑕

公瑕足下，得非公瑾後乎〔一〕？何蘊藉如此！四明薛生述足下誼甚高〔二〕，謂少年不肯俛首舉子業，卽名日益起，至使元美每致之，及以介不佞，此其於人不已重哉？樓牓牙章〔三〕，古色飛動，頗從游藝，以示精真。不佞願因元美交驩足下，不問千里，非概無繇矣。

【題解】

周公瑕，卽周天球。詳前《秋夜白雪樓贈周公瑕》題解。

【注釋】

〔一〕公瑾：周公瑾，卽周瑜，字公瑾，三國吳大將。詳《三國志·吳書》本傳。

〔二〕四明薛生：指薛晨。詳前《薛子熙以青州使君聘修郡誌見枉林園，尋示贈章，作此答寄》題解。

〔三〕樓牓牙章：謂牌匾、印章。牙章，牙形之章。公瑕善書，真、草、隸、篆皆精。

與周公瑕

不佞承風公瑕，惟日夜望見顏色，不可得也。重名遂未能自遜，使海岱間有大雅遺音、長者高躅，各稱甚幸，惠然敝廬矣。雖雞黍惡草〔一〕，然以延寵光，構不朽一盛事，尚亦有賴焉。華陽一晤〔二〕，解袂千載，將無亦云爾哉？ 菲劣不恭，則蓄極而發，未逮致情，似略云爾。

【注釋】

〔一〕雞黍惡草： 謂飯食粗劣。 雞黍，語出《論語・微子》，謂殺雞、做黄米飯。 惡具，惡草具，謂供給粗劣。

〔二〕華陽： 此謂華不注之陽。 李攀龍故居在華不注山南面。

報薛晨

文章翰墨，造物所慳。 今時貴客，側目此技甚矣。 吾黨自諱言之。 每得一士，臭味苟同，不啻骨肉。 維是與足下傾蓋而故云。 足下垂四十載攻一藝〔一〕，窮神詣妙，即枯管成精靈，非其人誰則知之哉？ 願足下自愛，歸幸卒業，羽翼斯道。

徐子與以太安人誌銘見枉〔二〕，雖儼然在衰服之中，爲誦足下高誼，若就見之。 足下能往弔否？ 三扁楷隸〔三〕，筆法兼長，寵光草茅，昭揭不朽。 文房諸惠，可謂清貺，敢不受賜？ 捐金相致，恐非行客所施於病夫，今用附使完上。

【題解】

薛晨，字子熙，浙江四明人。 諸生。 詳前《薛子熙以青州使君聘修郡誌見枉林園，尋示贈章，作此答寄》題解。 文稱『儼然在衰服中』，則是函作於隆慶四年（一五七〇）。

【注釋】

〔一〕一藝： 謂一經，儒家經典中的一部。

〔二〕誌銘：墓誌銘。

〔三〕扁：通『匾』。楷隸：書法字體，即楷書、隸書。

報梁伯龍

伯龍詞伯執事，則優藝苑老也，不佞田間一惰夫耳，日乃儼然辱而臨焉。何知其『杕之杜』乎〔一〕？蓋曰『中心好之，曷飲食之』。僕之役在此章矣。元美北行，嗣奉聞問，重以翰錦睠焉顧我者，伯龍邪？乃元美既得請，一介相存，不佞踴躍。凡爲吾黨與高茲役，遂附以勞左右云。

【題解】

梁伯龍，即梁辰魚。詳前《贈吳人梁辰魚》題解。

【注釋】

〔一〕杕之杜：《詩·唐風》有《有杕之杜》一篇，第一章云：『有杕之杜，生於道左。彼君子兮，噬肯適我。中心好之，曷飲食之？』《集傳》：『此人好賢而不足以致之，故言此杕然之杜生於道左，其蔭不足以休息，如己之寡弱不足以恃賴，則彼君子者安肯顧而適我哉？然其中心好之，則不已也。但無自而得飲食之耳。夫以好賢之心如此，則賢者安有不至，而何寡弱之足患哉！』

卷之二十九

書

與宗子相書三首

不佞近奏績書，當已見報。唯足下左右之，一老吏安能爲乎？秋風且至，東望愀然。龍也奉職無狀，大旱之後，水蝗薦至。雖某善臥，一日爲多，方且首鼠牽於腐儒之見〔一〕，不欲爲苟去以萬一。人之憐我，不已迂哉！向所示徐君云云者〔二〕，非敢自視大異，不欲輒奪足下之愛，次者慊慊爲難爾（一）。今所有陳情，乞骸骨而已。仕宦四十，郡守頭顱，可知三年不調，意同於棄。奈何聵聵無所取材，差强足下意，又何恤焉！

【校記】

（一）爾，隆慶本同，萬曆本等明刻諸本並作『耳』。

【題解】

宗子相，即宗臣，字子相。詳前《五子詩》。這三封信，皆寫於任順德知府末期，上計歸來待命之時。時宗臣爲吏部考功，主考課諸州郡事，故攀龍説當其見到『績書』（述職之書），『唯足下左右之』。李攀龍對外放順德已不滿，而三年不調則令其怨憤異常，以致要『乞骸骨』致仕歸隱了。此下與友人的這類信件，感情真實，無所遮掩，爲研究李攀龍經歷及其思想的重要材料。

【注釋】

〔一〕首鼠：首鼠兩端的省語。謂是仕是隱，猶豫不決。

〔二〕徐君：指徐中行。

又

元美來，亟謂子相出遇都門之外，信宿而去，蕭然各有江湖之氣也，壯哉！邢州太守奉職無似，囹圄空虚，一日治牘，十日爲布衣之飲，齋閤海内，旁若無人。郡城之樓，不下百尺，西望太行，東望漳水，北眺神京，一瞬千里。歸復雷雨，乃歌《黄榆》諸篇〔一〕，以敵其勢，則響振大陸，秋色漂颯，頹乎就醉，遂極千載。品物五子於中原，右宗左徐，哀吴郎之去國〔二〕，悼梁生之不禄〔三〕。是時也，曾晳、牧皮爲未狂〔四〕，他豈暇論哉！月晦興盡，驪駒在道〔五〕，握手洺水之上〔六〕，黯淡不語；某雖僻惰，旋亦自失也！

【注釋】

〔一〕《黄榆》諸篇：指其所作《登黄榆、馬陵諸山，是太行絶頂處》五言、七言各四首。

〔二〕吴郎：指吴國倫。據《明世宗實録》載，嘉靖三十五年（一五五六）三月，貶爲江西按察司知事。

〔三〕梁生：指梁有譽。不祿，不終其祿。士死曰不祿。見《禮・曲禮下》。梁有譽卒於嘉靖三十三年（一五五四）。

〔四〕曾晳、牧皮：孔子弟子。《孟子・盡心下》：『如琴張、曾晳、牧皮者，孔子所謂狂矣。』

〔五〕驪駒在道：謂送別之時。故人送別時歌《驪駒》。詳《漢書・王式傳》『歌驪駒』注引服虔說。

〔六〕洛水：水名。又名南易水、千步水、漳水。源出山西，流經河北南部，注入大陸澤。

又

既望，廣宗尉持足下書來〔一〕，云當不日有嗣音。明卿故吏回邢州，吏有事於宗伯，各致數字，豈不既已煩左右焉？而愈益延佇永日，不折腰道傍，卽高枕郡齋臥，足下以爲非人哉？老吏上某績，屬足下省中；僕泗固當繼至，上乞歸疏足下省中，則唯足下留意焉。元美今安所期對髡鉗之士〔二〕？彼二人者則猶蔌蔌聞戒未已也（一），奈何！

【校記】

（一）未，隆慶本同，佚名本作『來』。

【注釋】

〔一〕廣宗尉：廣宗縣尉。廣宗，縣名。時屬順德府，今屬河北。尉，縣尉。

〔二〕髡鉗之士：受刑罰之人。髡，剃髮。鉗，鐐銬。

與吳明卿書 四首

元美書來，亟言足下似欲據子相上游者，乃足下亦自謂宗、謝所不及，而梁、徐未遠過也。明卿，明卿，亡賴哉！三子者不可謂非海內名家矣。眇君子雖耄，而繩墨猶存，明卿今見其勝之爾？即一日千里，某何敢私諸二三兄弟乎？子相復言某在郡作何狀，豈猶不理茲多口？日足下由邢襄間得爲某甌臾者殊深〔一〕，何但元美干城吾道也〔二〕。

【題解】

吳明卿，即吳國倫，字明卿。詳前《五子詩》。此四封信，非一時一地所寫，所談內容不同。文稱明卿『欲據子相上游』，即在七子排名欲排在子相前面，攀龍不同意。

【注釋】

〔一〕甌臾：本皆瓦器名，喻地之坳坎。《荀子·大略》：『語曰：「流丸止於甌臾，流言止於知音。」』此取『流言止於知音』之义。

〔二〕干城吾道：即吾道之干城，謂復古派之得力干將。

又

日不佞入計，則足下傾身爲某焉。海內二三兄弟固無恙也。握手中原，悲歌相視，旁若無人，既彌月矣，欲造物不妒邪？某于時固知當有一别如雨者於今日耳〔一〕。明卿哲士，夫復何言！某亦猶浩然有東意〔二〕。明卿幸無患。郡齋雖惡，尚能具十日之酒，天豈更相厄哉！

【注釋】

〔一〕一别如雨：語見三國魏王粲《贈蔡子篤》，謂分别如同降雨，再難返回。

〔二〕浩然有東意：謂浩然有東歸之意。浩然，心浩然有遠志。《孟子·公孫丑下》：『夫出晝，而王不予追也，予然後浩然有歸志。』

又

明卿無恙。某比歲伏枕之日半之，既已拂衣，業杜門，一切謝絶客，蕭然若未嘗有世上人者，今彌年矣。獨王生時時來〔一〕，不佞不得已强起，爲袒跣相醉耳〔二〕。春來殊憶明卿，庶幾握手河山之間。時事不必言，即未嘗不已如言者，大率吾二人不如元美輩爲能，太骯髒於俗態而已〔三〕。咄咄，明卿，奈何不忍一日之不宴，而偃蹇自遠，重令放爲？豈所謂『焉往而不三黜』〔四〕？即『三黜』，又奈明卿何！

【注釋】

〔一〕王生：指王世貞，時任職山東。

〔二〕袒跣相醉：謂一起狂飲致醉。袒跣，光腳。

〔三〕骯（kǎng）髒：剛强正直。

〔四〕三黜：再三貶黜。

又

所爲勞元美於家難者〔一〕，僕日夜望足下與俱耳。兗州書至，令某投袂而起，屨及於窒皇，策及於寢門之外，車及於鞍山之麓矣〔二〕。客乃言：『有白眼君子者，從楚來，檄郡大夫，稱故給事中，與吳按察大醉狂歌泗水之上。指顧甚異，當是精物，信宿發矣，丈人勿自苦也。』已乃開椷，讀明卿寄章，寥歷怳懭，有脊鴒之心於元美者〔三〕，豈必縶之馬哉？浹辰而廣川吏復致足下嗣音，知已在九河間〔四〕，竟不肯淹於吾地。此一時也，足下乃在酒人傍乎？雖元美亦當自奇耳。然勿更言子相，使我二三兄弟酸鼻矣。便可示挽章。吳峻伯頗見傾注〔五〕，徐君亦誦足下無窮〔六〕。

【注釋】

〔一〕元美於家難：指元美父王忬論斬，時在嘉靖三十九年（一五六〇）十月。

〔二〕『兗州』五句：指元美兄弟扶柩歸里，途徑山東濟寧，李攀龍單騎赴弔。投袂而起，謂振袖而起，言其憤激之狀。屨及於窒皇，語出《左傳·宣公十四年》。屨，鞋。窒皇，寢門闕，即甬道。策，杖，手杖。鞍山，即馬鞍山。在濟南市郊。

〔三〕脊鴒之心：謂赴元美急難之心。脊鴒，脊鴒在原。脊鴒，水鳥，在原即失去依託，故飛鳴以求其類。喻兄弟及於急難。《詩·小雅·常棣》：『脊鴒在原，兄弟急難。每有良朋，况也永嘆。』

〔四〕九河：指禹時黃河的九支流，即九澮、徒駭、太史、馬頰、覆鬴、胡蘇、簡絜、鉤盤、鬲津。見《爾雅·釋水·九河》。

〔五〕吳峻伯：即吳維嶽。詳前《秋前一日同元美、茂秦、吳峻伯、徐汝思集城南樓》題解。

〔六〕徐君：指徐中行。

與余德甫書五首

不佞杜門伏枕五年於此，其於諸君子斯置之耳，安敢謂有一再存問如足下者？廣川書方捧檄道次，使命未敷，首及故人林君之東，復無它屬，肫肫病客〔一〕，如就語焉。不佞如某，何以得此於伯兄，而何敢忘之？無亦虞翻所云〔二〕：『天下一人知己者，足以不恨也。』天下皆以長兄不締用事膴仕爲高〔三〕，而尤以不遺狂生爲美。閩中信樂，安得三年淹也？

子相已爲異物〔四〕，足下以骨肉爲治後事，海内二三故人莫不悲感於大誼，謂可以觀交情。今不識其刻文已爲刊其所忌諱而後布之否？故人陵替，惟足下自愛。節鉞一方，建幟多士，卒爲二三故人蕩滌，此意不淺。

【題解】

余德甫，即余曰德。詳前《寄懷余德甫》題解。與余德甫五封信時間不同。第一封寫於嘉靖四十二年（一五六三），時德甫在福建按察使任；第二封寫於隆慶元年（一五六七）；第三封寫於嘉靖四十四年（一五六五）；第四封寫作時間未詳；第五封寫於隆慶三年（一五六九）。其中，第五封信涉及其隆慶起復後的履歷，年、月非常具體，對研究李攀龍這個時段的詩歌頗有幫助。

【注釋】

〔一〕肫（zhūn）肫病客：李攀龍自謂。肫肫，誠懇之貌。《禮・中庸》：『肫肫其仁，淵淵其淵。』《注》：『肫讀如誨爾忳忳之忳，懇誠貌也。肫肫，或謂純純。』

〔二〕虞翻：三國吳餘姚（今屬浙江）人。字仲翔。經學家。爲《易》、《老子》、《論語》、《國語》作注。歷事孫策、孫權，初爲會稽太守，屢犯顔直諫，徙交州。曾自白：『自恨疏節，骨體不媚，犯上獲罪，當長沒海隅，生無可與語，死以青蠅爲弔客使天下一人知己者，足以不恨。』詳《三國志・吳書》本傳。

〔三〕膴仕：語出《詩・小雅・節南山》，謂高官厚祿。

〔四〕已爲異物：謂已死亡。

又

豈其然乎？余聞之足下有毀傷薪木之警〔一〕。何天重困吾黨也！不佞不淑，乃歲七月爲駒也母者竟以不起〔二〕！匍匐襄事，爲憊已極。不佞魯之狂士，一旦儼然衰服，驅之人禮之中。杜門十年，忽睹弔客，會葬僕僕，四視如處女闔戶矣〔三〕，乃知莊叟鼓缶〔四〕，亦哀吾生之常勤耳。

郭使君〔五〕，古之遺愛。郡百姓之視其去，如免赤子於懷，至乃有此，豈獲乎上！它有道邪？卽仕宦之難，何恨！德甫之不理，愈白矣。元美杪秋得請使寄白苧，今以篚足下焉。外律奉憶，敢并及之。間者殊闊，勉之。嗣音。

【注釋】

〔一〕毁傷薪木之警：謂海盗入侵，毁傷家園。薪木，薪草、樹木。《孟子·離婁下》載，曾子居武城，有越寇，有人説如果寇來犯，就躲一下。曾子説：『無寓人於我室，毁傷其薪木。』

〔二〕爲駒也母者：指其徐氏夫人。徐氏卒於隆慶元年（一五六七）七月。

〔三〕闈（wěi）戶：關門閉戶。

〔四〕莊叟鼓缶：《莊子·至樂》：『莊子妻死，惠子弔之，莊子則方箕踞鼓盆而歌。』缶，瓦盆。

〔五〕郭使君：指濟南知府郭廷臣，江西南昌人。進士。嘉靖末期任濟南知府。

又

自爲報閩中，且三數載，不得聞問，契闊可知。王中舍至，始得足下不理於口狀。而素產蕭索，將若不能俯仰，意殊不甚。三復大篇，夐然無一凡語，乃知足下自有所事，不著常情，卽所可欲，不遑暇顧。今亡論足下心跡，山川勿舍，行將夙夜，卽由是置之，立言當世，作不朽一大業，無不可者。豈其吾輩厄此百六〔一〕，遂爾蕩然，進退維谷？必不然矣。而後乃今二三兄弟千里比肩，守望相助，德音不患不孔膠耳。某七年杜門於此，何嘗坐自閟而令色萎黄？唯是德甫稱同調哉！自愛，自愛！《江上雜詠》，吐哈老莊〔二〕，擁帙閒居，超然人道。足下庶幾無疾病，何媮快至此極也！

【注釋】

〔一〕百六：厄運。詳《漢書·律曆志》『百六』《注》。

〔二〕吐哈老莊：謂其詩言辭含有放達的老莊思想。老莊，老子、莊子，道家的代表人物。

又

得王將軍所寄詩，讀之卽報元美，曰：『余德甫晚成，七言律乃有其勢。雖氣未備，生惡可已；小美之下，將其人焉。』小美，敬美耳。又報子與：『德甫七言律乃有其勢，無已終當自詣爲大江以西一人。其於吾道，所樹不淺矣。』不佞所游元美、徐、吳外，德甫也。業已自致，獻吉時則若熊侍御者〔一〕。自今視之，豈當德甫於吾世邪？謝茂秦見懷五言，視昔故不較。乃李伯承亦以疏歸，尋惠刻藁。其在吾黨，雖有臭味，然落落耳。德甫務工七言律，當作俱胝三行咒〔二〕，不啻大江以西一人。功名一長物也，德甫寔繁有指乎？

小兒，豚犬也，叔父何自念之？

【注釋】

〔一〕獻吉：卽李夢陽，字獻吉。前七子領袖。詳《明史》本傳。

〔二〕俱胝三行咒：卽俱胝咒，佛家咒語。俱胝，梵語。印度數名，亦作『俱致』。

又

郭使君旋所附聞問者〔一〕，當具是矣。亡妻襄事則之官，遇王將軍於途，得足下起居，略不知郭使君聞問未達也。

歲十二月，乃渡江，與元美兄弟者雄飲姑蘇三日夜。逼除以抵任〔二〕，出謁無常時。三月，至自攝海。四月，以子與盤桓西湖之上，凡再浹旬而别。五月，分藩命下，而王將軍所寓足下書始從濟南來。明卿已移高州。六月，以賀東宫行，暫詣元美兄弟視之。九月朔抵都門，初三日旦入見帝。是役也，凡再浹旬而竣，亦與子與凡再浹旬而别元美兄弟所。抵大名，抵金陵，皆以前月也。十月，抵濟南，且抵浙，圖所以報足下，則十二月河南之命又下，元美與爲代焉。元美正月自大名亦詣濟南視不佞，不佞與雄飲，一鼓而盡一石矣。蓋二年也〔三〕。

二月，抵河南，日夜與殿卿緬縷不能已。三月，得子與抵武昌書，云明卿抵高州，則不佞抵河南之月也。是役也，與子與周旋浹旬者再，與元美相詣雄飲者三，與殿卿緬縷者無常時；得明卿起居不佞者一，得子與所致明卿起居者亦一。則是二三兄弟雖老，相望中原，猶可春秋耀吾鞭弭〔四〕，取爲快也。左提右攜，唯德甫是求，而須臾忘之哉？四月以至六月，太夫人含餳弄孫，不佞始就筆研，乃圖所以報足下者如此矣。

爲致用晦〔五〕，藝林奧鬱，今之諸王孫掇躐有之〔六〕，貴倨耳，誰當告者？足下與明卿用用晦乎，亦用晦能用二君子耳。今不但其詩之體裁具是，即尺牘矯矯，不作近語，則人之不可無嚮往也如此。足下其列之吾黨，離合之間，爲道不遠，於不佞何有哉！千里慕義，在昔難之，是足下與明卿之尚友也。

郭使君幸無恙。駒兒，豚犬耳，褎然使冠多士，何以稱有造之私？然亦一吾黨之伯樂矣。

【注釋】

〔一〕郭使君：指郭廷臣。詳第二封信注〔五〕。

〔二〕逼除：逼近除夕。

〔三〕二年：指隆慶二年（一五六八）。

〔四〕春秋耀我鞭弭：謂歲時彼此可以騎馬相見。鞭弭，馬鞍與弓。弭，弓無緣者。

〔五〕用晦：即朱用晦。詳前《報朱用晦》題解。

〔六〕掇躐：謂得到不次升遷。躐，逾越。

與許殿卿十四首

某抵東居且二月〔一〕，日夜望殿卿來甚急，而意不能待，愈成契闊。殿卿，殿卿！萬里生還，不當日鼓飲樂邪？洪使君力疾視事〔二〕，又安在哉？人苦不知足，初某守鉅鹿時，又焉知有三秦之役也？徒謂以它遷行，爲不苟去爾。栖栖入關，乃日夜與二三孺子妾緝蘆而處，等於幕燕〔三〕。一行校閱，帖括成山〔四〕，精神既疲，披詠漸廢，何爲者乎！安得與殿卿縮秫嚼苦〔五〕，驩然道故，握手景陽之濱，以弄白雲？元美，天下才也，然願一當某久矣，兄其爲我職志。

【題解】

李攀龍與許邦才爲密友，離則相思，聚則痛飲。《與許殿卿》信共十四封，信的內容，涉及其家居、家庭生活，以及起復和起復之後不耐俗務進退之間的矛盾心情。這對研究李攀龍生平行事，頗具參考價值。信非寫於一時一地，分別加以注釋。底本目錄標爲『十三首』，而實爲『十四首』，因改。

【注釋】

〔一〕抵東：謂抵達山東故里。

〔二〕洪使君：指西安知府洪遇，字伯時。詳前《祭西安洪太守伯時文》題解。

〔三〕幕燕：燕巢於幕上。謂處境危殆。唐杜甫《對雨書懷走邀許簿公》：『震雷飜幕燕，驟雨落河魚。』

〔四〕帖括：謂考試諸生的詩文。唐制，帖經試士。應試者總括經文編爲歌訣，以便記憶，謂之帖括。詳《唐書·選舉志》。

〔五〕縮秫嚼苦：謂喝酒。縮秫，謂濾酒。嚼苦，嚼食苦筍。宋張九成《食苦筍》：『林深恐人知，頭角互出縮。』

又

不佞杜門六年於此矣，所爲朝夕周旋者，殿卿一人耳。向以詣除，輒失其偶，答焉何如〔一〕〔一〕？奉檄而東，尋好彌月，益重爲别，更展朝夕，締將不解，不佞與俱矣。既西復以么麼之忌〔二〕，遂缺祖道，是豈爲施於殿卿？蓋至今遺憾亡已時，而諭已四至。無論市馬之故，假質未集，以成不佞不達事體之誚；卽其揭示妙理，以持不逮，如云作意求適，已成勞擾，實足下自天夙悟，鄙何敢辱焉！獨以非習，自墮汗漫〔三〕，乃今且在求不求、適不適之間，庶乎境變神遷耳。

小人易緣，老兵易得。誰吾不可與把苦，吾誰不可與把苦也？酣法難雅，口鑒難精，誰吾與把苦，吾誰與把苦邪？么麼一言，易解者猶尚妄議，自引其諸微辭，怳忽感動，將在曲削，始袪羣疑矣。拙集出於客歲〔四〕，不佞取刻本校之，酷加删易，凡什之二，閲月而發，卽佳序亦爲正一二字，剜補會就，想不日有定本。極知無一可傳，尋當中廢，但已備檢可諱語，不至貽指摘者，一以成魏使君之盛心〔五〕，一以用藉佳序云爾。前月使君用幣正夫中贊〔六〕，更爲乞佳序一篇，並乞殷集以梓。此兄謙密，其集恐未可猝發，然豈爲故人重一序？此實某乘間言之使君者，殿卿以爲何如？

元美書云：『昨見吳中張仲子〔七〕，爲我二人刊所倡和詩若干篇，似亦興起於《海右集》者〔八〕。』但《海右集》訛甚，至不可讀，兼復逸而莫備，拙集既達，可續翻對，以終此意。邵武使君亦翻子相集〔九〕，而序以元美，海內知名士輩出矣。魏更徵拙文，將並付梓，不惟多取，亦重羣疑。奈何，奈何！非殿卿一校不可。

夫士之所寧無友也，而友必以知己者；非知之難，而處其知之難也。若相絓於嫌，而令不得任其所便，豈爲知己焉？殿卿乃今所事，固自謂得主其左史，又可與浮沈，卽受簡賓客，已稱清樂，況撫愛子、擁少妾，吏隱王門，而人不測其所褕快哉！信乎得以儉朴矯之，大示中流之望，不然何必去父母之邦？諺云：『何知仁義？已享其利者爲有德。』諸君故自灰視不佞〔一〇〕，謂不復然，遂擯之耳。中贊君方烈炎火，於諸君何畏焉？所得侍郭君者〔一一〕，矯志難與談，且間出別業無值時。襲君亦但問奇語方册往跡〔一二〕，日月至焉耳。渾源使君一疾幾廢，今亦未能往祖之，卽田間亦復卻埽。侯氏子已屬它人，劉生徒食客，無與城中事。卽有言中贊君者，何從而聞之？便爲促序，更屬《白雪樓記并詩》一章，不然不佞必數齒責之玉堂之署〔一三〕，足下何以爲解？虎近用餂〔一四〕，每御之令人著意，遂不欲遺候。以酒頗佳，別來日復潦倒，獨魏使君爲海漚鳥〔一五〕，他猶是未敢自獻，不知元美何謂『見客談于鱗近事有感』？豈舊學憲恚我不納而云云〔一六〕？卽足下亦何所聞也？元美輒問足下游梁狀，頃附子與書，使且旋，如肯就調，當抵歷報清河之役，時則再達足下不晚。

長君居守，屢瞰蓬蒿，修儀精縟，推誼爲多。新示中贊君文妙甚，不佞何幸託諸其側？所云父老上白孝狀，深得中贊意矣。我朝諸公選可七八十首，亦未妥愜，適未攜至城中，容與拙刻刪上。彼中文獻地，雅有藏本，不憚訪録，以備當代之音。近詩二紙，間有古體可采，今呈，令殿卿知我輩不偏觀百代，悉索諸家，斯無以集大成，聲金振玉耳〔一七〕。雖然，其中非爾力也，則所望於知己者哉！必以强人於懸解，大笑之矣。新刻尤有難言，殿卿幸爲我黨職志乎？

清酒百壺，用報佳蔬之賜。暇爲諸宗室中求一痔漏禁方，並前所許藥二種見致，乃懇懇者。《白雪樓記》及七言律，何可無我殿卿？外馬值七星附償，卽太久，又不敢具子錢。

【校記】

〔一〕答，隆慶本同，重刻本、萬曆本並作『嗒』。

【注釋】

〔一〕答焉：相忘貌。《莊子·齊物論》：『南郭子綦隱機而坐，仰天而嘘，荅焉似喪其耦。』答，同『荅』。

〔二〕么麽：不長曰么，細小曰麽。

〔三〕汗漫：水大貌。此謂放浪不知檢束。

〔四〕拙集：謙稱自己的詩集。此指《白雪樓集》。濟南知府魏裳於嘉靖四十二年（一五六三）編集李攀龍擬古詩，結集爲《白雪樓集》刊刻行世。集前有自序及許邦才、魏裳序。

〔五〕魏使君：指魏裳，字順甫。詳前《懷魏順甫》題解。時爲濟南知府。

〔六〕正夫中贊：指殷士儋，字正夫。中贊，官名。與中丞同。

〔七〕吳中張仲子：指張獻翼，字幼于。詳前《報張幼于》題解。

〔八〕《海右集》：卽《海右倡和集》，爲李攀龍與許邦才唱酬詩的結集。

〔九〕邵武使君：指吳國倫，嘉靖四十一年（一五六二）擢邵武知府。

〔一〇〕灰視：語本《莊子·庚桑楚》『心若死灰』，謂視爲心死。《史記·韓長孺列傳》：『死灰獨不復燃乎？』

〔一一〕郭君：指郭廷臣。嘉靖末年濟南知府。

〔一二〕襲君：指襲勖。詳前《寄襲勖》題解。

〔一三〕玉堂之署：指翰林院。此或指殷士儋。嘉靖年間，殷士儋曾任翰林院檢討。

〔一四〕餂：古『甜』字。

〔一五〕爲海漚鳥：謂與之游玩。《列子·黄帝篇》載，海上有好漚鳥者，天明卽至海上，從漚鳥游。此指隱士放逸之舉。漚，通『鷗』。漚鳥，卽海鷗。

〔一六〕舊學憲：原任提學使。

〔一七〕聲金振玉：卽金聲玉振，謂樂全曲終。本謂讚美孔子集大成之語。《孟子·萬章下》：『孔子之謂集大成，集大成也者，金聲而玉振之也。金聲也者，始條理也；玉振之也者，終條理也。』

又

毅哉，其能削柹成集如此〔一〕，然終自訛缺。如《少年行》，題雖刪而詩未易，不肯更查《白雪樓》稿耳。今寄改本一冊，幸依所塗注刊補。頃刻事就，何憚不留意也。續集姑不暇檢，不佞稍窺文章，未達佛理，見謂爲二。足下大方，兼詣並妙，見謂文章莫非佛理，何不可哉！

適姑蘇梁生以元美書至，出《巵言》以示大較〔二〕，俊語辯博，未敢大盡，英雄欺人。所評當代諸家，語如鼓吹，堪以捧腹矣。梁生亦致元美書足下，並《巵言》，云且付長君。生今東探海市，計南旋，足下恐不及作問。

辟之相馬，觀其發跡，汗血之駿〔三〕，若無意焉。其於千里，駑駘承御，非不砥蹀振鬣，而黽勉踰舍，絕銜敝策，步驟自失。無他，力有可極不可極，無關齒盛衰也。茂秦之於詩，不佞固知其有今日矣。

【注釋】

〔一〕削柹(fèi)成集：謂修改之後結集。削柹，削下木片。柹，爲『柿』的俗寫。《顏氏家訓·書證》：『《後漢書·楊由傳》云：「風吹削肺。」此是削札牘之柿耳。古者，書誤則削之，故《左傳》云「削而投之」是也。』

〔二〕《巵言》：指王世貞所著《藝苑巵言》。

〔三〕汗血之駿：指汗血馬。詳前《天馬歌》注〔一〕。

又

不佞爲疾，適今百日，以庇再造，猶在牀蓐。雖宿創頓失，似有因禍爲福之慶，亦恐暴弱之餘，未易以復其平生。然辛楚備嘗，庶日委日熟矣。天幸之遺，不敢自謂爲人間世，而諸君亦宜勿更以人間世視某者，奈何謂從諸生比文角藝乎？夫好比文角藝者出於妒，妒出於不自信。龍也其妄自信，奚啻先告子不動心〔一〕？殿卿愛我，慮有口事，傷杜門之義。卽不佞亦懲此子善洩，其與往來直欲不窮其交而已，無所深言。

諸刻拙稿，咸屬倉卒。然《此兒行》何必易今題？以《浩蕩行》何如原冊以《從軍》、《公燕》詩？他集未具，姑寄元美。昔在正月之二十一日，豈復謂『更值覽揆之辰』？而乃覩兄八詩之盛於指掌，今猶記屬駒乞兄狀，而因誌于殷，時戚戚焉，其不爲感舊之音，天幸之遺乎？近示詩文，統詣妙境，迹藏于思，可與知微。

日長君臨候，謂不佞凡病之有形，氣實客之；氣理斯形乎，竟如其論，此其卓識，非殿卿不得而子，何患不至道也？

久謝客，客輒謂不佞託疾耳。今已身抵京，干諸貴人，且起矣，曰已抵汴，身爲質子錢於右史矣。此不與一二老腐儒左攜榼右提局〔二〕，如殿卿之於孟生指庭前柏樹子道故，又但曰『喫茶去』邪？生實不德，乃至親日偵其肥瘠，況人間世哉！

藥物、紗扇，惠及老母，並謝不次。

【注釋】

〔一〕先告子不動心：謂不爲富貴利祿所動。《孟子·公孫丑上》：『公孫丑問曰：「夫子加齊卿相，得行道焉，雖由此霸王不異矣。如此，則動心否？」孟子曰：「否；我四十不動心。」曰：「若是，則夫子過孟賁遠矣。」曰：「是不難，告子先我不動心。」』

〔二〕榼（kē）：酒器。局：棋局，博具。

又

自兄西，不復聞妙語，今安得曰『道可忘而得，生有待而失』？必令吾神於道合而已。不自知，乃爲得也。微哉，海內一人而已矣。近作『松聲似帶秦時雨』等句，益登神品；《夢聽琵琶》前二句，亦自新奇。極知足下玄理高妙，土苴詞華〔一〕。然業已傳布，乃生爲足下不欲示人以朴云爾。

【注釋】

〔一〕土苴詞華：謂其糟粕也能成爲詩的辭采。土苴，糟粕。《莊子·讓王》：『道之真以治身，其緒餘以爲國家，其土苴以治天下。』

又

不佞所不貽一字書正甫者，獨以有今日海岱之間我三人者，豈其又一氣類而敢自菲淺？其或迹微有之，要無害天合。卽殿卿日夜從中調燮，固亦因其氣類合一之天已爾，寧能强非其黨？某實無他腸，卽不有今日我三人者必全之交也。但爲云尚蚤，姑竢正甫秉鈞之秋，使某得有人乎穆公之側〔一〕，然後徐爲郉生薄游之計〔二〕，攜我殿卿東歸箕潁老焉〔三〕，以觀稷契之美〔四〕，不愈於陽鱎之誚邪〔五〕？

昨元美兄弟入理，亦漫及此。

南還得請，便詣晤言，安得并與殿卿握手一堂之上？春來寥僻，援琴自愛。渾源有言，不佞兩爲大邑，擢郡太守，號二千石，不如陳道鳴提一藥囊〔六〕，乃置十金，小妾日侍巵酒，何謂非薄祿相也？爲喻雖鄙，足徵其不獲爲樂於當年。蔡姬勉作解事，爲遣一姬進一姬，各厭余意。但依疾爲命，每以先君子棄館舍爲嘆，涕輒下，殊相視悲焉，乃知殿卿所示《寄故伎》三章，慘於垓下之歌矣〔七〕！

【注釋】

〔一〕穆公之側：《孟子·公孫丑下》：「昔者魯繆公無人乎子思之側，則不能安子思；泄柳、申請無人乎繆公之側，則不能安其身。」宗廟序列，子之位。《禮·祭統》：「昭穆者，所以別父子、遠近、長幼、親疏之序而無亂也。」

〔二〕邴生：指邴曼容。漢京兆尹邴漢之姪，養志自修，爲官不肯過六百石，過則自免去。詳《漢書·兩龔傳》。

〔三〕箕潁：箕山、潁水。堯時許由曾耕於箕山之下、潁水之陽，後遂以稱隱者居處。

〔四〕稷契：稷與契，皆舜臣。見《書·舜典》。後成爲治世賢臣的代表。唐杜甫《詠懷》：「許身一何愚，竊比稷與契。」

〔五〕陽鱎：即陽橋，魚名。漢劉向《說苑·政理》：「夫極綸錯餌，迎而吸之者，陽橋也。其爲魚，薄而不美。」

〔六〕陳道鳴：生平未詳。據邢侗《先侍御府君行狀》，其曾與李攀龍、胡三老、薛儀衛等結爲詩社。

〔七〕垓下之歌：楚霸王項羽陷於絕境，與其所愛虞姬訣別所唱之歌，見《史記·項羽本紀》。

又

小豚犬，老夫爾耳，乃辱褓佩之寵，愛我哉！松霞之祥，又何可當！唯是日夜祝諸姬，安得就館，爲足下更産一男子，使豚犬在兄弟行益延世講乎？

河嵩之英，取用宏多矣。向謂李伯承忌，不與我爲天門、日觀之游〔一〕，今則果然。元美亦未至。魚蔬之惠，姑領俟之。襲生〔二〕，書生，勢自依依，不失爲故，足下何慮焉？卒恐上書之念未已，不甘一貧博士，奈何？近數過我，手談相命，不及時事，豈不佞因而學之邪？

新篇殊覺遒上，神明垂應。但足下妙悟，求似卽止，不肯由所不似以致其似，爲遽有所隔乎？

正甫方獲主器〔三〕，而閫政不寧〔四〕，賀者在堂，弔者在門，每有良朋，況也永嘆！不佞適讀薦章，知足下以其人相爲力不淺也〔五〕。不然，豈其自棄十年於兹？公朝大舉，諫臣齗齗，不佞如某一抱臬吏者滿天下，獨安得濫與二十人之列？必不然矣。卽使其奏終寢，尚可一吐吾黨之氣，不謂殿卿取非其友也，不亦一快哉！

老嫂、長君亟於豚犬有餉，併報附謝。

【注釋】

〔一〕李伯承：卽李先芳。詳前《送新喻李明府伯承》題解。攀龍邀游泰山，未詳何時。天門：南天門。進入泰山頂峯之門。日觀：峯名。

〔二〕襲生：指襲勖。

〔三〕正甫：殷士儋，字正甫。方獲主器：謂剛得到重用。隆慶元年（一五六七），殷士儋擢侍講學士，掌翰林院事。

〔四〕閫政不寧：指殷士儋妻郭氏卒於京邸。

〔五〕以其人相爲力不淺：謂因其人相助之力很大。

又

病後性愈狎野，每一抵家，事出理外，如觸籠之鳥矣。兄大積勞，以承貤典〔一〕，黄金横帶，文章清寵，馳騁諸王之門，游梁信自樂乎？亡孫後黯然無狀，杯牘浸廢〔二〕，乃以琴自遣耳。杜青州近饋一牀〔三〕，及弟所蓄似足不徹。道家所貴，得意忘器，尋且置之矣。市價不定，兄姑返焉。

仲月，子與一介相存；浹旬，元美寄致甘毳，均之拳拳我殿卿，咸去數相聞也。元美病瘍〔四〕，敬美云『斯人斯疾』今率當遄已。吴峻伯寄《歲編》三十餘卷〔五〕，曰：『公試覽此，當何以從于鱗、元美、子與之後？』殿卿以爲是何言與？

新什於《初冬客思》尤妙，爲宗周氣業師〔六〕，『笥』字當易。諸賜精奇，俱徵注念。再頒藥餌，尤軫扶衰。歲杪興言，懷人覩物，想兄叨怛同之。蘇子卿有云〔七〕：『我有一尊酒，欲以贈遠人。』凡三品五盛，以付屬車〔八〕，至可呼羣姬牛飲，把犒當御，謹伺入我牀下者。灌將軍罵座〔九〕，此豈爲罵帳邪？

【注釋】

〔一〕貤（yí）典：貤贈之典。貤贈，貤官贈爵。此指許邦才擢周府左長史。

〔二〕杯牘：謂酒、詩。牘，詩文。

〔三〕杜青州：指青州知府杜思。

〔四〕病瘍：患頭瘡。

〔五〕《歲編》：卽《天目齋歲編》，吳維嶽詩文集。

〔六〕宗周氣：謂具有宗周詩的氣格。宗周，周之都城洛陽，爲明周王府所在地。宗周氣，或指《詩經》之『大雅』和『小雅』之氣格。《詩集傳》釋雅詩云：『雅者，正也，正樂之歌。』此蓋指其詩近於雅正。第十二封信中，有『殿卿見以爲不爲宗周孫爲非乎？卽殿卿之爲宗周孫，長君見亦未盡以爲是也』。

〔七〕蘇子卿：卽蘇武，字子卿。漢武帝時出使匈奴，羈留匈奴十九年。其時友人李陵亦被虜至匈奴，二人難得相見。詳《漢書·蘇武傳》。後人擬蘇李詩七首，抒寫離情。其一有『我有一樽酒，欲以贈遠人』之句。尊，通『樽』。

〔八〕屬車：侍從之車。謂隨從。

〔九〕灌將軍罵座：《史記·魏其武安侯列傳》載，武安侯田蚡娶燕王女爲夫人，宴請宗室權貴。魏其侯竇嬰邀將軍灌夫赴宴。時竇嬰失勢，田蚡爲丞相。灌夫對與宴者趨炎附勢不滿，酒酣，乃使酒罵座。

又

夫玩世之爲大於辟世也〔一〕，邈矣。不佞弟僻才，似可足辟世耳。自視無長兄之通才，將何以出而玩世邪？此公爲吾輩乃如此，然某自視則昭昭。十年一病夫，傲惰無狀，一朝與大廷薦列，謬竊國寵，尋以爲且置焉，而有今命。卽有道如長兄者，知亦爲弟踴躍矣。

是役也，可以期月無大過，不負翦祓之雅，然後更圖作邴生計，以報諸公者，恆於斯也。十年恬退，微名不當人意，一朝失之，而辱翦祓者，亦恆於斯也。兄而爲不佞願之乎？雖然，亦患有道不如長兄耳。苟唯其適，十年微名，亦何用哉！卽一朝失之，是亦遺累，尤爲光塵俱妙〔二〕。但弟有難言，姑試期月，終當以辟作眚如秦中故態者〔三〕，兄幸識焉。此外唯冀三河間一握手，足下庶幾少忍云爾。浙牒已下〔四〕，濡滯不果。豈恤微名，畏繁以勞，半塗而廢，取笑里閈也。今月二十日當南發，此恐不待褰帷而悔，奈何！長嫂、長君稠疊出餞，不肖駒又辱子長復締新好，徽惠長兄，殊無已時。亡妻以來，再捐產畝，信乎貢禹賣琅琊之田而赴彈冠之會非妄也〔五〕。盛貺及期，暫免稱貸矣。

【注釋】

〔一〕玩世：玩忽世事，樂玩其身於一世間。或謂藐視禮法，放縱不羈。《漢書·東方朔傳》：『依隱玩世，詭時不逢。』《注》：『如淳曰：「依違朝隱，樂玩其身於一世也。」』辟世：卽避世，避世隱居。

〔二〕光塵：和光同塵。

〔三〕『終當』句：謂最終仍會以病爲由退歸田里。眚，病。秦中故態，謂如同在陝西那樣辭官歸隱。

〔四〕浙牒：謂任命其爲浙江按察副使的文書。時在隆慶元年（一五六七）。

〔五〕貢禹：字少翁，漢琅邪（今山東諸城）人。元帝時，以諫大夫遷光祿大夫。上書説，他應徵出仕，賣田百畝以供車馬。詳《漢書》本傳。彈冠：謂出仕爲官。

又

南發無任硜硜半途之狀。黽勉抵浙，百違初心。業已失計，尋復自解，顧我長兄前知不佞之不堪此而不言也。終恐故態當作，貽笑鄉曲，忽起忽罷，狂妄人耳。所唯其適，卽并其名實而棄之何恤焉？勞形則敝道力，忍性則鬭道氣。不佞某巖穴既不能深，川澤又不能廣，絕物哉！獨念平生殿卿知我可與言，乃不佞所值凡多無其理者之事，卽雖神明，用必其知我也。誠皆無其理者之事，言之誰信之邪？所求三河間一握手〔一〕，庶有披豁，欲殿卿信我不必其理，斯白首知我愈盡耳。

逼除視政，似在驛傳。既竣闈署，尋攝海道。莫春旋省，乃得晦日邸報，陪參江西。本自菲才，自宜常格見處，且爲當路乍記乍忘，援止而止，甚足以成不佞不恭之趣，而混薄游之跡，轉相便也。殿卿爲我願之乎？姑蘇與元美兄弟及諸名士雄飲一日夜，而渡江之興殆盡。子與數相遺候，致期而不虞妨之，今猶咫尺千里。所謂『三河間一握手』，均之天不假之也。然子與蠲吉〔二〕，屬且謁選，計欲方舟北過元美；擊楫中流，以迓明卿；詣廣陵宗生墓下，釃酒爲別，似亦千古一勝會。然後間出大梁，攜我殿卿，登平臺〔三〕，弔鄒、枚，與相如把苦相勞，駕言趨歷〔四〕，拜太夫人堂上，稱觥爲壽。再游王舍城之野，杜門高枕，彈琴散帙，種秫在庾，半醉袒跣，含飴而弄少子，以俟殿卿之有意焉？歸逸二老於當年，豈不天之道，而善學猶龍者哉〔五〕！

子長，貴人壻，今大捷矣。殿卿固自一快。而豚犬騊三附雷陳〔六〕，百折不置。蓋素奇之，迫行致締，以遂前好，識料可賞。不然，且當新命嫌於閥閱。子長卽不棄舊德，如騊何！

浙中炊玉薪桂〔七〕，廩庖疏冷，衣冠禪理，雅相晉接，澹情之勝致，玩世之妙理也。某不佞乃處名下，年少自喜窺人，卽稍墮落，彼其謂我何？十年寂寞作苦，今倒行逆施邪？始知長兄陸沈王門〔八〕，招搖一世者，不動焉而已。俺去俺留如不佞，未免滯乎其形矣。

老嫂屈尊出祖，推愛非常。賞鑒嬰姪，如躬襁抱，可謂難也。適致問長君，不佞僻拙，里閈所棄，獨辱貴門，謬與世講，遂令某因親不失，甘置其餘云。

【注釋】

〔一〕三河：《漢書·溝洫志》謂河南、河東、河內爲三河。時殿卿在河南。

〔二〕蠲吉：選擇吉日。此指徐中行擇吉謁除赴京，時在隆慶二年（一五六八）。

〔三〕平臺：臺名。在今河南商丘東北。漢梁孝王所築。時爲與文人賓客談讌聚會之所。鄒陽、枚乘、司馬相如等都曾爲梁王門客。

〔四〕歷：歷城。下王舍城，即今濟南歷城區王舍人莊。

〔五〕善學猶龍：善於學習，猶如龍蛇。此謂隱居以保身。《易·繫辭下》：『尺蠖之屈，以求信也；龍蛇之蟄，以存身也。』

〔六〕雷陳：雷陳膠漆之省，謂朋友之交誼深厚。《後漢書·雷義傳》：『（義）舉茂才，讓于陳重，刺史不聽，義遂陽狂披髮走，不應命。鄉里爲之語曰：「膠漆自謂堅，不如雷與陳。」』

〔七〕炊玉薪桂：謂費用昂貴。

〔八〕陸沈王門：謂其才能被埋沒在王府。

又

闔之使附啓乞狀，當再抵覽，凡奉先後二致書，慰勞周至者，且諭貴體日佳，自幸仰託未艾矣。何得衣被小豚犬襁抱中！蔡老妾少識鄙意，盧亦朴惠〔一〕，可借相安，舉以命倮〔二〕，不敢當焉。皆曰：『姑逝倉卒，脫棺收視〔三〕，不報之德，世締伊始矣。』適又袁生書云：『權禮以時，與戚寧易。』有味乎其言之也。無論九歲之孤，顧惟寡母，卽人情凶薄，亦何所不可流涕者？任之耳，徒戚何益？然而無財不可以爲悅，卽易亦難，奈之何！又云：『襄事無以誌爲解。』是卽前所教以仍先大夫舊壙云者。不佞豈忘逢於何捆心齊王之門〔四〕？若使貴公逗留，搖筆不下，斯置之矣。某于此苦塊慘惡，寢伏儽攣，甚不便於倚次，誠如諭者。長兄愛我哉！

子長信奇士，卽長君亦各執其所自見者耳。殿卿見以爲不爲宗周孫爲非乎？卽殿卿之爲宗周孫，長君見亦未盡以爲是也。

新憲長晤語無不起居足下者〔五〕，足下書已面屬之，往當酬倡相存矣。詩多麗句，今錄以聞。聶都使請文臨繹，其作古潔，殊類不佞，當自一名家。殿卿物色，使在帷幄，三益不淺〔六〕，萬無失此。索所藏藁爲寄以觀，其備裁之。

【注釋】

〔一〕盧：此指攀龍之盧氏妾。

〔二〕倮：謂倮葬，卽薄葬。倮，同『裸』。

〔三〕脫棺收視：謂出棺收斂。脫，出。收視，收納。此謂收斂。

〔四〕逢於何捆心齊王之門：謂無法與其父合葬。事詳前《青州府誌序》注〔九〕。

〔五〕新憲長：新上任的按察使。

〔六〕三益：謂爲益友。《論語·季氏》：『孔子曰：「益者三友，損者三友。友直，友諒，友多聞，益矣。友便辟，友善柔，友便佞，損矣。」』

又

生非爲恭者，吾黨有人哉，兄遽何謂而必圖之？以孤鄙薄見，所宜緩更，隱王門不惡也。倚次鬱鬱，視日猶年，賴小于鱗孩提旦夕耳〔一〕，心境拂戾不可言。晨有自宗伯所來者，云《誌》已就稿，望後可得報。果爾，孤無異悲感于殿卿者，便爲轉謝否？所託大篇，懇惠以梓，無任徼寵。跂予不備〔二〕。

【注釋】

〔一〕小于鱗：指其赴任前夕剛生的兒子。

〔二〕跂予：即跂予望之。《詩·衛風·河廣》：「誰謂宋遠？跂予望之。」跂，舉踵，踮起腳後跟。

又

宗伯《誌》奉覽，簡潔老成，亦自名品。使早得佳篇，狀外之助，不啻此矣。刻本已就，方竢佳篇，浹旬可緝寄。不意長兄爲某一租客歲賦布二十、綿四百，坐享挾纊之利〔一〕，不知所由，至恐成冒昧，積負不責矣。

日月不居，先慈見背，忽已卒哭，念別長者，視此闊焉。駒誕歸集佳文，適從天下，父子奉泣，如復得一母者。先慈獲據成棺，再叨狀列。身與名孰親？是均不朽。其在殿卿，厚自性生，不難於爲德，值所可爲德者爲難耳，何以萬一圖報也！佳篇語意，一庇不佞，而辭足以發。然恐累殿卿不黨之明，而信者半之矣。

盧次黯然，疏茹自慰，夙夜念襄大事，一切廢置。即一二妄動取侮，亦以先慈餘譴甘之。告子之道力〔二〕，時可竊用，頑鈍不恤也。長者匍匐，豈有所不至而重蠲吉？惠示使之慮出萬全，即某所自盡何以越是？乃宗伯公既已託羅武選爲擇十一月二十八日〔三〕，蓋以荒隴坐向，先慈并愚父子年命生亡所忌，取衷之者，似與灌甫所爲擇者不同〔四〕。又其月日既已登刻，請益長君，亦爲抵掌武選，今恐互違教旨奈何？殿卿爲命之矣。今之作者，非李生、王、殷二三君子〔五〕，則殿卿其人耳。闔之奠章，始猶謂海內安得有此其人也者乎？于子長亦謂家丈人平生作文自一色象，此則玄焉，恐非其手，不知色象與玄文之所自適耳。正恐殿卿傷玄，何患色象也？乃殿卿近所著述，誠異平生，無怪乎子長刮目矣。

不佞與殿卿老矣，所願杖屨夙夜無相逢也。初擬以白雪樓爲贈，不佞營白泉而比鄰焉，恐倫有別業，猝未他委，至今未敢獻左契。《詩》曰『十畝之間』〔六〕，『與子旋兮』。吉媾弱息，未可窮谷，無已則稱東郭二先生云爾〔七〕。此非就謀，遙度不可。

王憲伯未行，求所以晉接長兄之者，體貌曲備矣。猶謂不佞不源源，豈可以不造諸公爲解？且不佞亦已推轂灌甫，又當自悉也。

【注釋】

〔一〕挾纊：挾綿。語出《左傳·宣公十二年》。謂得至溫暖。

〔二〕告子之道力：即所謂『不動心』。詳前第四封信注〔一〕。

〔三〕羅武選：前有致羅氏信，生平未詳。
〔四〕灌甫：即朱多煃。詳前《灌甫東陂宴》題解。
〔五〕李生：自指。王、殷：王世貞、殷士儋。
〔六〕《詩》曰：指《詩·衛風·十畝之間》，有云『十畝之間兮，桑者閑閑兮，行與子旋兮。』旋，還。
〔七〕東郭二先生：戲言自己與殷卿。東郭，東城，城東。

又

不肖孤之於殿卿，可謂成言乎友也。弱冠狎之，老而益信，難矣哉！即晚締大誼，何加焉？且孤動以天幸，即先母大事，亦復倔彊〔一〕，殿卿從旁贊之，無不各中條理，使孤思而得之，無不以爲計所必出此而後善者。自今觀之，老母大事，什已舉其七八，則以值殿卿不值耳。是非動以天，幸哉！乃知友以人合，未爲通論也。十五日渡河出境，十六日至曹州阻雨，二十日過濮，由東昌，二十五日抵濟南權厝。伊方鞅掌〔二〕，哽咽不宣。

【注釋】
〔一〕倔彊：此謂剛强倨傲。
〔二〕鞅掌：謂煩勞，失容。

卷之三十

書

與徐子與十三首

以不佞觀於子與，不有今日何以著齟齬之效也？然其技止於解郡〔一〕，而惜我者亦已隨之。今不出，彼將謂我何？何所不屑而自惕如此？卽太夫人，何以自安？一二兄弟實諧所請，惟足下辱爲裁焉。日再奉諭，圖所起居。未就拙刻，亦復宿謝。子與庶幾無疾病，卽如明卿，已事浮沈人間，何不可者，而悻悻爲？卽何得使不佞望見顏色，如曩在清河舟中時也〔二〕？

【題解】

徐子與，卽徐中行。與子與信中，除二人交往外，還談及詩文創作，以及與元美、明卿等的來往。原題『十五首』，含下《答子與》二首。今分列爲『十三首』與《答子與》二首。以下分別注釋。

【注釋】

〔一〕解郡：謂從汝寧知府任罷歸，時在嘉靖四十二年（一五六三）。《天目先生集》附李炤《徐公行狀》：『癸亥，屬内考，公爲飛語所中，當左遷，解郡歸，日奉太安人以自娱。』

〔二〕清河：此指大清河，即今黄河。

又

君家大人違養〔一〕，某至不能爲一介絮酒之使〔二〕，二三兄弟奈何奇狀驚人？凡再辱諭，深念種種。天不慭遺〔三〕，何論殄瘁？非我子與縷縷，誠無以聞高枕前。嵇紹故自不孤〔四〕，廣陵生多情〔五〕，豈今有屬於襁抱？明卿危就世網，翩翩自在；所美佯狂，欲離欲合，如阮嗣宗者〔六〕，一子與耳。久擬一晤，託言千古。

【注釋】

〔一〕違養：婉言去世。

〔二〕一介絮酒之使：謂派一前往祭奠之人。絮酒，以棉絮浸酒，儲以備用。用時漬水，使有酒氣。《後漢書·徐穉傳》『設雞酒薄祭』《注》引《謝承書》曰：『穉諸公所辟雖不就，有死喪負笈赴弔。常於家豫炙雞一只，以一兩棉絮漬酒中，暴乾以裹雞，徑到所起冢遂外，以水漬綿使有酒氣……留謁則去，不見喪主。』

〔三〕慭遺：暫且留下。《左傳·哀公十六年》載，孔子卒，哀公誄之曰：『旻天不弔，不慭遺一老。』

〔四〕嵇紹：字延祖，魏嵇康之子。十歲而孤，事母孝謹。仕晉，官至侍中。詳《晉書》本傳。

〔五〕廣陵生：指宗臣。

〔六〕阮嗣宗：即阮籍，字嗣宗。正始詩人。不拘禮法，佯狂避世。詳《晉書》本傳。

又

得閏月書〔一〕，讀『幾游岱宗』之語，駭勃久之，若卽就視，不能奮飛，方念南海、廣陵二君子〔二〕，卽夜何堪更得此於子與？蓋余至今尚病悸云。及覩《白雪樓》二章〔三〕，又翩翩有逍遥垂天之度〔四〕。快哉，快哉！向謬計足下出處，不獨以伯母，卽亦子與所能信者，一時同好，交臂匏繫〔五〕，將謂我輩何？吳生栖栖一郡，豈遽爲非哉？足下高識妙悟，夙昔帝衷〔六〕，何竢解官？如竢解官，不能於解官矣。病愈之悟，悟豈曰委？處何見爲委，出何見不爲委邪？此余所謂吳生『栖栖一郡未遽爲非』也。伯母內行〔七〕，大儀南國，攀龍敢不樂聞！老母明年歲復七十，正自借乞答篇矣。陶羅山銜恩足下，輒拓關稱謝，述德備至，至使真陽令三使致書，使竊幣道亡，而再致之，竟取報而後止。足下感人，此一何深！屬吏如二令，郡百姓可知。固始公所傾身激烈，百口爲誓者，豈其心能自已乎！僕村居，卽數月不入城市，伏臘詣老母稱壽，卽順甫亦數月一晤，數語爲別耳。終當爲足下酬固始公高誼不淺也。所示新作『朱紱誰無恙』，孤臣去國之音；『世情回首盡』，《達生》、《齊物》之旨〔八〕。遠哉，戚戚我心！元美殊賴慰藉，推與敬美，蓋亦爲之惠連以慰藉之〔九〕。然此美故自臭味，卽吾黨後賢亦所慰藉矣。今復何狀？間者闊焉，久不聞問。不佞業已自棄，則有抱影槁立耳，終不能復在貴客意氣中。

【注釋】

〔一〕得閏月書：指嘉靖四十三年（一五六四）閏二月寄于鱗書。

〔二〕南海、廣陵二君子：指梁有譽和宗臣。

〔三〕《白雪樓》二章：《天目先生集》卷七有《寄題李于鱗白雪樓二首》。

〔四〕逍遥有垂天之度：謂其詩揮灑自由，如白雲遠靄。逍遥，無拘束的自由。垂天，邊天，天之遠處。《莊子·逍遥游》：『北冥有魚，其名爲鯤。鯤之大，不知其幾千里也。化而爲鳥，其名爲鵬，鵬之背不知其幾千里也，怒而飛，其翼若垂天之雲。』垂天之雲，清郭慶藩《莊子集釋》引《釋文》：『司馬彪云：「若雲垂天旁。」』

〔五〕交臂匏繫：謂二人均處於無用之地。交臂，相連。匏繫，懸挂的匏瓜。《論語·陽貨》：『子曰：「吾豈匏瓜也哉？焉能繫而不食？」』時攀龍辭官居家，子與中流言免官家居。

〔六〕帝衷：睿慮，深明之思慮。帝，通『諦』，明悟。

〔七〕内行：私居時之品行，猶言私德。

〔八〕《達生》、《齊物》：《莊子》篇名。

〔九〕惠連：謝惠連，晉詩人謝靈運族弟，時稱『小謝』。此以喻指元美之弟敬美。

又

不佞所輒爲誌銘〔一〕，蓋解衰服辱故人之迹，至無以摽秉當世〔二〕，反湮太夫人懿德，罪豈獨子與哉！置之惠亦不但不佞也。先伯承致書梁、周二子〔三〕，具悉足下在疚狀。元美亦云：『子與立壁如長卿〔四〕，滿座作文舉〔五〕，念其貧不欲慁之，朝擊鮮亦夕歸矣。』二子者亦拳拳不佞爲請，然足下業已過厚，安之曷害焉？顧二子亦雅能忠告，以子與長者，重爲躁耳。

日茂秦寄詩見懷，及伯承所貽新刻，並多出入，畔我族類。子與固云『文章老自知』，乃兩君既種種，可以其文章知之矣。余德甫七言近體頗工，于勢無已，終當自詣，將爲大江以西一人。今須子與、元美時時奬掖相成，羽翼吾道，所樹不淺。集佳把玩，日不去手，間有所效，勿恤狂瞽，不亟達者，難其郵云。前選詩概未精愜，十删其五，庶幾近之。

【注釋】

〔一〕誌銘：指《明故封太安人許氏墓誌銘》，作於嘉靖四十四年（一五六五）九月。

〔二〕摽秉：同『彪炳』，照耀，光照。

〔三〕伯承：即李先芳。梁、周二子：所指未詳。疑指梁伯龍、周紹稷。

〔四〕立壁如長卿：謂窮困如司馬相如。《漢書·司馬相如傳》載，相如自梁歸，家貧無以自業。後與卓文君私奔至成都，『家徒四壁立』。

〔五〕滿座作文舉：謂有朋滿座如孔融。《後漢書·孔融傳》載，孔融『及退閒職，賓客日盈其門。常嘆曰：「坐上客恆滿，尊中酒不空，吾無憂矣」』。

又

太夫人以子與乃當大事，今幸已竣，他無不可自致也。通家猶子〔一〕，竟不得一執紼而授褐老母，愧則可知！爲別忽復彌歲矣，雨雪黯然，遂成千載。向攜周生把苦三胡桃樹下，道及子與纏綿轆轤前，渴心如火，子與爲亦不忘邪？

佳集璧上，中多不可易之聯，不可得之語，寵光吾黨，鏗鏘異代，不佞賴焉。即元美所云『斟酌二子，殊有味乎斯言』。而曰『精思便達』，似有子與所少。今觀《丙寅稿》數章，已詣境地，何以更竢精思？蓋詩之難，正唯境地不可至耳。至其境地矣，精思安在哉？十二團營，一軍吏領神機諸部，匕劑相載〔二〕，聲聞百里，此何故？氣欲實也。精思，非氣所爲乎？此固元美養氣之學，而以望諸子與。子與誠能盡所爲集，以積精蓄思，一朝自至，併其境地俱泯，然後乃今命不佞以末簡之役，俾不佞得以其所至爲敘，揄揚明德，庶幾稱效，將視元美、明卿櫜鞬中原〔三〕，職志不淺。不然，今集故已絕塵當世，膾炙士口，不必更造。顧所竢方來，英雄窺人，尚爲一間，不獲我心，非兄弟不朽大計也。不佞一讀《丙寅稿》，不勝踴躍，晚成大器，始敢諄諄，期月作苦，實謂子與必至無疑耳。

爲問元美瘍何狀？斯人斯疾，孰與游諸洞天樂也？顧大司寇《狀》〔四〕，宛暢周洽，史斷核然。元美取材子與，縱橫自是可致覽。向約李伯承，暮春者我二人於日觀之上〔五〕，賦相遇也，其人娟娟自愛，終恐三舍引避〔一〕〔六〕，安能顧草廬？又殿卿報謝茂秦近狀，曳裾濬王門，擁一老伎，故趙女，居常千金裝自快，是爲詩市也。此自小馮君先容，正唯牛頭未見四祖時耳〔七〕，今安得此老伎爲元美抓瘍痂矣。

【校記】

〔一〕終，隆慶本、萬曆本、張校本、佚名本並同，重刻本作『茂』。

【注釋】

〔一〕通家：世交。猶子：世交之子如同己子。

〔二〕神機諸部：據《明史・職官志》載，明永樂間，征交趾，得火器法，立營肄習，號曰『神機營』。分五營，各以內臣及武臣率領，爲京軍三大營之一。匕劑：本指治病之具，此當指火藥。

〔三〕櫜鞬中原：謂縱横國內。櫜鞬，裝箭和弓的器具。泛指武將的裝束。《左傳・僖公二十三年》載，晉公子重耳及楚，受到楚子的接待。楚子問他，如回晉國，如何報答。重耳說：『若以君之靈，得反晉國。晉、楚治兵，其辟君三舍。若不獲命，其左執鞭、弭，右屬櫜、鞬，以與君周旋。』

〔四〕顧大司寇：指顧應祥，終官南京兵部尚書。顧氏爲子與的妻舅。《狀》：行狀。

〔五〕日觀：泰山峯名。

〔六〕三舍引避：謂遠遠離開。王、李等離京之後，李伯承與七子的關係漸行漸遠。偶有接觸，彼此十分冷淡。

〔七〕牛頭：中國佛教禪宗的一派牛頭禪始祖法融。據《景德傳燈錄》卷四載，法融在金陵（今南京）牛頭山幽棲寺北崖石室修禪法，故名。受四祖道信傳法，吸引很多人前來參禪。

又

七月既望，始從顧生所奉足下去歲書，輒具答付。寒溫不以時聞，奈何？元美通章〔一〕，色動聖主，今既得請，凡在吾黨，與賢此舉，唯子與幸過而勞焉。便道咫尺，不果見枉，不佞非人哉！引領三諾，竟忍負之，縹緲一信，益增悵悵！握手前期，不復可知矣。而後乃今念足下三宿白雪樓中，以成萬古奇會，誼則甚高，然元美似有畏途之阻。士之處世，無以效哀憐之交，難哉！諭云『邵武有齮齕之者〔二〕，子與無害也。』余蓋嘗慕足下大雅明哲之德，遂以出之矣。爲有味乎，元美其言之也！便附起居。屬有匍匐之役，不次，不宣。

【注釋】

〔一〕元美通章：指元美於隆慶元年（一五六七）三月所上《懇乞天恩俯念先臣微功極冤特賜昭雪以明德意以伸公論疏》，見《弇州山人續稿》卷一百九。

〔二〕邵武：指吳國倫，時爲邵武知府。齮齕（yǐ hé）：齧之。此謂毀傷。

又

抵鄴之夕〔一〕，元美一介之使奉書至矣。篚厥盈庭，用託先司馬不朽之役〔二〕，不知不佞日判五百牘，哺不及吐也〔三〕。四詩調笑小美，亦復二章，并以附覽。『天上客星聊作使』，不當如是邪？『中原紫氣』正與子與『臥龍』之句頡頏。昨已云云，知有今日，明不諛耳。小美『去住青山老自由』（一），殊合邴生之旨〔四〕，卽爲諷不恤焉。足下熊羆之喜〔五〕，不佞已徵元美稱文爲賀，會攎至中逵，握手一醉。子與乃效東道主，亦吾輩天下盛事，寧無努力乎？大美用小美爲陽喬魚〔六〕，適以二十一日謁選，欲因塞望，不知終當不免矣。郡博士周君云：『得明卿京邸報，待調良苦。』

元美海錯二瓿，轉聞從者取答。不次。

【校記】

（一）老，明刻諸本作『者』，誤。

【注釋】

〔一〕抵鄞：抵達浙江。鄞，春秋越邑，故地在今浙江寧波市鄞州區。

〔二〕先司馬：指王世貞之父王忬。

〔三〕哺不及吐：謂吃著飯接待訪者。語本《史記·魯周公世家》周公告誡伯禽語。

〔四〕邴生：指漢邴曼容。詳前《與許殿卿》之六注〔二〕。

〔五〕熊羆之喜：生子之喜。《詩·小雅·斯干》：『維熊維羆，男子之祥。』後遂以熊羆爲生男之兆。

〔六〕陽喬魚：魚名。喬，也作『橋』、『鱎』。詳前《與許殿卿》之六注〔五〕。

又

正月，痔乃作奇，徂夏始愈。不佞平生善臥，是稱病隱，造化其奈我何！但爲狀惡，至今猶能令聞者悸，斯岌岌乎可知。元美爲足下勸起〔一〕，實獲此心。今所欲於足下者，從事而勿失時，爲貴于智也。公車一月可請除，卽奉檄南杜，從容道故，豈爲晚哉？

【注釋】

〔一〕勸起：勸其起復，接受朝廷任命。

又

吾黨漂搖，見復種種。深念足下隱約無時，乃使者忽以遷聞，兼期晤寫。不佞懷緘踴躍，計日爲驢，卽命湑蠲庖〔一〕，婦子從臾。亡何，足下至矣，則儼然在衰服之中〔二〕，使某駭愕四視，慰勞不能成辭。顧暫奪衰悰，款及病狀，諸雖黯淡，而一夕千載。鮑山爲烈〔三〕，代有其人，樓之取名，懸合氣調，數非偶然。王長君而後，何可使子與無跫然之音〔四〕？獨以太夫人隱痛，某自宜絮酒千里，不然出弔于塗，二者坐廢，而居然辱駕，倉卒南奔，不得仰效雞黍之忱，盡請益之雅，則不佞所疑天厭之人，事多中沮，似不妄也。盧城之別，非敢恝然。足下高情，有攜必戀。旣已迂枉，又令不得窮日之力，豈所望故人永錫之義乎？斯不難於足下，難於受者。

誌銘之委遂敢承之〔五〕。凡以釋羣疑，使泯然不見有異常之迹耳。謗書姑置之是矣。久以伏枕廢業，亟茲大文，乃某與有猶母之分〔六〕，不得以作者自嫌，終當削擲，必無傷足下之明。諸所面託，謹以極愚。幼于一書，並希檢發。獨佳集一部，正欲留質《明詩刪》〔七〕，兼足下爲辭多詣神品，非假日月，其奧難窺；文集亦卒難錄，統容獻春便寄，再求鑒賞；明珠尺璧，在己猶在人，何慮什襲焉〔八〕？使者滯於轍中，薄晦始返，恐勞延佇，詰朝緘發。元美前云拙稿尚有可留者，失之集中，或存之苑紙，可屬錄示。《明詩刪》姑無令出，尤懇。大事方殷，百惟自愛。

【注釋】

〔一〕命湑蠲庖：命人備酒，打掃廚房。湑，同「醑」，美酒。蠲，清潔，通「涓」。庖，庖廚。

〔二〕在衰服之中：謂正在服孝。據王世貞《弇州山人續稿》載徐中行墓碑，嘉靖四十四年（一五六五），中行由長蘆轉運判官遷瑞州知州途中，聞母死訊，遂奔歸。

〔三〕鮑山：山名。在濟南市郊，李攀龍故里附近。

〔四〕跫然之音：腳步聲。此謂聲譽、聲望。《莊子·徐無鬼》：『聞人足音，跫然喜矣。』

〔五〕誌銘之委：卽委託爲其母撰寫墓誌銘。

〔六〕猶母之分：如母之情分。

〔七〕《明詩删》：李攀龍編選的有《古今詩删》、《詩删》，今存。《古今詩删》錄古逸、漢魏六朝、唐及明代詩歌，以明代爲主。

〔八〕什襲：重疊裝裹。謂珍藏。《太平御覽·地部·石》載，宋之愚人得燕石，歸而藏之，以爲是寶物。周客聽聞之後，前往觀看，『主人端冕玄服以發寶，革匱十重，緹巾什襲。客見之，盧胡而笑曰：「此燕石也，與瓦甓不異。」主人大怒，藏之愈固』。

又

不佞種種，改元二月，又舉一豚犬。孩提盈抱，子與可知矣。元美再致書，必欲一顧病夫草廬之中。然尚守闕，祗俟勘覆得請，而旋期難豫定，是以久外。公朝大薦，元美已爲褎然稱首，令吾黨吐氣。其通章以列冤狀者〔一〕，凜凜乎其文，議臣動色，特揭巖廊，傳誦高義。小美例自得除，兄弟並起，夙憤豁然。唯是聖政方新，風雲之會，子與及禫〔二〕，勿復濡滯，明卿卽落落以卜有鄰〔三〕，何慮乎？《瑞室》詩甚佳，如履平韻，是老筆耳。

【注釋】

〔一〕通章：指王世貞爲父辯冤所上疏。

〔二〕及禫（tǎn）：謂除服。禫，除服祭名。

〔三〕卜有鄰：以選擇好的鄰居。《左傳・昭公三年》：『且諺曰：「非宅是卜，惟鄰是卜。」』《注》：『卜良鄰。』此或謂明卿正在選擇好友相鄰的地方爲官。

又

文章大業，是以君子欲及時也。顧文章自有其時，有欲焉而不及之者，子與所謂『文章老自知』是也。佳集不敢久留，則足下時至矣。期月作苦，以遺二三知己，千載一快。許殿卿《海右集》屬灌甫中尉爲序〔一〕，不佞嘗欲畀諸炎火。乃周公瑕亦曰『是既已不能禁其傳，然不可以欺智者』〔二〕。亦唯任之。今以子與視殿卿，爲誒灌甫乎？嗚呼，不獨其驥，即蠅亦難！子與奚樂百世之下，謂不佞執鞭子與邪？竟貽左史詩云云矣。

【注釋】

〔一〕《海右集》：即《海右倡和集》，李攀龍與許邦才唱和詩集。灌甫，即朱睦㮮。詳前《灌甫東陂宴》題解。

〔二〕周公瑕：即周天球。詳前《秋夜白雪樓贈周公瑕》題解。

又

不佞巖穴不深，自取侮予，小草渡江，不勝故態復作之甚。所幸子與禫而謁選之期近矣〔一〕。圖當方舟北返，徵元美輩震澤之濱〔二〕，坐一大壇場，搴旗中原去矣。是役也，不佞於出處之間，似亦率爾，然一失計之窮交也。元美乃信宿自愛，不知不佞南發之始，已量所效於二三兄弟者，固以此舉焉，而匪久爲栖栖也。

抵任奔走無暇時，即未嘗頃刻忘薛荔園一握手〔三〕。札稾夙具，冀有他請借報，而使者儼然臨貺矣。以一病客，坐更新歲，慰藉何如！敬美欲復作達，飛揚自喜，維夏尋且謁選，再窺元美感述諸公之意，亦恐卒不能堅臥，豈不人各有志？然旦巢阿閣，暮翔千仞，當與不佞同之。不佞以足下寵靈，自恃犬馬之齒尚堪善後，顧止於遂初而已〔四〕。輒起輒罷，何害焉？此某不自知其不可者，敢布腹心。夫玩世之難於辟世也百倍，則不佞黽勉自苦矣。

偶有他請，二月當詣貴郡，摳衣孺子之堂〔五〕，薄覲二姬將就館者，垂腴溢幅，明珠映媚，豈不四海一快邪？老母以弟婦之變，而豚犬駒以妻病未遑即養，不佞攜一小于鱗呱呱掌上，與老妾蔡張燭華屏，正席珍品，斗酒相勞，歌『風雲一日臥龍來』之句，愀然借色於文章，寧能羈旅自悲也？《寄于鱗起家浙憲》二章，大自格氣，非明卿所及矣。有是哉，大器晚成者乎？元美亦云：『邵武近稾輒不振，至乃阿黨峻伯以畔正始〔六〕，豈其才之罪乎？』佳篇《答江都歐文學》以下，如『篋裏夜光』等語，非元美不能也。足下必自駭之，何由而驟造此？無亦文章老自神乎？

吳越一撮土，乃有兩生奉一不佞並立中原，比肩千載，圖盛事者邪？許殿卿促不佞之官甚力，唯恐不佞不一渡江與兩生者周旋鞭弭也。昔在禹貢〔七〕，賣田以赴彈冠之會，未聞王陽爲出黃金裝其橐中〔八〕，乃左史饋贐盈鎰爲難矣。且念足下不置，足下其獎借之，勿以謂非大誼所關，而惜片楮，即金紫新貴，或可惠以贈章，尤過望云。

【注釋】

〔一〕禫：　喪期結束前祭儀，禫祭之後，即可服吉，與正常人一樣。

〔二〕震澤：　湖名。即今太湖。

〔三〕薜荔園：　徐中行別墅，在浙江長興故里。

〔四〕遂初：　得遂其隱退之初衷。

〔五〕摳衣：　提衣使起，表示恭敬。

〔六〕阿黨峻伯以畔正始：　謂吳國倫親近吳維嶽而背畔了本派論詩宗旨。阿黨，阿私黨同。峻伯，吳維嶽字。正始指『正始之音』，即以《詩經》爲代表的雅正之詩。

〔七〕禹貢：　應作貢禹，其賣田赴官事，詳《漢書》本傳。

〔八〕王陽：　即王吉，字子陽。以通經、廉正著聞。詳《漢書》本傳。

又

曩者西鄙吏行，爲致草草，踰日文成。魏使君乃有一介於汝上〔一〕，以不聞命，失附候音，非敢須臾忘所有請於左右也。田家俗苦，既已條暢，與許史爲南山十日之游〔二〕。歸而值一戶曹從河南來者，言足下守汝上狀。自謂三載郡理官，未嘗見治行第一，蚤有如足下者，不佞也婾快可知矣。及即又稍述明卿被構佹不免者〔三〕，是安得有此！此何以稱焉？而重以量移怏怏去。海內二三兄弟且盡矣，一楚狂又何能爲？奚不聽之，然後知足下龍蠖之德不可及〔四〕。而天意憖遺者，獨至爲二三兄弟間執它口，豈其微哉？《何公祠記》〔五〕，雄辯千古，三仁四科，大義卓然。卽所論業已見撤，無復返理，足令仲默凜凜有生氣，實獲我心。所謂知其說者之於天下視諸掌乎？卽不數月而治行第一，奚怪焉？

【注釋】

〔一〕魏使君：指魏裳，字順甫。詳前《懷魏順甫》題解。汝上：汝水之上，指汝寧。據康熙《汝寧府志》載，徐中行於嘉靖四十一至四十二年（一五六一—一五六二）任汝寧知府。

〔二〕許史：指許邦才。南山：指濟南南部諸山。

〔三〕明卿：卽吳國倫。據載，明卿於嘉靖三十六年（一五五七），量移南康推官；四十一年，擢邵武知府。

〔四〕龍蠖之德：謂具有能屈能伸的品格。龍蠖，龍與蠖。《易·繫辭下》：「尺蠖之屈，以求信也；龍蛇之蟄，以存身也。」

〔五〕《何公祠記》：徐中行爲何景明祠堂所作的記文。何公，指何景明，字仲默，河南信陽人。前七子之一。詳《明史》本傳。信陽，卽今河南信陽市，時屬汝寧府。

答子與二首

異日者攜許生逐兔盼子城下〔一〕，掠草而射之，不覺鼻頭出火，耳後生風；批脯而食，醉見大介，遂西走馬秉燭使君之灘，雄飲相視，扣舷賦詩，撰思道故，中夜慷慨，拊髀於五子〔二〕，復亦不覺髮上指冠，意氣交作矣。十年之別，不可無一語言如此。不佞則爲五子者，爲使君非直爲使君也。曙發更抵右史之廬，散帙揮染，戀戀可知。踰日，乘雪復與右史載酒岱陰諸山谷間，栖息諸寺，試嘗名理。歸臥東村，掩關藥物。除夕悠悠，蔬粥自愛；五尺一童子，炙被而已〔三〕。是時也，不知使君左擁吴娃，右抱燕姬，與彼海濱遺戮，蓼莪藐焉之二孤〔四〕，泣血相對狀何似也？

謝中丞苦愛佳篇，三使人索之，不佞爲檢百章；今所緝采，亡慮數十，不佞狂僭，間易片語，勿罪。後聞繼奉寄示，安得有『文章老自知』之句在人間？其懷身輩諸古，愈益渾雅，二張氏驟列〔五〕，使君當爲割席耳〔六〕，即存亡並舉何害邪？元美一篇，不佞不堪其悲，安能使元美見之？所謂『王生雖僅存，其憂甚死者』，某不能贊一辭矣。

【注釋】

〔一〕肦子城：指濟南歷城。詳前《觀獵》注〔四〕。

〔二〕拊髀于五子：爲五子的遭遇憤憤不平。拊髀，拍大腿，憤激之狀。五子，李攀龍之外，指王世貞、宗臣、徐中行、吴國倫。

〔三〕炙被：考熱被褥。北方冬日過於寒冷，晚間把火盆置於籠中烘熱被褥。

〔四〕蓼莪渺焉之二孤：鄙賤、渺遠而無助的兩個人。此指自己與許邦才。蓼莪，長大的美菜。此取意《詩·小雅·蓼莪》，謂昔之蓼莪，今如蒿草。

〔五〕二張：未詳。疑指張鳳翼、獻翼兄弟。

〔六〕割席：分別坐席。《世說新語·德行》載管寧與華歆割席斷交，後因謂絶交。

又

小祇園之樂〔一〕，不減天竺國，于時龍象固自縱横，恐亦睨金支擘海矣〔二〕。大美疏建白何事？不佞入賀，當踐京口之約，子與勉之。汪伯玉頗具名言〔三〕，駸于吾黨，會當日上其論。元美時亦弋獲，明卿月朔補廣之高州書云〔四〕：『大宗伯殷公從羣謗中極口昭雪，至以身證之也。』又云：『元美除目已下，恐亦不能棄太夫人輒出矣。』别計踰月，景光可愛，此物誠是也，子與何嫌乎？七佛精進〔五〕，力而不一切遣之，自作苦邪！

【注釋】

〔一〕小祇園：王世貞所築園，在其故居。祇園，全稱『祇樹給孤獨園』或『勝林給孤獨園』，簡稱『祇園精舍』。印度佛教聖地之一，爲釋迦牟尼居住説法之處。世貞取其名園，或取養息修行之意。

〔二〕龍象：佛教用語。謂修行勇猛有最大能力者。金支擘海：卽金翅擘海，喻文辭氣魄的雄偉。《法苑珠林》卷十：『若卵生金翅鳥，飛下海中，以翅摶水，水卽兩披。』

〔三〕汪伯玉：卽汪道昆，字伯玉。詳前《汪中丞臺火，救者獨以劍出，彈鋏而歌，和以相弔》題解。

〔四〕廣之高州：廣東高州府，卽今廣東高州市。

〔五〕七佛：佛家稱毗婆尸、尸棄、毗舍、俱留孫、俱那含牟尼、迦葉波、釋迦牟尼爲七佛。見《佛説七佛經》。

與王元美九首

某不幸中於流言，足下愛我，乃能縷縷爲語如污己者，是猶不以某爲非人。足下曩固慮及於此。僕雖倔彊，亦已郡國一吏矣，方且局促轅下也。元美自信僕豈能以伯樂望衆人？即間及僕它事，某一不敢知。某惰民，苟升斗粟餬口，即飲河之願，不欲爲盧至長者。僕亦名爲守哉，跡僕所御，一朱幡而抱關者爾〔一〕，猶尚不免於流言，胡爲爾！日薾然磬折路傍〔二〕，早晚解綬去已定矣。一州如斗大，日出而視事，即不崇朝閉閣臥也。燕趙南北殆千里，人相食，盜賊嘯聚，白日出禦人，即邢襄之間有尨犬，我輩何謂無益時理亂，何謂於吏治厭薄也！足下不示僕，誰復言者？今僕亦獨爲足下言爾。

【題解】

王元美，即王世貞。李攀龍與王世貞爲文壇雙星，情誼深厚，終生不渝。二人書信來往，除個人瑣事之外，多涉及七子及其詩派關係及文事。前後時間不一，依其所涉人事加以注明。王世貞巡察京畿期間，或聽到對李攀龍治理順德的狀況或其個人表現的『流言』，世貞予以回護，並告知攀龍，此爲答函。原題下標爲『十八首』，因九首後另有題目，改爲九首。

【注釋】

〔一〕一朱幡而抱關者：謂爲一舉旗守關的人。朱幡，紅旗。抱關，守門人。

〔二〕薾然磬折路傍：疲頓地在路旁彎腰拜迎上官。薾然，疲頓。《莊子·齊物論》『薾然』《疏》：『疲頓貌也。』

又

先是，明卿書云，見足下與某文，大自氣象，當令海内文章家不復敢置喙二君也。李生業爲此技，不自謂有知己如足下者。生平所負，數語殊盡，明卿知言哉！諭謂日與明卿、子相三人者狂語，大相樂也。燕市酒人，豈亦效田光計圖李生〔一〕，令秦舞陽來邪？明卿志復不小，第未見考功近詩〔二〕，元美無慮哉。亡論某，卽二三子視足下，其至爾力也，其中非爾力也。

茂秦窮來歸我，我猶尚哀憐之。卽論《太行》諸篇，吾見其膽破，無復向時倔彊氣爲可喜。蜡後過郡齋，見某無少厭薄意，卽自咄咄向家人語云：『大恩久不報，何能重爲詆焉？』某稍舉足下與明卿微辭，則吞聲行之，日復解顔。我不腆之贈，屬某全交，諛某納污，然不敢謂某易與矣。元美以爲盜俠邪？今豈惜傷吾二三兄弟之明！

【注釋】

〔一〕田光：戰國時燕國俠士。燕太子丹謀刺秦王，田光推薦荊軻。荊軻與隱居在燕市酒人中的高漸離、朱亥爲友。荊軻赴秦，以燕國勇士秦舞陽爲副。詳《史記·刺客列傳》。此以『燕市酒人』喻指王、吳、宗等。

〔二〕考功：指宗臣。時爲吏部考功。

又

日致書足下，聞足下乃在上谷〔一〕，去天咫爾，近復何似？某業已濩落不爲齒〔二〕，奈何元美亦復在繼猶泮渙之間〔三〕，徒借姓名重它客也？豈某素狂僻能累故人？元美毋乃汎愛作苦邪？今雖一握爲笑哉，彼亦不能不謂吾輩爲異己，某何患焉。但子相向不與校士，卽吾輩危疑之形已成，不待讁。明卿、元美尚良食，某不去，禍終不解。子相乃自謂與元美爲衆所急，某郡國吏當末減，此殊誤。元美幸馳來圖之。攜手爲別，託千載於一晤，非獨契闊私情矣。

【注釋】

〔一〕上谷：郡名。戰國燕至隋唐，轄境屢有變遷，大致在今河北北部，隋時治今易縣。

〔二〕濩落：同『瓠落』。語出《莊子·逍遥游》，本謂大瓠廓落無所用，後用以說不合時宜，爲世遺棄。

〔三〕泮渙：謂解散、分離。

又

無恙。河間邸中夜臥〔一〕，誰爲搔背癢也？中丞公自天授〔二〕，則辱諭僕『才冠古』，與元美所期大業者千載矣。雖流俗姍笑乎，然更『明興有文章者，實自公等始也』，不已知言者哉！

邢州守臣無狀，囹圄輒空虛，屬吏亦不能具十獄上使者。使者據案操鉛槧，崇朝力爾，今豈無班班河間作苦邪？

【注釋】

〔一〕河間：府名。治今河北河間市。

〔二〕中丞公：蓋指顧應祥，時任刑部尚書，對李攀龍、王世貞十分賞識、推許。見《天目先生集》載《明顧資善大夫南京刑部尚書贈太子少保箬溪顧公行狀》。

又

曩在魏郡時〔一〕，元美誠自謂吾二人者別矣，握手未可知也。乃某既歸，日從里中兒流連濟水上，待故人爾。居二月且西，回首漁陽襜帷之外，奈何坐失晤言之好？豈元美洗腆之餘裝而東也？亦爲僕窮日之力乎？某且西，所不遺一字書者，則已屬騶伏謁元美前，又豈謂負郭巷復辱長者車轍也？青州之役，誰適與謀？然何害！其元美卽使論定更遷向所再輒報罷者，元美由是也。顧廣陵生游我二人者已甚爾〔二〕，今既以他補，其尚釋憾哉！久不得明卿起居，徐生豈當已於事而竣？雨雪入關，道經二華〔三〕，遥見三峯插天，白雲如練，往來其下，秀色射人；長安、咸陽卽復蕭索，徒見漢家諸陵返照間而已。回中西北〔四〕，見皆丘垤；空同、笄頭，硜硜自異〔五〕，然已近塞，風氣荒涼。大率秦、隴震蕩之餘〔六〕，至今室家尚無完堵。一二僚友，人人自危，雖有華榱緝蘆而寢，某與一二孺子妾方如幕上燕矣〔七〕。

【注釋】

〔一〕魏郡：郡名。明爲大名府，治所在今河北臨漳縣。王世貞于嘉靖三十五年（一五五六）讞獄京畿地區，曾至魏郡、漁陽，在大名與李攀龍相會。漁陽，郡名。治所在今天津薊州區。

〔二〕廣陵生：指宗臣。宗臣爲興化人。興化古屬廣陵。

〔三〕二華：指太華山、少華山。均在今陝西境内。所描寫景物，爲太華山，卽西嶽華山。

〔四〕回中：秦宫名。故址在今陝西隴西縣西北。

〔五〕空同：山名。亦名崆峒、空桐、雞頭、笄頭。在今甘肅平涼市西北，相傳黄帝曾登此山。秦漢後爲道教名山。

〔六〕秦、隴：指今陝西、甘肅一帶。當時曾發生地震。

〔七〕幕上燕：燕巢於飛幕之上，謂處境危殆。

又

維夏重以奇疾，牀蓐百日，取之斗極，還之司命矣〔一〕。以今觀昔，悸也如何？『廓落兮羈旅而無友生，惆悵兮而私自憐』〔二〕。僕所爲聞於足下者如此耳，卽牀蓐患苦不與也。曩者君家宗人持書來，言明卿、廣陵生二故人誠以舉吳説繹不淺，獨恐廣陵生掉臂地下矣〔三〕。

【注釋】

〔一〕斗極、司命：指主人生死的星神。《雲笈七籤》中《老子中經》第十三神仙：『經曰：璇璣者，北斗君也，天之侯王也，主制萬二千神，持人命籍。』《史記·天官書》：『斗魁戴匡六星曰文昌宫：……四曰司命。』《索隱》引《春秋元命包》曰：『司命主老幼。』此指病中康復，撿回一條性命。

〔二〕『廓落』二句：此爲戰國宋玉《九辯》中的句子。謂羈旅之中很孤獨，只有自己可憐自己。

〔三〕掉臂：揮手自去。

又

昨一餉邊使者爲謝茂秦寄二詩見懷，似猶栖栖晉、代間。先是，得寄許殿卿者盈牘，如《五臺山》輩不下數十首，並與《游燕集》一語不較。元美亦前識其有今日乎？李伯承走示新刻十本，尋爲讀之，推意就辭，未合而戰，遂劣長驅，沾沾自愛也。余德甫晚成，七言律乃有其勢，雖氣未備，生惡可已，小美之下，將其人矣。但其才力與魏使君同倔彊，恐慧不逮兩張子耳〔一〕，然均之待足下而興。吴、徐二家〔二〕，皆未易鴈行論也，惟是不佞敢謂與足下狎主齊盟哉？

公暇自雅，浹旬而梁伯龍繼至，再苦於感遇，殊咄咄太常之爲人，游子豈易作邪？乃拳拳謂不佞必度江，不知其不可矣。附嗣音如此，則元美因以慰焉。

【注釋】

〔一〕兩張子：指張鳳翼、獻翼兄弟。

〔二〕吴、徐：指吴國倫、徐中行。『七子』以其詩歌藝術排序，說其『未易鴈行』，是說二人不能並列。

又

某巖穴不深，致有是役，孟浪如何！即小草渡江，數月作秦中故態，再效元美，以復此踦〔一〕，然已不免畫蛇之誚矣。足下視我，豈非一失計之窮交乎？幸出會諸舟中，姑慰故人十年跂予之意〔二〕。歸途躬詣起居堂上，不宣。

【注釋】

〔一〕以復此踦（jī）：以恢復原來適宜的生活。踦，適。《淮南子·齊俗训》「必有萻屩踦」注：「踦，適也。」

〔二〕跂予：跂予望之，企盼之意。

又

日爲候足下者，小衹園清齋辟瘧，坐談名理〔一〕，孰與相視海岱之間，雄飲盡石，旁若無人也？遂不知別時作何狀。既抵西郭茵馮之上〔二〕，恍忽拍浮之態〔三〕，元美在前，褰帷四顧，月出之光耿耿流思耳。千古一快，唯足下念焉！今遣僕泗，追謝足下不遠數百里命駕者。是役也，不佞敢忘所以圖報乎？奏記諸臺，幸假一掾屬與僕泗共之。恃足下爲代，益依依於此。

【注釋】

〔一〕名理：此蓋指考核名實，辯名析理。

〔二〕茵馮：車中蓐。即車上的坐具，讓人有所憑藉。

〔三〕拍浮之態：謂醉酒之態。拍浮，游泳。此謂游於酒池。《世説新語·任誕》：『畢茂世云：「一手持蟹螯，一手持酒桮，拍浮酒池中，便足了此生。」』

報元美六首

乃不佞即善臥，然犬馬之齒及矣，是何俞疾俞奇也？溝壑分自填〔一〕，何至使此物苦我，狀不可忍視者？彼一時也。炯炯之外，傲骨一具耳。

屬得小馮君所致足下書，輒以伏枕，起色盈牘。東吳菰蘆中尚有斯人〔二〕，而廣陵、南海化爲糞壤〔三〕。自春徂秋，其在侍者莫不遄已相幸，不知轉復於邑一大事也。足下蓋不獨疑不佞無報章？惟四詩雄視古今，佳集絕唱，亦欲速取鑒賞，旋自沾沾耳。頃已裝置座右，想像足下歌態，每爲抵掌，旁若無人。再奉尺帛，稱副石室，足下何慮焉。拙刻自魏使君之厚〔四〕，成書始示，筆削不逮也；未經公輩，終恐不厭余意矣。明卿久州郡，亦既習宦，乃滇命中沮，元老視之，顧不如給事時。子與遲暮逡循，出狗五斗，當路顧爭爲汲雪，事又安可知，人又安可量哉？冱寒〔五〕，次君姜被無敝乎〔六〕？

【注釋】

〔一〕溝壑分自填：謂已料死於故里。古人謂死爲填溝壑。

〔二〕菰蘆：水草名。《建康實錄上》載，殷禮幼而聰穎過人，累遷郎中，與輔義中郎將張溫使蜀，『蜀諸葛亮見而歎曰：「江東菰蘆中生此奇才」』。

〔三〕廣陵、南海：指宗臣、梁有譽。此時宗、梁已死。

〔四〕魏使君：指魏裳。

〔五〕沍寒：謂寒凍不解。

〔六〕姜被：姜肱共被的省語。姜肱與其二弟仲海、季江極爲友愛，常共被而寢。詳《後漢書·姜肱傳》。

又

先是，子與一介得讀足下游陽羨稿〔一〕，去迫欲不待報，是以無附音，悵悵久之，而徐按察寄至矣〔二〕。善卷洞若在下天，樂哉！瘍乃復作苦，今狀豈當如墮屧辦邪？不得一撫我元美，扼腕永嘆也。『桓、文爲盛』〔三〕，壯哉斯言！狎主齊盟，蓐食自愛。梁伯龍口吻，不獨五色，兼有熱腸，惟恐不佞不一渡江；其所稱述君家兄弟，宛然目前。子與近稿，風格似上，爲是其遷官力乎？恨不見明卿耳。北鄙荒涼，無以致太夫人前，何甘毳盈篚爲？敬美可令一出否？宦學不惡也。

【注釋】

〔一〕陽羨：古縣名。故址在今江蘇宜興南。據鄭利華《王世貞生平活動年表》，王世貞於嘉靖四十五年（一五六六）九月游陽羨。

〔二〕徐按察：　指徐中行。據《天目先生集》附李炤《徐公行狀》，嘉靖四十五年，中行起家山東按察司僉事，未赴任。

〔三〕桓、文：　齊桓公、晉文公，春秋時期先後稱霸。此爲人喻指李攀龍與王世貞稱霸文壇。

又

六月徂暑，梁生致以元美起居狀甚悉〔一〕。已卽東探海市，無旋期，不果附報。九月既望，復宿周公瑕白雪樓下〔二〕。攜行中原草堂，出元美詩卷讀之，彼以謂天球恍然忘其爲今之人也。因與登華不注〔三〕，爲送將歸，維子之故，快哉！雅夢寐小祇園，以太夫人重爲游子耳。自足下視小美乃鴈行，卽小美視助甫輩〔四〕，既先鳴矣。狎主齊盟，則吾豈敢！獨恐罄洛陽之楮，不能撏撦《白雪樓集》〔五〕，又奈何元美乎！敬美視助甫輩自先驅，視元美鴈行也。嘗取謝句『花萼』、『嚶鳴』摽秉君家兄弟〔六〕，不然邪？

【注釋】

〔一〕梁生：　指梁伯龍，字辰魚。詳前《贈吳人梁辰魚》題解。

〔二〕周公瑕：　卽周天球，字公瑕。詳前《秋夜白雪樓贈周公瑕》題解。

〔三〕華不注：　山名。俗稱華山。在濟南東北郊。

〔四〕助甫：　卽張九一，字助甫。河南新蔡人。嘉靖三十二年（一五五三）進士，授黃梅知縣，擢吏部驗封郎。世貞列入『後五子』，成爲所謂『吾黨三甫』之一。

〔五〕撏撦(xún chě)：謂多方摘取。

〔六〕謝句：南朝宋詩人謝靈運的詩句。摽秉：同『彪炳』。此謂標榜。

又

遂得以元美飲諸胥之墟〔一〕，醉相視也。解纜而度江之興輒盡，奈之何？一大督郵，日嬖辟稱過使客〔二〕，意不恭孰甚焉！始尚疑元美者契闊自易，交情草草耳，於諸少年何誅〔三〕？足下既已以不佞爲陽喬(一)〔四〕，恐自不免扱綸之役(二)〔五〕。所賴黽勉一起，即徐、吳二生比跡相應〔六〕，而不佞儼然臨焉，厚集夙誼不惡也。子與蠲吉，遠於一葦〔七〕，信至，稍自致縷縷，一日而七十函，何若陳孟公一滑稽酒〔八〕？此君善汎愛，不能中廢。明卿雅習調自喜，即市籍方已溺者之笑，苦欲元美從之井，淪鋪不恤，且得請當，以鄙俚殿事，亞相志略，可遺而采，以文不朽，不佞非託，獨爲元美有意耳。

戚將軍實壯旗鼓〔九〕，即至肅不覺嘸嘸作閧，喉中如叱敵追北狀。不佞今在視海，劉將軍者自謂十五從軍〔一〇〕，身五百七十八戰，破寨九十有三，平蜀攘粤、閩與維揚，口難劇談迸齒。始悉此二國士可與扼腕。

顧時又念陳中丞所處。殷使君雅善禪理，至卜姬妾，非雀躍者不以爲不中善淫之相，又何妖也，足下豈嘗聞之乎？往夜別足下，似不與不佞此出。不佞□何功德，乃敢玩世自以作達，坐冒危殆？及讀四詩，乃爲狂狡所名指，反足自耀。『天上一星聊作使，中原紫氣渡江來』，不當如是邪？唯是雄唱，得和愈傳，出處所關，後賢是厭，不即付一介須起居與俱也。嗣音且就，敢前附布謝。春深不任，秦中故態飛揚之甚，竟當成一妄夫無疑矣〔三〕。

【校記】

〔一〕喬，隆慶本、萬曆本、張校本、佚名本並同。重刻本作『嬌』，誤。

〔二〕扱，隆慶本、萬曆本、張校本、佚名本並同。重刻本作『投』。

〔三〕疑，隆慶本、重刻本、萬曆本、張校本、佚名本作『移』，誤。

【注釋】

〔一〕胥之墟：謂蘇州。胥，指伍子胥，名員，字子胥，春秋時楚國人。爲報父仇，投奔吴國，助吴强盛，破楚伐齊。後遭讒被害，吴人同情其遭遇，爲其立祠江上，名其山曰胥山。

〔二〕媻辟：往來貌。

〔三〕誅：借作『殊』，不同。《說文通訓定聲》：『誅，假借爲殊。』

〔四〕陽喬：魚名。喬，亦作『橋』、『鱎』。詳前《報龔克懋》注〔五〕。

〔五〕扱(chā)綸：牽引釣絲。

〔六〕徐、吴：指徐中行與吴國倫。

〔七〕一葦：謂不遠。《詩·衛風·河廣》：『誰謂河廣，一葦杭之。』

〔八〕陳孟公：即陳遵，嗜酒。詳《漢書》本傳。滑稽：酒器。轉注吐酒，終日不已。喻出口成章，不窮竭。見《楚辭·卜居》『滑稽』《注》引師古說。

〔九〕戚將軍：指戚繼光。

〔一〇〕劉將軍：指劉顯。

又

又無次，乃龔廷平、董生聞問相及也〔一〕。不佞之於是役，非時奉手札如面談，差爲快哉。吴越諸山水，長江大海之外，亦各言其秀而已。近同子與杯酒相勞，愈益少足下者之人於其間，奈何有墨子之忌〔二〕，不出更爲金、焦、洞庭之約乎〔三〕？名爲好龍，滔滔皆是，然於元美雕文爲工矣。曩已計除目，且自罷之，今不然邪？舉刺三河，大號魏大名也〔四〕，能强起就之乎？未卽隨牒，當竢後命；一削乞休，斷乎不可矣。

【注釋】

〔一〕龔廷平、董生：未詳。

〔二〕墨子之忌：墨子《非樂》，認爲『目之所美，耳之所樂，口之所甘，身體之所安』，都是『虧奪民衣食之財』，『仁者弗爲也』。

〔三〕金、焦、洞庭：指金山、焦山、太湖。金山，在今江蘇鎮江市。山上有古金山寺。焦山，一名浮玉山。在今江蘇丹徒縣，孤峙大江之中。山頂爲焦仙嶺，與南岸金山相對，世並稱金焦。洞庭，山名。太湖中有東、西洞庭山，因指太湖。

〔四〕魏大名：卽大名府，漢屬魏郡。隆慶二年（一五六八）四月，詔補王世貞河南按察司副使，整飭大名等處兵備。世貞上疏請辭，未允。

又

子與凡再浹旬迭相主客，殊媿雞黍之誼。又浙士往從之者無暇時，人人以爲愛己也，斯驩焉道故，唯日不足矣。既爲命舟，請移謁選〔一〕，屬當遠别，而往詣元美，興復不淺。不佞弗能佐飲其間，如足下之念我輩者可奈何？ 前啓略具，子與此行，唾在其耳，足下幸采焉。

【注釋】

〔一〕謁選：赴吏部應選。子與謁選赴京在隆慶二年（一五六八）。

答元美四首

初奉汶上書〔一〕，計將一介，屬有召命，嫌不敢發，而熊按察所寓亦至，奈何？ 足下守闕，乃于今不佞猶日謂旋復晤語者旦夕耳，孰知其徑已，元美忍心哉！ 縶維弗及，海岱黯然，六贏之故邪〔二〕？ 惟是足下通章悲壯，當路扼腕，固當聳動天下，得請襄事，歸奏几筵，英魂指髮矣。以視阿袁，抱經抆泣，終無以傾身大義數爲士乎，天下寃之，不可爲也。白之日而爲之聳動天下，足下何負焉？ 不朽之大者哉！ 而猥藉不佞爲足下兄弟聯翩薦疏，嚶鳴聖朝，即二三子與《伐木》之響〔三〕，阿游自輕，贛君小生乃欲相吏邪？　薛廣德保懸車之榮〔四〕，則庶幾近之。　曩便報子與、元美理帝狀，屬當踴躍此命。　明卿乃患卒業無次耳，齮齕家何傷！　敬美乃負包宗含吳之志〔五〕，稱『天下事未可量』，躭躭欲作江南一小英雄，尋將火攻伯仁，奈何不善備之也？

足下念豚犬不置邪？　不佞薄祚，輒有莊缶之感〔六〕，七月二十四日也。　意亦已惡，幸先是又舉一小于鱗，孩提目前。　續稿容錄上。　孑遺一介，方匍匐亡妻之喪，不能出道左薄追，六贏當抵彭城，奈何枉駕掣肘？　僕所具悉，通章太飾爲文乎？　所聞人言，固不然矣。　濮陽乃自列當路〔七〕，飢涎盈紙，正須我輩後凋，少持王氣，交道效意。　自田間臨內，忽再浹旬。　稍接貴客，野情思曠之甚。　竣葬入鹿門〔八〕，可復削跡。　不佞非禮法士，撫孤姁姁自致耳。　期功時不廢促軫，媮快云何！

【注釋】

〔一〕汶上：　縣名。今屬山東。詳下文，此爲元美於隆慶元年（一五六七）赴京上疏昭雪父冤途經汶上，曾致信李攀龍。

〔二〕六贏(luó)：　六匹騾馬。《史記·衛將軍列傳》：　『戰而匈奴不利，薄莫，單于遂乘六贏，壯騎可數百，直冒漢圍西北馳去。』

〔三〕《伐木》之響：　謂求友相助。《詩·小雅·伐木》：　『伐木丁丁，鳥鳴嚶嚶。……嚶其鳴矣，求其友聲。』

〔四〕薛廣德：　字長卿，漢沛郡相人。官至御史大夫。致仕『東歸沛，太守迎之界上。沛以爲榮，縣(懸)其安車傳子孫』。詳《漢書》本傳。懸車：　謂致仕退休。

〔五〕宗：　宗臣。吳：　吳國倫。

〔六〕莊缶之感：　謂喪妻之痛。莊子喪妻，擊缶而歌，謂人歸於自然。詳《莊子·至樂》。缶，瓦盆。感，疑爲『戚』

之誤。

〔七〕濮陽：指濮陽李伯承。

〔八〕鹿門：山名。在今湖北襄陽。漢末龐德公，唐孟浩然，均曾隱居此山。入鹿門，謂隱居。

又

蓋元美三年橐饘拮据〔一〕，既已至此。奉先君子數千里，抵殯哭弔紛紜，重以賢妹捐館舍〔二〕，在疚可知。骨肉凋殘，轉宜自愛。一失慰藉，不淺慈母弱弟之情，及非先君子遺命。天道舛薄，豪賢扼捥，生人之理，何可都絕！不佞既絕相聞，吳郎已頗疑之，不意至此。日謝方伯云〔三〕：『給事有致囊草者，將售采輯。』乃不佞於省中只尺耳，卒無片語相加遺，又豈能一介存元美，豈足下所謂如蜍志者哉？謝又言：『眇君子亦致其囊草售，某一字不知其可矣。』朱中丞答書云〔四〕：『屬難於延見，且有編氓之分，幸不必爲東。』此奚但獪夫！往歲李伯承爲藩王使者，浹旬而興矚自喜，稍稍出贈章示之，爽然自失。及欲扁舟往視元美廬中，未嘗不咄咄道故，當猶有夙度耳。

【注釋】

〔一〕三年橐饘：指元美自遭家難以來，衣食拮据。橐，衣服。饘，飯食。《藝苑巵言》卷七：『余自遭家難時，橐饘之暇，杜門塊處。』

〔二〕賢妹捐館舍：據鄭利華《王世貞生平活動年表》，其妹卒於嘉靖三十九年（一五六〇）十二月。捐館舍，婉言去世。

〔三〕謝方伯：指謝東山。詳前《謝中丞枉駕見過兼惠營草堂貲》題解。

〔四〕朱中丞：指朱衡。詳前《上朱大司空》題解。

又

向竣役方東，迫致聞問，元美乃以爲辭甚婉。今偶忘其婉者辭，然恐亦據示布棘起居耳。元美今豈以不佞爲非達節士邪？善乎所答子與書者，非敢以誼爲不當出；再疏再不許，而又不出是讐君也。

先是姑蘇夜語時，獨元美兄弟在，不佞固已有意於此，而辭薄於喉，上覲下獲，業以前出，慮二少年見謂以我借魴爲重而乃爲是諛，以卒不敢發。虞翻有云〔一〕：『天下一人知己者，足以不恨。』則不佞猶可恃在也。嵇侍中矯矯頭血〔二〕，豈能一日忘鍾郎五步之内哉！王偉元所不論已。悠悠之談，非子與誰當語者？不佞東時亦微及之，今不識所語何狀？以不佞而言，天下豈有才如元美而徒出者乎？誼又無不當出，可自解。斯二者皆天也。此何損於千載以後身？悠悠之談〔三〕，當自入朝之口，不佞亦嘖有之不恤已。乞骸疏似不當〔四〕，更上覺非老成耳。安之，移將自至。覲所處我輩兩人何如，爲久速可矣。

【注釋】

〔一〕虞翻：三國吳會稽餘姚（今屬浙江）人。經學家。詳《三國志·吳書》本傳。

〔二〕嵇侍中：指嵇紹。魏中散大夫嵇康之子，官侍中。惠帝時，奉命討叛，『值王師敗績於蕩陰，百官及侍衛莫不散潰，唯紹儼然端冕，以身捍衛，兵交御輦，飛箭雨集，紹遂被害於帝側，血濺御服，天子深哀嘆之。及事定，左右欲浣衣，帝曰：「此嵇侍中血，勿去」』。詳《晉書》本傳。

〔三〕悠悠之談：悠謬的言論。《晉書・王導傳》：『導曰：「吾與元規，休戚是同，悠悠之談，宜絕智者之口。」』

〔四〕乞骸疏：請求致仕退休的上疏。

又

不肖孤奉母亡狀，乃辱使者慇勞，儼然臨祭，不遠數千里，敢不聞命！雖非至性，念始寡藐，以有今日，不覺夷俟自悛耳〔一〕。茹蔬啖麥，廢而任之。吳俗視趙、魏難奚啻倍蓰〔二〕？足下治之，考則倍蓰趙、魏上，當自其才具是矣，孤所量也。扶柩而東，使者索報，不佞左執紼右操觚，倉卒數語，失以大事，乞哀長者。方圖馳情，不意慨然開以不朽，豈尚不忘司馬公之役乎〔三〕？幸爲表先大夫太恭人之墓而題之以傳，令某徼其寵靈，以光丘隴，得稱濟南阡，亦一快也。頃以葬期，正甫爲近〔四〕，乃託之《誌》，當嗣奉覽。紀述一通，附錄采擇。正甫耽耽，恐不得此以自疏也，諭乃云云。吾來正甫一日，而海岱公舊游者，肯更爲攣繕否？

【注釋】

〔一〕夷俟自悛：謂踞坐自悔。夷俟，箕踞待客。《論語・憲問》『夷俟』《注》引馬融說：『夷，踞；俟，待也。』悛，悔悟。

〔二〕吴俗：吴地風俗。王世貞爲吴人，於隆慶三年（一五六九）轉任山西按察使，翌年赴任。趙、魏，戰國時兩個諸侯國，均在今山西境内。倍蓰：謂一倍與五倍。倍，一倍；蓰，五倍。

〔三〕司馬公：指王世貞之父王忬。

〔四〕正甫：即殷士儋。殷爲李母撰寫墓誌銘。

與王敬美五首

日得子與書，讀敬美誄其太恭人者，文無害也，誌銘形穢耳。梁生恆幹魁梧〔一〕，乃能宛延於君家兄弟，奇哉！東行痯痯自罷〔二〕，囊中裝懸罄矣〔三〕。攬眺之餘，空言盈篋，不如一囊錢也。然御我爲幸，沾沾焉不知其所苦，歸爲卒業門下，而令無負遠游。不佞所復執事，且起居焉者如此。

【題解】

王敬美，名世懋，字敬美，號麟洲，又號損齋、牆東生。世貞之弟。嘉靖三十八年（一五五九）進士，官至南京太常寺少卿。著有《奉常集》。

【注釋】

〔一〕梁生：指梁伯龍。詳前《贈梁伯龍》題解。

〔二〕痯（guǎn）痯：語出《詩·小雅·杕杜》，疲勞貌。

〔三〕懸罄：倒懸之罄，喻匱乏。

又

橐詣弔舟中〔一〕，觀足下稽顙狀，若將搶入刳木者，心知天性孝友人也。盛積憤而一朝理于帝，快何如焉！即以遜諸伯兄不敢自見，而精志感動愈無掩于『二難』之誼矣〔二〕。不佞以嫌乃無一介之使致焉，以慰伏闕之情者，怏怏耳。襄役幸出薄游，先已從元美勸，足下宦學不惡也。壯哉敬美之志！天下事誠未可量，以不佞而量足下，尋且指掌機、雲之間〔三〕，而獨包宗含吳已乎〔四〕？不幸悼亡，不能出留道左，亟承存問，重以賻儀，千載龍門，前期自愛。肝膈之言哉，肝膈之言哉！更不意晚得一元美於敬美，士亦安可輒定交也？三復北行諸稿，老筆餘勁，實嚴具體，千里長風，已在蹄下，顧願撙轡，曲折蟻封，斯秋駕之技已。亡妻竣葬，當爲足下視草，由居必有所效，今不具列云。

【注釋】

〔一〕詣弔舟中：指嘉靖三十九年（一五六〇），元美兄弟扶櫬，由運河乘舟歸里，路經濟寧，攀龍曾單騎赴弔。

〔二〕『二難』：難兄難弟；元美難爲兄，敬美難爲弟。謂兄弟二人的才德難分高下。《世說新語·德行》：『陳元方子長文，有英才，與季方子孝先各論其父功德，爭不能決。咨于太丘，太丘曰：「元方難爲兄，季方難爲弟。」』

〔三〕機、雲：指晉代陸機、陸雲兄弟，均以文名，時稱『二陸』。詳《晉書》本傳。

〔四〕宗：指宗臣。吳：指吳國倫。

又

不佞之於元美，自天交之邂逅者耳，非嘗有爲之紹介，足下所知。知足下於元美，而令視不猶兄，某非人哉！不然豈其仰止而恧焉，逡巡如諭云也？

又

不佞之於足下，視猶元美也。豈以友于一堂爲可慰藉斯人，而二三子遂願交驩？此自足下載錫之常耳。奈何兼鍾並毓〔一〕，維天是私，崛起鴈行，翱翔氣類，使不佞睠焉有意乎其來者？顧子遺病夫〔二〕，處身僻左，所不聞問，遠莫致之，實無便報，以間不忘，有何指趣如諭督過乎？足下非不知不佞積勞，左右卽亦愛不佞，欲亟得所起居狀，若友于一堂，始自厭也。不然，談笑道之，何以得此於足下邪？不知不佞欲得足下起居狀，甚足下矣。子與云云，妙有所置，致自樂事，足下庶幾能婾快乎！

【注釋】

〔一〕兼鍾並毓：　卽鍾靈毓秀。

〔二〕孑遺病夫：　攀龍自指。

又

歲杪得徐按察所爲致筐篚之珍〔一〕，謹以進太夫人前矣。壯哉敬美所言！某即不佞，敢孰不曰斯與元美故自先朝一藝文吏乎〔二〕？大江以北，連鼇贔屭〔三〕，天何恙哉！元美遄已，太夫人善飯，即時態紛糾，出緒餘應之耳。以君雄才，發軔見絆，海內之士想望展驥，生平志意，何云欲畢邪？

【注釋】

〔一〕徐按察：指徐中行。中行於嘉靖四十五年（一五六六）擢山東按察司僉事，未赴任。

〔二〕先朝：指嘉靖朝。

〔三〕連鼇贔屭（bì xì）：謂連遭水患。

傅莊土地祠碑

傅氏有大聚焉，處歷城東可一舍。藩而入海者之周道，視聚則左將三里。聚之人禾菽鬱於道上，舉趾終畝，偃語相望，見昏暮往來者之疲飢渴，凶旱流移者之轉溝壑也，莫不愀然自失，懼不免是，因以作苦卒歲，冀不逮荒饉之厄。近聚亦多饒沃，然少偷惰。即成功後之凡有秋，輒假所懸之役車，出聚而聚之；婦子已含鼓游嬉，滿閭閈矣。文聚者勒氏、梁氏，嘗力田起於聚，聚內咸長推之。則曰：『吾復見爾含鼓游嬉者之飢渴溝壑也。天有患災，神起而捍衛之，代紀祀典，顧爾可自佚怠哉！』聚舊有土地廟，石所合也，水激雨泄就頹矣。迺穀登而求材於山，急攻之，瀕臘以覆綯備，鑿然若鑿削者。落之日，聚之方社時也。塾有歌《豳》、《雅》者，至《大田》之次章。曰：是非農夫之慶矣！梁氏名福，勒氏名宗仁，爲予言之，予爲記之。嘉靖二十四年乙巳季秋，既望，滄溟子記。

【説明】此文載乾隆《歷城縣誌》卷二十五。編者按：『右碑在傅莊土地廟内。是文不見於《滄溟集》，而玩其文義，非贋作，故録之。』

附錄一　家世生平資料

明故嘉議大夫河南按察司按察使李公墓誌銘

殷士儋

余以隆慶丁卯誌徐恭人墓，己巳張太恭人卒，與于鱗大人合葬，余又誌其墓；今纔一歲爾，且誌于鱗，悲夫！

文章道喪，瀰瀰日以下，蓋千載于兹矣。明興，北地李獻吉奮起而力挽之，于鱗生承其後，益拓其業，斐然成一家言，雖古大雅者流，何以過兹？可謂當代之宗工鉅匠，垂不朽者矣。

于鱗李氏，攀龍名，父贈中憲大夫知府寶，母卽太恭人張。其族系及世有高誼與太恭人守節語，具余前《誌》中。初，太恭人夢日入懷，生于鱗，九歲而孤，比就外傅，則余及今長史許殿卿皆以髫年，相約爲知交，歲與之俱。當是時，則恥爲時師訓詁語，人目爲狂生，于鱗自謂非狂矣。又九歲，爲諸生，廪於郡庠。庚子，鄉薦第二人；甲辰，賜同進士出身，試政吏部文選司；乙巳，以疾告歸。歸則益發憤勵志，陳百家言，附而讀之，務鉤其微，抉其精，取恆人所置不解者，拾之以績學。蓋文自西漢以下，詩自天寶以下，若爲其毫素污者，輒不忍爲也。丙午，還京師，聘充順天鄉試同考試官，簡拔多奇士。丁未，授刑部廣東司主事。既曹務閒寂，遂大肆力於文詞。余時爲檢討，日相引，上下其議論，而于鱗益交一時勝流若吳郡王元美數子者，名乃籍甚公卿間矣。三年，陞員外郎。明年，遷山西司郎中。有邊將觸法不至死者，柄臣子怒其不賂，必欲寘諸辟而竟不能奪之于鱗，從末減。後其人至大帥，果大著勳伐云。癸丑，出守順德，務爲休息愛利之政。其大可紀者，順德所屬舊有種馬場，歲入賦公家，而時監司誤以爲營馬牧地，增賦至二千七百餘金，于鱗爲請，悉蠲之。郡故有永濟倉以自給，後糧輸京師，而軍食益乏，又爲請，得留郡如異日焉。將作所徵于真定、大名、廣平、順德諸郡者，于鱗以爲順德土狹民貧，不宜與諸郡比，減其供如真定十之三。沙河之民役過客者，越永年，抵邯鄲界中始息肩；邯鄲民報之亦然，皆跋涉一百七十餘里，憊矣。于鱗曰：『民安得任非其土之役？使永平不惜數十人之力，則兩邑之力皆可寬也。』又爲之請，罷矣。鉅鹿官亭集者，大聚也，界在真定、隆平、南宮、新河之間，羣盜嘯聚無時，捕之如搏影。于鱗請移防秋别駕往鎮之；秋至則復戍内丘，而盜不敢復窺順德界中。又謂京師仰餉于東南，或不時至，而北直隸、河南、山東諸處近河百里而遥者，可令毋出賦錢，皆賦菽粟，浮於河以達于京師，此不獨國家之便，民亦便也。他如散召募之卒以杜事變，移巡司于黄榆嶺以備非常，倣常平以時畜積，嚴保甲以彌盜賊，皆深計長慮，非旦夕視其民者。部使者至順德，纔一日讞獄罷。使者嘆曰：『太守安得不寃若此！』比三歲，有十數最書，擢陝西按察司提學副使。關中士素習古文詞，得于鱗爲師，又蝟然勃興矣。

于鱗爲人素羸頓，不習西土。西土當地裂後，猶時時動搖，數心悸，又念太恭人獨家居，遂乞骸骨歸。故事，仕在外者無以病告，卽乞身罷耳，不復敘。時銓部憐公才，特取旨予告，疾已且復敘。異日獨何仲默視此，以方于鱗，實異數也。歸構一樓於華不注、鮑山之間，曰『白雪樓』。于鱗爲人高克，有合己者引對累日不倦，卽不合輒戒門絕造請，數四終不幸一見之，既而于鱗亦不自駕脩請謝也。其樓居時，余方在告家居，獨殿卿及余時往來觴詠其間，他曾不得一當于鱗，凡十歷年所。

今天子用言者，起爲浙江副使。二年，稍遷參政。入賀，過家覲省，將南，尋陞河南按察使，遂奉太恭人俱。越四月，而太恭人卒。于鱗持喪歸，甚毀，及小祥而漸平。無何，暴疾，再日而絕，歲庚午八月二十日也。年五十有七。所著有《白雪樓集》行世，他詩尚若干首，文若干首。

或問于殷子曰：『王元美謂律至仲默而暢，獻吉而大，于鱗而高，要之有化境在。古惟子美，今或于鱗。雖于鱗亦自謂擬議以成其變化矣。于鱗信才意不至如所稱乎？』殷子曰：『夫親見揚子雲者，肯信桓譚之論非私哉？夫于鱗雄渾勁迅，掉鞅于詩壇，彼其視獻吉詩猶傅會龐雜，文蔓蔓寡灝漾鴻洞之氣，所爲推獻吉者，多其剗除草昧功也。故曰「能爲獻吉輩者，乃能不爲獻吉輩者」。然于鱗方且痛人詆其文辭相矜不達于政，游刃引割所至，弦歌亦治，操概凜潔，恥爲色澤；稱其爲文，于鱗獨文士乎哉？』

于鱗妻徐氏，封恭人。有二妾：蔡氏、盧氏。所生三男一女：駒娶曹氏女，繼娶應州知州馮應奎女；采殤；駲聘周府左長史許邦才女。邦才，殿卿也。女適永清訓導艾濟子芹。獨駲盧出，他皆恭人出。駒有三子二女：鴻仁聘進士于鯨女，鴻儀未聘，鴻儒聘張希全女；女一許嫁舉人王見賓子衡，一後公歿七日而生。嫁艾氏者，有外孫一人，曰維高。駒卜隆慶五年三月十有一日，葬公於牛山之原，徐恭人祔焉。請殷卿狀，來乞銘。駒，吾門人也，竟其所之，亦可使千里無契需。銘曰：

爾祖有言，死而不亡，豈于鱗與！吾生有涯，知也無涯，鬱而爲書。剷削巧利，滌濯滓垢，追趨古初。大者天行，雲盤星迴；小者綺疏，繢舊彌新。忽出倏入，霍然霧除。赫赫厥聲，施于當世；海内寡如，豈惟文章？以緣吏事，罔試弗理。入掌庶獄，出典大邦，柄文持紀。書獄獄平，治人人安，風士士起。鴻飛冥冥，羅者不忘，思儀其羽。曷篤其生？曷嗇其成？不遐錫祉，璧傳士林。蜕委斯藏，永憑其里。

李于鱗先生傳

王世貞

李于鱗者，諱攀龍，其家近東海，因自號滄溟云。當其業成時，海内學士大夫無不知有滄溟先生者，而自其六七友人居，恆相字之，故其爲于鱗獨著。

于鱗之先世，濟南歷城人。父寶，以貲事德莊王爲郎，善酒，任俠，不問家人生産。繼娶於張，夢日入懷，而生于鱗。于鱗生九歲而孤，其母張影相弔也。旦縪纑不足以資脩脯，而自其挾冊請益，塾師爲之遜席者數矣。補博士弟子，與今左長史許君邦才、少保殷公士儋結髫齔交。晉江王慎中來督山東學，奇于鱗文，擢諸首。然于鱗益厭時師訓詁學，間側弁而哦若古文辭者。諸弟子不曉何語，咸相指于鱗：『狂生！狂生！』于鱗夷然不屑也。曰：『吾而不狂，誰當狂者！』亡何，舉其省試第二人。三年，始成進士，試政吏部文選司。其明年，移疾歸。久之，疾良已，同考順天試，獲奇儁居多。又明年，授刑部廣東司主事。

于鱗既以古文辭創起齊魯間，意不可一世學。而屬居曹無事，悉取諸名家言讀之。以爲紀述之文，厄於東京，班氏姑其狡狡者耳。不以規矩，不能方圓，擬議成變，日新富有。今夫《尚書》、《莊》、《左氏》、《檀弓》、《考工》、《司馬》其成言班如也，法則森如也，吾摭其華而裁其衷，琢字成辭，屬辭成篇，以求當於古之作者而已。操觚之士不盡見古作者語，謂于鱗師心而務求高，以陰操其勝於人耳目之外而駭之；其駭與尊賞者相半。而至於有韻之文，則心服靡間言。蓋于鱗以詩歌自西京逮於唐大曆，代有降而體不沿，格有變而才各至。故于法不必有所增損，而能縱其夙授，神解於法之表。句得而爲篇，篇得而爲句。即所稱古作者其已至之語，出入于筆端而不見跡；未發之語，爲天地所秘者，創出於胷臆而不爲異。亡論建安而後諸公有不偏之調，于鱗以全收之，即其偏至而相角者，不啻敵也。當于鱗之爲主事遷員外郎，以至山西司郎中，曹事寖以劇，守文法無害而其業日益進。大司寇有著作輒以屬于鱗，藉藉公卿間。然于鱗竟無所造請干贄，不爲名計，出曹一羸馬蹩躠歸，杜門手一編矣。其同舍郎徐中行、梁有譽、不佞世貞及吳舍人國倫、宗考功臣，相與切劘千古之事，于鱗咸弟蓄之；爲社會時，有所賦詠，人人意自得，最後于鱗出片語，則人人自失也。

于鱗雅不欲以刀筆見長，然其聽讞最號公平。柄臣子銜邊帥不通賄，中以法，欲置之死，于鱗持不可，後其人卒自奮功名，致大將。俄，出守順德。問所以守順德者，于鱗曰：『使吾僕僕途道事嚴客，帣韝鞠䠦，睨上官之色而進之，則俱有所不能；晨興坐堂皇，揖屬吏考計，延見鄉老問疾苦，爲興除，脫若承蜩矣。』于鱗之守順德可一載所不報最，則曰：『君子之至於斯也，吾或未之見也。』奏記臺使者，手自削牘，牘多古文辭語，爲其名高也者而已之。然于鱗暠暠自濯洗，勤於大要。居久之，政聲流通三輔，前後尉薦亡慮數十，鄰郡嚴事于鱗若大府，以故得請白媮志。嘗蠲馬牧地垂三千金；留永濟倉粟，毋灌輸京師以餉戍卒，裁將作供比真定十之二；益永年傳於沙河、邯鄲界中，寬二邑力；移郡尉置鉅鹿官亭扼盜衝，又移巡司黄榆嶺爲晉、趙關。前後爭得之，臺使者毋以難也。于鱗又謂京師仰東南餉不時至，而燕、齊、汴、趙邊河百里而近者，毋出賦錢，皆賦菽粟，浮於河達京師，緩急一策也，時頗韙之。滿三載，贈郎寶如于鱗官，母張爲太恭人。尋擢陜西按察副使，視其學政。于鱗謂陜古西京也，先朝士大夫北地外多陽浮慕古文詞；而時離之，思以實反其始有機矣。亡何，其鄉人殷中丞來督撫，以檄致于鱗，使屬文，于鱗不懌曰：『副使，而屬；視學政，非而屬也！且文可檄致耶？』會其地多震動，念太恭人老家居，遂上疏乞骸骨，拂衣東歸。吏部才于鱗而欲留之，度已發，無可奈何，爲特請予告。故事，外臣無予告者，僅于鱗與何仲默二人耳。

于鱗歸，則構一樓田居，東眺華不注，西揖鮑山，曰它無所溷吾目也。繡衣直指、郡國二千石，干旄屏息巷左，納履錯於戶，奈于鱗高枕何？去亦毋所報謝，以是得簡貴聲。而二三友人，獨殷、許過從靡間。時徐中行亦罷官家居，坐客恆滿，二人聞之，交相快也。于鱗乃差次古樂府擬之，又爲《録別》諸篇及它文益工，不踁而走四裔。然居恆邑邑，思一當世貞兄弟，曰：『大兒孔文舉，小兒楊德祖，吾其季孟間哉！』而世貞則挹損不敢以鴈行進也。大司空朱公衡時巡撫，伺于鱗間，迫起之，爲置酒，懽甚。自是諸公推轂于鱗者相踵。而會今上初大徵召耆碩，于鱗復用薦，起浙江按察副使，嘗視海道篆，按覈軍實，一切治辦。俄遷布政司左參政，奉萬壽表入賀，道拜河南按察使。中州士大夫聞于鱗來，鼓舞相慶，而于鱗亦能摧亢爲和，圓方互見，其客稍稍進。無何而太恭人捐館，扶服還里，不勝毁，病困久之，小間，尋暴心痛，一日卒，年五十七。所著《白雪樓集》三十卷行於世。子駒，博學能文章，有父風。

王子曰：世能名于鱗，莫能名于鱗，所以其旁睨千古欲淩而上之，乃至不得盡廢其遺。要之創獲之語，烺烺象表者，不虛負也。或謂其聲不暢，實位不配望，壽不竟志，以爲恨。夫漆園玄亭，杜門著書，而生寥寥者，豈一于鱗也？籍令台鼎足重李生，彼夫屈、宋、兩司馬幾先得之矣。無涯之智，結爲大年；日月經天，光彩常鮮。嗚呼，何恨哉！

列朝詩集小傳・丁集上・李按察攀龍

錢謙益

攀龍，字于鱗，歷城人。嘉靖甲辰進士，授刑部廣東司主事，歷郎中，出知順德府，擢陝西提學副使。西土數地動，心悸念母，移疾歸。用何景明例，予告凡十年，起浙江副使，遷參政，拜河南按察使。母喪歸，踰小祥，病心痛卒。

于鱗舉進士，候選里居，發憤讀書，刺探鈎擿，務取人所置不解者，摭拾之以爲資，而其矯悍勁騖之材，足以濟之。高自夸許，詩自天寶以下，文自西京以下，誓不污我毫素也。宦郎署五六年，倡五子、七子之社，吳郡王元美以名家勝流，羽翼而鼓吹之，其聲益大噪。及其自秦中挂冠，構白雪樓于鮑山下、華不注之間，杜門高枕，聞望茂著，自時厥後，操海內文章之柄垂二十年。

其徒之推服者，以謂上追虞姒，下薄漢唐；有識者心非之，叛者四起，而循聲贊誦者，迄今百年，尚未衰止。要其譔者，可得而評騭也：其儗古樂府也，謂如胡寬之營新豐，雞犬皆識其家。寬所營者，新豐也，其阡陌衢路未改，故寬得而貌之也，令改而營商之亳、周之鎬，我知寬之必束手也。《易》云

『擬議以成變化』，不云擬議以成其臭腐也。易五字而爲《翁離》，易數句而爲《東門行》、《戰城南》；盜《思悲翁》之句，而云《烏五子》、《烏母六》、《陌上桑》；竊《孔雀東南飛》之詩，而云『西鄰焦仲卿，蘭芝對道隅』。影響剽賊，文義違反，擬議乎？變化乎？吳陋儒有補石鼓文者，逐鼓支綴，篇什完好，余甚之曰：『此李于鱗樂府也。』其人矜喜，抵死不悟，此可爲切喻也。論五言古詩曰：『唐無五言詩，而有其古詩。』彼以昭明所撰爲古詩，而唐無古詩也，則胡不曰魏有其古詩而無漢古詩，晉有其古詩而無漢魏之古詩乎？《十九首》繼《國風》而有作，鍾嶸以爲『驚心動魄，一字千金』。今也句摭字捃，行數墨尋，興會索然，神明不屬，被斷淄以衣繡，刻凡銅爲追蠡，目曰《後十九》，欲上掩平原之十四，不亦愚乎？

僻學爲師，封己自是，限隔人代，揣摩聲調，論古則判唐、《選》爲鴻溝，言今則別中、盛爲河漢，謬種流傳，俗學沈錮，昧者視舟壑之密移，愚人求津劍於已逝，此可爲嘆息者也！七言今體，承學師傳，三百年來，推爲冠冕，舉其字則五十餘字盡之矣；舉其句則數十句盡之矣。百年、萬里，已憎疊出；周禮、漢官，何煩洛誦？刻畫雄詞，規摹秀句，沿李頎之餘波，指少陵爲頹放，昔人所以笑樵帖爲從門，指偷句爲鈍賊也。專城出守，動曰『東方千騎』；方舟共載，輒云『二子乘舟』。遼海中丞，襲驃騎之號；廬江別駕，蒙小吏之呼。投杼曾母，迓許自天；傅粉何郎，冠以帝謂。經義寡稽，援據失當，瑕疵曉然，無庸抉摘。何來天地，我輩中原，矢口囂騰，殊乏風人之致；易詞誇詡，初無贈處之言。於是狂易成風，叫呶日甚。微我長夜，于鱗既跋扈於前；才勝相如，伯玉亦簸揚於後。斯又風雅之下流，聲偶之極弊也。

今人尊奉于鱗，服習擬議變化之論，自謂古選沿初唐，區別淄澠，窮極要眇，自通人視之，正嚴羽卿所謂下劣詩魔入其肺腑者也。斯文未喪，來者難誣。當葵丘震驚之日，仲蔚已有違言；迨稷下消歇之時，元美亦持異議。而王元馭序《弇山續稿》，詆呵歷下，謂不及三十年，水落石出，索然不見其所有。斯固弇州之緒言，抑亦藝苑之公論也。不然，余豈有私憾于于鱗與世之祖述于鱗者，而黨枯仇朽，嘵嘵然不置若此哉！

余既録于鱗詩，偶得王承甫與屠清浦書云：『讀足下與王元美書，所彈射李于鱗處，爽焉快之。然論文耳，猶未及詩。僕謂其七言歌行莽不合調；五言古選樂府，元美謂之臨摹帖；《後十九首》何異東家捧心益醜；《陌上桑》改自有爲他人，非點石成鐵耶？絶句間入妙境，五言律亦平平。七言律最稱高華傑起，拔其選，卽數篇可當千古；收其凡，則格調辭意不勝重複矣。海陵生嘗借其語，爲《漫興》戲之曰：「萬里江湖迥，浮雲處處新。論詩悲落日，把酒嘆風塵。秋色眼前滿，中原望裏頻。乾坤吾輩在，白雪誤斯人」云云，大堪絶倒。僕嘗以爲雅宜之行草，新安之古文，歷下之七言近體，在彼非比精工，習而尊之者，愈似愈乖，不可有二。何則？狗所美而乏通才，局於格而寡新法，守而弗化，極而弗變，其神者不全耳。』承甫之論歷下，與余所評駁，若合符節。元美雖爲于鱗護法，亦不能堅守金湯矣。前輩又拈歷下送楚使云：『江漢日高天子氣，樓臺秋敞大王風』，云此賀陳友諒登極詩也，與承甫引淮海生之語相類，附及以資一笑。

明史·文苑·李攀龍傳

張廷玉等

李攀龍，字于鱗，歷城人。九歲而孤，家貧，自奮於學。稍長，爲諸生。與友人許邦才、殷士儋學爲詩歌已，益厭訓詁學，日讀古書，里人共目爲狂生。舉嘉靖二十三年進士，授刑部主事，歷員外郎、郎中，稍遷順德知府，有善政，上官交薦，擢陝西提學副使。鄉人殷學爲巡撫，檄令屬文，攀龍怫然曰：『文可檄致邪？』拒不應。會其地數震，攀龍心悸，念母思歸，遂謝病。故事，外官謝病不再起。吏部重其才，用何景明例，特予告歸。予告者，例得再起。

攀龍既歸，構白雪樓，名曰益高。賓客造門，率謝不見，大吏至亦然，以是得簡傲聲。獨故交殷、許輩，過從靡間。時徐中行亦家居，坐客恆滿，二人聞之，交相得也。歸田將十年，隆慶改元，薦起浙江副使，改參議，擢河南按察使。攀龍至是，摧亢爲和，賓客亦稍稍進。無何，奔母喪歸，哀毁得疾。疾少間，一日心痛卒。

攀龍之始官刑曹也，與濮州李先芳、臨清謝榛、孝豐吳維嶽輩倡詩社。王世貞初釋褐，先芳引入社，遂與攀龍定交。明年，先芳出外爲吏。又二年，宗臣、梁有譽入，是爲『五子』。未幾，徐中行、吳國倫亦至，乃改稱『七子』。諸人多少年，才高氣鋭，互相標榜，視當世無人，七才子之名播天下。擯先芳、維嶽不與，已而榛亦被擯，攀龍遂爲之魁。其持論謂文自西京、詩至天寶而下，俱無足觀。於本朝，獨推李夢陽，諸子翕然和之，非是則詆爲宋學。攀龍才思勁鷙，名最高，獨心重世貞，天下亦並稱『王李』； 又與李夢陽、何景明並稱『何李、王李』。其爲詩務以聲調勝，所擬樂府，或更古數字爲己作；文則聱牙戟口，讀者至不能終篇，好之者推爲一代宗匠，亦多受世抉摘云。自號滄溟。

滄溟先生墓碑

施閏章

嗚呼！有明三百年，著作家衆矣。獻吉、仲默已還，稱元美、于鱗，天下無異詞。元美虎視四海，獨亟推歷下，曰：『漢朝兩司馬，吾代一攀龍。』蓋欿然以身下之。迄於今，家有其書，人耳其姓字，傳誦其流風遺韻不衰。余視學濟南，問其里，因弔其墓，而子孫微甚，無能言者。詢得之鄉先生郝給諫，遂偕藩使陳君、兵憲陸君並轡往。墓在城西五里許，皆下馬拜，蓋藥山之麓也。不封不樹，余低徊久之，相顧太息。于鱗平生負才簡伉，屏居鮑山，當道冠蓋相屬，至屏輿從候門，臥不起。今未及百年，荒草孤墳，樵采莫禁，牛羊躑躅其上，斯雍門所爲哀吟，孟嘗所爲泣下也。況於泯滅無聞之人乎？墓側有豐碑仆地，無字，陳君顧余曰：『嘻，久矣，其待君也。』余謝不敏，乃碑而表之曰：

先生諱攀龍，字于鱗，號滄溟，登嘉靖甲辰進士，官刑部，出守順德，論最擢關中學使者，以不肯奉台檄爲文，自免歸。再起，至河南按察使。卒年五十七。其政蹟，詳殷正甫《誌》、《銘》、王元美《傳》中，不具論。論其著者，于鱗生平非先秦兩漢書不讀，非王、吴、殷、許、宗、徐輩不交驩；其爲詩，環視諸公非盡出己下則不出，考之詞賦之科，可謂嘐嘐道古進取之狂士也。其詩七言近體，高華典麗，有峩眉天半之目，拔其尤者，千人皆廢； 樂府五言古，摹漢魏古文詞，摹《左》、《國》、先秦，高自稱引，及元美所標榜，頗失之太過。要之，非近代小家所能措手。夫文章之道，有利有鈍，小則霸，大則王。于鱗崛起滄海，雄長泗上，諸姬主盟中夏，燕、秦、吳、楚之人翕然宗之，如黄河、泰岱，又如太原公子，望之有王氣，斯固萬夫之雄也。後之學者聞于鱗之風，皆振衣高步，追踪古作者，于鱗其有起衰之功矣！余將求其子孫，新其白雪樓爲滄溟别館，而先之以其墓。嗟乎！于鱗之文不待余言而定者也。若其壟墓不治，碑版無傳，則後起者之責也。於是乎書。順治十五年戊戌十月。

五子七子

吴景旭

王元美贈吴明卿詩：『無妨中散來千里，更喜延之詠五君。』又贈姚匡叔詩：『見數八公君第幾？空傳七子世無多。』匡叔以道術爲王客，惓惓七子之盛。

吴旦生曰：『嘉靖間，元美初成進士，隸事大理山東李伯承，伯承爲通之于鱗，遂結社都下，作五子詩。東郡謝茂秦榛、濟南李于鱗攀龍、吴郡王元美世貞、長興徐子與中行、廣陵宗子相臣、南海梁公實有譽，於時稱『五子』，實六子也。已而茂秦與于鱗隙，遂去茂秦而進武昌吴明卿國倫，又益以南昌余曰德、銅梁張肖甫佳允，則所謂『七子』者也。又有新蔡張助甫九一，與德甫、肖甫相繼而入七子社者，此元美所云『吾黨有三甫』也。先是，弘、正中，北地李獻吉夢陽、信陽何仲默景明、武功康德涵海、鄠杜王敬夫九思、吴郡徐昌穀禎卿、儀封王子衡廷相、濟南邊庭實貢，亦稱『七子』；詞林於是有先七子、後七子目矣。逮于鱗没，元美引進益多，如蒲圻魏順甫裳、歙郡汪伯玉道昆、從化黎惟敬民表之屬，稱『後五子』。昆山俞仲蔚允文、濮州李伯承先芳、孝豐吴峻伯維嶽、順德歐楨伯大任之屬，稱『廣五子』。至於常熟趙汝師用賢、雲杜李本寧維禎、南樂魏懋權允中、四明屠長卿隆、金華胡元瑞應麟，遂稱『末五子』云。

（《歷代詩話・癸集七・明・詩卷下之上》）

附錄二　悼念詩文

祭李于鱗文

王世貞

維隆慶四年八月十九日，河南按察司按察使滄溟李先生于鱗卒于苦次，其友人山西按察司按察使孤子王世貞聞訃之一日不及爲位，而以家艱歸，至明年之三月壬戌朔哀毁小定，乃始能爲詩百二十韻以哭之。又爲文章，絮酒炙雞，裹糧授其僕之濟上，而告先生曰：

嗚呼！惟子文章，珠藏玉府。示世模楷，爲明粉黼。獨立熙臺，子鼓余舞。炳烺長夜，追琢萬古。余所心悲，鬱曲齟齬。千二百言，亦足以吐。其未竟者，酹而告汝。昔署爽鳩，從若風虎。爲郎序遷，不隔跬武。清霜晝粲，白日宵炬。子前西逝，余亦東邁。高揭二華，嵯峩岱泰。黄河其間，炯一衣帶。玉女騰噏，海若横眦。子之挂冠，鳳矯鴻騫。余嗣解組，屈蠖哀蟬。清泌衡門，其跡則然。所不接席，徂垂十年。聖人中興，纁帛交賁。子時皤然，顧我色喜：當爲女先，女其彊起！余謝不可，子曰毋爾。疇族女讎，疇燭女幽。得不思報，節士所羞。女以佚歸，造物所仇。雪涕而冠，實惟子謀。旬宣于浙，從子之後。汴繡子被，晉斧余授。大白配月，俯視列宿。雲物睥睨，風雨潺僽。子之喆妣，悠然見遺。扶服修途，弔影繐帷。小人有母，能不攢思？美疢朝聞，夕而拂衣。奎壁晻翳，滄波竭涸。忽傳子耗，既疑且愕。曾未回睫，家禍亦作。髓淚駢枯，肝腑寸鑿。嗚呼哀哉！人生鮮懽，惟事父母，生我知我，爰及朋友。一旦盡矣，膚立同朽。惟余與子，匪但三益。薄祿微聲，以逮休戚。凡子先驅，余必偕值。子今溘然，視我若捐；余獨何恃，而能久全！余復何心，而游世間！子困尸讒，余困人言，存者受憎，歿者受憐。嗚呼哀哉！惟昔濟上，坐而丙夜；執手浩嘆，誰爲來者？尼聃睽則，軻周分駕；邈爾漢季，有兩司馬。不聞揚扢，以紹謨雅。蘭金協契，山水齊徽。惟余二人，開闢所希。浮生如寄，胡能不歸？金石可泐，榮名庶幾。言猶在耳，其人已非！嗚呼哀哉！子之遺孤，駒而汗血；子之遺編，家傳《白雪》。有丞相在，戚若昆弟；二三友生，其進未已。素車雖杳，班管叓紀。人誰無死，子死可矣。嗚呼哀哉，尚饗！

哭李于鱗一百二十韻

王世貞

歷下無真氣，詞林失大賢。那能詛岱嶽，誰與問高天？才去垂三斗，悲來遍八埏。人應疑頓挫，帝或悔陶甄。念爾千夫俊，生操萬古權。仁禽產丹穴，仙驥秣青田。妙取星孤發，精驚月脇穿。鉤深百丈餌，搏捷九秋鸇。文許先秦上，詩卑正始還。五言珠錯落，一字玉規圓。思逸龍雲表，神超象帝先。殷《盤》高詰曲，周《雅》美便嬛。獨表齊風大，俱疑汲冢前。崢嶸露頭角，擺脫謝蹄筌。海闊珊瑚老，雲深石髓堅。錦裁還蜀郡，璧就必于闐。繞筆江生蕊，芬裾屈氏荃。乍窺饒駭異，精識解鑽研。有眼看從白，爲郎意尚玄。志長輕濩落，才大得屯邅。不欲過千石，憑他滿百愆。傲時誇襆被，貧肯較偷氈？縱倒中郎屣，能辭太尉牋？交游盡緋紫，歲月耗丹鉛。路鬼揶揄去，腰符累若懸。扶風京尹亞，襄國輔城專。推案姦爭吐，操斤劇自剸。買牛因解劍，飲馬亦留錢。治理聞承相，徵書下潁川。手堪爲木鐸，腹曉別栝棬。漢殿勞將作，秦山募梓楩。法冠巍揭宿，藻鏡迴臨邊。衿傍函關擁，帷從太室褰。驪瓜真結實，華井獨擎蓮。宛駿收垂畢，冥鴻興杳然。叱迴邛坂馭，歸作剡溪船。避客同干木，逃封似魯連。蓽門寬偃蹇，蓬鬢詘周旋。自撫高山操，人收《白雪》篇。披雲淩巀嵲，乘月弄潺湲。雷澤深堪釣，讙陰近可佃。居疑潛洞穴，出競指神仙。芝术鋤端有，芙蓉木末搴。探真採離坎，觀道得坤乾。懸圃壺開境，崑崙雪滿巔。縱饒家累迫，斷不世途牽。過客寧歌鳳，門生乃獻鱣。中興逢鼎革，聖主下旌旃。省鸛初欣入，臺烏再賀遷。錦開梁左席，花覆越來舷。呴沫沾江表，澄清劃澗瀍。九苞騰見瑞，萬蟻率歸羶。暴斧猶拈手，潘輿未息肩。冰霜挫慈鳥，天地幻啼鵑。髮短窺吴練，腸迴斷郢弦。壞梁通痟痳，辟穀誤真詮。始作步兵慟，長躭北海眠。《春秋》麟獲日，庚子鵩來年。營魄三尸妒，膏肓二豎跧。本因支骨毁，翻訝捧心妍以心痛卒。玉樹埋將迫，金莖病不痊。慰書煩孝緒，卻藥少醫扁。撫舊人人戀，傷心事事捐。魂辭宋玉去，槀托所忠傳。伏櫪駒差壯，歌盆鵠早暝。夜臺依聖善，秋閣鎖嬋娟。不及分香履，猶聞墜寶鈿。有情推入夢，無累割歸緣。日月長何補，風雲快自便。朗融歸靄霴，混沌脱雕鐫。佩惜干將化，棺堪麈尾填。蒼皇鮑山色，冷落峼湖烟。馬鬣封猶壯，魚燈闇詎爇。纍纍墳四五，矗矗劍三千。宰木俄圍拱，佳城易鬱芊。埋光騰斗柄，含氣吐蜿蜒。本自成夸父，猶疑侶偓佺。訃霾秋照黯，妖孛歲星躔。直是魑將魅，寧分蟻與鳶？舊游俱短氣，何事不堪憐！思入張衡苦二甫，悲將吴質纏明卿。殷侯正甫呼咄咄，許掾卿殿涕漣漣。七子孤徐幹子與，生平一仲宣。衷腸須繞晉，烈魄肯投滇？忽報鶯難定，徐徵或有焉。聽來杯酒墮，語罷帶圍朘減損也。怳忽時譫語，怦營曉索箏。那知寸草折，翻斷百愁煎！蹤跡堪驚虎，幽憂更怯弦。羸軀困藹軸，跛足類拘攣。滿掬揮鮫淚，輕裝漬酒綿。暫馮青鳥達，莫怪素車延。欲哭仍枯眼，將歌已塞咽。悠悠思往歲，娓娓訴重泉。茅本曾名蕙，夔今友惜蚿。欲知吾變魯，總爲昔游燕。刪筆推丁廙，忘形到鄭虔。雄雖唳黃鵠，哀不廢鳴蟬。竊喜陪膺乘，猶甘讓祖鞭。尊分御露美，管奪彩霞鮮。《左》癖編三絕，輸攻下九淵。縱衡儒後俠，跌宕酒中禪。不受尚書命，橫翻開府筵。中清籌罷漏，赴懶影過磚。風格留揚扢，波瀾借泝沿。商空爭矯健，大鹵放騰騫。身任呼癡物，官初並冗員。跡甘龍蠖近，名忝鴈鴻聯。慰別勤加飯，分貲與槖饘。調歸形影合，交入肺肝偏。霓罕招難轉，羲輪去更遄。代興愚敢任？後死恨逾綿。痛欲隨蘭槁，狂今愧瓦全。浮生長寂寂，怒目縱睊睊。百六貽多口，尋常飽老拳。弔形添慘澹，無計覓連翩。牛耳誠貪執，雞尸敢放顛？蕭條五子詠，乖隔一鳴編。欲勒太丘石，親題京兆阡。詞場空滿目，誰定筆如椽！

哭于鱗先生八首

王世懋

宇宙無情甚，斯人忽杳冥！中原埋骨體，泰岱失精靈。萬事輸垂白，千秋付殺青。松風在丘隴，謖謖尚堪聽！

其二

衹謂能窮汝，何言遽奪年！解憐猶薄俗，深忌是皇天。世已河山邈，人疑屈賈前。樓空雪色斷，不忍問遺編公居有白雪，因以名集！

其三

真宰終何意，浮生轉自疑。誰令萬人敵，不假百年期？天地論才盡，文章與數奇。遺書明主見，應恨失同時。

其四

大塊還真氣，中原喪主盟！流風不可見，永夜望長庚。雞骨生前恨公尚居憂，龍頭定後名。猶餘千里在，不負阮家聲公有子駒，字千里。

其五

不朽自吾道，人間無大丹。縱橫千載易，偃蹇一官難。委骨憐神駿，攀鱗絕羽翰。平生國士淚，忍向鮑山彈！

其六

佳人難再得，死友見何由？貌有中郎想，人非鄴下游。居閒無雜客，送葬必名流。莫擬《招魂》些，君今在十洲。

其七

海内論標格，龍門未可攀。曾緣阿戎賞，得御李君還。交態死生外，朋情季孟閒。何時素車往，絜酒酹空山！

其八

生平故人弟，雙美愧南金。片語憐才子，浮名竊至今公贈余詩云：『只今年少稱才子，屈指詞林已到君』。青山一慟哭，流水若爲音。零落西州路，空餘醉後心！

哭李于鱗四首　　余曰德

白玉樓成記屬君，不堪淒惻故人聞。撫牀色動延陵劍，展卷風餘郢匠斤。滄海天寒悲逝水，鮑山日暮黯孤墳。早知後乘元龍種，千里驕嘶憠出羣。

其二

淚眼雙懸歷下亭，白楊蕭瑟路冥冥。傷心此日驚長夜，回首當時憶聚星。九地精靈堪宿草，百年身世總浮萍。朱弦慟絕音何屬，併入山陽笛裏聽！

其三

總轡崦嵫杳莫呼，斯人何事卽長徂！金蘭四海纔諸子，鞭弭中原自一夫。渴病著書生未已，孝廉將母死仍俱。茂陵日復來中使，未識曾遺禪草無？

其四

楚些歌殘夜泬寥，招君不返自魂銷。陸沉虛擬龍爲燭，夢杳長疑鹿是蕉。詩統《柏梁》功德大，交情磐石死生饒。更言執紼何人事？白馬哀鳴怨路遙！

哭李于鱗先生四首

張獻翼

不遺風流盡，文章北斗懸。藏舟自今日，御李復何年？劍氣秋原上，詩魂暮雨邊。但存千古事，修短任蒼天。

其二

千里晤言同，相看國士風。雲初聚吳下，星遂隕齊中。芳草殘書帶，娥眉謝漢宮。微言從此絶，令我泣無窮！

其三

七子不相待，空林惟五君。郢中無和雪，天際有停雲。笛奏全披怨，蘭芳半落芬。重傷千里駿，狐兔且爲羣！

其四

《白雪》非時調，青雲豈世情？齊亡天下士，漢失濟南生。知己人何在？忘年座已驚。悲歌寄燕市，猶可重西京。

哭滄溟老師

李齊芳

謫仙嗚鶴返天閽，藝苑逢人拭淚痕。祇爲琴亡鍾子聽，何關客散李膺門？家無遺藁言封禪，世有明珠照夜昏。搖落江南悲已老，汶陽誰爲一招魂！

哭李廉憲于鱗二首

黄姬水

奇氣高才性不羈，憐君溘死哭親時。馬捁未宿墳前草，鳩集先枯壟上枝。千古障瀾垂述作，九原埋樹想風儀。山陽舊侶今餘幾？腸斷王珣萬字詩王元美嘗賦一百二十韻以哭之。

其二

江上相逢是長别，百年灑泣伍胥濤。乞文空諾徐君劍，惠綺真成范叔袍！賦鵩人亡悲促界，草《玄》篋在撿重《騷》。徒行千里慚徐孺，酹墓何能致一醪！

哭李觀察十首

俞允文

余本中林士，懔懔常獨棲。王子特先賞，飄風揚濁泥。蕭條榛棘林，荒塗自成蹊。其一

君起濟水陽，高視無匹儔。與君共一世，道里阻且修。各言懷繾綣，申章結綢繆。其二

綢繆復何爲，譬我服鹽車。恨無非子御，躑躅將焉如？分隨深情昵，終當相與俱。其三

竭來浙江汜，顧瞻若堂階。矧乃經敝廬，奈何復云乖！蹇步滯一方，後期終難諧。其四

祇命陟大藩，驅車赴河陽。奄忽逢辰缺，銜哀歸舊壃。擦淚未及收，一朝罹殘殃。其五

物化固有紀，流易無淹期。百年須臾間，冉冉從此辭。頹景豈再旦，念之中心悲！其六

欷歔撿遺札，字拙語自工。句陳恥重襲，文奇秘難通。何必希知音，然後稱才雄？其七

言登太華巔，矯跡升雲烟。高清無翔羽，金繩萬尋懸。何不訪靈藥，輕身以延年？其八

嗟哉若伊人，脆促易淪夷。來者安足仇，往者不可追。空懷蘭芳感，何以表余思？其九

余思結不解，歲月亦已除。況復昧平生，焉能使余疎？援筆寄苦調，望遠增踟躕。其十

大名署中濮陽李伯承以于鱗之訃來告作詩四首哭之

張佳胤

案頭新報峕湖詩，濮上之音事可疑。久解謫仙終厭俗，溘然捐館遂騎箕。生來語出千人廢，死後名從四海知。雙目如君堪自暝，傷哉泉路盡交期！

其二

《大招》東放淚紛紛，路隔重泉未易聞。紫氣已沉秦觀日，玄亭猶護岱宗雲。琴逢山水難爲調，眼到乾坤始信君。最是人間悲絕筆，不知地下可脩文？

其三

鄰笛孤城晚自哀，哭君秋氣更悲哉！風雲遇主偏多難，天地何心似妒才。無故事傳滄海變，有時

歌發泰山頹。宗梁久作游魂者，李白于今到夜臺。

其四

當日羣雄共請成，登壇得爾定從衡。於時各抱風雲氣，末路俱爲幞被行。未必斯文留後死，坐令吾黨失先生。莫憂此道終長夜，諸子猶堪守舊盟。

哭李于鱗四首　　歐大任

梁園歸去老菟裘，聞道先生不下樓。太白星沉滄海夜，岱宗雲散大荒秋。歌風東國泱泱後，作賦西京楚楚流。千古巫陽招莫返，青山何處挂吳鉤？

其二

金尊日向峼湖開，白雪泠泠一代才。齊客詩傳三百在，開門書授五千來。孟諸烟莽麒麟臥，碣石天風鴻雁哀。華髮凋零玄賞絕，嶂前明月照崔嵬。

其三

瑤草葳蕤獨閉關，至今顏色白雲間。相將向長婚初畢，便逐盧敖去不還。孤鶴驂回棲二室，片帆風引到三山。側身東望金銀闕，憶爾仙人第一班。

其四

過江諸子各天涯，得我猶將劇孟誇。自許會稽收竹箭，似從華頂弄蓮花。代興共有中原約，絕學能傳博士家。誰料交游攜手盡，扁舟淮海夢高沙！

哭李于鱗先生

沈明臣

文章直是眇三都，王李今稱兩大夫。濟上忽摧華不注，幽州似失醫無閭。荒荒日落中原暮，泱泱風微大國孤。悵望晨星還數子，不堪清淚濕江湖！

哭李于鱗二首

曹昌先

清朝雅望擬龍門，嘆息俄成異代論。一斷朱弦空日月，長留白雪照乾坤。《五千言》在憑誰授，《三百篇》亡見爾尊。謫籍衹今人世滿，未須詞客賦《招魂》。

其二

白雪樓空薜荔霜，峼湖寒月正蒼茫。一官總讓文章大，百歲寧同姓字長。劍化青山猶黯黯，琴亡流水自湯湯。松楸寂寞中原地，多少生芻哭道傍！

哭李于鱗

莫是龍

盛世評才侈建安，當年赤幟立詞壇。連牛氣盡龍文暗，千里名留駿骨寒。歷下青山成夜壑，樓中白雪化哀瀾。慈明自愧論交晚，人代空嗟御李難。

哭李于鱗二首

梁辰魚

蕭蕭不注山南路，細雨孤村憶別君。剡水還期重泛雪，帝鄉何事便乘雲！千秋北海青樽竭，一夕中原紫氣分。極目三湘悲楚些，傷心忍詠《大招》文！

其二

當年孤劍走齊疆，曾記題詩過草堂。岱嶽雲霞原有路，長河波浪已無梁。青衫獨下江南淚，《白雪》空吟海右章。何日山莊重繫馬，楓林樽酒對斜陽！

哭李于鱗四首

羅　良

濟南天下士，一往竟長年。高臥功名薄，雄飛詞賦傳。先驅神物妒，後死故人憐。知有延陵在，招魂共惘然！

其二

攜手齊河道，離筵酒幔青。忽殘梁苑賦，乍失漢庭經。一束人如玉，千年客已星。浮生成底事，悲往淚漂零！

其三

文章空逐鹿，道遠竟天涯。力絕追千古，詩成失萬家。志安知燕雀，年不近龍蛇。灑淚山陽笛，相看歲月賒。

其四

歷下逢君日，疎狂氣轉親。賦來疑是《鵩》，筆往竟爲麟。宿草三年隔，遺文一字珍。斷弦山水意，寂寞向誰論？

哭李于鱗二首

朱多煃

春色乾坤黯不開，驚心忽報泰山頽。定應明月騎鯨去，或有悲風識鵬來。友道可忘金石契，詞林初失杞柟材。主盟豈獨思諸子，《招隱》淮南未盡哀！

其二

檢罷魚椷一斷魂，文章白首命王孫公報余書以白首效藝是圖。平生淚自神交盡，萬古名猶死孝存。著作先朝虛虎觀，風標後進悵龍門。何須漢帝遺書問，已見人傳道德言！

哀滄溟

戚元佐

予昔在儀曹，滄溟先生奉萬壽表來見。友人徐子與別二十餘年亦來，乃相將集燕市邸，尊酒黃花，稍稍論詩，甚懽。予時方有子雲壯夫之悔，甘自斥遠。乃今哲人云逝，追憶往事，不能不深恨當時之疎逖也。爲哀辭哀之。

生平元禮懷，瞀然幸一御。裔裔三年隔，人言君死矣。斯言良可疑，予心能無悲！

大雅紹絕響，風流緊先覺。縱横人間世，千載仰玄邈。蘭摧蕙蕭條，何人賦《大招》！慷慨燕市飲，一一古人意。有鳥符妖讖，鮑山忽東墜。援琴自長嘆，聊爲《白雪》彈。仙人不死藥，云在三島下。君家滄海邊，何不求此者！溟渤多風波，列真涕滂沱。令德不可見，中心鬱陶爾。惻惻已吞聲，誰能終諼此？亡矣濟南生，微言當何程！神物墮世間，不久且化去。吾以寶寓人，急索還故處。事理固有然，人徒苦怨天。

誄　劉鳳

歷城李君當世宗肅皇帝時登朝，位列曹郎，時景命熙洽，四方學士大夫輻湊省寺，然自李、何以還，氣亦稍衰下矣。公與三數少年，夙夜淬勵，力振起之，風於是再變，雄峭奇勁，矜厲莊迒，可謂古之極軌，無復遺憾。詩則唐氏之盛，七言軼丙且之餘轍，極豐隆之杪勢，自昔構篇者未之有矣。免關內，後居數年復起，兩歲再遷，以太夫人不祿歸，遽卒。嗚呼！若君之生，實二氣之光靈，數百年來所孕毓，以顯章我國家盛業。昊天有成命，非所得議其長短也。卽不登三事，然使一代之文與《典》、《誥》並光，『四始』、『六義』，王風不墮，是誰之力歟？余與君同舉吏，嘗接杯酒慇懃之歡，自後相見亦甚疎，獨聲氣之合有概於中，遂爲之誄：

於維浩淳，厖深混溟。瀚瀚光象，陶冶無名。孰可儀軌，儲與誕精。穆允乃初，劭質以正。逖亂爽耀，式遏三靈。挺以日慆，窕汰焉取？麗靡之降，浸以謾侮。弊撥嫗掩，流散墮窳。不有高張，更節易柱。風之蕩蕩，不圖庸痡。粤乃皇造，惠諗九土。矯矯李君，覃作於魯。泰岱融絡，蒼精嘔育。纏戒婁分，星璣爚煜。時文峻命，疇不祗肅。昌徽茂符，見象川瀆。苗裔肇啓，漂黄歷虙。襲殷逮周，窮於汗竹。聃始著姓，越乃邦族。爰所憑藉，亦既湛畜。氣之和雍，遐不熙淑。時乃有挺，躭躭其詣。恂美沉梁，敦備醇至。介以幼清，齊給辯肆。秉斯烈朗，恬不待惎。洪承顯休，迄我敷賁。駿發於文，薄於霄戾。倔奇麟振，駭疾龍掣。條出間入，莫知其際。風雨飄忽，體變機勢。芬思敏裕，虛神漠志。踸踔玄昧，幽理翳翳。力自摽建，黜絕侈弊。古有休則，是惟宏諦。曠代綿邈，抑豈無綴？時與道裂，重兹言德。河洛騰湧，滔音沾灩。結駟方馳，鳴鑾顛蹶。乃徂自東，奮彼千裔。式從選造，一有揚藝。翩其飄翔，載惟專厲。昭亮介業，不忘劬勩。時之淪踰，獨我其繫。誰謂繄淹？以先朝喇。誰謂邃遐？欲及吾世。潏追爰始，排伉謇辞。隱軫雄深，轢轥佻易。鬱勃氣往，淩切才肆。横奔絕驅，焉復曩態叶他計。拓落逢時，偃蹇曹闥叶徒對。抗論振矜，正色抵袂。朝右畢傾，英賢以彙。猋湧雲蒸，籍甚邁氣。憑負節俠，危行高睨。二三君子，共奬厥懿。推瀾泝源，浮揚擊汰。同律緝聲，陳風敘致。調上徽急，節峻音比。格以慨憤，偏宕沈鷙。激則哀促，疾則强忮。壯絞彌極，慘不傷戇。駘藉無當，脱略恣睢。在衷斯喻，諷而無刺。情動言形，抑豈其細。止怒懲忿，風政焉寄？乖乃兆衰，競亦和沴。齊氣之奮，不乃侂傺。質文相變，代有所毖。《雅》、《鄭》殊曲，孰知其曁？彷徉自放，御有逸轡。譎而能整，切人不媢。極所蕩沃，排調貴位。興既洪鬯，芒亦廉劌。儻睞不殊，曾是足畀。所務快心，違忤觸計。衆或側目，從之釁類。乃顧發舒，託於沸齊。遠棄列埒，非謂則醉。偭彼如荼，幾何不麗？出守畿輔，邢襄焉試？身可抑折，中何諉諈？檢察六條，孤立行意。狂笑山川，碣石瞋恚。觀者自失，莫敢婞媢。據理心開，刺史高第。稍用序遷，受憲闢澨。封傳薄移，紛擁髦旄。輔以文法，胡寧藝事？蘊藉無害，雅所湛漬。德之休明，膠遂所視。敦惟在寬，國中策篳。誘啓弼成，邁績上最。聲動纍積，榮聞塗曳。云何渭涘，不可涉揭？惟薰自煎，噉固來忌。英儁並游，愠於大憝。容與濟上，匄請蚤稅。芳之不卲，豈惟鶗鴂？相望攜乏，隨踵言逝。取酒貰媼，織絇忘衛。千里命謝，憑心獨喟。綽其宏高，徐然域外。屬運更始，乘天之懠。惠此羣公，徵命遑逮。無余舊疆，推擇言莅。致令舉典，俾新於治。公曰驅之，賦於百吏。敢介用逸，臣職覃瘁。式時薦征，朋從方萃。爰登其幾，勿庸以次。再陟作監，蓋且未歲。昭茲儁功，榮寵相稺。茂楊豫土，匪亟來字。追綜召周，赫赫分地。庶其益躋，隆我鼎司叶息利。慈養倏違，盡焉摧毀。在疢亡何，遽軫傷泗。殄矣伊人，邦之云悴。人倫岳隕，典墳靈墜。有識纏哀，豪彥興涕。斯緒遹造，失之胡亟！烈烈桓桓，白日幽瘞。嗚呼傷哉！憶昨道周，欵言江汭。死生契闊，胡泣之啜？閒承燕閒，殷奉崇議。刊酌流略，軌程篇制。騁觀三五，窅渺閎邃。掊擊作者，鉤深探秘。標之遒崒，崛稱雄慨。非之先覺，猶眥後悔。晉氏流靡，餘波方潰。子輿視之，豈獨無裁？俛仰一時，繞足罄欬。即有避回，辭何不載？洞達中懷，生氣如在。慷慨謂何，旋即冥昧。嗚呼傷哉！公首闢沈越，再輯玉軑。代興伊誰？錯衡是繼。操馭學駕，其功不啻。緬想容觀，鬱何棣棣！狀不甚偉，視精而銳。疎縱不拘，敢往開叡。造辰彌海，雲清霧霽。比量絜度，雲孰能企？萬務糠粃，才術氓隸。蒙叟臭芬，曠祀遙酹。嗒然俱忘，惟爾清截。嗚呼傷哉！故以彼昭塗，議君之出叶尺類。不固其節，庸有所觖叶窺瑞。忠蹇投軀，獎恤赴義。業雖未融，精貫可示。禮有表署，大夫置貳。公於厚終，可謂不匱。良友瞿瞿，急公之嗣。悉取其書，使遂傳被。蘭臺石室，將焉著記。生平故人，不聆吹澀。總一厥文，徊遑嘆噫叶烏界。包洞鬼神，含朗方罣。九原可興，嗟孺子欸！死者復生，生者不愧。嗚呼傷哉！

祭文

梁夢龍

惟茲齊魯，賢哲代生。公之崛起，更擅才名。探珠龍淵，蜚英甲第。馳騁漢秦，睥睨當世。垂天之翼，縱海之鱗。奇葩元藻，昭揭古今。三陟法曹，一麾畿郡。藝苑清芬，《甘棠》令問。文衡載秉，志挽積衰。化洽關中，韓歐是推。引疾東山，徜徉泉石。再起觀風，薇垣沛澤。總憲河洛，龍門望崇。慈闈仙逝，臥轍靡從。悠悠洪河，巍巍華嶽。馳想風裁，永懷先覺。惟公體道，忠孝不渝。垩室讀《禮》，廊廟位虛。五十七齡，詎云非壽？觀察清階，宏施未究！溘然一疾，曾不少延。台鉉方屬，大化遽遷。調掩《陽春》，樓空白雪。箕尾上乘，文光未滅。龍拊揗茲土，麗澤爲親。竊謂交孚，宛若有神。邂逅幾何，淪亡倏覯。頓令一朝，竟成千古！陳醴潔牲，脩詞告誠。公其來格，庶慰鄙情！

又

山東布政徐栻、副使徐用檢、署都指揮僉事李希周等

東山巍巍，東海汪汪。山海氤氳，誕産賢良。德則璠璵，材則豫樟。學富珠玉，揮瀚如揚。千軍筆掃，蚤掇天香。帝心簡在，擢峙巖廊。圖事揆策，正議昭彰。上廑時艱，遷補名邦。寒潭秋月，陰谷春陽。六事咸備，羣黎允康。歌謠滿道，曾號龔黃。督學關輔，身範綱常。文風丕變，桃李門牆。載握憲

符，攬轡入梁。河洛澄清，風紀振揚。邇歸讀《禮》，寢食惶惶。《蓼莪》廢誦，霜猿斷腸。孔孟故里，公之同鄉。聖賢至教，公已備嘗。天假數年，鴻猷更張。鹽梅調鼎，或亦可方。詎意長庚，倏爾淪亡。諒赴玉樓，賦對彼蒼。生平詞瀚，積貯縹緗。覩者墮淚，惜付杳茫。幸有鳳毛，志節軒昂。紹公遺燉，將翱將翔。公雖溘逝，令聞無疆。栻等叨莅茲土，景行孔傷。爰集香楮，痛奠一觴！

又

陳九疇

仲尼有言，君子慎辭。寥寥誰解？千載於斯。嗟乎先生，文不在茲。北地反正，先生繼之。淩勵中原，顧盼生姿。手闢榛蕪，周行有夷。彼不相謀，成章皁皁。弟畜揚馬，風雅是伍。天下洮洮，作者自苦。庸冀其後，而徵諸古。邦有文獻，曰齊與魯。文學天性，爰始尼父。著在《六經》，文章之祖。先生摛辭，亦繩其武。嗟乎先生，既擅於文，吏事亦易。西曹平反，近畿臥治。三陟外臺，其如斯示。身固遭時，學弗阿世。于道苟合，于俗寧盭。十年移疾，靡請弗避。拜命起家，亦惟上意。嗟乎先生，出處大節，日月爭輝！鄉有先覺，後人所依。胡天不弔，與世遽違！國中休杵，哭者盈扉。矧駒朋輩，而不沾衣！丹旐在庭，長駕將歸。辭以告哀，物則良微！

又

王宗沐

隆慶辛未春三月十有一日，歷下滄溟李先生靈輀税駕，將封夜堂，三司長貳王宗沐等，慨哲人之永逝，增今古之長悲，引紼酹酒而侑之以辭曰：

猗嗟滄溟，曷存曷亡！亡者蕩浮埃，而存者敝天壤。其渣滓已膾炙人口，而精者與元化而翱翔。斯文未喪，大雅未亡；孰是崑丘而瘞琳琅，孰是驪淵而閟珠光？蓋今古一抔，同淪浩劫。彼牛眠馬鬣，疇能與兹丘相頡頏耶？猗嗟滄溟，神固縱游八極矣，而體魄於此乎終藏。升爲星辰，七曜用章，止爲河嶽，四維奠方。蓋金石匪堅而彭聃亦殤矣。芒芒宇宙，孰短孰長？千古永訣，盡此一觴！

又

歐大任

嗚呼！泱泱東海，崿崿岱峯；李君挺起，獨亢文宗。原本詞騷，揚扢風雅；登壇齊盟，西揖作者。天目維徐，吴郡維王；廣陵之宗，南海之梁。五子一時，天衢騕褭。予與黎生，方遂嶺表；君驅上駟，相遇中原。汗灑風呼，萬馬亦奔。昔君西曹，邢州出守；視學于秦，横經未久。中年勇退，乞歸鮑山；潛心大業，日楗其關。醉矣天全，静焉神王；安石不出，五十益壯。丁卯有詔，起居於家；浙藩汴臬，陟岵日嗟。樹萲忽萎，泣盡繼血；九泉可從，喬木竟折！濟南經術，海右人師；百身莫贖，天意何爲！黎生在京，予滯光郡；訃自北來，風流頓盡。昔年江北，別君竹西；飲此代興，敢貳以攜。游龍崑崙，君今豈死？海岱炳靈，萬年在此。嗚呼哀哉！

又

許邦才

惟靈間氣挺生，斯文攸係。解曠千載，才逸一世。君親大節，移孝爲忠。出處大致，達不渝窮。青雲結友，白雪論詩。思通無間，妙絕當時。讀碑較里，覆棋餘技。詞濤峽倒，文芒星麗。粉署懷香，梓里勿藥。畿內理繩，關中振鐸。憑軾兩浙，攬轡中州。翕翕輿望，濟濟名流。邦才生得同時，童習比藝。相然以諾，相許以斃。山棲同隱，宦轍同游。吟情觴興，道味窮愁。四十年所，有如一日。莊同惠異，君斲予質。邇年婚媾，尤出天然。一載丘園，同病相憐。予髮已皤，君顏未改。百年之願，於是乎在。欻然遘疾，溘然長逝。非慮所及，豈情所計！數月以來，形神俱喪。雖勉生存，已失骩髒。地下同游，宿昔夢寐。相隔幾何，死生爰易。卽兆有期，俄當永別。臨柩一哭，肝腸疾烈！

哭滄溟李先生

許邦才

上春隨杖出簷扃，霜覆前除感不庭。空望白雲人已杳，遽萋青草淚方零。憑陵灝氣乘箕尾，突兀中天見歲星。二百年來文墜地，滄溟岱嶽寄儀形！

哭李于鱗先生

任登瀛

詩豪誰復探驪珠？感慨曾經舊酒壚。函谷振衣淩太華，錢塘獨棹醉西湖。黄金骨掩重泉杳，白雪樓空片月孤。奠罷椒漿河淚注，哀琴弦絶立踟躕！

又寄弔

李先芳

四海論交二十秋，夫君佳句勝曹劉。懷中久握連城璧，歷下重開白雪樓。入夢長庚元不偶，行空天馬故難留。灌園剩有山翁在，倚杖柴門哭未休！

哭滄溟老師四首

門生于達真

十年高臥白雪秋，聞道仙居每在樓。一自騎箕去不返，平陵日色澹相愁！

其二

李膺何事罷登龍，魯國諸生失所宗。傷心欲擬《招魂》賦，知在華陽第幾峯！

其三

雪樓矗矗黯諸山，《雪》調寥寥千載還。精物轉爲天上有，唯餘此曲向人間！

其四

十二朱樓夜不扃，仙才原自厭塵溟。東方一棄人間世，太史應占識歲星！

哭李于鱗先生八首

王伯稠

盡道文園卧，俄傳岱嶽游。聽來俱墮酒，訪去欲回舟。名大時人忌，才高造物讐。空餘千古淚，灑向暮江流！

其二

此物千秋遇，一朝安所之？驪珠世已失，燕石爾何爲？天地都堪擲，精靈未可期。蒼蒼華不注，心折白烟馳。

其三

齷齪乾坤態，雄飛日以難。爲郎甘擊筑，臥郡幾投冠。死豈青雲重，天留白雪寒。即今知汝少，吾欲向誰彈！

其四

淩厲中原日，縱橫萬古才。一埋和氏璧，無復酒人杯。大海魂俱杳，秋風鶴自回。蕭條草玄宅，過客有餘哀！

其五

車馬忽如夢，高賢非所親。寧隨灌園客，肯作折腰人！削跡段干木，躬耕鄭子真。千秋泰岱色，巀嵲在蒼旻。

其六

歷下無雙士，淒涼一古墳。琴疑流水盡，笛向白雲聞。敢謂留王粲，空懷御李君。龍門滄海上，寒雨日紛紛！

其七

江海悲時變，乾坤憶爾賢。雖驅五紫馬，徒剩一青氈。愛子收遺稿，佳人泣斷弦。平生龍劍氣，空射斗牛邊！

其八

人間沉大雅，天上墜長庚。應共東山李，寒騎采石鯨。雲愁千古色，波咽九河聲。落落西京後，大君獨擅名！

挽李于鱗四首　況叔祺

樓上飛飛白雪花，樓前鸞發慘千家。斗間氣色留天地，身後文章自泰華。賈傅未須悲鵩鳥，鄭玄早已夢龍蛇。眼中多少曹蜍輩，人世厭厭未可誇！

其二

乘風歸去白雲鄉，世路寧須論短長！張翰猶堪彈數曲，麗姬無復淚千行。黄金大藥欺仙境，白玉爲樓倚帝旁。悵望九原何日起？《招魂》欲擬問巫陽。

其三

百年擾擾總塵寰，何處逢人問九還？東海大風遺魯國，西行真氣散函關。尾箕騎入雲霄上，詞賦憑陵宇宙間。楚客從來悲感慨，不堪墮淚向牛山！

其四

文苑當年數慶陽，山東李白更飛揚。代興得爾推齊霸，染翰同予侍玉皇。岱嶽烟雲秋黯淡，鮑山風雨夜蒼涼。南州亦有生芻束，極目中原路渺茫！

附錄三　詩文版本著錄及序跋

詩文版本著錄

《滄溟先生集》三十卷，附録一卷

明隆慶六年吳郡王世貞刻本

明徐履道起鳳館刻本

明萬曆二年吳興徐中行刻本（作三十二卷）

明萬曆三年胡來貢刻本

明萬曆二十六年刻本（作三十一卷，附録一卷，附録補遺一卷）

明萬曆二十八年吳用光刻本

明萬曆三十四年陳陞翻刻隆慶本

明晉陵張弘道校本

明佚名本

《四庫全書》本

清道光二十七年歷城李獻方景福堂刻本

摛藻堂《四庫全書薈要》本

清黄虞稷《千頃堂書目》卷二十三：「李攀龍《滄溟集》三十二卷，又《白雪樓集》十卷，又《滄溟逸稿》二卷。」

《四庫全書總目・集部・别集類二五》：「明李攀龍撰。……是集凡詩十四卷，文十六卷，附録、誌傳、表、誄之文一卷。明代文章，自前後七子而大變。前七子以李夢陽爲冠，何景明附翼之；後七子以攀龍爲冠，王世貞應和之。後攀龍先逝，而世貞名位日昌，聲氣日廣，著述日富，壇坫遂躋攀龍上。然尊北地，排長沙，續前七子之焰者，攀龍實首倡也。殷士儋作攀龍《墓誌》，稱「文自西漢以來，詩自天寶以下，若爲毫素污者，輒不忍爲」，故所作一字一句，摹擬古人，驟然讀之，班駁陸離，如見秦漢間人；高華偉麗，如見開元、天寶間人也。至萬曆間，公安袁宏道兄弟始以贋古詆之。天啓中，臨川艾南英排之尤力。今觀其集，古樂府割剝字句，誠不免剽竊之譏，諸體詩亦亮節較多微情差少。雜文更有意詰屈其詞，塗飾其字，誠不免如諸家所譏。然攀龍資地本高，記誦亦博，其才力富健，淩轢一時，實有不可磨滅者，汰其膚廓，擷其英華，固亦豪傑之士。譽者過情，毁者亦太甚矣。」

《嘉業堂藏書志》：「《滄溟集》三十卷，濟南李攀龍于鱗撰，張佳胤序，陳陞序（萬曆丙午冬），劉敕序。」

《白雪樓集》十卷

明嘉靖四十二年魏裳刻本

明隆慶四年汪時元刻本（作十二卷）

明隆慶六年刻本

《四庫存目叢書》本

《四庫全書總目・集部・別集類存目四》：「明李攀龍撰。……此集刻於嘉靖癸亥，猶在《滄溟集》之前。前有魏裳序，又有《擬古樂府序》二篇：一爲歷城許邦才撰，一爲攀龍自序。蓋當時特以樂府相誇，而後來受詬厲者亦惟樂府最甚焉。」

《明史・藝文志》著錄《白雪樓集》十卷。

《補注李滄溟先生文選》四卷

明宋光廷刻本，明宋祖駿、宋祖驊補注

日本書林向榮堂刻本

《山東通志・藝文》作《李滄溟集選》。

《四庫全書總目・集部・別集類存目》題《李滄溟集選》：「明李攀龍撰，宋光庭所選。光庭，莆田人，始末未詳。王、李二家，皆以詩擅長，文則不逮詩遠甚。攀龍之文，尤不逮王世貞。光庭乃獨選其文，可謂不善持擇矣。每卷之首皆題曰「補注李滄溟集」，而書實無注，亦不可解。」

《滄溟集選》

清姚佺、孫枝蔚選本

清《四傑詩選》本

《滄溟詩集》十四卷

《明四子詩集》本

《李滄溟近體詩集》二卷

日本近江宇鼎注。日本寶曆間刻本

《李學憲集》一卷

明隆慶五年序刻《盛明百家詩前編》本

《續李滄溟集》一卷

明隆慶五年序刻《盛明百家詩後編》本

《濟南李滄溟先生文選》四卷

清閆嗣均評注。康熙元年刻本

《滄溟先生文鈔》九卷

明萬曆刻本

《新鍥會元湯先生批評滄溟文選評林》五卷

明書林詹霖宇刻本

《刻注釋李滄溟先生文選狐白》四卷

明楊九經注釋本

《滄溟先生尺牘》三卷

張所敬編。今存日本寶曆元年刻本

《擬古樂府》二卷

明刻本

《南北二鳴編》一册

李攀龍與王世貞同撰

李滄溟集六卷

清張汝瑚選評，清康熙晉江張氏郢雪書林刻《明十二家文集》本

《古今詩删》三十四卷

明汪時元刻本（徐中行訂，有目録一卷）

明泰昌元年白世蕤刻本（作《詩删評苑》三十四卷）

明刻鈔補本

《四庫全書》本

《千頃堂書目》：李于鱗《古今詩删》三十四卷。

《四庫全書總目·集部·總集類四》：《古今詩删》三十四卷，『明李攀龍編。……是編爲所録歷代之詩，每代各自分體；始於古逸，次以漢魏南北朝，次以唐。唐以後繼以明，多録同時諸人之作，而不及宋元。蓋自李夢陽倡不讀唐以後書之説，前、後七子率以此論相尚。攀龍是選，猶是志也。江淹

作《雜擬詩》，上自漢京，下至齊梁，古今咸列，正變不遺。其序有曰：「蛾眉詎同貌而俱動於魄，芳草寧共氣而皆悅於魂。」又曰：「世之諸賢，各滯所迷，莫不論甘而忌辛，好丹而非素。豈所謂通方廣恕，好遠兼愛？」然則文章派別，不主一途，但可以工拙爲程，未容以時代爲限。宋詩導黄、陳之派，多生硬杈椏；元詩沿溫、李之波，多綺靡婉弱；論其流弊，誠亦多端。然鉅制鴻篇，亦不勝數，何容刪除兩代？等之自鄶無譏。王士禛《論詩絕句》有曰：「鐵崖樂府自淋漓，淵穎歌行格儘奇。耳食紛紛說開寶，幾人眼見宋元詩？」其殆爲夢陽輩發歟？且以此選所錄而論，唐末之韋莊、李建勳，距宋初閲歲無多；明初之劉基、梁寅，在元末吟篇不少。何以數年之內，今古頓殊；一人之身，薰蕕互異？此真門戶之見。入主出奴，不緣真有限斷，厥後摹擬剽竊，流弊萬端，遂與公安、竟陵同受後人之詬厲，豈非高談盛氣有以激之，遂至出爾反爾乎？然明季論詩之黨，判於七子。七子論詩之旨，不外此編。錄而存之，亦足以見風會變遷之故，是非蜂起之由，未可廢也。流俗所行，別有攀龍《唐詩選》。攀龍實無是書，乃明末坊賈割取《詩刪》中唐詩，加以評注，別立斯名，以其流傳既久，今亦別存其目，而不錄其書焉』。

《明史·藝文志》：李于鱗《古今詩刪》三十四卷。

《詩刪》二十三卷

明鍾惺、譚元春評明刻朱墨套印本

《詩韻輯要》五卷

題李攀龍輯。萬曆刻本

《古唐詩選》七卷

清康熙三十八年寶善堂刻本

民國上海掃葉山房石印本

《唐詩選匯解》七卷

明蔣一葵箋釋，唐汝詢注，鍾惺批點，清徐震念增補重訂寫本

《詩韻斬要》五卷

題李攀龍辑，明萬曆刻本

《詩學大成》二十四卷

明萬曆六年建業劉氏孝友堂刻本

《唐詩選》七卷

明閔氏刻朱墨套印本

明凌氏刻朱墨套印本

明萬曆二十八年武林一初齋刻本

明施大猷刻朱墨套印本

明崇禎元年黄永鼎刻本

明晏良棨刻本

明朱墨套印本

明末刻本

日本文化十年刻本

日本天明四年刻本

《四庫全書總目·集部·總集類存目二》:『舊本題李攀龍編,唐汝詢注,蔣一葵直解。攀龍有《詩學事類》,汝詢有《編蓬集》,一葵有《堯山堂外紀》,皆已著録。攀龍所選歷代之詩,本名《詩删》,此乃摘其所選唐詩。汝詢亦有《唐詩解》,此乃割取其注。皆坊賈所爲。疑蔣一葵之直解,亦託名矣。然至今盛行鄉塾間,亦可異也。』

《唐詩全選箋注》七卷

清康熙刻本(題作《唐詩箋注》七卷)

清刻本

清世榮堂刻本

《詩文原始》一卷

《四庫全書總目·集部·詩文評類存目》:『舊本題明李攀龍撰。攀龍有《詩學事類》,已著録。此書則自明以來,不聞爲攀龍所作,其持論亦不類攀龍語,疑亦曹溶掇拾割裂之書,僞題攀龍名也。』

《李于鱗唐詩廣選》七卷

明萬曆三年凌氏盟鷗館刻朱墨套印本

明王世貞《古今詩刪原序》、《韻學淵海》十二卷

明刻本作《新刊增補古今名家韻學淵海大成》

《詩學事類》二十四卷

《四庫全書總目·子部·類書類存目》：『舊本題明李攀龍撰。攀龍字于鱗，歷城人。嘉靖甲辰進士。官至河南按察使。事蹟具《明史·文苑傳》。是編纂輯故事，分二十四門。觀其所載，大都簡陋。攀龍與王世貞共倡古學，謂學者不當讀唐以後書，歸有光諸人排之甚力。然其學終有根柢，不應疏蕪至此。必託名也。』

《韻學事類》十二卷

《四庫全書總目·子部·類書類存目一》：『舊本題李攀龍撰。分韻隸事，惟有上下平聲，蓋僅備律詩之用，龐雜、弇陋，亦僞託也。』

諸本序跋

古今詩刪序

王世貞

李攀龍于鱗所爲《古今詩刪》成，凡數年而歿。歿而新都汪時元謀梓之，走數千里，以序屬世貞曰：『是唯二君子之有味乎詩也，不有存者，誰與任歿者？』世貞謝不敏已，喟然而嘆曰：嗟，嗟，否歟？然哉！蓋孔子嘗稱刪《詩》、《書》云，至筆削《春秋》取獨斷；其於詩也，未嘗不退而與游、夏商之也。當三代盛時，國中之樂奏而暢天地之和，歌詠盛德大業，合而名之曰《雅》、《頌》，野之人人遘其觸發而名之，若青蘋之末而動於地曰《風》，顧其循性蓄旨雍如穆如，則亦《雅》、《頌》類也。三代而降，天下多感慨，而鮮稱述，故詩在下而不在上，蓋《風》之用廣而《雅》、《頌》微矣。夫子實傷之，故稱『刪』。刪者，刪其不正以歸乎正也。乃說者謂一二逸詩豈可當於德音？而鄭、衛哇麗淫佚，誦而使君子噦之。小夫壬人以其說津津於其口懲者，一而導者十，烏能無疑刪哉？夫豈亦秦火厄魯壁訛，毛萇、轅固生之徒不能親受游、夏之旨，而漫爲說也？乃于鱗之爲刪，則異是。彼其所上下者，雖號稱數千年，其所近者，僅『風』而已。其所近而云『雅頌』者，百固不能一二也。而于鱗之所取則亦以能工於辭，不悖其體而已，非必合於古，所謂『發乎情，止乎禮義』，興觀羣怨之用備，而後謂之詩也。是故存詩而曰『刪』。曰『刪』者，刪之餘也，爲若不得已而存也。夫以孔子之於詩，猶不能廢游、夏，而于鱗取其獨見而裁之，而遽命之曰『刪』，彼其見刪於于鱗，而不自甘者，寧無反脣也？雖然，令于鱗以意而輕退古之作者間有之。于鱗舍格而輕進，古之作者則無是也。以于鱗之毋輕進，其得存而成一家言，以模楷後之操觚者，亦庶乎可矣。蓋于鱗之所最善爲世貞，其屬存于鱗刪者不少，然自戊午而前及它倡和之什耳。其人雅自信，落落寡與，家僻處濟上，則于鱗之於今賢士大夫多所與而少所見可知也。問爲繼于鱗志者如之何？曰：『代益之，不失所以精之意而已矣。』

友人吳郡王世貞撰。

白雪樓詩序

魏　裳

余爲郎，特與歷下李于鱗同舍。于鱗雅好爲詩，詩不爲近代語，古所稱作者非耶？于鱗詩雖多重示人，懷瑾握瑜，光不可秘。卽其意不欲傳，於時海內兄弟同聲相應，蓋洋洋盈耳矣。諸曹郎欲得其詩，多不獲。余與二三兄弟得其一二，和而歌之，相樂也。于鱗厭承明早，余與相失者十年餘，不謂今日懽復得爲疇昔舍中時也。于鱗歸自關中，結樓鮑山；鮑山故管鮑論交地。于鱗樓居，俯海岱之勝，美人四方，側身遙望，爲白雪之歌，念二三兄弟，何嘗一日置哉！余以尊酒過從，和歌樓上，相得懽甚亡厭，乃名樓『白雪』，並索其全詩刻之，題曰《白雪樓詩集》。凡若干首，分體爲卷，其所以傳則自有知音者在。

嘉靖癸亥冬十月朔日楚人魏裳順甫氏書。

（魏裳《雲山堂集》，《四庫全書存目叢書》本）

李于鱗擬古樂府序

許邦才

李于鱗氏擬古樂府辭，殆二十年所，計得凡若干篇，未嘗以眎人也。間眎於一二同志，亦先後錯出，無睹其全者。往辛酉歲，予始請而歷讀之，則集端實自爲序，其末簡引《易》辭云：『擬議以成其變化，日新之謂盛德。』噫嘻！此二言者，其于鱗之善乎爲擬者哉？蓋擬尚肖似，弗似無貴於擬似寓神情。非神則徒摹襲仿佛，如勦攘然，徒貽譏笑爾。故刻楮葉雖工，然比之造化，祇見其勞而無益。學孫叔敖而無抵掌笑談之妙，必無復生之感動；斯曰擬日新之辨也。古詩賦文辭類多有擬，而莫難於樂府。無論近日戾此二者，卽古之名家，如梁簡文、晉宋玄、融、承天、正則、金珠輩，雖新之時有矣，然考諸其辭，不詭於古者幾何也哉！于鱗所爲諸什，雖一字莫非古已見者，至其抒鎔甄辮，神色穎秀，如鮮葩春榮，曜靈晨升，不可謂非宿植而昨逝也。但時出而更明之，人自神暢而覩快焉。向必改易柯條，悆伏容光，人其謂之何？然則，擬古而易渝其辭。其謂之何耶？是故欲步楚騷，則不可易『謇』、『些』；諸文欲倚吳歈，則不可遺『儂』、『歡』。諸字人皆知之，何樂府獨不然乎？惟其競新而略似，是以名擬古而實不可若也。有由然哉！噫嘻！必明融述作而上下古今者，則可以論于鱗所爲樂府也已。

歷城許邦才殿卿書。（明嘉靖四十二年魏裳刻本）

李滄溟先生集序

張佳胤

蓋余嘉靖間爲滑令云，而濟南李先生守順德。故事，令嚴重他守如其守，而先生顧余各以其業進，驩然爾汝相得也。會余入郎司農，則又進余二三子。久之，李先生以關中學使者拂衣去，再起按察河南，而余浮湛中外，時時詩相聞。凡余所稱述必李先生，先生有所志亦必及余，津津乎不啻其口也。

蓋李先生歿而余撫吳，將以其間梓先生之詩若文存者，而屬元美憂居，業先之矣。於是元美屬余序。序曰：

文章關乎氣運，信然哉！說者謂結繩而後其盛者代不數，代而盛者人又不數，乃至歧詩與文而對稱之，而未有兼出媲美者，何也？詩文之用異，而氣不備完也。詩依情，情發而葩，約之以韻；文依事，事述而核，衍之以篇。葩不易約，而核不易衍也，於其體固難之；葩與核左而不相爲用也，則又工言者之所不易兼也。孟氏云：『《詩》亡然後《春秋》作。』得《春秋》之緒者，爲戰國先秦。而其間，《左氏》、《短長》、《莊》、《列》、《韓非》、《呂覽》諸君子，汪洋乎其言之也，燦然而章。蓋自西京，而文則已極也，然而《三百篇》之旨微矣。東京、建安而後，稍稍能取其材而小變其格，以至陶、謝澹澹焉，彬彬焉，蓋至唐而詩則已極也，然而西京之旨微矣。彼夫千餘年而人自賢其時者何限？然時污而人受其束，識亦俱受污而不自覺，以蜩蟬而塗鴉爲得造化之巧，而實無當於述作之林，又何限也？北地生乃稍稍知兼出之，而敢遽以媲美云乎哉！今夫李先生之集行，而操觚者可按覩也。古樂府、五言選，不以爲《白頭》、《陌桑》、曹、枚之優孟哉？七言歌行，不以爲高、岑之奇麗哉？五七言律體，不以爲少陵、右丞之峻潔哉？絕句，不以爲青蓮、江陵之遺響哉？排律，不以爲沈、宋之具體哉？誌、傳，不以爲左氏、司馬之鴈行哉？序、記、書、牘，不以爲先秦、西京之耳孫哉？代不數而得之明，人不數而得之李先生。詩與文不兼出，而先生佹得之，亦已難矣！

高皇帝起元季，掃六合之羶羶，而歸之大漠之外，天地若闢而朗者，此其盛不直際三代？而況重以諸廟之右文，文明以止，至於今而始有李先生。其兼出儷美，幾希乎超先秦、西京而上哉！二三子知足以知李先生，污不至阿其所好，相與推明而傳之，風雅訓誓之精微，雅已有端，是在來者矣，是在來者矣！

先生諱攀龍，字于鱗，學者稱滄溟先生，其事行具殷少保所爲《誌銘》及元美《傳》中。

隆慶壬申七夕西蜀友人張佳胤譔。

（明隆慶六年刻本，清道光二十七年刻本）

重刻李滄溟先生集序

徐中行

夫文之所盛，其由來也尚矣。唐虞之際，如日登曲阿，夏爲之曾桑，商爲之衡陽，而周爲中天之運，豈不鬱鬱乎哉！迨《風》、《雅》變而日斯昃，至於春秋，文在素王。爰及齊魯之士，四方靡然從之，用晦而明，亦揮戈之力也。第返景所照，漸於下春。懸車戰國，僅如長庚；秦火則薄虞淵矣。漢建元輩，爲月出之光，倬彼雲漢，三五其章，眾星麗之，文亦爲盛。東京而魏，而晉，則寖明寖滅，唐復霍然，宋漸不振。胡元蝕之，豈曰不極，然淪於蒙谷而拂扶桑，間有啓明者出，國家斯如長夜而旦矣。百餘年來，愈益斌斌。李獻吉輩，幸際其盛，亡慮十數家軼挽近而修古詞，然其旁引經術，尚稱說宋人，若功令亦有力救其偏者，而于修詞靡遑焉，習流日波，余不敢知，乃有不與獻吉輩者，知其異於宋人者寡矣。

世宗壽考，作人綱紀，文學之士而金玉其相，追琢其章。滄溟之間，李于鱗其人也。雖齊魯之文學其天性固然，所以得就於大方，非固縱之多聞者乎？自髫年與今少保殷公輩游，鄉人率目爲狂生，乃輒以古人自許。比講業闕下，王元美與余輩推之壇坫之上，聽其執言惟謹；文自西京以下，詩自天寶以下不齒；同盟視若金匱罔渝。或謂李氏亦接踵而起者也，于鱗則曰：『擬議成變，日新富有。』能爲獻吉輩者，乃能不爲獻吉輩者。少保以其詞賢獻吉，且又不獨爲文士，豈如其詞也者而於獻吉是賢乎？元美傳之曰：『世能名于鱗，莫能名于鱗。』所以有味乎言矣！嗟夫！自唐虞來千餘載，而周以文盛，變於秦，乃漢來其孰如周？胡元之變也甚秦，豈日息於淵谷，乃朏於大明，繼周之文，其在茲乎？李氏嗣興，倘後死者，於今爲烈，則聞于鱗起者居多矣。于鱗且願杜門，加我數年如獻吉，材具而賦可以敵相如，事具而記可以追子長。尋陵而上之，取裁於六經，其志甚壯，蓋駸駸乎未知所稅駕也。

乃辱以晚成屬余，敢不岌岌乎？故尚論千古，直將旦暮遇之。自漢而下，千五百餘年，擅不朽之業，以明當日之盛，孰如于鱗者？所成不既多乎哉！張肖甫序其集，既具，余爲之重鋟，蓋有感于鱗應夢日之祥而生，故揚榷以此。然則是集也適貽右文之日，不將鬱鬱而于斯爲盛者乎！

（明刻《天目先生集》、《四庫全書存目叢書》本）

箋釋李選唐詩序

王　正

濟南藻嗣青蓮，音調《白雪》，其選唐詩也，飛翰牛毛，拔毫麐角；其人億之，一即收其撰，亦億之一。故曰：『維其有之，是以似之。』知言哉！弇州也欲問濟南奇絶處，峩眉天半雪中看，以是選唐，寧渠錦瑟之什，靡當素絲之紽，卽彩花應制，夜珠博賞，藝人昧爽，心必無幾矣。蔣仲舒氏劇鉥文心，詮釋詩聖原本，溯於八閱幽奇，征於三豔藝，用心抑何勤也！噫嘻！六代淄澠，旣樂方之東箭；三乘水月，喻禪匹彼西來，求詩而鴻爪於釋者，藝龍轡於唐者乎！卽旦莫逆，濟南當獨秀峩眉之雪矣。

萬曆癸巳王正，晉陵吳亮書。

滄溟先生集跋

周樂

滄溟先生詩文集，明隆慶壬申王弇州爲選刻三十卷，銅梁張肖甫爲之序；萬曆二十八年，夏邑陳抑吾任歷城，又續刻之。迄今二百餘年，板已無存；傳本俱非初印，字多漶漫難識。今先生九世孫獻方從余受業，有家藏舊本，雖間有模糊，卷帙一如王氏之數；又得藏書家李秋屏本，紙色更舊，卷數亦符，當皆原刻本也。先生爲一代大宗，海內風雅士罔不思購其集，奈未經翻刻，集之在天壤者日少。獻方遵其父命，乃質田若干畝，重刻於白雪樓下。樂偕老友花南村壽山、王秋橋德容及門生孫香雨蘭枝，詳爲校對，訛者正之，疑者闕之，而秋橋之力尤多。樂旣嘉李生之克光先業，俾我鄉文獻流傳無替，而又喜樂以遲暮之年得與校讎之足爲榮施也。爰綴數語，以志欣幸。

時道光二十七年歲次丁未秋九月，歷城後學周樂敬跋。

（清道光二十七年刻本）

滄溟先生集跋

李獻方

先九世祖廉使公，以古文辭倡興前明世廟時，與王、徐、宗、吳諸君子共稱『七子』，海内得其片語，奉若拱璧，不獨天半峩嵋，爲弇州所傾倒也。而詩文集，則一刻於南中，再刻於歷下，經歷兵燹，板俱亡失，吾鄉有其書者已尠，況遠方乎？獻方家藏一函，共三十卷，系弇州所刊原本。同人借閲者夥，紙多斷爛，家君懼其久而失傳也，割舊田數畝售之，得錢若干，命獻方卽泉上白雪樓鳩工翻刻，復假邑中藏書家舊本，延師友數人，校其魯魚字，卷帙行款悉如原式，其跳行空白之處，亦未敢改易，存其舊也。本朝所諱，及至聖先師諱，或代以音相近之字，或加邑旁，遵功令也。至原本訛字頗多，其顯然者正之，否則俾讀者意會，不敢蹈金根之誚，蓋慎之也。獨念爲人子孫，不克紹承家學，肆力於古文辭，乃埋頭帖括，曾不能獲一衿，負慚曷極！而猶幸爲識字之民，得於先人遺集親督剞劂氏，告厥成功，則獻方之所差慰者已。爰書其巔末，以示後嗣。

道光二十七年秋九月九世孫獻方敬識。

（清道光二十七年刻本）

附録四　歷代評論

（一）明代

王世貞

語關係……李攀龍曰：『詩可以怨，一有嗟嘆，卽有永歌。言危則性情峻潔，語深則意氣激烈。能使人有孤臣孽子擯棄而不容之感，遁世絕俗之悲，泥而不滓，蟬蛻污濁之外者，詩也。』（《藝苑巵言》卷一）

語文……李攀龍曰：『不朽者文，不晦者心。』（《藝苑巵言》卷一）

五言律差易得雄渾，加以二字，便覺費力。雖曼聲可聽，而古色漸稀。七字爲句，字皆調美。八句爲篇，句皆穩暢。雖復盛唐，代不數人，人不數首。古惟子美，今或于鱗，驟似駭耳，久當論定。（《藝苑巵言》卷一）

『梅花落處疑殘雪』一句，便是初唐。『柳葉開時任好風』，非再玩之，未有不以中晚者。若萬楚《五日觀伎》詩：『眉黛奪將萱草色，紅裙妒殺石榴花。』真婉麗有梁陳韻。至結語：『聞道五絲能續命，卻令今日死君家。』宋人所不能作，然亦不肯作。于鱗極嚴刻，卻收此，吾所不解。又起句『西施漫道浣春紗』，既與五日無干，『碧玉今時鬬麗華』，又不相比。（《藝苑卮言》卷四）

李于鱗評詩，少見筆札，獨選唐詩序云：『唐無五言古詩，陳子昂以其古詩爲古詩，弗取也。七言古詩，唯杜子美不失初唐氣格，而縱橫有之。太白縱橫，往往强弩之末，間雜長語，英雄欺人耳。』此段褒貶有至意。又云：『太白五七言絕句，實唐三百年一人，蓋以不用意得之，卽太白亦不自知其所至，而工者顧失焉。五言律、排律，諸家概多佳句。七言律體，諸家所難，王維、李頎頗臻其妙，卽子美篇什雖衆，隤焉自放矣。』余謂七言絕句，王江陵與太白爭勝毫釐，俱是神品，而于鱗不及之。王維、李頎雖極風雅之致，而調不甚響。子美固不無利鈍，終是上國武庫，此公地位乃爾，獻吉當於何處生活？其微意所鍾，余蓋知之，不欲盡言也。（《藝苑卮言》卷四）

于鱗選老杜七言律，似未識杜者，恨曩不爲極言之，似非忠告。（《藝苑卮言》卷四）

李于鱗言唐人絕句當以『秦時明月漢時關』壓卷，余始不信，以少伯集中有極工妙者。既而思之，若落意解，當別有所取。若以有意無意可解不可解間求之，不免此詩第一耳。（《藝苑卮言》卷四）

孟襄陽『欲尋芳草去，惜與故人違』，『林花掃更落，徑草踏還生』，韋左司『身多疾病思田里，邑有流亡愧俸錢』，雖格調非正，而語意亦佳。于鱗乃深惡之，未敢從也。（《藝苑卮言》卷四）

錢、劉並稱故耳，錢似不及劉。錢意揚，劉意沉；錢調輕，劉調重。如『輕寒不入宮中樹，佳氣常浮仗外峯』，是錢最得意句，然上句秀而過巧，下句寬而不稱。劉結語『匹馬翩翩春草綠，邵陵西去獵平原』，何等風調；『家散萬金酬死士，身留一劍答君恩』，自是壯語。而于鱗不錄，又所未解。（《藝苑

卮言》卷四）

王子安『九月九日望鄉臺，他席他鄉送客杯』，與于鱗『黄鳥一聲酒一杯』皆一法，而各自有風致。崔敏童『一年又過一年春，百歲曾無百歲人』，亦此法也，調稍卑，情稍濃。敏童『能向花前幾回醉，十千沽酒莫辭貧』與王翰『醉臥沙場君莫笑，古來征戰幾人迴』，同一可憐意也。翰語爽，敏童語緩，其喚法亦兩反。（《藝苑卮言》卷四）

楊、劉之文靡而俗，元之之文旨而弱，永叔之文雅而則，明允之文渾而勁，子瞻之文爽而俊，子固之文腴而滿，介甫之文峭而潔，子由之文暢而平。于鱗云：『憚於修辭，理勝相掩。』誠然哉！談理亦有優劣焉，茂叔之簡俊，子厚之沉深，二程之明當，紫陽其稍冗矣，訓詁則無加焉。（《藝苑卮言》卷四）

余嘗序文評曰：『國初之業，潛溪爲冠，烏傷稱輔。臺閣之體，東里闢源，長沙道流。先秦之則，北地反正，歷下極深，新安見裁。……』（《藝苑卮言》卷五）

詩……李于鱗如峩眉積雪，閬風蒸霞，高華氣色，罕見其比；又如大商舶，明珠異寶，貴堪敵國，下者亦是木難、火齊。（《藝苑卮言》卷五）

文……李于鱗如商彝周鼎，海外瓌寶，身非三代人與波斯胡，可重不可議。（《藝苑卮言》卷五）

嘉靖之季，尚辭者醞風雲而成月露，存理者扶感遇而敓詠懷，喜華者敷藻於景龍，畏深者信情於元和，亦自斐然，不妨名世。第感遇無文，月露無質，景龍之境既狹，元和之蹊太廣，浸淫諸派，溷爲下流。中興之功，則濟南爲大。（《藝苑卮言》卷五）

李文正爲古樂府，一史斷耳，十不能得一。黄才伯辭不稱法，顧玉華、邊庭實、劉伯温法不勝辭。

此四人者，十不能得三。王子衡差自質勝，十不能得四。徐昌穀雖不得叩源推諉，而風調高秀，十不能得五。何、李乃饒本色，然時時己調雜之，十不能得七。于鱗字字合矣，然可謂十不失一，亦不能得八。（《藝苑卮言》卷六）

賦至何、李，差足吐氣，然亦未是當家。近見盧次楩繁麗濃至，是伊門第一手也。惜應酬爲累，未盡陶洗之力耳。余與李于鱗言盧是一富賈胡，羣寶悉聚，所乏陶朱公通融出入之妙，李大笑以爲知言。然李材高，不肯作賦，不知何也。俞仲蔚小，乃時得佳者，其爲誄贊，辭殊古。（《藝苑卮言》卷六）

五七言律至仲默而暢，至獻吉而大，至于鱗而高。絶句俱有大力，要之有化境在。（《藝苑卮言》卷六）

獻吉有《限韻贈黄子》一律云：『禁烟春日紫烟重，子昔爲雲我作龍。有酒每邀東省月，退朝曾對掖門松。十年放逐同梁苑，中夜悲歌泣孝宗。老體幸强黄犢健，柳吟花醉莫辭從。』昌穀有《寄獻吉》一律云：『汝放金雞别帝鄉，何如李白在潯陽？日暮經過燕市曲，解裘同醉酒壚傍。徘徊桂樹涼風發，仰視明河秋夜長。此去梁園逢雨雪，知予遥度赤城梁。』李雖自少陵，徐自青蓮，而李得青蓮長篇法，徐得崔、沈琢句法，當爲本朝七言律翹楚。而諸家選俱未及，于鱗亦遺之，皆所未解也。（《藝苑卮言》卷六）

邊庭實《聞己卯南征事》云：『不信土人傳接駕，似聞天語詔班師。』此欲爲古人惻怛忠厚之語，而未免紐造也。至結語『東海細臣膽巨斗，北樞終夜幾曾移』，愈有理趣而愈不佳。『東海』、『北樞』猶爲彼善，『細臣』、『巨斗』二字何出？吾最愛其『庭際何所有？有萱復有芋。自聞秋雨聲，不種芭蕉

樹』。于鱗《詩删》亦收之。然『芭蕉』豈可言樹，芋豈庭中佳物，且獨無雨聲乎？俱屬未妥。（《藝苑卮言》卷六）

李于鱗文，無一語作漢以後，亦無一字不出漢以前。其自敘樂府云：『擬議以成其變化。』又云：『日新之謂盛德。』亦此意也。若尋端議擬以求日新，則不能無微憾，世之君子，乃欲淺摘而痛訾之，是訾古人矣。（《藝苑卮言》卷七）

文繁而法，且有委，吾得其人曰李于鱗。簡而法，且有致，吾得其人汪伯玉。（《藝苑卮言》卷七）

于鱗《與子與書》云：『許殿卿《海右集》屬某中尉爲序，不佞嘗欲畀諸炎火，乃周公瑕亦曰是。既已，不能禁其傳，然不可欺智者，亦唯任之。』昨歐楨伯訪海上云：『某與于鱗近過一國尉園亭賦詩，落句云「司馬相如字長卿」，鄙不成語乃爾，定虚得名耳。』此正是游戲三昧，似稚非稚，似拙非拙，似巧非巧，不損大家，特此法無勞模擬耳。于鱗之欲焚某序，的然不錯也。』（《藝苑卮言》卷七）

于鱗才可謂前無古人，至於裁鑒，亦不能無意向。余爲其《古今詩删》序云：『令于鱗而輕退古之作者間有之。于鱗舍格而輕進，古之作者則無是也。』此語雖爲于鱗解紛，然亦大是實録。（《藝苑卮言》卷七）

始見于鱗選明詩，余謂如此何以鼓吹唐音。及見唐詩，謂何以衿裾古《選》。及見古《選》，謂何以箕裘《風》、《雅》。乃至陳思《贈白馬》、杜陵、李白歌行，亦多棄擲。豈所謂英雄欺人，不可盡信耶？（《藝苑卮言》卷七）

于鱗爲按察副使，視陜西學，而鄉人殷者來巡撫。殷以刻覈名，尤傲而無禮，嘗下檄于鱗代撰草章及送行序，于鱗不樂，移病乞歸，殷固留之。入謝，乃請曰：『台下但以一介來命，不則尺蹏見屬，無不應者，似不必檄也。』殷愕然起謝過，有所屬撰，以名刺往。而久之復移檄，于鱗恚曰：『彼豈以我重去官耶！』即上疏乞休，不待報竟歸。吏部惜之，用何景明例，許養疾，疾愈起用，蓋異數也。于鱗歸杜門，自兩臺監司以下請見不得，去亦無所報謝，以是得簡倨聲。又嘗爲詩，有云：『意氣還從我輩生，功名且付兒曹立。』諸公聞之，有欲甘心者矣。（《藝苑卮言》卷七）

于鱗一日酒間，顧余而笑曰：『世固無無偶者，有仲尼，則必有左丘明。』余不答，第目攝之，遽曰：『吾誤矣。有仲尼，則必有老聃耳。』其自任誕如此。（《藝苑卮言》卷七）

于鱗嘗爲朱司空賦《新河》詩，中有一聯曰：『春流無恙桃花水，秋色依然瓠子宫。』不知者以爲上單下重。按：三月水謂之桃花水，爲害極大。此聯不惟對偶精切，而使事用意之妙，有不可言者。闞駰《九州記》：『正月解凍水，二月白蘋水，三月桃花水，四月瓜蔓水，五月麥黄水，六月山礬水，七月豆花水，八月荻苗水，九月霜降水，十月後槽水，十一月走凌水，十二月蹙凌水。』（《藝苑卮言》卷七）

于鱗自棄官以前，七言律極高華，然其大意，恐以字累句，以句累篇，守其俊語，不輕變化，故三首而外，不耐雷同。晚節始極旁搜，使事該切，措法操縱，雖思探溟海，而不墮魔境。世之耳觀者，乃謂其比前少退，可笑也。歌行方入化而遂沒，惜其不多，寥寥絶響。（《藝苑卮言》卷七）

于鱗擬古樂府，無一字一句不精美，然不堪與古樂府並看，看則似臨摹帖耳。五言古，出西京、建安者，酷得風神，大抵其體不宜多作，多不足以盡變，而嫌於襲；出三謝以後者，峭峻過之，不甚合也。七言歌行，初甚工於辭，而微傷其氣，晚節雄麗精美，縱横自如，燁然春工之妙。五七言律，自是神境，無容擬議。絶句亦是太白、少伯雁行。排律比擬沈宋，而不能盡少陵之變。誌傳之文，出入左氏、司馬，法甚高，少不滿者，損益今事以附古語耳。序論雜用《戰國策》、《韓非》諸子，意深而詞博，微苦纏擾。銘辭奇雅而寡變。記辭古峻而太琢。書牘無一筆凡語。若以獻吉並論，于鱗高，獻吉大；于鱗英，獻吉雄；于鱗潔，獻吉冗；于鱗艱，獻吉率。令具眼者左右袒，必有歸也。（《藝苑巵言》卷七）

余十五時，受《易》山陰駱行簡先生。一日，有鬻刀者，先生戲分韻教余詩。余得『漠』字，輒成句云：『少年醉舞洛陽街，將軍血戰黄沙漠。』先生大奇之，曰：『子異日必以文鳴世。』是時畏家嚴，未敢染指，然時時取司馬班史、李杜詩竊讀之，毋論盡解，意欣然自愉快也。十八舉鄉試，乃間於篇什中得一二語合者。又四年成進士，隸事大理，山東李伯承燁燁有俊聲，雅善余，持論頗相上下。明年為刑部郎，同舍郎吳峻伯、王新甫、袁履善進余於社。吳時稱前輩，名文章家，然每余一篇出，未嘗不擊節稱善也。亡何，各用使事。及還去，而伯承者前已通余於于鱗，又時時為余言于鱗也。久之，始定交。自是詩知大曆以前，文知西京而上矣。已于鱗所善者布衣謝茂秦來，已同舍郎徐子與、梁公實來，吏部郎宗子相來，休沐則相與揚扢，冀於探作者之微，蓋彬彬稱同調云。而茂秦、公實復又解去，于鱗乃倡為五子詩，用以紀一時交游之誼耳。又明年而余使事竣還北，于鱗守順德出，茂秦登吳明卿，又明年同舍郎余德甫來，又明年戶部郎張肖甫來，吟詠時流布人間，或稱『七子』或『八子』，吾曹實未嘗相標榜也。而分宜氏當國，自謂得旁採風雅權，讒者間之，眈眈虎視，俱不免矣。（《藝苑巵言》卷七）

吾弟世懋，自家難服除後，一操觚，遂而靈異，神造之句，憑陵作者。唯未為古樂府耳，其他皆具體而微。吾偶遺信問于鱗漫及之曰：『家弟軼塵而奔，咄咄來逼人，賴其好飲，稍自寬耳。』于鱗亦云：

『敬美視助甫輩自先驅，視元美雁行也。嘗取謝句「花萼嚶鳴」標君家兄弟，不然耶？』又一書云：『敬美乃負包宗含吴之志，稱天下事未可量，眈眈欲作江南一小英雄。尋將火攻伯仁，奈何不善備之也。』其見賞如此。（《藝苑巵言》卷七）

李于鱗守順德時，有胡提學者過之。其人，蜀人也。于鱗往訪，方掇茶次，漫問之曰：『楊升庵健飯否？』胡忽云：『升庵錦心繡腸，不若陳白沙鳶飛魚躍也。』于鱗拂衣去，口咄咄不絕。後按察關中，過許中丞宗魯，許問今天下能詩何人，于鱗云：『唯王某（謂余也）。其次爲宗臣子相。』時子相爲考功郎。許請子相詩觀之，于鱗忽勃然曰：『夜來火燒卻。』許面赤而已。（《藝苑巵言》卷八）

昔在西省東署時，於于鱗詩無所不見，而所見文獨贈余兩序，及《顏神城碑》之類，不能十餘首。當時心服其能稱説古昔，以牛耳歸之。衆已有葵丘之議，而最後集刻行則叛者羣起，然往往以詰屈聱牙攻之則過矣。于鱗之病在氣有窒而辭有蔓，或借長語而演之使不可了，或以古言而傳新事使不可識，又或心所不許而漫應之，不能伏匿其辭，至於寂寥而不可諷。味此三者，誠有之。若乃誌傳之類，其合作處正周鼎、商彝，尺牘之所輸寫，奇辭淡言，縱横溢來而莫能禦，恐非北地、信陽所辦也。（乾隆《歷城縣誌·書李于鱗集後》）

李君攀龍：李攀龍字于鱗，歷城人也。舉進士，今爲刑部郎中。于鱗於書無所不通，爲人狷介忠信，而好爲深沉之思。當所未得，或竟日夕忘食寢。家故貧，又官常調，而絕不肯通衆爲干謁，泊如也。即世所稱説名士，亡可當于鱗云。而于鱗顧折節與余好，居恆相勉戒：『吾子自愛！吴人屈指高譽，達書不及子，子故非其中人也。』予愧而謝之。又嘗慨然稱：『少陵氏沒千餘年，李、何廓而未化，天

光華若超霞，芳旨入九咽，庶乎其近之矣。（《明詩話全編》載《明詩評》）

乎？屬何人哉！』

評曰：于鱗宏麗渾壯，鮮所不有。又濟之沉思，假以數年，奚讓二氏哉！太嶽二室，芝菌樛結，

謝榛

己酉歲中秋夜，李正郎子朱延同部李于鱗、王元美及余賞月。因談詩法，予不避譾陋，具陳顛末。于鱗密以指掐予手，使之勿言。余愈覺飛動，亹亹不輟。月西乃歸。于鱗徒步相攜曰：『子何太泄天機？』予曰：『更有切要處不言。』曰：『何也？』曰：『其如想頭別爾。』于鱗默然。（《四溟詩話》卷三）

予客京時，李于鱗、王元美、徐子與、梁公實、宗子相諸君招予結社賦詩。一日，因談初唐、盛唐十二家詩集，并李、杜二家，孰可專爲楷範？或云沈、宋，或云李、杜，或云王、孟。予默然久之，曰：『歷觀十四家所作，咸可爲法。當選其諸集中之最佳者錄成一帙，熟讀之以奪神氣，歌詠之以求聲調，玩味之以裒精華。得此三要，則造乎渾淪，不必塑謫仙而畫少陵也。夫萬物一我也，千古一心也，易駁而爲純，去濁而歸清，使李、杜諸公復起，孰以予爲可教也。』諸君笑而然之。是夕，夢李、杜二公登堂謂予曰：『子老狂而遽言如此。若能出入十四家之間，俾人莫知所宗，則十四家又添一家矣。子其勉之！』（《四溟詩話》卷三）

濬人盧浮丘，豪俊士也，負才傲物，人多忌之。曾以詩忤蔣令，令枉以疑獄，幾十五年不決。余愛

其才，且憫其非罪，遂之都下，歷於公卿間，暴白而出之。因《感懷》詩云：『長存排難意，遂有泛交情。』以示比部李滄溟。滄溟曰：『數年常聞高論，皆古人所未發，余每心服，可謂知己，而亦以爲泛交之流耶？』指其詩而頷之者再。大司徒張龍岡過南都，謂諸縉紳曰：『四溟子以我輩爲泛交，可訝也。』余聞二公之言，心甚歉然。夫盧生得免，予願少遂，作詩自況，偶得之耳。二公譏之，其亦孟子所謂『固哉』者歟？附滄溟寄余詩云：『向來燕市飲，此意獨飛揚。把袂看人過，論詩到爾長。世情搖白首，吾道指滄浪。去住俱貧病，風塵動渺茫。』（《四溟詩話》卷三）

嘉靖壬子春，予游都下，比部李于鱗、王元美、徐子與、梁公實、考功宗子相諸君延入詩社。一日，署中命李畫士繪《六子圖》，列座於竹林之間，顔貌風神，皆得虎頭之妙。自戲爲贊曰：『我是真汝，汝非真我。』因拘於哿韻，不能成章。迄今丙寅春，旅寓上黨，偶用古韻乃成曰：『兩鬢藍鬖，一身么麽上聲。我是真汝，汝非真我。我嘯我歌，汝聾汝啞。人生多慾，真不如假。遁跡山中，忘言月下。嗟哉暮年，何時願果？』或謂吻合禪機，前身亦淄流中人也。（《四溟詩話》卷四）

皇甫汸

古樂府擬者多矣，如『訾茄』、『礞室』、『孫魚』、『呼豨』之類，皆未達其義，而强附其辭，何異譯言『越裳』而釋字『熒竺』耶！濟南李子謂如胡寬營新豐，士女老幼相攜路首，各知其家，犬羊雞鶩放於道塗，亦識其故，以爲善擬。余謂：義茍未達，即蜾蠃迷類，叔敖復生，終爲螟蛉、優孟耳。（《明詩話全編》載《皇甫汸詩話·輯錄》）

俞憲

李滄溟，名攀龍，字于鱗，嘉靖甲辰進士，山東濟南人。余攝官大同兵備，君守順德。後擢陝西提學副使，竟拂衣歸。蓋有高蹈之志，非數數於世者乎？平生嗜詩篇，當爲名家。今刻百餘篇，未足以盡君也。君歸歷山，嘗爲余序《遼海》等集。錫山是堂山人俞憲識。（《盛明百家詩·李學憲集》卷首）

董份

明興，治軼古初，而一時以文名者，大抵猶襲元陋。弘治、正德間，學者始知法古。至於嘉靖，士益翕然。而鳳洲公與山東李子者，上下其議，朝夕賦詠。當是時，羣彥景從。其尤卓絶者七人，號『七才子』，比於建安，而王、李爲之宗。（《明詩話全編》載《泌園集》）

顧起綸

《巵言》云：『五七言律至仲默而暢，獻吉而大，于鱗而高。』又云：『古惟子美，今或于鱗。』余觀李、何之爲詩，如良畯乂田，辟草藝禾，油然生矣。若夫勃然之機，至觀察而始化。今督府張公序其詩文，以左遷高、岑輩目之，云：『代不數而得之明，人不數而得之李。推是言也，則天寶以還，千載之下，僅得觀察一人而已。』其爲一時學士大夫所推崇如此，不足以厭服羣心邪？余嘗品其七言，函思英發，襞調豪邁，如八音鳳奏，五色龍章，開闔鏗鏘，純乎美矣！至五言似有不盡然者，乃稍乏幽逸情性。

觀察故有《唐選》行於世，五言乃止於劉長卿，自序謂『唐詩盡於是矣』。雖儲、韋、錢、郎並削之，其取指頗示嚴峻。其《送諸光祿》云：『芙蓉天鏡曉，風雨石帆秋。』《白雲樓》云：『千家寒雨白，雙闕曉烟青。』《送張比部》云：『風雲千騎動，雨雪二陵寒。』《出郭》云：『溪流縈去馬，山路入鳴蟬。』《燕集》云：『酒奈柳花妒，人堪桂樹憐。』《天井寺》云：『喬木堪知午，回峯欲隱天。』七言《送人》云：『樽中十日平原酒，袖裏三年薊北書。』《寄王》云：『上書北闕風雲變，灑淚西山雪雨寒。』《送盧》云：『書上梁王還寢獄，賦成揚子不過門。』《雙塔》云：『雙闕星河秋色曙，千家烟雨夕陽沉。』《早春》云：『揚舲巫峽江聲合，立馬岷峩雪色來。』《梅花》云：『笛裏春愁燕塞滿，梁間月色漢宮來。』《眺望》云：『漢苑春生多雨雪，薊門晴色滿寒烟。』歌行如《金谷》、《刁斗》、《送謝茂秦》、《擊鹿》等篇，一一高唱，足以感蕩心靈，豈直氣吞儲、韋，輝掩錢、郎邪？其集中附載海内名家哭公詩甚富，如張督撫云：『生來語出千人廢，死後名從四海知。』王觀察云：『文許先秦上，詩卑正始還。』王儀部云：『天地論才盡，文章與數奇。』又：『青山一慟哭，流水若爲音。』俞山人云：『句陳恥重襲，文奇秘難通。』張太學云：『齊亡天下士，漢失濟南生。』並追宗大雅之句，因並識之。（《國雅品·李觀察于鱗》）

王世懋

李于鱗七律，俊潔響亮，余兄極推轂之。海内爲詩者，爭事剽竊，紛紛刻鶩，至使人厭。予謂學于鱗，不如學老杜；學老杜，尚不如學盛唐。何者？老杜結構，自爲一家言，盛唐散漫無宗，人各自以意象聲響得之……于鱗選唐七言絕句，取王龍標『秦時明月漢時關』爲第一，以語人，多不服。于鱗意止擊節『秦時明月』四字耳。必欲壓卷，還當於王翰『葡萄美酒』、王之涣『黄河遠上』二詩求之。

子美而後，能爲其言，而真足追配者，獻吉、于鱗兩家耳。以五言言之，獻吉以氣合，于鱗以趣合。夫人語趣似高於氣，然須學者自詠自求，誰當更合。七言律，獻吉求似於句，而求專於骨；于鱗求似於情，而求勝於句。然則無差乎？曰：噫！于鱗秀。

世人厭常喜新之罪，夷於貴耳賤目。自李、何之後，繼以于鱗，海内爲其家言者多，遂蒙刻鶩之厭。驟而一士能爲樂府新聲，倔强無識者，便謂不經人道語，目曰上乘，足使耆宿盡廢。不知詩不惟體，顧取諸情性何如耳。不惟情性之求，而但以新聲取異，安知今日不經人道語，不爲異日陳陳之粟乎？嗚呼！才難。豈惟才難，識亦不易。作詩道一淺字不得，改道一深字又不得，其妙政在不深不淺、有意無意之間。（《藝圃擷餘》）

屠隆

信如于鱗標異，淩厲千古，吞掩前後，則六籍之粹白，漢詔誥之溫厚，賈長沙之浩蕩，司馬子長之疏朗，長卿之詞藻，王子淵之才俊，長六朝之語麗，不盡廢乎？……愚竊不自量，謂于鱗雖奇而無當。（《由拳集·與王元美先生書》）

于鱗詩麗而精，其失也狹；元美詩富而大，其失也雜。若以元美之贍博，加之于鱗之雄俊，何可當也？

李于鱗選唐詩，止取其格峭調響類己者一家貨，何其狹也？如孟浩然『欲尋芳草去，惜與故人違』，幽致妙語，于鱗深惡之，宜其不能選唐詩。詩道亦廣矣，有高華，有悲壯，有峭勁，有悲惋，有閒適，有流利，有理到，有情至，苟臻妙境，各自可采。而必居高峭一格，合則録，不合則斥，何其自視大而視宇宙小乎！

元美推尊于鱗誠過，當時諸公揮毫或未免稚弱。于鱗《晚出》一首，蒼健驚人，奈何不壓服曹偶？今若盡讀于鱗詩，初則喜其雄俊，久則厭其雷同。若雜一首於衆作之中，則陡覺于鱗矯然而特出，不翅衆鳥中一蒼隼矣，宜其爲元美所賞詫如此。晚年之論，定當不復爾。

于鱗才高而不大，元美才大而少精。于鱗所乏深情遠韻，元美所乏玄言名理。

元美大家，于鱗爲大家不足。子相名家，公實、子與、明卿爲名家不足。（《明詩話全編》載《鴻苞節録·論詩文》）

胡維霖

李空同得趣於《風》，李滄溟得趣於《騷》，李西涯得趣於《頌》。空同，其詩中之長江乎？滄溟，其詩中之海市乎？西涯，其詩中之洞庭乎？或謂西涯古樂府爲詩史，空同、滄溟爲盛唐，正一洗宋、元之弱，信然。（《明詩話全編》載《墨池浪語·三李詩》）

臧懋循

詩不盡於此，要之舉一臠而全鼎可知也。予既輯《古詩所》，將舉全唐附之。……五言窮於漢魏，獨歌行近體七絕，有前人所不能加。蓋其格氣渾厚，意象含蓄，聲調和平，一唱三嘆，深得《國風》微旨故也。李于鱗之評少陵，猶以爲篇什雖富，頹然自放，況大曆而降元白諸人者哉！夫詩之不可爲史，猶史之不可爲詩，世顧以此稱少陵大家，此予所未解也。

若于鱗諸君子，誠不知嘔血幾許，方得此聲名。（《明詩話全編》載《負苞堂集·冒伯麟詩引》）

胡應麟

四傑，梁、陳也；子昂，阮也；高、岑，沈、鮑也；曲江、鹿門、右丞、常尉、昌齡、光羲、宗元、應物，陶也。惟杜陵《出塞》樂府有漢魏風，而唐人本色時露。太白譏薄建安，實步兵、記室、康樂、宣城及拾遺格調耳。李于鱗云：『唐無五言古詩而有其古詩。』可謂具眼。（《詩藪·内編》卷二）

仲默《明月篇》序云：『僕始讀杜子七言詩歌，愛其陳事切實，布辭沈著，鄙心竊效之，以爲長篇聖於子美矣。既而讀漢魏以來歌詩，及唐初四子之所爲而反復之，則知漢魏固承《三百篇》之後，流風猶可徵焉；而四子者雖工富麗，去古遠甚，至其音節往往可歌。乃知子美辭固沈著，而調失流轉，雖成一家語，實則詩歌之變體也。』于鱗云：『七言歌行，惟杜不失初唐氣格，而縱横有之。太白縱横，往往强弩之末，間以長語英雄欺人耳。』李論實出於何，而意稍不同。（《詩藪·内編》卷三）

王、岑、高、李，世稱正鵠。嘉州詞勝意，句格壯麗而神韻未揚；常侍意勝詞，情致纏綿而筋骨不逮。王、李二家和平而不累氣，深厚而不傷格，濃麗而不乏情，幾於色相俱空，風雅備極，然製作不多，未足以盡其變。杜公才力既雄，涉獵復廣，用能窮極筆端，範圍今古，但變多正少，不善學者，類失粗豪。錢、劉以還，寥寥千載。國朝信陽、歷下、吴郡、武昌，恢擴前規，力追正始。大要八句之中，神情總會者，時苦微瑕；句語停匀者，不堪穎脱。故世遂謂七言律無第一，要之信不易矣。（《詩藪·内編》卷五）

七言律，唐以老杜爲主，參之李頎之神，王維之秀，岑參之麗；明則仲默之和暢，于鱗之高華，明卿之沈雄，元美之博大，兼收時出，法盡此矣。（《詩藪·内編》卷五）

七言律開元之後，便到嘉靖。雖圭角巉巖，鋩穎峭厲，視唐人性情風致，尚自不侔；而碩大高華，精深奇逸，人驅上駟，家握連城，名篇傑作，布滿區寓。古今七言律之盛，極於此矣。

王次公云：『杜陵後能爲其調而真足追配者，獻吉、于鱗二家而已。』然獻吉於杜得其變，不得其正，故間涉於粗豪；于鱗於杜得其正，不得其變，故時困於重複。若制作弘多，體格周備，竟當屬之弇州。（《詩藪·内編》卷五）

太白五七言絶，字字神境，篇篇神物。于鱗謂卽太白不自知，所以至也。斯言得之。（《詩藪·内編》卷六）

仲默不甚工絶句，獻吉兼師李、杜及盛唐諸家，雖才力絶大而調頗純駁。惟于鱗一以太白、龍標爲主，故其風神高邁，直接盛唐，而五言絶寥寥，如出二手，信兼美之難也。張助父太和七十絶，足可于鱗並驅。（《詩藪·内編》卷六）

初唐絶，『蒲桃美酒』爲冠；盛唐絶，『渭城朝雨』爲冠；中唐絶，『迴雁峯前』爲冠；晚唐絶，『清江一曲』爲冠。『秦時明月』在少伯自爲常調，用修以諸家不選，故《唐絶增奇》首録之。所謂前人

遺珠，茲則掇拾。于鱗不察而和之，非定論也。（《詩藪·内編》卷六）

自北地宗師老杜，信陽和之，海岱名流，馳赴雲合。而諸公質力，高下强弱不齊，或强才以就格，或困格而附才。故弘、正自二三名世外，五七言律，往往剽襲陳言，規模變調，粗疏澀拗，殊寡成章。嘉靖諸子見謂不情，改創初唐，斐然溢目，而矜持太甚，雕繢滿前，氣象既殊，風神咸乏。既復自相厭棄，變而大曆，又變而元和，風會所趨，建安、開、寶之調，不絕如線。王、李再興，擴而大之，一時諸子，天才兢爽，近體之工，欲無前古，盛矣。（《詩藪·續編》卷二）

嘉、隆並稱七子，要以一時制作，聲氣傅合耳。然其才殊有逕庭。于鱗七言律絕，高華傑起，一代宗風。明卿五七言律，整密沈雄，足可方駕。然于鱗則用字多同，明卿則用句多同，故十篇而外，不耐多讀，皆大有所短也。子相爽朗以才高，子與森嚴以法勝，公實縝麗，茂秦融和，第所長俱近體耳。長興，商也；廣陵，師也；迪功，夷也；歷下，尹也；信陽，顔也；北地，武也。（《詩藪·續編》卷二）

于鱗七言律所以能奔走一代者，實源流《早朝》、《秋興》、李頎、祖詠等詩。大率句法得之老杜，篇法得之李頎。屬對多偏枯，屬詞多重犯，是其小疵，未妨大雅。

『紫氣關臨天地闊，黄金臺貯俊賢多』，『萬里悲秋長作客，百年多病獨登臺』，少陵句也。『九天閶闔開宮殿，萬國衣冠拜冕旒』，『雲裏帝城雙鳳闕，雨中春樹萬人家』，王維句也。『秦地立春傳太史，漢宮題柱憶仙郎』，『南川粳稻花侵縣，西嶺雲霞色滿堂』，李頎句也。『三山半落青天外，二水中分白鷺洲』，『瑤臺含霧星辰滿，仙嶠浮空島嶼微』，青蓮句也。『萬里寒光生積雪，三邊曙色動危旌』，『沙場烽火侵胡月，海畔雲山擁薊城』，祖詠句也。『千門柳色連青瑣，三殿花香入紫微』，『花迎劍佩星初落，柳拂旌旗露未乾』，岑參句也。凡于鱗七言律，大率本此數聯。今人但見黄金、紫氣、青山、萬里，則以于鱗體，不熟唐詩故耳。中間李頎四首，尤是濟南篇法所自。（《詩藪·續編》卷二）

七言律大篇，于鱗《華山》四首，元美《咏物》六十首，皆古今絶唱。然于鱗四首之内，軌轍已窘；元美百篇之外，變幻未窮。（《詩藪·續編》卷二）

李（獻吉）以氣骨勝，微近粗；何（仲默）以丰神勝，微近弱。濟南（指于鱗）可謂兼之，而古詩歌行不兢。（《詩藪·續編》卷二）

杜之《和賈》，大減王、岑；李之《岳陽》，遠慚孟、杜。信陽、北地，並賦《無題》，而獻吉偏工；歷下、琅琊，俱咏《雙塔》，而于鱗特勝。皆一日之短長，非終身之優劣。（《詩藪·續編》卷二）

嘉、隆一振，七言律大暢。邇來稍稍厭棄，下沉著而上輕浮，出宏麗而入膚淺；巧媚則託之清新，纖細則借名工雅。不知七言非五言比，格少貶則卑，氣少媮則弱，詞少淡則單薄，句稍緩則沓拖。國朝惟仲默、于鱗、明卿、元美妙得其法，皆取材盛唐，極變老杜。近以百年、萬里等語，大而無當，誠然。彼以白雲芳草，非錢、劉剿言乎？紅粉翠眉，非温、李餘響乎？去此取彼，何異百步笑五十步哉！

信陽之俊，北地之雄，濟南之高，琅琊之大，足可雄視千古。然仲默爲大家不足，于鱗爲名家有餘。獻吉章法多縱横，才大不欲受篇縛也；于鱗對屬多偏倚，才高不欲受句縛也。其故于鱗以易，獻吉以避，故二君詩格高絶，而無卑弱之病。然以是言律，終非本色當行。遍讀《杜集》，卽排律百韻，未

有不整儷者，近唯仲默、元美、伯玉、明卿，體既方嚴，而格復雄峻。學者熟讀，當無此病。（《詩藪·續編》卷二）

自北地、濟南以峭峻遇物，古人握沐之風，幾於永絕。（《詩藪·續編》卷二）

凡詩初年多骨格未成，晚年則意態横放，故惟中歲工力並到，神情俱茂，興象諧合之際，極可嘉賞。如老杜之入蜀，仲默、于鱗之在燕，元美之伏闕三郡，明卿藏甲西征，敬美嶦帷蘭省，皆篇篇合作，語語當行，初學所當法也。（《詩藪·續編》卷二）

獻吉學杜，趨步形骸，登善之模《蘭亭》也。于鱗擬古，割裂餖飣，懷仁之集《聖教》也。必如獻吉歌行，于鱗七言律，斯爲雙鵰並運，各極摩天之勢。（《詩藪·續編》卷二）

七言律，唐人名家不過十數篇，老杜至多不滿二百，弇州乃至千數，誠謂前無古人。然亦最不易讀。其總萃諸家，則有初唐調，有中唐調，有宋調，有元調，有獻吉調，于鱗調；其游戲三昧，則有巧語，有諢語，有俗語，有經語，有史語，有幻語。此正弇州大處，然律以開元軌轍，不無泛濫。讀者務尋其安身立命之所，乃爲善學。不然，是效羅什吞針，踵夸父逐日也。（《詩藪·續編》卷二）

李于鱗以詩自任，若『微我竟長夜』等語，誠有過者，至今爲輕俊指摘。然亦出於古人。如杜子美獻書，自謂揚雄、枚皋，臣可企及。又『李邕求識面，王翰願卜鄰』，又『賦料揚雄敵，詩看子建親』、『讀書破萬卷，下筆如有神』、『九齡書大字』、『七歲詠鳳凰』之類，不可勝道。太白尤自高，如『大雅久不作，吾衰竟誰陳』，『自從建安來，綺靡不足珍』，『女媧弄黄土，摶作愚下人。散在六合間，茫茫若埃塵』。退之『齊梁及陳隋，衆作等蟬噪』，亦是此意。至如杜『許身一何愚，自比稷與契』，李『希聖如有立，絶筆於獲麟』，韓『世無孔子，則已不當在弟子之列』，其言尤大，意尤遠。初學目不睹往籍，輕於持論，何損作者。（《詩藪·續編》卷二）

當弘、正時，李、何、王號海内三才，如崔仲凫、康德涵、王子衡、薛君采、高子業、邊庭實、孫太初，皆北人也。南中惟昌穀、繼之、華玉、升之、士選輩，不能得三之一。嘉、隆則惟李于鱗、謝茂秦、張助父北人，而南自王、汪外，吳、徐、宗、梁不下數十家，亦再倍於北矣。（《詩藪·續編》卷二）

詠物七言律，唐自『花宫仙梵』外，絶少佳者。國初季迪《梅花》，孟載《芳草》，海叟《白燕》，皆膾炙人口，而格調卑卑，僅可主盟元、宋。獻吉《題竹》，仲默《鰣魚》，于鱗《雙塔》，始爲絶到。元美至六十餘篇，則前古所無也。（《詩藪·續編》卷二）

以唐人與明並論，唐有王、楊、盧、駱，明則高、楊、張、徐；唐有工部、青蓮，明則弇州、北郡；唐有摩詰、浩然、少伯、李頎、岑參，明則仲默、昌穀、于鱗、明卿、敬美，才力悉敵。惟宣、成際無陳、杜、沈、宋比，而弘、正、嘉、隆羽翼特廣，亦盛唐所無也。

唐歌行，如青蓮、工部；五言律、排律，如子美、摩詰；七言律，如杜甫、王維、李頎；五言絶，如右丞、供奉；七言絶，如太白、龍標；皆千秋絶技。明則北郡、弇州之歌行，仲默、明卿之五言絶；信陽、歷下、吳郡、武昌之七言律，元美之五言排律、五言絶，于鱗之七言絶，可謂異代同工。至騷不如楚，賦不及漢，古詩不逮東、西二京，則唐與明一也。（《詩藪·續編》卷二）

孫鑛

前小啓固云：亦有一二稍可顧。猶是常語。若在茂秦集中，祇下乘耳，何足當二先生之溢許謂在于鱗上也？記往日《白雪樓集》初出時，鑛於先宗伯兄案上見之，讀一二首覺其佳甚，讀至數十首，更覺奇古高妙，反覆諷詠，手之不能釋。因檢其名氏，則標曰『于鱗』。以爲豈唐人耶？何不見列於十二家？及細觀其所贈送諸公，類皆今人也。今時有如此，詩人而奈何不聞談及乎？比先兄自外來，問之，乃知班孟堅卽班固也。蓋鑛是時止曉滄溟名攀龍，不識其字耳。太函序《弇州集》冀以不聞，聞者先得我心，鑛之服滄溟得於暗索中，此乃所謂真知。今《豐對樓集》以二先生之諄諄提耳，而猶不能解，以視案上之不知何人集曷若。然則，其不及于鱗明矣。

厭濟南亦是。邇來輕俊，常態勿得，安認爲奇。詩道自有正路，不必爲優孟之抵掌，亦不必爲伊川之好色也。欲脫濟南，不若求之王、孟、常建爲得。（《姚江孫月峯先生全集·與余君房論詩文書》）

朱孟震

李于鱗選唐詩內，李憕《奉和聖制從蓬萊向興慶閣道中留春雨中春日之作應制》一首云：『別鋪春深淑氣催，三宮路轉鳳凰臺。雲飛北闕輕陰散，雨歇南山積翠來。御柳遥隨天仗發，林花不待曉風開。已知聖澤深無限，更喜年芳入睿才。』因與王維同一詠，當時附入維詩之後，而刻詩者不爲較别，乃混於維詩之後，遂雜於維《敕賜百官櫻桃四首》之前。後刻詩者遂以四首爲憕詩，又刪去此首，增入維詩二首，共《櫻桃》四首，殊爲可笑。《唐詩紀》收憕詩，止《和户部楊員外伯成同望幸新亭贈錢公宴》，共此篇正三首耳。

王中丞元美，名在海内稱七子，又其最稱『李、王』，謂于鱗與公，視弘、正間獻吉、仲默也。今士大夫交口傳誦其詩篇，如靈蛇夜光，洋溢中外。李全集已刻，中丞公有《弇州山人四部稿》，刻而不欲傳，故人鮮盡識。公生平推李甚至，故名稍抑在下。今觀其詩，視于鱗實伯仲間。文之高下，雖非小生淺學所能窺，然合而觀之，則李云擬議以成變化者，雖自負較高，人亦不易及，第論其至擬議之功，李差盡矣。究其變化，似猶局促在繩墨中。若信意所適，隨物而施，不失往程，不滯舊跡，滔滔莽莽，愈達而愈神；紛紛紜紜，愈變而愈妙，則公之文當爲明興獨步，卽獻吉贈送諸篇，尚瞠乎後矣。其詩爲于鱗所選，似止一時贈答，亦尚未盡。（《明詩話全編》載《玉笥詩談》）

陳繼儒

李于鱗《送客河南》詩云：『惟餘芳草王孫路，不入朱門帝子家。』可謂詩史，而語意含蓄有味。（《明代筆記》）

唐文皇以《蘭亭》賜歐、虞、褚、薛摹之，四公無一筆似《蘭亭》者，而結法自合。蓋縱肖亦是右軍以後第二人耳。李于鱗摩古樂府，至更其句法，以爲不被古人所困，然讀其《易水》、《垓下》二歌，其果如荊卿、項王情景合否？余嘗謂刻畫古人，是後生第一病。武陵桃花，惟許漁郎問津一次，再跡之便成村巷矣。禪家公案亦然，不獨詩文也。（《明詩話全編》載《狂夫之言》）

邢侗

李、何崛然並挺，力振孤學，猶之產神景而跨開元，壁疆竭蹷以爲盛唐，而化鳩之眼厥有微譏。江東、歷下，據時全盛，流羨開元之座，卽人士不無歧舌。（《來禽館集·穀城山堂詩草序》）

夫樂府不必言，言歌行，言律，言絕，則有唐三子未必遽操前矛，于鱗未必盡歸左袒矣。要以于鱗才致橫軼，孤高嚮絕，發唇擲耳，駭目洞心矣。徐而求之，聲實衡而肉好倍，蠶絲溫而麳麥飽，則先生寧甘左辟于于鱗也。

大抵先濮之音淫而先生易之以雅，于鱗之言法而先生濟之以通。隆、萬之趨史而先生主之以騷，于鱗起《白雪》而先生倡清平。歷、濮互上下，兩君相頡頏，各心競而取捨未始不同歸也。（《來禽館集·奉訓大夫尚寶寺少卿北山先生濮陽李公行狀》）

費尚伊

費生曰：古樂府可無作也。體自我創，速肖謂何？字而剽之，句而模之，獨不曰盜之屬乎？近代作者無逾李、王，然持議各異，亦互有瑕瑜。無益縱横，無所不可，而自運爲多；于鱗沾沾學步，抵掌叔敖，恐亦未爲同也。（《市隱園集·古樂府》）

于鱗志古文，時爲詰屈累。其詩豈不豪，殊與古人異。作者贊高華，昆閬取相譬。何如五名山，近在方域內？少年慕虛聲，傳寫紙爲貴。優孟學叔敖，抵掌畏不似。國風十五篇，穆然有深思。溫厚與

敦柔，爲者亦若是。（《市隱園集·讀于鱗先生集》）

江盈科

國朝草昧之初，若高、楊、張、徐，真是詩人之詩。何者？彼固未嘗分心爲文也。……七子之中，王元美終當以文冠世。求真詩於七子之中，則謝茂秦者，所謂人棄我取者也。李于鱗之文，初讀之，令人作苦，久而思索得出，令人欠伸思睡；若其詩大都以盛氣雄詞，淩駕傲睨數十年來，但留『中原紫氣』、『我輩起色』等語，爲後生作惡道，若此公者，幾乎並文與詩兩失者也。（《雪濤詩評》）

袁宗道

余少時喜讀滄溟、鳳洲二先生集。二集佳處，固不可掩，其持論大謬，迷誤後學，有不容不辨者。滄溟贈王序，謂『視古修詞，寧失諸理』。夫孔子所云『辭達』者，正達此理耳，無理則所達爲何物乎？無論《典》、《謨》、《語》、《孟》，即諸子百氏，誰非談理者？道家則明清淨之理，法家則明賞罰之理，陰陽家則述鬼神之理，墨家則揭儉慈之理，農家則敘耕桑之理，兵家列奇正變化之理。漢、唐、宋諸名家，如董、賈、韓、柳、歐、蘇、曾、王諸公，及國朝陽明、荊川，皆理充於腹而文隨之。彼何所見，乃強賴古人失理耶？（《白蘇齋類集·論文下》）

莊元臣

吾觀弇州七子之詩，皆以聲格自雄，意欲以詩主盟當代，然味其語意，類多以文章自喜耳，無有憂深遠慮、忠君愛國之實見於言表者也。瓦缶其質而黃鐘其聲，吾懼考擊之易敗耳。詩云詩云，聲調云乎哉！（《明詩話全編》載《叔苴子・内篇》卷八）

許學夷

二六　傅玄樂府諸篇，粗率甚於韋昭，至如《惟漢行》、《秦女休行》等，語極鄙陋，較之漢人，正猶珷玞混玉耳。李于鱗《詩刪》錄《惟漢行》，豈以鄙陋爲古樸耶？（《詩源辯體》卷五）

四二　李于鱗《唐詩選序》，本非確論，冒伯麐極稱美之，可謂惑矣。《序》曰：『唐無五言古詩，而有其古詩。陳子昂以其古詩爲古詩，弗取也。』愚按：謂子昂以唐人古詩爲漢魏古詩弗取，猶當；謂唐人古詩非漢魏古詩而皆弗取，則非。漢、魏、李、杜，各極其至。見李杜總論。觀其所選唐人五言古僅十四首，而亦非漢魏之詩，是以唐人古詩皆非漢魏古詩弗取耳。曰：『七言古，太白縱横，往往强弩之末。』太白光焰萬丈，古今懾伏，不知于鱗視爲何物。曰：『五言律、排律，諸家概多佳句。』曰『多佳句』，則無佳篇可知。不太罔耶？曰：『七言律體，諸家所難。王維、李頎，頗臻其妙。』予意嘉州未可少也。

四三　予嘗謂：學詩者當取古人所長，濟己之短，乃爲善學。見前卷。于鱗謂『唐無五言古詩』、

『太白七言古，往往强弩之末』，此雖意見有偏，亦是己不能騁而忌人之騁耳。觀其所選唐人五、七言古，是豈足以知唐人，又豈足以知李、杜哉？（《詩源辯體》卷三十五）

三一　李于鱗《古今詩删》，首古逸詩，次漢、魏、六朝樂府，次漢、魏、六朝詩，次唐詩，次國朝詩。其去取之意，漫不可曉。大要黜才華，尚氣格，而復有不然。姑摘其最異者，如漢、魏詩録《柏梁臺聯句》及應璩《百一》後二首，而曹、劉佳者多遺，長篇取蔡琰《悲憤》而遺《焦仲卿》；『日暮秋雲陰』乃六朝人詩，不能辨也。唐五言古『感遇』，不取陳子昂而取張九齡；七言歌行，高適取十二篇而岑參五篇，孟浩然一篇，不取《鹿門歌》而取《送王七尉松滋》；七言律，太白一篇，取《鳳凰臺》而遺《送賀監》。國朝詩，則伯溫多而季迪少。五言古，季迪止短篇二首，而七言不録。獻吉七言古止三篇，其二爲初唐體。仲默有六篇，而初唐體不録。五言律，仲默三十首，多非所長；昌穀止一篇而已。其他不能悉論也。王元美云：『始見于鱗選明詩，余謂如此何以鼓吹唐音？及見唐詩，謂何以衿裾古選？及見古選，謂何以箕裘《風》、《雅》？乃至陳思《贈白馬》、杜陵、李白歌行，亦多棄擲。豈所謂英雄欺人，不可盡信耶？』

三二　李于鱗《唐詩選》，較《詩删》所録益少，中復有《詩删》所無者。其去取之意，亦不可曉。元美、元成既嘗論之，而敬美之序，亦寓詆諷。如太白五言古，止録『長安一片月』、『子房未虎嘯』二篇；七言古，止録『黄雲城邊』、『木蘭之枻』二篇，若以此法選李，是欲擾龍而縛虎也。初唐五言沈、宋爲正宗，今宋止録二篇，而沈不録。張燕公五、七言律各三篇，可無録也。其他謬戾頗多，不能一一致辯。今初學但以于鱗所選，輒尊信之，實以于鱗名高一代，要亦未睹諸家全集耳。胡元瑞云：『于鱗選唐詩，與己作略無交涉。英雄欺人，不當至是。』

三三　嘗與黄介子伯仲言于鱗選唐詩似未睹諸家全集，介子伯仲曰：『向觀于鱗《詩選》所録，不出《品彙》。如《品彙》五言古以崔顥爲「羽翼」，故次韋、柳「名家」之後。七言古，張若虚、衛萬無世次可考，故次「餘響」之後；駱賓王以歌行長篇，故又次張、衛之後。今于鱗既無分别，而次序亦如之，是可證也。』予因而考之，信然。

三四　予嘗謂：選詩者須以李選李，以杜選杜，至於高、岑、王、孟，莫不皆然。若以己意選詩，則失所長矣。故諸家選詩者多任己意，不足憑據。若于鱗《詩選》，又與己作略無交涉，良可怪也。

三五　于鱗《詩選》，其害甚於中郎、伯敬。蓋中郎、伯敬尚偏奇，黜雅正，一時後進雖爲所惑，後世苟能反正，其惑易除。于鱗似宗雅正，而實多謬戾，學者苟不覩諸家全集，不免終爲所誤耳。孔子惡似而非，予於于鱗亦云。

四五　或問予：『子既能辯古今人詩，又能辯諸家論詩、選詩得失，今試舉古今人詩，果能辯爲古人、今人否？』曰：『予弱冠時初讀《唐詩正聲》，後見友人扇録東山布衣《明古今》一篇，予以爲類高達夫詩，既而檢達夫集，得之。後十餘年，略涉宋詩，友人出茶具示予，上有銘云：『春風飽食太官羊，不慣腐儒湯餅腸。搜攪十年燈火讀，令我胷中書傳香。』予曰：『惜哉美器，無是銘可也。然必山谷詩句耳。』既而檢山谷集，良是。此皆予之足自信者。至若國朝高季迪五言古學李、杜，李獻吉五言律學初唐、子美，李于鱗樂府及五言古學漢魏，何仲默、徐昌穀五七言律學盛唐，有逼真者，使予未覩諸家全集，固不能知爲今人之詩。又如大曆以後，集中已多庸劣之句，開成而下，復有村學堂最猥下語，使或

摘以爲問，予亦安能知爲唐人詩耶！（《詩源辯體》卷三十六）

三八　仲默七言律，風體不一，入録者多出盛唐、子美，亦有出大曆者。餘雖稍弱，無不可觀，當爲國朝七言律第一。蓋于鱗雖高壯雄麗，不免鋩穎太露耳。

四三　邊庭實名貢五言古，語多錯出，出漢魏者較于鱗則爲淺易。

四九　薛君采名蕙與何仲默唱酬爲多，樂府有三言、四言、雜言，較諸子雖勝，而適用者少。予嘗謂：諸家集有樂府三言、四言、雜言者爲店眼物。惟于鱗專習擬古，故爲獨工。

五七　李于鱗名攀龍樂府五言及五言古多出漢魏，世或厭其摹倣。然漢魏樂府五言及五言古，自六朝、唐、宋以來，體制、音調後世邈不可得，而惟于鱗得其神髓，自非專詣者不能。至於摹倣餖飣或不能無，而變化自得者亦頗有之。若其語不盡變，則自不容變耳；語變，則非漢魏矣。所可議者，於古樂府及《十九首》、蘇李《録別》以下，篇篇擬之，殆無遺什，觀者不能不厭耳。

五八　于鱗學漢魏，蓋於六朝及唐體古詩初未嘗習，逮予告而歸，始差次古樂府及《十九首》、《録別》以下諸詩擬之，而盡力於漢魏。是于鱗學古初無所染，又能專習凝領，漸漬歲月，故遂得其神髓耳。王元美云：『西京、建安似非琢磨可到，要在專習凝領之久，神與境會，忽然而來，渾然而就，無歧級可尋，無色聲可指。』元瑞亦言：『兩漢詩非苦思力索所辦，當盡取其詩，玩習凝會，風氣性情，纖屑具領。若楚大夫子身莊嶽，庶幾齊語。』試觀于鱗學古，則二子之言信有徵也。

五九　擬古惟于鱗最長，如《塘上行》本辭云：『念君常悲苦，夜夜不能寐。莫以賢豪故，棄捐素所愛。莫以魚肉賤，棄捐葱與薤。莫以麻枲賤，棄捐菅與蒯。』于鱗則云：『念妾平生時，豈謂有中路。

新人斷流黄，故人斷紈素。新人種蘭茝，故人種桂樹。新人操《陽春》，故人操《白露》。』格倣本辭而語能變化，最爲可法。若《相逢行》中添一二段，格雖稍變，然宛而西京，自非大手不能。譬如臨古人畫，中間稍添樹石，亦是作手。惟《陌上桑》但略换字句，則甚無謂耳。

六〇　于鱗擬古樂府雜言、七言，語或逼真，復有得於擬議之外者。七言古聲調全乖，無一語合作。予嘗謂：『七言古仲默無篇，于鱗無句。』黄介子謂『此語無人能道』。

六一　于鱗七言律，冠冕雄壯，俊亮高華，直欲逼唐人而上之。其俊亮處或有近晚唐者，餘子亦然。然二十篇而外，句意多同，故後人往往相訿。然唐人七言律，李頎諸公僅得數篇，尚足不朽，于鱗嚴選可得二十餘篇，顧不足以傳後耶？但後進初學，志尚奇僻，於其高華雄壯處實不相投，故託之溫雅以抑其雄壯，託之清淡以抑其高華，既未足以壓服人心，則直以句意多同，並乾坤、日月、紫氣、黄金等字責之矣。

六二　于鱗七言律，冠冕雄壯，誠足淩跨百代，然不能不起後進之疑者，以其不能盡變也。唐人五七言律，李杜勿論，即王孟諸子，莫不因題製體，遇境生情。于鱗先意定格，一以冠冕雄壯爲主，故不惟調多一律，而句意亦每每相同，元美謂『守其俊語，不輕變化』是也。然或厭其一律而録其别調，則又失其所長，非復本相矣。餘子亦然。

六三　世多稱獻吉效顰，于鱗倣古。予謂：國朝人詩，惟二子可稱自立門戶，如獻吉七言古，于鱗七言律是也。蓋詩之門戶前人既已盡開，後人但七分宗古、三分自創，便可成家。中郎一派僅拾唐末五代涕唾詳見五代論末，今人不知，以爲自立門戶耳。七子總論見梁公實論後。

六四　元美論同列詩，每多過譽，而于鱗又所深服。然細詳諸説，多見貶詞，而無譽言。李諸體歌行最劣，反不免過譽矣。

八二　子與交歡于鱗、元美，遂取舊草焚之，自是詩非開元、文非東西京毋述。此正與昌穀見獻吉，改其所爲相似。二徐捨己從人，卒能方駕二李，今人溺於偏衺，而反於雅正者嗤之，欲垂名後世，難矣！

八七　胡元瑞云：『七言律開元之後，便到嘉靖。雖圭角巉巖，鋩穎峭厲，視唐人性情風致，尚自不侔；而碩大高華，精深奇絶，人驅上駟，家握連城，名篇傑作，布滿區宇。古今七言律之盛，極於此矣。』愚按：元瑞此論，於于鱗諸子最爲公平，且字字精切，無容擬議。今人第以其語意多同，並多用乾坤、日月等字，遂並其高處棄之，此雖識性淺鄙，抑亦袁氏之説中之也。

八八　嘉靖七子七言律，碩大高華，精深奇絶，譬之吾儒，乃是正大高明之域，今之宗中郎者，視之不啻寇讎；學者苟有志於反正，正當以此砥礪。苟能於此編時時諷詠，開拓其心胷，使齷齪鄙吝之念盡消，則邪氣自不容入矣。予嘗謂：嘉靖七子之律，氣象籠蓋千古，惟溫雅和平稍乖，不能不遜弘正諸子耳。

八九　詩之碩大高華，譬食味之有牢牲；享宴之品雖衆，然必以牢牲爲先，胡元瑞謂『詩富碩則格調易高，清空則體氣易弱』是也。七子七言律碩大高華者多，而溫雅和平者少，衹是不能通變。今之宗中郎者，於七子之語而盡黜之，是猶享宴而盡廢牢牲也，不惟失體，且不知正味矣。李本『寧學唐太過』之説見盛唐總論，實爲七子藥石。

九八　七言律，于鱗高調本出初、盛，然讀于鱗詩，遂欲廢初、盛；　百穀俊調本出晚唐，然讀百穀詩，遂欲廢晚唐。　然于鱗實不及初、盛說見于鱗詩中，而百穀則實勝晚唐也。（《詩源辯體·後集纂要》卷二）

鄧雲霄

詩貴謙沖溫厚，風韻自然可挹，如老杜云：『白頭授簡要能賦，愧似相如爲大夫。』綽有典刑，不墮浮薄。若李于鱗則云：『主家池館帝城隅，上客相如漢大夫。』癡蠢之氣熏人，真村漢耳。（《明詩話全編》載《冷邸小言》）

王嗣奭

于鱗最爲一時膾炙者七言律。其評唐人云『王維、李頎，頗臻其妙』，而不滿於少陵，以爲頹焉自放。至其自作，全是步趨少陵。然唐人皆縛於律，卽以太白之豪，畏其拘束，不敢多作，獨少陵之作最多，而窮工極變，無一復語。于鱗詩讀至十餘首，天地、風塵，百年、萬里，屢出可厭。蓋學少陵感慨悲壯一種，且守而不化者也。（《明詩話全編》載《管天筆記外編·文學》）

楊承鯤

夫王先生知己多氣，僕尚庸廁其間哉。其論歷下忠篤有餘，朗鑒不足。歷下執筆强甚，其文不至左馬不已，其詩不至漢魏諸公、李杜不已，而固自以爲咀左馬之英、獵漢魏之骨，明計直指，居之不疑，而王先生又從旁傅之，以益其過。蓋歷下樂府十不得三，七言古十不得四，五言古十不得五，其最近者五七言律、七言絶耳。而歷下所最極力則七言律，世亦以此慕之。然謂同軌先哲，可詠可嘆，其然乎？（《明詩話全編》載《碣石編・答永嘉劉忠甫書》）

謝肇淛

國朝作者具在，迪功希蹤漢魏，北地摹刻少陵，鄭吏部超然遠詣，猶多質勝。降而中原七子，以誇詡爲宗，繪事爲工，雖云中興，實一厄矣。（《明詩話全編》載《小草齋集・周所諧詩序》）

袁宏道

讀佳集，清新雄麗，無一語入近代蹊徑，知兄丈非隨人腳跟者。而邢少卿詩序中，亦謂兄直法李唐，不從王、李入，此語甚是。僕竊謂王、李固不足法，法李唐，猶王、李也。唐人妙處，正在無法耳。（《袁宏道集・答張東阿》）

胡震亨

自宋以還，選唐詩者，迄無定論。……高廷禮巧用楊法，别益己裁，分各體以統類，立九目以馭體，因其時以得其變，盡其變以收其詳。……高又自病其繁，有《正聲》之選。而二百年後，李于鱗一編復興，學者尤宗之。詳李選與《正聲》，皆從《品彙》中采出，亦云得其精華。但高選至于純完，頗多下駟謬入；李選刻求精美，幸無贋寶誤收。王弇州以爲于鱗以言輕退作者有之，捨格輕進作者無之也，良爲篤論。顧欲以盡唐，侈言此外無詩，則過矣。宜有識者之不無遺議爾。（《唐音癸籤》）

宋懋澄

于鱗於詩文，輒曰擬議以成其變化，惜乎吾見其擬矣。（《明詩話全編》載《九籥集·與艾七》）

馮復京

嗚呼，詩之生於人心者，未嘗惡也，溢於才情者，未嘗減也。然唐之後無詩矣。予嘗曰：詩至晚唐，而氣骨盡矣，故變而之蘇、黄。至蘇、黄，膏潤竭矣，故變而之元。至國朝而法戒備，而能事無以加矣，故變而之李、何、王、李。其變之不善者害古，變之善者無以逾古，束之不觀可也。今王、李降爲袁中郎，而詩亡矣。（《説詩補遺》）

鍾惺

李攀龍《枯魚過河泣》批語：此詩直敍，而其中亦有風趣。詩之妙，豈盡在婉？但直難於婉耳。（《明詩歸》）

李于鱗評詩，少見筆札，獨選唐詩序云云。予謂七言絶句，王江陵與太白，爭勝毫釐，俱是神品，而

于鱗不及之。王維、李頎雖極風雅之致，而調不連響。子美固不無利鈍，終是上國武庫，此地位乃爾。（《朱評詞府靈蛇二集》）

今稱詩，不排擊李于鱗，則人爭異之，猶之嘉、隆間，不步趨于鱗者人爭異之也。或以爲著論駁之者，自袁石公始。與李氏首難者，楚人也。夫于鱗前，無爲于鱗者，則人實步趨之；後于鱗者，人人于鱗也。世豈復有于鱗哉？勢有窮而必變，物有孤而爲奇。石公惡世之羣爲于鱗者，使于鱗之精神光焰不復見於世。李氏功臣，孰有如石公者？……吾友王季木，奇情孤詣，所爲詩有蹈險經奇，似溫李一派者。……季木居石公時不肯爲石公，則居于鱗時亦必不肯爲于鱗。季木後于鱗起濟南，予與石公皆楚人。石公駁于鱗，而予推重季木，其義一也。假令後于鱗爲詩者，人人如季木，石公可以無駁于鱗，以解夫楚人之爲濟南首難也。（《隱秀軒文·問山亭詩序》）

譚元春

李攀龍《前綏聲歌》批語：慷慨激烈可方太白黄河作，而痛快過之。于鱗負一代詩豪者在此。（《明詩歸》）

王鐸

自扶輿清淑之氣散，天下才子少而文人多。文人一丘一壑，或得於文，失於詩；或得於詩，失於文。惟才子能兼之。屈指往哲，左、莊、班、馬，不聞有詩；李、杜詩也，弗長於文；兼之者，唐惟韓、

柳，宋惟子瞻，明則崆峒、新都、濟南、琅琊、臨川、赤水數人而已。（《擬山園文選集・陳子明詩文十二集》）

范弘嗣

有明詩文，自羅玘始脱陋習。李夢陽遂逼漢魏，何景明並擅聲華。於時薛蕙、楊慎、高叔嗣、陳束、徐禎卿、陸粲、袁袠、鄭善夫、屠應峻、何良俊、黄省曾，各就所近，成一家言。而王維楨、王廷陳、支立，尤春容爾雅，卓然名世矣。嘉、隆間，李攀龍立幟濟南，王世貞嗣聲江左。與吳國倫、徐中行、梁有譽、宗臣，號『六才子』。汪道昆、劉鳳、張佳胤，皆挾所長，以主夏盟。即才識不同，體裁迥別，要之，不離古則也。若皇甫三子、余曰德、張九一、魏裳、李先芳、豐坊、莫如忠、黎民表、袁福徽、王世懋、孝廉王文禄、國學盧柟、文學徐渭、布衣沈明臣、俞元文、謝榛，雋才藻思，詎在六朝下哉！（《明詩話全編》載《范竹溪集・文苑評》）

費經虞

明王世貞、李攀龍之詩。

錢受之云：『王元美少年盛氣，爲于鱗輩撈籠推挽，門戶既立，聲價復重，譬之登峻阪，騎危牆，雖欲自下，勢不能也。迨乎晚年，閲世日深，讀書漸細，虚氣消歇，浮華解駁，於是乎渙然汗下，蘧然夢覺而自悔，其不可以復改矣。昔王伯安作《朱子晚年定論》，余竊取其義以論元美。』又云：『初李于鱗輩結社都下，於時稱五子。謝榛、李攀龍、王世貞、徐中行、宗臣、梁有譽，名五子，實六子也。已而謝、李交惡，遂黜榛而進吳國倫，又益以南昌余曰德、銅梁張佳胤，則所謂七子者也。厥後又益蒲圻魏裳、歙郡汪道昆爲後五子焉，而七子之名獨著。』

晉江李廷機《注七子長句集》所謂七子者：李攀龍、王世貞、謝榛、徐中行、梁有譽、宗臣、吳國倫。《彈雅》云：『七子諸人，惟氣用事，横亙胷中，得少損多矣。』（《雅倫・王李體》）

明前後七子互相誇許，往往高擬古人，此不可不察也，大病皆志高氣浮。王、李謂詩有一定規格，多出摹倣，是猶以西施之貌，當類南威、秦娥之音，宜仝王豹開後學，失盡性情之端。鍾、譚謂詩出自性靈而止，是以亂髮垂鬟，不加膏沐，卷蘆截竹，盡棄笙竽，啓狂夫絕棄繩墨之漸。要之，皆偏論也。規模出之古人，意興直抒胷臆，庶幾可哉。（《雅倫・瑣語》）

陳子龍

夫詩衰於宋，而明興尚沿餘習。北地、信陽力返風雅，歷下、琅琊復長壇坫，其功不可掩，其宗尚不可非也。特數君子者，摹擬之功，能事頗極，自運之語，難皆超乘。寡見之士不能窮源導流，跡其文貌，轉相因襲，保陳守萎，事同輿臺，薦紳比之木瓜，山林託爲羔雁，徒具膚形，竟無神理。夫學者流失，雖賢聖不免，卒未聞拙匠遺累於規矩之制，敗軍歸咎於孫、吳之書也。後之作者，欲矯斯弊，惟宜盛其才情，不必廢此簡格，發其幼渺，豈得蕩然律吕？不意一時師心詭貌，惟求自別於前人，不顧見笑於來祀，此萬曆以還數十年間文苑有罔兩之狀，詩人多侏離之音也。夫語言之符，上應休沴，不其然歟？

《安雅堂稿·李舒章彷佛樓詩稿序》

國家右文之化，幾三百年。作者間出，大都視政事爲隆替。孝宗聖德，儷美唐虞，則有獻吉、仲默諸子，以爾雅雄峻之姿，振拔景運。世宗恢弘大略，過於周宣、漢武，則有于鱗、元美之流，高文壯采，鼓吹休明。當此之時，國靈赫濯，而士亦多以功名自見。（《安雅堂稿·答胡學博》）

趙士喆

時于鱗《詩刪》盛行於世，余反復讀之，見其選唐詩則不及古，選明詩更不及唐，五言古一道更所不解。元美嘗爲之出脱曰：『于鱗以意而輕退古之作者則有之，以意而輕進古之作者則未有也。』然所選七子詩，板淺矜張者，殆居其半。夫不輕進古人，而輕進今人則可乎？近者與澄嵐夜話，問《詩刪》與《詩歸》孰勝？澄嵐曰：『《詩歸》誠不無矯枉之過，然要之自成一家言，若《詩刪》則不成選矣。』

或問於余曰：『于鱗之選，茂秦之論，其不及元美也審矣。』詩中稍涉道理者，元美、于鱗必痛詆之爲頭巾氣。儒者之語，固不宜多用於詩，佛老語，獨可多乎？

謝茂秦曰：『予與于鱗會於廣座，有叩余以詩者，予娓娓言之不置，于鱗肘予，俾勿言。予與方酣弗顧也。酒罷，于鱗謂予胡爲盡泄天機？余笑曰，猶有一語未盡吐。于鱗問何語？余曰：「全在想頭別。」于鱗稱善。』予以爲茂秦此語善則善矣，但『想頭別』三字茂秦言之而未必能知，于鱗雖善之，亦未必盡解，何也？讀公之詩知其未能體此言也，而公之所謂『想頭別』者，我知之矣。不過以人所慣用之機鋒，題中必有之故實，我決不用，如畫家之別設一色，歌者之別换一腔，便足以易人觀聽。……所謂別者，乃庸之藪耳。詩之高者，不止想別，其神其骨，無所不別，此豈有法而可傳哉？

弇州又云：『建安、西京，似非琢磨可到，要在專習凝領之久，神與境會，忽然而成，無階級可尋，聲色可指。三謝固自琢磨入，然琢磨之妙，亦近自然。』予讀之擊節嘆服，以爲論學漢魏者，莫妙於斯。但西京之於建安，實未嘗無軒輊也。學漢魏者，固在於專習，不在於琢磨。然王、李之擬《十九首》，皮毛無二，精神力量則遠讓之。此正所謂桓宣武之似，劉司空無所不恨，神與境會者止於斯也耶？

伯敬言樂府可擬，蓋以近代諸公，以古詩爲古而發，然古豈易言哉？第一要知其來歷，第二要辨其體裁，第三要使其風神酷肖，而特出新意。太白擬之，病於離，于鱗擬之，病於合，皆非妙手。元美論樂府『如《郊祀》、《房中》須極古雅，而發以峻峭。《鐃歌》諸曲，勿使可解。諸小曲系北朝者，勿使勝質；系齊梁者，勿使勝文。拙不露態，巧不露痕。寧近勿遠，寧樸勿虚。』可謂得樂府三昧。故其所擬視太白之離、于鱗之合者獨勝。

作歌行須大手筆，然學問大則手筆大，故善此體者，不盡以時代拘。……獻吉歌行專摹老杜，大復《明月》雖步驟初唐四子，而風韻勝之。于鱗、子與各有佳章。元美云：『獻吉之於歌行也，其猶龍乎，于鱗其麟鳳乎？』然鳳質而龍變者，未見其人，言外不無自負。然此種乃此公長技，雖謂之提二李，而攀少陵，亦應無愧。今之作者，恐未能並駕也。

七律詩，斷斷以盛唐爲法。七言絕，則不拘時代矣。……但主盛唐，必求之於雄麗，已爲不廣，至於以『秦時明月』四字之奇，遂以爲全唐壓卷。固矣，夫于鱗之爲詩也。

于鱗選明詩已濫，其佳者未必盡收。吾以爲理學諸公，如王文成、陳公甫臭味不同者，自當別論。或其集未行海內，于鱗耳目不及者，亦無足怪也。

嘗與友人同觀邢子墨蹟帖，內一帖云：『我明詩道闃其無人，何、李、李、王俱非當戶。』見者愕然。予笑曰：『此殆爲近代詩人依傍諸公而發，不自覺其言之過也。我明詩道在開元以後實號中興。古體雖不及漢魏，而勝於齊梁陳隋。近代體雖不及盛唐，而勝於宋元中晚。正、嘉、隆慶作者雲翔，何、李、李、王實爲領袖，安得謂非當戶乎？』元美有言：『詩至獻吉而始大，至于鱗而始高。』其評詩有云：『仲默如朝霞映水，芙蓉試風。又如西施、毛嬙，卻扇一顧，粉黛無色。獻吉如金翅劈天，神龍戲海。又如韓信用兵，多寡如意。于鱗如峩嵋積雪，閬苑蒸霞。又如大舶明珠，貴堪敵國。下者猶木難火齊。』乍覽之似乎標榜過情，及取三家全集反復讀之，然後知元美之非妄。但二李之所短未盡摘出。又所評當代凡數十百家，雖多俊語，然往往戲薄前輩，而曲護交游，是以不厭於輿情耳。予猶記二十年前，與宿氏評詩，止知二李未免重格調，而薄性靈。十餘年來，三尺之童，矢口皆鍾譚一派，獻吉之大，于鱗之高，盡成芻狗，此真如今畫家專向沈石田與董玄宰以爲妙絕，顧虎頭、吴道子、小李將軍之遺筆去其款識，反以爲匠畫矣。予於是不能無感。（《明詩話全編》載《石室談詩》）

方以智

近代學詩，非七子則竟陵耳。王、李有見於宋、元之卑纖淒弱，反之以高渾悲壯，宏音亮節鏗鏗乎盈耳哉。雷同既久，浮闊不情，能無厭乎？青田浩浩，無所不有。《崆峒》、《秋興》，深得老杜《諸將》

之氣格，歷下、婁東，固不逮也。文長從而變之，公安又變之，但取卑近苛癢而已。竟陵《詩歸》非不泠峭，然是快己之見，急翻七子之案，亦未盡古人之長處，亦未必古人之本指也。區區字句焉，摘而刺之，至於通章之含蓄頓挫，聲容節拍，體致全昧。今觀二公之五言律，有幽淡深峭之情，一作七言，自然佻弱矣。時流樂飾其空疏，羣以帖括填之，且以評語填之，趨於亡俚，識者嘆戶外之琵琶焉。（《明詩話全編》載《通雅・詩說》）

董説

擬古樂府者有二：一當也，一擬也。當者當其位也，非擬也。擬者擬其名也，擬其聲也，擬其辭也。……世言古樂府宗于鱗氏，余讀于鱗《大風歌》曰：『大風沸兮雲薄天，驅萬乘兮紛來旋，紛來旋兮沛之宮，士桓桓兮福攸同。』《李夫人歌》曰：『寤耶夢耶？就而視之，包紅顏，其弗明。』嗚呼，于鱗氏烏知樂府？于鱗之古樂府譬之若舊碑之臨摹也。（《豐草庵文集・樂府擬》）

支允堅

讀于鱗文，苦難竟；讀宗子相文，苦易竟。

李于鱗詩多風塵，人呼爲李風塵。其卒也，偶因舉筆作文，心痛陡斃。嗟嗟，人稱文士刳腸劌肺，不其然乎？（《藝苑閑評》）

（二）清代

馮班

近代李于鱗取晉、宋、齊、隋《樂志》所載，章截而句摘之，生吞活剝，曰『擬樂府』。至於宗子相之樂府，全不可通。今松江陳子龍輩效之，使人讀之笑來。王司寇《巵言》論歌行云：『有奇句奪人魄者。』直以爲歌行，而不言此卽擬古樂府。夫樂府本詞多平典，晉、魏、宋、齊樂府取奏，多聱牙不可通。蓋樂人采詩合樂，不合宮商者，增損其文，或有聲無文，聲詞混填，至有不可通者，皆樂工所爲，非本詩如此也。漢代歌謠，承《離騷》之後，故多奇語。魏武文體，悲涼慷慨，與詩人不同。然史志所稱，自有平美者，其體亦不一。如班婕妤『團扇』，樂府也。『青青河畔草』，樂府也。《文選注》引古詩多云枚乘樂府，則《十九首》亦樂府也。伯敬承于鱗之後，遂謂奇詭聱牙者爲樂府，平美者爲詩。其評詩至云：某篇某句似樂府，樂府某篇某句似詩。謬之極矣。（《鈍吟雜錄·古今樂府論》）

酷擬之風，起於近代。李于鱗取魏、晉樂府古異難通者，句摘而字效之，學者始以艱澀遒壯者爲樂府，而以平典者爲詩。吠聲譁然，殆不可止。但取《樂府詩集》中所載讀之，了然可見。蓋魏、晉樂章，既由伶人協律，聲有短長損益，以文就之，往往合二而一，首尾都不貫，文亦有不盡可通者，如《鐃歌》聲詞混填，豈可更擬耶？樂工務配其聲，文士宜正其文。今日作文，止效三祖，已爲古而難行矣；若更爲其不可解者，既不入樂，何取於伶人語耶？亦古人所不爲也。漢詩之無疑者，唯《文選》班姬一章，亦樂府也。興深文典，與蘇、李諸作何異？總之，今日作樂府：賦古題，一也；自出新題，二也。捨此而曰某篇似樂府語，某篇似詩語，皆于鱗、仲默之敝法也。選詩者至汲汲取其難通以爲古妙，此又伯敬、友夏之謬也。（《鈍吟雜録·論樂府與錢頤仲》）

伶工所奏，樂也。詩人所造，詩也。詩乃樂之詞耳，本無定體，唐人律詩，亦是樂府也。今人不解，往往求詩與樂府之别，鍾伯敬至云某詩似樂府，某樂府似詩。不知何以判之？祇如西漢人爲五言者二家，班婕妤《怨詩》，亦樂府也。吾亦不知李陵之詞可歌與否？如《文選注》引古詩，多云枚乘樂府詩，知《十九首》亦是樂府也。漢世歌謠，當騷人之後，文多遒古。魏祖慷慨悲涼，自是此公文體如斯，非樂府應爾。文、明二祖，仰而不迨，大略古直。樂工采歌謡以配聲，文多不可通，《鐃歌》聲詞混填，不可復解是也。李于鱗之流，便謂樂府當如此作。今之詞人，多造詭異不可通之語，題爲樂府。集中無此輩語，則以爲闕。《樂志》所載五言四言，自有雅則可誦者，豈未之讀耶？

陸士衡《擬古詩》、江淹《擬古三十首》，如搏猛虎，捉生龍，急與之較，力不暇，氣格悉敵。今人擬詩，如牀上安牀，但覺怯處種種不逮耳。然前人擬詩，往往只取其大意，亦不盡如江、陸也。（《鈍吟雜録·正俗》）

吴景旭

《堯山堂外紀》曰：『李于鱗爲陝西按察使，鄉人殷者來巡撫，嘗下檄于鱗代撰奠章及送行序。于麟不樂，移病乞歸。殷留之。入謝，乃請曰：「臺下但以一介來命，不則尺蹏見屬，無不應者，似不必檄也。」殷謝過，有所屬撰，以名刺往。久之，復移檄。于鱗上疏乞休，不待報，竟歸。吏部惜之，用何仲默例，許養疾，疾愈起用。蓋異數也。于鱗歸，杜門，自兩臺監司以下，請見不得，去亦無所報謝，以是得簡倨聲。又嘗爲詩云：「意氣還從我輩生，功名且付兒曹立。」諸公聞之，有欲甘心者。」

吴旦生曰：『于鱗守順德時，訪胡提學。乃蜀人也。問之曰：「楊升庵健飯否？」胡曰：「升庵錦心繡腸，不若陳白沙鳶飛魚躍也。」于鱗拂衣去。後按察關中，過許中丞，問：「今能詩何人？」于鱗云：「惟王元美，其次宗子相。」許請子相詩觀之。于鱗勃然曰：「夜來火燒卻！」蓋其性情簡倨如此。然觀陳眉公語陳臥子云：「少時見元美言，往者燕邸之會，于鱗爲詩必晚出，見他人有工者，即廢己作，不復示人。前輩自矜其名乃爾。」據此，則爲于鱗下懷處也。以簡倨一切之人，而獨下懷於吟事，知其中本無虚憍之氣也。論者謂其狂易叫囂，弊流後進，亦太刻深矣。』

《堯山堂外紀》曰：『「舊河通瓠子，新浪漲桃花」，元人張仲舉詩也。』嘉靖中，河決徐沛，大司空萬安朱公衡，排眾議，改築新渠，百年河患，一旦屏息，海内名士，咸有頌章。李于鱗詩云：『河堤使者大司空，兼領中丞節制同。轉餉千年軍國壯，朝宗萬里帝圖雄。春流無恙桃花水，秋色依然瓠子宫。太史但裁溝洫志，丈人何減漢臣風！』『春流』一聯，王元美亟稱之，以爲不可及，然實用張語，而意稍不同。……于鱗首云『河堤使者大司空』，蓋『空』與『同』、『雄』、『宫』、『風』相叶。余按『司空』之『空』，不當作平聲叶也。……則于鱗直作平聲叶者，未深考耳。

李于鱗酬李東昌詩：『江湖盤薄有能事，畫我山中白雪樓。』

吳旦生曰：『于鱗自關中挂冠，構白雪樓，所著名《白雪樓詩集》。東昌李使君子朱讀其集，繪爲圖以寄之，于鱗酬贈此詩。』按：于鱗自謂『樓在郡東三十里許鮑城，前望太麓，西北眺華不注諸山，大、小清河交絡其下，左瞰長白、平陵之野，海氣所際。每一登臨，鬱爲勝觀。』自題白雪樓云：『大清河抱孤城轉，長白山邀返照迴。』謝魏使君云：『白雪新題照畫闌，鮑山堪此對盤桓。』王元美乃謂：『樓上于鱗讀書，而其下甚穢。可笑！』則又何邪？陳眉公云：『于鱗死，其子駒後亡，家貧，白雪樓已鬻他人矣。』文人薄命如此！

李于鱗登真定大悲閣詩：『坐來大陸當窗盡，不斷滹沱入檻流。』吳旦生曰：『大陸在真定府寧晉縣，即《禹貢》「陸澤之地」，大河所經，受滏音輔、汶音肴、沙、滦音際諸水。夏潦之時，漳水、滹沱，南北交注。其澤東西徑三十里，直接隆平、任縣，俱百餘里。……《後漢書》：鉅鹿郡有大陸澤。《呂氏春秋》「九藪」「趙之巨鹿」高誘注云：「廣阿澤是也。」』按：廣阿、大陸，同澤異名……故于鱗《同元美登郡城樓》詩：『銜杯大麓來秋色，倚檻邢臺過白雲。』元美有《于鱗邀登郡樓》詩：『不盡天風吹大陸，何來嶽色滿邢州？』時于鱗守順德，古名邢州也。偶見後之倣七子聲口者，動言『大陸』，竟作平原廣野之通稱，特詳釋之。

少室山房詩評曰：嘉、隆並稱『七子』，要以一時著作聲氣傅合耳。然其才殊有徑庭。于鱗七言律絕，高華傑起，一代宗風；明卿五、七言律，整密沈雄，足可方駕。然于鱗則用字多同，明卿則用句多同，故十篇之外，不耐多讀，皆尺有所短也。子相爽朗以才高，子與森嚴以法勝；公實縝麗，茂秦融和，第所長俱近體耳。吳旦生曰：胡元瑞品評七子，而不及王元美者，此敬美所謂：『胡郎論古今文人，互有雌黄。至於吾兄，無可瑕摘也。』然元美與五子之詩，茂秦居首；漫興之作，于鱗其一，蓋已著矣。

王元美詩：『我自青雲甘薄宦，誰當白雪問相思？』吴旦生曰：王、李類以『青雲』、『白雪』作對。如于鱗詩：『卽今病借青雲起，何用詩傳白雪音？』元美詩：『青雲坐向論心失，白雪歌容攘臂驕。』余觀京房《易占》云：『青雲所覆，其下有賢人隱。』《續逸民傳》云：『嵇康早有青雲之志。』……皆作隱逸用。……今之指功名爲青雲，何哉？（《歷代詩話》癸集七《明詩》）

施閏章

用哉字

潘尼『協心毗聖世，畢力贊康哉』，謝朓『耳目暫無擾，懷古信悠哉』，沈約『洞房殊未曉，清光信悠哉』，陳子昂『五陵盡喬木，昭王安在哉』，杜甫『往來時屢改，川陵日悠哉』，『狼狽風塵裏，羣臣安在哉』，『疏鑿功雖美，陶鈞力壯哉』，『野橋齊渡馬，秋望轉悠哉』，『江流大自在，坐穩興悠哉』，略可。餘未免有心學步。沈、陳風韻氣概，已勝潘、謝，至于鱗『登高作賦大夫哉』，殆不成語。

于鱗七律

于鱗自喜高調，於登臨尤擅場。然登太行、太華山絶頂各四首，竭盡氣力，聲格俱壯。細看四首景象，無甚差別，前後亦少層次，總似一首可盡，故知七律不貴多也。杜老《秋興》八首，《咏懷古跡》五首，各有所指，自可不厭。今人搖筆四首八首，以十爲率，强半不知痛癢耳。（《蠖齋詩話》）

王夫之

古詩無定體，似可任筆爲之，不知自有天然不可越之榘矱。故李于鱗謂唐無古詩，言亦近是；無即不無，但百不得一二而已。所謂榘矱者，意不枝，詞不蕩，曲折而無痕，戌削而不競之謂。若于鱗所云無古詩，又唯無其形埒字句與其粗豪之氣耳。不爾，則『子房未虎嘯』及《玉華宫》二詩，乃李、杜集中霸氣滅盡，和平溫厚之意者，何以獨入其選中？

一解弈者，以誨人弈爲游資。後遇一高手，與對弈，至十數子，輒揶揄之曰：『此教師碁耳！』詩文立門庭，使人學己，人一學即似者，自詡爲『大家』，爲『才子』，亦藝苑教師而已。高廷禮、李獻吉、何大復、李于鱗、王元美、鍾伯敬、譚友夏，所尚異科，其歸一也。纔立一門庭，則但有其局格，更無性情，更無興會，更無思致，自縛縛人，誰爲之解者？昭代風雅，自不屬此數公。

建立門庭，自建安始。……故嗣是而興者，如郭景純、阮嗣宗、謝客、陶公，乃至左太沖、張景陽，皆不屑染指建安之羹鼎，視子建蔑如矣。降而蕭梁宫體，降而王、楊、盧、駱，降而大曆十才子，降而溫、李、楊、劉，降而『江西宗派』，降而北地、信陽、琅邪、歷下，降而竟陵，所翕然從之者，皆一時和哄漢耳。

（《薑齋詩話》卷二）

宋徵璧

于鱗曰：『子昂自以古詩爲古詩。』予謂工部可當此語，子昂似未定。（《抱真堂詩話》）

毛先舒

于鱗《唐選》五言古詩十四首，就唐論之，既不足以盡其技，以尚古調又未然，殆不如其無選。于鱗『萬里銀河』一首，余見其稿，益知改正心苦，古人不漫然也。（《詩辯坻》）

葉燮

乃近代論詩者，則曰：《三百篇》尚矣，五言必建安、黄初，其餘諸體，必唐之初盛而後可。非是者，必斥焉。如明李夢陽不讀唐以後書；李攀龍謂『唐無古詩』，又謂『陳子昂以其古詩爲古詩，弗取也』。自若輩之論出，天下從而和之，推爲詩家正宗，家弦而户習。習之既久，乃有起而掊之，矯而反之者，誠是也；然又往往溺於偏畸之私説。其説勝，則出乎陳腐而入乎頗僻；不勝，則兩敝。而詩道遂爲不可救。

盛唐諸詩人，惟能不爲建安之古詩，吾乃謂唐有古詩。若必摩漢魏之聲調字句，此漢魏有詩，而唐無古詩矣。且彼所謂陳子昂『以其古詩爲古詩』；正惟子昂自爲古詩，所以爲子昂之詩耳。然吾猶謂子昂古詩，尚蹈襲漢魏蹊徑，竟有全似阮籍《詠懷》之作者。失自家體段，猶訾子昂不能以其古詩爲古詩，乃翻勿取其自爲古詩，不亦異乎！

昔李攀龍襲漢魏古詩樂府，易一二字便居爲己作；今有用陸（游）、范（成大）及元（好問）詩句，或顛倒一二字，或全竊其面目，以盛誇於世，儼主騷壇，傲睨今古，豈惟風雅道衰，抑可窺其術智矣！

（《原詩·內篇上》）

又觀近代著作之家，其詩文初出，一時非不紙貴，後生小子，以耳爲目，互相傳誦，取爲楷模，及身沒之後，聲問卽泯，漸有起而議之者。……卽如有明三百年間，王世貞、李攀龍輩盛鳴於嘉、隆時，終不如明初之高、楊、張、徐，猶得無毁於今日人之口也；鍾惺、譚元春之矯異於末季，又不如王、李之猶可及於再世之餘也。是皆其力所至遠近之分量也。（《原詩·內篇下》）

五十年前，詩家羣宗『嘉隆七子』之學。其學五古必漢魏，七古及諸體必盛唐。於是以體裁、聲調、氣象、格力諸法，著爲定則。作詩者動以數者律之，勿許稍越乎此。又凡使事、用句、用字，亦皆有一成之規，不可以或出入。其所以繩詩者，可謂嚴矣。惟立說之嚴，則其途必歸於一，其取資之數，皆如有分量以限之，而不得不隘。是何也？以我所制之體，必期合裁於古人；稍不合，則傷於體，而爲體有數矣！我啓口之調，必期合響於古人；稍不合，則戾於調，而爲調有數矣！氣象、格力無不皆然，則亦俱爲有數矣！其使事也，唐以後之事戒勿用，而所使之事有數矣！其用字句也，唐以前未經用之字與句，戒勿用，則所用之字與句亦有數矣！夫其說亦未始非也，然以此有數之則，而欲以限天地景物無盡之藏，並限人耳目心思無窮之取，卽優於篇章者，使之連詠三日，其言未有不窮，而不至於重見疊出者寡矣。

至於明之論詩者無慮百十家，而李夢陽、何景明之徒，自以爲得其正而實偏，得其中而實不及；大約不能遠出於前三人之窠臼，而李攀龍益又甚焉。王世貞詩評甚多，雖祖述前人之口吻，而掇拾其皮毛，然間有大合處。如云：『剽竊摹擬，詩之大病，割綴古語，痕跡宛然，斯醜已極。』是病也，莫甚於李攀龍。世貞生平推重服膺攀龍，可謂極至；而此語切中攀龍之隱，昌言不諱。乃知當日之互爲推重者，徒以虛聲倡和，藉相倚以壓倒衆人；而此心之明，自不可掩耳。（《原詩·外篇》上）

朱彝尊辑錄

朱中立云：『滄溟天才跌宕，奇氣特出，誠天閒之逸足，藝場之上匠也。』

穆敬甫云：『于鱗構思玄遠，造語精深，如蒼崖古壁，周鼎商彝，奇氣自不可掩。』

顧玄言云：『觀察七言律，函忠英發，襞調豪邁，如八音鳳奏，五色龍章，開闔鏗鏘，可稱絕美。至五言似有不盡然者。』

王敬美云：『于鱗七律，俊潔響亮，海内爭事剽竊，至使人厭。』

彭子殷云：『于鱗樂府思上薄漢魏，而病於襲；七律高華絕響之中不免著跡。』

屠緯真云：『元美推尊于鱗，誠過。當時諸公揮毫，或未免纖弱，于鱗晚出，蒼健驚人，奈何不壓倒曹耦？今若盡讀于鱗詩，初則喜其雄俊，多則厭其雷同。若雜一首於衆作之中，則陡覺矯壯而突出矣，宜其爲元美賞詫如此也。』

王承父云：『詩衰於宋元，北地起而復古，一代摹擬之格此則創矣。歷下一變，鍛煉陶洗，脫凡腐而尚精麗，然才情聲律，未極變化，故用豪句構壯字自高，或晦而雜，疊復而致厭，多宗之，後且避之也。』

李時遠云：『滄溟七律誠佳，至於擬古，雖無作可也。』

孫文融云：『于鱗詩自工，但恨猶是中唐調。』

何無咎云：『濟南以高華嘹亮取勝，非不金莖玉樹、白鶴霜鐘，第語過清空，意少變化。』

殷虎臣云：『嘉、隆間，王、李等七子詩學盛唐，不過匡廓耳。至於深沉之思、雋永之味、超脱之趣，尚未入室。』

曹能始云：『于鱗古詩，不作漢魏以後語，然有心學步，去之愈遠，而無意者時或近之。至其樂府，自謂「擬議以成變化」，而予無取焉。』

焦弱侯云：『七子互相矜許，雖有名於時，而詞調往往如出一人。』

文湛持云：『濟南七律，接軫李頎可無慚色。』

陳臥子云：『于鱗天骨既高，人工復盡，如玉出藍田而復逢巧匠，珠同隋侯而更耀蠙首，故遇瑕則剔，有美必雙，總其經營反側，不輕染翰，故能領袖羣倫。五古規摹建安，潘、陸以後，涉筆便少，未免取境太狹。七古原於李頎，而雄整過之。五律雜出盛唐諸家。七律有王維之秀雅、李頎之流麗，而又加整練高華，固爲千古絕調。絕句調甚練而若出自然，意必渾而每多可思，照應頓挫，俱有法度。』

姚仙期云：『于鱗擬古，自《黄澤》、《白雲》、《南山》、《越人》而下，幾欲一字一意，不差毫髮，比於胡寬之營新豐，獨不思伯樂相天下馬，若滅若沒，若忘若失，自有其天機耶。』（《明詩綜》）

于鱗樂府，止規字句，而遺其神明，是何異安漢公之《金縢》、《大誥》，文中子之續經乎？惟《相和》短章，稍有足録者。五言學步蘇、李、曹、劉，如『浮雲從何來，焉知非故鄉？來者自爲今，去者自爲昔』，差具神理，然所警者寡矣。七古、五律、絕句，要非作家，惟七律人所共推，心慕手追者王維、李頎也。合而觀之，句重字複，氣斷續而神仳離，亦非極品。元美比之『峩眉天半雪』，至謂『文許先秦上，詩卑正始還』，譽過其實。于鱗乃居之不疑，據白雪樓高自位置。此時章丘李伯華架插萬卷書，海豐楊伯謙吟精五言律，是宜降心相從，乃敢大言謂『微吾竟長夜』，豈非妄人？又自詡與元美狎主齊盟，目四溟以橐鞬，鞭弭左右，四溟豈心服乎？（《靜志居詩話》）

王士禛

歷下詩派，詩盛於弘、正四傑之邊尚書華泉，再盛於嘉、隆七子之李觀察滄溟。二公後皆式微。施愚山督學山東時，爲滄溟立墓碑，夢其衣冠來謝。余刻《華泉集》，及其仲子習遺詩。又訪其後裔，則墓祠久廢，七世孫某，已爲人家佃種矣。乃公言於當道，予以奉祀生。『兒童不識字，耕稼魏公莊』，古今同慨也。（《漁洋詩話》卷上）

襲勖字克懋，章丘人。少貧，爲人牧豕，三十始補諸生；時縣人李太常開先、袁西樓崇冕方尚金、元詞曲，勖獨與歷下李于鱗、殷正甫輩以詩古文相倡和。終開平衛教授。華鼇，字空塵，亦章丘人。祖珩，御史。鼇，工詩善畫，有句云：『秋老留紅葉，風輕轉白蘋』；『愛此疏林月，兼之一磬清』，『雨霽聞啼鳥，風停數落花』。與李滄溟、楊夢山相倡和。姓名亦見楊升庵集。（《漁洋詩話》卷中）

吾鄉風雅盛於明弘、正、嘉、隆之世，前有邊尚書華泉，後有李觀察滄溟。《滄溟集》盛傳於世，《華泉集》一刻於胡中丞可泉，再刻於魏推官允孚。（《香祖筆記》卷二）

宋犖

李于鱗《唐詩選》，境隘而辭膚，大類已陳之芻狗；鍾、譚《詩歸》，尖新詭僻，又似鬼窟中作活計，皆無足取。蓋詩道本廣大，而彼故狹小之；詩道本靈通變化，而彼故拘泥而穿鑿之也。近日王阮亭《十種唐詩選》與《唐賢三昧集》，原本司空表聖、嚴滄浪緒論，所謂『言有盡而意無窮』，『妙在酸鹹之外』者。以此力挽尊宋祧唐之習，良於風雅有裨。至於杜之海涵地負，韓之鼇擲鯨呿，尚有所未逮。

古樂府音節久亡，不可摹擬。王世貞、李攀龍及雲間陳子龍、李雯諸子，數十年墮入雲霧，如禹碑石鼓，妄欲執筆效之，良可軒渠。少陵樂府以時事創新題，如《無家別》、《新婚別》、《留花門》諸作，便成千古絶調。後來張籍、王建樂府，樂天之《秦中吟》，皆有可采。楊鐵厓《詠史》，音節頗具頓挫；李西涯倣之便劣。要當作古詩讀，無煩規規學步也。亡友顧赤方景星擅長此體，余最好之。

五言古，漢、魏、晉、宋，名篇甚夥。獨蘇、李、《十九首》另爲一派。阮亭云：『如無縫天衣，後之作者，求之針縷襞積之間，非愚則妄。』誠哉知言。阮嗣宗《咏懷》，陳子昂《感遇》，李太白《古風》，韋蘇州《擬古》，皆得《十九首》遺意。于鱗云：『唐無古詩而有其古詩。』彼僅以蘇、李、《十九首》爲古詩耳，然則子昂、太白諸公，非古詩乎？余意歷代五古，各有擅場，不第唐之王、孟、韋、柳，即宋之蘇軾、黄庭堅、梅堯臣、陸游，要是斐然；而必以少陵爲歸墟。昔人詩評：杜工部如周公制作，後世莫能擬議。蓋篤論也。至杜之《北征》、《詠懷》，韓之《南山》諸大篇，尤宜熟誦，以開拓其心胷。

唐以後詩派，歷宋、元、明至今，略可指數……成、宏（弘）間李東陽雄張壇坫。迨李夢陽出，而詩學大振，何景明和之，邊貢、徐禎卿羽翼之，亦稱四傑，又與王廷相、康海、王九思成七子。正、嘉間又有高叔嗣、薛蕙、皇甫氏兄弟稍變其體。嘉、隆間李攀龍出，王世貞和之，吴國倫、徐中行、宗臣、謝榛、梁有譽羽翼之，稱後七子。此後詩派總雜，一變於袁宏道、鍾惺、譚元春，再變於陳子龍。本朝初又變於錢謙益。其流别大槩如此。（《漫堂説詩》）

田雯

滄溟云：『詩自唐以後，不必立樂府名色。』此論亦當。青蓮集中樂府累累如貫珠矣，少陵則不作。《哀江頭》、《哀王孫》、《前後出塞》、《石壕吏》、《垂老别》等篇，東阿《筆塵》云：『樂府之變，其實皆古詩也。』李西涯以論事作樂府，别辟新調。

《列朝詩集》，其人系西涯門下，多懷袒護，乃於前後七子空同、歷下輩同貶之；又爲海陵生之惡言，以詆歷下，不遺餘力，亦惑甚矣。（《古懽堂雜著》卷一）

吴喬

五　問云：『今人忽尚宋詩如何？』答曰：『爲此説者，其人極負重名，而實是清秀李于鱗，無得於唐。唐詩如父母然，豈是能識父母更認他人者乎？』

九　又問：『丈人何故捨盛唐而爲晚唐？』答曰：『二十歲以前，鼻息拂雲，何屑作「中」、「晚」耶？二十歲以後，稍知唐、明之真僞，見「盛唐體」被明人弄壞，二李已不堪，學二李以爲盛唐者，更自畏人，深愧前非，故捨之耳。世人誰敢誇大步？士庶不敢作卿大夫事，卿大夫不敢作公侯事。自分稷、卨自許，愛君憂國之心，未是少陵，無其心而强爲其説，縱得遺詞逼肖，亦是優孟冠裳，與土偶蒙金者何異？無過奴才而已。寒士衣食不充，居室同於露處，可謂至貧且賤矣，而此身不屬於人。刁家奴侯服玉食，交游卿相，然無奈其爲人奴也。二李，刁家奴，學二李者又重儓矣。』又問：『學晚唐者，寧無此過？』答曰：『人於詩文，寧無乳母？脱得攜抱，便成一人。二李與其徒，一生在乳母懷抱間，腳不立地，故足賤也。誰人少時無乳母耶？』

二〇　又問曰：『丈人極輕二李，與牧齋之論同乎？』答曰：『渠論于鱗者盡之矣，空同猶有屈處。于鱗才本薄弱，而又學問淺，見識卑；空同唯是心粗氣浮，横戴少陵於額上，輕蔑一世，是可厭賤。若其匠心而出，如「卧病一春違報主，啼鶯千里伴還鄉」，上句敘坐獄，得昌黎「臣罪當誅兮天王聖明」造語之法；下句言人情涼薄，從《楚辭》「波滔滔兮來迎，魚鱗鱗兮媵予」而來，豈餘人所及？以此詩情事，用不著少陵，只得匠心而出，所以優柔敦厚，深入唐人之室。若平生盡然，豈可涯量也？謝茂秦於明人中最不落節，而全集中無此深入處。觀其所以教王、李諸公學唐人者，不過聲色邊事，見處可知。仲默才最秀，亦以見處不深，用於摹擬，入目燦然，吟詠卽如嚼蠟。鳳洲日出萬言，不暇用心，何以能佳？中郎欲翻王、李，而有不逮。至於鍾、譚，直是兒童之見，何足言詩？』

二五　問：『三唐變而愈弱，其病安在？』答曰：『須在此處識得唐人好處，方脱二李陋習。《左傳》一人之筆，而前則典重，後則流麗，所託者然也，豈必前高於後乎？三唐人各自作詩，各自用心，寧使體格稍落，而不肯爲前人奴隸，是其好處，豈可不知，而唯舉其病？楊、劉學義山而不能流動，竟成死句。歐、蘇學少陵，只成一家之體，尚能自立。至於空同，唯以高聲大氣爲少陵，于鱗唯以皮毛鮮潤爲盛唐，其意本欲振起「中」、「晚」，而不知全無自己，以病爲藥也。然在今日，遂爲不祧之祖，何也？事之關係功名富貴者，人肯用心。唐世功名富貴在詩，故唐世人用心而有變，一不自做，蹈襲前人，便爲士林中滯貨也。明代功名富貴在時文，全段精神，俱在時文用盡，詩其暮氣爲之耳。此間有二種人：一則得意者不免應酬，誤以二李之作爲唐詩，便於應酬之用；一則失意者不免代筆，亦唯二李最便故耳。』（《答萬季埜詩問》）

于鱗乃取晉、宋、齊、梁、隋《樂志》所載者，章截而句摘之，生吞活剝，謂之『擬樂府』，而宗子相所作，全不可通。陳子龍輩效之……伯敬承于鱗之說，遂謂奇詭聱牙者爲樂府，平美者爲詩，至謂古詩某篇某句似樂府，樂府某篇某句似古詩，謬之極矣！

弘、嘉惟見古人皮毛，元美仿《史》、《漢》字句以爲古文，于鱗仿《十九首》字句以爲詩，皆全體陳言而不自知覺，故仲默敢曰『古文亡於昌黎』，于鱗敢曰『唐無古詩』也。此與七律之瞎盛唐而譏大曆以下者一轍。去有偶句者，以其爲唐體之履霜也。去晚唐者，晚唐已絶也。（《圍爐詩話》卷二）

李于鱗之才遠下獻吉，踵而和之，淺夫又極推重，遂使二李並稱，瞎盛唐之流毒深入人心。不求詩意，惟求好句。不學二李，無非二李。……于鱗成進士後，有意於詩，與其友請教於謝茂秦。茂秦在明人中錚錚而未有見於唐人者也，教以取唐詩百十篇，日夜詠讀，倣其聲光以造句。于鱗從之，再起何、李之死灰，成『七才子』一路。

于鱗《詩删》去宋人，而以明人直接盛唐人。今有范氏所選歷代詩亦然。余謂弘、嘉習氣流注人心，即此可驗。

獻吉高聲大氣，于鱗絢爛鏗鏘，遇湊手題，則能作㲉硬浮華之語，以震眩無識；題不湊手，便如優人扮生旦，而身披綺紗袍子，口唱《大江東去》，爲牧齋所鄙笑。由其但學盛唐皮毛，全不知詩故也。二李於唐詩之意在言外，宋文之法度謹嚴，實無所見。故其文則蔑韓、歐而學《史》、《漢》，其詩則蔑韋、柳而學盛唐，敢言古文亡於昌黎，不讀大曆以後一字。

全唐詩何可勝計，于鱗抽取幾篇，以爲唐詩盡於此矣，何異太倉之粟，陳陳相因，而盜擇升斗，以爲盡王家之蓄積哉！唐人之詩工，所失雖多，所收自好。臥子選明詩，亦每人一二篇，非獨學于鱗乃是惟取高聲大氣，重綠濃紅，似乎二李者也。明人之詩不工，所取皆陳濁膚㲉無味之物，若牧齋《列朝詩》早出，此選或不發刻耳。

于鱗《入覲賀建儲》云：『伏謁不違顔咫尺，十年西省愧爲郎。』此二句有意可誦，不同他篇。明朝黨禍，成於冊立之緩，詩若爲此事，恨不早諫，則少陵也；若以昔不在翰林，不得近君，至外轉入覲，得見天顔，則淺矣。然非集盛唐字以成句者也。

于鱗惟『春流無恙桃花水，秋色依然瓠子宫』是佳句，而元人已有『舊河通瓠子，新浪漲桃花』矣。

于鱗仿漢人樂府，爲牧齋所攻者，直是笑具。

于鱗送之任慶陽者曰：『大漠清秋迷隴樹，黄河日落見層城。』十四字中畫作六截。大漠在塞外數千里，隴山在慶陽南千里，何以大漠清秋迷得隴山之樹？慶陽城去黄河東西北三面皆千里，何以黄河日落得見慶陽之城？文理通乎？縱令沙漠之清秋迷隴山之樹，黄河之日落得見慶陽之城，與別情何涉？王右丞、高達夫送别七律具在，豈曾如此？喬至不才明代筆送别，詭遇之談，亦不如是。至於『江漢日高天子氣，樓臺秋敞大王風』，吳門謔好大者，題其銘旌曰：『中相國壁鄰王媽媽之柩』也，直是昏狂醉夢。

于鱗曰：『地坼黄河趨碣石。』真是唐人語。若是明人，即知黄河在宋真宗時入淮矣。偌大白雪樓，竟無一册山經地志。

于鱗只學李頎之『新加大邑綬仍黄』，故以少陵爲隤放。題有『望』字，方可説到千萬里，而盧綸《長安春望》，司空曙《長安曉望》，皆不然。若在二李，岷山、滇江俱作詩材，大家故也。李頎諸體俱佳，七律中之《題璿公山池》、《宿瑩公禪房》、《題盧五舊居》，亦是佳作，惟《送盧員外》、《寄綦毋三》、《送魏萬》、《送李回》者，是燦爛鏗鏘，膚殼無情之語。于鱗於盛唐只學四首，而自謂盡諸公能事。

于鱗見元美文學《史》、《漢》，乃學《左傳》，欲以勝之。笨伯固宜如此。湯若士，慧人也，亦欲學初唐以勝『二李』，何歟？袁中郎亦欲翻『二李』，而識淺力薄，反開鍾、譚門竇。

于鱗有『海内知名兄弟少，天涯宦跡左遷多』，甚清新。卻將唐人塞斷自心，甚可惜也。（《圍爐詩話》卷六）

張謙宜

歷下、竟陵、雲間、西陵各有盛時，學者摹擬聲響，摭拾粉澤，皆假也。其或名譽已著，年齒已尊，以改塗折節爲羞，所以因循坐廢，不知豪傑各有性情，宗匠自具爐錘，不必盡摹古款，器成自是可傳，如宣

盤、倭刀是也。（《緹齋詩話》）

顧嗣立

一　宋中丞西陂先生犖……未若虞山馮定遠先生班之論，最爲痛快。曰：『王、李、李、何之論詩，如貴胄子弟，倚恃門閥，傲忽自大，時時不會人情。鍾、譚如屠沽家兒，時有慧黠，異乎雅流。』恐王、李諸公再生，亦當赧服。（《寒廳詩話》）

郎廷槐問，王士禛等答

一問：『作詩，學力與性情，必兼具而後愉快。愚意以爲學力深，始能見性情。若不多讀書，多貫穿，而遽言性情，則開後學油腔滑調、信口成章之惡習矣。近時風氣頹波，惟夫子一言以爲砥柱。』……

歷友答：『嚴滄浪有云：「詩有別才，非關學也；詩有別趣，非關理也。」此得於先天者，才性也；「讀書破萬卷，下筆如有神。」「貫穿百萬衆，出入由咫尺。」此得於後天者，學力也。非才無以廣學，非學無以運才，兩者均不可廢。有才而無學，是絕代佳人唱《蓮花落》也；有學而無才，是長安乞兒著宮錦袍也。近世風尚，每苦前人之拘與隘，而轉途於「長慶」、「劍南」，甚且改轍於宋、元，是以愈趨而愈下也。有心者急欲挽之以開、寶，要不必藉口於宗歷下，轉令攻之者樹幟紛紛耳。』

三問：『樂府之體，與古歌謠仿佛。必具有懸解，另有風神，無蹊徑之可尋，方入其室；若但尋章摘句，摹擬形似，終落第二義。……』

阮亭答：『樂府之名，始於漢初，如高帝之《三侯》，唐山夫人之《房中》是。……李之《遠别離》、《蜀道難》、《烏夜啼》，杜之《新婚》、《無家》諸别，《石壕》、《新安》諸吏，《哀江頭》、《兵車行》諸篇，皆樂府之變也。降而元、白、張、王，變極矣。元次山、皮襲美補古樂章，志則高矣，顧其離合，未可知也。唐人絶句，如「渭城朝雨」、「黄河遠上」諸作，多被樂府，止得《風》之一體耳。元楊廉夫、明李賓之各成一家，又變之變也。李滄溟詩名冠代，衹以樂府摹擬割裂，遂生後人詆毁。則樂府甯爲其變，而不可以字句比擬也亦明矣。來教必具懸解，另有風神，無蹊徑之可尋，乃入其室，數語盡之。』

五問：『李滄溟先生嘗稱唐人無古詩，蓋言唐人之五古，與漢、魏、六朝自别也。唐人七言古詩，誠掩前絶後，奇妙難蹤；若五古似不能相頡頏。滄溟之言，果爲定論歟？』

阮亭答：『滄溟先生論五言，謂：「唐無五言古詩，而有其古詩。」此定論也。常熟錢氏但截取上一句，以爲滄溟罪案，滄溟不受也。要之，唐五言古固多妙緒，較諸《十九首》、陳思、陶、謝，自然區别。七言古若李太白、杜子美、韓退之三家，横絶萬古；後之追風躡景，惟蘇長公一人而已。』

歷友答：『世無印板詩格，前與後原不必盡相襲也。歷下之詩，五言全仿《選》體，不肯規模唐人；七古則專學初唐，不涉工部。所以有唐無五言古詩之説也。究竟唐人五言古皆各成一家，正以不依傍古人爲妙，亦何嘗無五言古詩也？初唐七古轉韻流麗，動合《風》、《雅》，固正體也。工部以下，一氣奔放，宏肆絶塵，乃變體也。至如昌谷、温、李、盧仝、馬異，則純乎鬼魅世界矣。若以絶句言，則「中」、「晚」正不減盛唐，又非可一概而論。』

蕭亭答：『五言之興，源於漢，注於魏，汪洋乎兩晉，混濁乎梁、陳，風斯下矣。唐興而文運丕振，虞、魏諸公已離舊習，王、楊四子因加美麗，陳子昂古風雅正，李巨山文章宿老，沈、宋之新聲，蘇、張之手筆，此初唐之傑也。開元、天寶間，則有李翰林之飄逸，杜工部之沉鬱，孟襄陽之清雅，王右丞之精緻，儲光羲之真率，王昌齡之聲俊，高適、岑參之悲壯，李頎、常建之超凡。大曆、貞元則有韋蘇州之雅澹，劉隨州之閒曠，錢、郎之清贍，皇甫之沖秀。下及元和，雖晚唐之變，猶有柳愚溪之超然復古，韓昌黎之博大其詞。皆名家擅場，馳騁當世，詩人冠冕，海內文宗。安得謂唐無古詩？至於七言，前代雖有，唐人獨盛。他人勿論，如李太白之《蜀道難》、《遠別離》、《長相思》、《烏棲曲》、《鳴皋歌》、《梁園吟》、《天姥吟》、《廬山謠》等篇，杜子美《哀江頭》、《哀王孫》、《古柏行》、《劍器行》、《渼陂行》、《兵車行》、《洗兵馬行》、《短歌行》、《同谷歌》等篇，皆前無古而後無今。安得謂唐無古詩乎？試取漢、魏、六朝絜量比較，氣象終是不同。謂之唐人之古詩則可。滄溟先生其知言哉！』

問：『七言長短句，波瀾卷舒，何以得合法？』

阮亭答：『七言長短句，唐人惟李太白多有之。李滄溟謂其英雄欺人者是也。或有句雜騷體者，總不必學，乃爲大雅。』（《師友詩傳錄》）

沈德潛

一二六　李滄溟推王昌齡『秦時明月』爲壓卷，王鳳洲推王翰『葡萄美酒』爲壓卷，本朝王阮亭則云：『必求壓卷，王維之「渭城」，李白之「白帝」，王昌齡之「奉帚平明」，王之渙之「黄河遠上」，其庶幾乎？而終唐之世，亦無出四章之右者矣。』滄溟、鳳洲主氣，阮亭主神，各自有見。（《說詩晬語》上）

二六　王元美天分既高，學殖亦富，自珊瑚木難及牛溲馬勃，無所不有。樂府古體，卓爾成家；七言近體，亦規大方，而鍛煉未純，且多酬應牽率之態。

二七　李于鱗擬古詩，臨摹已甚，尺寸不離，固足招詆諆之口。而七言近體，高華矜貴，脱去凡庸，正使金沙並見，自足名家。過於回護與過於掊擊，皆偏私之見耳。

二九　王、李既興，輔翼之者，病在沿襲雷同；攻擊之者，又病在𣿷新弔詭。一變爲袁中郎兄弟之詼諧，再變爲鍾伯敬、譚友夏之僻澀，三變爲陳仲醇、程孟陽之纖佻。迴視嘉靖諸子，又古民之三疾矣。論者獨推孟陽，歸咎王、李，而並刻論李、何爲作俑之始。其然豈其然乎？

九十　樂府《鰕䱇篇》，『䱇』同『鱓』，水族之細者，從『旦』不從『且』。李于鱗誤用『鰕䱇』，押入魚、虞韻，後人讀同『疽』音，不知其非也。古人造字，有『䱇』無『䱣』，看《説文》等書自見。吴地有䱇山，見《越絶書》，今亦誤爲『䱣山』。（《説詩晬語》下）

永樂以還，體崇臺閣，骫骳不振，弘、正之間，獻吉、仲默力追雅音，庭實、昌穀左右驂靳，古風未墜。餘如楊用修之才華，薛君采之雅正，高子業之沖淡，俱稱斐然。于鱗、元美益以茂秦，接踵曩哲，雖其間規格有餘，未能變化，識者咎其尠自得之趣焉，然取其菁英，彬彬乎大雅之章也。自是而後，正聲漸遠，繁響競作。公安袁氏、竟陵鍾氏、譚氏，自鄶無譏，蓋詩教衰而國祚亦爲之移矣。此升降盛衰之大略也。（《明詩别裁集序》）

歷下詩，元美諸家推奬過盛而受之掊擊，歡呼叫呶，幾至身無完膚，皆黨同伐私之見也。分而觀之，古樂府及五言古體，臨摹太過，痕跡宛然；七言律及七言絶句，高華矜貴，脱棄凡庸，去短取長，不存意見，歷下之真面目出矣。七言律已臻高格，未極變態。七言絶句有神無跡，語近情深，故應跨越諸子。（《明詩別裁集·李攀龍》）

薛雪

一〇九　口熟手溜，用慣不覺，亦詩人之病，而前人往往有之。若李長吉之『死』，鄭守愚之『僧』，溫飛卿之『平橋』，韋端己之『夕陽』，不一而足。薩天錫之『芙蓉』，李滄溟之『風塵』，則又爲後生也。（《一瓢詩話》）

李重華

六　七言律古今所尚，李滄溟專取王摩詰，李東川宗其説，豈能窮極變態？余謂七律法至子美而備，筆力亦至子美而極……

一八　明代作者，當以國初爲勝。劉青田不以詩人自命，由其本領雄傑，故才氣佚羣，當爲一代之冠。高青丘骨性秀出，最近唐風，惜其中路摧折，未入於室。此兩家地位不同，詩筆不妨並舉。前後七子中，余止取李崆峒、何仲默二家，外則楊升庵天才亦屬清麗。總之，明人弊病，喜學唐人狀貌，苟能遺形得神，便足垂世。今人宗仰濟南而時得優孟之誚者，正爲此也。

七六　或謂：唐人音律，于鱗始得其傳，至阮亭尤極精細。余謂：就唐人言之，音律元非一種。大家、名家，各自爲調。且如李、杜篇什，甫聞謦咳，便易分別誰某；其餘淒鏘磊落者，細玩之都具本來面目。于鱗所得，祇是官樣殼子耳。

九〇　李于鱗天分極好，但學力未至，所選唐詩數百首，俱冠冕整齊、聲響宏亮者，未盡各家精髓。至所定五言古，尤蠡測管窺。（《貞一齋詩説·詩談雜録》）

劉大勤問，王士禛答

一七　問：『又曰：「每句之間，亦必平仄均勻，讀之始響亮。」古詩既異於律，其用平仄之法，於無定式之中，亦有定式否？』答：『毋論古、律、正體、拗體，皆有天然音節，所謂天籟也。唐、宋、元、明諸大家，無一字不諧。明何、李、邊、徐、王、李輩亦然。袁中郎之流，便不了了矣。』

二二　問：『有以尖岔二字評鍾、譚、王、李者，何如？』答：『王、李自是大方家，鍾、譚餘分閏位，何足比擬？然錢牧齋宗伯有言：「王、李以矜氣作之；鍾、譚以昏氣作之。」亦是定論。』（《師友詩傳續録》）

冒春榮

明李滄溟論七言絶句，推王昌齡『秦時明月』爲第一，王鳳洲推王翰『葡萄美酒』爲第一。國朝王漁洋推王維之『渭城』，李白之『白帝』，王昌齡之『奉帚平明』，王之渙之『黄河遠上』。蓋滄溟、鳳洲主氣，漁洋主神，各自有見。（《葚原詩説》）

趙翼

文章家於官職、輿地之類，好用前代名號，以爲典雅，此李滄溟諸公所以貽笑於後人也。（《陔餘叢考》卷二二）

魯九皋

明代詩家，最爲總雜。……嘉靖之初，李、何之風稍熄，而王元美氏、李于鱗氏復揚其餘燼，與四溟山人謝榛及梁有譽、宗臣、徐中行、吴國倫結社爲『後七子』，以振風雅爲己任。當結社之始，稱詩選格，並取定於四溟。其後議論不合，于鱗乃遺書絶交，而元美别定五子，遽削其名。又有『後五子』，『廣五子』，『續五子』，『末五子』，廣至四十子，而四溟終不與。其實餘子皆無足稱，而七子之中，亦惟王、李、謝而已。前後七子，議論略同，其所宗法，皆在少陵以上，建安而下，唐以後書則置焉。其見非不甚善，特斤斤規仿，過於局促，神理不存。王、李之視李、何，抑又甚焉，故錢牧齋《歷朝詩選》極力擯之。然而當詩教榛蕪之日，其催陷廓清之功，亦何可少！（《詩學源流考》）

翁方綱

客曰：『子言詩於齊、魯，則滄溟、華泉，其詩髓所系歟？』曰：『是有辨也。華泉專以絶句與信陽、北地爭勝毫釐；而滄溟學杜，雖接何、李，然五言詩初不鈔及之，而特以徐、高並録者，此漁洋之深

意也。』（《七言詩三昧舉隅》附錄）

東川七律，自杜公而外，有唐人詩，莫之與京。徒以李滄溟揣摩格調，幾嫌太熟。然東川之妙，自非滄溟所能襲也。（《石洲詩話》）

李調元

明詩一洗宋、元纖腐之習，逼近唐人。高、楊、張、徐四傑始開其風，而季迪究爲有明冠冕。前七子應之，空同、景明，其唐之李、杜乎？後七子王弇州、李于鱗輩，未免英雄欺人，而王爲尤甚。然集中樂府變可歌可謠，固足壓倒元、白。（《雨村詩話》）

方東樹

一二　何謂七家？在唐爲李義山，實兼上二派；宋則山谷、放翁；明則空同、于鱗、臥子、牧齋。以爲惟七家力能舉之。而大歷十子、白傅、東坡皆同蒴記，不與傳燈。此論雖未確，而昔人評品之嚴，亦可想見其高門貴格，不容混濫也。故王元美論七律曰：『七字爲句，字皆調美。八句爲篇，句皆穩暢。雖復盛唐，殆不數人，人不數首。古推子美，今或于鱗。驟似駭耳，久當論定。』賀黄公曰：『作詩雖不拘字句，然往往以字不工而害其句，句不工而害其篇。』（《昭昧詹言》卷十四）

一七一　永樂以還，崇臺閣體，諸大老倡之，衆人應之，相習成風，靡然不覺。李賓之東陽力挽頹瀾，李夢陽、何大復繼之，詩道復歸於正。李獻吉雄渾悲壯，鼓盪飛揚，何仲默秀朗俊逸，回翔馳驟，同是憲章少陵，而所造各異，駸駸乎一代之盛矣。錢牧齋信口掎摭，誚其摹擬剽賊，同於嬰兒學語，至謂『讀書種子，從此斷絕』，此爲門戶起見，後人勿矮人看場可也。按：兩人學少陵，實有過於求肖處，録其所長，指其所短，庶足服北地、信陽之心。

王元美天分既高，學殖亦富，自珊瑚木難及牛溲馬勃無不有，樂府古體卓而成家，七言近體亦規大方，而鍛煉未純，且多酬應牽率之態。李于鱗擬古詩，臨摹已甚，尺寸不離，固足招詆諆之口，而七言近體，高華矜貴，脫去凡庸，正使金沙並見，自足名家。過於回護，與過於掊擊，皆偏私之見耳。（《昭昧詹言》卷二十一）

楊際昌

新城《論詩》諸絶，秤等不逾，且多寓意。獨不解者，李滄溟詩雖有習氣，七言近體自推高手，乃云：『未及尚書有邊習，猶傳林雨忽沾衣。』滄溟餘韻，何遽不如邊耶？嘗見鈍翁《說鈴》載先生言：『若遇仲默、昌穀，必自把臂入林；若遇獻吉，便當退三舍避之。』鈍翁云：『都不道及汝鄉于鱗耶？』先生默然。何滄溟之見遺於先生也？恨九原不作，無由質之。（《國朝詩話》卷一）

潘德輿

明之前後七子，遙相賡續。王、李命意，原以李、何自居。然弇州宏富有餘，精渾豈如獻吉？滄溟修整自喜，風神那及信陽？況獻吉之病，已在摹擬太過，歷下效之而又甚焉。漁洋云：『滄溟、弇州皆萬人敵，惟蹊徑稍多，古調寖失，故不逮弘、正作者。』是仍以弇州之不甚摹擬，滄溟雖摹擬而不似李、何專篤爲病也，誤人不亦甚歟！

李于鱗『尊中十日平原酒，袖裏三年薊北書』，上句平添『尊中』兩字，下句平添『薊北』二字，句法支撑不稱。『宛馬如雲開漢苑，秦兵二月走胡沙』，句法稍健，『如雲』、『二月』，此對又適意耶？『一時藝苑人無恙，千載蘭亭事可求』，並句法之健亦無之。弇州於此等，亦將云『商舶明珠貴堪敵國』乎？弇州琢煉似遜于鱗，然氣力較閎大，運掉較變化，如《當廬江小吏作》，激昂渾浩，于鱗萬萬不能爲也。

李于鱗選唐詩，五古不取老杜《北征》，七古不取太白《蜀道難》、《遠別離》，知其於此事所見甚左。然于鱗七律，當代首推，而所選七律，於老杜《諸將》、《詠懷古蹟》等作，亦一概不錄；若初唐人應制諸篇，則累累選之，不知有何意緒？于鱗七律，自是規橅右丞、東川處多，非從初唐入手，何爲濫收如許？然于鱗選右丞、東川七律，亦不盡如人意。如右丞『欲笑周文歌宴鎬，還輕漢武樂横汾。豈知玉殿生三秀，詎有銅池出五雲？陌上堯尊傾北斗，樓前舜樂動南薰。共歡天意同人意，萬歲千秋奉聖君。』……調平意復，豈獨非絶作而已，而于鱗皆選之。然則，于鱗之於右丞、東川，猶未窺其精要也。

于鱗於嘉州『到來函谷愁中月，歸去磻溪夢裏山』，注云：『是三昧語，最要頓悟。』是即王漁洋《三昧集》之開山也。愚按：嘉州此聯，宛轉入情，虚實相副，妙處正在目前，詮以『三昧』，轉覺鑿之使深，令人難喻。漁洋祖襲此論，亦爲好高之弊也。

李于鱗論唐人七絶，以王龍標『秦時明月』爲第一，人多不服。王敬美云：『于鱗擊節「秦時明月」四字耳。』按：于鱗雅好餖飣字句爲奇，故敬美用此刺之。然敬美首選『黄河遠上』、『葡萄美酒』

二詩，究之調高議正，仍以『秦時明月』一篇爲最，不得緣于鱗好奇而抑此名構也。（《養一齋詩話》）

李氏攀龍曰：『七言古詩，惟杜子美不失初唐氣格，而縱横有之。太白縱横，往往强弩之末，間作長語，英雄欺人耳。』按：于鱗謂『太白五七言絶句，唐三百年一人，蓋以不用意得之。』此則誠然。至論七古，何其悖也！太白歌行，祇有少陵相敵。王阮亭謂『嘉州之奇峭，供奉之豪放，更爲創獲』。又謂『李白、岑參二家，語羞雷同，亦稱奇特』。屢以太白、嘉州並稱，已爲失言，試問《襄陽歌》、《江上吟》、《鳴皋歌》、《送别校書叔雲》、《夢游天姥吟》等作，嘉州能爲之乎？嘉州奇峭，人力之極，天弢未之解也。于鱗轉以太白爲『强弩之末』，爲『英雄欺人』，更不堪一笑耳。《詩辯坻》亦謂『太白歌行，跌宕自喜，不嫌褻粟，唐初規制，掃地欲盡』，與于鱗一鼻孔出氣。此皆誤以初唐爲古體，故嫌李詩之一概放佚，而幸杜詩之偶一從同。豈知詩之爲道，窮則變，變則通，《風》、《雅》之不能不爲楚《騷》，楚《騷》之不能不爲蘇、李，皆天也。詩之古與不古，視其天與不天而已矣。今必以初唐爲古，不知初唐已變江左；必以太白爲蔑古，不知蘇、李已變《風》、《騷》。余最笑何大復《明月篇》，捨李、杜而師盧、駱，以爲『劣於魏晉』而『近風騷』歟？不知『劣於漢魏近風騷』句，乃言『劣於漢魏』之『近風騷』耳。不解句義，既堪哈噱，況當時之體，老杜已明斷之。于鱗欲爲後來傑魁，仍拾信陽餘唾，徒以初唐一體繩太白、子美歌行之優劣，所以終身宗法唐人而不免爲優孟歟？阮亭猶曰：『接跡風人《明月篇》，何郎妙悟本從天。』雖其詩末二語，微詞諷世，唤醒無限，已無解於『接跡風人』、『妙悟從天』稱揚之過矣。胡氏應麟云：『七言歌行，垂拱四子，詞極藻豔，未脱梁、陳。太白、少陵，大而化矣，能事畢矣。』此爲得之。（《養一齋李杜詩話》）

延君壽

李于鱗云：『唐無五古詩，而有其古詩。』此正不相沿襲處。唐去漢、魏已稍遠，隋末纖靡甚矣，倘沿去則日趨日下。曲江諸人振起之功甚偉，不可謂唐無古詩。獨工部出，目短曹、劉，氣靡屈、賈，前無古人，後無來者。（《老生常談》）

葉矯然

李于鱗《詠梅》云：『仙郎夢斷月應知』，用羅浮事。武林張繡虎乙之，以落韻未穩，不知其本陸放翁語也。放翁《詠梅》云：『與人又作經年別，問月應知此夜愁。』故李因之。李好讀盛唐，而自運每每入宋元如此。

于鱗七言律多至三百餘首，只一格調，數見不鮮耳。其寔工穩華縟，自足以鼓吹當代，領袖時賢，虞山譏之太過。

于鱗『萬里銀河接御溝』，舊稿『何處還逢玉樹留』；茂秦『庭草驚秋白露垂』，舊稿『玉露初驚沾草重』。二首起句改得工拙迥異。詩不厭改，拙速巧遲，詎不然耶？（《龍性堂詩話・續集》）

陳田

嘉靖之季，以詩鳴者有『後七子』，李、王爲之冠，與『前七子』隔絕數十年，而間此唱彼和，聲應氣求，若出一軌。海內稱詩者，不奉李、王之教，則若夷狄之不遵正朔；而唼名者，以得其一顧爲幸，奔走其門，接裾連袂，緒論所及，噓枯吹生。滄溟高亢，門牆稍峻。弇州道廣，觀其『後五子』、『續五子』、『廣五子』、『末五子』，遞推遞衍，以及於『四十子』，而前後《四部稿》中，或爲一序、一傳、一志者，又不在此數焉。

《靜志居詩話》……李于鱗曰：『擬議以成其變化。』噫！擬議將以變化也，不能變化而擬議奚指焉？……又《贈邢子願長歌》云：『爲君歷代選宗工，前稱弘正後嘉隆。北地雄渾真大雅，步趨盡出少陵下。汝南俊逸誠天然，邊幅姿態未全捐。濟南匠心奇且麗，藻績無乃傷辭意。……大抵明興只數家，瑜者從來不掩瑕。餘子紛紛未易說，擬議原非吾所悅。丈夫樹立自有真，何爲效彼西家顰？』蓋力攻摹擬之非。然觀七律，仍以歷下爲宗，故有『文章一代李滄溟』之句。（《明詩紀事·序》）

《明詩紀事》載錄的有關評論資料

馮時可

北地始爲，拓至於濟南而極深焉，仰模千古，無一語不範於硎。然興寄劣於氣格，神裁遜於軌鞅，能軼近以比古，不能捨舊以即新。（《元成選集》）

程涓

弘治諸君子興而詩盛矣，質未漓也；嘉靖諸君子興而詩又盛矣，衰亦寓其中矣。過而失也侈，不及而失也襲。（《千一疏》）

鄧元錫

始元美與于鱗飲濟上，漏且盡，于鱗睨元美曰：『吾與足下並驅中原，奈何不更評榷所至，而令百歲後耳食者執柔翰雌黄之也？』元美唯唯。于鱗乃言：『王君，吾於騷、賦未及爲，爲不讓君。吾擬古樂府，少不合者，君時離之，而離者離而合也，實不勝足下。吾五言古不能多，足下乃多，不勝我；歌行吾其有間乎？吾以句，若以篇。諸近體靡不敵者，謂絕句不如我，妄。七言律乃遂過足下一等，足下無神境，吾無凡境耳。』元美心服者久之。已，前謝曰：『吾於足下即小進，固雁行也。吾歌行句權而字衡之，不如子遠矣。雖然，子有待，吾無待，茲其所以埒歟？』于鱗曰：『善。』（《明書》）

鄭仲夔

濟南七言律，觸目見琳琅珠玉，政如王、謝子弟，優者龍鳳，劣者虎豹。（《耳新》）

徐勃

屠維真云：『讀于鱗詩，初喜其雄俊，多則厭其雷同。若雜一首於衆作之中，則矯然特出，不翅衆鳥中一蒼隼矣。』

陳田按：

于鱗七律、七絶，格韻、風調，不愧唐人，惟負氣量狹。射洪謝中丞選明詩，吴明卿以詩寄中丞，不由于鱗介紹，遂疑其有外交而欲絶之，明卿婉轉自訴，始得免。與謝茂秦論詩不合，戲作《絶交書》，極力詆排。晚年高坐白雪樓，取古樂府一一比擬，遂欲淩駕古人，卒貽後來口實，非矜氣之過乎？

錢良擇

至於擬古之作，其文往往與古辭異同；意當時詩人卽未必能歌，而皆諳音節，故但用其題，諧其聲，而不必效其式。……李于鱗以割截字句爲擬樂府，幾於有辭而無義。（《唐音審體》）

錢泳

詩之爲道，如草木之花，逢時而開，全是天工，並非人力。……若明之前後七子，則又爲刮絨通草諸花，欲奪天工，頗由人力。（《履園譚詩》）

闕名

李于鱗謂『唐無五言古詩，而有其所謂古詩。陳子昂以其古詩爲古詩，弗取』。即此語，便憐渠平日肯苦讀書，不異蜂鑽故紙，了無隙見。使于鱗而爲于鱗之古詩，不但不招謗誚，而爲宗法矣。江文通曰：『楚謠漢風，既非一骨；魏制晉造，固亦二體。』

詩有六義以具人情，道有污隆以關時事。徐禎卿、李于鱗、鄭繼之、王元美、敬美之論詩，以不著議論，惟擅才情爲主。是知《國風》辭致溫厚，而不究《雅》、《頌》之發揚宏肆，無所不有焉。視唐人往往多不滿意，宜其不自知矣。（《靜居緒言》）

丁儀

攀龍字于鱗，歷城人。嘉靖進士，官至河南按察使。詩宗李、何，力排諸體，與王世貞、謝榛、徐中行、宗臣、梁有譽、吳國倫號『七才子』。古詩擬《河梁》，不激不隨，集李、何之長，而七言歌行體格俱卑。擬於四家，竟成土苴。近體以絕句爲最，然明人於此皆有心得。沈德潛以爲歷下真面目，亦非折衷之言也。五言雄渾，七言富麗，顧與李、何不相侔也。王世貞字元美，太倉人。舉進士，官至刑部尚書。弟世懋，亦以詩名。元美最工七言歌行，比於夢陽，可謂具體，于鱗非其倫也。五古風骨同于鱗，而溫和不及。近體五言似效青蓮，七律亦步驟老杜，皆不可以爲工也。當時『七子』，惟謝榛爲最，而官位不顯。榛字茂秦。臨清人。以布衣終，自稱四溟山人。五古如《詠蟻》諸作，師法太白，頗得其概。

七言歌行尤稱合作，特無空同之超脱。近體五七言，悲壯蒼涼，老氣橫秋，更非于鱗、世美兩家所及。七子之中，惟吴國倫差可比耳。張佳胤字肖甫，銅梁人。舉進士，官兵部尚書。亦工五言近體，爲李、王后勁，然他作未能逸倫也。（《詩學淵源》卷八）

乾隆《歷城縣誌》載録的有關評論資料

田雯

吾鄉許殿卿與李于鱗先生同時。于鱗以詩名海内，爲嘉隆七子之冠，而雅重殿卿之爲人，兼愛其詩。（《黔書》）

殷士儋

蓋余與殿卿、于鱗兩人者游，時余且稚歲。既于鱗與余先後登仕籍，而殿卿首計偕，乃數不利，晚一再爲諸王相耳。然殿卿不以其故減豪舉，而愈益自奮爲詩，諸與于鱗唱酬者洋洋矣。（《梁園集序》）

許邦才

蓋于鱗居嘗以病謝客，二三載間，鄙人以居艱，得嘗與侍。又近日題著因涉鄙人者，居十之七八，不容以無爲辭也。然于鱗爲詩及人知于鱗詩，既多歷年所，則篇什與日增積，往有請梓者，于鱗以銓次未定，又自挹抑，久不發予。及鄙人瀕行以請，亦復辭謝不遑，特屬近體二章、絕句十二章爲别云。……殷子乃曰：『詩以倡和爲名，則不得獨出于鱗矣。』鄙人則曰：『如形穢效顰何？』殷子曰：『善歌者，使人繼其聲；善聽者，俾工合其奏，故聲不同則應必寡，調不諧則聲不入。吾見于鱗倡必屬和於子，或子先而于鱗亦無言不酬焉。彼共工能宵壤者，何以有是也？』（《海右倡和集·自序》）

周王崇易序其詩曰《梁園集》。魯藩觀熰曰：『殿卿與李于鱗同調相倡和，氣格不逮，然于鱗詩多客氣，而殿卿溫厚或過之。殿卿與于鱗相友善，著《海内倡和集》。因于鱗以聞於當世，今之尊奉濟南者，視殿卿直附驥之蠅耳。』而齊魯間之論乃如此。于鱗與人書云：『殿卿《海右集》屬某中尉爲序，不佞嘗欲畀之炎火！』元美亦以爲然。一時文士護前樹黨，百年而後，海内人各有心眼，于鱗亦無如之何也。（《列朝詩集》）

蓋濟南有李于鱗云。而于鱗所亟稱者，非王生六七輩，則其鄉人許殿卿、潘潤夫、龔克懋也。殿卿故善王生，而會于鱗沒，王生自嶺右召過廣陵，一日而識克懋若潤夫，既以内悲夫逝者，而又各自幸于鱗之所亟稱者身相及也。居久之，潤夫以其詩若干卷屬王生敘曰：『敢邀靈於先友，以不朽干下執事。』於乎，不佞何言哉！吾吴中盛文獻，彬彬闤闠詩書矣。然好推尊其時顯重者耳，傳而共爲其名，以故一徐、庾出而語語月露，一元、白貴而人人長慶。沿好成格，沿格成俗，而不可挽也。乃潤夫稱爲于鱗日相倡和，然往往隨發而自盡，其才隨遇而競標其致，各騁於康莊之途而無犯轍。……識其善于

鱗，而不必傅于鱗以傳者，以見志耳。殿卿、克懋各有集，大指亦類是。（《弇州山人四部稿》）

邢侗

吾郡于鱗先輩，創然獨造，拔地拓天，綫足名代。（《與趙南渚先生》）

公鼐

我明東方之業，至庭實而始顯，至于鱗而大著，二公皆歷下産也。庭實之詩，以和易匀適爲主，其長也以度；于鱗之詩，以高華精麗爲主，其長也以氣。二公之矩矱，不甚相遠。而于鱗天授特異，故庭實之得者十三，于鱗之得者十七。自嘉隆以來，能詩者日益盛，大抵多于鱗氏言也，而卒無卓然自立稱名於天下如于鱗氏者。余庚寅游歷下，縉紳學士乃始籍籍爲余言君授名……因讀其所爲詩，則非于鱗氏言也。（《海岱吟序》）

（三）近現代

錢振鍠

李滄溟有句云：『山路入鳴蟬。』是化工之筆。唐高達夫『匹馬隨蟬聲』，略有此意。吳野人『日

落入蛙聲』，亦神句。（《謫星說詩》卷一）

繆荃蓀、吳昌綬等

儒者雅言三代代興如錯行，秦其歸餘也。漢與宇內更始，時爲履端。文帝虛己下人，賈生崛起，進之陳說國體，退之祖述《楚辭》。有開必先，此其嚆矢。武帝孜孜文學，多士應感而興，兩司馬爲之擅場，左右並建。漢臣自侈當世，炳焉與三代同風概。諸文獻有征……士興勃勃，而李獻吉以修古特聞。策士摘辭，成籍具在，方諸賈生近之矣。世宗以禮樂治天下，壽考作人，何可勝原。於時濟南則李于鱗，江左則王元美，畫地而衡南北，遞爲桓文，浸假與兩司馬相周旋，騑騑足當驷牡。夫得天者乘其運，逢世者挾其資，此六君子者，非有所待而後興，非有所約而後合，天德王則從而王，世道隆則從而隆，千載一時，今爲烈矣。……善乎元美之多于鱗也，其言曰：漢廷兩司馬，吾代一攀龍。言兼長也。斯言也，上士然之疑之，中士駭之，下士聞而笑之。及于鱗之籍既傳，則然者疑亡，駭者意下，笑者掩口退矣。于鱗役僕百家，睚眥千古，始得元美歡甚：吾奈何從海內一當王生？舉世方以無譽憚于鱗，即元美無所用譽。不佞三從元美問籍，元美猶然逡巡，及其莅四嶽而籍始傳，蓋倍于鱗者六之五，號其分部者四，其卷百八十，其策六十有奇。自昔成一家言，未有若此之富者也。北地亡而大道隱，于鱗桴而元美鼓之，聞者具曰：李、王千里嚮應，乃今二籍並著，其誰能左右之耶？于鱗與古爲徒，祖三墳而禰六籍，其書非先秦兩漢不讀，其言非古昔先王不稱，其論著非浹日不成，其逐射而當古人，非上驷不以駕，故卽言出而人自廢，不則無言。……濟南奇絕，天際峩嵋，語孤高也。大海回瀾，則元美自道。

不亦洋洋乎大哉！要以峩嵋之高，蟠於四極，惡在其不御，而三山雄峙瀛海，肩五嶽如老更，卽天假于鱗以年，終不暇乘桴而浮海。至若元美所陟，寧無蹴高天、俯積雪者乎？……于鱗亟稱《易》辭日新之謂盛德，日新則高明矣，于鱗有焉。要以富有而日新，非元美不任也。（《嘉業堂藏書志》）

李慈銘

滄溟諸君，可厭者擬古樂府耳，五古亦尠真詣，七古高亮華美之作，自爲可愛，惟不宜多取。至於七律七絕，則虛實開合，非僅浮聲爲貴，胡可非也？如謂其用字多同，格調若一，則又不盡然。觀其隨物賦形，古澤可掬，何嘗不典且麗。至詩中常用『好』字，本自不多，陶、謝、韋、杜、王、孟諸公，何獨不然？且明之高、薛、邊、徐、二皇甫專長五古，比而觀之，多有雷同，較其真際，亦不數見。牧齋、竹垞，於彼轝之無異詞，於此則詆之無遺力，不亦失是非之公耶！

閱朱竹垞《靜志居詩話》……先生殊不滿於後七子滄溟、子相、明卿諸家，俱未免詆諆太過。選于鱗只七首。予嘗見李、吳二家全集，固嫌蕪陋，然佳處自不乏。卽陳忠裕《皇明詩選》一編觀之，滄溟七言律絕，本領卓然；宗、吳亦盡存名什。竹垞至譏明卿爲不知詩，抑何言之過歟？（《越縵堂讀書記》）

附錄五　李攀龍行年事蹟考略

李攀龍字于鱗，號滄溟。

王世貞《李于鱗先生傳》（以下簡稱《王傳》）：『李于鱗者，諱攀龍。其家近東海，因自號滄溟云。』

《明史·李攀龍傳》（以下簡稱《明傳》）：『李攀龍，字于鱗。』

歷城人。

《王傳》：『于鱗之先世，濟南歷城人。』《明史·地理志》云山東濟南府：『元濟南路屬山東東西宣慰司，太祖吴元年爲府，領州四、縣二十六。』又，『洪武元年四月置山東等處行中書省，治濟南府。』歷城爲濟南府治所在地。相傳其故居在今濟南市歷城区王舍人莊東北，東距韓倉約十里，今不存。

祖籍長清。

殷士儋《誥封贈中憲大夫順德知府李公合葬墓誌銘》（以下簡稱《殷誌》）：『李公諱寶，字來貢，其先長清人。曾祖思道生祖禎，始徙歷城龍山鎮。父曰端。端少孤，奉母再徙郡西門。』長清，明代爲濟南府屬縣，今爲濟南市長清區。

父寶，以貲事德莊王爲郎，母張氏。

《王傳》：『父寶，以貲事德莊王爲郎，善酒，任俠，不問家人生産。』『（攀龍）俄出守順德……滿三載，贈郎寶如于鱗官，母張爲太恭人。』

殷士儋《明故嘉議大夫河南按察使李公墓誌銘》：『父贈中憲大夫知府寶，母即太恭人張。』

明武宗正德九年甲戌（一五一四），一歲。

《王傳》：攀龍卒於『歲庚午八月二十日也，年五十有七』。上溯知攀龍生於是年。

明世宗嘉靖元年壬午（一五二二），九歲。是年，遭父喪。家貧，不能自給，倚母張氏紡績度日。在家自學。

《王傳》：『于鱗九歲而孤，其母張影相弔也。且緋纑不足以資脩脯，而自其挾書冊請益，塾師爲之避席者數矣。』

《殷誌》：『于鱗九歲而孤。』

《明傳》：『九歲而孤，家貧，自奮於學。』

《爲太恭人乞言文》：『不肖年九歲爲迪功君遺孤。太恭人年二十有八岁，襁抱二弱弟，稱未亡人。……（與祖母分）出各僦別舍。太恭人所分貲，僅支朝夕，母子㖩㖩相哺也。取濟西田……貸息没入富農，遷廬學宫傍，屬不肖壹讀迪功君書，伏臘行經師脩，脱簪珥取給焉。不肖奇蹇，罔所掄録，又家徒四壁立。太恭人困於女紅，最辱洴澼勿恤，爲之指手至胝皸；率日一飯，即再飧，必鮮飽。二弱弟在窮閻，與傭保雜作。』

嘉靖二年癸未（一五二三），十歲。出就外傅，與殷士儋、許邦才結髫齔交。

《殷誌》：『比就外傅，則余及今長史許殿卿皆以髫年，相約爲知交，歲與之俱。當是時，則恥爲時師訓詁語，人目爲狂生，于鱗自謂非狂矣。』

《王傳》：『與今左長史許君邦才、少保殷公士儋結髫齔交。』

嘉靖九年庚寅（一五三〇），十七歲。 與徐氏結婚。下帷授《毛詩》。

《亡妻徐恭人狀》：『亡妻恭人，徐公宣之仲女。徐公家本藩國列校，微也。嘉靖歲庚寅，以適余，衿縭不具。』

《爲太恭人乞言文》：『蓋七年，不肖乃下帷授《毛氏詩》，稍稍致糈養。比既稟，有儋石儲。』

嘉靖十年辛卯（一五三一），十八歲。 爲諸生，廪於府學。王慎中督學山東，賞攀龍文，而攀龍則致力於古文辭，被目爲『狂生』。

《殷誌》：『又九年（指其父卒後九年），爲諸生，廪於郡庠。』

《亡妻徐恭人狀》：『歲庚寅以適余……明年，余補郡諸生。』

《王傳》：『晉江王慎中來督山東學，奇于鱗文，擢諸首。然于鱗益厭時師訓詁學，間側弁而哦若古文辭者。諸弟子不曉何語，咸相指于鱗：「狂生！狂生！」于鱗夷然不屑也。曰：「吾而不狂，誰當狂者！」』

嘉靖十九年庚子（一五四〇），二十七歲。 中鄉試第二名。

《殷誌》：『庚子，鄉薦第二人。』

嘉靖二十年辛丑（一五四一），二十八歲。 置蔡氏妾。

《亡妻徐恭人狀》：『庚子，余舉于鄉。明年，置妾蔡。』

嘉靖二十三年甲辰（一五四四），三十一歲。賜同進士出身，試政吏部文選司。

《殷誌》：『甲辰，賜同進士出身，試政吏部文選司。』

據《明史·世宗紀》、《明史·宰輔年表》載，是年閣臣翟鑾削籍，嚴嵩進爲首輔。韃靼俺答部襲掠至京師，京師戒嚴。兵退，世宗歸功神祐，加方士陶仲文少師。

嘉靖二十四年乙巳（一五四五），三十二歲。以疾告歸。發憤勵志，泛覽百家，形成文學復古的理念。

《亡妻徐恭人狀》：『甲辰，第進士……明年，疾，予告，隨侍太恭人歸濟南。』

《殷誌》：『乙巳，以疾告歸。歸則益發憤勵志，陳百家言，附而讀之，務鉤其微，抉其精，取恆人所置不解者，拾之以績學。蓋文自西漢以下，詩自天寶以下，若爲其毫素污者，輒不忍爲也。』

總督直隸、河南、山東兵部侍郎張漢下獄，謫戍。韃靼攻擾大同、榆林。九月，夏言入閣。

嘉靖二十五年丙午（一五四六），三十三歲。起家返京，聘充順天鄉試同考官，簡拔多奇才。

《亡妻徐恭人狀》：『丙午，起家，復隨太恭人京邸。』

《殷誌》：『丙午，還京師，聘充順天鄉試同考官，簡拔多奇士。』

嘉靖二十六年丁未（一五四七），三十四歲。授刑部廣東司主事。公暇則致力於古文辭，並與李先芳、謝榛、吳維嶽倡詩社。

《亡妻徐恭人狀》：『丁未，授刑部主事。』

《殷誌》：『丁未，授刑部廣東司主事。既曹務閒寂，遂大肆力於文詞。余時爲檢討，日相引，上下其議論，而于鱗益交一時勝流若吴郡王元美數子者，名迺籍甚公卿間矣。』

《王傳》：『又明年，授刑部廣東司主事。于鱗既以古文辭創起齊魯間，意不可一世學。而屬居曹無事，悉取諸名家言讀之。以爲紀述之文，厄於東京，班氏姑其狡狡者耳。不以規矩，不能方圓，擬議成變，日新富有。今夫《尚書》、《莊》、《左氏》、《檀弓》、《考工》、《司馬》其成言班如也，法則森如也，吾摭其華而裁其衷，琢字成辭，屬辭成篇，以求當於古之作者而已。操觚之士不盡見古作者語，謂于鱗師心而務求高，以陰操其勝於人耳目之外而駭之；其駭與尊賞者相半。而至於有韻之文，則心服靡間言。蓋于鱗以詩歌自西京逮於唐大曆，代有降而體不沿，格有變而才各至。故於法不必有所增損，而能縱其夙授，神解於法之表。句得而爲篇，篇得而爲句。即所稱古作者其已至之語，出入于筆端而不見跡；未發之語，爲天地所秘者，創出於胷臆而不爲異。亡論建安而後諸公有不偏之調，于鱗以全收之，卽其偏至而相角者，不啻敵也。』

《明傳》：『攀龍之始官刑曹也，與濮州李先芳、臨清謝榛、孝豐吴維嶽倡詩社。』

是年春，王世貞、李先芳、李春芳、汪道昆進士及第。見《明清進士題名碑録》。

四月，王世貞隸事大理寺，入李先芳、高岱、劉爾牧詩社。

嘉靖二十七年戊申（一五四八），三十五歲。與王世貞定交。

王世貞授刑部主事，由李先芳介紹與李攀龍結識並定交。《藝苑卮言》卷七：『明年爲刑部郎，同舍郎吴峻伯、王新甫、袁履善進余於社。……亡何，各用使事。及遷去，而伯承者前已通余於于鱗，又時時爲余言于鱗也。久之，始定交也。』

李先芳出爲新喻知縣。見錢大昕《弇州山人年譜》、《明傳》。攀龍詩《送新喻李明府伯承》。

是年，世宗寵信嚴嵩及錦衣衛掌事陸炳，殺兵部尚書曾銑、閣臣夏言，朝政日非。朱紈命盧鏜破東南沿海倭寇。見《明史·世宗紀》。

嘉靖二十八年己酉（一五四九），三十六歲。 遷刑部員外郎。與世貞切磋詩藝。與謝榛相識、結交。

《殷誌》：『丙午還京……三年，升員外郎。』

《亡妻徐恭人狀》：『丙午起家……三年封安人，尋升員外郎。』

王世貞《吳峻伯先生集序》：『是時，濟南李于鱗，性孤介少許可，偶余幸而合，相切磋爲西京、建安、開元語。』（《弇州山人續稿》卷五一）《上御史大夫南充王公書》：『世貞二十餘，遂謬爲五七言聲律。從西曹見于鱗，大悔，悉燒棄之。因稍劘劌下上，久乃有所得也。』（《弇州山人稿》卷一二三）

是年，謝榛因盧柟冤獄抵京說項，與李攀龍、王世貞結交，常聚會論詩、唱和。錢謙益《列朝詩集小傳·謝山人榛》：『嘉靖間，挾詩卷游長安，脱黎陽盧柟於獄，諸公皆多其誼，爭與交歡。而是時濟南李于鱗、吳郡王元美，結社燕市，茂秦以布衣執牛耳。諸人作《五子詩》，咸首茂秦，而于鱗次之。已而于鱗名益盛，茂秦與論文，頗相鐫責，于鱗遺書絕交。元美諸人咸右于鱗，交口排茂秦，削其名於七子、五子之列。』

嘉靖二十九年庚戌（一五五〇）至三十年辛亥（一五五一），三十七歲至三十八歲。 由員外郎遷刑部山西司郎中。嘉靖二十九年，徐中行、梁有譽、宗臣、吳國倫、張佳胤、魏裳、余曰德等同舉進士。徐、梁、宗並授刑部主事。吳授中書舍人。宗、梁先入社；未幾，徐、吳繼入，始有『七子』之目。

《亡妻徐恭人狀》：『尋升員外郎。明年，遷郎中。』

《殷誌》：『三年，升員外郎。明年，遷山西司郎中。有邊將觸法不至死者，柄臣子怒其不賂，必欲寘諸辟而竟不能奪之于鱗，從末減。後其人至大帥，果大著勳伐云。』

《王傳》：『當于鱗之爲主事遷員外郎，以至山西司郎中，曹事寖以劇，守文法無害而其業日益進。大司寇有著作輒以屬于鱗，藉藉公卿間。然于鱗竟無所造請干贄，不爲名計，出曹一羸馬蹩躠歸，杜門手一編矣。其同舍郎徐中行、梁有譽、不佞世貞及吳舍人國倫、宗考功臣，相與切劘千古之事，于鱗咸弟畜之；爲社會時，有所賦詠，人人意自得，最後于鱗出片語，則人人自失也。』

《列朝詩集小傳·李按察攀龍》：『（李攀龍）官郎署五六年，倡五子、七子之社，吳郡王元美以名家勝流，羽翼而鼓吹之，其聲益大噪。』

《列朝詩集小傳·宗副使臣》：『子相在郎署，與李于鱗、王元美諸人，結社于都下。於時稱五子者：東郡謝榛、濟南李攀龍、吳郡王世貞、長興徐中行、廣陵宗臣、南海梁有譽，名五子，實六子也。已而謝、李交惡，遂黜榛而進武昌吳國倫，又益以南昌余曰德、銅梁張佳胤，則所謂七子也。』

嘉靖三十年九月，吳國倫拜中書舍人（《明世宗實錄》）。冬，余曰德授刑部貴州司主事（《弇州山人續稿·余公墓誌銘》）。宗臣調吏部考功。汪道昆升戶部江西司主事，與七子相結交（《太函副墨》附《汪左司馬公年譜》）。

嘉靖二十九年七月，顧應祥爲刑部尚書（《明史·七卿年表二》）。顧氏推許李攀龍、王世貞，以爲其詩有『正始之音』（《天目先生集》卷十五《顧公行狀》）。

是年八月，韃靼俺答部攻入古北口，直抵北京城下，焚掠八日後自行撤退，明軍不敢追擊，史稱『庚戌之變』（《明史·世宗紀》）。其事引起李攀龍等對朝政腐敗的憤慨，《早春元美、公實訪茂秦華嚴精舍同賦》、《經華嚴寺，爲虜火所燒》卽作於是年。謝榛有《元夕同李員外于鱗登西北城樓望郊外人家，時經虜後，慨然有賦》一詩。

嘉靖三十一年壬子（一五五二），三十九歲。與王世貞、徐中行、梁有譽、宗臣延謝榛入詩社，是爲『六子』。倡作《五子詩》。梁有譽謝病歸南海，王元美出使讞獄並借機回家探親，宗臣病歸，張佳胤出知滑縣，謝榛離京。自此『七子』星散各地。

《四溟山人全集》載《詩家直說·八十五條》：『嘉靖壬子春，予游都下，比部李于鱗、王元美、徐子與、梁公實、考功宗子相諸君延入詩社。』

丁福保輯《歷代詩話續編》載《藝苑卮言》卷七：『已于鱗所善布衣謝茂秦來，已同舍郎徐子與、梁公實來，吏部郎宗子相來，休沐則相與揚扢，冀於探作者之微，蓋彬彬稱同調云。而茂秦、公實復又解去，于鱗乃倡爲《五子詩》，用以紀一時交游之誼耳。』

嘉靖三十二年癸丑（一五五三），四十歲。是年秋，出守順德，有治績。由徐中行介紹，吳國倫入詩社，謝榛遭削名。

《亡妻徐恭人狀》：『癸丑，出爲順德知府。』

《殷誌》：『癸丑，出守順德，務爲休息愛利之政。』

《藝苑巵言》卷七：『又明年，而余使事竣還北，于鱗守順德，出茂秦而登吳明卿。』

其間，李攀龍憂時念亂，意不自得。謝榛、吳國倫、張佳胤均曾過訪，亦有詩紀其事。三年未調，頗有牢騷。《與宗子相書》：『仕宦四十，郡守頭顱，可知三年不調，意同於棄。』《與吳明卿書》：『明卿哲士，夫復何言！某亦猶浩然有東意。』

是年正月，兵部員外郎楊繼盛劾嚴嵩十大罪惡，被杖下獄。七月，韃靼俺答部襲擾北邊，倭寇犯沿海，內憂外患，明王朝危機深重。見《明史·世宗紀》、《明史·楊繼盛傳》。

嘉靖三十四年乙卯（一五五五），四十二歲。春，聞梁有譽死訊，作詩哭之。吳國倫選爲兵科給事中。攀龍年末上計抵京，與諸子歡聚。張佳胤入詩社。

《弇州山人四部稿·哀梁有譽》：『嘉靖甲寅孟冬，友人梁有譽以疾卒於南海。明年乙卯春，訃至自南海，故善有譽者武昌吳國倫、廣陵宗臣、吳郡王世貞相與爲位，哭泣燕邸中。又走書西南報李攀龍、徐中行，哭如三人。』

《明世宗實錄》：『乙卯，選授中書舍人吳國倫……爲兵科給事中。』

《亡妻徐恭人狀》：『余丙辰上績。』

《藝苑巵言》卷七：『又明年，而余使事竣還北，于鱗守順德……又明年，同舍郎余德甫來。又明年，戶部郎張肖甫來。吟詠時流布人間，或稱「七子」，或「八子」，吾曹實未相標榜也。』

嘉靖三十五年丙辰（一五五六），四十三歲。擢陝西按察副使。

《亡妻徐恭人狀》：『余丙辰上績……尋擢陝西按察司提學副使。』

《王傳》：『滿三載……尋擢陝西按察副使，視其學政。』

《殷誌》：『比三歲，有十數最書，擢陝西按察司提學副使。』

《明傳》：『稍遷順德知府，有善政，上官交薦，擢陝西提學副使。』

是年正月，王世貞出使察獄畿輔。三月，吳國倫謫江西，徐中行察獄江南，道與吳國倫偕，於慶陶邑遇攀龍。世貞八月至順德，過訪攀龍；該月攀龍接到陝西按察司副使任命（見《明世宗實錄》）。十月，世貞授山東按察司副使，兵備青州。見《送河南按察副使王公元美自大名之任浙江左參政序》。

嘉靖三十六年丁巳（一五五七），四十四歲。視學府縣，行經陝西各地，均有詩紀其行。

《乞歸公移》：『到任以來，所歷西、延、平、慶等處，往還四千餘里，考過府、衛、州、縣生童六十餘處。』有《崆峒》、《平涼》、《上郡》、《杪秋登太華山頂四首》、《太華山記》等紀行詩文。

是年二月，宗臣升福建布政司參議。三月，吳維嶽升山東提學副使。徐中行升汀州知府。

嘉靖三十七年戊午（一五五八），四十五歲。秋上《乞歸公移》，不答，遂拂衣東歸。自此隱居家鄉濟南，十年不起。

《亡妻徐恭人狀》：『戊午，復疾，投劾歸濟南……越在田間，凡十年。』

《王傳》：『亡何，其鄉人殷中丞來督撫，以檄致于鱗，使屬文，于鱗不懌曰：「副使，而屬；視學政，非而屬也！且文可檄致耶？」會其地多震動，念太恭人老家居，遂上疏乞骸骨，拂衣東歸。吏部才于鱗而欲留之，度已發，無可奈何，爲特請予告。故事，外臣無予告者，僅于鱗與何仲默二人耳。』《殷誌》所載同，都謂攀龍因不滿陝西督撫殷學頤指氣使與念老母家居而辭官東歸，而據其初歸所作《拂衣行答元美》、《杪秋放歌》等詩看，或有其不可明言的原因在。

嘉靖三十八年己未（一五五九），四十六歲。 里居。在歷城東郊故里築白雪樓，杜門謝客，惟與故友、時在告家居的殷士儋與任德王府長史的許邦才，以及詩友龔勖等詩酒往還。其間，作擬樂府、擬古詩，進一步宣導文學復古，執天下文柄，名聲日隆。

《王傳》：『于鱗歸，則構一樓田居，東眺華不注，西揖鮑山……繡衣直指、郡國二千石，干旄屏息巷左，納履錯於戶，奈于鱗高枕何？……而一二三友人，獨殷、許過從靡間。……于鱗乃差次古樂府擬之，又爲《錄別》諸篇及它文益工，不脛而走四裔。』

是年二月，宗臣升福建提學副使。三月，吳國倫再謫南康推官。五月，世貞父王忬因戰事不利下獄，論死待決。世貞聞訊，辭官赴京。

嘉靖三十九年庚申（一五六〇），四十七歲。 里居。

寄詩慰世貞。

是年二月，宗臣卒，作詩哭之。

十月，王忬斬於西市。爲作挽詩。世貞兄弟扶櫬途徑濟寧，攀龍出弔。

嘉靖四十年辛酉（一五六一），四十八歲。 里居。作詩慰元美兄弟。

嘉靖四十一年壬戌（一五六二），四十九歲。 里居。

是年初，徐中行補汝寧知府，三月赴任，作序相送； 修天中書院，作《天中書院碑頌》。

馮惟訥赴任浙江提學副使任，有詩相送。

是年五月，嚴嵩以罪免，其子世蕃下獄。

嘉靖四十二年癸亥（一五六三），五十歲。里居。《白雪樓集》刊刻行世。

十月，魏裳刊刻《白雪樓集》。

《四庫全書總目·集部·別集類存目四》：『此集刻於嘉靖癸亥，猶在《滄溟集》前。前有魏裳序，又有《擬古樂府序》二篇：一爲歷城許邦才撰，一爲攀龍自序。蓋當時特以樂府相誇，而後來受詬病者，亦惟樂府最甚焉。』

徐中行罷汝寧知府，有詩相慰。

嘉靖四十三年甲子（一五六四），五十一歲。里居。

王世貞、徐中行皆里居。彼此有詩書往還，交相樂也。中行服食病起，與王氏兄弟約以修禊，有詩相贈。

嘉靖四十四年乙丑（一五六五），五十二歲。里居。

世貞里居。中行補長蘆判官，量移瑞州府同知，攀龍均有詩相贈。

嘉靖四十五年丙寅（一五六六），五十三歲。里居。

明穆宗隆慶元年丁卯（一五六七），五十四歲。隆慶改元，由工部尚書朱衡等極力推薦，起爲浙江按察副使。受命未發之際，七月二十四日妻徐氏病卒。赴任後曾閱兵海上，按覈抗倭軍事，與協守浙江副總兵劉顯過從密切。

正月，王世貞兄弟赴京爲父訴冤，攀龍寄詩相慰。《亡妻徐恭人狀》：『隆慶改元，聖天子覃恩遺佚，諫議之臣交章大薦，海內二十有二與人焉。而余一執臬吏，自惟不佞，方願與恭人終俱隱之誼，乃七月二十四日卒于正寢。』《王傳》：『大司空朱公衡時巡撫，伺于鱗間，迫起之，爲置酒，懽甚。自是諸公推轂于鱗者相踵。而會今上初大徵召耆碩，于鱗復用薦，起浙江按察副使，嘗視海道篆，按覈軍實，一切治辦。』《殷誌》、《明傳》所記略同。又，攀龍有《大閱兵海上》詩四首及《報劉都督》一文，紀閱兵事。

隆慶二年戊辰（一五六八），五十五歲。

四月，與子與游處。《與余德甫書》：『四月，以子與盤桓西湖之上，凡再浹旬而別。』《初度日子與過署中同賦》、《留子與署中》、《與子與游保叔塔同賦》、《與劉憲使過子與大佛寺》、《勞別子與》等詩作於此時。

五月，升浙江布政使左參政，尋升河南按察使。《明穆宗實録》隆慶二年五月『庚戌朔，升浙江按察司副使李攀龍爲浙江布政使司左參政』。《殷誌》：『二年，稍遷參政。入賀，過家覲省，將南，尋升河南按察使。』《王傳》：『中州士大夫聞于鱗來，鼓舞相慶，而于鱗亦能摧亢爲和，圓方互見，其客稍稍進。』《明傳》所載略同。

隆慶三年己巳（一五六九），五十六歲。

三月，抵河南任所。《與余德甫書》：『三月，得子與抵武昌書，云明卿抵高州，則不佞抵河南之月也。』

王世貞遷浙江左參政，十一月轉山西按察使。張佳胤出任河南按察副使。

隆慶四年庚午（一五七〇），五十七歲。 是年八月二十日，卒於家。

正月，汪時元刻《白雪樓詩集》刊行。

四月，李母卒。《殷誌》：『越四月，而太恭人卒。于鱗持喪歸，甚毁，及小祥而漸平。無何，暴疾，再日而絶，歲庚午八月二十日也。』王世貞《祭李于鱗文》：『維隆慶四年八月十九日，河南按察司按察使滄溟李先生于鱗卒於苫次。』

卒葬歷城東郊牛山之原，後遷祖兆歷城西五里藥山南麓。《殷誌》：『駒卜隆慶五年三月十有一日，葬公於牛山之原，徐夫人祔焉。』清施閏章《滄溟先生墓碑》：『墓在城西五里許……蓋藥山之麓也。』

李攀龍居官清廉，家無餘財。其子駒，從殷士儋受業，習文。其妾蔡氏，晚年在歷城東關賣炊餅度日。見《殷誌》、王初桐《濟南竹枝詞》自注。

白雪樓日久廢圮，明萬曆間山東按察使葉夢熊重建於趵突泉上。清初著名文學家、山東提學使施閏章爲重修墓碑。道光間，其九世孫李獻方重修白雪樓。樓已於解放初拆除，碑今存。近年在趵突泉白雪樓原址重建，内塑李攀龍坐像。

附錄六　主要參考書目

十三經注疏　【清】阮元校刻　中華書局一九八〇年影印本
詩集傳　【宋】朱熹撰　上海古籍出版社一九五八年版
四書章句集注　【宋】朱熹撰　中華書局一九八三年《新編諸子集成》本
莊子集釋　【清】郭慶藩撰　中華書局一九六一年版
諸子集成（全八册）　中華書局一九八六年國學整理社本
楚辭補注　【宋】洪興祖補注　中華書局　一九五七年用《四部備要》據汲古閣宋刻洪本排校重印
漢魏叢書　【明】程榮纂輯　吉林大學出版社一九九二年版
說文解字注　【漢】許慎撰，【清】段玉裁注　上海古籍出版社一九九一年版
春秋左傳注　楊伯峻編著　中華書局一九八一年版
國語　徐元誥撰，王樹民、沈長雲點校　中華書局二〇〇二年版
史記　【漢】司馬遷撰　中華書局一九六四年點校本
漢書　【漢】班固撰　中華書局一九六二年點校本

後漢書　【南朝宋】范曄撰　中華書局一九六五年點校本
三國志　【晉】陳壽撰　中華書局一九七四年點校本
明史　【清】張廷玉等撰　浙江古籍出版社一九九八年百衲本
明實錄　【明】姚廣孝等撰　民國二九年（一九四〇）影印本
明督撫年表　吴廷燮撰　中華書局一九八二年版
讀史方輿紀要　【清】顧祖禹輯撰　上海中華書局一九五五年影印本
四庫全書總目提要　【清】永瑢等撰　中華書局一九八三年版
全上古三代秦漢三國六朝文　【清】嚴可均校輯　中華書局一九八五年版
先秦漢魏晉南北朝詩　逯欽立　中華書局一九八三年版
文選　【南朝梁】蕭統編，【唐】李善注　中華書局一九八一年版
樂府詩集　【宋】郭茂倩編　中華書局一九七九年版
水經注　【北魏】酈道元撰，王國維校，袁英光、劉寅生整理標點　上海人民出版社一九八四年版
全唐詩　【清】彭定求等編　上海古籍出版社一九八六年據康熙揚州詩局本剪貼縮印本，附《全唐詩逸》三卷
世說新語箋疏　【南朝宋】劉義慶撰，余嘉錫箋疏　中華書局一九八三年版
杜工部詩集　【唐】杜甫著　中華書局一九五七年用《四部備要》據玉鉤草堂本排校重印
李太白集　【唐】李白著　北京圖書館出版社一九九八年版

藝文類聚　【唐】歐陽詢等撰　中華書局上海印刷所一九六五年版
初學記　【唐】徐堅等撰　中華書局二〇〇〇年版
弇州山人四部稿、續稿　【明】王世貞著　《景印文淵閣四庫全書》本
明詩别裁集　【清】沈德潛撰　浙江古籍出版社一九九八年《歷代詩别裁集》本
列朝詩集小傳　【清】錢謙益著　上海古籍出版社一九八三年版
歷代詩話　【清】吳景旭著　中華書局一九六〇年版
歷代詩話續編　【清】丁福保輯　中華書局一九八三年版
清詩話　【清】王夫之等撰　中華書局一九六三年版
詩源辯體　【明】許學夷著，杜維沫校點　人民文學出版社一九八七年版
漢魏六朝樂府詩評注　王運熙、王國安譯注　齊魯書社二〇〇〇年版

白雪樓詩集十卷　【明】嘉靖癸亥魏裳刻本　【明】隆慶庚午汪時元刻本（作十二卷）
滄溟先生集三十卷　【明】隆慶壬申王世貞刻本　【明】萬曆乙亥胡來貢重刻本　【明】萬曆丙午陳陞翻刻隆慶本　【清】道光二十七年李獻方翻刻隆慶本　【清】四庫全書本　【清】摛藻堂四庫全書薈要本
滄溟詩集十四卷　《明四子詩集》本
李學憲集一卷　《盛明百家詩前編》本

續李滄溟集一卷　《盛明百家詩後編》本
補注李滄溟集選四卷　【明】宋光廷刻本
新鍥會元湯先生批評滄溟文選評林五卷　明刻本
刻注釋李滄溟先生文選狐白四卷　楊九經注釋明刻本

李攀龍集　李伯齊點校　齊魯書社一九九二年版
李攀龍詩文選　李伯齊、宋尚齋、石玲選注　濟南出版社一九九二年版
李攀龍詩文選（修訂本）　李伯齊、宋尚齋、石玲選注　濟南出版社二〇〇九年版
李攀龍詩選　李伯齊、李斌選注　人民文學出版社二〇〇九年版